T0243287

EL CONQUISTADOR

EL CONQUISTADOR

EL CONQUISTADOR

José Luis Corral

Primera edición: septiembre de 2020

© 2020, José Luis Corral
Autor representado por TALLER DE HISTORIA, S.L.
© 2020, Penguin Random House Grupo Editorial, S. A. U.
Travessera de Gràcia, 47-49. 08021 Barcelona
© 2020, Ricardo Sánchez por las ilustraciones de las páginas 713-716

Printed in Spain – Impreso en España

ISBN: 978-84-666-6756-2
Depósito legal: B-8.147-2020

Impreso en Rodesa
Villatuerta (Navarra)

BS 67562

Penguin
Random House
Grupo Editorial

Preámbulo

Año 1137, una niña de un año de edad es ofrecida como esposa a un hombre de veintitrés. La pequeña se llama Petronila y es hija de Ramiro II el Monje, rey de Aragón; el joven es Ramón Berenguer IV, conde de Barcelona.

Cuando Petronila alcanza la mayoría de edad legal para casarse, el matrimonio se celebra y de ese enlace nace Alfonso II, el primer heredero de la unión dinástica del reino de Aragón y el condado de Barcelona. Así se gesta la Corona de Aragón, una formación política sin igual en la Europa medieval.

Alfonso II el Casto se casa con Sancha, hija de Alfonso VII de León, y engendra a Pedro II el Católico, quien, a su vez, contrae matrimonio con María de Montpellier. Fruto de esta relación, y en circunstancias legendarias, nace Jaime I el Conquistador, rey de Aragón, de Valencia y de Mallorca, conde de Barcelona y de Urgel y señor de Montpellier.

Esta es su prodigiosa historia, su asombrosa vida de novela, su apasionante leyenda.

Libro I

REY TEMPLARIO
(1204-1229)

1

El rey no ama a su reina

Montpellier, 15 de junio de 1204

El rey Pedro no ama a la reina; no la ama.

Ama a otras mujeres, a muchas mujeres, pero no a la reina; a la reina no.

Las mujeres lo aman; todas las mujeres.

¿Cómo no van a amarlo?

Compone versos galantes, canta canciones, sueña con lidiar mil batallas y que los trovadores declamen sus extraordinarias hazañas, sus prodigiosas victorias y sus gestas gloriosas.

El rey es un caballero alto y fuerte; tiene el cabello rubio, herencia de sus antepasados del norte, y los ojos negros, de su sangre bizantina.

Es hijo de Alfonso, el monarca trovador, y de doña Sancha, la princesa que viene de Castilla. Es rey de Aragón y conde de Barcelona.

Él es el rey, pero no ama a la reina; no la ama.

María aún no cuenta veinticinco años, pero está casada tres veces. La primera, apenas cumplidos los dieciséis, con el vizconde Barral de Marsella, muerto al poco tiempo; la segunda, con el conde Bernardo de Cominges, al que da dos hijos pero al que renuncia porque quiere ser la esposa de un rey; su boda con Pedro de Aragón es la tercera.

Pedro tiene veintiséis y este es su primer matrimonio.

Los nobles de Aragón y de Cataluña le dicen que debe casarse, enseguida, que debe tener un heredero, cuanto antes; y elige a María, señora de Montpellier, sobrina del emperador de Constantinopla.

Es una Comneno, la dinastía que gobierna el Imperio romano de Oriente desde hace dos décadas, la que funda esa misma primavera el nuevo Imperio de Trebisonda porque los cruzados ocupan Constantinopla, la saquean y se instalan en esa ciudad, la Nueva Roma, su propio Imperio.

María es la señora legítima de Montpellier; su medio hermano Guillén acaba de renunciar a sus derechos y admite que ella sea la única dueña; mucho tiene que ver el acuerdo de boda con el rey de Aragón.

Corre el día 15 de junio del año del Señor de 1204; Pedro y María firman las capitulaciones matrimoniales y sellan su unión en la casa del Temple de la ciudad de Montpellier, el señorío de María, la ciudad independiente que se aporta como dote a su boda. A cambio, el rey Pedro le concede a su esposa el condado de Rosellón, pero sobre todo le promete que no la repudiará jamás; y lo confirma ante testigos.

La reina no es una mujer hermosa. El rey Pedro no la ama. Ama a otras, a hermosas mujeres a las que susurra poemas propios y entona canciones de los trovadores de Occitania, un reino imaginario que el rey de Aragón anhela construir para su gloria.

Pedro no quiere casarse, no desea ser el hombre de una sola mujer, ni siquiera el de una reina. Pero debe hacerlo, todos los reyes lo hacen. Aragón y Barcelona necesitan un sucesor, un príncipe legítimo que garantice la pervivencia del linaje de la familia real. No puede ocurrir otra vez, como cuando Aragón queda sin rey porque Alfonso el Batallador no engendra hijos. No, ahora eso no puede ocurrir. La tierra precisa de un rey y el rey de un heredero.

María ya es reina de Aragón. Esa noche espera a su esposo en la cámara real de su palacio de Montpellier. Medianoche. El rey no llega. La puerta de la alcoba de la reina permanece cerrada. Nadie llama. Nadie.

Pedro yace con otra mujer, más bella, más joven. El rey de Aragón acaricia los cabellos de Azalais, dorados como las mieses a fines de junio, que a luz de los velones resplandecen como si fueran de oro. Satisfecho, entrelaza en sus dedos los mechones rizados de su joven amante.

La reina espera en palacio. El rey no llega a ella esa noche. La primera noche.

Pasan juntos los siguientes meses del verano, pero él no visita la alcoba de la reina.

No la ama.

—Iré a Roma —anuncia de repente el rey Pedro, que acaba de confirmar las costumbres y privilegios de los ciudadanos de Montpellier, sus nuevos súbditos, a los que quiere ganarse pronto.

—¿A Roma? —se extraña el mayordomo real, con el que comparte un banquete amenizado por dos músicos que tocan un laúd y un armonio tan pequeño que un hombre puede llevarlo debajo del brazo.

—Quiero ser coronado por el papa.

—Para ser rey no es necesario...

—Lo sé. De todos mis antecesores en el trono, solo mi tatarabuelo el rey Sancho fue a Roma a postrarse ante el papa, pero lo hizo porque necesitaba su bendición apostólica para que nadie pusiera en duda su legitimidad. La mía no está en cuestión, pero, como dicen esos fatuos consejeros griegos que vinieron con la madre de mi esposa desde Bizancio: «La corona hace al rey». Escribid al papa Inocencio; este otoño seré coronado por él en Roma.

—Costará dinero, señor, y las arcas de vuestra majestad no están precisamente bien cumplidas.

—Utilizaremos el dinero de mi esposa. Montpellier es un rico señorío.

—Eso disgustará a sus ciudadanos.

—Qué mejor destino para el dinero de esos comerciantes que la coronación de su rey.

Roma, noviembre de 1204

Cinco galeras zarpan de Montpellier mediado el otoño; dejan a estribor el Estanque del Oro y ponen rumbo a Génova. El rey Pedro va a ver al papa Inocencio, que acepta coronarlo en Roma mediado noviembre. Lo acompaña su tío, el infante don Sancho, conde de Rosellón y de Cerdaña.

En Marsella, de camino a Roma, Pedro se encuentra con su hermano Alfonso, conde y marqués de Provenza; ambos carecen de herederos, de modo que acuerdan serlo el uno del otro en tanto no tengan hijos. Allí se enteran de la muerte del rey de Hungría, esposo de Constanza, hermana de ambos.

Génova recibe al rey de Aragón con grandes fiestas, pero tiene que zarpar enseguida hacia el puerto de Ostia, desde donde se dirige con las cinco galeras que lo escoltan río Tíber arriba, hacia Roma.

La urbe de los césares y de los papas no es la que espera. La ciudad, antaño la más populosa y rica del mundo conocido, se encuentra sembrada de ruinas cubiertas por arbustos y matojos, donde los lagartos toman el sol sobre los enormes bloques de mármol que un día forman la arquitectura de edificios formidables y al siguiente se sumen en el olvido. Entre la descuidada vegetación surgen restos de la antigua grandeza imperial: muros de enormes sillares, columnas rematadas por capiteles, arquitrabes y cornisas, templos vacíos, derruidos o convertidos en iglesias, antiguos palacios de senadores que ahora son conventos, y teatros y termas entre cuyos poderosos vestigios malvive una población marginal.

El papa recibe a la comitiva aragonesa en el Vaticano, un complejo arquitectónico formado por un palacio, varios edificios anexos y una basílica en la orilla derecha del río Tíber, donde antaño se alzaba un circo pagano.

Hace ya casi siete años que el papa Inocencio se sienta en la cátedra de San Pedro. Es uno de los pontífices más jóvenes en alcanzar el puesto más alto de los eclesiásticos. Tiene cuarenta y cuatro años, la experiencia suficiente, la fuerza necesaria y los arrestos oportunos para regenerar la Iglesia que varios de sus antecesores dejan como una cloaca infecta.

El rey de Aragón atraviesa con pasos amplios y seguros el largo pasillo enlosado con mármol rojo del palacio Vaticano hasta llegar a la sala donde lo aguarda el papa.

Inocencio viste una túnica roja y una estola dorada bordada con cruces áureas cosidas con hilo de seda negra. Se cubre con la tiara pontificia, un gorro cónico de seda amarilla orlada con brocados geométricos y una cenefa roja.

Es alto, pero no tanto como Pedro; su rostro, alargado y bien afeitado, a diferencia de la mayoría de los papas que aparecen pintados con barbas, emana autoridad. Su mirada segura denota serenidad. Los ojos, redondos y grandes, aunque demasiado juntos, miran con firmeza al monarca.

Pedro tampoco luce barba. Nunca lo ha hecho. Toma esa moda de uno de los trovadores de la corte de su padre, el rey Alfonso. Suele rasurarse casi todos los días con la ayuda de un barbero, que también le corta el cabello dejándolo crecer justo por debajo de la nuca, sin que llegue a la altura de los hombros. Acostumbra a llevarlo recogido por detrás de las orejas, para que así luzca con amplitud todo su bello rostro, que tanto gusta a las mujeres. Viste Pedro una lujosa túnica a bandas horizontales de colores rojo y azul, con brocados circulares. Se protege del húmedo otoño romano con una capa de terciopelo carmesí forrada con piel de armiño que se sujeta a los hombros con dos broches de oro.

—Santidad, como rey de Aragón, conde de Barcelona y señor de Montpellier, os agradezco que me hayáis otorgado el honor de coronarme, como ya hiciera vuestro antecesor el papa Alejandro con mi antepasado el rey don Sancho.

El rey de Aragón inclina ligeramente la cabeza ante el papa, que se levanta con toda dignidad y toma las manos de Pedro entre las suyas. De pie frente al rey de Aragón, se sorprende por la altura de este, un palmo por encima de la mayoría de los hombres que allí se congregan.

—Sé bienvenido, hijo amado de la Iglesia, y recibe nuestra bendición. —Inocencio abraza a Pedro, lo besa en la boca y lo bendice con su mano derecha dibujando en el aire la figura de una cruz.

Los dos hombres, el papa y el rey, la cruz y la espada, se miran con confianza. El papa invita al rey a que lo acompañe a dar un paseo por los jardines del Vaticano. Ambos se necesitan. Inocencio no tiene buenas relaciones con otro gran reino cristiano de Hispania, el de León. Declara nulo de pleno derecho el matrimonio de su rey Alfonso con la princesa Berenguela de Castilla y tilda de hijo espurio, es decir, bastardo, a Fernando, fruto de esa unión ilegítima ahora deshecha. Este papa alega y sostiene ante los poderes temporales que es la voluntad de Cristo la que otorga al apóstol Pedro y a sus sucesores la total preeminencia sobre los soberanos cristianos de este mundo.

—En el evangelio de Mateo —le explica el papa al rey de Aragón mientras caminan entre parterres de arbustos aromáticos—, queda claro que Nuestro Señor Jesús le concedió a san Pedro la plena potestad para hacer y deshacer en la tierra, de manera que todos los reinos cristianos deben someterse a Dios. Vos, don Pedro, sois rey de Aragón por la gracia divina y nos somos el único intérprete de la voluntad del Padre Eterno y su representante sobre este mundo.

—Y así lo acato, santidad. Por eso os escribí con el deseo de que fueran vuestras manos las que me coronaran en esta santa ciudad.

—Está todo preparado. Mañana seréis coronado en la iglesia de San Pancracio. Supongo que ya os han explicado todo el ceremonial.

—Mi tío, el infante don Sancho, hermano de mi padre, el rey don Alfonso, se ha encargado de ello.

Inocencio se detiene un instante. Pasa su mano por encima de un plantel de hierbabuena, toca las hojas ya casi marchitas en aquellos días de comienzos de noviembre, se impregna la palma de su agradable aroma y la huele con cierto deleite.

—Mis antecesores en la cátedra de San Pedro no permitieron que los reyes de Hispania acudieran a la guerra justa en Tierra Santa hasta que la última porción de ese territorio quedara en manos cristianas. ¿Culminaréis vos esas conquistas?

—Sí, santidad, en la parte que me corresponde, así lo haré. Pero no está en mi mano acabar con todo el dominio musulmán en la tierra que los sarracenos llaman Al-Andalus. Según los tratados firmados por nuestros antecesores, me corresponde ganar los reinos de Valencia y Mallorca y después participar con otros caballeros de Cristo en la empresa de ultramar y combatir a los enemigos de Dios allá donde se encuentren, hasta acabar con todos ellos.

—En ese caso, os concederemos la bula de cruzada, bendeciremos vuestra espada y os otorgaremos la potestad de combatir a los infieles en el nombre de Dios. Pero no solo a los infieles de la secta mahomética, también lucharéis para acabar con la herejía que corrompe a los cristianos en el Languedoc.

Aquella mañana del 11 de noviembre luce radiante. El sol ya no brilla en Roma con la intensidad de los calurosos días del estío, pero calienta mucho más que en las frías sierras del sur de Aragón o en los altos valles del Pirineo, donde en esas fechas ya están cayendo las primeras nieves.

—¿Todo preparado? —demanda el rey a su tío.

—Listo —ratifica Sancho—. Hoy serás coronado por el mismísimo papa de Roma; serás el primer rey de Aragón en disfrutar de semejante honor. —El infante Sancho ajusta las correas del peto que cubre el pecho de su sobrino—. Magnífico.

En verdad que la figura de Pedro es formidable. A sus veintiséis años está en la plenitud de su fuerza y de su vigor. Su considerable estatura, su pecho poderoso y sus fornidos brazos, fruto del ejercicio que desde niño realiza en el palenque manejando las armas para el combate, modelan unos músculos magníficos. Es uno de los pocos caballeros de su tiempo capaz de manejar con una sola de sus manos la pesada pero contundente hacha de guerra. Aunque sigue sin librar batalla alguna, para lo que cree estar bien preparado.

Pero hoy no habrá ningún combate. Hoy se corona como rey.

Los integrantes aragoneses y catalanes de la comitiva real salen de las casas donde se alojan en Roma, una residencia palaciega al pie de la colina del Janículo, la octava colina de la urbe. Dos centenares de romanos se echan a la calle por donde discurre la antigua vía Aurelia y comentan curiosos el porte de aquel personaje rubio y alto que cabalga sobre un enorme corcel de batalla rodeado de varios caballeros, uno de los cuales enarbola un estandarte con los colores rojo y amarillo del papa. No saben que hace ya mucho tiempo, cuando ninguno de ellos es nacido siquiera, otro rey de Aragón visita Roma para rendir homenaje de fidelidad al papa y recibir de su mano esos colores que desde entonces constituyen el emblema de los reyes aragoneses.

Cuando la comitiva real llega ante las puertas de la basílica de San Pancracio, el gesto del rey se tuerce. Se trata de una modesta iglesia, una de las basílicas menores de Roma. Ni siquiera está dentro de los muros de la ciudad de los césares, ni siquiera en el modesto barrio del Trastévere, sino en las afueras de la puerta que da acceso a ese espacio murado.

Pedro mira airado a su tío Sancho, que le devuelve el mismo gesto contrariado.

—Imaginé un templo más grande, más adecuado a la coronación de un rey —comenta.

—¡Qué importa eso! Lo que ahora cuenta es que vas a recibir la corona de manos del papa, lo que te convierte en el monarca más destacado entre todos los de la cristiandad.

La comitiva se detiene ante la puerta de la modesta basílica. Ante ella esperan dos cardenales, media docena de presbíteros, algunos monjes y una docena de guardias del papa.

—Roma da la bienvenida al rey de Aragón y conde de Barcelona —saluda uno de los cardenales.

—Que os lo agradece —repone Pedro, que baja del caballo para saludar al comité de recepción.

—Su santidad aguarda vuestra presencia ante el altar, majestad.

—Pues entremos raudos; no lo hagamos esperar.

El papa Inocencio viste una dalmática pontifical de seda verde con brocados de hilo de oro sobre un colobio blanco y cubre su cabeza con la tiara papal.

A su lado, sobre un almohadón de terciopelo rojo, están depositados los objetos y los símbolos de la realeza: el manto real, el cetro, el globo y la corona. En la mesa del altar puede verse la naveta de plata que contiene el santo óleo, el ungüento con el que se ungirá a Pedro como soberano de Aragón.

Tras la misa, el papa se dirige al rey, que asiste con devoción a la celebración de la eucaristía, y le pide que se arrodille.

—Nos, Inocencio, siervo de los siervos de Dios, por la autoridad que me ha conferido Dios Nuestro Señor y como sucesor de Pedro, el pescador de almas, y de Pablo, el apóstol de Cristo, te impongo a ti, Pedro, hijo de Alfonso y de Sancha, esta corona como símbolo de tu realeza y te otorgo el orbe y el cetro, emblemas de tu poder y de tu dignidad.

—Yo, Pedro, rey de Aragón, conde de Barcelona y señor de Montpellier, recibo esta corona de tus manos y juro ante las Sagradas Escrituras gobernar mi reino con justicia y lealtad a la Iglesia; y proclamo ante Dios Nuestro Señor que defenderé la fe católica, perseguiré la herejía y protegeré a su Iglesia.

—Levántate —le dice Inocencio mientras lo bendice dibujando en el aire con su mano derecha la cruz—. Has recibido la corona, el orbe y el cetro como símbolo de tu autoridad sobre los hombres, pero también debes ser proclamado caballero y ceñir la espada para que defiendas la cristiandad de sus enemigos e impartas justicia en tu reino.

—Sea —asiente el rey Pedro.

—Esta nueva ceremonia la celebraremos en la basílica de San Pedro del Vaticano, según se acostumbra.

La comitiva, ahora mucho más numerosa al haberse incorporado todo el séquito del papa, sale de la iglesia de San Pancracio.

El rey y sus acompañantes se sorprenden de nuevo. Ahora ya no son un par de cientos los curiosos que se alinean a ambos lados de la vía que atraviesa el barrio del Trastévere y conduce al Vaticano, sino dos millares de entusiastas desocupados que corean los nombres del papa Inocencio y del rey Pedro a la vez que los vitorean agitando palmas, ramas y pañuelos.

Sobre sendos caballos, escoltados por lanceros y protegidos por una guardia de fornidos soldados, desfilan a modo de un verdadero paseo triunfal en el que todo parece perfectamente establecido.

El infante Sancho mira a los lados y deduce que entre aquellos tipos tan eufóricos hay distribuidos agentes del papa que conminan a la multitud a jalear y festejar a los protagonistas de esa ceremonia.

Una hora después la comitiva llega al Vaticano. Esta basílica sí es digna de un rey. Se accede a ella a través de una amplia escalinata de siete gradas que da paso a un pórtico y este a un amplio patio cuadrado en cuyo lado oeste se levanta la fachada principal de la iglesia, un templo de tres naves, la central el doble de alta que las laterales, cubiertas con techos planos de casetones de madera.

Ya en el altar, ante una imagen de la Virgen María, el papa se coloca una capa pluvial roja y amarilla y toma juramento al rey.

—Pedro, rey de Aragón, ¿juras ser leal y defender a la Santa Madre Iglesia?

—Lo juro —asiente sin titubear el rey.

—¿Y juras defender, ser fiel y obedecer a su vicario en la tierra?

—Lo juro —reitera con la mano puesta en una biblia.

—¿Y juras perseguir la herejía y luchar por la paz y la justicia como buen caballero de Cristo?

—Lo juro.

—En virtud de tu juramento, nos, Inocencio, siervo de los siervos de Dios, te proclamamos defensor y vasallo de la Iglesia y caballero. Y por este privilegio que ahora nos te otorgamos, te imponemos por el valor de este feudo que tú, Pedro, por tu reino de Aragón, tu condado de Barcelona y tu señorío de Montpellier, pagues a la Iglesia de Roma doscientas cincuenta monedas de oro cada año, por la fiesta de San Miguel de septiembre, y que puedas llevar en tu escudo y en tu estandarte los colores rojo y amarillo de San Pedro, y rendir homenaje a esta santa Iglesia como todo buen vasallo debe a su señor, como lo han hecho antes que tú, tu padre el rey Alfonso, tu abuelo el conde Ramón Berenguer y todos tus otros antepasados como los reyes Ramiro, Alfonso, Pedro y Sancho. Y si no lo cumples, caiga sobre ti toda la maldición del infierno y la ira divina, como sufrieron los malvados Datán y Abirón, que desobedecieron a Dios y al profeta Moisés y resultaron castigados a ser tragados con todas sus familias por la tierra.

—Así lo juro.

Mar Mediterráneo, fines de noviembre de 1204

—El tiempo es apacible y el viento favorable; si no se desata ninguna tempestad, llegaremos a Montpellier en un par de días —le comenta don Sancho a su sobrino, que contempla desde el castillo de popa de su galera el perfil sinuoso y azul de la costa de Provenza.

Hace ya una semana que las cinco naves partieron del puerto de Ostia.

—Ahora ya nadie podrá discutirme jamás esta corona, nadie —dice Pedro, que mantiene entre sus manos la diadema de oro.

—Querido sobrino, nadie te ha discutido tu trono.

—El rey de Francia dice que soy su vasallo y que le debo homenaje y fidelidad por el condado de Barcelona y por otros que, según él, ganó el emperador Carlomagno a los sarracenos.

—Viejos legalismos que no significan nada —comenta Sancho—. No es una diadema de oro la que hace a un rey, sino la sangre, la familia y algo mucho más valioso...

—¿A qué te refieres?

—A la voluntad de reinar, al deseo de ser rey. Y tú lo eres. Eres hijo de un rey y nieto de una reina..., pero ahora que ya estás legítimamente casado, tienes que ser el padre de un futuro rey. Tu linaje, nuestro linaje, debe perpetrarse en un heredero.

Pedro aprieta los dientes, mira a su tío con cierta amargura, toma una bocanada de aire fresco y confiesa lo que todos en la corte ya conocen.

—No amo a la reina; no me gusta mi esposa; no la quiero.

—Lo sé. Pero esa mujer te ha dado el señorío de Montpellier y te ha abierto la puerta para optar a feudos más importantes. En sus venas lleva la sangre sagrada de los emperadores de Constantinopla. Si tienes un hijo con ella, ese niño fundirá en su corazón la sangre real de Aragón y la imperial de Bizancio. ¿Sabes lo que eso puede significar? El Imperio de Oriente es hereditario, pero el emperador de Occidente lo decide la Iglesia y media docena de grandes señores de Germania. ¿Te imaginas que un día un hijo tuyo uniera las dos coronas imperiales? ¿O tú mismo?

—No puedo acostarme con doña María; su sola presencia me desagrada.

—Tarde o temprano tendrás que dejarla preñada. Es tu obligación. La continuidad de tu sangre real depende de que lo hagas.

—Yo amo a Azalais; ya ardo en deseos de volver a su lado, a su lecho.

—Nada te impide que lo hagas; eres el rey. Vuelve cada vez que lo desees al lado de esa hermosa dama de Bossazó, no te lo reprocho. Doña Azalais es bella, muy bella, una de las mujeres más hermosas que he visto a lo largo de toda mi vida, y supongo que te proporciona grandes placeres en la cama, pero tu deber es dejar embarazada a doña María, aunque tengas que hacerlo con los ojos cerrados y en la noche más oscura.

Barcelona, navidades de 1204

Al regreso de Roma, Pedro quiere guerrear en Provenza; debe ayudar a su hermano Alfonso a conservarla bajo su dominio, pues algún día puede ser suya, ya que no renuncia a convertirse en el gran señor de toda la tierra desde Aragón y Cataluña hasta Génova. Pero al fin desiste y decide dirigirse a Barcelona. Allí lo espera Azalais.

El palacio real está en silencio. El día de Navidad termina y todos sus moradores descansan en sus lechos. Solo los guardias velan el reposo de su señor.

Pedro se despierta mediada la madrugada; tiene un extraño sueño. A su lado, la hermosa Azalais descansa tras una intensa noche de amor, una más de las que pasa junto al rey. La alcoba está tenuemente iluminada por la luz ambarina de la llama de un enorme velón, bendecido la pasada Pascua Florida por el obispo de Barcelona, y por los rescoldos que se consumen en la chimenea que caldea la estancia.

Observa a su amante adormilada. Sí, es hermosa, bellísima, de perfecto rostro ovalado, rasgos dulces y perfil delicado. Parece una de esas deidades antiguas que el papa guarda en una estancia secreta del Vaticano, tras una gruesa puerta de hierro que nadie puede abrir sin su permiso. Muy pocos hombres pueden ver esas estatuas de figuras femeninas labradas en mármol. Pedro es uno de ellos; el papa se lo permite.

Se desvela; se levanta de la cama; se cubre los hombros con un manto de piel; se acerca a las brasas de la chimenea: mira los tizones que se consumen entre las cenizas y trata de olvidar.

—¿No puedes dormir? —le pregunta una suave voz.

Pedro gira la cabeza hacia la cama. Azalais de Bossazó, ¡qué hermosa es!

—He tenido un sueño, un extraño e inquietante sueño.

Azalais se levanta de la cama; está desnuda; sus pechos tersos son aún más atractivos y rotundos entre la luz y las sombras; las curvas de su figura se desdibujan como las olas mecidas por una suave brisa marina; se acerca al rey, que le saca más de una cabeza de altura, lo abraza y se arrebuja junto a él, buscando el calor del manto que ahora cubre los dos cuerpos desnudos, piel contra piel.

—Cuéntame ese sueño —le pide Azalais.

—Es muy extraño.

—Ven.

Azalais toma la mano de su amante y lo conduce a la cama. Se tumba a su lado, apoya la cabeza sobre el pecho de Pedro.

El rey acaricia el cabello de Azalais y se esfuerza por recordar.

—Mi sueño ocurre en Roma, en esa pequeña basílica de San Pancracio. Allí estamos solos el papa Inocencio y yo. Me encuentro de rodillas, sobre el suelo de losas de mármol blanco, y el papa, sentado frente a mí en un extraña y alta silla, me mira y dibuja en sus labios un rictus estúpido. De repente me sonríe con ironía, se burla y disfruta con ello. Yo me mantengo sereno, pero apenas puedo moverme. El papa está descalzo y mueve los dedos de sus pies mientras sigue sonriendo. Y en ese momento entiendo lo que está pasando. El papa extiende las piernas hacia delante y me pide que le entregue la corona. Quiere coronarme con los pies, pretende colocar la diadema real de Aragón sobre mis sienes sin usar sus manos, con los pies, para dejar claro que él está por encima de todos los hombres, de todos los reyes.

»Pero entonces soy yo quien dibuja una sonrisa todavía más irónica. Me doy la vuelta y a mi espalda está la corona; pero no es de oro, ni de plata, ni siquiera de hierro, ni luce piedras preciosas engastadas. Es una corona hecha de masa de pan ácimo sin cocer, blanda, imposible de sostener con los pies. Se la ofrezco. El papa la observa y su risa estúpida se desvanece en un suspiro. No puede sujetarla con sus pies; no puede. De modo que no le queda otro remedio que cogerla con sus manos y colocarla sobre mi cabeza. Y cuando lo hace, la corona de masa de pan cenceño se convierte, como por un hechizo, en una tiara de oro con perlas, esmeraldas y rubíes incrustados.

—¿Qué significa ese sueño? —le pregunta Azalais.

—No lo sé, quizá algunos de mis consejeros puedan interpretarlo.

Azalais besa a su señor y acaricia su miembro, que reacciona de inmediato a los estímulos de la joven. La noche es larga, la más larga del año. Aún tardará varias horas en salir el sol. Los dos amantes tienen mucho tiempo por delante.

Jaca, verano de 1205

Pedro concede a los doce cónsules de Montpellier que sigan gobernando los asuntos cotidianos de la ciudad, como han hecho hasta ahora; necesita su apoyo y su dinero. El concejo se reúne en el llano de las Hierbas, un prado al lado de la ciudad, donde se convocan las asambleas ciudadanas y donde se acuerda jurar fidelidad al rey de Aragón como su señor natural.

Los gastos de la corte son cada día mayores y el rey se apropia de todo cuanto puede, incluso de algunas heredades del obispado de Elna. El papa amenaza con excomulgarlo si no devuelve todo lo incautado a la Iglesia.

Esa primavera recibe una carta de su hermana Constanza, la reina viuda de Hungría; le dice que al dolor por la muerte de su esposo el año pasado se suma la del hijo de ambos, el joven Ladislao. Constanza ya no tiene ningún lazo que la una a ese lejano reino y manifiesta su intención de regresar a Aragón. Pedro ve en su hermana viuda una oportunidad para casarla de nuevo con un príncipe cristiano y sellar una alianza beneficiosa gracias a esa nueva boda, quizá con un miembro de la casa real de Sicilia, lo que facilitaría la expansión por las islas del Mediterráneo, que tanto ambiciona el rey de Aragón.

El papa Inocencio concede entonces a los reyes de Aragón el privilegio de no tener que ir a Roma para coronarse; lo hará en su nombre el metropolitano de Tarragona, la mayor dignidad eclesiástica de toda su Corona, en la catedral de Zaragoza. A cambio de ese privilegio, los monarcas aragoneses deben lucir los colores del Vaticano, el rojo y el amarillo, en su estandarte, para que cada vez que cabalguen tras él o lo desplieguen en una batalla todo el mundo vea que el rey de Aragón es vasallo de la Santa Sede.

Aquel primer día de agosto, el estandarte rojo y amarillo ondea sobre la puerta de San Pedro de la ciudad de Jaca, la primera que recibe en Hispania a los peregrinos francos que transitan el camino a la tumba del apóstol Santiago en Compostela. Es un día importante; el rey Juan de Inglaterra, hermano y sucesor de Ricardo Corazón de León, está a punto de llegar para entrevistarse con Pedro.

Juan es un monarca pusilánime y se encuentra en un grave aprieto. El rey de Francia, el ambicioso Felipe Capeto, le acaba de arrebatar Normandía, la tierra patrimonial de la dinastía que reina en Inglaterra desde la conquista por el duque Guillermo el Bastardo. Solo mantiene en el continente las tierras de Aquitania, la herencia de su madre Leonor, por eso algunos comienzan a apodarlo Juan Sin Tierra. Sospecha además que el monarca francés tiene firmada una alianza secreta con el rey de Castilla para apoderarse de ellas. Para evitarlo, reclama la ayuda del rey de Aragón y le solicita una entrevista. La catedral jacetana es el lugar elegido para el encuentro de los dos reyes y sus consejeros.

Pedro aguarda a que un sayón anuncie la llegada del soberano inglés. A su lado, en el exterior de la catedral, aguantando el fuerte sol estival de las montañas, los aragoneses forman según su rango e importancia: Ramón de Rocabertí, arzobispo de Tarragona, se sitúa a la derecha del rey; después se alinean el obispo Gombal de Tortosa, el obispo García de Huesca y el obispo García de Zaragoza; a la izquierda forman los nobles, con Arnaldo de Alascón en primer lugar, por su condición de mayordomo real, seguido de Artal de Alagón, Jimeno Cornel, Asalido de Gudal, Aznar Pardo, Ato de Foces, Pedro Sesé, Jimeno de Luesia y dos docenas de señores más.

Todos están expectantes; es la primera vez que visita Aragón un rey de Inglaterra, el reino más poderoso de la brumosa isla de Britania, la cuna, dicen, del rey Arturo, el héroe cuyas hazañas prodigiosas narran los trovadores desde hace medio siglo al menos.

—Ya se acerca, majestad. La comitiva del rey de Inglaterra está a la altura del barrio del Burnao —anuncia el sayón.

—Saldré yo solo a recibirlo a las puertas —indica Pedro a sus varones—. Vosotros aguardad aquí.

Un escudero le acerca su caballo, un brioso alazán al que estima más que a muchos de sus súbditos.

Sobre el muro de la puerta de San Pedro un trompetero hace sonar con fuerza un cornetín anunciando la llegada del rey de Inglaterra. El aragonés ya está en el exterior de la muralla, preparado para recibir a su invitado.

Tras dos caballeros que portan sendos estandartes con la cruz roja de San Jorge y la flor de los Plantagenet, el linaje de los reyes ingleses, Juan cabalga seguido de tres centenares de soldados de Inglaterra y de Aquitania.

Conforme lo ve acercarse, Pedro repara en su aspecto. Juan, que aún no tiene cumplidos cuarenta años, es un hombre robusto, de rostro ancho y facciones poderosas; tiene el pelo castaño claro, algo rizado, y lo lleva recortado al estilo normando en la zona de la nuca. Sus rasgos son agradables; sus labios finos y sus ojos azules brillan como dotados de luz propia; no en vano es el hijo de la reina Leonor de Aquitania, a la que muchos consideran la mujer más bella jamás vista en este mundo.

Pedro echa pie a tierra, cede las riendas de su montura a su escudero y se acerca hacia la comitiva inglesa en un abierto gesto de amistad y confianza.

Al verlo, Juan detiene su caballo y hace lo propio. Ambos monarcas avanzan el uno hacia el otro hasta colocarse a la distancia de un codo.

—Querido primo —le dice Pedro al inglés en lemosín, la lengua de Occitania, la de los trovadores—, sé bienvenido a este reino de Aragón.

—Me alegra conocer a uno de los reyes más famosos de la cristiandad —responde Juan, que habla correctamente la misma lengua.

Ambos soberanos se funden en un abrazo ante los gritos de júbilo de los ciudadanos de Jaca, que se hallan concentrados en los alrededores de la puerta de San Pedro desde el alba para presenciar el encuentro de los dos reyes.

—Adelante, estás en tu ciudad —le indica Pedro con el brazo, invitándolo a entrar en el recinto murado de Jaca.

Juntos caminan hasta la puerta de la catedral. El de Aragón, más alto que el inglés, es doce años más joven, más fuerte y más bello. Su pelo largo y dorado, su formidable estatura y su andar mayestático causan la admiración de sus súbditos, que lo adulan en sus comentarios como el más formidable de los caballeros.

Uno a uno, el rey de Inglaterra saluda al comité de bienvenida formado ante la fachada occidental de la catedral; primero, a los obispos y abades, luego, a los nobles y, por fin, a los jurados del concejo de Jaca.

Los miembros autorizados de las dos comitivas entran tras sus reyes en la catedral, donde el arzobispo de Tarragona pronuncia una oración, bendice a los presentes y entona un *Te Deum*.

Ya cara a cara, sentados ante el altar mayor, Juan de Inglaterra habla claro.

—El rey de Francia es un hombre muy ambicioso. El año pasado, aprovechando el duelo por la muerte de mi madre la reina doña Leonor, se apoderó de mi ducado de Normandía, el feudo de mi padre el rey Enrique y de mi antepasado el rey Guillermo. Ha sobornado a los barones de ese ducado y ha ocupado sus principales ciudades. Bayeux, Caen y Ruán son ahora suyas. Y temo que ande preparando la invasión de Aquitania, el feudo de mi madre.

—¿Qué te hace pensar eso, primo? —le pregunta el de Aragón.

—Conozco su ansia de poder y su anhelo de ganar nuevas tierras para la corona de Francia.

—¿Y qué pretendes de mí?

—Ayuda: una alianza entre Inglaterra y Aragón para sofocar la amenaza de Felipe.

—¿Qué ganaría Aragón con ese acuerdo?

—Felipe ambiciona el Imperio y sumar cuantos territorios pueda.

—Aragón está en paz con Francia.

—Por ahora, pero ese hombre no se detendrá. Ha firmado una alianza secreta con Castilla y eso supone una gran amenaza también para ti —asienta Juan.

—Parece que lo conoces bien.

—Así es. Mi madre fue quien proporcionó una esposa al rey de Francia. Doña Leonor ya tenía casi ochenta años cuando fue hasta Burgos a buscar novia para Luis, delfín de Francia e hijo de Felipe. Quería que una de sus nietas fuera la futura reina de Francia y eligió a Blanca, que ahora es la esposa del delfín. De este modo, el reino de Castilla se ha convertido en un firme aliado del de Francia y tu reino de Aragón está entre ambos.

—¿Estás seguro de que Francia y Castilla sumarán sus fuerzas para atacar mi reino? —demanda Pedro con preocupación.

—¿Acaso lo dudas? Aragón tiene grandes intereses en la vertiente norte de los Pirineos. Felipe ambiciona ser el señor de algunos de los feudos que ahora te prestan vasallaje: Bearn, Cominges, Tolosa, Narbona, Montpellier incluso... Pero una coalición entre Castilla y Francia constituye la mayor amenaza para ti. Si Felipe se apodera de Aquitania, luego pretenderá Tolosa y así hasta Provenza, y después Cataluña. Y además, Castilla siempre ha deseado hacerse con Aragón. En los mapas secretos que maneja, el rey francés ya incluye como propias las tierras de Cataluña, a las que denomina como la Marca Hispánica, cual si fuera un nuevo Carlomagno.

—¿Cómo sabes todo eso? —inquiere Pedro.

—Dispongo de una red densa de informadores; tengo unos cuantos espías bien infiltrados en la corte francesa. Ya ves, querido primo, nos necesitamos; Aragón e Inglaterra se necesitan. Si acordamos una alianza firme, tú tendrás garantizado el dominio de todas las tierras y feudos al norte de los Pirineos, desde Tolosa hasta Provenza, incluso te cederé Gascuña; y yo mantendré Aquitania en mi poder. Pero si no lo hacemos, Francia acabará reclamando todas esas tierras y hasta la misma Cataluña. Estoy seguro de que Alfonso de Castilla pretenderá para sí Zaragoza y Valencia, e incluso el mismísimo reino de Aragón. No sería la primera vez que lo intentan.

—Es probable que tengas razón. En una vieja historia de Aragón he leído que Zaragoza fue ambicionada por el rey Alfonso de

León, el que se llamó el Emperador, y aún antes por su abuelo, también llamado Alfonso, y que por eso el sello de esa ciudad lleva la figura de ese noble animal como símbolo —recuerda Pedro.

—Hace ya medio siglo que Castilla y León andan separados, pero algún día volverán a unirse bajo un mismo soberano y entonces quizá decidan que Aragón les pertenece.

—No se atreverán —asegura Pedro.

—¿Eso crees? —Juan se levanta de su asiento, se acerca a Pedro y coloca su mano derecha sobre el hombro del aragonés.

Pedro mira a los ojos al rey de Inglaterra y ve en ellos el brillo de la ambición.

No firmará ese acuerdo.

2

Rechazar a una reina

Montpellier, fines de primavera de 1206

Pedro pasa el otoño y el invierno en Aragón y mediada la primavera decide regresar a Montpellier. Sus consejeros, preocupados por la falta de un heredero legítimo, insisten en ello; se lo reiteran una y otra vez; y solo María puede dárselo.

El rey acaba de tener un hijo con Azalais. Lo bautizan con el nombre de Pedro y todos lo llaman Pedro del Rey. Pero es un bastardo. Azalais no es su esposa, solo su concubina. Ese niño no podrá reinar.

No importa; está convencido de que tarde o temprano el papa cederá y anulará su matrimonio con María; entonces podrá casarse con Azalais, reconocerá como propio y legítimo a Pedro del Rey y lo hará su heredero. Es un niño de apenas unos meses, pero lo acaba de nombrar canónigo de la catedral de Lérida y lo dota con sus rentas. Lo hacen otros reyes; ya ocurrió con Guillermo el Conquistador, rey de Inglaterra y duque de Normandía, pese a su condición de bastardo.

El rey Pedro está decidido a imponer su voluntad, pese a quien pese.

—Convenced a doña María, como sea, para que me ceda todos sus derechos de este señorío de Montpellier.

—Majestad, la reina está dispuesta a transmitiros todos sus dominios, pero no acepta la nulidad de vuestro matrimonio —le dice Arnaldo de Alascón, el mayordomo real, que acaba de hablar con María para comunicarle que el rey desea romper con ella.

—¿Qué quiere esa mujer? Sabe que no la amo, que nunca la

amaré, que ni siquiera deseo tocarle un solo mechón de su cabello —clama el rey su desesperación.

—Y no es solo la reina, mi señor. Los ciudadanos de Montpellier están con ella y se muestran dispuestos a defender sus derechos hasta el fin.

—¿Habéis hablado con los cónsules?

—Ayer mismo. Muestran una firme decisión de obedecer sin la menor fisura a doña María, a la que reconocen como su verdadera y legítima dueña. No consentirán que nadie la despoje de sus prerrogativas como señora de Montpellier; ni siquiera su esposo el rey de Aragón.

—¡Malditos insolentes! Don Arnaldo, ordenad al secretario que prepare un documento por el cual doña María me cede a mí, como su esposo y su dueño, todos sus dominios patrimoniales sobre el territorio y ciudad de Montpellier. Hacedlo rápido; y que lo firme la reina con su propia mano.

—¿Sin contrapartida alguna...? —se extraña el mayordomo real.

—¿Qué puede pedir esa mujer?

—Un heredero.

—¡Qué!

—La reina querrá que le hagáis un heredero, supongo.

—Bien, si eso es lo que desea a cambio de los derechos sobre Montpellier, decidle que acepto.

—Siempre os habéis negado a mantener relaciones con ella; quizá sospeche que tramáis algo.

—Vos, don Arnaldo, lo habéis dicho: desea tener un hijo conmigo.

—Pero entonces...

—Prometedle que si me transmite sus derechos de señorío, la visitaré en su cama, pero no antes de que firme el diploma de cesión. Id y llevadle esta propuesta. Esperaré.

El mayordomo real hace una inclinación de cabeza y sale de la estancia donde lo recibe el rey de Aragón, en una casona palaciega al lado de la catedral de San Pedro.

—Aquí está; firmado con su propia mano y certificado por el signo del notario y el sello de la reina.

Arnaldo de Alascón muestra risueño el diploma por el cual

María de Montpellier, reina de Aragón y condesa de Barcelona, cede a su esposo, el muy excelente señor rey don Pedro, todos los derechos que le corresponden sobre el señorío de Montpellier, con sus castillos, iglesias y mercados.

El rey coge el pergamino con sello pendiente y lo observa con cierta incredulidad.

—No supuse que fuera a ser tan fácil.

—No lo ha sido, mi señor, no lo ha sido. He tenido que prometerle a la reina..., bueno, espero que no os moleste demasiado, que mañana por la noche iréis a visitarla a su alcoba.

—¡Qué! ¿Eso le habéis prometido en mi nombre?

—Mi señor, yo solo he cumplido lo que me ordenasteis: que le dijera a vuestra esposa que en cuanto ella firmara ese diploma, vuestra majestad acudiría a su lecho.

—Eso ya no importa. Aquí está el documento que necesitaba.

—¿Y vuestra promesa?

—¿Qué promesa? ¿Acaso creíais que iba a acostarme con esa mujer? No lo haré. Lo que quería, ya lo tengo. —El rey aprieta el pergamino enrollado y lo muestra a su mayordomo.

No es propio de un caballero lo que hace Pedro de Aragón. El rey lee novelas y escucha canciones de los trovadores occitanos, en las que los hombres nobles tratan con honor a las damas, como a sus dueñas; a él mismo le gusta comportarse según se relata en esos cuentos.

Se ve como uno de los caballeros de las novelas de Cristiano de Troyes, el más famoso trovador de la corte de Leonor de Aquitania, y no le parece que obre mal engañando a María; al fin y al cabo, es su esposa, pero no es su dama, no es la mujer que ansía encontrar cada noche en su lecho. Un caballero se debe a su dama, solo a su dama, y la reina no lo es; no, no lo es.

Su dama es Azalais, su amante, la mujer a la que verdaderamente le gusta entregarse, la que sabe comprender el espíritu que hace palpitar el corazón de un guerrero.

—Quizá los ciudadanos montpellerinos no entiendan lo que estáis haciendo, mi señor...

—Ahora —el rey vuelve a mostrar el pergamino enrollado— el señor de esos burgueses soy yo.

En el día señalado, María espera a Pedro desde mediada la tarde. Se baña en agua aromatizada con esencia de rosas, se aplica en el cuerpo ungüento de sésamo y de algalia y se perfuma los cabellos con aceite de almizcle. Se viste con una camisola de seda rosada y un vestido de satén con brocados dorados. Pide a sus damas que asperjen las paredes y el suelo de la alcoba de palacio con agua de jazmín y que enciendan velas con olor a hibisco y sándalo, esas tan valiosas fabricadas en Anatolia por cereros turcos.

La cama luce sábanas de raso y almohadas de terciopelo rojo; en una mesa, al pie del tálamo nupcial, unas bandejas de plata rebosan de frutas frescas y queso y un par de jarras de vidrio guardan el más delicado y sabroso vino rojo de Borgoña.

El sol se oculta. María espera. Confía en que su esposo aparezca en cualquier momento en el umbral de la puerta de la alcoba. Ordena a sus damas que la mantengan informada de cualquier movimiento, que la avisen en cuanto el rey entre en palacio.

Discurre una hora, otra, la medianoche. Las velas aromáticas se consumen despacio, acumulando gotarrones de cera derretida sobre las copas de los candelabros. Las horas de la madrugada son las más lentas, las más penosas, las más difíciles.

Un gallo canta con la primera claridad de la alborada. La reina continúa sentada junto a la cama vacía. No viene el rey; no vendrá.

Un rayo de sol penetra como una espada de luz por la ventana y traza una raya amarilla en el suelo de madera pulida. La estancia se ilumina y diluye la luz de las velas, que siguen agotando despacio, muy despacio, la cera que las forma.

—Mi señora —habla al fin una de sus damas—, deberíais acostaros y descansar.

—Espero al rey —asienta María con determinación.

—Ya ha salido el sol...

—El rey vendrá, lo ha prometido.

No, no vendrá; ya no.

El rey de Aragón no acude a la cita con su esposa. No le importa nada. Tiene en sus manos los derechos sobre el señorío de Montpellier y pretende ejercerlos.

No ama a la reina. No quiere estar con ella. No la soporta.

Por el momento, la bella Azalais colma los deseos de Pedro, pero no todos. El rey está satisfecho con su joven concubina, a la que hace el amor casi todas las noches, dos veces, tres en algunas ocasiones. El rey de Aragón es feliz al lado de esa joven; le gusta besar su piel, tan tersa, tan suave; acariciar su pelo, tan sedoso, tan fino; le gusta penetrarla y sentir entre sus muslos el acompasado contorneo de su caderas y el palpitar de su sexo húmedo y caliente.

Ojalá fuera ella su reina y no María, esa fea mujer a la que no ama, a la que desprecia, con la que no desea trato alguno. Reniega una y otra vez de ese matrimonio, aunque le proporcione el señorío de Montpellier y con ella enraíce la sangre de los reyes del pequeño reino nacido en las montañas con la de los gloriosos emperadores de Oriente.

Pedro ama a muchas mujeres. No puede vivir sin una a su lado; no puede estar solo en el lecho en la oscuridad de la noche. Necesita una mujer. Casi siempre es Azalais, pero si ella no está, es otra la que ocupa su lugar. Una mujer, varias, cualquier joven hermosa que le haga el amor hasta agotarlo. La reina María, no; la reina nunca.

Sí, es el rey y ya sabe, pues no en vano siempre hay un consejero, un obispo o un abad que se lo recuerda a menudo, que debe engendrar un heredero legítimo, un hijo varón que garantice la supervivencia del linaje de los Aragón, la vieja estirpe de los monarcas sucesores del rey Ramiro, aquellos que arriesgan sus vidas y bajan al llano desde los riscos nevados de un pequeño y apartado reino en las montañas para conquistar las amplias llanuras del Ebro y las sierras azules del sur. Y la única que puede darle un heredero legítimo es la reina María, la esposa a la que no ama.

Piensa entonces en acudir al papa. Inocencio lo conoce, lo corona, lo comprende. Sí, el papa puede anular su matrimonio con María; el papa lo puede hacer. Si le escribe y se lo pide, tal vez logre obtener la anulación.

Montpellier, fines de agosto de 1206

Pedro pasa el mes de agosto guerreando en Provenza, en ayuda de su hermano Alfonso, al que el conde de Forcalquier rechaza como soberano.

De regreso a Montpellier, obliga a su esposa la reina a firmar un recibo por el cual Pedro se adueña de ochocientos mil sueldos del tesoro del señorío, contraviniendo así todas las leyes y costumbres que promete guardar. Al enterarse de la noticia, los doce cónsules que gobiernan el concejo montpellerino proclaman que el rey incumple su palabra y que es un felón. Salen a las calles e informan a los ciudadanos de lo ocurrido a la vez que los animan a alzarse contra él.

Algo va mal. Aquella mañana Pedro se despierta de repente. Un extraño sueño lo sobresalta: un caballo blanco corre desbocado por una inmensa pradera de hierba verde esmeralda que de pronto se interrumpe por un abismo insondable al que cae girando sus patas sobre su tronco como las ruedas de una carreta alrededor de su eje.

A su lado, Azalais duerme plácida y serena, con su rostro de niña satisfecha, preciosa como la ninfa de un poema. Pedro se levanta y se acerca a la ventana. Tiene un mal presentimiento. La imagen del caballo cayendo en un precipicio sin fin lo confunde.

Es temprano. En los días más largos del año la luz dorada del cercano mar Mediterráneo se impone pronto a las pesadas sombras de las noches cálidas. El rey agudiza el oído. Le parece escuchar un lejano rumor, como de voces iracundas.

Unos golpes suenan presurosos en la puerta de la alcoba real.

—¿Quién va? —pregunta Pedro, sabedor de que algo grave ocurre para que se atrevan a golpear su puerta con semejante contundencia.

—Señor, debéis apresuraros —grita una voz al otro lado.

Pedro reconoce a su mayordomo y descorre el cerrojo.

—¿Qué ocurre?

—Una turba de malnacidos viene hacia aquí; y no trae buenas intenciones —le anuncia Arnaldo de Alascón.

—¿Qué pasa? —demanda Azalais, que se despierta por los golpes y las voces de los dos hombres.

—Señora...

—Explicaos —le pide el rey al mayordomo.

—Un grupo de ciudadanos de Montpellier se dirige hacia este palacio gritando consignas en contra de vuestra majestad y dando voces a favor de doña María. Muchos van armados con lanzas, espadas y puñales. Tenéis que salir de aquí enseguida.

—¿Y la guardia?

—Solo disponemos de una docena de caballeros y una veintena de infantes. Esa muchedumbre los arrollará sin contemplaciones. Hay caballos preparados en el patio. Debéis marcharos ahora mismo; dentro de la ciudad no hay defensa posible. ¡Apresuraos, señores!

El rey y su amante se visten a toda prisa y salen de la alcoba a la carrera. Bajan las escaleras de tres en tres y salen al patio donde los palafreneros sostienen de las riendas a los caballos. Pedro ayuda a montar a Azalais y luego sube él a su corcel.

—Seguidme, señor —le indica el mayordomo.

—¿A dónde vamos?

—Al castillo de Lattes; está a cuatro millas al sur de la ciudad. A todo galope llegaremos en menos de lo que se tarda en decir una misa. Lo defiende un alcaide fiel y tiene poderosas defensas. Allí podemos hacernos fuertes.

Castillo de Lattes, junto a Montpellier,
principios de septiembre de 1206

El alcaide de Lattes, avisado por un jinete enviado por el mayordomo real, ordena a la guardia que abra la puerta y permita entrar a la pequeña escolta que acompaña al rey de Aragón y a su joven amante.

Viene cabalgando a todo galope desde Montpellier, donde los rebeldes asaltan y saquean el palacio donde residen Pedro y Azalais. Son airados burgueses y comerciantes convenientemente azuzados por los cónsules que gobiernan el concejo. Corren la voz en mercados, calles y plazas de que Pedro de Aragón ofende y humilla a María, la señora legítima de la ciudad; lo acusan de vivir en concubinato con una joven ramera y de que trata de gravar con nuevos y cuantiosos tributos a todos los ciudadanos para derrochar ese dinero en regalos para su barragana.

—Señor, el castillo real ha sido saqueado; todos los sirvientes que allí estaban han sido asesinados. Los rebeldes vienen ahora hacia aquí con la misma intención. Son varios cientos de hombres —le anuncia el mayordomo real.

—Hicisteis bien en preparar esos caballos para escapar. Os lo agradezco, don Arnaldo.

—Fue el obispo quien nos avisó; gracias a él supimos que se había producido un motín y que los rebeldes estaban dispuestos a atentar contra vuestra majestad.

—¿El obispo?

—Sí, por su información pudimos escapar a tiempo.

—Vayamos a los muros —indica el rey.

Desde lo alto de la muralla Pedro contempla a la multitud que ya asedia el castillo de Lattes. Son más de un millar, según calcula a la vista de aquellas gentes que lo amenazan con gritos e insultos y alzan en sus manos todo tipo de armas: espadas, lanzas, bastones, hachas e incluso simples palos y estacas.

—Están muy enojados —comenta el mayordomo.

—¿Cuánto tiempo podemos resistir este asedio? —pregunta Pedro.

—Según me ha dicho el alcaide, hay provisiones para tres meses, tal vez cuatro si las racionamos, y otro tanto si nos comemos los caballos. Agua no nos faltará; este castillo dispone de dos profundos pozos que nunca se secan. Es un poco salobre, pero nos mantendrá vivos.

Pedro se apoya en el pretil de la almenas, entre dos merlones, y contempla a los sitiadores. Piensa que son una chusma de cretinos y estima que si dispusiera de medio centenar de caballeros armados, solo de cincuenta provistos de lanza, espada, cota de malla y capacete, ordenaría una salida a la carga y acabaría con aquellos insensatos en menos de lo que tarda en rezarse media docena de padrenuestros.

Pero apenas puede contar con un puñado de caballeros y peones de la guardia del castillo. No tiene más remedio que apostarse tras los muros y esperar.

Pasados dos días, algunos rebeldes se cansan y se retiran de vuelta a la ciudad. Los que se quedan carecen de máquinas de asedio, pero poseen escalas para atacar los muros del castillo de Lattes y muestran ganas de seguir allí. Tienen abandonados sus talleres, sus tiendas y sus negocios y estiman que no pueden perder más tiempo ante el castillo; proponen tomarlo al asalto.

Además, quién sabe si algún mensajero del rey de Aragón está de camino hacia Cataluña con la noticia de los problemas que está sufriendo Pedro y en unos días se presenta allí un ejército de caballeros aragoneses y catalanes dispuestos a liberar a su señor. Hay que actuar rápido.

Las dudas aumentan entre los sitiadores; solo las soflamas de algunos de los cónsules de Montpellier, que auguran un negro futuro para su ciudad si se permite que el rey Pedro la gobierne como un tirano, convencen a los rebeldes para proseguir con su alzamiento.

El obispo, que en secreto es partidario de que el rey tome todo el poder en el señorío de Montpellier y acabe de una vez con los caprichos de los cónsules, se encarga de difundir que Pedro de Aragón será magnánimo si deponen su actitud y lo acatan como señor y les promete que mediará para que no se aplique ninguna represalia por lo acontecido en los últimos días.

No consigue convencerlos, pero logra que acepten una tregua para que el rey pueda salir del castillo de Lattes.

Un par de rebeldes se acercan a la fortaleza portando una bandera blanca. Se detienen a unos pasos de la puerta y solicitan entrevistarse con Pedro.

Al cabo de un rato las puertas se entreabren para dejarlos pasar y vuelven a cerrarse tras ellos. En el patio de armas, en pie firme, rodeado de media docena de soldados, el monarca destaca por su altura y su corpulencia.

Con una indicación de la mano ordena a los dos emisarios rebeldes, a los que previamente se cachea para comprobar que no ocultan arma alguna, que se acerquen.

Los dos ciudadanos lo hacen y se inclinan ante Pedro, que los observa con una mirada tan contundente que los dos bajan los ojos e inclinan la cabeza amedrentados.

—¿Qué queréis? —pregunta el rey.

—Majestad, los cónsules de la ciudad de Montpellier os conminan a que abandonéis este castillo antes de que den la orden de tomarlo al asalto. Os conceden un día de tregua para poder salir de aquí, embarcar en una galera y poner rumbo al sur. Dicen que solo aceptan a doña María como su señora legítima.

—¿Existe alguna otra alternativa? —comenta el rey a su mayordomo al oído.

—No, mi señor. Los pocos caballeros de los que disponemos andan en ayuda de vuestro hermano en tierras de Provenza y, en cualquier caso, no llegarían a tiempo de socorrernos —le bisbisa Arnaldo de Alascón.

—Decidles que acepto —anuncia el rey en voz alta.

—Así se hará, señor. Tenéis un día para salir del castillo. Mañana, a esta misma hora, se dará la orden de asalto.

—Marchaos entonces y cumplid lo acordado.

Los rebeldes en el exterior del castillo prorrumpen en vítores en cuanto reciben la noticia de sus emisarios. Vencen al rey de Aragón, que tiene que rendirse a sus exigencias y se ve obligado a alejarse de Montpellier como gato escaldado del agua hirviendo.

—Ya se retiran —informa el mayordomo Arnaldo al rey, que está comiendo con Azalais—. Esta noche estará lista la galera. Zarparemos al amanecer. Enviaré un mensajero para que convoque a varios caballeros para que acudan a escoltar a vuestra majestad de regreso a Aragón. El señor obispo ha prometido que enviará a una veintena de fieles guerreros.

—No olvidaré esta afrenta —masculla Pedro mientras contempla, sin apetito, el pedazo de carne de ciervo que colma un gran plato de cerámica de barniz melado—. No la olvidaré jamás.

Logra salir de aquella encerrona, pero a cambio de firmar la paz con los de Montpellier y prometerles que nunca entrará en la ciudad sin su consentimiento.

Y eso no es todo: ante Pedro de Aragón se atisban muchos más problemas.

Alfaro, La Rioja, noviembre de 1206

Los reyes cristianos están inquietos. Yaqub al-Mansur, el califa almohade que vence a Alfonso de Castilla en la batalla de Alarcos, está muerto, pero su heredero, Muhammad an-Nasir, desea demostrar que es digno sucesor de su padre y ambiciona volver a librar una gran guerra contra los cristianos.

Algunas algaradas de caballeros musulmanes de frontera saquean pueblos cristianos al norte del río Guadiana y cunde el miedo entre sus pobladores, que temen que la tierra que ganan con tanto sudor y tanta sangre vuelva a ser sarracena. Nadie se olvida del desastre de Alarcos. Incluso los dos Alfonsos, reyes de León y de Castilla, enemigos hasta ahora, firman la paz ante la amenaza almohade y convocan una reunión de todos los soberanos cristianos en la localidad de Alfaro, en tierras castellanas de La Rioja, a la que solo falta el rey de Portugal, que no se fía de su vecino leonés.

Pedro respira aliviado tras los acuerdos pactados en la vistas de Alfaro. La amenaza de una alianza de Castilla y Francia, anunciada en Jaca por Juan de Inglaterra, se disipa ante el peligro de los almohades. Ahora más que nunca la cristiandad hispana necesita que se asienten la paz y la concordia entre sus monarcas. Es hora de abandonar, o al menos de dejar de lado, las querellas intestinas y fortalecer esa coalición en espera de que el califa de los almohades decida completar el trabajo inacabado por su padre tras la batalla de Alarcos: la destrucción de España.

Se lleva hasta Alfaro a Azalais, que sigue siendo su amante más deseada, aunque hace ya unos meses, desde el nacimiento de su hijo Pedro del Rey, acostarse con ella no le parece tan placentero como antes y otras mujeres acuden a su cama con más frecuencia.

A la vista de la campiña de La Rioja, Pedro de Aragón decide acelerar la ruptura de su matrimonio con María de Montpellier.

—¡Don Arnaldo! —llama al mayordomo real, que está muy cerca inspeccionando un halcón que un cetrero de la sierra de Cameros pretende vender a don Pedro por un precio superior al de tres caballos.

—Sí, mi señor. —El mayordomo acude presto.

—Ordenad al secretario que prepare una carta para el papa Inocencio. Necesito que la Iglesia anule mi matrimonio con doña María cuanto antes.

—¿Con qué motivo, majestad? El de consanguinidad no es posible aducirlo, pues no os une ninguna relación de sangre con vuestra esposa...

—El matrimonio no se ha consumado; esa es causa suficiente para el divorcio y la nulidad.

—El papa no lo aprobará.

—No soporto a esa mujer; no puedo estar un solo minuto a su lado; no puedo.

—Aragón necesita un heredero...

—¡Siempre la misma monserga! ¿No sabéis decir otra cosa?

—Es vuestro deber, mi señor. Y solo puede daros un heredero legítimo doña María. Solo ella.

—¿Es bueno ese halcón? —pregunta Pedro de pronto.

—¿Señor...?

—Ese halcón que habéis estado inspeccionando, ¿es bueno?

—No lo he visto cazar aún, pero tiene buen porte.

—Ordenadle al cetrero que lo haga volar.

—¿Ahora?

—Ahora mismo.

El mayordomo se acerca al hombre de Cameros y le dice que el rey desea ver volar a su halcón. El cetrero mira a Pedro, inclina la cabeza asintiendo y le quita la caperuza a la rapaz, que deja ver sus ojos negros, grandes y redondos como dos perlas de azabache.

Alza el halconero su brazo enguantado y lanza al aire al ave, que gana enseguida una considerable altura. No hay presas a la vista. Tras comprobarlo, el cetrero se coloca en la boca un silbato que cuelga de su cuello atado a un cordón y lo hace sonar. Es la señal para que el pájaro regrese al brazo de su dueño.

—Compradlo por lo que os pida —ordena el rey a Arnaldo.

—¡Su precio es el de tres caballos! Además, no lo hemos visto cazar; no sabemos si es capaz de hacerlo con la eficacia que se le supone a un halcón de precio tan elevado.

—No, no lo he visto cazar, pero en cuanto ha escuchado la llamada de su dueño, ha regresado a su brazo de inmediato. Es un ave leal y obediente. Compradlo y pedidle a ese hombre que os entregue el silbato.

—Me ha dicho que ese silbato está fabricado con el hueso de la pata de un gavilán.

—Pues demuestra ser muy eficaz. Y ordenad a los hombres que se preparen. Mañana nos iremos de Alfaro.

—¿A dónde, señor?

—A Montpellier. Tenéis razón: mi deber es engendrar un heredero, pero no lo haré con doña María, sino con mi nueva esposa.

—¿Nueva esposa? El papa no ha anulado vuestro matrimonio todavía —se extraña el mayordomo.

—Lo hará, claro que lo hará; y entonces volveré a casarme y tendré ese hijo legítimo que me sucederá en estos reinos.

Hace meses que el rey Pedro no ve a su esposa. No la soporta ni siquiera en la distancia. Tiene lo que desea, los derechos al señorío de Montpellier, lo único que le importa de María.

También se cansa de Azalais, su amante favorita, cuya cama apenas visita. Ahora solo pretende conseguir la nulidad matrimonial y que el papa lo libere de una vez por todas de su vínculo con María de Montpellier para poder casarse de nuevo. Pero ya no es Azalais la elegida, sino María de Montferrato, heredera del trono de Jerusalén. Pedro quiere ser su rey.

Anhela ir a Tierra Santa, como su antepasado el rey Alfonso el Batallador, conquistador de Zaragoza, para liberar la tumba del Señor de las manos de los sarracenos. Pero los papas no dejan que los reyes de Aragón vayan a Tierra Santa; les recuerdan una y otra vez que antes de emprender la travesía de ultramar deben echar a los sarracenos de la tierra de Hispania, acabar con su presencia y su dominio en Occidente y, una vez cumplida esa misión, entonces sí, solo entonces, ir hasta Jerusalén y sumarse a los soldados de la cruz que allí combaten a los infieles y custodian a los peregrinos.

Pedro lo sabe y por eso decide que conquistará Mallorca y Valencia y que, una vez cumplida su parte, irá hasta Jerusalén a postrarse ante el sepulcro de Jesucristo. Pero, además, si lo hace como esposo de la heredera del reino de Jerusalén, él podrá convertirse en su rey y tendrá más derecho que nadie a proteger y defender el Santo Sepulcro.

¡Quién sabe si es él, Pedro, hijo del rey Alfonso de Aragón y de la reina Sancha de Castilla, nieto del conde Ramón Berenguer de Barcelona y de la reina Petronila, el monarca señalado por la divinidad para restituir los Santos Lugares a la cristiandad! Quizá sí, quizá sea el misterioso soberano que cantan algunos trovadores en sus poemas, el que devuelva la unidad a los cristianos y acabe con la tiranía de los sarracenos.

—Necesito de todo vuestro ingenio —le dice Arnaldo de Alascón a Guillén de Alcalá, un ricohombre aragonés fiel al rey y a quien todos en la corte consideran un hábil negociador.

—Decidme, don Arnaldo, ¿qué debo hacer? —le pregunta Guillén al mayordomo.

—Convencer al rey para que deje preñada a la reina.

—¡Vaya! Por lo que tengo entendido, sería más fácil conquistar Valencia...

—Poneos manos a la obra e idead la manera de lograr que el rey le haga el amor a su esposa hasta dejarla preñada.

—Dejadme pensar cómo hacerlo.

—Disponéis de un día para encontrar una solución.

—¡Ya lo tengo! —le dice Guillén de Alcalá a Arnaldo de Alascón; ni siquiera pasa el día que el mayordomo real le da de plazo—. Ya sé cómo lograr que don Pedro deje embarazada a la reina.

—Decidme.

—Su majestad no quiere ni ver a su esposa y, por lo que me habéis dicho, creo que no hay forma de convencerlo para que cumpla con su deber como rey y como esposo, pero todos conocemos la pasión que siente por las mujeres hermosas, de modo que lo engañaremos.

—¿Engañarlo?

—Sí.

—Explicadme cómo.

—Haremos que doña María sea la mujer más hermosa que el mundo ha conocido, mucho más que Cleopatra, la reina de Egipto que volvió locos de amor a los generales romanos Julio César y Marco Antonio; más que Florinda, la que provocó la insana pasión del rey Rodrigo, el último de los godos; más incluso que Teodora, la emperatriz de Constantinopla que se apoderó del corazón del emperador Justiniano.

—Sé bien de vuestra habilidad para tantas cosas, don Guillén, pero desconocía que fuerais capaz de obrar milagros —ironiza el mayordomo.

—No se trata de obrar ningún milagro. El rey se acostará con la reina por su propia voluntad y lo hará con tantas ganas y con tal pasión que esa misma noche la dejará embarazada.

—Decidme, ¿qué habéis planeado?

—Ahora mismo os lo cuento, pero antes debo conocer dos cuestiones ineludibles; ambas son imprescindibles para que mi plan tenga éxito.

—¿Y bien?

—Sabemos que doña María es fértil, pues ya ha tenido dos hijos en uno de sus dos matrimonios anteriores, pero es preciso saber los días en que será más propicio que la reina se quede embarazada.

—¿Y la segunda cuestión?

—Habrá que convencer a la reina para que se preste a seducir al rey de un modo que a lo mejor no le gusta.

—Dejaos ya de circunloquios y detalladme vuestro plan. Me habéis intrigado, don Guillén. Os escucho con toda atención.

—¿La mujer más hermosa del mundo decís?

—Sí, mi señor —le responde Guillén de Alcalá—. Jamás he visto a una dama de semejante belleza.

—Traedla a mi presencia —le ordena el rey.

—Esa dama es la esposa de un noble muy principal y no desea que su marido se entere de que va a verse con vuestra majestad. Por eso me ha pedido que la visitéis en el castillo de Miravals; allí os espera, pues arde en deseos de yacer con vos.

—¿Es más hermosa que doña Azalais?

—No hay mujer más bella en el mundo que esa dama, ni siquiera doña Azalais. Su rostro y sus ojos brillan como el sol, sus labios son gruesos y rojos, su piel delicada y suave como la seda y su cuerpo parece como tallado por uno de esos egregios escultores del tiempo de los antiguos. Si no fuera irreverente, yo diría que su cuerpo es el de una auténtica diosa. Estoy seguro de que ninguna otra mujer os proporcionará tanto placer y tanta dicha como esa fabulosa hembra.

Pedro de Aragón se muestra muy interesado en conocer a la misteriosa dama de la que le habla su consejero aragonés Guillén de Alcalá. A sus veintinueve años está en la cumbre de sus facultades; rebosa fuerza y energía, derrocha vitalidad y ganas de amar a cuantas mujeres bellas queden a su alcance. Acostarse con la que su fiel Guillén describe como «la más hermosa del mundo» comienza a obsesionarlo. ¿En verdad será como lo cuenta? Tiene que comprobarlo por sí mismo.

—Decidle a esa dama que acudiré a su encuentro en el castillo de Miravals.

—Os aguarda allí la noche del primero de mayo.

—Parece que lo tenéis todo arreglado.

—Esa es la fecha que ella me dio, mi señor.

—Pues hacedle saber que allí estaré.

—No os arrepentiréis.

—Condenado Alcalá, ¿cómo lo habéis conseguido? —le pregunta Arnaldo.

—Bastó con insistir un par de veces en que no había mujer tan hermosa en todo el mundo para que don Pedro se interesara por ella.

—Bien, habéis logrado que el rey acuda a esa cita, pero decidme, ¿cómo vais a engañarlo para que se acueste con una mujer sin que se dé cuenta de que es su propia esposa y de que, además, es hermosísima? En cuanto la vea, su majestad se dará cuenta de la trampa y mucho me temo que nuestros cuellos correrán entonces serio peligro.

—No la verá —asienta Guillén.

—¿No la verá? Entonces... ¿cómo va a dejarla embarazada?

—Todo ocurrirá de noche y sin una sola luz.

—Pero tendrán que estar juntos, abrazarse, cruzar algunas palabras. ¿Cómo no va enterarse el rey de que la mujer con la que está fornicando es doña María?

—Gracias a esto.

Con toda intriga, Guillén saca de una bolsa un puñado de setas secas y se las muestra al mayordomo real.

—¿Setas? ¿Vais a transformar a doña María en la mujer más hermosa del mundo con unas setas?

—En efecto.

—¿Os habéis vuelto loco?

—Estas setas proceden de Oriente. Las he comprado a un comerciante de Marsella que las adquiere en los mercados de Constantinopla. No son unas simples setas como las que se dan en los bosques de esta tierra. Quien ingiere unas pocas, tal cual este puñado, se siente sumido en un estado de euforia tal que se imagina que ha sido transportado al mismísimo paraíso. Las usan los sultanes de los sarracenos para poder dar satisfacción en una sola noche a varias de sus mujeres.

Arnaldo coge una de las setas que Guillén tiene en su mano y la observa con cuidado.

—Comeos una de ellas —le ordena el mayordomo al ricohombre aragonés.

—¡Cómo!

—Hay setas que son venenosas, mortales para quien las consume. ¿No pretenderéis asesinar al rey?

—No, claro que no. Soy su más leal servidor —se indigna Guillén de Alcalá.

—En ese caso, supongo que no tenéis inconveniente en comerlas. Vamos, hacedlo. Y veamos el resultado.

—Pero...

—Comedla, ahora —ordena tajante Arnaldo.

Guillén coge una de la setas, la limpia con cuidado en la manga de su túnica, se la mete en la boca y la mastica hasta tragársela.

—Ya está. No es venenosa.

—Otra; comeos otra.

Pasan varias horas desde que Guillén de Alcalá ingiere las dos setas alucinógenas. El efecto que le provocan es el que él mismo comenta: sensación de euforia, desinhibición, estado de alegría y placer, ganas de fornicar con cualquier mujer que se ponga a su lado...

—El rey creerá que doña María es la encarnación de la mismísima diosa del amor —comenta Alcalá una vez que se le pasa el efecto de las setas.

—Al menos no son venenosas —comprueba el mayordomo.

—Necesitaremos que don Pedro coma media docena de esos hongos un par de horas antes de su encuentro con doña María. El efecto tarda ese tiempo en producirse y, ya lo habéis visto, dura al menos cuatro horas.

—Sí, tiempo suficiente para que el rey deje preñada a la reina. Pero ¿y cuando se le pase, cuando se dé cuenta de que la mujer a la que ha amado es su esposa?

—Don Pedro aceptará lo que ha hecho y lo asumirá.

—¿Y si la reina no se queda embarazada? —pregunta el mayordomo.

—En ese caso, don Arnaldo, sí tendremos un problema. Pero hemos tomado todo tipo de cautelas, por eso se ha elegido la noche de ese domingo; según el médico de doña María, esa es la fecha más propicia para quedarse embarazada.

—Hará falta algo más que todo eso, un milagro incluso, para que doña María se quede preñada en una sola noche.

—Media docena de esas setas producirán ese milagro, pero además encargaremos rogativas y cuanto sea necesario para que Dios y su madre la Virgen estén de nuestro lado.

El rey de Aragón está inquieto aquellos días. Lleva una semana esperando el encuentro amoroso más deseado de su vida que Guillén de Alcalá y Arnaldo de Alascón preparan con todo detalle.

—Señor, antes de que visitéis a vuestra nueva amante, el cocinero os ha preparado este excelente guiso de testículos de toro con salsa especiada y setas —le dice Guillén.

—No tengo apetito ahora. Solo quiero encontrarme con esa misteriosa dama, enseguida.

—Os espera una larga y placentera noche, majestad. Necesitáis estar bien alimentado. Además, es bien sabido que esta comida acentúa la virilidad y la fuerza del hombre. Esa dama lleva un mes esperando vuestra visita, está ansiosa por...

—De acuerdo. Traedme ese guiso.

En el castillo de Miravals la reina María de Montpellier aguarda la visita de su esposo. Durante dos semanas prepara ese encuentro con Guillén de Alcalá. Sabe que Pedro es conducido hasta allí mediante una añagaza y que ella debe poner mucho de su parte. Alcalá le comenta que el rey espera encontrarse con una mujer ardiente, desinhibida, capaz de hacer cualquier cosa para satisfacerlo.

Todo está concienzudamente organizado. Doce hermosas doncellas que portan doce cirios aguardan la llegada del rey de Aragón en el patio del castillo, y en una sala contigua a donde se prepara la cama esperan dos notarios, dos canónigos y cuatro presbíteros dispuestos a certificar que esa noche don Pedro de Aragón y doña María de Montpellier, esposos por legítimo matrimonio canónico, yacen juntos en el mismo lecho y consuman el acto que es natural entre marido y mujer.

Don Pedro, tras la caída del sol, llega al castillo, ya sumido en sombras aquel primer domingo de mayo. Al entrar en el patio siente una extraña pero muy placentera sensación. Los cirios encendidos y portados por las doce doncellas vestidas con ceñidas túnicas blancas le provocan un estallido de emociones. Las doce jóvenes, formadas en dos filas, semejan las hijas de un dios pagano. Si así de lascivas son las doncellas, ¿cómo será la dama a la que atienden?

Desciende de su caballo y le parece como si sus pies levitaran sobre el suelo, como si su cuerpo apenas pesase poco más que una pluma de ave. Sonríe. Todavía no ve a su amante, pero ya se siente feliz, como si fuera a atravesar las puertas del paraíso.

—Por aquí, señor —le indica Guillén de Alcalá, que guía a don Pedro al interior de la torre central del castillo.

Suben unas escaleras sumidos en la penumbra, apenas iluminados por un pequeño farol que porta don Guillén, y entran en una estancia amplia y cómoda, caldeada por unas brasas rojizas que se consumen en una chimenea con un puñado de astillas de aromática madera de sándalo. En el centro, como un altar antiguo, hay una cama con un confortable colchón de plumas de ganso

—¿Dónde está esa dama? —pregunta el rey ansioso.

—Ahora mismo viene, majestad.

En la sala entran entonces las doce doncellas con sus cirios encendidos y se colocan alrededor de la cama. Huele a jazmín, cuyo aroma emana de la cera de los velones.

—Os lo ruego, señor, sentaos en la cama —le dice una de las doncellas.

Pedro de Aragón obedece sin rechistar. Las llamas de los cirios emiten leves destellos ambarinos, pero los ojos del rey creen estar presenciando el despliegue tornasolado de doce arcoíris.

Una segunda doncella apaga su cirio, coge una jarra de agua, un barreño, una toalla y una esponja y se acerca junto a su compañera a la cama donde se sienta el rey. Entre ambas comienzan a desnudarlo: le quitan el cinturón del que cuelga la espada que siempre lleva consigo, las botas de cuero con hebillas de plata, luego la chaqueta, la camisola y, por fin, las calzas.

Desnudo, el rey sonríe como un niño. Las dos doncellas comienzan a lavarle los pies con el agua de la jarra, que huele a perfume de rosas, y luego sus brazos y su pecho, y así hasta que llegan a su miembro viril, que acarician con sus manos suaves y secan con un paño de la más fina tela.

Las doncellas se retiran de la estancia; solo quedan el rey desnudo y don Guillén.

—Vuestra dama, señor —anuncia entonces el ricohombre aragonés mientras se dirige hacia la puerta.

La única luz que queda en aquella estancia es el tenue resplandor rojizo de unas brasas que la caldean en la chimenea, que deja entrever, recortada en la penumbra, la torneada silueta de una mujer de formas rotundas y sensuales.

Esa noche nadie duerme en el castillo de Miravals. Todos se mantienen expectantes y aguardan la reacción del rey cuando se dé cuenta del engaño. Esperan impacientes a que Pedro salga de la estancia donde pasa la noche con su esposa.

En la pequeña capilla que se improvisa en una de las salas de la fortaleza, los dos canónigos y los cuatros clérigos velan la noche rezando plegarias, ofreciendo rogativas y pidiendo a Dios y a la Virgen que la reina se quede embarazada. También lo hacen en varias iglesias de Montpellier grupos de religiosos alertados para ello por sus párrocos. Saben que el rey y la reina son los principales actores y quienes más han de poner de su parte para engendrar un hijo; pero unas oraciones nunca vienen mal.

La primavera es cálida en las tierras cercanas a las costas del Mediterráneo y los primeros rayos del sol de comienzos de mayo calientan en cuanto despuntan en el horizonte. Las brasas de la chimenea de la estancia donde el rey ama a su esposa se consumen, aunque todavía se mantiene el dulzón aroma a sándalo.

Un haz de luz amarillenta penetra por la estrecha ventana de apenas un palmo de ancho, cubierta por un lienzo de paño encerado.

El rey despierta tras dormir profundamente y hacerle el amor en tres ocasiones a su desconocida dama. Los efectos de las setas alucinógenas se disipan, aunque todavía resuenan en su cabeza los ecos del rumor de un lejano paraíso.

Pedro de Aragón se siente aturdido, pero enseguida recuerda la intensa noche de amor vivida al lado de esa misteriosa dama que ahora yace desnuda a su lado. Rememora su entrada en la penumbra, su rostro cubierto por un velo, cómo se acerca al lecho sin mediar palabra y toma su miembro viril entre su manos, lo acaricia y luego se lo lleva a la boca para besarlo, chuparlo y sorberlo una y otra vez hasta que el rey se siente abocado a las puertas del éxtasis.

Entonces, el rey vuelve al presente y mira a su amante, los ojos ya acostumbrados a la luz de la mañana. La dama está tumbada ofreciéndole la espalda. Quiere ver su rostro, comprobar si es la mujer más bella del mundo.

—Despertad, señora —le dice acariciando su hombro.

La dama se gira despacio.

Es la reina; María de Montpellier es la amante del rey.

—¿Os complací anoche, mi señor? —pregunta la nieta del emperador de Bizancio mirando a los ojos al rey de Aragón.

—¡Dios! ¡Qué clase de brujería es esta! —exclama sorprendido Pedro.

—Soy vuestra esposa.

Pedro salta de la cama, coge su espada y la desenvaina tan rápido como puede. Cree ser víctima de un hechizo o de una aparición diabólica. Sabe que algunos demonios poseen la facultad de mutarse en hermosas mujeres para apoderarse de la voluntad de los hombres y de introducirse en sus sueños para seducirlos y apropiarse de sus almas; súcubos los llama la Iglesia.

—¿Sois uno de esos diablos capaces de adquirir la forma de una mujer hermosa? —le pregunta apuntando hacia ella con su espada.

—Soy la reina de Aragón —confirma María.

Pedro se percata entonces del engaño, baja la espada, se sienta en un escabel y, de pronto, ríe.

—Todo esto... ¿ha sido idea vuestra? —pregunta entre divertido y atorado.

—Sí. Soy vuestra esposa legítima, la única mujer que puede daros un heredero al trono de Aragón. El reino lo necesita. Por eso lo he hecho. Espero que esta noche me hayáis dejado encinta y que mi vientre albergue ya el fruto de vuestra semilla: el futuro rey de Aragón.

Pedro ríe de nuevo. Introduce la espada en el tahalí y la coloca encima de una mesa donde la noche anterior los sirvientes dejan pan, queso, confitura de frutas, miel, nueces y una jarra con vino especiado con dos copas de plata.

El rey llena una copa.

—¿Queréis, señora? —le pregunta a su esposa.

—Es vino de Borgoña. El mejor que se vende en el mercado de Montpellier. Lo tomaré si vos me acompañáis.

Llena la segunda copa y se la ofrece.

—Por una noche de amor con una dama misteriosa —dice Pedro alzando su copa.

—Por esta noche, porque haya servido para engendrar a un rey —replica María.

—¿Cómo lo habéis hecho? —pregunta el rey, que parece divertirse pese a ser objeto de semejante engaño.

—Me inspiré en un relato oriental que escuché hace un tiempo de labios de un trovador.

—Pero necesitasteis de la ayuda de esos dos truhanes, don Arnaldo y don Guillén.

—Los obligué a ello. Les dije que si no hacían cuanto les ordenaba, Aragón y su Corona no tendrían heredero y todos vuestros dominios se sumirían en el caos. La tierra no puede estar sin un rey. Esos dos consejeros vuestros no hicieron otra cosa que cumplir con su deber como fieles y leales súbditos.

—Merecen un terrible castigo por contribuir a engañarme.

—Lo que en verdad merecen es un premio. Si esta noche me habéis dejado embarazada, deberíais recompensarlos con vuestra mayor generosidad; habrán hecho el mejor de los servicios a su rey y a su Corona.

Dos horas después de amanecer y tras una larga conversación con la reina, el rey se lava la cara, el cuello y las manos con el agua de una jofaina que alguien deja al lado de la cama y se viste con su camisa, sus calzas y sus botas; abre la puerta, baja la escaleras y sale al patio del castillo. Allí aguardan, formados como si fueran a pasar revista, Arnaldo de Alascón, Guillén de Alcalá, los dos notarios, los dos canónigos, los cuatro presbíteros, las doce doncellas y los soldados de la guardia.

Lleva su espada al cinto y su semblante es serio. Mira a su derredor y observa los rostros expectantes de sus súbditos. Están tensos. Ya saben que el rey conoce el engaño y que puede estallar en cólera. Conservar sus cabezas depende de su voluntad y de cómo se tome aquella treta.

—¡Don Arnaldo, don Guillén, acercaos! —ordena Pedro a los dos principales muñidores de aquella ingeniosa trampa.

El rostro del rey no refleja sentimiento alguno. Parece como esculpido en hielo. Los dos consejeros reales se temen lo peor.

—Señor... —Hincan la rodilla en tierra y bajan la cabeza, sumisos y a la vez dispuestos a que caiga sobre ellos la terrible ira regia.

—Debería cortaros el cuello con esta espada y con mis propias manos aquí y ahora. Pero no lo voy a hacer. Levantaos.

Una sensación de alivio recorre los encogidos estómagos del mayordomo real y del ricohombre aragonés.

—Gracias, señor, gracias —balbucea Arnaldo.

—Mil gracias, majestad —musita Guillén.

—¿Qué hacen esos dos aquí? —pregunta Pedro señalando a los notarios.

—Toman nota de lo acontecido esta noche. Certificarán que si la reina se queda embarazada, el hijo que pueda llevar en sus entrañas es vuestro, mi señor, sin ninguna duda —aclara Arnaldo de Alascón.

—¡Condenados bribones! Lo teníais todo planificado a mis espaldas.

—No nos ha movido otro interés que servir a vuestra majestad y a este reino.

Pedro vuelve a reír, a carcajadas. Sabe que debe ser magnánimo y complaciente con sus súbditos. Es un caballero y tiene que comportarse como tal. Además, ya no hay remedio. Es probable que, dada la fogosidad con que se emplea y las tres veces que se derrama dentro de María, la reina esté ya embarazada; en ese caso, el hijo que pueda portar en sus entrañas será el heredero legítimo para todos sus súbditos aragoneses y catalanes, que esperan con verdaderas ansias el anuncio de que viene en camino un heredero para la Corona de Aragón.

Pasa el resto de la jornada con la reina. María confía en que esa noche de amor sirva para reconciliarse con su esposo, pero Pedro decide marcharse esa misma tarde. Irá a Montpellier y luego a Cataluña y a Aragón.

No. No ama a María. Ni siquiera esa extraña y sensual noche le hace cambiar su idea de repudiar a la reina; pero si está embarazada... No quiere tener un hijo de María, pero si se da el caso, entonces reconocerá a ese retoño, y si es varón lo aceptará como legítimo heredero. Cuando nazca, insistirá en que la Iglesia anule su matrimonio con María, y si el papa Inocencio lo hace, se casará con María de Montferrato y entonces lucirá sobre sus sienes la corona de rey de Jerusalén. Con la bula de cruzada en sus manos, conquistará Mallorca y Valencia y, una vez ganados esos dos reinos a los sarracenos para su Corona, tomará la cruz, armará una gran flota, emprenderá viaje a Jerusalén y recuperará el Santo Sepulcro, ahora en manos de los infieles desde la conquista por el fiero caudillo Saladino, y se convertirá en el soberano más noble y reconocido de la cristiandad, al que todos llamarán el Católico.

Así sueña Pedro de Aragón.

Montpellier, fines de otoño de 1207

Mediado el mes de junio, uno de los médicos judíos de la corte confirma que María de Montpellier está embarazada. Si Dios lo quiere, la reina parirá mediado el próximo invierno, le anuncia Arnaldo de Alascón a Pedro de Aragón.

Habrá un heredero legítimo. En todos los territorios de su Corona, los súbditos del rey Pedro ruegan para que sea un varón. A diferencia de los demás reinos cristianos hispanos, donde las mujeres ejercen plenamente el poder regio si no hay un heredero varón, en el reino de Aragón y en el condado de Barcelona no pueden hacerlo.

El verano discurre entre malas noticias. El papa Inocencio le escribe al rey Pedro y le recrimina que sus súbditos de Occitania, sobre todo en el Languedoc, practican abiertamente la más nefanda de las herejías y lo acusa de permitir que lo hagan con su consentimiento, o al menos por su dejadez.

Pero Pedro estima que los cátaros, que es como algunos llaman a estos herejes que se denominan a sí mismos como los «perfectos», son buenas gentes, pacíficas, laboriosas y súbditos leales. Considera que no son en absoluto peligrosos. Algunos reyes, como el de Francia, y altos prelados de la Iglesia ambicionan las tierras y las propiedades de los cátaros y esa es la razón por la que presionan al papa para que emita una bula de cruzada contra ellos.

Conminan a los cátaros a que renuncien a su extrañas ideas, instando a que abandonen sus creencias y reclamando que dejen de practicar sus extraños ritos, que consideran propios de adoradores del diablo. Incluso citan a un coloquio a los principales cabecillas de los cátaros para debatir sobre sus erradas posturas y convencerlos de que abandonen sus posiciones y regresen al dogma y a la estricta obediencia de la Iglesia.

Por el momento, Pedro no parece demasiado preocupado por esa cuestión. Tiene planeado vengarse de la afrenta sufrida por los de Montpellier el verano del año pasado y dedica toda su energía a ello.

En agosto, al frente de un gran ejército, se planta en Montpellier reivindicando su señorío, que posee según el documento de cesión de su esposa la reina María.

No tendrá piedad, amenaza a los emisarios que los cónsules de la ciudad envían a parlamentar sobre un acuerdo de paz.

Entre tanto, María sabe que su esposo está decidido a dar un escarmiento a los rebeldes y que su represalia puede ser terrible. La reina lleva en sus entrañas al heredero de Aragón, que también es el de Montpellier, de modo que da una orden asombrosa. Decide que los propios ciudadanos de la ciudad sitiada derriben los muros que los protegen del asedio del rey, comenzando por el castillo, la sede del poder señorial.

—Están derribando los muros, señor —informa el mayordomo Arnaldo de Alascón al rey.

—¿Quiénes están haciendo eso? —pregunta Pedro extrañado.

—Los mismos ciudadanos; cumplen una orden de vuestra..., de doña María. Creo que la reina está mandando un mensaje contundente: vos, majestad, sois el verdadero y único señor de Montpellier.

—Ordenad a los soldados que detengan el asedio.

—Los trovadores escriben poemas sobre vuestras hazañas, señor, la toma de Montpellier sería...

—¿Tomar mi propia ciudad? No, no sería ningún logro y doña María lo ha entendido así. Que cese de inmediato el asedio y acordad la paz con los cónsules mediante un tratado que no deje lugar a duda alguna de que yo soy el vencedor de esta contienda, pero un vencedor caritativo y misericordioso.

—¿Y en cuanto a la reina?

—Una vez se haya firmado el acuerdo de paz, retomaré el pleito para la nulidad de nuestro matrimonio. Y entonces María de Montferrato será mi esposa.

—Queda algo pendiente, señor —añade el mayordomo.

—¿De qué se trata?

—De doña Azalais; reclama veros y...

—Le otorgaré rentas y propiedades suficientes para que viva

sin el menor apuro, pero decidle que, por el momento, no deseo reunirme con ella.

Esos días el rey de Aragón comparte su cama con una joven de Perpiñán a la que conoce a comienzos del verano. No necesita ninguna otra mujer a su lado, ni siquiera a la hermosa Azalais. Por ahora.

3

Nace el heredero

Montpellier, 1 de febrero de 1208

Hace ya dos días que los dolores que preceden al parto atormentan a la reina María.

Envía un mensajero anunciando el inminente nacimiento de su hijo, pero Pedro de Aragón anda preocupado por otros asuntos. Quince días atrás un escudero del conde de Tolosa, vasallo del rey, asesina a orillas del río Ródano a Pèire de Castelnou, el legado pontificio del papa enviado para resolver el problema de la herejía, que no cesa de extenderse desde el Languedoc hacia el norte y Provenza, e incluso por los territorios al sur de los Pirineos, por las tierras llanas de Aragón y de Cataluña, donde pastores cátaros acuden todos los inviernos con sus ganados para pasar en sus abrigadas dehesas los meses más fríos del año.

El asesinato del legado papal es un hecho muy grave y si no se pone castigo, y de manera satisfactoria, al crimen, la Iglesia amenaza con tomar severas represalias contra el conde de Tolosa y sus súbditos.

Pedro rumia qué hacer ante tan grave situación. No solo es el rey de Aragón, también es señor feudal de los condados, vizcondados y señoríos de toda Occitania, poblados por grupos de cátaros que si se ven atacados por los soldados de la Iglesia, no dudarán en pedir la ayuda de su señor natural el rey de Aragón, pues el derecho feudal los asiste. En ese caso se verá sumido en un dilema de difícil salida, pues tendrá que optar por ayudar a sus vasallos cátaros, considerados herejes por Roma, a los que debe protección, y enfrentarse a los guerreros cruzados del papa o por ponerse al lado de su señor, que es el mismo papa, pues su antepasado el rey Sancho Ramírez se somete al vasallaje de San Pedro y él mismo lo ratifica y lo jura al ser coronado por el pontífice Inocencio hace cuatro años; pero quebrantar su contrato con sus vasallos supone convertirse en un felón y desobedecer al papa, en un hereje.

Entre tanto, en Montpellier, la reina María se pone de parto. Tiene casi treinta años y ya sabe lo que es parir un hijo, de modo que está tranquila.

Avisado de la inminencia del alumbramiento, Pedro envía un mensajero a su esposa con una carta en la que le indica que el nombre que elige para su hijo es el de Pedro, como él mismo, como el de aquel antepasado conquistador de Huesca. Pedro es el patronímico de dos de los reyes de Aragón y, en femenino, el de la reina que transmite con su sangre continuidad a la dinastía de Ramiro; además, es el nombre del primero de los apóstoles, el elegido por Cristo como su vicario en la tierra, el que da nombre a la basílica donde residen los papas, señores feudales de Aragón y garantes de la legitimidad divina del reino desde hace casi un siglo y medio. Pedro es también el nombre del hijo que tiene con Azalais, la desdichada Azalais, antaño tan querida, ahora ya tan olvidada.

—Señora, vuestro esposo el rey me ordena que os comunique que su hijo deberá llamarse Pedro —le anuncia el mensajero real, al que María recibe en el palacio en que reside en Montpellier una vez derribado el castillo señorial.

—¿Pedro...? No, el nombre de mi hijo lo decidirá el mismísimo Dios, pues fue gracias a su intervención que me quedé encinta. Dios decidirá —explica María.

—Pero el rey...

—Vuelve a su lado y repítele lo que acabas de escuchar de mis labios: «Dios decidirá el nombre de nuestro hijo».

A medianoche del día 1 de febrero, justo antes de la madrugada, María de Montpellier da a luz a un varón; es el heredero del rey de Aragón; es el futuro rey de Aragón.

El niño nace sano y fuerte. Es rubio, pero tiene los ojos negros de la madre; será tan grande y alto como él, pues nace con tal tamaño y peso que la reina debe hacer grandes esfuerzos para sacarlo de sus entrañas.

Con su hijo en brazos, una semana después del natalicio y ya recuperada de los dolores del parto, María coge a su hijo y se va con él a la iglesia de las Tablas, un templo muy antiguo, a unos cuatrocientos pasos al oeste de la catedral, cerca del centro de la ciudad. Esta iglesia, consagrada cuatrocientos años atrás por un célebre obispo de Montpellier, es la parroquia predilecta de los mercaderes; ante su altar se alinean doce tallas de madera policromada que representan a los doce apóstoles que configuran con Cristo la primera comunidad cristiana.

Los comerciantes montpellerinos le profesan una gran devoción y suelen acudir a ella en demanda de protección antes de iniciar un viaje mercantil o de emprender un negocio.

La reina ordena a sus criados que compren doce cirios iguales, de la misma longitud y grosor, y que los lleven a la iglesia de las Tablas, pero antes manda avisar a su párroco para que esté preparado con todos los clérigos al servicio de ese templo.

Cuando llega doña María, los criados esperan a la puerta con los cirios en las manos; el párroco sabe que la reina desea algo importante y también la espera con la docena de clérigos, beneficiados, racioneros, prebendados, sacristanes y monaguillos que sirven en la parroquia de las Tablas.

—Señora, vuestros criados me han anunciado vuestra presencia; estoy presto para serviros...

—Deseo hacer una ofrenda con estos cirios ante el altar de los Doce Apóstoles.

—Acompañadme, señora.

Entran en el templo y se dirigen hacia las tallas de los apóstoles, que impresionan por su tamaño natural y la rigidez de los rostros, labrados en madera de pino del Languedoc, en los que destacan unos ojos negros hieráticos que miran fijos, rotundos, perfilados por un grueso trazo sobre mejillas pintadas con círculos carmesíes.

—¿Disponéis de doce candelabros? —le pregunta María al párroco.

—Sí, doña María, claro que sí. Algunos están ocupados, pero los traeré para vuestra majestad.

El párroco da las indicaciones oportunas a dos monaguillos que lo acompañan y ambos salen presurosos a por los candelabros, con los que regresan al poco rato.

—Colocad un candelabro con un cirio delante de cada una de las tallas de los apóstoles —ordena la reina.

—¿En qué orden, señora? —pregunta el mayoral de los criados.

—Como os venga bien, a vuestro albedrío.

Los criados cumplen la orden; cada apóstol tiene su candelabro con su velón enfrente.

—Ahora prended las mechas, todas a la vez.

Cuando las luces de los velones comienzan a iluminar el altar, la reina se persigna, se arrodilla y musita una oración. Siguiendo su ejemplo, todos los presentes imitan a su señora.

—*Te Deum laudamus...* —comienza a cantar el párroco, al que siguen a coro y de inmediato todos los demás.

Acabado el canto del *Te Deum*, todos se persignan. La reina alza la mano y habla:

—Este hijo que Dios me ha dado todavía no tiene nombre; como ha sido un regalo de Jesús y de su madre la Virgen, se llamará como el apóstol cuyo cirio se apague en último lugar. Aquel velón que dure más tiempo encendido delante de su santo dará nombre al futuro rey de Aragón, conde de Barcelona y señor de Montpellier.

Monasterio de Sigena, región de Monegros, Aragón, principios de mayo de 1208

—Se llamará Jaime —le dice con notorio rictus de enfado el rey Pedro a su madre la reina Sancha—. El cirio que estaba delante de la estatua de ese apóstol, al que los castellanos llaman Santiago y los franceses Jacques, es el que se ha mantenido más tiempo encendido. Mi esposa lo ha bautizado con ese nombre y así lo ha comunicado al papa.

—Jaime, Santiago... No hay ningún Jaime en nuestra familia. Ningún rey de Aragón, de Pamplona, de León o de Castilla se ha llamado antes de esa manera: Jaime, Santiago... Tus antepasados se han llamado Ramiro, Sancho, Pedro, Alfonso..., uno de esos cuatro nombres es el que debería llevar mi nieto, pero Jaime, ¿Jaime...?

—Dice mi esposa que es un nombre muy venerado por la cristiandad. Es el mismo que llevaron dos de los apóstoles más importantes: Santiago el Mayor, el primo de Jesús, cuyo cuerpo reposa en el sepulcro de la ciudad Compostela, en Galicia, y Santiago el Menor, hermano de Cristo y su sucesor al frente de la comunidad de cristianos de Jerusalén, el que fuera primer obispo de la Ciudad Santa.

—¿Todo eso te ha explicado tu esposa en su carta?

—Dice que lo ha leído en los Evangelios —responde Pedro.

—Se ha salido con la suya. Esa mujer tiene carácter, vaya si lo tiene. Y es muy astuta.

—Lo sé, pues fue capaz de engañarme aquella noche para que la dejara embarazada.

—Está bien, está bien, ya no tiene remedio.

—Madre, hay algo más. El papa Inocencio ha proclamado a doña María de Montpellier como mi esposa legítima y ha certificado que el infante don Pedro —el rey se resiste a llamar a su hijo con el nombre de Jaime— es hijo de los reyes de Aragón y mi heredero legal en todos estos reinos, tierras, Estados, dominios y señoríos.

—¿Alguna otra noticia? —Sancha no se muestra demasiado preocupada por lo que hasta ese momento le está contando su hijo. A sus cincuenta y tres años es una mujer sabia y con experiencia, que sabe comportarse con prudencia y mesura. Todos cuantos la conocen admiran su temple y su buen sentido para el gobierno.

—El papa ha proclamado herejes a los cátaros y ha convocado una guerra santa contra ellos. Ha citado a todos los príncipes y señores de la cristiandad a combatirlos allá donde se encuentren, con amenaza de excomunión para quienes no cumplan su bula de cruzada.

—Lo esperaba —comenta Sancha, que escucha a su hijo en pie, junto al sepulcro de piedra tallada donde se depositarán sus restos mortales.

—Muchos de esos cátaros son nuestros vasallos, a los que las leyes, mi palabra de rey, señor y caballero y mi juramento solemne me obligan a defender y proteger de cualquier peligro que los amenace; venga de donde venga.

—¿Aunque esa amenaza proceda de la mismísima Iglesia de Roma?

—Aunque así sea —asiente el rey.

Sancha contempla los ojos de su hijo. Pedro los tiene azules, del mismo tono y color que los de su abuela Riquilda, la princesa polaca que llegó de las frías y lejanas tierras del centro de Europa para casarse con el rey Alfonso de León, el que quiso ser emperador, y que a la muerte del leonés volvió a casarse con Ramón Berenguer, el conde de Provenza.

—En tus ojos veo los de mi madre —le asegura a la vez que le acaricia la mejilla con el dorso de la mano.

—Dicen que era una mujer muy hermosa, como tú.

—Lo era, en verdad que lo era. Mi padre el rey Alfonso se enamoró de ella en el mismo momento en que la vio. Tenía la piel blanca como de nieve, el cabello cual el brillo del oro y los ojos del matiz del azul del cielo de Burgos a mediodía en primavera: el azul más hermoso del mundo.

—No la recuerdo.

—Solo estuviste una vez a su lado. Tenías dos años; para entonces ya había muerto mi padre y ella se había vuelto a casar con don Ramón de Provenza. No la puedes recordar.

—¿Te pareces a ella?

—Eso dicen quienes la conocieron, aunque mis cabellos no son tan rubios como eran los suyos, ni mi piel tan blanca.

—Mi hijo, tu nieto, también es rubio, pero tiene los ojos negros, supongo que es la herencia de la rama bizantina de su madre.

—¿Quieres a ese niño? —le pregunta Sancha.

—Es el hijo de una mujer a la que no amo, pero es mi hijo y mi heredero.

—Basta con eso.

Montpellier, verano de 1208

El rey Pedro todavía no conoce a su hijo ni tiene, por el momento, la menor intención de hacerlo. Pasa los días de amante en amante, disfrutando de los placeres que le proporcionan concubinas hermosas a las que ama y olvida.

Su desafecto hacia su hijo es conocido por los miembros de la familia real, algunos de los cuales aspiran al trono de Aragón. Para esos pretendientes, el pequeño Jaime representa el principal obstáculo, pues su primogenitura prevalece ante cualquier otro candidato; pero si muere...

Una noche, mientras el infante Jaime duerme en su cuna, dos hombres se desplazan silenciosos por el tejado del palacio real de

Montpellier. Con amenazas y una buena bolsa de dinero convencen a una de las criadas para que esa noche coloque la cuna del niño cerca de la chimenea. Aunque es verano y el fuego está apagado, los dos sicarios necesitan que la cuna del infante esté justo en ese lugar; así es como lo tienen planeado.

La luna está oculta por unas nubes negruzcas que acentúan la oscuridad de la noche. Los dos hombres llegan hasta la zona del tejado donde se asienta la chimenea y desmontan las lajas de la cubierta con sumo cuidado. La estancia donde duerme el infante está iluminada por la luz de un candil que la criada deja encendido para que pueda verse desde arriba el lugar exacto donde se ubica la cuna.

Uno de los sicarios asoma la cabeza por el hueco de la chimenea y mira hacia abajo.

—Ahí está la cuna, justo donde le dijimos a la criada —le comenta en voz muy baja a su compañero.

—Déjame ver.

El segundo hombre se asoma y vislumbra la cuna, cuya mitad se percibe claramente desde su posición. Comprueba que el pequeño Jaime está dentro.

—Estas piedras serán suficientes para acabar con ese niño —comenta el primero señalando las lajas que acaban de desmontar.

—Debe parecer un derrumbe natural de la chimenea. Coloquémoslas justo en el borde; a mi señal, las empujamos todas a la vez.

—Caerán sobre la cuna y... un príncipe menos.

Los sicarios colocan las piedras tal cual acuerdan y a la señal, las empujan a la vez por el hueco de la chimenea.

Tras el estruendo que producen con su caída, uno de ellos todavía tiene tiempo para asomarse y ver que la cuna está destrozada.

—Hemos acertado. Vámonos, deprisa.

Y huyen por el tejado hasta alcanzar el suelo y ponerse a salvo.

El ruido despierta a la criada, que duerme al lado del pequeño Jaime. Se levanta de su catre, se cubre con un balandre, coge el candil que ilumina tenuemente la sala y se acerca a la cuna; al verla destrozada y al niño caído sobre el pavimento, grita despavorida.

No tardan en acudir varios servidores, que recogen al niño del suelo y comprueban si sufre algún daño. Parece que se encuentra bien. Las piedras caídas hacen trizas la cuna, pero, como si de un milagro se tratara, el pequeño sale ileso. Ni siquiera llora, tan solo bracea ante la mirada atónita de sus cuidadores.

La reina María, avisada del incidente, llega a la sala. Contempla la cuna hecha pedazos, las piedras caídas y la chimenea derrumbada.

—¿Cómo está mi hijo? —pregunta.

—No ha sufrido daño alguno, señora. Es un milagro.

El senescal de palacio, que tiene a Jaime en sus brazos, se lo entrega a María.

—Mi pequeño, mi pequeño... —musita la reina aliviada—. ¿Qué ha ocurrido aquí?

—Creemos que se ha derrumbado parte de la chimenea, mi señora.

La reina desconfía.

—Subid a inspeccionar el tejado —ordena.

—Mañana, en cuanto amanezca...

—Ahora mismo.

—Pero, señora, es noche cerrada...

—He dicho que ahora mismo.

Cuatro guardias provistos de faroles suben al tejado e inspeccionan los alrededores de la chimenea. Pese a la falta de luz natural, enseguida se dan cuenta de que la caída de la chimenea no es accidental.

Descienden e informan a la reina.

—Alguien ha subido al tejado y ha derribado la chimenea a propósito, señora —explica uno de ellos—. Hay claros indicios de pisadas.

—Han querido matar a mi hijo —concluye la reina.

—Creo que sí, señora.

A la mañana siguiente, nuevas y más contundentes pruebas indican que al menos dos hombres son los culpables del derribo de la chimenea y del intento de asesinato del pequeño Jaime.

María de Montpellier no lo duda. Llama a su secretario y le dicta una carta dirigida a su esposo; en ella le relata con todo detalle el atentado sufrido por su hijo y le pide que busque a los culpables y los castigue como merecen.

En vano; nunca los descubrirán.

Zaragoza, verano de 1208

Pedro de Aragón conoce bien que los tronos del reino de Aragón y del señorío de Montpellier son ambicionados por miembros de su familia, pero carece de pruebas para saber quién está detrás del intento de asesinato.

—¿De quién sospecháis? —pregunta Pedro a su mayordomo después de que este le lea la carta de María.

—La muerte de vuestro hijo beneficiaría a dos personas: a una en el caso del trono de Aragón y a otra en el del señorío de Montpellier.

—¿Quiénes son esos dos interesados?

Arnaldo de Alascón calla que, pese a que apenas cumple unos meses de vida, el infante Jaime ya tiene muchos detractores, pero, ante la insistencia del rey, no puede evitar citar los nombres de los dos más significados.

—Vuestro hermano don Fernando el primero.

—¡Fernando! Es abad de Montearagón, no puede reinar —señala el rey.

—Eso no constituye un impedimento insalvable. Recordad, mi señor, que vuestro bisabuelo el rey don Ramiro no podía ejercer como tal, pues había sido tonsurado y proclamado obispo electo de Barbastro, pero al morir don Alfonso el Batallador sin hijos, los nobles aragoneses lo sacaron del monasterio y lo proclamaron rey.

—Fernando...

Fernando, abad de Montearagón, es el hermano menor de Pedro. Tiene doce años menos y es el abad de uno de los monasterios más importantes de Aragón, pero es un hombre ambicioso que anhela convertirse en rey.

—Y también le conviene la muerte del infante a don Guillermo de Montpellier, el medio hermano de doña María —añade el mayordomo real.

Guillermo es hijo del también llamado Guillermo, el padre de María, y medio hermano de esta, nacido del matrimonio del señor de Montpellier con Isabel, infanta de Castilla y sobrina de Sancha, la madre del rey Pedro. Sus derechos al señorío montpellerino decaen cuando el papa Inocencio ratifica a María, la hija fruto del matrimonio con la princesa bizantina Eudoxia Comneno, el segundo del rey. Además, Guillermo se acaba de casar con Juliana de Entenza, miembro de una poderosa familia aragonesa; cree que él es el verdadero y legítimo señor de Montpellier y mantiene la esperanza de conseguirlo algún día.

—Mi hermano don Fernando, don Guillermo... ¿Quién de los dos despierta mayor sospecha para vos?

—Don Guillermo, por supuesto.

—¡Solo tiene dieciocho años!

—El atentado ha ocurrido en el palacio real de Montpellier, de manera que el instigador ha debido ser él.

El rey está en Zaragoza para asistir a la firma de las capitulaciones matrimoniales de la segunda boda de su hermana Constanza, viuda del rey de Hungría. Va a casarse con el rey Federico de Sicilia, un aliado que Pedro considera imprescindible para sus planes de conquista del reino musulmán de Mallorca. Además, en las capitulaciones se incluye una cláusula por la cual Fernando de Montearagón, hermano menor de Pedro y de Constanza, se convertirá en rey de Sicilia si Federico muere sin descendencia.

Pedro deja claro que no cree, en absoluto, como algunos dejan entrever, que su hermano Fernando sea el instigador del atentado contra su sobrino el infante Jaime.

Tampoco le importa demasiado. No promoverá una investigación para desenmascarar al culpable. No lo hará. Pedro de Aragón no muestra interés alguno en descubrirlo. Este caso nunca se resolverá.

A Zaragoza también acude Alfonso de Provenza, hermano de Pedro, Fernando y Constanza, que será el encargado de llevar a la novia hasta la isla de Sicilia para entregársela a su nuevo esposo. Alfonso solo tiene dos años menos que Pedro y es conde y marqués de Provenza por decisión de su padre, que le entrega estos feudos en su testamento. Pedro ama a su hermano, pero no está de acuerdo con lo decidido por su padre; el rey de Aragón considera que el primogénito debe heredarlo todo, pues dividir los dominios de la Corona no hace sino debilitar al trono.

—Hermano —le dice Pedro de Aragón a Alfonso de Provenza—, este matrimonio de nuestra hermana Constanza con el rey de Sicilia será muy provechoso para la Corona.

—¿Sigues pensando en un gran reino unido que se extienda por todo el Mediterráneo? —le pregunta Alfonso.

—Sí. Aragón, Cataluña, toda Occitania, los reinos ahora sarracenos de Valencia, de Murcia y de Mallorca, las islas de Italia...

—¿Y Provenza?

—Provenza es tuya, hermano.

—Pero tú eres mi heredero y, desde que nació tu hijo, yo ya no soy el tuyo.

—Los reyes siempre han utilizado el matrimonio de sus hijos como la mejor arma para la política. Por eso he ofrecido en matrimonio a mi hijo a doña Aurembiaix de Urgel.

—¿Aurembiaix?

—Sí. Es la única hija de don Armengol. Cuando el conde fallezca, esa muchacha se convertirá en la señora de Urgel: la condesa Aurembiaix.

—¿Cuántos años tiene esa mujer? —pregunta Alfonso.

—Creo que unos doce. Urgel es el único territorio al este del reino de Navarra que no nos pertenece. Con esa boda, mi hijo será su futuro conde y Urgel quedará incorporado a los dominios de nuestra Corona.

Los dos hermanos pasean por el patio del palacio de la Aljafería, antigua sede de los reyes musulmanes de Zaragoza y ahora alcázar y palacio principal de los soberanos de Aragón.

Bajos los arcos de filigranas de yeso policromado, escuchan un extraño zumbido procedente del cielo y levantan al unísono la cabeza.

—¿Qué es ese ruido? —pregunta Alfonso.

De pronto, el cielo de Zaragoza se cubre de un tupido manto como tejido con millones de diminutos puntos oscuros.

—¡La langosta! —exclama Pedro.

La langosta. La temida plaga cae sobre Zaragoza. Nadie sabe por qué ocurre ni a qué se debe, pero algunos años en los que coinciden lluvias abundantes y calor extremo durante la primavera, millones de saltamontes aparecen volando desde el sur, arrastrados por el viento cálido del mediodía, y caen sobre los campos devorando todos los vegetales que encuentran a su paso.

—La maldición bíblica —recuerda Alfonso—. Las diez plagas de Egipto: la octava fue la de las langostas, la novena trajo la oscuridad y la décima... —El conde y marqués de Provenza se conmueve al recordar el texto de los capítulos séptimo, octavo y noveno del libro del *Éxodo*.

—¡El ángel exterminador! ¡La muerte de los primogénitos!
—concluye Pedro de Aragón.
—Esa aún no se ha cumplido. Tu hijo se salvó del atentado.

Monasterio de Sigena, mediados de noviembre de 1208

No puede llegar a tiempo. El rey está en Huesca cuando un correo del monasterio de Sigena anuncia que la reina Sancha agoniza. Pedro solo tarda dos días en acudir al cenobio de los Monegros, aunque lo hace unas horas tarde.

—Su último recuerdo fue para vuestra majestad —informa al rey la priora de Sigena ante el cadáver de Sancha, que parece dormida.

—He venido a todo galope... —se lamenta Pedro, que no puede despedirse por última vez de su madre.

—Este es su testamento. —La priora le muestra el pergamino dictado cuatro días antes, en el cual se detallan los deseos de Sancha de Castilla.

La reina madre enumera sus más preciados objetos, como una tabla de oro legada por su padre el rey Alfonso que dona a su hija Constanza, y ordena que se venda el resto de sus joyas para pagar la deudas contraídas y para sufragar las obras que se siguen haciendo en el monasterio de Sigena, así como las propiedades que posee en varias ciudades y villas del reino del Aragón. Las mayores donaciones de doña Sancha son para el monasterio y para la Orden de San Juan.

Pedro repasa el testamento de su madre en el claustro del monasterio cuando su mayordomo lo interrumpe.

—Mi señor, es urgente...
—Decidme, don Arnaldo.
—El conde de Urgel acepta el acuerdo de matrimonio de vuestro hijo el infante con su hija doña Aurembiaix.
—Lo esperaba. De todos los territorios ubicados entre el reino de Navarra y el mar Mediterráneo, Urgel es la única joya que falta en nuestra Corona. Cuando esa boda se celebre, Aragón y Cataluña ya no tendrán una tierra ajena de por medio.

Pedro está satisfecho. Sus hermanas Constanza y Sancha son las esposas del rey de Sicilia y del conde de Tolosa, sus hermanos Alfonso y Fernando no cuestionan su primacía y lo obedecen y respetan como cabeza del linaje de los Aragón, y varios nobles al norte de los Pirineos le juran vasallaje y sumisión. Su idea de crear un gran reino que abarque todas las tierras que miran al mar Mediterráneo desde el sudeste de Hispania hasta el sur de Italia va haciéndose realidad.

Y no solo eso. A comienzos de junio, firma en la localidad aragonesa de Mallén un acuerdo con el rey Sancho el Fuerte de Navarra por el cual ambos monarcas se adoptan mutuamente. Sin citar a su hijo Jaime, al que sigue ignorando pese a que encarna el derecho sucesorio y la herencia al reino de Aragón y al condado de Barcelona, Pedro declara a sus hermanos Fernando y Alfonso y al rey Sancho de Navarra como herederos, en un flagrante desafuero que algunos nobles aragoneses critican en secreto. Por ese tratado, Sancho el Fuerte le presta veinte mil maravedíes de oro, que el aragonés necesita con urgencia para hacer frente a sus gastos, y a cambio recibe como aval varios castillos en la frontera de Aragón con Navarra. El trono de Pamplona carece de heredero, de manera que Pedro calcula que a la muerte del rey Sancho, veinticuatro años mayor, Navarra será suya.

Pero un grave problema amenaza con desbaratar los planes del rey Pedro. A ambos lados del Pirineo crece día a día el número de gentes contrarias a la Iglesia de Roma. Algunos de esos rebeldes la consideran la encarnación del mal y la gran ramera, y al santo padre, el mismísimo Anticristo que anuncian las profecías apocalípticas.

El papa Inocencio, decidido a convertir a la Iglesia católica en la gran institución de toda la cristiandad y sin admitir en su seno disidencia alguna, ratifica la bula de cruzada y convoca a todos los nobles a perseguir y combatir a los cátaros. La orden que sale de la curia de Roma es rotunda: acabar con la herejía cátara a cualquier precio. Para ello pide ayuda al rey Felipe de Francia, que ve una magnífica oportunidad para extender su influencia a las tierras del sur y conseguir que sus dominios alcancen al menos hasta las cumbres de los Pirineos, como en tiempos del emperador Carlomagno.

En la propia ciudad de Huesca un clérigo llamado Durán funda a comienzos de ese año una Orden que denomina con el nombre de los Pobres Católicos. Pretende con ella renovar la Iglesia, a la que considera podrida por la ambición de poder y el afán de acumular riquezas y propiedades.

El papa Inocencio no pasa por alto la actitud de Durán de Huesca, al que califica de hereje, aunque quiere evitar un enfrentamiento con el rey de Aragón, por lo que pide al arzobispo Ramón de Tarragona que obre de manera prudente con Durán y sus seguidores, pero que evite que los miembros de esa Orden entren en contacto con los herejes cátaros. El papa considera que los cátaros no tienen remedio ni salvación posibles y planea exterminarlos, pero con Durán y los suyos se muestra más comprensivo.

La llamada a la cruzada contra los albigenses alcanza enseguida un éxito extraordinario. Encabezados por el aventurero Simón de Monfort, al que el papa concede la capitanía del ejército de los cruzados, y con el beneplácito del rey Felipe de Francia, se suman a la guerra santa contra los cátaros el duque Eudes de Borgoña, el conde Hervé de Nevers, el conde Gaucher de Châtillon de Saint-Pol, los señores de Reims, Sens y Ruán y los obispos de Autun, Clermont, Bayeux y Chartres.

Tras concentrarse esa primavera en Lyon, las tropas papales avanzan hacia la tierra de los cátaros en el Languedoc y en el condado de Tolosa, enardecidos y exaltados por las incendiarias soflamas que los clérigos católicos proclaman en cada uno de los sermones que día tras día ofrecen a los cruzados.

«¡Los cátaros son peor que los sarracenos!», claman una y otra vez esos clérigos. Los cruzados sienten cómo aumenta su sed de sangre; palabras similares son las que pronuncia el papa en sus homilías en Roma.

Conforme llegan noticias del avance de las tropas papales, la sensación de pavor y espanto crece entre los habitantes de las regiones amenazadas. El propio conde Ramón de Tolosa, amedrentado por lo que se le viene encima, anuncia que desea reconciliarse con la Iglesia y se flagela públicamente como muestra de humildad y en solicitud de perdón; se humilla y hace penitencia.

Otros nobles de la región, como el vizconde Ramón Roger de Trencavel y el de Béziers y Carcasona, no admiten la orden del papa y se preparan para la guerra, aunque son conscientes de que sus posibilidades de vencer a los cruzados son nulas.

El día 22 de julio el ejército cruzado se presenta ante los muros de la ciudad de Béziers, que Roma considera uno de los principales cubiles de los herejes cátaros. Simón de Monfort va al frente de las tropas y a su lado cabalga Arnaldo Amalric. Delegado del papa en la cruzada, abad del monasterio catalán de Poblet y ahora del rico y poderoso cenobio de Cîteaux, es uno de los clérigos más vehementes y el principal instigador para que se someta a los cátaros con la mayor violencia posible, sin concederles el menor resquicio para el arrepentimiento ni para el perdón.

—Ordenad el asalto a la ciudad —le dice Amalric a Simón de Monfort a la vista de las puertas cerradas.

—¿No deseáis ofrecerles la posibilidad de que se rindan? —replica el jefe militar de los cruzados.

—En absoluto; acabemos con ellos cuanto antes.

—Os recuerdo que dentro de esa ciudad hay muchos herejes, pero sin duda también habitan buenos católicos leales a la Iglesia.

—Señor de Monfort, ordenad a las tropas que asalten Béziers y que no tengan piedad con ninguno de sus habitantes.

—Morirán muchos católicos —comenta Simón sin el menor atisbo de piedad o de duda.

—Matadlos a todos, Dios ya reconocerá a los suyos.

La terrible sentencia de Arnaldo Amalric resuena como si la hubiera pronunciado la misma Muerte encarnada en la figura del abad de Cîteaux.

Monfort se ajusta las cintas de cuero que sujetan su casco, arrea a su caballo y acude al frente de los soldados, que ya están desplegados ante a los muros de Béziers.

—¡Soldados de Cristo! —clama desde su montura—, dentro de esas murallas hay cinco mil herejes, tal vez más, que niegan la divinidad de Jesucristo y reniegan de nuestra Santa Madre la Iglesia. Su santidad el papa Inocencio nos ha convocado para acabar con esos herejes y liberar estas tierras de su pestilencia. Asaltad esos muros, derribadlos y descargad sobre sus defensores toda la ira de Dios.

»Sin piedad, sin misericordia, acabad con todos, con todos. Esta tarde no debe quedar un solo hereje vivo. Y recordad que podéis quedaros con todo cuanto botín consigáis ganar en esta batalla.

»¡Soldados de Cristo, al asalto!

»¡Matadlos a todos, Dios ya reconocerá a los suyos! —Simón de Monfort finaliza su arenga repitiendo la frase pronunciada por los labios del abad Amalric.

La sangre de los muertos cubre las calles de la ciudad de Béziers cuando entra en ella el abad de Cîteaux. Sus órdenes se cumplen a rajatabla. No queda ni un solo superviviente. Hombres, mujeres, ancianos, niños..., todos mueren bajo las armas de acero de los cruzados.

Un olor a sangre, heces y orines inunda cada rincón de la ciudad, cada casa, cada calle.

—Recoged todos esos cadáveres, haced varias pilas con ellos en un campo en las afueras y prendedles fuego —ordena Simón de Monfort a sus hombres—. Ni un solo superviviente —se dirige ahora Simón a Arnaldo Amalric.

—Dios os premiará en el paraíso por lo que habéis hecho, pero antes lo hará el papa en la tierra.

Los ojos y el rostro de Monfort no muestran ninguna reacción. Sus mirada es fría como un témpano de hielo y su cara no refleja el menor sentimiento. Acaba con la vida de miles de personas como quien tala un bosque, sacrifica unas cabezas de ganado o deseca un pantano. No siente ni odio ni rencor, ni siquiera un ápice de misericordia. Nada.

Hace la faena que le encomienda el papa y cumple las órdenes de su señor. Sin más. En el corazón del guerrero no hay lugar para la sensación.

Cerca de Perpiñán, fines de julio de 1209

—¿Cuántos muertos? —pregunta el rey tras recibir de un mensajero la noticia del asalto de los cruzados a Béziers.

—Todos, mi señor.

—El número...

—No lo sé con seguridad, majestad; unos dicen que dentro de

los muros de la ciudad había cinco mil, otros hablan de ocho mil; el abad Amalric ha escrito una carta al papa informando de la toma de Béziers en la que le asegura que ha acabado con veintidós mil herejes. Creo que nunca podrá conocerse la cifra exacta, pues han quemado todos los cadáveres y han dispersado sus cenizas al viento. Algunas pilas con los cuerpos de esos desdichados han estado ardiendo tres días —explica el mensajero.

—¿Y dices que no quedan supervivientes?

—Por lo que he podido saber, ni uno solo, mi señor. El delegado del papa ordenó a sus soldados que mataran a todos, sin piedad. Y pretenden seguir matando. Las tropas del papa se dirigen ahora hacia Carcasona y tienen la intención de hacer con sus defensores lo mismo que con los de Béziers: matarlos a todos.

—Iré a Carcasona —asienta el rey.

—¿Sin tropas, señor?

Pedro de Aragón carece en esos momentos de un ejército con el cual defender a sus vasallos del ataque de las tropas del papa, pero no quiere abandonarlos a su suerte; al menos intentará mediar y evitar una nueva masacre.

Carcasona, mediados de agosto de 1209

Cuando el rey de Aragón llega a Carcasona con su menguada comitiva, compuesta por dos docenas de caballeros y otros tantos sirvientes, los cruzados ya están atacando los muros de la ciudad. En el primer envite, librado dos días antes, toman los arrabales, carentes de muros, y se plantan ante la ciudadela, protegida por unas imponentes murallas y unos profundos fosos.

Pedro se ofrece como mediador entre los aterradores sitiadores, a los que dirige Arnaldo Amalric y los aterrorizados defensores, al frente de los cuales está el vizconde Ramón Roger de Trencavel.

—Sire, sed bienvenido a este pabellón —saluda el abad de Cîteaux a Pedro, quien, sabedor de su inferioridad, pretende convencer al delegado del papa para que levante el asedio.

—Lo ocurrido en Béziers no puede repetirse en Carcasona —dice el rey con toda firmeza.

—Eran herejes, sire, de peor calaña que los infieles sarracenos.

El abad Amalric parece seguro de lo que dice. Habla con determinación, consciente de que el aragonés nada puede hacer en esa situación.

—Han muerto miles de inocentes; fieles hijos de Dios y de su Iglesia.

—En ese caso, ahora disfrutan de la presencia de Dios en el paraíso —ironiza Amalric.

—Hablaré con el vizconde de Trencavel. Trataré de convencerlo para que cese esta locura.

—Claro, sire, sois el rey de Aragón.

Tras la entrevista con el abad, Pedro sale de la tienda y se dirige a la ciudadela de Carcasona. Ante los muros, reclama la presencia del vizconde de Trencavel.

—Avisad al señor vizconde de que el rey de Aragón está aquí y de que quiere hablar con él —grita uno de los caballeros que acompañan a Pedro.

Al cabo de media hora, Trencavel aparece en lo alto de la muralla.

—¡Don Pedro!, en verdad que sois vos. Cuando me han dicho que estabais aquí he llegado a pensar que se trataba de una broma, o de una treta de Simón de Monfort.

—Pues ya lo veis por vos mismo, señor vizconde, es el mismísimo rey de Aragón quien os habla. Dejadme entrar.

Durante un buen rato Pedro trata de convencer al vizconde para cerrar un acuerdo que evite el asalto de las tropas cruzadas a Carcasona. Trencavel acepta la mediación del rey, confía en él y le otorga su plena confianza para que negocie un pacto honroso con el delegado del papa.

Pero Amalric exige demasiado. Le pide al vizconde que se entregue con dos de sus caballeros y que abra sin condiciones las puertas de la ciudadela de Carcasona para que entren los cruzados. El vizconde se niega. Las negociaciones se rompen.

Pedro, sin tropas con las que defender a su vasallo, se retira. Sabe que Carcasona está perdida.

Camino de Cataluña, un correo le lleva al rey la noticia de la caída de Carcasona. El vizconde de Trencavel es apresado y sus tierras entregadas a Simón de Monfort, quien suma a su título de conde de Leicester los de vizconde de Béziers y de Trencavel, de los que despoja a Ramón Roger.

El abad de Cîteaux logra cuanto pretende. Además, obtiene para su abadía grandes donaciones y beneficios que le otorga Simón de Monfort, a quien el papa ratifica como dueño de los bienes confiscados a los herejes.

Varios nobles del bando cruzado, quizá abrumados por tanta sangre inocente derramada, rechazan su parte del botín, abandonan la cruzada y regresan a sus dominios. Algunos piensan que no deben seguir participando en lo que ahora consideran un error, un sangriento error.

Provenza, mediados de diciembre de 1209

Los problemas se acumulan.

En el mes de octubre muere el conde Armengol de Urgel. Su viuda, la noble castellana Elvira de Lara, dona el condado al rey Pedro, pero se trata de una estratagema para ganar tiempo. Guerao de Cabrera, un noble catalán, aspira a apoderarse del condado.

Elvira de Lara, presa del pánico, decide abandonar Urgel.

—Doña Elvira marchará a su tierra natal en Castilla y se llevará con ella a su hija la condesa Aurembiaix —le dice el mayordomo real a Pedro.

—¡Cómo! ¿Qué va a hacer esa mujer?

—Tiene miedo. Don Guerao de Cabrera ha formado un pequeño ejército y se ha proclamado conde de Urgel. Doña Elvira no le presentará batalla.

—Aurembiaix es la prometida de mi hijo —recuerda Pedro.

—Doña Elvira ha anulado ese compromiso...

Pasan demasiadas cosas en muy poco tiempo. Pedro regresa a sus dominios tras visitar Provenza, donde asienta los derechos de su sobrino Ramón Berenguer, nacido hace varias semanas. Su hermano Alfonso muere de peste en el viaje a Sicilia, dejando a su hijo pequeño al cargo de Pedro de Aragón, quien nombra a su tío Sancho administrador de Provenza hasta que el niño conde y marqués alcance la mayoría de edad.

Las noticias que le llegan del Languedoc son muy dolorosas. Simón de Monfort impone el terror, saquea aldeas, roba y asesina a cuantos se le oponen. A pesar de que la mayoría de los cruzados se marcha y solo permanecen a su lado dos centenares de caballeros, el conde de Leicester continúa causando estragos en la región. Justifica las atrocidades que cometen sus tropas alegando que los cátaros deben ser sometidos y su herejía erradicada de la faz de la Tierra.

El conde Ramón de Tolosa es excomulgado y declarado perjuro por el papa, y Ramón Roger de Trencavel, capturado por Simón de Monfort en el asalto a Carcasona, muere en extrañas circunstancias en prisión; algunos comentan que es el propio Monfort quien ordena darle muerte en la mazmorra una vez que el abad de Cîteaux se niega a concederle el perdón.

Pamiers, mayo de 1210

El infante heredero de Aragón cumple dos años. Su padre el rey Pedro aún no lo conoce, ni siquiera muestra la menor intención de hacerlo. Es un hijo al que no desea.

Jaime, al que su padre sigue llamando Pedro, pasa los días recluido en el palacio de Montpellier, siempre al lado de su madre, que lo tiene como único consuelo. Para María, la sobrina de un emperador, su hijo es la razón que la mantiene viva. Aunque algunos días, al anochecer, cuando se acuesta en su cama, pasa la mano por la sábana e imagina que allí está su esposo y recuerda esa noche de amor en la que Pedro la ama y la deja preñada. Esa única noche...

Pero Pedro sigue insistiendo ante el papa para que se declare nulo su matrimonio. Inocencio le encarga a Arnaldo Amalric, su legado de mayor confianza, que se encargue de ese asunto.

Esa primavera, el rey de Aragón está ocupado en preparar la conquista de Valencia; pretende emular a sus antepasados los reyes Pedro, el conquistador de Huesca, y Alfonso, ganador de Zaragoza. Los grandes monarcas son recordados por la extensión de sus conquistas y Pedro aspira a ser uno de los más grandes.

Además, sabe que los papas no permiten que los reyes hispanos vayan a Tierra Santa a combatir por la cristiandad en la cruzada en tanto no ganen las tierras que los musulmanes poseen en Hispania, donde el invierno pasado se rompen las treguas y se desatan hostilidades con el Imperio de los almohades, esos musulmanes africanos que andan revueltos llamando a la guerra contra los cristianos.

Pedro quiere Valencia y Mallorca; es la parcela que le corresponde según los acuerdos firmados tiempo atrás por los reyes de Castilla y de Aragón en el reparto de las tierras a conquistar.

A comienzos de la primavera, el rey de Aragón convoca a la hueste en Monzón y pide al papa que le conceda los beneficios de la cruzada para la guerra contra Valencia.

Pero para iniciar esa conquista, Pedro de Aragón debe dejar resueltos los problemas en el Languedoc y en Tolosa. Necesita la ayuda de todos sus súbditos a uno y otro lado de los Pirineos y conseguir que se acabe la cruzada contra los cátaros.

En el mes de mayo se reúne en la villa de Pamiers con los condes Ramón de Tolosa y Ramón Roger de Foix. Trata de convencerlos para que se concilien con el papa y se ponga fin así a tan sangrienta carnicería.

—No podemos dejar a nuestros súbditos inermes —asienta el conde de Tolosa, a quien el papa pide que acuda a Roma para someterse a la Iglesia.

—No podemos iniciar una cruzada contra Valencia mientras se libra una guerra entre nuestros súbditos —alega el rey.

—Señor —interviene el conde de Foix—, ese hijo del demonio, me refiero a Simón de Monfort, sigue saqueando estas tierras y causando terribles perjuicios en ellas. No defiende la causa de la Iglesia, sino la suya propia. Está ciego de ambición, ebrio de poder y ansioso de riqueza, y creo que no atenderá más razón que la que dicte su propio beneficio.

—Así es, majestad —ratifica Ramón de Tolosa.

—¿Estáis diciendo que no podemos alcanzar un acuerdo de paz entre cristianos? —demanda el rey.

—Mientras Monfort y esa bestia que es el abad de Cîteaux estén al frente de las tropas del papa, cualquier acuerdo de paz es imposible.

Pedro no se resigna. Se entrevista con varios nobles que se ofrecen a prestarle homenaje, pero no consigue que se firme un tratado que selle el fin de las hostilidades.

Además, los cátaros no renuncian a sus creencias ni apostatan de sus ideas y la Iglesia no está dispuesta a perdonarlos. Solo admite la conversión y la sumisión total... o el exterminio. Al menos el papa Inocencio ordena que los obispos aragoneses consideren como católicos a Durán de Huesca y a sus seguidores; no deja de ser un consuelo.

En esas negociaciones está el rey de Aragón cuando recibe la noticia de que una enorme flota almohade se presenta ante las costas de Cataluña.

El rey abandona de inmediato el Languedoc, ordena que se organice la defensa y sale de cabalgada para frenar a los musulmanes. En una primera campaña logra conquistar algunas pequeñas aldeas y castillos al sur de Teruel; no es mucho y además necesita la ayuda de los caballeros del Temple para ello, pero consigue que los nobles aragoneses se interesen por el reino de Valencia, a cuya ciudad logra acercarse tanto que puede contemplar su caserío desde la lejanía.

Tras pasar el verano guerreando en la frontera de Teruel y Valencia, mediado septiembre celebra en Daroca una curia real con sus principales caballeros, los leales aragoneses que lo acompañan en esa campaña, los guerreros en los que más confía; allí están, entre otros, el obispo García de Tarazona, Jimeno Cornel, Miguel de Luesia, Jimeno de Aibar, don Ladrón, Ato de Foces, Asalido de Gudal y Pedro de Falces.

Unos días antes del regreso de Teruel, Arnaldo de Alascón alega que está cansado y le pide al rey que lo releve del cargo de mayordomo real. Pedro acepta y nombra nuevo mayordomo a Aznar Pardo.

Nazarí de Mason, cerca de Narbona, enero de 1211

Una vez más, Pedro de Aragón actúa como mediador entre los soldados del papa y los herejes. Pasadas las navidades acude a Narbona, donde lo espera Simón de Monfort, quien, abandonado por la mayoría de los cruzados, aguanta a duras penas en Occitania mientras llega la ayuda prometida por el papa.

Monfort le presta homenaje al rey de Aragón y ambos ratifican que el infante Jaime se casará con Amicia.

—Será un gran honor que mi hija sea la esposa del infante don Jaime, por ello os pido que dejéis a vuestro hijo a mi cuidado —le propone Monfort al rey.

—Por mi parte no hay inconveniente en que os ocupéis del infante, pero su madre se opondrá. Supongo que no querrá alejarse de su hijo.

—Ordenádselo. No podrá negarse —replica Monfort.

—La vida da extraños giros. ¿Sabéis que mi padre, el rey Alfonso, estuvo a punto de casarse con doña Eudoxia, la madre de mi esposa?

—No, no lo sabía.

—Pues así fue. Podía optar entre elegir a la descendiente de un emperador de Bizancio o inclinarse por la hija del rey de Castilla. Al fin eligió a la princesa castellana, mi madre doña Sancha, y doña Eudoxia se casó con don Guillermo de Montpellier.

—Qué extrañas paradojas tiene el destino —comenta Monfort.

—O la voluntad de Dios, don Simón, la voluntad de Dios.

—En todo caso, si permitís que me haga cargo de la custodia de don Jaime, tal vez pueda convencer al papa para que estudie de nuevo la anulación de vuestro matrimonio con doña María.

—¿Convenceríais al papa, además, para que sea magnánimo con los cátaros? Esta cruzada ha ido demasiado lejos.

—Estoy dispuesto a buscar la reconciliación con vuestros vasallos los condes Foix y de Tolosa, aunque su santidad no tiene la menor intención de perdonarlos —dice Monfort.

—De acuerdo. Os entregaré a mi hijo —acepta el rey—. Pero hay algo más...

—Os escucho, sire.

—Hace tiempo que el rey de Francia ambiciona anexionarse Aquitania y Occitania. He hablado de ello con el rey Juan de Inglaterra, que teme una invasión de sus dominios continentales por los franceses. Mis vasallos cátaros no desean ser dominados por el francés, quieren seguir siendo fieles a mi Corona. Juradme que en caso de que Aragón y Francia entren en guerra, no os pondréis nunca del lado francés.

Simón de Monfort aprieta los dientes. Sabe que no puede hacer esa promesa, pero no le importa jurar en falso.

—Os lo juro —asiente.

—Bien, en ese caso os entregaré a mi hijo para que lo custodiéis.

María se entera de que se van a llevar a su hijo. Nada puede hacer por evitarlo. Es la decisión del rey.

Pedro se enfrenta a un gran dilema. No puede oponerse al papa, pues Inocencio podría emitir un acto de interdicto, excomulgarlo y declarar que cualquiera puede apoderarse de los dominios del rey de Aragón, pero como señor de sus vasallos cátaros y de varios nobles de Occitania tiene la obligación de defenderlos ante cualquier amenaza.

La cruzada está lejos de terminar. En un concilio de obispos reunido en Montpellier en febrero se decide la excomunión del conde de Tolosa, que acude a la ciudad de Arlés junto al rey Pedro para negociar con los prelados.

El rey de Aragón y el conde de Tolosa se ven sometidos a una vil humillación. Los obispos, que se encuentran reunidos en Arlés, hacen esperar al rey y al conde a la puerta de la iglesia donde celebran un concilio. Nieva y hace frío, pero ambos lo soportan con paciencia.

Por fin, uno de los prelados sale al exterior del templo.

—Señores, este santo concilio, unas vez escuchadas vuestras peticiones, ha resuelto que no ha lugar a conceder el perdón a los herejes.

—Son mis vasallos —replica el rey de Aragón.

—Son peor que los sarracenos —recuerda el obispo—. La doctrina de los llamados cátaros es contraria a las enseñanzas de la Santa Madre Iglesia, a las normas de los concilios y a los textos de las Sagradas Escrituras. Sus ideas son perniciosas y están inspiradas por el diablo. Por ello, os conminamos a que, como fieles cristianos que sois, los expulséis de vuestros dominios. Esta es la firme y definitiva decisión de este concilio.

El obispo lee una carta que contiene lo aprobado por la asamblea de prelados.

—Vámonos de aquí —masculla Pedro de Aragón apretando los puños indignado.

Pedro de Aragón y Ramón de Tolosa sellan su alianza acordando que la infanta Sancha se case con el hijo del conde de Tolosa.

El ejército almohade desembarca en las costas del sur de España.

La noticia se extiende por todos los reinos cristianos con celeridad y cunde una sensación de pánico.

Así es. El califa Muhammad an-Nasir, gran señor del islam en Occidente, sale de Marrakech, su capital en el norte de África, atraviesa el estrecho de Gibraltar en mayo, se instala en Sevilla y convoca a todos los musulmanes a librar una guerra santa contra los cristianos.

Desde que el califa Al-Mansur lograra la gran victoria en Alarcos, los almohades creen que pueden derrotar a los cristianos de nuevo y reconquistar para el islam la ciudades perdidas de Toledo y Zaragoza, dos de las joyas de Al-Andalus.

—Dicen que el califa ha reunido un ejército de quinientos mil soldados —comenta Aznar Pardo, el nuevo mayordomo real.

—No hay tantos soldados en este mundo —replica el rey.

—Han llegado jinetes e infantes de todos los rincones de África, y se siguen sumando a la llamada del califa contingentes andalusíes de Valencia, Murcia, Córdoba y Sevilla; pero esto no es lo peor...

Durante el verano, los cruzados no dejan de saquear el condado de Tolosa, cuya capital resiste el asedio de Simón de Monfort.

El rey de Aragón es reclamado por sus súbditos cátaros, que le envían cartas suplicando de manera desesperada que los ayude ante los abusos que están sufriendo.

Pero Pedro está demasiado ocupado; aprovechando la marcha a Castilla de Elvira de Salas y de su hija la condesa Aurembiaix, que se casa con el noble castellano Álvaro Pérez, el noble Guerao de Cabrera invade las tierras del sur de Urgel y se hace fuerte en Balaguer. Pedro acude a combatir al noble rebelde para reponer su autoridad, aunque a costa de abandonar a su suerte a sus vasallos del norte.

Pedro de Aragón asedia a Guerao de Cabrera. El noble catalán es intrépido y ambicioso, pero calcula mal la respuesta del rey, que se muestra dispuesto a mantener el asedio hasta ganar el castillo de Balaguer.

Guerao, convencido de que no puede resistir durante mucho más tiempo y de que si lo hace caerá sobre él toda la cólera real, decide rendirse... con unas condiciones aceptables.

Los almohades, los cruzados, los cátaros... todo parece desmoronarse.

Los soldados del papa asolan las tierras de Tolosa y del Languedoc; los almohades avanzan por el curso del Guadiana, toman la fortaleza de Calatrava y matan al casi medio millar de cristianos que la defienden; el rey Alfonso de Castilla realiza una desesperada llamada a los monarcas cristianos para que lo ayuden ante el avance de los almohades; durante el verano no deja de llover, lo que provoca la pérdida de numerosas cosechas; la hambruna se cierne sobre la cristiandad.

Ante semejante catarata de catástrofes, Pedro de Aragón reacciona. Escribe al rey Sancho de Navarra y le propone una alianza contra los musulmanes, y también al papa, al que reclama que emita una bula de cruzada. Le ofrece ayuda al rey Alfonso de Castilla, con el que se reúne en el mes de noviembre en Cuenca, la ciudad que los aragoneses ayudaron en su día a ganar para Castilla; acuerdan volver a reunirse en Toledo en Pentecostés, en el último día del invierno del próximo año, con el fin de preparar un frente común contra los almohades.

Su espíritu guerrero se enciende cuando recibe una carta del califa almohade en la que amenaza con destruirlo, como a los demás reyes cristianos, y arrasar todo el territorio cristiano hasta llegar a Roma. En esa misiva, An-Nasir le recuerda a Pedro de Aragón que va a hacer lo mismo que el sultán Saladino, cuando más de treinta años atrás conquista Jerusalén y recupera los templos en la explanada del monte Moriá, donde ahora se alzan de nuevo dos de las mezquitas más sagradas del islam.

Está tan ocupado en sus guerras y conflictos que ni siquiera repara en que su hijo ya está al cuidado de Simón de Monfort, quien lo lleva a Carcasona. Solo el conocimiento del segundo testamento de su esposa, que firma a comienzos de octubre en Montpellier, pero en esa ocasión sin denominarse «reina», le hacer recordar al infante Jaime, a quien María confirma como su heredero en el señorío, aunque en este segundo documento añade a sus dos hijas, las de su primer matrimonio con Bernardo de Cominges.

Hambre, peste, guerra y muerte; parece como si alguien hubiese liberado a los cuatro terribles jinetes del Apocalipsis.

4

La batalla decisiva

Toledo, junio de 1212

Nada le importa ahora al rey de Aragón: ni el estado del proceso para la anulación de su matrimonio, por el que el papa abre una nueva encuesta demandando más testimonios sobre el anterior de María de Montpellier con Bernardo de Cominges; ni las deudas que sigue acumulando, aumentadas por la formación de la hueste para la cruzada contra los almohades; ni las hipotecas que adquiere para hacerles frente y obtener el aval de los préstamos solicitados a los judíos de Barcelona y al rey de Navarra; ni la cruzada en el Languedoc y Tolosa, que sigue asolando esas tierras. Nada de eso preocupa a comienzos de este año al rey de Aragón, que prepara un ejército con el que acudir a la guerra santa.

La llamada del rey de Castilla a todos los señores de la cristiandad es aceptada por los reyes de Aragón y de Navarra e ignorada por el de León, que no hace mucho tiempo pacta una alianza con los almohades contra Castilla, lo que le cuesta la excomunión; tampoco responde el rey de Portugal, que teme por la independencia de su reino y prefiere quedarse en sus dominios en espera de acontecimientos.

Quienes sí acuden son nobles de Aquitania, Gascuña y Occitania, algunos de ellos veteranos de las cruzadas en Tierra Santa, que aspiran a vengar en España la caída de Jerusalén en manos del caudillo Saladino.

Las tropas cristianas comienzan a concentrarse en la ciudad de Toledo en el mes de marzo. A lo largo de varias semanas van llegando grupos de soldados de fortuna y nobles con sus mesnadas feudales, y tras ellos toda una retahíla de prostitutas, mendigos, buscavidas, ganapanes, ladrones, estafadores y oportunistas.

Son tantos que el concejo toledano tiene que acondicionar un amplio espacio fuera de la ciudad, la partida conocida con el nombre de Huerta del Rey, para instalar a toda esa gente en pabellones, tiendas y chabolas. Una ciudad efímera, más grande y poblada si cabe que la propia Toledo, surge sobre el terreno donde los reyes de la taifa levantan su legendaria almunia, una finca de recreo con un palacio de cristal que ahora apenas es un recuerdo en la memoria de los tataranietos de aquellos musulmanes.

—Tengo un feliz presentimiento —comenta Pedro de Aragón, camino de Toledo, a Aznar Pardo, su mayordomo—: en esta cruzada vamos a alcanzar una gran victoria.

—Que Dios os oiga, mi señor.

—Fijaos en esos hombres. —Pedro señala a un grupo de cruzados que escuchan atentos el relato de un trovador—; en sus ojos brilla la ambición. No podemos perder.

El trovador está cantando un poema en el que se narran unos hechos prodigiosos en los que el apóstol Santiago, montado sobre un caballo blanco, se aparece en una batalla al lado de los cristianos, a los que ayuda a derrotar a los musulmanes.

Algunos de aquellos hombres, al menos los que tienen propiedades que legar, hacen testamento antes de emprender la cruzada contra los almohades y encomiendan sus almas a Dios y a la Virgen.

Pedro no. El rey de Aragón está tan seguro de su éxito y del triunfo que no hace testamento y así lo manifiesta a sus consejeros y a los soldados que los acompañan. Cree que de ese modo consigue aumentar la confianza de los suyos y elevar su ánimo de victoria.

Ya en Toledo, el arzobispo Rodrigo Jiménez de Rada, uno de los personajes más poderosos de Castilla, recibe a Pedro de Aragón en la inmensa catedral que se está construyendo sobre el solar de la mezquita aljama.

Para honrar al rey de Aragón, el arzobispo organiza una solemne procesión en la que forman todos los clérigos de las parroquias y conventos de Toledo.

—Sed bienvenido a Toledo, sede primada de las Españas y bastión de la cristiandad —lo saluda el arzobispo, que abraza al rey por los hombros.

—Señor arzobispo, gracias por vuestra acogida. Las armas de Aragón están al servicio de la Iglesia de Cristo.

—Mi bendición y la de su santidad el papa santifican esas armas con las que los soldados de Dios derrotarán a los infieles de la secta mahomética.

Las palabras del prelado Jiménez de Rada suenan grandilocuentes, pero la ocasión así lo requiere.

Pedro es el primero de los tres reyes en acudir a Toledo. Llega antes que Alfonso de Castilla y que Sancho de Navarra, que ya están en camino.

Mediado junio, el califa An-Nasir sale de Sevilla. Informado de que los cristianos dejan Toledo y avanzan hacia el sur, pretende librar una gran batalla. Sus estrategas, convencidos de que obtendrán la victoria como en Alarcos diecisiete años antes, le sugieren que el lugar más propicio para el gran combate que se avecina es una zona de vaguadas y cerros amesetados al pie de la sierra que cierra por el norte el valle del Guadalquivir, el río Grande.

Estiman que en esa zona hay un paso, que algunos denominan como Despeñaperros, que es la ruta más habitual entre el valle y la meseta. Se trata de un desfiladero estrecho, angosto y de paredes escarpadas que se convertirá en una trampa mortal cuando el resto del ejército cristiano, derrotado, como se espera, en el envite, intente huir hacia sus territorios.

Estribaciones de Sierra Morena, principios de julio de 1212

El calor aprieta conforme los cruzados avanzan hacia el sur. En Toledo hacen acopio de abundante pan, galletas, carne salada, queso, ajos, cebollas, apio, vino y vinagre. También llevan grandes tinas con agua, pues suponen que los musulmanes corrompen y quizá envenenan el agua de los pozos y aljibes.

En el ejército cristiano marchan el propio arzobispo de Toledo y Arnaldo Amalric, el violento abad de Cîteaux, nombrado dos meses antes arzobispo de Narbona por el papa Inocencio como premio a la eficacia en la represión y a la dureza con la que trata a los herejes cátaros y a todos cuantos cuestionan el dogma de la Iglesia de Roma.

Acaban de pasar con barcas y sirgas de cáñamo el río Guadiana, que viene crecido en los últimos días del verano, como le ocurre al Guadalquivir, atravesado casi al mismo tiempo por las tropas almohades. Al cruzar el río, los primeros jinetes cristianos se encuentran con un grave inconveniente: avanzadillas de guerreros musulmanes siembran el cauce de abrojos, esas puntas de hierro trabadas en forma de estrella que se clavan en las pezuñas de los caballos y los dejan inútiles para el combate.

Se pierde una jornada entera en dejar expedito el camino, pero el último día de junio los estandartes con la cruz, los emblemas de Castilla y los colores de Aragón ondean ante la fortaleza de Calatrava, defendida por un contingente de musulmanes. Ocupar ese bastión es imprescindible para seguir adelante, de modo que un día después se produce el asalto y Calatrava se conquista ante la euforia de los cristianos, que creen que ya nada puede interponerse entre ellos y la victoria definitiva.

El 7 de julio los tres reyes se encuentran en Salvatierra, otra de las fortalezas estratégicas en la ruta hacia el valle del Guadalquivir, y tres días después celebran una conferencia.

Alfonso de Castilla y Sancho de Navarra tienen casi la misma edad; los dos están cerca de cumplir los sesenta años, en tanto Pedro de Aragón acaba de celebrar los treinta y cuatro.

Sancho es un verdadero gigante que saca dos cabezas a todos los de su tiempo. Se dice que es el hombre más alto que existe; ni siquiera Pedro de Aragón, que aventaja en una cabeza en altura a todos los demás, puede compararse con el soberano navarro.

Además, es fuerte como un buey. Su caballo es enorme, pues le buscan el más grande, pesado y fuerte que se pueda encontrar, para soportar el elevado peso de su corpachón. Porta, colgada de la silla de montar, una gigantesca maza de combate, tan larga como un hombre y tan pesada como un adolescente. Su formidable silueta destaca entre sus hombres, que lo llaman el Fuerte.

Pedro también es alto y fornido. En la plenitud de su vida, viste con túnicas de colores vivos, gusta llevar su pelo rubio y ondulado suelto y usa una espada más larga y pesada que las habituales, lo que le proporciona una cierta ventaja en el combate cuerpo a cuerpo.

Alfonso de Castilla no tiene la figura formidable de sus dos aliados, pero su cuerpo es macizo y fornido, y sus brazos y su pecho denotan una gran fortaleza. Además, tiene una sed infinita de venganza; desde la derrota sufrida en la batalla de Alarcos, no pasa un solo día sin pensar en la revancha, ni deja una sola noche de soñar en que llegue el momento de enfrentarse de nuevo con los almohades.

—Queridos primos, me alegra veros aquí —saluda Alfonso a Pedro y a Sancho.

El rey de Castilla usa el tratamiento familiar que suelen darse los reyes entre sí, pero en este caso la relación de parentesco es cierta. Alfonso y Pedro son primos hermanos, pues Sancha, la madre del rey de Aragón, es hermana de Sancho, el padre del rey Alfonso de Castilla.

—Aquí estamos, como te prometimos —dice Pedro.

—Y dispuestos a arrojar al infierno a esos sarracenos hijos de Satanás —comenta confiado Sancho, el último en incorporarse a la campaña.

—Sentaos, os lo ruego —dice el castellano a la vez que señala unos escabeles colocados a la entrada de su tienda, a la sombra.

—¿Se sabe dónde está el grueso de las tropas enemigas? —pregunta Sancho.

—Al otro lado de esa sierra, pero...

—¿Qué ocurre? —pregunta Pedro de Aragón ante el rictus de preocupación que acaba de dibujarse en el rostro del castellano.

—Ha surgido un inconveniente inesperado. El rey de León atacó Castilla hace dos días. Ha aprovechado mi ausencia y la del ejército para invadir mi reino; y la mayoría de los guerreros francos llegados de varios reinos cristianos se han marchado antes siquiera de enfrentarnos en combate a los sarracenos. En estas condiciones no puedo seguir con esta campaña. Os propongo regresar a territorio cristiano y os pido que me ayudéis a rechazar a ese traidor leonés.

—No —interviene tajante el navarro.

—Pero si no acudo a Castilla ahora, puedo perder mi reino —alega Alfonso.

—Si nos retiramos, nuestros hombres creerán que tenemos miedo y los almohades nos perseguirán hasta aniquilarnos; y entonces será cuando perdamos todo.

—Don Sancho tiene razón. Si levantamos el campamento y disolvemos el ejército convocado para esta cruzada, estaremos acabados. Pero si vencemos en la batalla, conservarás tu reino y salvaremos a toda la cristiandad —confirma Pedro de Aragón.

Esos argumentos lo convencen y Alfonso cede. Ya habrá ocasión para castigar a su primo el rey de León como merece.

La batalla se aproxima. El ejército cristiano se aposta en el puerto del Muradal, en uno de los pasos de Sierra Morena, al oeste de Despeñaperros.

Todas las mañanas, antes de desayunar, alguno de los obispos presentes dice una misa ante el altar portátil que el arzobispo de Toledo se lleva a la campaña. A la eucaristía acuden todos los soldados, hombres duros y forjados en el combate que pese a ello siguen temiendo por sus vidas y rezando por su salvación.

En la misa matutina del domingo anterior al día de la batalla, el rey de Aragón otorga la orden de Caballería a su primo Nuño Sánchez, el hijo de Sancho de Cerdaña, hermano de su padre el rey Alfonso. Si tiene que morir, lo hará con las espuelas de caballero puestas.

Las Navas de Tolosa, lunes 16 de julio de 1212

Un pastor revela a los estrategas del ejército cristiano el paso más propicio para alcanzar una posición favorable, en una nava al pie de la sierra, sobre las tropas almohades, que se despliegan por la margen derecha del Guadalquivir hacia un terreno más escabroso de lo que aparenta visto desde cierta distancia.

—Ese pastor no nos ha engañado —comenta Alfonso de Castilla a la vista de las posiciones en el campo donde va a librarse la batalla.

Los tres reyes cristianos están reunidos tras la misa de campaña, preparando las últimas acciones para el plan de combate.

—Tal vez no fuera un pastor, sino un ángel —dice Sancho de Navarra.

—O un santo —añade Pedro de Aragón, que sonríe.

El aragonés alza la cabeza y observa el despliegue de las tropas.

Los cruzados son doce mil y están organizados en tres columnas, al frente de cada una de la cuales se coloca uno de los tres reyes: el de Aragón, a la izquierda del ataque, el de Castilla, en el centro y el de Navarra, a la derecha.

—Los almohades son más que nosotros, tal vez el doble, pero nuestra posición es muy ventajosa —comenta Pedro de Aragón con cierta suficiencia.

—¡Qué importa el número cuando Dios está de nuestra parte! —exclama el rey navarro, cuyo vozarrón anda parejo con el tamaño de su cuerpo.

—Amigos, a nuestros puestos, y que Dios nos conceda la victoria —indica el monarca castellano.

Pedro de Aragón espolea su caballo y se dirige a ocupar su lugar en la retaguardia del flanco izquierdo. Al llegar, contempla orgulloso a sus principales señores. Tras el estandarte de combate de Aragón, la bandera con la cruz roja de San Jorge sobre fondo blanco, forman los caballeros del rey. Allí están, firmes como rocas, los arzobispos de Tarragona, Narbona, Burdeos y Nantes, los obispos de Barcelona y Tarazona, su tío Sancho de Cerdaña y su primo Nuño, recién armado caballero, los nobles aragoneses Miguel de Luesia, que ejerce de alférez real, García Romeo, Jimeno Cornel, Guillén Peralta, Lope Ferrench de Luna, Ato de Foces, don Atorella, Pedro de Ahonés y Rodrigo de Lizana, y los catalanes, con el conde de Ampurias, Ramón Folch, Guillén de Cardona, Guerao de Cabrera, a quien el rey perdona por lo de Urgel, y Guillén Aguilón.

Luego mira hacia su izquierda, a la columna del rey de Castilla, y más allá, a la de Sancho de Navarra, cuya figura gigantesca destaca sobre todos los suyos. Levanta la cabeza al cielo y cree escuchar una voz procedente de las alturas a la vez que unas lejanas nubes pintadas con los colores del arcoíris parecen dibujar una difusa cruz sobre el horizonte.

Se ajusta el casco de combate, comprueba las riendas de su caballo, pisa firme sobre los estribos y busca con los ojos al enemigo. No puede fallar; hoy no.

El estruendo de los cascos de los caballos al inicio de la carga de la caballería no apaga los gritos de guerra de los jinetes cristianos.

Con la ventaja que les concede su posición elevada, las filas cerradas del centro avanzan en una línea firme y compacta, las lanzas al frente, como un erizo equipado con púas de acero.

Ni siquiera los abrojos que la noche anterior siembran los musulmanes por el campo, ni los proyectiles de honda ni las saetas que arrojan los tiradores almohades detienen la carga de los caballeros cristianos.

El primer encontronazo con el frente enemigo resuena como el estallido metálico de un centenar de truenos. Las primeras filas de los infantes almohades caen como hojas secas, pero su superioridad detiene a la caballería castellana. El centro cristiano cede, los almohades recuperan el terreno perdido y, en formación compacta, obligan a retroceder a los caballeros de la cruz.

En un instante, la batalla parece perdida, pero entonces se produce un hecho asombroso. Los tres reyes, como si fueran un solo hombre, ordenan a sus mesnadas una carga desesperada.

Pedro de Aragón arenga a los suyos y acude desde la retaguardia a la primera fila de la vanguardia para encabezar el ataque aragonés. Apenas comenzado el contraataque, siente un tremendo golpe en el pecho. La saeta de un arquero almohade lo alcanza de lleno; el peto de cuero salta partido en pedazos, pero la cota de malla resiste y lo salva de una muerte cierta. En medio de la cabalgada desenvaina su espada larga de doble filo y comienza a golpear a cuantos musulmanes se cruzan en su camino.

Los guerreros cristianos tienen un objetivo preferente, el rico y lujosísimo pabellón del califa almohade Muhammad an-Nasir ibn Yaqub al-Mansur, al que los cristianos llaman Miramamolín, que destaca como un corazón rojo en medio del campamento musulmán.

El plan de combate pasa por ir directamente a por esa tienda, ganarla cuanto antes, alzar en ella los estandartes de la cruz y proclamar la victoria.

Pedro, escoltado por sus caballeros de confianza, que no le quitan ojo de encima, avanza como un ciclón abatiendo cuerpos enemigos, cercenando miembros y cabezas. A pesar de la herida en el pecho y del dolor que le provoca, quiere ser el primero en llegar al pabellón carmesí del califa, el primero en alzar su estandarte de combate ante la tienda roja, el primero en proclamar la victoria de las armas de Aragón.

Conforme se acerca, vislumbra con detalle a la guardia de soldados negros que protegen al califa. Son hombres fornidos, altos, fuertes, pero carecen de medios de defensa. La mayoría apenas porta puñales, lanza cortas y pequeños escudos de cuero de hipopótamo y de gacela, absolutamente inútiles ante los tajos de las espadas y las hachas y los golpes de las mazas de hierro.

Está cerca. Apenas un centenar de pasos lo separan de ser el primero en alcanzar la tienda roja, pero en ese momento aparece por su izquierda un gigante que blande una inmensa maza de combate que gira en el aire como un molinete mortal. Es Sancho el Fuerte quien encabeza el escuadrón de jinetes navarros que abre paso entre la guardia negra del califa.

Los golpes que el monarca navarro descarga con su maza son tan contundentes que no hay un solo guerrero enemigo capaz de soportarlos. Abre cráneos, descoyunta miembros, destroza cuerpos; nada ni nadie puede detener la ira del rey de Pamplona.

Sancho es el primero en alcanzar la tienda y en clavar su estandarte ante la puerta. El puñado de navarros que lo acompaña alza sus armas al aire y proclama la victoria.

El califa logra escapar, justo a tiempo. Los soldados de su guardia defienden a su señor, sin dar un paso atrás, hasta la muerte.

Entre los almohades que todavía combaten surge el desánimo más profundo cuando ven caer la tienda del califa. Algunos bajan los brazos, otros tiran las armas y muchos salen corriendo en estampida al comprobar que la victoria de los cristianos es ya segura. La carga de los tres reyes cambia el sino del combate y, tal vez, el destino de sus reinos.

Por el medio del campo de batalla, cubierto de cadáveres sanguinolentos, cruza al galope un jinete; monta un caballo blanco y porta una bandera con una cruz roja. Algunos aragoneses y catalanes creen estar viendo al mismísimo san Jorge y los castellanos, al apóstol Santiago, pero es el caballero aragonés Domingo Pascual, que agita la bandera y grita a pleno pulmón que la victoria es de los cristianos.

Las bajas entre los musulmanes son numerosísimas; los cristianos lloran muchas menos, aunque entre los caídos están el obispo de Burgos y el maestre del Temple en la provincia de Castilla.

El botín es extraordinario. Algunos de los vencedores se quedan boquiabiertos ante el ejemplar del Corán con tapas de oro y joyas engastadas, los cofres repletos de monedas de oro, las vajillas de cristal, las jarras, bandejas y cubiertos de plata, las alfombras y tapices de seda y las cajas de marfil y maderas preciosas. La propia tienda de seda roja es el pabellón más magnífico que pueda imaginarse.

El califa huye y deja tras de sí todos aquellos tesoros, incluido su propio estandarte, que el rey Alfonso toma como principal símbolo de su victoria. Sancho se queda con el Corán y Pedro se apodera de la tienda roja. El resto del botín se reparte entre los vencedores. Aquella jornada muchos se hacen muy ricos.

En los días siguientes, todavía ebrios de sangre y eufóricos por el triunfo, los cristianos se lanzan a la toma de la ciudad de Baeza, en cuya mezquita se refugian cientos de musulmanes que sucumben entre las llamas que ordena prender el arzobispo de Narbona.

—¡Que ardan esos infieles como los herejes de Béziers! —grita Arnaldo Amalric ante el templo humeante, de cuyo interior salen los desgarrados gritos de los quemados.

Cuatro días después se lanzan al asalto de la cercana Úbeda. Los aragoneses son los primeros en entrar en la ciudad, que sufre el saqueo y la destrucción.

A principios de agosto, algunos cruzados comienzan a retirarse. El primero en hacerlo es el duque Leopoldo de Austria, dueño del castillo del Halcón, una fortaleza en las montañas del centro de Europa, y en los días siguientes lo hacen los demás señores. El rey de Aragón se despide de Alfonso de Castilla y de Sancho de Navarra jurándose amistad y alianza eternas.

La victoria es hermosa y dulce.

Zaragoza, fines de septiembre de 1212

Pedro regresa a Aragón a mediados de agosto. Eufórico por el triunfo en las Navas de Tolosa y todavía con el pecho vendado por la herida de la batalla, recorre algunas localidades cercanas a la frontera con Castilla y muestra con orgullo el pabellón rojo del califa, en el que sustituye la media luna de plata que lo corona por una gran cruz de madera dorada.

En Zaragoza recibe la visita del conde Ramón de Tolosa, que busca con desesperación su ayuda.

En el salón del trono del palacio de la Aljafería los dos soberanos conversan ante una mesa en la que se sirve un cordero asado con hierbas aromáticas, una jarra de vino de Cariñena y una bandeja de peras de Daroca.

—Los soldados del papa están masacrando a mis súbditos —se queja el conde con amargura—. No hay semana que no se produzca el saqueo de una aldea o de una granja. No puede seguir este tormento. Debéis ayudarnos a parar semejante locura.

—El papa no está dispuesto a ceder —dice Pedro, que conoce bien la determinación de Inocencio.

—Acabarán con todos ellos.

—¿No podéis convencer a los cátaros para que abandonen sus ritos y renieguen de sus creencias?

—Eso es imposible. Se consideran puros y se sienten poseedores de la verdad. Aseguran que el mundo está dividido en una dualidad entre el bien y el mal, y ellos son el bien —asienta el conde Ramón.

—Si no podéis convencerlos de que cambien sus ideas, al menos lograd que no las prediquen.

—No le tienen miedo a la muerte ni sienten apego a los bienes de esta vida. Los cátaros sostienen que la forma del mundo no es obra de Dios, sino de Satanás, al que identifican con la deidad cruel y vengativa del Antiguo Testamento; por eso sostienen que Jesucristo no es hijo de esa divinidad; rechazan venerar la santa cruz y aseguran que el agua del bautismo y el pan de la eucaristía son productos impuros; afirman que las imágenes de las iglesias son obra del mismo diablo, niegan la existencia del infierno y rechazan la creencia en la Santísima Trinidad y la Encarnación de Cristo.

—Señor conde, o se retractan o la Iglesia jamás perdonará a los cátaros.

—¿De qué lado estáis, mi señor? —le pregunta el conde.

—Del de la justicia —repone el rey de Aragón.

5

La última batalla

Lérida, mayo de 1213

Los cátaros no se rinden. Sus dirigentes no están dispuestos a aceptar las duras condiciones que les pretende imponer la Iglesia y optan por resistir, hasta la muerte si es preciso.

Mediado el mes de enero se reúnen en Lavaus, cerca de Tolosa, el rey Pedro, el legado pontificio y Simón de Monfort. El rey defiende ante los representantes de Roma a sus vasallos los vizcondes de Foix y de Cominges; pide a Monfort y al delegado del papa que devuelvan las propiedades incautadas a sus legítimos dueños.

No lo escuchan. Ni siquiera permiten que el rey de Aragón hable en una sesión plenaria de aquel encuentro. Un notario le informa que solo puede presentar por escrito sus alegaciones y esperar a que el papa decida sobre ellas.

No puede consentir semejante ofensa; es toda una humillación para un rey; y Pedro se marcha de Lavaus rumiando la manera de vengarse de aquellos soberbios católicos.

Ni siquiera se consuela cuando el papa ordena a Simón de Monfort que rinda vasallaje a Pedro de Aragón y que detenga la guerra contra los cátaros por unas semanas.

Está en una encrucijada. El papa no acepta la nulidad de su matrimonio con María de Montpellier, y emite un decreto en el que proclama que están unidos por un sacramento legítimo e indisoluble. El último intento de los abogados del rey, alegando que la reina tiene dos hijas de un enlace previo, es rechazado por el papa, que acepta la negativa de María, dado que su matrimonio anterior con el conde de Cominges está anulado.

Pedro se irrita. Los prelados no acatan su voluntad y además remiten al papa un memorándum en el cual denuncian su alianza con los nobles herejes, a los que Arnaldo Amalric califica como agentes de Satanás.

En respuesta a los prelados, el conde de Tolosa, el vizconde de Foix y los de Cominges, Bearn y Bigorra prestan juramento de fidelidad y vasallaje al rey de Aragón, que se queja con amargura al papa por la actitud violenta de sus soldados.

Una guerra total se atisba en el horizonte.

Pedro de Aragón, aunque airado por tantos desprecios, sigue eufórico. Su victoria en la batalla de las Navas de Tolosa lo convierte en un héroe a los ojos de muchos. Durante la primavera recorre las tierras del sur de Occitania y se presenta en Montpellier, de donde se marcha María en busca de refugio a Roma; la reina dicta un tercer testamento que el papa ratifica: Jaime queda proclamado heredero legítimo de Montpellier.

María muere en abril, justo al día siguiente de la sentencia papal que la ratifica definitivamente y sin posibilidad de apelación alguna como esposa legítima de Pedro de Aragón. Muere sin volver a ver a su hijo, ahora convertido en un verdadero rehén en las manos de Simón de Monfort.

—Doña María ha muerto —anuncia el mayordomo real.

—Entonces ya puedo casarme con quien desee —comenta con frialdad el rey.

—Así es, señor.

—Lo haré, pero antes debo acabar un asunto. Convocad al ejército; nos vamos a Tolosa.

—Sí, majestad.

—Llamad a todos los condes y señores. Acabaremos con Simón de Monfort y sus atropellos.

—El papa os ha pedido que no os aliéis con los herejes y que no los ayudéis...

—Y se lo prometeré, aunque no pienso cumplirlo. Convocad en Barcelona a los mejores caballeros de Aragón y de Cataluña, que acudan con todas sus mesnadas y preparados para una guerra inminente.

—¿Una guerra contra el papa?

—Una guerra contra el diablo.

—Pero majestad...

—Mi obligación como señor es proteger a mis vasallos; ya han sufrido bastante la crueldad de Simón de Monfort. Pondré fin a esta situación.

Muret, 12 de septiembre de 1213

Los nobles aragoneses y catalanes acuden con sus mesnadas a Barcelona y a fines de agosto atraviesan los Pirineos camino de Tolosa, donde el rey entra aclamado por su población, que lo considera un libertador.

El papa, enterado por sus espías de las intenciones de Pedro, se muestra condescendiente y prohíbe a sus obispos que lo excomulguen, como es la intención de algunos de ellos. Pretende que el rey entre en razón y espera alcanzar un acuerdo honroso para todos.

Pero el aragonés toma una decisión irrevocable. Es un caballero de honor y mantiene la palabra dada a sus súbditos. Nadie podrá llamarlo nunca felón.

Simón de Monfort es alertado de la irrupción del ejército aragonés. Cuando le informan de que está compuesto por el doble de tropas que el suyo, pide refuerzos al papa. Tiene a Jaime, el heredero, bajo su custodia en Carcasona y podría utilizarlo como rehén, pero sabe que al rey de Aragón le importa más bien poco ese muchachito de cinco años y medio; ni siquiera lo conoce, ni hace nada por conocerlo. Habrá que pensar en otra estrategia.

Pedro de Aragón se dirige desde Tolosa al Languedoc, donde también es recibido y aclamado como libertador. Los cátaros se sienten aliviados con su presencia y los condes y señores, protegidos. Aragón tiene un rey que cumple su palabra.

El ejército es formidable. El rey Pedro, el conde Ramón de Tolosa y los vizcondes de Cominges, Foix y Bearn encabezan una tropa de dos mil caballeros y tres mil infantes, muchos de ellos veteranos combatientes en las Navas. Forman al lado del monarca más prestigioso de la cristiandad, por cuyas venas fluye sangre aragonesa, catalana, castellana y polaca.

El día 10 de septiembre se planta ante la villa de Muret, un lugar fortificado en la confluencia de los ríos Garona y Louge, donde está asentado el grueso del ejército cruzado.

Al día siguiente acude a Muret Simón de Monfort, conde de Leicester. Uno de sus agentes intercepta una carta que un correo de Pedro de Aragón lleva a una dama de Tolosa a la que desea seguir teniendo a su lado como amante. En la carta, propia de la pluma de un trovador, Pedro le confiesa a esa dama que viene hasta el Languedoc tan solo por una prueba de su amor y que pretende expulsar de allí a los franceses y a los soldados del papa para demostrárselo.

Amanece el jueves 12 de septiembre. Una ligera bruma cubre los campos de Muret. En el interior de la villa amurallada los soldados del papa solo suman treinta caballeros y setecientos peones; por su parte, Simón de Monfort se presenta con doscientos cuarenta caballeros y quinientos sargentos a caballo.

El conde de Leicester evalúa deprisa la situación. Sus enemigos lo doblan en número, de modo que es preciso negociar. Al poco de amanecer, envía a un delegado al campamento del rey aragonés para negociar la paz. Confía en evitar la batalla.

—Señor —anuncia el mayordomo desde la puerta del pabellón real—, un mensajero de don Simón de Monfort. Dice que trae una propuesta de paz.

Pedro de Aragón está dentro de la tienda roja, la que gana en las Navas al califa almohade. Sigue abrazado a la dama tolosana, a la que se lleva al campo de batalla.

—Aguardad —ordena el rey desde la cama.

Al rato, Pedro sale de la tienda tambaleándose como un borracho.

—Una carta de Simón de Monfort, señor —le anuncia el mayordomo Aznar Pardo, que se la ofrece.

El rey apenas puede tenerse en pie. Toda la noche sin dormir y fornicando hasta la extenuación con la ardiente tolosana es demasiado envite, incluso para un gigante como él.

—Le daré una respuesta a ese insolente —masculla Pedro tras leer la carta—. Ordenad que se lancen piedras con los fundíbulos y las catapultas sobre Muret y convocad a los jefes de la hueste.

Dos misas se celebran a la vez a primera hora. El rey de Aragón asiste a la misa de campaña con sus caballeros; tiene que hacerlo sentado en un escabel, pues tras la noche de amor tan intensa sus piernas tiemblan como un arbusto mecido por un fuerte viento. Simón de Monfort lo hace rodeado de sus comandantes en la capilla del castillo de Muret. ¿De qué lado estará Dios esa jornada?

—Libraremos la batalla esta misma mañana —anuncia Pedro a su nobles.

—Señor, os propongo que fortifiquemos el campamento con fosos y empalizadas y que aguardemos a que los de Monfort realicen una salida para vencerlos. Cuando lo hagan, los rechazaremos con nuestros arqueros y lanzaremos a la caballería a la carga para rodearlos. Somos superiores en número y obtendremos la victoria —propone el conde de Tolosa.

—Esa táctica es indigna del rey de Aragón y propia de cobardes —interviene el alférez Miguel de Luesia, uno de los caballeros aragoneses más aguerridos y familiar del rey—. Debemos tomar la iniciativa y atacar con todas nuestras fuerzas ahora.

—Señor, la francesa es la mejor caballería del mundo. Es más sensato no enfrentarnos cara a cara y en campo abierto con ella. Esos jinetes están muy bien entrenados...

—Los venceremos sin cobardes como vos —replica Miguel de Luesia.

—Majestad... —Ramón de Tolosa, ofendido por las palabras de Miguel Luesia y ante el silencio del rey, se retira a su tienda.

Los demás nobles y caballeros se muestran indecisos.

En ese momento un heraldo comunica que se acerca una delegación de Muret.

Pedro la recibe a la puerta del pabellón rojo.

Se trata de dos prelados que van con los pies desnudos, en señal de humildad.

—Señor, esta mañana hemos celebrado en Muret una entrevista. En ella se ha decidido suplicaros que no combatáis a la Iglesia; todos somos hermanos de Cristo. Mirad, majestad, que como símbolo de buena voluntad hemos dejado las puertas de Muret abiertas. Os rogamos que aceptéis nuestra propuesta de paz.

El rey de Aragón observa a lo lejos la villa de Muret y comprueba por sí mismo que la puerta que llaman de Tolosa está efectivamente abierta.

En ese momento un grupo de caballeros occitanos espolea sus monturas y parte a todo galope hacia Muret.

—¿Qué hacen esos insensatos? —pregunta el rey al presenciar la carga de caballería que él no ha ordenado.

Los nobles se encogen de hombros. La confusión se apodera de todos los presentes.

La desordenada carga de la caballería es contrarrestada por la contraofensiva de un grupo de cruzados que salen de Muret para detenerla. Se libra un combate improvisado delante de la puerta de Tolosa.

A la vista de la pelea, Pedro ordena al conde de Foix que acuda inmediatamente a esa puerta, a la que se accede por un estrecho puente sobre el río Louge, con ayuda de algunos contingentes de la infantería de Ramón de Tolosa. Intentan entrar en Muret, pero el paso es muy estrecho; los pocos que logran acceder a la villa son aniquilados por los cruzados.

Es una trampa.

En el interior del castillo, Simón de Monfort está reunido con sus comandantes. Al recibir la noticia del fracaso de la carga de la caballería enemiga, ordena que todos sus hombres se preparen para la batalla. Se concentran en la plaza del mercado, donde Monfort explica lo que van a hacer.

En el campamento del rey Pedro, ubicado en una altura sobre el río Garona, algunos obispos comienzan a impartir la bendición colectiva. El de Tolosa porta un relicario con un fragmento de la Vera Cruz que muestra a todos los presentes, postrados con devoción.

Entre tanto, el ejército cruzado se divide en tres columnas que salen de Muret por la puerta de Sales, que no se ve desde el campamento de Pedro, rodeando la villa ocultas por la muralla. Organizados en tres cuerpos de batalla de doscientos cincuenta jinetes cada uno, cruzan el río Louge y dos de ellos cargan de frente sobre el campamento real, en tanto el tercero lo hace por el flanco izquierdo.

Los del rey de Aragón están desprevenidos. Los cruzados los sorprenden desayunando, sin el equipo de combate a mano.

Al darse cuenta de lo que ocurre, Pedro de Aragón le pide las armas a uno de sus caballeros que casi lo iguala en talla. Desea combatir como uno más, de modo que se sitúa al frente y no en la retaguardia, como acostumbran los reyes.

—Señores, ¡a la carga! —exclama el rey, a cuyo lado, en formación improvisada, acuden enseguida los nobles aragoneses, con Nuño Sánchez, Jimeno Cornel y Miguel de Luesia a la cabeza.

Desde su puesto de combate, Simón de Monfort se da cuenta de que los aragoneses están sorprendidos y desorganizados. La improvisada carga de caballería ordenada por el rey se sume en un absoluto desconcierto. Cada jinete cabalga a su aire, sin tener en cuenta ni su puesto en la fila ni el orden en la formación.

Pedro, de treinta y nueve años, es el mejor caballero de su tiempo; muy alto y dotado de una fuerza hercúlea, se considera invencible.

—¡Al rey, centraos en el rey! —ordena a su hombres Simón de Monfort—. Es aquel caballero —señala con su brazo hacia una figura formidable que porta las armas reales—. ¡A por él, todos a por él!

La caballería francesa cierra filas, se compacta y carga contra la desorganizada caballería aragonesa. Con las banderas desplegadas, los jinetes franceses combaten con una contundencia brutal.

El vizconde de Foix se da cuenta del peligro que corre el rey Pedro y decide acudir en su ayuda al frente de la infantería. Pero al primer envite, caen decenas de infantes y la mayoría, aterrada por la masacre, decide dar la vuelta y correr a refugiarse en el campamento.

Cuando las vanguardias de las dos caballerías chocan, se produce un estruendo terrible. Pedro de Aragón forma en la primera línea. El rey no se fía de varios de sus hombres y cree que son capaces de traicionarlo en cualquier momento.

En la vanguardia francesa dos experimentados caballeros, Alain de Roucy y Florent de Ville, se conjuran para matar a Pedro, a quien Simón de Monfort desea abatir al precio que sea.

Tras los primeros momentos de caos, el frente de batalla se clarifica. La contundencia de la carga de los franceses, mejor formados y preparados, abre brechas enormes en la formación de los aragoneses, cuyo frente se deshace.

Los caballeros catalanes que forman en segunda línea tiran de las riendas de sus monturas, dan media vuelta y huyen despavoridos, abandonando al rey de Aragón a su suerte. Al verlos retirarse, los caballeros tolosanos que forman en la retaguardia dudan; algunos gritan que el rey está muerto y entonces los de Tolosa y los de Foix se retiran sin siquiera entrar en combate.

Los aragoneses se quedan solos con su rey. El único catalán que permanece en el campo de batalla es Hugo de Mataplana, quien, además de caballero, es un reconocido trovador. Morirá unas semanas después a causa de las heridas sufridas en el combate.

Alain de Roucy se fija en un caballero que porta las armas reales y, aunque no lleva las gualdrapas rojas y amarillas, cree que es el rey. Le hace una indicación a su colega Florent de Ville y ambos se abren paso y cargan a dúo contra ese jinete, al que derriban con un tremendo golpe de maza.

—¡El rey de Aragón ha caído! —grita eufórico Alain de Roucy.

—¡Ese no es el rey! ¡El rey es mejor caballero! ¡Yo soy el rey!

Quien exclama esas palabras es el propio Pedro, que porta las armas del caballero abatido, con quien se las intercambia al inicio del combate. Se levanta la visera del yelmo y se lanza en ayuda del caballero caído.

Entonces, Alain de Roucy, Florent de Ville y media docena de franceses rodean a Pedro y lo acosan sin concederle un instante de respiro.

Varios caballeros aragoneses acuden en su auxilio, pero los enemigos son demasiados y los neutralizan.

—¡Ayuda, ayuda! —grita impotente Miguel de Luesia, que por la rejilla de la visera de su casco de hierro ve alejarse a los caballeros catalanes por la ladera de una colina.

El puñado de aragoneses que combate al lado de su rey no puede más y, uno a uno, todos sucumben. El alférez Miguel de Luesia, Rodrigo de Lizana, Blasco de Alagón, Gómez de Luna, Miguel de Roda, el mayordomo Aznar Pardo, su hijo Pedro Pardo... todos caen defendiendo con sus vidas la de su señor.

Pedro de Aragón, gracias a su enorme fuerza, aguanta decenas de golpes hasta que se queda solo y entre varios consiguen derribarlo del caballo. Intenta levantarse, pero cuatro franceses se abalanzan sobre él y lo retienen en el suelo, donde es acuchillado y muerto.

Entre tanto, la caballería francesa aniquila a los pocos caballeros aragoneses que quedan en pie, da media vuelta y carga por la espalda contra la infantería de las milicias tolosanas, que combate en desorden ante las murallas de Muret. Los grandes caballos acorazados empujan a los peones tolosanos hacia el río Garona, donde muchos de ellos caen y se ahogan.

Simón de Monfort es informado de la muerte del rey de Aragón; pide que lo lleven ante el cadáver.

Cuando llega ante los restos de Pedro, observa que está desnudo. Los cruzados lo han despojado de todos sus vestidos, igual que a los demás caballeros aragoneses muertos.

—Sí, ese es el rey de Aragón; no hay duda. —Monfort reconoce el cuerpo gigantesco y el cabello rubio de su oponente.

—¿Qué hacemos con él? —pregunta uno de sus escuderos.

—Fue un rey; debemos tratarlo con el honor que merece.

—Los frailes hospitalarios solicitan permiso para recoger el cadáver regio y llevarlo a la casa del Hospital en Tolosa.

—Permitidles que lo hagan —ordena Monfort.

Luego, el conde de Leicester monta en su caballo y, tras comprobar que su victoria es total, se dirige a la iglesia de Muret. En la puerta entrega su corcel y sus armas a los pobres, se quita las botas y entra caminando descalzo hasta el altar, ante el cual se arrodilla y da gracias a Dios.

Los vencedores hacen recuento de bajas. Pese a que las tropas del rey de Aragón son más del doble, apenas hay unas cuantas decenas de peones muertos entre los cruzados y muy pocos caballeros.

Parece un milagro, pero, en realidad, lo ocurrido en la batalla es el resultado de la absoluta desorganización del ejército del rey de Aragón, de su falta de atención en la preparación de la batalla, de la huida de los caballeros catalanes, bearneses y tolosanos al primer envite y del pánico provocado entre las filas de los peones por la carga de la caballería francesa.

¿Cómo puede ser? ¿Cómo llega la derrota del rey de Aragón en Muret si su ejército es más numeroso que el de Simón de Monfort?, se preguntan por todo el reino.

Algunos dan una respuesta inmediata: se trata de un castigo divino. Dios abandona a Pedro de Aragón debido a su lujuria. La derrota y muerte del rey es la pena que Dios le impone por sus pecados carnales.

Carcasona, principios de octubre de 1213

Sentado en un pupitre, Jaime de Aragón estudia las primeras letras mediada aquella húmeda mañana de comienzos del mes de octubre.

Tiene cinco años y hace ya tres que vive recluido en la ciudade-la de Carcasona, al cuidado de Simón de Monfort. Arrancado de los brazos de su madre, apenas recuerda su rostro.

Su único horizonte son las estancias que habita, aunque alguna vez sus cuidadores lo llevan a dar un paseo a caballo por los campos cercanos a Carcasona, siempre vigilado por sus guardianes.

Unos pasos contundentes llaman la atención de Jaime, que levanta la vista del libro que estudia y mira hacia la puerta. Enseguida reconoce al dueño de esas pisadas: es Simón de Monfort.

Jaime se levanta y espera.

—Majestad. —Monfort avanza hasta colocarse frente al niño, hinca la rodilla ante él, le toma la mano y la besa.

Jaime está sorprendido. No entiende lo que ocurre. ¿Por qué lo llama así y por qué se postra ante él?

—¿Por qué os arrodilláis y me besáis la mano? —pregunta Jaime.

—Porque ahora sois el rey de Aragón —responde Simón.

La media docena de caballeros que acompañan a Monfort también se arrodillan e inclinan sus cabezas.

—El rey es mi padre...

—Vuestro padre ha muerto. Ahora vos, don Jaime, sois rey de Aragón, conde de Barcelona y señor de Montpellier.

—¿Muerto...?, ¿mi padre ha muerto?

—Murió combatiendo en una batalla, hace tres semanas, en un castillo llamado Muret.

—Entonces ¿soy el rey...?, ¿de verdad soy el rey?

—Lo sois, sire. El papa os ha reconocido como legítimo soberano de Aragón.

—Nunca vi a mi padre; no lo conocí —musita Jaime.

—Sois igual que él —le dice Monfort.

—Si soy el rey, ¿puedo ordenar lo que quiera?

—Todavía no, sire. Para que llegue ese momento deberéis cumplir la mayoría de edad y aún faltan algunos años para ello.

—¿Y qué haré entre tanto?

—Quedaréis bajo la tutela de un Consejo de Regencia formado por nobles y altos eclesiásticos. Esos hombres serán quienes gobiernen Aragón y Cataluña hasta que os hagáis cargo personalmente cuando tengáis la edad para hacerlo.

—Si viviera mi madre...

—En ese caso sería ella la regente, pero, desgraciadamente, doña María falleció.

—Yo quería a mi madre...

—Si os sirve de consuelo, sire, doña María goza de fama de santa en muchas regiones de la cristiandad. Tal vez algún día sea venerada en los altares de las iglesias.

—¿Puedo salir de aquí?

—Tendréis que esperar a que se decida vuestro nuevo destino. Entre tanto, el papa me ha encomendado que garantice vuestra seguridad, de modo que continuaréis aquí, en Carcasona.

—Mi padre no me quería. —Jaime se muestra taciturno, aunque la noticia de la muerte de su padre no lo conmueve—. No me quiso nunca. Ni siquiera vino a verme, ni una sola vez.

—Pero se interesaba por vos. ¿Sabéis que acordamos la boda de mi hija con vuestra majestad? Aunque para eso también tendréis que esperar.

—¿Qué ha sido del cuerpo de mi padre?

—Tras su muerte le rendimos honores en el campo de batalla, como corresponde a un gran rey. Los frailes del Hospital de Tolosa se hicieron cargo de su cuerpo y lo han llevado a un monasterio en Aragón, Sigena se llama, donde don Pedro quería ser enterrado al lado de su madre doña Sancha, vuestra abuela.

—Quiero salir de aquí —protesta el nuevo rey de Aragón.

—Tened paciencia, sire, paciencia.

Abadía de Montearagón, cerca de Huesca,
fines de octubre de 1213

Fernando de Montearagón acaba de cumplir veintitrés años. Hijo del rey Alfonso el Casto es el primero en la lista de herederos al trono de Aragón hasta el nacimiento de Jaime. Cuando se entera de la muerte de su hermano Pedro en Muret, sus pretensiones de convertirse en rey renacen. Considera que su sobrino es demasiado joven para reinar y que un reino no puede estar sin un rey.

Aquel día de otoño caen las primeras nieves sobre la sierra de Guara. El monasterio de Montearagón ocupa la cima de un cerro, no muy elevado pero de acusadas pendientes, en el somontano de Guara. Su origen está en un castillo que los primeros reyes de Aragón fortifican para preparar la conquista de la ciudad de Huesca.

Desde entonces, el monasterio-castillo es uno de los principales del reino. Su abad es Fernando, el infante real al que le interesa mucho más el poder político que la religión.

Quiere ser rey de Aragón, pero para ello necesita que su sobrino Jaime sea declarado ilegítimo; convoca a varios nobles con los que busca alcanzar un pacto en defensa de sus pretensiones al trono.

—Entonces ¿estáis de acuerdo?

—Contad con mi apoyo, don Fernando, y con el de mi familia —asiente Guillén de Moncada.

—Si me convierto en rey de Aragón y conde de Barcelona, vos gobernaréis Cataluña. Os concederé además extensas propiedades al sur de Tarragona y muchas más tierras cuando conquistemos a los sarracenos el reino de Valencia.

—Los Moncada os serviremos con total lealtad.

—Para que nuestro plan se cumpla debemos apoderarnos de don Jaime —asienta Fernando.

—¿Cómo pensáis lograrlo? Por lo que sé, Simón de Monfort lo mantiene a buen recaudo en la fortaleza de Carcasona, que dispone de formidables murallas y de una nutrida guarnición.

—Tenemos que conseguir que el papa Inocencio nos conceda la custodia de don Jaime. Ya he enviado una carta a Roma; espero que el papa lo apruebe.

—Pero el papa ya ha reconocido a don Jaime como rey de Aragón —alega Moncada.

—Lo sé.

—¿Entonces...?

—Si mi sobrino queda en mis manos...

—¿No estaréis pensando en acabar con la vida de ese niño?

Fernando de Montearagón calla. Apura su copa de vino y contempla las cumbres blanqueadas por la ligera capa de nieve caída la noche anterior. Quiere ser rey y hará cuanto sea necesario para lograrlo.

Condado de Cerdaña, fines de octubre de 1213

El viento frío del norte bate el castillo de Cerdaña.

El conde Sancho, embozado en su manto de piel de oso, medita sobre qué postura adoptar. Hace ya un mes que conoce la muerte de su sobrino el rey Pedro y se pregunta por qué no puede ser él el nuevo rey de Aragón.

Acaba de cumplir cincuenta y dos años y se siente con fuerza como para pelear por el trono que ahora pertenece a su sobrino nieto.

Sabe que su sobrino Fernando también aspira a convertirse en rey, pero considera que carece de derechos, pues es abad del monasterio de Montearagón y su condición eclesiástica es impedimento más que suficiente para que pueda reinar, al menos mientras haya en la familia real alguien con capacidad y derechos dinásticos para hacerlo, como es su caso.

Sancho es, además, conde de Cerdaña y Rosellón, dos territorios de la Corona al norte de los Pirineos sobre los que tiene el señorío por herencia directa de su padre el conde Ramón Berenguer.

Pero igual que le ocurre a Fernando de Montearagón, Jaime es el gran obstáculo que impide que Sancho pueda conseguir su objetivo.

En las últimas semanas también busca aliados, alegando que Jaime no puede ser rey porque el matrimonio de Pedro con María de Montpellier no es válido, como el propio Pedro manifiesta una y otra vez hasta pocos días antes de su muerte en batalla, y que Fernando es un clérigo y, por tanto, sin derecho al trono.

—El señorío de Montpellier será para vos, íntegro y pleno, si me ayudáis a conseguir el trono de Aragón —le propone Sancho de Cerdaña a Guillermo de Montpellier, con quien está reunido en su castillo.

—¿Renunciaréis a Montpellier? —pregunta Guillermo a Sancho, del que no acaba de fiarse.

—No tengo ningún derecho a ese señorío. La herencia que reclamo es la de mis padres doña Petronila y don Ramón Berenguer. Montpellier no es de mi incumbencia, pero si me apoyáis, haré cuanto esté en mis manos para que vos seáis su señor.

Es suficiente.

Albarracín, fines de otoño de 1213

Aragón y Cataluña andan sumidos en la incertidumbre.

Dos bandos se disputan el control de la Corona, que sigue perteneciendo a un niño de cinco años rehén de Simón de Monfort. La mayoría de los nobles se pone del lado del infante don Fernando; apenas unos pocos siguen al conde Sancho. Ambos se postulan como rey.

Casi nadie defiende los derechos del joven Jaime, el rey legítimo a los ojos del papa y de la mayoría de las cortes cristianas, que siguiendo la recomendación pontificia lo reconocen como legítimo sucesor de su padre. Solo las ciudades y las grandes villas de Aragón y algunas de Cataluña, gobernadas por concejos de hombres libres, acatan a Jaime como soberano.

En el castillo de Albarracín, en la sala principal del pequeño palacio de los antiguos reyes musulmanes, los Banu Razin, su señor está comiendo un asado de jabalí con salsa de hierbas; lo acompaña el obispo Hispano.

Su nombre es Pedro Fernández de Azagra. Es el señor independiente de Albarracín, un señorío enriscado en el corazón de las sierras al sur de Aragón, entre la amplia planicie del alto valle del Jiloca, las tierras del reino musulmán de Valencia y los límites orientales del reino de Castilla.

Hace ya más de cuarenta años que esta familia de caballeros llegados de Navarra gobierna Albarracín. Su señorío no forma parte ni de Aragón ni de Castilla, aunque ambos reinos ambicionan apoderarse de esta tierra montañosa y fría. Los señores de la ciudad de Albarracín, a la que llaman Santa María de Oriente, no se consideran vasallos de ningún otro señor y en sus diplomas solo admiten serlo de Santa María.

—Debo intervenir en esto —asienta de pronto Pedro Fernández.

—¿Intervenir? ¿Dónde? —se extraña el obispo Hispano, que se acaba de llevar a la boca un pedazo de jabalí.

—En los asuntos de Aragón.

—Tened cuidado, don Pedro, no vayáis a ir por lana y salgáis trasquilado.

Hispano es el obispo de la diócesis de Albarracín, restaurada hace algunos años.

La Iglesia restaura las sedes episcopales en las ciudades que conquistan los cristianos según las antiguas diócesis del tiempo de los visigodos.

En cualquier caso, el papa otorga a Albarracín la categoría de sede episcopal y permite que sean nombrados sus obispos.

—La nobleza aragonesa se ha dividido en dos bandos; uno apoya al infante don Fernando y el otro, menos numeroso pero con importantes apoyos en Cataluña, a don Sancho. Los dos pretenden ser proclamados rey de Aragón y ambos alegan el mismo motivo: que don Jaime no es hijo legítimo porque el matrimonio de sus padres debe ser anulado.

—¿Anulado decís?, pero si han muerto los dos esposos. Además, el papa Inocencio se ha negado una y otra vez a aprobar esa nulidad...

—Voy a proclamarme valedor de don Jaime y defensor de sus derechos —asevera el de Azagra—. Yo, Pedro Fernández, señor de Santa María de Oriente, proclamo que don Jaime, hijo del rey Pedro y de la reina María, es el legítimo rey de Aragón.

El obispo Hispano se queda boquiabierto. En la estancia del castillo de Albarracín están los dos solos, pero el de Azagra habla como si se estuviera dirigiendo a una multitud.

—Convincente, don Pedro, muy convincente —dice Hispano, que sigue devorando su tajada de jabalí.

—Enviaré una carta al papa reconociendo a don Jaime como rey de Aragón; vos, obispo, también la firmaréis.

—Contad con ello, don Pedro, contad con ello.

6

El castillo del Temple

Narbona, fines de mayo de 1214

El apoyo del señor de Albarracín al pequeño Jaime es muy bien acogido por el papa. Roma no puede consentir que el reino de Aragón y el condado de Barcelona se desangren en una guerra interna, por eso en el mes de enero de 1214 emite una bula en la cual ratifica que el rey legítimo de Aragón es Jaime, hijo de Pedro y de María de Montpellier.

Sin embargo, es necesario que Nuño Sánchez, hijo del conde Sancho de Cerdaña, gran amigo y primo hermano del fallecido rey Pedro, a cuyo lado combate en la batalla de las Navas de Tolosa, se ponga del lado de Jaime.

Es además una excelente oportunidad para que el papa Inocencio se presente como el defensor de los derechos de los huérfanos y el garante de la legalidad en toda la cristiandad.

La orden del papa es clara: Simón de Monfort debe conducir al rey de Aragón a la ciudad de Narbona el último domingo del mes de mayo. Allí lo espera una comisión de nobles y notables señores entre los cuales están Pedro Fernández de Azagra y los aragoneses Jimeno Cornel y Pedro de Ahonés; también acuden a Narbona los nobles catalanes Guillén Ramón de Moncada, Dalmau de Creixell y Guillén de Cardona, el obispo Hispano de Albarracín y el maestre de la provincia templaria de Aragón.

Nadie los invita, pero se presentan en Narbona el conde Sancho de Cerdaña, que además es por su cargo el procurador general del reino, y el abad Fernando de Montearagón. Todos se miran con recelo.

Tras varios días de espera, un mensajero del papa se adelanta para avisar de que se acerca la comitiva que trae desde Carcasona a Jaime. El rey niño ya tiene seis años y medio de edad. Es un muchacho alto y grande para su tiempo, bien parecido, de abundante cabello rubio y rizado, ojos negros y piernas y brazos largos. Sabe que es el rey, pero que no puede ejercer como tal hasta que no cumpla la mayoría de edad, y está resignado a hacerlo.

Los nobles aguardan en el palacio del arzobispo, el sanguinario Arnaldo Amalric, a quien el papa premia hace ya dos años con esa sede metropolitana por su fidelidad.

—Señores, el rey de Aragón —anuncia un sayón.

En el patio del palacio arzobispal aparecen dos jinetes que portan los estandartes del papa y de Aragón. Tras ellos va Simón de Monfort a caballo y a su lado el niño rey.

Sin esperar a que otro noble se adelante, el señor de Albarracín da dos pasos al frente y sujeta las riendas del caballo de Jaime. Con ese gesto queda claro que lo reconoce como su señor.

El de Albarracín solo tiene veintidós años, pero gobierna su señorío independiente desde muy niño, de modo que imagina lo que puede sentir Jaime. Es el último varón de una familia de guerreros navarros que se labra su prestigio y su independencia con valor y fuerza.

—Señor de Monfort —habla Pedro Fernández de Azagra—, en nombre de los aragoneses y de los catalanes os pido que nos entreguéis al rey don Jaime.

El de Albarracín se expresa con tanta energía y seguridad que todos los demás acatan sus palabras.

—¿Quién sois vos, caballero? —le pregunta Simón de Monfort.

—El señor de Santa María de Oriente. Me llamo Pedro Fernández de Azagra.

—Bonito nombre.

—Entregadnos al rey. —Las palabras de Pedro Fernández resuenan contundentes.

—Aquí está. Cumplo la orden de su santidad el papa Inocencio.

»Majestad —se dirige ahora Simón al rey—, hasta aquí mi deber. Quedáis en manos de estos caballeros. Ahí están los documentos de entrega.

Monfort señala a un secretario que porta una carpeta de cuero rojo, inclina la cabeza ante Jaime y da media vuelta.

—¡Tuvisteis suerte en Muret! —grita una voz.

El de Monfort gira la cabeza despacio y contempla a un noble que da dos pasos al frente; Simón le pregunta:

—¿Por qué decís eso?

—Porque yo no estuve allí.

—¿Acaso con vuestra presencia en Muret hubieran cambiado las cosas? Sois demasiado pretencioso. ¿Cuál es vuestro nombre?

—Pedro de Ahonés, y juré que os mataría en duelo si no nos entregabais a nuestro rey.

—Señor Pedro de Ahonés, o como quiera que os llaméis, rogaré a Dios para que algún día me conceda el honor y la dicha de encontraros en el campo de batalla —dice Simón.

—No le pido otra cosa en mis oraciones —replica con determinación Ahonés.

Lérida, agosto de 1214

De vuelta a los dominios del rey de Aragón, los nobles debaten sobre dónde debe residir el rey hasta que sea mayor de edad. Un destacado acontecimiento precipita la toma de la decisión.

El último domingo del mes de julio, el rey Felipe de Francia libra una gran batalla en Bouvines, al norte de sus dominios, junto a Flandes. Logra la victoria ante una coalición formada por el emperador Otón, tropas del rey Juan de Inglaterra y varios señores de esa región. Los nobles aragoneses y catalanes comprenden que el triunfante y ambicioso rey de Francia aspira a convertirse en el gran soberano de la cristiandad y temen que ponga sus ojos en sus tierras.

Necesitan jurar a Jaime como rey cuanto antes. El de Azagra así lo explica en Narbona, de modo que se decide que sea en Lérida, la primera ciudad aragonesa en el camino de Cataluña a Aragón, donde aragoneses y catalanes pronuncien el juramento de fidelidad a su joven soberano.

En realidad, Lérida es una ciudad cuya posesión se disputan catalanes y aragoneses. Es la elegida para el juramento al rey porque los aragoneses la consideran suya y de ninguna manera admiten jurar fidelidad a su nuevo rey fuera del territorio de Aragón. Pero los catalanes no renuncian a Lérida, que reivindican como propia y reclaman que los límites de Cataluña lleguen hasta el curso del río Cinca, lo que supone la inclusión de Lérida y Fraga dentro de sus fronteras.

También acuerdan firmar unas constituciones de paz y de tregua, a fin de que el reino de Aragón y el condado de Barcelona queden pacificados y se evite una guerra entre los dos bandos nobiliarios en disputa.

La sala principal del castillo de la zuda de Lérida se engalana como corresponde al pomposo acto. Banderas blancas con la cruz roja de San Jorge, estandartes con los colores rojo y amarillo de la casa real de Aragón, el blasón con los cinco escudetes del condado de Barcelona, gallardetes con los emblemas de los principales linajes, escudos y varias panoplias de armas adornan la sala.

Preside la solemne ceremonia Asparago de la Barca, arzobispo de Tarragona, como eclesiástico de mayor rango de los territorios de la Corona de Aragón, que aguarda a que todos los nobles con derecho a presencia en la curia regia ocupen sus puestos. Junto al arzobispo, diez jueces y sabios en derecho testificarán y darán su beneplácito a que todo discurra conforme a las leyes de Aragón y las costumbres de Cataluña.

En una pequeña habitación están reunidos el señor de Azagra, los dos aspirantes al trono y unos cuantos nobles aragoneses y catalanes. En el último instante aceptan dejar de lado sus aspiraciones para evitar la guerra civil.

—Entonces ¿estáis de acuerdo? ¿Juraréis como rey a vuestro sobrino? —pregunta el señor de Albarracín, que actúa como mediador entre los dos nobles.

—Lo estoy —acepta el conde Sancho de Cerdaña, aunque no de buen grado.

—Yo también —ratifica el abad Fernando de Montearagón a regañadientes.

El de Azagra respira aliviado. Intuye que aquellas palabras de los tíos de Jaime no son sinceras, pero al menos consigue que los dos aspirantes al trono acaten el pacto unos instantes antes de que se celebre el juramento al rey.

—En ese caso, y tal como ha acordado el Consejo de Regencia, los territorios de la Corona quedan divididos en tres partes: don Pedro de Ahonés gobernará en la mitad del reino de Aragón, en las tierras al norte del Ebro; Moncada, en Cataluña; y yo —se señala el pecho el de Azagra— lo haré en el reino de Aragón al sur del río. Cada uno de esos tres territorios queda bajo el mando de un gobernador y vos, don Sancho, seréis el procurador general de toda la Corona.

—¿Están de acuerdo los nobles catalanes? —pregunta Fernando de Montearagón, que está excluido del reparto.

—Lo están —asienta el de Azagra, que mira a los catalanes, quienes acatan con sus cabezas.

—En ese caso, entremos ya en esa sala; no hagamos esperar al señor arzobispo.

El prelado de Tarragona dibuja en su rostro un gesto de sosiego cuando ve aparecer en la sala a los tres nobles y ante la indicación del de Azagra de que hay acuerdo.

La tensión de los días previos se disipa. La amenaza de guerra civil parece más lejana, de modo que los rostros de los convocados se distienden y algunos sonríen satisfechos.

Pedro de Azagra toma la palabra.

—Reverendísimo señor arzobispo de Tarragona, nobles señores, en esta patricia ciudad de Lérida, en el reino de Aragón...

Un intenso murmullo entre las filas de los catalanes interrumpe el inicio del discurso del señor de Albarracín. En esos momentos, Lérida es una ciudad aragonesa. Allí rige la moneda jaquesa y los ilerdenses se consideran aragoneses. Pero la nobleza de Cataluña alega que es Ramón Berenguer, conde de Barcelona y, por tanto, señor de los catalanes, el conquistador de Lérida, y que esa ciudad pertenece a Cataluña.

—Proseguid, don Pedro —le indica el arzobispo al de Azagra a la vez que pide calma a los catalanes.

—En esta ciudad aragonesa de Lérida —repite con énfasis el señor de Albarracín—, nos hemos reunidos los nobles de Aragón y de Cataluña para ofrecer nuestro juramento de fidelidad y vasallaje al rey don Jaime, hijo del fallecido rey don Pedro, a quien Dios haya acogido en su seno. Hemos acordado la tregua y la paz en estas tierras y manifestamos que juramos como rey y señor a don Jaime. Hasta que su majestad alcance la mayoría de edad y pueda ejercer como soberano, sus dominios serán gobernados por el Consejo de Regencia según lo acordado en esta corte.

»Y ahora, señores, el arzobispo don Aspargo nos tomará a todos y cada uno juramento.

El metropolitano de Tarragona alza en brazos a Jaime y lo presenta ante los presentes en la sala. El notario real toma nota del juramento y uno a uno va citando a todos los nobles presentes.

En la fórmula de acatamiento a la soberanía de Jaime de Aragón, los nobles aragoneses utilizan el título de rey, en tanto los catalanes lo sustituyen por el de conde. Acabado el juramento, el joven monarca recita unas frases aprendidas de memoria:

—Con nos ya son catorce los reyes con los que cuenta Aragón desde el primero, que fue don Íñigo Arista. Con la unión de mis bisabuelos, Aragón y Cataluña se enriquecen mutuamente.

Aunque no son propiamente aragoneses, el secretario real incluye en el texto que se aprende Jaime a los primeros reyes de Pamplona, que también gobiernan las tierras que en su día serán el futuro reino de Aragón.

Se adelanta en ese momento el catalán Guillén de Moncada y habla:

—Majestad, vuestro linaje es el muy noble y muy alto de los condes de Barcelona, gracias al cual se han ennoblecido los nuestros. Aragón y Cataluña son tierras distintas, pero las une el linaje de los reyes de Aragón y el de los condes de Barcelona, fundidos por el matrimonio de don Ramón Berenguer y doña Petronila en uno solo e indisoluble, el que vuestra majestad encarna ahora.

»Señores —se dirige Moncada a los nobles catalanes—, este juramento de fidelidad a don Jaime nos ennoblece más si cabe a todos nosotros.

—Ahora mostraremos al rey de Aragón a todo el pueblo —indica Pedro de Azagra.

El arzobispo Aspargo se asoma a una ventana de la zuda y muestra a Jaime a dos centenares de ilerdenses que se concentran ante el palacio fortificado para aclamar a su rey y gritar alborozados «¡Aragón, Aragón!».

Castillo de Monzón, principios de septiembre de 1214

Los magnates y riscoshombres pactan que sea Guillén de Monredón, comendador de los templarios en la provincia de Aragón y Cataluña, quien eduque al rey en el castillo de Monzón. Este caballero es un anciano, pero conserva la suficiente vitalidad como para dirigir la Orden del Temple en esa provincia.

Guillén de Monredón tiene ya cincuenta años y una larga experiencia sobre sus hombros. Miembro de una familia de la baja nobleza catalana, vasalla de los poderosos Centelles, es el segundo de cuatro hermanos, por lo cual su padre lo destina muy pronto al servicio de la Iglesia. Es caballero templario desde hace más de once años cuando abandona los bienes de este mundo para ofrecerse como fraile y soldado de Dios. Comendador en varias casas templarias, entre sus servicios al rey de Aragón destaca su participación en la batalla de las Navas de Tolosa, peleando al lado de don Pedro. Pero no lucha en Muret, pues la regla de la Orden templaria prohíbe a sus caballeros combatir contra otros cristianos, y menos aún si son soldados del papa, como los que sirven a las órdenes de Simón de Monfort.

Sabe que, probablemente, la regla del Temple lo salva de la muerte, pues de haber estado en la batalla de Muret se habría batido junto a su rey hasta el final.

Nombrado maestre de la provincia templaria que agrupa las encomiendas de Aragón, Cataluña y Provenza, viaja a Roma para solicitar la entrega del pequeño Jaime.

—El rey don Pedro consideraba a don Guillén como uno de sus más cercanos consejeros; será el mejor tutor de don Jaime —comenta Pedro de Azagra, que encabeza la comitiva que está llegando al pie del cerro arcilloso donde se alza la fortaleza de Monzón.

—Me temo que cuando el rey quede a salvo en ese castillo, volverá a estallar la discordia entre don Fernando y don Sancho y de nuevo estaremos sumidos en una guerra civil —se lamenta el maestre Monredón, que mira al joven rey, a cuyo lado cabalga en mula su primo Ramón Berenguer, conde de Provenza, tres años mayor que Jaime.

—Al menos aquí don Jaime estará a salvo.

—Los templarios lo protegeremos con nuestras vidas; podéis estar seguro de ello, don Pedro.

—En Lérida ya se estaban formando de nuevo los dos bandos.

—¿Y vos? ¿A cuál de los dos apoyáis? —le pregunta el comendador al de Azagra.

—Dejé las tierras de mi señorío de Albarracín para tratar de evitar esta guerra, pero, si hay que alinearse con uno de los dos tíos de don Jaime, lo haré por don Fernando. Me merece más confianza que don Sancho.

—¿Y don Jimeno Cornel? Es un hombre sabio y bien considerado por todos.

—En efecto, todos lo tenemos en gran estima, pero ha decidido mantenerse neutral. Hablé con él hace unos días y me confesó que solo obedecerá órdenes del rey.

—¡Pero don Jaime es un niño!

—Eso mismo le dije a don Jimeno, mas se encogió de hombros y me comentó que nunca se pondrá del lado de quien pretenda conseguir el trono sin tener derecho a ello.

La comitiva que escolta a don Jaime y a su primo Ramón al castillo de Monzón alcanza la puerta tras ascender la empinada rampa del cerro y entra en el patio de armas. Varios caballeros templarios, vestidos con sus túnicas blancas con la cruz roja en el pecho, aguardan bien formados.

—Don Jaime, esta será vuestra residencia —le indica el señor de Albarracín al rey mientras descienden de los caballos y las mulas.

—Majestad, este es el castillo de Monzón, nuestra más poderosa fortaleza en Aragón. Aquí estaréis seguro hasta que cumpláis la mayoría de edad.

—¿Cuándo ocurrirá eso? —pregunta Jaime.

—Cuando cumpláis los catorce años, mi señor.

—¡Aún no tengo siete! —exclama don Jaime.

—Un rey necesita formarse para ser un gobernante justo. Aquí recibiréis las enseñanzas de la Biblia, aprenderéis a leer y a escribir con las lecturas sagradas y además os enseñaremos latín e historia...

—¿Vos sabéis leer? —le pregunta Jaime al templario.

—Bueno, un poco; pero eso no es lo más importante para un caballero templario; en cambio sí lo es para un rey que desee gobernar su reino con justicia y sabiduría, porque un soberano culto es mejor que un ignorante. Pero, además, os adiestraremos para montar a caballo, manejar las armas de combate y las tácticas a seguir en la batalla; y también aprenderéis todo eso vos, señor conde. En esto los templarios somos los mejores —continúa Guillén dirigiéndose a Ramón Berenguer.

—Señor, cuando acabe vuestra formación aquí, estaréis preparado para ser un gran rey, deseo que el mejor del mundo —asienta el señor de Albarracín.

»Y bien, don Guillén, en este momento acaba mi cometido. Me comprometí a proteger a don Jaime hasta llegar a Monzón y así lo he hecho. En vuestras manos lo dejo.

»Majestad, ahora debo retirarme para cumplir con mis obligaciones para con mis súbditos de Albarracín. Hace meses que los tengo un tanto olvidados y un señor debe cuidar a sus vasallos. Así lo dictan la ley de Dios y las normas de buen gobierno de un caballero.

Pedro de Azagra hace una gran reverencia, se inclina ante el pequeño Jaime y da la mano al maestre del Temple.

—Id con Dios, don Pedro —le dice el templario.

—Que Él os guíe siempre —contesta el señor de Albarracín, que monta sobre su corcel y sale del castillo sin perder detalle de sus defensas.

Tal vez algún día tenga que volver... para tomarlo.

Castillo de Monzón, mediados de otoño de 1214

El cielo azul, prístino y límpido como el más puro cristal, anuncia nieves.

—Esta noche nevará —afirma con rotundidad el maestre Guillén de Monredón.

—En el cielo no hay nubes. ¿Cómo lo sabéis? —pregunta Jaime de Aragón.

—Por el relente, la frialdad y la pureza del aire. Siempre que amanece un día así, la noche siguiente nieva.

El templario camina desde la iglesia del castillo, donde acaba de asistir a una misa junto a Jaime y su primo, atravesando el patio hacia el edificio donde se ubica el refectorio de los hermanos templarios.

—¿Cuándo me enseñaréis a manejar la espada? —pregunta Jaime.

—En la próxima primavera.

—Yo quiero hacerlo ahora.

—El próximo dos de febrero cumpliréis siete años; ese será el momento para enseñaros a usar la espada. Hasta entonces debéis conformaros con la gramática.

Un monje templario se acerca al maestre. Tras inclinar la cabeza ante el rey, le habla al oído. Durante unos momentos Guillén escucha con gran atención, hasta que el templario se marcha.

—Don Guillén, ¿qué ocurre?, ¿qué es ese secreto?

—Mi señor, ese caballero acaba de comunicarme que ha muerto el rey don Alfonso de Castilla, el vencedor de los almohades junto con vuestro padre y con el rey de Navarra en la batalla de Úbeda, en las Navas de Tolosa.

—¿Quiénes son los almohades? —pregunta Jaime.

—Unos sarracenos que pretendían conquistar nuestras tierras y arrojarnos al mar o al abismo. Pero los vencimos en una batalla jamás vista hasta entonces, junto a un desfiladero al pie de unos montes cerca del río Guadalquivir.

—¿Luchasteis vos en ella?

—Lo hice, codo con codo con vuestro padre. Nunca ha habido una batalla igual. Los sarracenos eran más del doble que nosotros, pero los vencimos con la ayuda de Dios.

»Desde ahora es rey de Castilla don Enrique, un muchacho de diez años. Su tío abuelo don Alfonso, el rey de León, ambiciona Castilla, de modo que tal vez tenga la tentación de apoderarse de ese reino. Tendremos que estar atentos.

El mensaje que le acaban de musitar al maestre templario de Aragón llega desde la encomienda templaria de Ponferrada, la más poderosa del reino leonés. Lo que todavía no sabe Guillén de Monredón es que ese mismo día muere la reina Leonor, esposa del rey Alfonso de Castilla e hija de la gran Leonor de Aquitania. El rey Enrique se queda huérfano de padre y madre en menos de un mes, de modo que Alfonso de León, casado en otro tiempo con Berenguela, hermana de Enrique, pero cuyo matrimonio está anulado por el papa, es probable que maquine apoderarse de Castilla. El leonés, para resarcirse de no haber participado en la batalla de las Navas y en su botín, conquista Alcántara y anda meditando si intervenir en Castilla con la excusa de la minoría de edad de su pariente.

Castillo de Monzón, marzo de 1215

Con el rey niño recluido en el castillo de Monzón, el pacto y la tregua acordados por los nobles se rompe.

A fines del mes de enero, Fernando de Montearagón, que no

renuncia a ser rey, se presenta con sus seguidores en Monzón y le pide a Jaime que lo apoye frente a los ataques que dice estar sufriendo de parte de su tío Sancho, el conde de Cerdaña.

Días después también lo hace Sancho para decirle al rey que, en realidad, es él el agraviado, el que es atacado por Fernando.

Aragón y Cataluña están divididos en dos bandos que andan enconados en una guerra que amenaza con llevar a esas tierras a la ruina y a la devastación.

Llueve. Hace ya varios días que se anuncia la primavera y, como le promete el maestre, Jaime de Aragón practica esgrima y equitación desde que cumple siete años. Un rey debe saber montar a caballo y manejar la espada y otras armas; son cualidades que no deben faltar en ningún soberano.

En el castillo de Monzón los frailes cumplen con rigor la regla de la Orden del Temple. Se levantan a maitines, en plena madrugada, a son de campana, se visten con los calzones, se calzan y se cubren con la capa, pues tienen que cruzar el patio para rezar en la austera iglesia la primera oración del día con el resto de los hermanos de la Orden: veintiséis padrenuestros puestos en pie. Luego visitan los establos para inspeccionar los caballos y vuelven a la cama para dormir un rato antes de iniciar, al amanecer, la rutina diaria, con la disciplina y la rigidez que implica ser un templario, un pobre caballero de Cristo. No en vano, si desean profesar como templarios, todos los miembros del Temple juran observar los votos de pobreza, castidad y obediencia, como cualquier eclesiástico, pero además el de servicio al papa.

Esa mañana van a salir del castillo para cabalgar a la carrera, pero llueve.

Guillén de Monredón decide que es una buena ocasión para leer la Biblia y conduce a Jaime y a su primo Ramón al refectorio de los frailes, que se acaba de construir en el centro de la fortaleza.

—Leeremos el episodio de la última Cena según san Mateo, en el que Jesús transforma y consagra el pan y el vino en su carne y su sangre. —Monredón ordena a un sacerdote templario que lea.

La Orden del Temple está integrada por caballeros, los miembros de sangre noble que portan hábito blanco, y sargentos, que no pertenecen a la aristocracia, y visten de negro o de pardo. Pero, además, hay criados encargados de las tareas más duras en las encomiendas y sacerdotes que ofician las ceremonias religiosas.

Jaime y Ramón escuchan ensimismados el relato de ese episodio de los Evangelios y se muestran muy interesados cuando el sacerdote, acabada la lectura, les explica que esa copa de la que habla san Mateo existe de verdad y se conserva en el monasterio de San Juan de la Peña, en las montañas del norte de Aragón, a tres o cuatro días de camino al noroeste de Monzón.

Luego, Guillén de Monredón les habla a los dos muchachitos del rey Arturo y de cómo funda una Orden de Caballeros llamada de la Mesa Redonda, cuya misión es la búsqueda de ese cáliz al que denominan el Santo Grial.

—Uno de vuestros antepasados, el rey Alfonso, se educó como novicio en ese monasterio de la Peña, y acabó convirtiéndose en el custodio del Grial. Fue un gran guerrero, que combatió y venció en veintinueve batallas a todos sus enemigos, tanto sarracenos como francos, leoneses y gallegos.

—¡Veintinueve batallas! —exclama asombrado Ramón Berenguer.

—Bueno, libró treinta, pero la última fue la única que perdió. Ocurrió en el asedio a la villa de Fraga, a una jornada de camino al sur de aquí, donde fue herido; pocas semanas después perdió la vida.

—¿Cómo sabéis todo eso, don Guillén? —pregunta Jaime.

—Porque lo dicen los libros de historia. Lo escuché de labios de uno de nuestros sacerdotes que, siendo yo un joven caballero, nos leía a un grupo de hermanos una crónica de los hechos del rey Alfonso. La escribió hace unos años en este mismo castillo otro sacerdote del Temple; se llamaba Alejandro Corral.

—¿Puedo leer ese libro? —pregunta el joven rey.

—No podéis leerlo, majestad.

—¿Por qué?

—Porque ese libro se perdió. Pero yo lo recuerdo casi de memoria, y como conviene que conozcáis los hechos y hazañas de vuestros antepasados, os lo contaré.

—Don Alfonso era nuestro tatarabuelo —asienta Ramón Berenguer, orgulloso, mirando a su primo Jaime.

—Bueno, no es así exactamente, don Ramón. En realidad vuestro tatarabuelo fue el rey don Ramiro, al que llamaron el Monje. Se quedó en el monasterio hasta que tuvo que salir de allí para sentarse en el trono. Don Alfonso era su hermano mayor, murió sin hijos e instituyó como herederos al Temple, al Hospital y al Santo Sepulcro. Ese testamento no se cumplió.

Las tardes son horas de asueto. Jaime y Ramón suelen acudir a una pequeña estancia en el lado este del castillo donde leen viejas crónicas, recitan la Biblia y estudian gramática y latín antes de que suene la campana para acudir a la iglesia a la hora de vísperas y rezar trece padrenuestros, recién puesto el sol. Tras la cena, de nuevo el rezo de la hora de completas, inspección de los caballos y el equipo antes de acostarse en el dormitorio comunal previo rezo de un padrenuestro.

Jaime y Ramón Berenguer disponen de una cama cada uno en el centro de la sala común; en medio de los dos duerme el maestre Guillén. En el dormitorio colectivo siempre hay dos lámparas encendidas, una a cada lado de la sala, y cada templario debe acostarse vestido con una túnica y con un cíngulo de badana o un cinturón de cuero bien ceñido. Se trata de evitar que algunos frailes caigan en la tentación del pecado de sodomía, el que la Iglesia llama «contra natura».

Castillo de Monzón, finales de 1215

Las hostilidades entre los bandos encabezados por Fernando de Montearagón y Sancho de Cerdaña no cesan en todo el año.

La situación se hace tan complicada y conflictiva que los aragoneses celebran un parlamento en Huesca a fin de evitar una guerra total. Como los dos bandos no se ponen de acuerdo, y olvidando que existe un rey legítimo en Monzón, envían una delegación a Roma para entrevistarse con el papa. Jimeno Cornel, el único noble aragonés que mantiene su absoluta fidelidad al rey Jaime, es nombrado cabeza de la delegación y depositario de los tres mil quinientos maravedíes que los aragoneses reúnen para entregar al papa Inocencio.

—Majestad, vuestro tío abuelo, don Sancho, se ha proclamado conde de Provenza —anuncia Guillén de Monredón a Jaime, que está con su primo practicando esgrima.

—¡Esos son mis dominios! ¡No puede hacerlo! —protesta Ramón Berenguer, señor de Provenza.

—Me temo que se trata de un primer paso y que lo que en realidad pretende es el trono de Aragón —añade el maestre templario.

—El rey soy yo —proclama Jaime con aire de dignidad.

—Así es, majestad. Por eso ha ido don Jimeno Cornel a Roma, para defender vuestro derecho y obtener del papa la confirmación de vuestra realeza.

—¿Qué puedo hacer?

—Sois demasiado joven para reinar, señor. Tendréis que esperar a haceros mayor. Entre tanto, el Temple garantiza vuestra vida y vuestros derechos. Aquí estáis seguro.

El maestre está preocupado. Unos días antes, en un multitudinario concilio celebrado en la basílica de San Juan de Letrán, se decide proseguir la cruzada contra los cátaros y entregar Tolosa y Narbona, cuyos señores se exilian, a Simón de Monfort.

Durante las navidades, Guillén de Monredón le cuenta al rey Jaime cómo resulta engendrado esa noche en que sus padres se acuestan por una añagaza y también le relata cómo se produce la coronación del rey Pedro en Roma.

Es demasiado joven aún como para entender ciertas cosas, pero Jaime es informado del estado de las cuentas del reino, cuyas rentas están empeñadas en manos de los judíos. Cree que un rey puede hacer todo lo que quiera, pero pronto entiende que no es así, que incluso los reyes deben atenerse a muchas normas.

Castillo de Monzón, mediados de septiembre de 1216

Tras dos años de lucha entre los dos bandos, Aragón y Cataluña se desangran. La nobleza se divide entre la fidelidad a Fernando de Montearagón o a Sancho de Cerdaña. Jaime solo es un niño escondido tras los muros de una fortaleza, un ser al que casi nadie ve y al que muy pocos conocen.

En el castillo de Monzón, el pequeño rey se educa como un templario. Observa la disciplina de la Orden, pese a su corta edad cumple la regla y el horario de los caballeros, viste sin adornos y come con frugalidad, duerme en el dormitorio comunal, siempre iluminado por unas lamparillas, vestido con hábito y ceñido con un cinturón, come en silencio en el refectorio junto al resto de los caballeros mientras escucha la lectura de las Sagradas Escrituras, carece de cualquier objeto propio, no dispone de tiempo para el ocio, debe guardar silencio, evitar la risa, abstenerse de practicar cualquier tipo de juego de azar y debe llevar el pelo muy corto.

La única distracción que tiene es jugar a las tabas y a la rayuela para mantener la mente despejada y practicar ejercicios físicos para evitar caer en un relajo que lo arrastre a la pereza.

Como el resto de los caballeros templarios, tiene algunos privilegios, pues come una ración de carne tres veces por semana, dispone de su propio plato y cuchara para la sopa, una escudilla y dos copas.

En el castillo de Monzón no hay lugar para la intimidad; todas las jornadas son iguales: rezo, estudio, rezo, estudio, repasar el equipo militar, descanso y vuelta a empezar al día siguiente.

El joven rey de Aragón vive recluido. Apenas sale de su encierro, pues Guillén de Monredón teme que pueda sufrir un atentado a manos de sus enemigos, como a los pocos meses de vida en Montpellier.

Jaime es la única garantía para que no estalle una cruenta guerra civil. Mientras el niño esté vivo, ni Fernando ni Sancho se atreverán a proclamarse reyes, pero si desaparece, los dos bandos desatarán una contienda que conducirá al desastre a toda la tierra y a todas sus gentes.

—¿Soy vuestro prisionero?

La pregunta de Jaime sorprende al maestre templario.

—No, claro que no; vos sois el rey, el señor de estas tierras.

—Entonces ¿por qué no puedo salir de este castillo?

—Ya os lo he dicho en otras ocasiones. El papa y los nobles de Aragón me encomendaron vuestra custodia y seguridad. Las aguas bajan muy revueltas y podríais tener serios problemas y correr graves peligros fuera de estos muros.

—Pues yo deseo salir de aquí.

—Y yo también —repite Ramón Berenguer, que cumple once años.

—No es asunto que yo pueda decidir, señores; solo soy vuestro protector, nada más.

—Yo soy el rey; es a mí a quien debéis obediencia. ¿Quién os manda que hagáis esto?

—El papa, mi señor. Los templarios hemos hecho votos de obediencia al papa. Si los quebrantamos, caeremos en el más nefando de los pecados.

Un jinete asciende por la rampa que conduce desde el llano hasta la puerta del castillo en lo alto del cerro. Es un templario, con su inconfundible hábito blanco y la cruz roja. Porta una lanza en cuya punta ondea una banderola blanca con la cruz patada y negra del Temple.

Avisado de ello, Guillén de Monredón acude a la puerta junto a los dos regios primos, con los que anda paseando por el amplio patio de la fortaleza. Intuye que aquel caballero trae noticias importantes.

Una vez dentro del castillo, el jinete desciende de su montura y saluda al maestre, al rey de Aragón y al conde de Provenza.

—Una carta para vos, señor maestre.

La misiva, escrita por un notario del Temple, informa a todas las encomiendas de la Orden que el nuevo papa Honorio, elegido solo tres días después de la muerte de Inocencio, convoca a los caballeros templarios a participar en una nueva cruzada contra los musulmanes.

—Hay una guerra terrible en el Languedoc y Provenza contra los cátaros, y ahora el nuevo papa quiere abrir otro frente en Tierra Santa, una nueva cruzada.

—¿Una cruzada? —se extraña Jaime.

—Una guerra santa contra los infieles sarracenos; una guerra justa para liberar los Santos Lugares y devolver Jerusalén y el Santo Sepulcro a la cristiandad —explica el maestre Monredón.

Pero no es esa la única noticia que trae el correo del Temple. El arzobispo Aspargo de Tarragona, preocupado por las banderías de los nobles, envía una carta en la que comunica a todos los súbditos del rey Jaime que él mismo, junto con el obispo García de Tarazona, el señor de Albarracín Pedro Fernández de Azagra, Guillén de Cervera, el vizconde Guillén de Cardona, Guillén Ramón de Moncada y el fiel Jimeno Cornel, verdadero muñidor de este acuerdo, toman bajo su protección y defensa, con sus propias vidas como garantía, al joven rey Jaime de Aragón. Ese pacto se firma a fines de ese verano en Monzón.

Sancho de Cerdaña, al enterarse de esta declaración, anda envalentonado, pues logra el apoyo de algunos barones catalanes de la zona oriental, y proclama ufano, altivo y desafiante que teñirá de escarlata todos los territorios al oeste del río Cinca si los firmantes de esa alianza en favor del rey o cualesquiera de sus vasallos se atreven a pisar un solo palmo de tierra más allá de ese río. En la misma proclama, Sancho pide ver a su sobrino nieto el rey Jaime, acusa a todos los juramentados de acordar una alianza contra él y los califica de traidores y felones. Piensa disputarle el trono a Jaime y no dudará en enfrentarse a quienes le nieguen ese derecho.

Algunos nobles aragoneses están convencidos de que las verdaderas intenciones de Sancho pasan por proclamarse conde de Barcelona y de Provenza y quedarse con todas las tierras desde Tortosa hasta Marsella, dejando el reino de Aragón a su sobrino nieto.

—Los templarios de Aragón y Cataluña apoyamos a vuestra majestad, de manera que nos colocamos al lado del bando del arzobispo de Tarragona y de don Jimeno Cornel.

»Señor don Jaime, los caballeros del Temple combatiremos a vuestro lado si llega la ocasión y defenderemos vuestros derechos con nuestras vidas. Así lo hemos jurado.

—¿Cuándo podré salir de este castillo? —pregunta Jaime.

—Cuando vuestra vida no corra peligro fuera de estos muros.

—Cuando cumpla nueve años.

—Cuando cumpláis nueve años, señor.

Un mes después, el conde de Provenza y procurador general de Cataluña firma un acuerdo de paz perpetua con los nobles catalanes Guillén Ramón de Moncada, vizconde de Bearn, y Guillén de Cervera. Ahora la amenaza de don Sancho para proclamarse rey, al menos en Cataluña, es más grande que nunca.

Castillo de Monzón, 2 de febrero de 1217

A comienzos de febrero, el rey Jaime cumple nueve años y reclama salir del castillo de Monzón.

—Me dijisteis que al cumplir los nueve años saldría de aquí. Observad vuestra palabra, don Guillén.

—Señor, lo haré, pero antes debo contar con la autorización del Consejo de Regencia y debe saberlo el papa.

—¿Cuánto tiempo llevará eso?

—No demasiado, sed paciente, os lo ruego, majestad.

»Pero antes debemos ejecutar la última voluntad de vuestro padre. Con vuestro permiso y en vuestro nombre, escribiré al papa para solicitarle que autorice el traslado del cadáver del rey don Pedro al monasterio de Sigena, como era su deseo.

—¿Sigena? ¿Dónde está ese monasterio? —pregunta Jaime.

—No muy lejos de aquí, majestad, en la comarca de los Montes Negros. Es un cenobio real que fundó vuestra abuela la reina doña Sancha.

—¿Y después saldré de aquí?

—En cuanto llegue la autorización del papa.

—¿Vendréis vos, don Guillén, conmigo?

—Si ese es vuestro deseo... Pero me temo que mi lugar está ahora en Tierra Santa. El papa Honorio ha convocado a instancias de nuestro maestre, Guillermo de Chartres, una nueva cruzada. Los templarios tenemos clavada en el centro de nuestro corazón una enorme espina por algo que ocurrió hace un tiempo.

—¿Qué pasó?

—Sucedió hace ya treinta años. Era un caluroso verano y el ejército cristiano se enfrentó con los sarracenos en una batalla en un pedregoso lugar llamado los Cuernos de Hattin. Allí, el caudillo Saladino, un demonio que dirigía a los infieles, nos infligió una cruenta derrota; murieron doscientos caballeros templarios y lo peor es que los musulmanes se apoderaron de la Vera Cruz que los templarios custodiábamos desde hacía décadas. Y eso no fue todo: a los pocos días conquistaron Jerusalén.

—¡Doscientos muertos! —Jaime escucha con gran atención el relato de Monredón.

—Nuestra mayor pérdida y nuestra más terrible derrota. Debemos resarcirnos de aquel desastre. Nuestra Orden lleva todo este tiempo preparando la revancha. Hemos acumulado una fortuna de un millón de besantes que hemos puesto al servicio de la cristiandad para recuperar Jerusalén. El papa nos ha escuchado.

—¿Vais a ir vos a esa cruzada?

—Si mis superiores en la Orden así lo deciden, seré el primero en acudir a la guerra santa.

»Hemos derrotado a esos hijos del demonio en otras ocasiones; aquí mismo, en tierras hispanas, hace cinco años, en un gran combate en el que vuestro padre el rey don Pedro destacó sobre todos los demás caballeros, en la batalla de Úbeda, que algunos llaman de las Navas de Tolosa y los moros, de la Cuesta.

—Algún día yo iré a Tierra Santa y entraré con mis soldados en Jerusalén.

—Señor, aquí estáis siendo educado conforme requiere quien

va a ser un caballero y ya es un rey, un gran monarca, espero. Cuando toméis las riendas de vuestro reino, recordad este consejo que os da ahora quien ha sido vuestro preceptor durante estos tres años: nunca quebrantéis las costumbres y los fueros, que el respeto y el cumplimiento de la ley sea la máxima que rija vuestro comportamiento como rey, como caballero y como hombre.

»Es probable que cuando salgáis de este castillo haya gentes que os digan que habéis sido una especie de prisionero o de rehén de la Orden del Temple, e incluso que vuestra majestad así lo considere, pero no olvidéis nunca que hemos tratado de formaros y educaros para que estéis preparado para la gran misión que Dios os ha encomendado y a la que tenéis que atender por derechos de sangre y por herencia de vuestro linaje.

—Por eso mismo, no podéis tenerme encerrado aquí durante más tiempo. Soy el rey de Aragón.

Esa misma tarde, Guillén de Monredón escribe al papa Honorio solicitando en nombre del rey Jaime el traslado del cadáver de Pedro de Aragón desde Tolosa a Sigena; cuando abran el sepulcro, verán la gran herida en el costado. También le pide autorización para que el joven soberano salga del castillo de Monzón y quede libre de la custodia de los templarios, pues estima que, pese a su corta edad, es el único que puede poner orden en el convulso reino de Aragón y en la dividida y fragmentada Cataluña.

Un mes y medio más tarde llega a Monzón la confirmación del papa: Jaime, rey de Aragón, conde de Barcelona y señor de Montpellier, podrá salir de la fortaleza del Temple en los próximos meses, una vez quede garantizada su seguridad.

Castillo de Monzón, 20 de junio de 1217

A comienzos de junio muere el rey Enrique de Castilla, de tan solo trece años; dicen que a causa de un accidente mientras juega con otros jóvenes en el castillo de Palencia. Una teja lo golpea en la cabeza y lo mata. Pero ¿quién sabe cuál es la verdad? Castilla queda en manos de su hermana la reina Berenguela, que enseguida cede sus derechos a su hijo Fernando, que también lo es del rey Alfonso de León. Se espera un enfrentamiento entre leoneses y castellanos y Aragón no puede seguir con su soberano legítimo encerrado en un castillo.

Mediado el mes de junio, los dos primos reciben la noticia de que van a salir al fin.

El primero en hacerlo es Ramón Berenguer, de once años. Una noche, tras un pacto entre los templarios y los nobles provenzales, se despide de Jaime, que llora al ver marchar a su primo, y es conducido en secreto hasta el puerto marítimo de Salou, donde embarca rumbo a sus tierras del condado de Provenza, cuyo título usurpa su tío abuelo Sancho de Cerdaña.

A Jaime le toca el turno unos pocos días después, tras firmar la paz con el vizconde de Cabrera.

Al amanecer del 20 de junio, varios jinetes aguardan junto al puente sobre el río Sosa, desde donde pueden contemplar la formidable fortaleza del Temple.

En el castillo, Jaime y Guillén de Monredón montan a caballo. El rey viste una cota de malla ligera, adaptada a su edad.

—Hermosa alborada —comenta Monredón.

—Este es mi último día aquí —dice Jaime feliz pero con cierta melancolía tras un encierro de casi tres años.

—Tanto tiempo aguardando a que llegue este momento y ahora parecéis triste, mi señor.

—Han sido tres años entre estos muros, don Guillén. Nunca podré olvidarlo.

—Espero que el espíritu del Temple os acompañe siempre. Y recordad nuestro lema, que tantas veces habéis escuchado: «*Non nobis, Domine, non nobis, sed Nomini Tuo da gloriam*». Estos versos están en el salmo 113 del rey David: «No des la gloria para nosotros, Señor, no para nosotros, sino para Tu nombre».

—Nunca deshonraré el nombre de los templarios.

—Gracias, majestad; y ahora vayamos, os esperan ahí abajo.

Avanzan por el patio de armas del castillo y alcanzan la puerta, que se abre para dejarlos pasar y descender la ladera del cerro hacia el río, donde varios ricoshombres de Aragón esperan al rey desde antes de la salida del sol, como está acordado.

Al frente de los caballeros y nobles forman Jimeno Cornel, el más leal vasallo del rey, y Pedro Fernández de Azagra, señor de Albarracín y su principal valedor.

—Majestad. —Los dos nobles echan pie a tierra e hincan la rodilla ante el joven monarca, al que besan la mano, en tanto sus acompañantes van haciendo a continuación uno a uno lo propio.

—¡Larga vida al rey, larga vida a don Jaime de Aragón! —exclama Jimeno Cornel con lágrimas en los ojos.

—¡Larga vida al rey! —repiten todos, incluso los cuatro caballeros templarios que escoltan a Jaime desde el castillo de Monzón.

—Os deseo un duradero y fecundo reinado como soberano de la Corona de Aragón —dice Guillén de Monredón, que hace además de arrodillarse.

Pero Jaime le coloca una mano en el hombro y se lo impide.

—No os arrodilléis ante mí. Dadme un abrazo.

El maestre templario tiene que agacharse para hacerlo, dada la diferencia de estatura por la corta edad del rey.

—Id con Dios, don Jaime. Rezaré por vuestra majestad cada día.

—Lo necesitaré.

—Señores, aquí os entrego al rey de Aragón; no dudo de que queda en buenas y leales manos —les dice el maestre a Jimeno Cornel y a Pedro de Azagra.

—Gracias, don Guillén, por haber cuidado de nuestro rey y señor durante todo este tiempo —responde Jimeno.

—Todos a los caballos; vámonos, a Huesca —ordena el señor de Albarracín.

—No —interviene tajante Jaime—. Antes iremos al monasterio de Sigena; he de rezar ante la tumba de mi padre el rey don Pedro.

—Pero, majestad...

—Primero a Sigena —reitera Jaime con una firmeza y una decisión impropia de sus nueve años de edad.

El joven monarca quiere someter inmediatamente al conde Sancho, aunque para ello tenga que librar una guerra, y desea hacerlo visitando antes la tumba de su padre.

La comitiva real atraviesa el puente sobre el río Sosa. El rey cabalga ubicado entre Jimeno Cornel y Pedro de Azagra, precedidos los tres por dos portaestandartes, uno con la cruz roja de San Jorge sobre fondo blanco y otro con los palos amarillos y rojos, los colores señoriales del linaje de los Aragón.

Apenas cabalgan unos pasos cuando el rey detiene su caballo. Se gira y contempla el imponente cerro rojizo sobre el que se alza la fortaleza de los templarios, su casa durante tres años. Sonríe, aprieta los dientes y sigue su camino.

7

El rey en su reino

Castillo de Cerdaña, mediados de verano de 1217

El conde Sancho de Cerdaña camina de lado a lado de la sala principal del castillo como un león enjaulado. Por sus espías de Aragón ya conoce los movimientos de Jaime y cómo se está preparando la guerra contra él.

No tiene miedo. ¡Cómo va a temer a un niño de nueve años! Mantiene intacta toda su ambición por lograr el trono de Aragón, pues considera que su sobrino nieto es hijo ilegítimo y que no le corresponde reinar.

Pero conoce bien las fuerzas con las que cuenta el joven monarca, sobre todo la determinación del señor de Albarracín y la belicosidad de algunos de los nobles aragoneses que juran lealtad a Jaime. Además, las milicias concejiles de las villas y ciudades aragonesas se inclinan en principio por el joven rey, y también una buena parte de las catalanas. Si el conde Sancho pretende ser el soberano de la Corona de Aragón, tendrá que librar una guerra y ganarla.

Cuenta con el apoyo de su hijo, Nuño Sánchez, procurador de Cataluña, quien se muestra disconforme con la salida de Jaime de Monzón y se prepara para una inminente guerra. Nuño apoya a su padre, pues sabe que si este se convierte en rey, él será el heredero y futuro monarca.

A fines de junio, los nuncios reunidos en Barcelona en las Cortes de Cataluña conceden a Jaime el impuesto de bovaje, un tributo que antaño, en tiempo de los condes de Barcelona, se abona, sobre las cabezas de ganado y los bueyes, pero que ahora se paga al comienzo del reinado al nuevo rey.

—Los delegados catalanes en Cortes han reconocido a don Jaime como su soberano y conde de Barcelona y algunos de sus nobles más poderosos, como Ramón Folch de Cardona o Arnaldo de Castellbó, han firmado paces y también lo han reconocido como su señor natural. Por las noticias que tengo, también lo harán los aragoneses, que lo confirmarán como su rey. No tenemos más remedio que pactar con los nobles que lo apoyan para revertir esta situación o lo perderemos todo, incluso la vida —comenta Sancho de Cerdaña a su hijo Nuño.

—¿Qué piensas hacer, padre?

—Enviaré un mensaje a don Pedro de Azagra; le ofreceré el gobierno del reino de Aragón si se pasa a nuestro lado y arrastra con él a los principales nobles aragoneses.

—¿Crees que aceptará?

—El señor de Albarracín es un ser ambicioso y ávido de poder. Gobierna un señorío independiente, por ahora, pero es consciente de que en cualquier momento o el rey de Aragón o el de Castilla pueden arrebatárselo. A cambio de su apoyo, yo le aseguraré la independencia de Albarracín a perpetuidad, le prometeré cuantiosas rentas y lo convertiré en mi mano derecha en el reino de Aragón. Espero que acepte.

—¿Y respecto a Cataluña? —pregunta Nuño.

—Habrá que convencer a sus altivos nobles, uno a uno, y lo haremos concediéndoles más tierras y más privilegios.

—Pero eso nos hará débiles...

—Lo importante ahora es conseguir el trono; luego, ya veremos.

—¿Y la Iglesia, y los concejos de ciudades y villas?

—Apoyaré la reivindicación del arzobispo de Tarragona para que su sede sea la primada de toda Hispania, como reclama don Aspargo, que ha pedido al papa que deje de ser la de Toledo, alegando que la suya es más antigua.

»Y en cuanto a los concejos, creo que los ganaremos prometiéndoles más exenciones de impuestos, mayor autonomía a la hora de aprobar sus ordenanzas y de elegir sus cargos concejiles y más facilidades para los negocios de sus comerciantes en ferias y mercados.

—¿Tienes dinero para todo eso?

—He enviado a uno de mis hombres a negociar varios préstamos con los judíos de Gerona y de Barcelona; espero obtener de ellos lo que necesito.

—Pero esos judíos son auténticos usureros. ¿Cómo devolverás los préstamos?

—¿Por qué supones que vaya a hacerlo? —sonríe irónico el conde Sancho.

Lérida, principios de 1218

El rey Jaime, tras visitar el monasterio de Sigena y rezar ante los sepulcros de su padre y de su abuela, viaja a Huesca y a Zaragoza, donde sus ciudadanos lo reciben con muestras de alborozo y grandes fiestas. En el palacio de la Aljafería es agasajado por el obispo de Zaragoza Sancho de Ahonés, el obispo de Barcelona Bernardo, que actúa como canciller real, Berenguer de Eril el obispo de Lérida y Roda, y los nobles Arnaldo, vizconde de Castellbó, Guerao de Cabrera, Guillén de Moncada, Pedro Fernández de Azagra, al que nombra mayordomo real, Rodrigo de Lizana, Atorella y Blasco de Alagón.

Todos ellos conocen las intrigas de Sancho de Cerdaña y saben que si se ponen de su lado y traicionan a Jaime conseguirán notables beneficios, pero deciden mantenerse leales al rey y cumplir su juramento de fidelidad y vasallaje.

Solo tiene nueve años, pero Jaime de Aragón demuestra un valor y una determinación inéditos en un joven de su edad. Las enseñanzas del Temple forjan en él un hondo sentido del deber. En su voluntad están ancladas con firmeza dos ideas: el espíritu y la disciplina de los caballeros templarios y la majestad y el orgullo del linaje de los reyes de Aragón, cuyas historias relee una y otra vez.

Las negociaciones para pacificar el reino están siendo difíciles, pero la sola noticia de que el rey ya no está encerrado en Monzón, sino que anda libre por los caminos de Aragón y Cataluña, poniendo orden al frente de un nutrido grupo de leales caballeros, apacigua los ánimos de los rebeldes.

Al otro lado de los Pirineos, la noticia de la salida de Jaime anima a Ramón de Tolosa, que regresa del exilio para tomar posesión de su condado, proclamar su lealtad a Jaime de Aragón y retar al papa, que ordena a Simón de Monfort que acuda con su ejército a recuperar Tolosa, donde el conde Ramón está construyendo nuevas defensas.

—Señor, acaba de recibirse una carta del papa —anuncia Pedro de Azagra, mayordomo real.

Jaime está en el palacio de la zuda de Lérida, junto a varios de sus consejeros.

—Leedla, don Bernardo —le ordena al obispo de Barcelona y canciller real.

Pedro de Azagra le entrega el pergamino con el sello del papa, pendiente de unos cordones de seda rojos y amarillos, y el obispo lee:

—«A nuestro queridísimo hijo en Cristo, el ilustre rey de Aragón. Confío en que los perversos consejos no seduzcan tu juventud ni te empujen a hacer cosas con las que te mostrarías desagradecido y olvidarías los beneficios y las mercedes que esta sede apostólica te ha otorgado, librándote de las amenazas de tus enemigos y devolviéndote tu tierra. No olvides que esta sede apostólica ha manifestado gran afecto y predilección por ti cuando solo eras un niño y quiere seguir haciéndolo cuando te conviertas en un adulto; por ello, no debes dejarte condicionar por ninguna otra cosa y no olvides nunca que tu reino pertenece a la Iglesia. Honorio, siervo de los siervos de Dios».

—¿Qué quiere decir el papa? —pregunta intrigado el rey, que no entiende el sutil lenguaje de la diplomacia vaticana.

Los consejeros se miran entre ellos.

—Majestad, el papa os está... amenazando —habla Berenguer de Eril, obispo de Lérida y Roda.

—Pero... ¿por qué?

—Os está diciendo que no acudáis en defensa del conde de Tolosa, que es vuestro vasallo, porque ha retado a la Iglesia al ocupar su antiguo señorío y ha desobedecido al papa.

—Vuestro padre, señor, murió en Muret al enfrentarse a las tropas de Roma, que estaban atacando a los cátaros y a varios de sus vasallos —explica el señor de Albarracín.

—El reino de Aragón es vasallo de la Santa Sede; si no cumplís como buen cristiano, podría declarar el interdicto —añade el obispo de Barcelona.

—¿Qué es un interdicto?

—La Iglesia considera que Cristo es el verdadero dueño y señor de toda la tierra y que el papa, como vicario de Cristo, es su administrador. Los reyes y los grandes señores poseen sus dominios «por la gracia de Dios», tal cual aparece escrito en las monedas y en las inscripciones. Por tanto, majestad, si un rey no cumple como cristiano, la Iglesia puede desposeerlo de su reino y ungir a otro soberano —explica el obispo ilerdense.

—Hay más, señor —añade el prelado de Barcelona, con el pergamino en la mano—. El papa amenaza con convocar una cruzada contra el reino de Aragón si vuestra majestad ayuda a los herejes cátaros o a los nobles que los apoyan, como es el caso del conde de Tolosa.

Jaime recuerda entonces el voto de los templarios de obediencia al papa.

—Haremos lo que el papa Honorio nos pide. Responded en ese modo a esa carta —ordena el rey.

—Sabia decisión, mi señor. Si os enfrentáis a la Iglesia, vuestros tíos don Sancho y don Fernando podrían solicitar del papa que los reconociera como reyes legítimos —indica Pedro de Azagra.

La respuesta del rey al papa acaba por enfriar las ilusiones de los nobles rebeldes, que apenas ven posibilidades de derrocar a Jaime, quien cuenta ahora con el apoyo de buena parte de la nobleza aragonesa, de la catalana, de la mayoría de los concejos urbanos y de la Iglesia.

Tarragona, principios de julio de 1218

Jaime está feliz. Las Cortes iniciadas en junio en Villafranca del Penedés, que continúan en Tarragona, se saldan con la firma de la paz en la tierra de Cataluña y también se extiende ese acuerdo a todo el reino de Aragón.

Algunos prelados sostienen que se trata del espíritu de concordia que recorre esos nuevos tiempos y lo achacan a la influencia de las doctrinas de Francisco, un fraile de la ciudad italiana de Asís que predica la paz universal como valor supremo. Francisco de Asís funda una nueva Orden, la de los pobres hermanos menores de Cristo, ratificada por los papas Inocencio y Honorio, que en apenas una década ya es conocida en toda la cristiandad. La figura de Francisco crece de tal manera entre los cristianos que los mismos templarios, caballeros de Cristo entrenados para la guerra santa, dicen de él que es un hombre de otro mundo.

En Villafranca, Jaime recibe una carta de la priora del monasterio de Sigena en la que le promete que le entregará la corona y las insignias reales, la mitra, el cetro y el pomo, de su padre el rey Pedro de Aragón, que se guardan en ese monasterio, por si quiere ser coronado con ellas.

Nada parece interponerse ya en el camino de Jaime hacia el gobierno pleno de sus dominios. Incluso su tío abuelo el conde Sancho de Cerdaña acude a las Cortes de Villafranca a rendirle pleitesía y obediencia y renuncia allí a su cargo de procurador de Aragón para no soliviantar más al papa, que le pide que abandone sus pretensiones de proclamarse rey; y luego acompaña a Jaime a Tarragona, donde conversan amistosamente al poco de acabar las sesiones de Cortes.

—Nuestra familia tiene sus raíces en sendos linajes de soberanos guerreros —le explica Sancho a Jaime mientras comen juntos en el palacio real de Tarragona, un macizo edificio construido sobre los restos de un castillo romano—. Nuestros antepasados se forjaron en las montañas luchando contra los sarracenos, a los que vencieron en el campo de batalla. Nosotros, querido sobrino —Sancho se dirige a Jaime con total familiaridad—, somos los herederos de la fusión de la casa real de Aragón y la condal de Barcelona, garantes por tanto de la continuidad de una historia centenaria.

—Así lo he manifestado en las Cortes de Villafranca —dice Jaime, que ratifica de nuevo ante su tío abuelo, como en su discurso de apertura en esas Cortes, la fidelidad a la historia de los monarcas de la Corona de Aragón—. Todavía soy demasiado joven, lo sé, pero os aseguro, don Sancho, que voy a seguir las huellas de los reyes que me han precedido en el trono. Sus vidas serán para mí un ejemplo y una guía de comportamiento.

—Además, vos sois hijo de doña María de Montpellier, que fuera sobrina del emperador de Bizancio, de modo que en vuestras venas también fluye la sangre de los emperadores romanos.

—Lo sé, y algún día reivindicaré esos derechos.

—Señores, perdonad la interrupción; la noticia lo merece. —El señor de Albarracín, con cara sonriente, entra en la sala donde come el rey.

—¿Qué nueva traéis, don Pedro?

—Ha muerto Simón de Monfort.

—¿Sabéis cómo ha sido? —pregunta el conde Sancho.

—Sé que ha ocurrido durante el asedio al que sus tropas sometían a la ciudad de Tolosa. Según se cuenta, estaba inspeccionando los trabajos del sitio cuando desde las murallas de la ciudad dispararon una catapulta. La piedra lo golpeó en la cabeza de lleno y murió en el acto.

—Ese hombre era el hijo del demonio; merecía un final así. Él fue el principal culpable de la muerte de mi sobrino el rey Pedro, vuestro padre —comenta Sancho—. La cruzada contra los cátaros se ha quedado sin jefe —ríe la broma macabra el conde de Cerdaña.

—En el Languedoc y en Tolosa la gente está manifestando grandes muestras de alegría. Hay incluso quienes piensan que la cruzada ya ha fracasado y varios nobles han acudido al Languedoc y a Tolosa con la intención de liquidar lo que queda del ejército de Monfort, que ahora está dirigido por su hijo Aimerico —añade Pedro de Azagra.

—Salvo que intervenga el rey de Francia —comenta Sancho.

—¿Don Felipe? —pregunta Jaime, que conoce los nombres de los principales reyes de la cristiandad.

—Sí, don Felipe. Es un ser lleno de codicia. No parará hasta que sus dominios se extiendan, al menos, hasta los Pirineos y el mar Mediterráneo, y esos planes pasan por arrebatar al vasallaje de Aragón los señoríos de Bearn, Cominges, Tolosa, el Languedoc, Cerdaña y Provenza —explica el conde Sancho.

—Ahora que hemos pacificado Aragón y Cataluña, ¿tendremos que librar una guerra con Francia? —pregunta Jaime.

—Mucho me temo, majestad, que esa posibilidad tiene muchas probabilidades de cumplirse —puntualiza Pedro de Azagra.

Lérida, fines de septiembre de 1218

El otro candidato al trono de Aragón, el infante Fernando de Montearagón, también cede en sus pretensiones. Le pide audiencia a su sobrino Jaime y acude a las Cortes de Lérida, donde le presta juramento de vasallaje. En apenas un año, el joven rey pacifica Aragón y Cataluña, acaba con los bandos y somete a sus dos grandes rivales al trono. Con ambos pacta un acuerdo y su reconocimiento a cambio de entregarles feudos y rentas.

Acabadas las Cortes de Lérida, Jaime de Aragón recibe el estandarte que va a regalar al prior de la Orden de la Merced, recién creada con la misión de redimir y salvar a los cristianos cautivos en poder de los musulmanes. Las algaradas y rafias en la frontera son habituales y abundan los prisioneros a los que rescatar abonando una cantidad de dinero, mayor cuanto más notable y rico es el preso.

—El estandarte para los mercedarios, majestad.

Pedro de Azagra despliega ante el rey la bandera que les va a enviar a los nuevos frailes de la Orden de la Merced, que fundan su primer convento en Barcelona.

—La cruz de plata sobre campo rojo —dice don Jaime—; la señal de mis antepasados los condes de Barcelona.

—Tal cual dijisteis, majestad; aunque los mercedarios también quieren usar en sus blasones los bastones rojos y amarillos de Aragón.

—La cruz de plata sobre fondo rojo está bien; me gusta —dice Jaime.

—Dos asuntos más, mi señor. Aquí está el documento de don Sancho en el que proclama la paz y os jura fidelidad y homenaje como fiel vasallo, y este otro en el que los delegados de las Cortes Generales de Aragón y Cataluña reunidos en Lérida os declaran mayor de edad. Ahora sí sois rey y señor en plenitud. Lo firman todos los miembros del Consejo Real.

Jaime solo tiene diez años; aunque muy alto para su edad y con un carácter firme y sereno, todavía es un muchacho inexperto.

Pronto tendrá que poner en práctica las enseñanzas de sus maestros templarios, pues, como algunos de los consejeros ya suponen, el rey de Francia está preparando una intervención contra los cátaros, aunque lo que en realidad busca es extender sus dominios hasta los Pirineos; para ello, cuenta con el beneplácito de la Iglesia.

Gerona, verano de 1219

No llueve. La primavera es seca y calurosa. La sequía se extiende y amenaza con arruinar las cosechas y provocar la hambruna y la muerte en muchas regiones.

En las iglesias y en los monasterios los clérigos llevan meses con rogativas, sacando las reliquias de sus santos en procesiones, asperjando con agua bendita los caminos, las fuentes y los menguados ríos y rezando jaculatorias con las que ruegan a Dios, a la Virgen y a todos los santos que llueva.

El propio rey Jaime acude a una misa en la catedral de Gerona, donde su obispo pronuncia un sermón en el que promete que cantará cien misas si llueve.

Y llueve.

A finales de mayo, con la esperanza casi perdida, llueve.

No faltan quienes alegan que el rey Jaime es quien trae la lluvia y que Dios lo beneficia con sus dones.

En respuesta a la lluvia y en agradecimiento a Dios, son muchos los fieles que ofrecen limosnas y donativos a la Iglesia. Los hermanos pobres de Francisco de Asís, que se acaban de instalar en los territorios de la Corona de Aragón, son los más beneficiados por las limosnas y fundan sendos conventos de predicadores en Barcelona y Zaragoza.

—La muerte de Simón de Monfort no ha cambiado las cosas. Los soldados del papa han vuelto a asediar la ciudad de Tolosa. La cruzada contra los cátaros no ha terminado —le comenta el obispo de Gerona al joven Jaime.

—Cuando sea mayor y pueda combatir, yo mismo iré a luchar a Tolosa —dice Jaime.

—Tal vez no sea necesario, mi señor. El papa ha puesto vuestros dominios bajo su protección, incluido el señorío de Montpellier, y ha proclamado una tregua en todos ellos. Nadie puede levantar su espada contra vuestra majestad sin contar con la condena de la Iglesia. Eso significa que os considera un fiel aliado.

—Pero los cátaros son mis vasallos, debo defenderlos.

—No es conveniente que el rey de Aragón se enfrente con el papa; vuestro padre lo hizo y acabó mal.

»Además, sois hijo de una sobrina del emperador de Bizancio y, por tanto, miembro de la casa imperial de los Comneno. El viejo Imperio bizantino está partido en pedazos y en Constantinopla se ha instalado un usurpador; vuestra majestad podría reclamar ese trono como descendiente del emperador Alejo Comneno y unificarlo. ¿Os imagináis, majestad, un único y gran imperio desde Tierra Santa y Grecia hasta Aragón y Cataluña, y vos como su emperador...?

El rey niño sueña con ello. Desde muy pequeño le enseñan la grandeza de su linaje, cómo en su persona se mezclan la sangre imperial de Bizancio, la real de Aragón y la condal de Barcelona, cómo puede llegar a ser el soberano que anuncian algunas profecías, el que derrote al islam y devuelva la unidad de la cristiandad bajo un único cetro, el monarca capaz de hacer posible el sueño de Carlomagno.

—Apenas conocí a mi madre; no recuerdo su rostro —lamenta Jaime.

—Está enterrada en la basílica de San Pedro en Roma, donde murió. La Iglesia está considerando proclamarla santa. Emperador e hijo de una santa, ¿os imagináis, majestad?

El papa sigue disponiendo sobre el gobierno de Aragón. Ese verano ratifica como consejeros del rey Jaime al arzobispo Aspargo, a Jimeno Cornel, a Guillén de Cervera y a Pedro de Ahonés.

A principios de septiembre, los aragoneses celebran unas Cortes en Huesca en las que se confirman los acuerdos de paz y se aceptan los nombramientos realizados por el papa.

Jaime crece deprisa. No deja un solo día de practicar esgrima y equitación y todavía tiene tiempo para leer y estudiar leyes y latín. Anhela que llegue el día en el que esté preparado para empuñar la espada y para ponerse al frente de sus caballeros para conquistar las tierras en poder de los musulmanes.

Los cruzados fracasan en la toma de Damieta, la ciudad de Egipto sometida a asedio, pero en Hispania se sigue avanzando hacia el sur. Los musulmanes están débiles y confusos tras su tremenda derrota en las Navas de Tolosa, por lo que las rafias de castellanos, leoneses y portugueses son constantes. Aragón no puede quedar al margen de esas posibilidades de conquista y de obtención de botín.

Por un tratado firmado por su abuelo el rey Alfonso con el rey de Castilla, a Aragón le corresponde la conquista del reino de Valencia, una tierra rica y fértil al sur de Aragón y de Cataluña, y también el reino insular de Mallorca, cuya posesión lo facultará, algún día, para ir hasta Constantinopla y Jerusalén, e incluso más allá, hasta los confines orientales del mundo, al misterioso y lejano país de la seda.

Sí, eso hará; y para demostrar su voluntad de conquistar esa región, firma una donación de tierras y casas en Burriana, una ciudad del reino de Valencia que todavía permanece en manos musulmanas, a unos hombres de Lérida. Con ello manifiesta además que será muy generoso y concederá cuantiosos bienes a quienes lo ayuden en esa empresa.

Nada dura eternamente; la paz tampoco.

Con doce años, Jaime es tan alto como la mayoría de sus caballeros y maneja la espada y la lanza con más fuerza y destreza de la que corresponde a un adolescente de su edad.

Durante el invierno recorre el sur de Aragón para conocer las villas de Calatayud y Daroca, baluartes de Aragón frente a los musulmanes de Valencia y a los castellanos, y ganarse la fidelidad de aquellos duros hombres de la frontera. Y en el mes de abril celebra una curia en Zaragoza, en su palacio de la Aljafería.

Allí se encuentra con su tío el infante Fernando de Montearagón, que sigue conspirando para ser rey de Aragón. Cuenta para ello con el apoyo de algunos nobles descontentos que no desean someterse a la voluntad de un adolescente. Fernando es amigo además de Pedro Fernández de Azagra; el influyente señor de Albarracín mantiene su lealtad al rey, pero no renuncia a su ambición de ampliar hacia el sur su señorío y sabe que no podrá hacerlo si Jaime se decide a conquistar Valencia.

La curia de Zaragoza acaba entre fuertes tensiones. Pedro de Lizana, uno de los nobles convocados, se retira a su dominio cerca de Barbastro y en el camino toma una decisión inadecuada. Ordena a sus hombres que apresen a Lope de Albero, pariente del rey, y que lo encierren en su castillo.

Jaime lo considera una provocación y una traición. No puede consentir que uno de sus nobles perpetre tamaña injusticia y declara la guerra a Pedro de Lizana.

—El señor de Lizana ha quebrado la ley; debe pagar por ello —sentencia airado Jaime al enterarse de lo ocurrido.

—Don Pedro ha ocupado el castillo de Albero y ha fortificado el de Lizana —informa Jimeno Cornel, el leal consejero real.

—Si se resiste y no se entrega, tomaremos sus castillos y los reduciremos a un montón de ruinas —afirma el rey con toda contundencia—. Decidle a don Pedro de Azagra que convoque a la hueste. Vamos a tomar esas fortalezas.

—Señor, esta es la decisión más importante que habéis adoptado hasta ahora en vuestro reinado. Si atacáis a uno de los nobles de Aragón, tal vez otros se solidaricen con él y decidan apoyarlo.

—Quien lo haga, será castigado.

—Y además, don Pedro tardará unos días, quizá varias semanas en llegar; está en su señorío de Albarracín...

—Transmitid esa orden, don Jimeno, y convocad la hueste real inmediatamente, con o sin don Pedro.

La mesnada del rey se presenta ante los muros del castillo de Albero mediado el mes de mayo. Los soldados llevan consigo desde Huesca una gran máquina de asedio que transportan desmontada a piezas en carros y mulas. Cuando llegan ante el castillo, apenas tardan media jornada en montarla.

—¿Qué máquina es esta? —le pregunta el rey al ingeniero encargado del montaje.

—Es un fonébol, mi señor. Puede lanzar piedras del peso de un hombre a más de cuatrocientos pasos de distancia, más lejos que el alcance de la más potente ballesta.

—¿Está lista?

—Sí, majestad.

—Pues disparad una de esas piedras —señala Jaime unas enormes bolas.

—Se llaman bolaños, señor.

El ingeniero ordena a los servidores del fonébol que coloquen uno de los proyectiles de más de cien libras de peso en la cuchara, la pieza maciza de madera que actúa a modo de brazo lanzador.

En cuanto está colocado el primer bolaño en la cazoleta de la cuchara, dos hombres comienzan a girar una rueda que va tensando las cuerdas que al librarse producirán la fuerza necesaria para disparar el proyectil.

—¡Preparada! —anuncia uno de los operarios.

—¡Lanzad!

La bola de piedra sale despedida a toda velocidad, cruza el cielo con un aterrador silbido y golpea de lleno en uno de los lienzos del castillo de Albero.

—Otra —ordena el rey.

Los servidores del fonébol repiten la operación; una nueva piedra hace temblar los muros del castillo.

Al día siguiente, tras varios lanzamientos con el fonébol, los defensores se rinden.

Jaime obtiene su primera victoria como guerrero y lo hace sin una sola baja entre sus filas. Los que presencian cómo se comporta aquel muchacho de doce años admiran su determinación y su sentido de la realeza.

—Será un gran rey —musita uno de los nobles.

—Ya es un gran rey —lo corrige Jimeno Cornel.

Tomado el castillo de Albero, Jaime ordena acudir al asedio del de Lizana.

Ubicado en un cerro a orillas del río Alcanadre, la fortaleza de Lizana parece más sólida y de más difícil acceso que la de Albero. Si los defensores se empeñan en resistir, será más complicado tomarla.

A la vista del castillo, Jaime envía a un emisario a los sitiados para negociar la rendición.

Regresa una hora después sin lograrlo.

—No se rinden, majestad —dice Jimeno Cornel.

—¿Es el propio don Rodrigo de Lizana quien manda ese castillo? —pregunta el rey.

—No lo sabemos. Quien ha hablado en nombre de don Rodrigo es un caballero llamado Pedro Gómez; parece que es un mercenario castellano. Por lo que nuestro mensajero ha averiguado de él, está decidido a defender el castillo hasta el fin; ni siquiera ha considerado la opción de entregarlo con un pacto ventajoso.

—¿Y don Rodrigo?

—Nuestro mensajero no lo ha visto; tal vez ni siquiera esté dentro de esos muros.

—Comprobémoslo. Que el fonébol dispare contra los muros de ese castillo sin cesar, día y noche, hasta que los defensores se rindan o hasta que no quede piedra sobre piedra.

—¿No hacemos una segunda propuesta de rendición?

—No. ¿Sabéis algo de don Pedro de Azagra?

—Como me ordenasteis, le envié un correo convocándolo a la hueste, pero no hemos tenido respuesta.

—Iniciaremos el ataque sin don Pedro.

Día y noche. Cien proyectiles durante el día y cincuenta durante la noche golpean el castillo de Lizana. Pero nadie se rinde. Al amanecer del quinto día se desmocha una torre y se hunde un tramo de la muralla, provocando una densa polvareda que impide la vista de los daños ocasionados durante un buen rato.

Se ordena detener los disparos; y entonces, cuando se disipa la nube de polvo, pueden observar el destrozo provocado por el fonébol: una enorme brecha de diez pasos abierta en un lienzo entre dos torreones.

Sobre el montón de escombros, en medio del boquete, un caballero se alza desafiante, con la espada desenvainada y el escudo embrazado. De entre la ruinas del muro aparecen tras él varios soldados armados con espadas, lanzas y ballestas.

—No se van a rendir, majestad. Tendremos que tomar el castillo al asalto —observa Jimeno Cornel.

—Pues vayamos a ello —asienta el rey, que da un paso al frente.

—Vuestra majestad no. —Cornel sujeta con fuerza a Jaime por el brazo.

—Soltadme, don Jimeno.

—No, mi señor. Aragón no puede perder a su rey en la primera batalla.

—La segunda —corrige Jaime.

—Permaneced en la retaguardia, don Jaime; dejad que sean los caballeros más versados en la lucha cuerpo a cuerpo quienes encabecen el asalto. Debéis entenderlo, mi señor.

Por la fuerza con la que Jimeno Cornel sujeta el brazo de Jaime, está claro que no va a permitir que combata en primera línea.

—Tenéis razón —cede el joven monarca.

—¡Caballeros del rey, preparaos para el asalto!

Los guerreros empuñan las armas, las alzan al aire y avanzan en formación cerrada ladera arriba hacia el castillo de Lizana.

Una lluvia de saetas los recibe, pero es contestada de inmediato por otra desde las filas de los sitiadores.

Varios hombres de ambos bandos caen abatidos por los virotes mientras los caballeros del rey alcanzan la brecha abierta por el fonébol en el muro, donde el castellano Pedro Gómez, el caballero desafiante que primero tapa la brecha, ordena a gritos a los hombres bajo su mando que aguanten a pie firme las embestidas y que no cedan un solo paso.

Pedro Gómez es un luchador formidable; él solo mantiene a raya a los atacantes durante un buen rato, pero sus fuerzas empiezan a flaquear y acaba sucumbiendo ante las armas de acero de los hombres del rey, que toman el castillo en medio de un baño de sangre.

—Don Pedro de Lizana no está entre los defensores —anuncia Jimeno Cornel.

—¿Estáis seguro?

—Hemos comprobado uno a uno todos los cadáveres, majestad, y don Rodrigo no está entre ellos.

—¿Ha habido supervivientes?

—Sí, una docena se ha rendido; y hemos logrado rescatar con vida a don Lope de Albero. Lo tenían encerrado en una mazmorra en la parte baja de la torre principal. Ahí lo traen.

—Señor, gracias. —Lope de Albero se arrodilla ante Jaime y le besa las manos.

—Alzaos, don Lope. ¿Os encontráis bien?

—Sí, majestad.

—¿Conocéis qué ha sido de don Rodrigo de Lizana? No lo hemos encontrado ni entre los muertos ni entre los cautivos.

—No está en el castillo, mi señor.

—¿Cómo lo sabéis?

—Escuché a uno de mis guardianes decir que se había marchado a Albarracín —responde Lope de Albero.

—¿A Albarracín? —se sorprende Jaime.

—Eso es lo que escuché, majestad. Don Rodrigo y don Pedro de Azagra son buenos amigos.

—¿Qué ha sido de ese caballero castellano que mandaba la fortaleza? —pregunta el rey.

—Hemos tenido que matarlo. Ha caído combatiendo espada en mano. Era un buen luchador. Abatió a seis de los nuestros antes de sucumbir.

—Don Pedro ha acogido a don Rodrigo de Lizana, majestad. Lo confirman varios de los cautivos —señala Jimeno Cornel—. Ese traidor se ha refugiado en Albarracín.

Jaime frunce el ceño. No espera esa traición por parte de don Pedro de Azagra, su mayordomo, su primer defensor, su principal valedor, el hombre que evita que sus tíos se apoderen de su trono.

—Vamos a Albarracín —ordena Jaime apretando los puños.

—¿Vamos...?, ¿ahora...? —se sorprende Cornel.

—Ahora mismo. No voy a consentir otra traición. Don Pedro de Azagra tendrá que darme explicaciones por esta afrenta.

»Y preparad el nombramiento de don Blasco de Alagón como nuevo mayordomo real; don Pedro de Azagra ha dejado de serlo.

Albarracín, agosto de 1220

Si alguien piensa que la orden del rey es una bravuconada, se equivoca.

Tomados los castillos de Albero y Lizana y sometidos y castigados los rebeldes, Jaime y sus mesnadas se dirigen a Albarracín.

Se pierden algunos hombres en la batalla por Lizana, pero Jaime sigue disponiendo de sus mejores caballeros, que lo acompañan en esta nueva empresa militar, la tercera en apenas dos meses.

A principios de julio, los aragoneses cierran el asedio de Albarracín. Encumbrada en lo alto de una cresta rocosa que circunda el río Guadalaviar, la pequeña ciudad de los Azagra está dotada de formidables defensas. Además de su posición en lo alto del risco, con paredes cortadas a pico sobre el río, cuenta con un fortísimo castillo y un recinto murado que rodea todo el caserío y alcanza hasta la cima de un cerro coronado por la torre del Andador, de sólida construcción y protegida por un profundísimo foso.

—Señor, disponemos de unos ciento cincuenta caballeros y trescientos peones. Me temo que no serán suficientes para tomar Albarracín. Además, carecemos de máquinas de asedio, salvo un par de trabuquetes pequeños que solo pueden arrojar piedras de entre diez y veinte libras, con los que apenas haremos mella en esas murallas. El fonébol se quedó en Huesca. —Jimeno Cornel informa al rey en una reunión que mantiene con los principales nobles, entre los que se encuentran Guillén de Cervera, Pedro Cornel y Pedro de Ahonés, y además algunos destacados miembros de los concejos de Zaragoza, Lérida, Calatayud, Daroca y Teruel.

—¿Cuántos defensores hay en Albarracín? —le pregunta Jaime a Blasco de Alagón, el nuevo mayordomo real.

—Por lo que hemos sabido, don Pedro cuenta con unos ciento cincuenta caballeros navarros, aragoneses y castellanos, tantos como nosotros, y más de trescientos peones. Nuestras fuerzas están muy igualadas, señor, pero ellos tienen la ventaja de las defensas de la ciudad.

—Colocad la tienda real frente a aquella torre —Jaime señala el torreón del Andador, ubicado en la zona más elevada del recinto amurallado—; y colocad allí los dos trabucos.

Los sitiadores solo disponen de esas dos pequeñas catapultas; sin el fonébol que dejan en Huesca será difícil derribar los sólidos muros de Albarracín.

Pedro Fernández de Azagra está tranquilo. El rey de Aragón no tiene ni hombres ni armas suficientes como para rendir su ciudad.

Desde lo alto del torreón del Andador, el de Azagra comprueba, acompañado de Rodrigo de Lizana, la deficiente disposición de los sitiadores.

—El rey es un muchacho valiente, pero inexperto; solo tiene doce años. Esta noche le daremos un escarmiento que tardará en olvidar —comenta Pedro.

—Os agradezco vuestra ayuda, aunque para ello os habéis tenido que enfrentar con don Jaime —dice Rodrigo.

—Sois mi amigo; era mi deber hacerlo.

En realidad, el señor de Albarracín decide prestar auxilio al señor de Lizana para dejar claro que él es el soberano de un territorio independiente y que no obedece a nadie, ni siquiera al rey de Aragón. Albarracín solo es vasallo de Santa María.

—Lamento haberos ocasionado este gravísimo contratiempo.

—Mañana habrá acabado todo —asienta con rotundidad Pedro de Azagra.

—¿Cómo es eso?

—Esta noche lo comprobaréis por vos mismo —asegura con rotundidad el de Albarracín, esbozando una enigmática sonrisa y sin dejar de mirar hacia el campamento del rey de Aragón.

Esa noche Pedro de Azagra prepara a sus mejores hombres para efectuar una salida sorpresa contra el campamento de los aragoneses, la mayoría de los cuales duerme dentro de sus tiendas, ajenos a lo que se les viene encima.

Confiando en que los sitiadores no se moverán de sus muros, Jaime no dispone una guardia de noche lo suficientemente nutrida como para cubrir todos los flancos de su campamento. Carece además de la experiencia necesaria como para intuir las intenciones del de Azagra, mucho más experimentado en el oficio de la guerra.

Siguiendo el plan trazado por su señor, los sitiados salen de Albarracín en plena oscuridad aprovechando su conocimiento del terreno y la confianza de sus enemigos, que duermen sin sospechar la que se les avecina.

En absoluto silencio y armados con espadas y lanza cortas, se despliegan rodeando el campamento aragonés y toman posiciones muy cerca de sus tiendas. Portan antorchas listas para ser encendidas con pedernal en cuanto oigan el canto de una lechuza, la señal indicada para el ataque por Pedro de Azagra, que lo imitará haciendo sonar un silbato tallado en el hueso de la pata de un gavilán.

—Todos listos en sus puestos, señor. Los escasos guardias de noche están tan relajados y adormilados que ni uno solo de ellos se ha percatado de nuestra salida —le informa a Pedro uno de sus hombres.

—Como he indicado, el rey debe resultar ileso; que nadie le toque un pelo —ordena el de Azagra.

Suena el silbato y, tal como está acordado, los atacantes encienden sus antorchas y se lanzan aullando sobre las tiendas de los incautos sitiadores.

Sorprendidos en pleno sueño, los hombres del rey apenas tienen tiempo para reaccionar. Las antorchas embreadas y empapadas en grasa de cerdo son arrojadas sobre las tiendas del campamento aragonés, que comienzan a arder provocando el caos entre sus ocupantes.

Algunos caballeros del rey intentan reaccionar, pero ni siquiera llegan a poder vestirse la cota de malla. A pesar de la altura a la que se encuentra Albarracín, la noche estival es calurosa y todos ellos duermen desnudos o con una camisola.

Algunos logran empuñar sus espadas, pero son desarmados con facilidad y media docena de ellos muere en la refriega.

Los atacantes se retiran tras destruir la mayor parte de las tiendas del campamento y desbaratar el redil donde guardan los caballos, varios de los cuales huyen espantados de las llamas y se pierden en la negrura de la noche.

Sin más bajas que media docena de heridos leves, los de Albarracín regresan a la seguridad de sus muros.

Al amanecer, con los rescoldos del incendio del campamento real ya casi apagados, Jaime de Aragón observa desconsolado el desastre.

El cadáver del joven Pelegrín de Ahonés yace sobre las rodillas de su padre, que llora afligido su desdicha.

En el campamento aragonés se hacen evidentes los resultados del ataque nocturno: más de la mitad de las tiendas quemadas, decenas de caballos desaparecidos, la mayoría de los víveres perdidos y muchos hombres decaídos y avergonzados.

—Nos vamos. Levantamos el sitio de Albarracín —ordena Jaime, que parece haber aprendido la lección.

—Señor, todavía podemos rendir esa plaza —intenta darle ánimos el fiel Blasco de Alagón.

—Nos vamos —asienta el rey, apesadumbrado y triste, con los ojos enrojecidos por el llanto—. Recoged cuanto pueda aprovecharse. Algún día volveré... —mascula mirando los poderosos muros de Albarracín, que no puede rendir.

Huesca, comienzos de diciembre de 1220

Tras el fracaso en Albarracín, el rey adolescente recibe numerosas presiones de sus nobles. Unos le dicen que debe volver, conquistar esa ciudad e incorporarla con todo su señorío al reino de Aragón o arrasarla y no dejar una sola piedra en pie; otros le instan a acudir a Tolosa y al Languedoc, donde los cruzados continúan masacrando a los cátaros, que siguen siendo sus vasallos y a los que debe auxilio y socorro; algunos lo alientan para que prepare la conquista del reino musulmán de Valencia, como homenaje a su padre; y unos pocos, alertados por el peligro corrido en Albarracín, le aconsejan que busque esposa entre las princesas e infantas del reino de Castilla.

Esos días se incorpora al Consejo Real el templario Guillén de Monredón, el preceptor de Jaime durante sus años de formación en el castillo de Monzón. Deja el cargo de maestre de la Orden del Temple en la provincia de Aragón y Cataluña para convertirse en un simple fraile. Jaime le encarga que se ocupe de las finanzas y la hacienda real, que andan muy mermadas desde los últimos años de vida del rey Pedro.

—La esposa que más os conviene es la infanta doña Leonor de Castilla. Es la hija del rey Alfonso y de su esposa la reina Leonor, nieta por tanto de la célebre Leonor de Aquitania, la mujer que fuera reina de Francia primero y de Inglaterra después —comenta Blasco de Alagón, empeñado en buscarle una esposa al rey.

—Estoy de acuerdo con don Blasco. Leonor de Castilla es tía de don Fernando, el actual monarca. Esa boda supondría trabar una buena relación de amistad con los castellanos y con esa alianza podríais conquistar Albarracín —añade Jimeno Cornel.

—Hay un inconveniente, señores —tercia Guillén de Monredón—. Doña Leonor acaba de cumplir veinte años, ocho más que nuestro rey. Quizá sea demasiado...

—No importa —lo interrumpe Blasco—. Su abuela doña Leonor de Aquitania era once años mayor que su segundo esposo, el rey Enrique de Inglaterra, y tuvieron ocho hijos al menos. La castellana es mujer de un linaje que proporciona hembras fértiles y prolíficas; eso es lo importante.

—Su majestad don Jaime es demasiado joven todavía...

—En poco más de un año cumplirá los catorce, edad suficiente para dejar embarazada a doña Leonor —interrumpe Blasco a Guillén.

—Pero, además, doña Leonor es prima en segundo grado de don Jaime; por ese parentesco el papa podrá anular el matrimonio si no se pide su dispensa —insiste Monredón.

—No lo hará si nadie lo denuncia. Seguiremos adelante con esta boda. Es lo mejor para nuestro rey y para nuestro reino.

Los tres nobles debaten en el palacio real de Huesca sobre la propuesta que acaba de llegar de Castilla, por la que su rey Fernando y su madre la reina Berenguela ofrecen a su tía y hermana Leonor como esposa para el rey Jaime.

—Si estáis los dos de acuerdo... —se resigna el templario.

—Los obispos don Sancho de Zaragoza y don García de Huesca, y los maestres provinciales del Temple y del Hospital sí lo están —asegura Blasco de Alagón.

—En ese caso, hablaremos con don Jaime y si está conforme, enviaremos una embajada ante el rey de Castilla aceptando esa boda —dice Cornel.

—Vos, don Jimeno, deberíais formar parte de la delegación; sois el consejero en quien más confía don Jaime. Además tendrá que ir algún consejero catalán, tal vez don Guillén de Cabrera. Y demandaremos la ayuda de don Guillén Ramón de Moncada;

como cuñado de don Jaime y senescal de Cataluña, es el noble catalán más fiable —propone Blasco.

—Aragón necesita un heredero. Es la única manera de acabar con las intrigas que siguen maquinando don Sancho de Cerdaña y don Fernando de Montearagón —asienta Jimeno Cornel.

—¿Aún siguen con esas? —demanda don Guillén.

—Sí. Aunque de boca han renunciado a sus pretensiones, sabemos que los dos mantienen su ambición por sentarse algún día en el trono y ceñirse la corona. Habrá que tener mucho cuidado con ellos —explica Jimeno Cornel.

Ágreda, 6 de febrero de 1221

La delegación aragonesa ante la corte de Castilla hace bien su trabajo y las negociaciones se saldan con éxito. En la Navidad se acuerda la boda del rey Jaime de Aragón con la infanta Leonor de Castilla. Se fija el día de la ceremonia para el seis de febrero, cuatro días después de que Jaime cumpla trece años, en la villa castellana de Ágreda, junto a la frontera con Aragón y al pie del monte Moncayo.

Dos días antes, en la catedral de Tarazona, Jaime es armado caballero tras velar armas durante toda la noche, ceñir la espada depositada sobre la mesa del altar y calzar las espuelas.

La iglesia de la Virgen de la Peña, levantada en el centro de la villa de Ágreda, está engalanada con estandartes de los reinos de Castilla y de Aragón. No todos los días se casa un rey.

Los castellanos llegan con Fernando y Berenguela a la cabeza, y tras ellos cabalga sobre una mula blanca la infanta Leonor, a cuyo lado el alférez Lope Díaz de Haro porta el estandarte carmesí de Castilla con el castillo almenado bordado en oro.

Es rubia y de ojos claros, muy hermosa, de enormes pechos que destacan por su tamaño y redondez en su vestido, demasiado escotado para el frío del invierno de la Extremadura castellana; lleva una saya encordada para destacar su busto y estrechar su cintura.

—Buenos pechos —comenta uno de los nobles aragoneses al ver a Leonor—; darán mucha leche a los hijos de don Jaime... cuando tenga edad para engendrarlos.

Este noble ya sabe que los negociadores tienen cerrado un acuerdo por el cual Jaime y Leonor no cohabitarán como esposos hasta que el rey cumpla catorce años; y para que esa fecha se cumpla falta todavía un año, durante el cual no se les permitirá yacer en la misma cama.

A la puerta del templo aguarda la delegación aragonesa, con don Jaime en lugar destacado, escoltado por Artal de Alagón, nuevo mayordomo real en sustitución de su padre, y Guillén de Allaco, maestre provincial del Temple.

—Querido primo Jaime, bienvenido a Castilla. —El rey Fernando saluda al de Aragón con un abrazo. Es la primera vez que se ven, pero de inmediato se establece entre ellos cierta afinidad; apenas los separan ocho años de edad.

—Gracias, primo. —Jaime también usa el término familiar que suelen utilizar los reyes entre ellos.

—Aquí está tu futura esposa, mi tía la infanta doña Leonor; la acompaña mi madre, la reina Berenguela.

Fernando le ofrece su tía a Jaime, que saluda a Berenguela y luego a Leonor.

—Señora, sois muy bella —le dice Jaime.

—Gracias, señor.

—Es la sangre de doña Leonor de Aquitania. ¿Sabes, primo, que Leonor es su nieta? ¿Y que las reinas doña Blanca de Francia y doña Urraca de Portugal son sus hermanas y en unos momentos serán tus cuñadas?

—Sí, eso me han dicho.

—Mi bisabuela fue la mujer más hermosa del mundo y la más valerosa. Y ahora, entremos en la iglesia; el señor obispo aguarda para dar comienzo a la ceremonia de vuestra boda.

Fernando de Castilla se muestra satisfecho; tiene problemas en su reino debido a las disputas con su padre, el rey Alfonso de León, y a que los poderosos condes de Lara cuestionan su poder y andan en rebelión en sus dominios, pero confía en que la boda de su tía con el rey de Aragón suponga una firme alianza con los aragoneses.

Acabada la ceremonia nupcial, Jaime firma la Carta de Arras por la que concede a su esposa varias villas y castillos en Aragón y en Cataluña, además del señorío de las montañas de Prades y de Subirana. La nieta de Leonor de Aquitania bien lo vale.

Gerona, finales de 1221

A sus trece años Jaime ya gobierna sus dominios, aunque siempre asesorado por los miembros del Consejo Real, en el que tienen un gran peso el mayordomo Blasco de Alagón, el fiel Jimeno Cornel y el templario Guillén de Monredón, todos ellos ratificados en las Cortes celebradas en Huesca en primavera, donde además se nombra a Pedro Pérez como justicia de Aragón, un cargo que tiene la competencia de mediar ente el rey y los aragoneses.

Durante el verano Jaime recorre las tierras del sur del reino de Aragón y realiza algunas algaradas contra castillos y villas de los musulmanes de la frontera. Todavía está frustrado por la humillación sufrida en Albarracín, de la que pretender resarcirse ocupando algún castillo a los moros del reino de Valencia y también la pequeña aldea de Linares de Mora, que supone su primera conquista como soberano de Aragón.

El rey se acaba de despedir de la reina Leonor, que es trasladada a otro palacio de Gerona para que pase la noche alejada de su joven esposo. Solo permiten que le dé un beso, suficiente como para despertar en su interior un misterioso fuego.

—¿Todavía no podemos dormir con nuestra esposa? —pregunta Jaime a Blasco de Alagón. Lo hace con la fórmula llamada plural mayestático, la que usan los papas y los grandes soberanos, que ya empleará por siempre.

—No, majestad; no hasta que cumpláis los catorce años. Así se acordó con los castellanos cuando se pactó vuestra boda. Faltan todavía tres meses; sed paciente.

—Ya hemos participado en batalla y hemos sido armado caballero, ¿por qué no podemos acostarnos con nuestra esposa? Nos criamos entre templarios; ellos nos enseñaron que los caballeros del Temple deben evitar cualquier contacto con mujeres porque han hecho votos de castidad, pero nos no juramos esos votos; y la principal obligación de un rey es tener un heredero, según todos nos han dicho, y para eso debemos acostarnos con nuestra esposa.

—Tenéis que cumplir el plazo acordado para ello, mi señor.

—Don Aspargo nos habría concedido licencia.

—Ahora lo más importante es el asunto del condado de Urgel —tercia Jimeno Cornel—. Aurembiaix es la heredera del conde;

está casada desde hace diez años ya con el caballero castellano Álvaro Pérez de Castro, con el que vive en sus señoríos de Andújar y Martos, ganados a los musulmanes en el viejo reino de Jaén.

—¿Qué ocurre con ese condado? —pregunta Jaime.

—Que el noble Guerao de Cabrera reclama el dominio de Urgel para sí, violentando los derechos de la condesa Aurembiaix —explica Jimeno.

—¿Y qué deberíamos hacer?

—Reintegrar Urgel a doña Aurembiaix y reclamarle que venga para ejercer su señorío. Don Guerao es un hombre belicoso, un peligro para la paz en ese condado.

—Por el momento dejadlo como está. Ya decidiremos más adelante para quién debe ser Urgel.

En lo que Jaime sigue pensando es en que todavía no puede dormir con Leonor, pero tiene curiosidad por saber cómo será acostarse al lado de una mujer como lo hacen los esposos.

Barcelona, 2 de febrero de 1222

El corcel que le acaban de regalar es de pura raza árabe. No es tan fuerte ni tan grande como los caballos de guerra que utilizan los caballeros en el combate, capaces de soportar el peso de un jinete equipado con cota de malla, escudo y armas, y aguantar una carga de media milla al galope, pero es mucho más rápido, ágil y hermoso.

—Estupendo regalo de cumpleaños, majestad —comenta Jimeno Cornel a la vista del hermoso alazán.

—Sí, hoy cumplimos catorce años —dice Jaime.

—Ya sois, a todos los efectos, mayor de edad.

—Esta noche dormiremos con nuestra esposa.

—Ya veis, señor, todo llega a su tiempo.

—¿Está preparada la alcoba?

—Todo dispuesto. Vuestra esposa la reina Leonor os espera.

A sus catorce años, Jaime es tan alto como su esposa, también rubio, con mechones rizados, ojos negros como de azabache y muy guapo. Por la piel curtida al aire y al sol en las campañas militares ante el castillo de Lizana, las murallas de Albarracín y las serranías al sur de Aragón, parece de mayor edad. Su cuerpo todavía no está del todo formado, barbilampiño, de aire inocente, pero con brazos y piernas fornidos por los ejercicios de equitación y esgrima. Tres o cuatro años más y será un hombre formidable.

Cuando Jaime entra en la alcoba principal del palacio real de Barcelona, huele a narciso y jazmín. Unas sirvientas asperjan las paredes y el suelo con la esencia de esas dos flores y colocan jarrones con agua perfumada sobre una gran mesa de madera con las patas talladas y cubierta con un mantel bordado de flores doradas.

La reina lo aguarda sentada en la cama, sobre un colchón de lana, sábanas de seda y un cobertor de tela roja adamascada bordada con hilo de oro.

En verdad que la reina Leonor es hermosa. A sus veintidós años está en plenitud de su feminidad; más alta que la mayoría de las mujeres, rubia como una espiga de trigo maduro, ojos claros y piel blanca, su cuerpo es realmente voluptuoso, con grandes y redondos pechos, cintura estrecha y amplias caderas.

—Mi señora...

Tantos meses esperando a que llegue ese momento y ahora no sabe qué hacer. En el Temple le enseñan esgrima y equitación, algo de gramática y de leyes, pero nadie le explica cómo amar a una mujer. Lo único que conoce es lo que en el último mes le cuentan Blasco de Alagón y Jimeno Cornel, quienes le explican cómo debe comportarse con su esposa; pero en la soledad de la alcoba, Jaime solo es un joven adolescente frente a una mujer plena.

Tendrá que aprender por sí mismo.

—Por fin ha llegado el momento, mi señor.

Leonor, que se da cuenta enseguida del azoramiento de su esposo, lo toma por la mano y lo acerca a la cama. Muy despacio comienza a quitarse el vestido, luego las enaguas y por fin la ropa interior. Y entonces quedan a la luz de las velas y las lámparas sus pechos redondos, grandes como cabezas de niño, sus torneados muslos y pantorrillas, su vientre liso y firme y su sexo apenas poblado por un delicado vello rubio y rizado.

Jaime está paralizado. Todo cuanto le explican no sirve de nada. Sus ojos están fijos en el cuerpo de su esposa, que recorren de arriba abajo, una y otra vez, llenos de asombro.

—Sois... —balbucea Jaime tan ruborizado que no atina a decir más palabras.

—¿Queréis que os ayude a desvestiros? —le pregunta Leonor.

Y sin esperar respuesta, comienza a quitarle la túnica y luego las calzas, entre las que sobresale enhiesto el miembro viril del rey, más blanco que el resto de su piel, erecto y duro como el asta de una lanza, con el glande de un suave color morado, como los pétalos de una violeta.

Leonor suspira y acaricia el pene de su joven esposo, que se derrama en sus manos.

—¡Oh! Yo, yo... —barbotea Jaime confuso y avergonzado.

—No te preocupes —le susurra Leonor a la vez que sigue acariciándolo hasta que vuelve a provocarle una nueva erección.

—Yo, no sé...

—Yo te guío.

Leonor dirige a Jaime hasta su sexo y consigue que la penetre.

Ambos jadean, mueven las caderas, empujan y se abrazan hasta que el rey vuelve a derramarse, ahora en el interior de la reina.

El matrimonio se consuma; ya son verdaderos esposos.

Daroca, principios de diciembre de 1222

Jaime, acompañado de la reina Leonor, lleva varios meses recorriendo las principales villas y ciudades de Aragón y Cataluña, recibiendo el juramento de sus súbditos y procurando ganarse su confianza.

En las Cortes de Daroca, celebradas en primavera, recibe a Guerao de Cabrera, autoproclamado conde de Urgel y vizconde de Cabrera, con el que firma la paz; necesita todo tipo de ayuda para enfrentarse a Guillén de Moncada, vizconde de Bearn, y a Pedro Fernández de Azagra, el señor de Albarracín, que mantienen en pie la rebelión y amenazan la estabilidad del reino.

La situación se tensa cuando Nuño Sánchez, conde de Rosellón e hijo de Sancho de Cerdaña, se enemista con Sancho y Guillén de Moncada, rompiendo el acuerdo de paz firmado seis años antes. La excusa que desata este enfrentamiento entre los dos bandos nobiliarios es banal: Nuño Sánchez y Guillén de Cervelló, aliado de los Moncada, se disputan la propiedad de un halcón; ambos se acusan de traidores y ladrones y estalla el conflicto entre ellos.

Ante la guerra entre los bandos nobiliarios y la amenaza de que se extienda por toda la tierra, Jaime convoca Cortes en Monzón y proclama la guerra contra los rebeldes, entre los que incluye a su tío Fernando de Montearagón.

La determinación de un muchacho de catorce años conmueve a algunos nobles, que acuden a Monzón a la orden del rey, con trescientos caballeros por cada bando. También lo hace el señor de Albarracín, que pide perdón a Jaime por haber acogido a Rodrigo de Lizana.

El de Albarracín se muestra compungido, se postra de rodillas y vuelve a jurar fidelidad al rey, que lo perdona y lo acepta como vasallo. Mejor tener a ese hombre como aliado que como enemigo, le dicen sus consejeros.

Ese verano se desata la guerra. Nuño Sánchez y sus partidarios combaten contra Guillén Ramón de Moncada y los suyos. La nobleza aragonesa y catalana se divide entre los dos bandos y Jaime, aunque duda, se decanta a favor de su tío Nuño. Guillén de Moncada reacciona con violencia, ataca varios castillos en el Rosellón y se apodera de la ciudad de Perpiñán. Jaime le devuelve el golpe apoderándose del castillo de Moncada, la sede familiar del poderoso linaje catalán.

En verano muere el conde Ramón de Tolosa y lo hace privado de los sacramentos por orden del papa. Su hijo Ramón hereda el condado y se propone recuperarlo y expulsar de allí a las tropas papales.

—Alfonso es el nombre que hemos decidido para nuestro heredero —ordena Jaime, que todavía no cuenta quince años y ya es padre de su primer hijo.

El rey está en la villa de Daroca; allí recibe la noticia del nacimiento del infante, al que la reina Leonor da a luz en Zaragoza, en el palacio de la Aljafería.

—Alfonso..., como vuestro abuelo, el primero de vuestra estirpe que nació siendo heredero del reino de Aragón y del condado de Barcelona —comenta Jimeno Cornel, uno de los pocos hombres de los que aún puede fiarse el rey.

—Nuestro hijo debe heredar un reino en paz —comenta Jaime.

—Para que así sea debemos someter a todos los nobles rebeldes —interviene Artal de Luna, nombrado nuevo mayordomo real.

—Sí, recibirán el castigo que merecen —masculla Jaime, que apenas puede contener su ira ante las noticias que llegan a Daroca sobre la guerra que libran los nobles entre ellos y la manifiesta desobediencia que muestran al rey.

Para hacer frente al desafío de los nobles necesita dinero. Esa misma mañana firma un reconocimiento de deuda de más de dos mil maravedíes prestados por el baile de Lérida. La hacienda real está sumida en una delicada situación; o se solventa pronto o la bancarrota será inevitable.

8

Los años de paja

Barcelona, septiembre de 1223

Los nobles rebeldes no cesan en sus correrías. Jaime se empeña en pacificar el reino, escribe cartas y envía mensajes para que cesen las hostilidades, pero los Moncada insisten en su alianza con Fernando de Montearagón, al que prometen ayuda en su pretensión de convertirse en rey.

Y por si fueran pocos los problemas, las arcas del tesoro real están vacías. Las acuñaciones de moneda no palían las deudas y se hace necesario volver a la vieja moneda del rey Pedro.

El malestar crece por todo el reino de Aragón y por Cataluña, y no solo entre los nobles, también en las ciudades y grandes villas, que recelan de su rey, al que no consideran el hombre adecuado para gobernarlos.

En primavera, la situación se torna crítica; los nobles rebeldes toman la ciudad catalana de Tarrasa a la vez que las aragonesas Jaca y Zaragoza aprueban aliarse con los rebeldes y cuestionar la autoridad del joven monarca.

Ese verano muere el rey Felipe de Francia; su sucesor es Luis, casado con Blanca de Castilla, hermana de Leonor. Es probable, piensa Jaime, que el reino de Francia sea ahora un aliado y no un enemigo.

Desde Barcelona, donde la reina Leonor cuida a su hijo Alfonso, el heredero, Jaime ataca el castillo de Cervelló y lo toma en catorce días, y vuelve a asediar el castillo de Moncada, donde se refugia Guillén, que acaba siendo vencido y apresado.

Con el principal noble rebelde en sus manos, Jaime cree que

será posible pacificar el reino y convoca Cortes con ese único objetivo. Se equivoca.

Zaragoza, verano de 1224

Necesita descansar. Tras pasar parte del invierno en el Languedoc, Jaime se retira a Aragón. Consigue un acuerdo de paz entre el conde de Tolosa y Aimerico de Monfort, el hijo y heredero de Simón de Monfort.

Esa primavera llueve en abundancia. Tras años de sequía, una lluvia constante fertiliza los campos y las cosechas crecen feraces. Pero Aragón y Cataluña siguen en pie de guerra, asolados por las banderías nobiliarias, que se comportan más como bandoleros que como nobles. En las montañas de Jaca la situación es tan grave que el rey concede permiso al concejo de esa ciudad para que pueda organizar por su cuenta una junta de defensa contra los malhechores.

Los nobles recelan. Creen que el rey maquina acabar con sus privilegios para concedérselos a las villas y ciudades. Algunos vuelven los ojos hacia Fernando de Montearagón, pues creen que el infante y abad sí guardará sus derechos seculares.

Esa primavera concede, estando en Barbastro, grandes privilegios a la ciudad de Lérida, que se siguen disputando aragoneses y catalanes. Allí están Nuño Sánchez y Fernando de Montearagón, los dos aspirantes al trono, además del conde de Urgel y el señor de Albarracín.

Pero lo que parece una reconciliación del rey con la nobleza no es sino una tregua. Acosado por sus enemigos y cargado de deudas, Jaime solo cuenta con una guardia de treinta caballeros, a los que apenas puede mantener.

A fines de febrero se reúne en Alagón con varios nobles. Más de doscientos caballeros armados entran en Alagón al mando de Nuño Sánchez y Pedro de Azagra; otros doscientos lo hacen bajo las órdenes de Guillén de Moncada.

Jaime se huele la traición. Tras la misa matinal, Fernando le dice a Jaime que es su tío y que no quiere hacerle daño alguno y le pide que vaya a Zaragoza. Pedro de Ahonés interviene para convencerlo de lo mismo, pues considera que allí estará más seguro. Jaime, confiando en Ahonés, consiente en hacerlo.

Ya en Zaragoza, el rey procura gobernar sus dominios, aunque los problemas y las deudas son cada vez mayores. Ni siquiera se atreve a instalarse en la Aljafería; lo hace en el viejo palacio de la zuda, junto a los antiguos muros de piedra, al lado de la puerta de Toledo.

Día a día las deudas se acumulan y tiene que recurrir a solicitar préstamos a ciudades, Órdenes Militares, comerciantes judíos e incluso a instituciones monásticas.

A fines de junio ni siquiera tiene dinero para pagar la soldada de los treinta caballeros de su guardia.

Ese es el momento, piensa Fernando de Montearagón, que maquina un plan para apoderarse del rey y, si es posible, del trono.

Un atardecer, después de la cena, dos guardias entran temerosos en la cámara donde el rey y la reina se disponen a acostarse.

—Mi señor, a las puertas de esta zuda se ha concentrado un centenar de hombres armados. Gritan consignas contra vuestra majestad.

—¿Qué es eso? —se altera la reina, que siente los gritos de los amotinados.

—Hombres armados. Parecen que vienen a por mí —comenta Jaime con cierta tranquilidad.

—¿Nos van a matar? —pregunta angustiada la reina.

—No. Nos os protegeremos.

Leonor rompe a llorar desconsolada y gime temblorosa.

—¡Nos van a matar! —exclama entre sollozos.

—No lloréis, mi señora. Os prometo que cada una de vuestras lágrimas se tornará en un momento de gozo y que la ira se convertirá en felicidad —dice uno de los guardias.

Jaime la abraza por los hombros y procura consolarla.

Ante la puerta, los gritos de la muchedumbre soliviantada crecen y se hacen más y más fuertes.

—Estamos cercados. No podemos salir de aquí.

Durante tres semanas el rey y la reina permanecen sitiados en la zuda. Los consejeros fieles al rey se acercan hasta los muros intentando mediar, pero los sitiadores les impiden entrar y los alejan de allí con amenazas. Ni siquiera permiten el acceso a Ato de Foces, Artal de Luna y Jimeno Cornel.

Dentro de la zuda está Pedro de Ahonés, en quien el rey confía hasta que comienza a sospechar que es precisamente él quien permite y alienta el secuestro.

—Ahora lo entendemos; vos, don Pedro, sois parte de esta conjura. Os hemos amado y honrado mucho, pero ahora lo vemos claro. Sois parte de esta traición —lo acusa el rey.

—Mi señor, ¿por qué decís eso? Yo siempre os he sido fiel.

—No, no lo sois. Vos nos pedisteis en Alagón que viniéramos a Zaragoza porque habíais preparado esta encerrona. Podríais haber detenido esto y no lo habéis hecho. Sois un traidor y una deshonra. Abominamos de vuestra amistad para siempre.

—Mi señor —procura excusarse Pedro de Ahonés—, no es así; mi comportamiento no acarrea ningún desprecio hacia vuestra majestad. No tengo nada de lo que deba avergonzarme.

—Marchaos de aquí y no volváis a nuestro lado jamás; no deseamos volver a veros nunca.

Ahonés se marcha de la zuda, a cuyas puertas siguen arremolinados unos cuantos rebeldes, y Jaime acude a ver a la reina.

—Mi señora, acabo de echar de aquí a Pedro de Ahonés; él era el traidor. Pero me temo que esta noche o mañana esos hombres que acechan a las puertas de esta zuda pueden iniciar el asalto. De manera que debemos escapar de aquí.

—¿Cómo vamos a salir de esta fortaleza? No hay escapatoria.

—Sí la hay. Uno de los guardias, al que todavía considero fiel, me ha revelado que existe una ventana semioculta por la que podremos salir sin que nos vean. Está un poco alta, pero podremos descender hasta el suelo con ayuda de unas cuerdas.

—No podré hacerlo —se queja la reina.

—No te preocupes, mi señora. Con unas tablas fabricaré un asiento y te bajaré poco a poco sentada allí.

—Nos descubrirán...

—Enviaré un mensajero a don Artal de Luna, que sigue fiel. Los hombres de don Artal te recogerán al pie de la ventana y te pondrán a salvo lejos de aquí.

—¿Y tú, mi señor, qué será de ti?

—Ahora lo más importante es que no sufras ningún daño. Los hombres de don Artal te llevarán a Barcelona; allí está nuestro hijo

Alfonso. Como madre del heredero a la Corona de Aragón, debes cuidarlo y protegerlo.

—No puedo irme, no sin ti.

—Yo me quedaré aquí, en Zaragoza. Denunciaré por todos mis dominios la traición de mi tío don Fernando y de don Pedro de Ahonés.

»En cuanto sepa que estás a salvo conseguiré un buen caballo y huiré de aquí para reunirme contigo. Ya habrá tiempo para mi venganza.

—No me pidas que haga eso. No me iré así de este lugar. Soy la reina de Aragón, la condesa de Barcelona y la señora de Montpellier; no saldré de aquí por una ventana atada a unas cuerdas, como una vulgar ladrona. No; como reina de Aragón no lo haré por nada del mundo —asienta Leonor.

—Si esa turba consigue entrar en este torreón, tal vez te hagan daño; debes escapar como te digo —insiste el rey.

Pero Leonor se niega una y otra vez a salir de esa manera y Jaime acepta que no podrá convencerla.

Ya son tres semanas encerrados y humillados por los nobles encabezados por Guillén de Moncada, quien envía a Fernando de Montearagón como mensajero ofreciéndole un acuerdo al rey.

—Dejad que entre —ordena Jaime cuando le anuncian que Fernando espera a la puerta.

El abad de Montearagón se inclina ante su sobrino, que le da un abrazo.

—Mi señor, nos duele en el alma veros en esta situación.

—Pues remediad esta infamia; está en vuestra mano hacerlo.

—Don Guillén de Moncada os dejará salir libre, pero antes deberéis aceptar sus condiciones.

—¡Vaya! Vos, don Pedro, habéis pasado de ser aspirante al trono de Aragón a sicario de Moncada. ¿Cómo es eso?

—Solo pretendo ayudar a vuestra majestad a salir de este encierro y solucionar este embrollo. Sois mi sobrino...

—Y vuestro rey —asienta Jaime—. ¿Qué quiere Moncada?

—Que le resarzáis de todos los daños provocados en sus propiedades en Cataluña, como la toma de su castillo, y le compenséis por las perdidas que le habéis causado.

—Nuestra actuación fue siempre legítima. No debemos indemnizarle por nada. Moncada se rebeló contra nos y tuvimos que actuar por ello.

—Mi señor, creo que no sois consciente de vuestra situación. Cien hombres fieles a don Guillén de Moncada vigilan esta zuda, de la que no saldréis si él no lo permite. Aceptad sus condiciones y podréis marchar de aquí con vuestra esposa.

Jaime se acerca a una de las ventanas del torreón donde se refugia. Mira hacia abajo y observa a un grupo de hombres armados que hacen guardia a la puerta, vigilando que nadie salga del edificio.

—¿Qué más pide Moncada? —pregunta el rey.

—Además de la devolución de todas sus propiedades incautadas, una compensación de veinte mil maravedíes.

—Eso es demasiado.

—Don Guillén no aceptará ni una moneda menos.

—Hum... De acuerdo. Comunicadle a Moncada que aceptamos. Le daremos lo que pide.

—En ese caso, en dos días podréis salir de aquí —dice Fernando.

Jaime se muerde los labios. Quiere decirle a su tío Fernando que es un traidor y que abomina de él, pero se calla. Sabe que no tiene otro remedio que claudicar si quiere salir de su encierro en la zuda con cierta dignidad. Pagará los veinte mil maravedíes, aunque tenga que volver a endeudarse.

Como está acordado, Guillén de Moncada permite que Jaime y Leonor salgan de la zuda. En la puerta espera Pedro de Ahonés.

Al verlo, Jaime frunce el ceño. Sigue creyendo que es el mayor traidor y principal culpable de lo ocurrido.

Pero Ahonés se adelanta, se coloca delante del caballo del rey y se arroja al suelo.

—¡Levantaos! —ordena Jaime, que tiene que tirar con fuerza de las riendas para que su caballo no patee a su consejero caído en desgracia.

—No soy un traidor. —Ahonés se pone de rodillas—. Lo que hice fue sincero, mi señor. Si os recomendé que vinierais a Zaragoza fue porque creía que era lo mejor para vuestra majestad y para la reina. Siempre os he sido leal y fiel y siempre lo seré. Así lo he jurado. Es mi palabra de caballero. Matadme si no me creéis, pero no dejéis que siga viviendo con vuestro desprecio.

»Ahí están mis hombres. —Ahonés señala a un grupo de diez caballeros—. Mi vida y la de todos ellos están a vuestro servicio. Admitidme de nuevo entre los vuestros o matadme, pues ya nada me importa. La vida de mi hijo don Pelegrín fue sesgada en plena juventud por defenderos durante el asedio a Albarracín. ¿Qué mayor muestra de lealtad queréis? ¿Qué mayor precio debo pagar para gozar de vuestra confianza?

—Creo que don Pedro es sincero —comenta la reina Leonor, que monta una mula al lado de su esposo.

—Levantaos. Si os juzgamos mal, os pedimos perdón por ello y os admitimos como servidor.

Jaime extiende la mano. Pedro de Ahonés se incorpora, se acerca y se la besa. Comprueba que, con solo dieciséis años, el rey ya es más alto que él.

—Soy vuestro más leal servidor.

—Pues seguidnos; hay mucho que hacer.

El rey, conciliado con Pedro de Ahonés, se dirige a Calatayud y envía a la reina a Daroca; ambas villas son fieles a la Corona y sus concejos garantizan la protección de los reyes. En sus castillos estarán seguros ese invierno.

Tortosa, abril de 1225

Tras conseguir algunos préstamos, el rey se dirige a Monzón. Desde su liberación en Zaragoza lo acompañan Ato de Foces y el justicia Pedro Pérez, además de los obispos de Zaragoza y Lérida.

La nobleza sigue dividida; Jaime apenas tiene capacidad para solucionar ese enfrentamiento. Los obispos son quienes median entre los dos bandos para lograr la paz que tanto necesita el reino.

Fernando de Montearagón, Guillén de Moncada y Nuño Sánchez se reparten los castillos de Aragón. Ante la debilidad del rey, los tres nobles consideran que pueden conseguir grandes privilegios y así lo acuerdan. La paz entre los bandos nobiliarios parece más próxima, pero a cambio de repartirse Aragón.

Durante varios meses Jaime deambula por las tierras del sur, entre Calatayud y Daroca, y regresa a Zaragoza a finales del invierno para firmar algunos diplomas en los que figuran como testigos Fernando de Montearagón, Nuño Sánchez y Pedro de Azagra, como si no ocurriera nada.

Solo tiene diecisiete años, pero Jaime, asesorado por Ato de Foces y Pedro Pérez, está tramando un plan.

En abril se marcha de Aragón con todo sigilo, se dirige por sorpresa a Tortosa, donde convoca Cortes de Cataluña y busca aliados entre los obispos, las Órdenes Militares, los monasterios y las villas y ciudades.

El 28 de abril, en las Cortes de Tortosa, a las que apenas asisten nobles ni ninguno de los que lo humillan en Zaragoza y cuestionan su autoridad, Jaime reconoce que Cataluña llega hasta el río Cinca y que por tanto Lérida debe ser catalana, proclama la paz, impone penas a los que incumplan sus decretos, condena a los nobles que vayan contra los usos y costumbres de Barcelona y da un plazo de ocho días para que todos acaten estas disposiciones o, en caso contario, la justicia del rey caerá sobre quien no las cumpla.

La jugada del monarca conmociona a los nobles. Quizá no se dan cuenta de que Jaime ya es un hombre. A sus diecisiete años es el caballero más alto de todo el reino, rubio, apuesto, fuerte, orgulloso de su linaje, determinado a actuar con contundencia, cada vez más seguro de lo que hace y modelo para trovadores y juglares, que ven en el rey de Aragón al perfecto caballero para protagonizar sus poemas y romances.

En las Cortes de Tortosa, Jaime anuncia que toma la cruz y se prepara para la conquista de las tierras hispanas todavía en manos de los musulmanes.

Guillén de Monredón, el viejo caballero templario que lo acompaña desde su salida del castillo de Monzón, y uno de sus principales consejeros, está orgulloso de su pupilo.

—Hubierais sido un magnífico caballero templario de no haber nacido para ser rey de Aragón —comenta Monredón.

—Vos nos instruisteis bien —le dice Jaime.

—Celebrar estas Cortes ha sido un gran acierto. La nobleza andará ahora absolutamente desorientada.

—Convocar Cortes y toma la cruz para la guerra santa fue idea de don Pedro de Ahonés. Dudamos de él y pensamos que nos había traicionado cuando estuvimos cercado en la zuda de Zaragoza; nos equivocamos.

—Ya hemos enviado las cartas con vuestro llamamiento convocando a la hueste para la conquista de Peñíscola; es un peñasco a la orilla del mar, pero nos abrirá las puertas para la toma de Valencia. Como habéis ordenado, el ejército se reunirá en la villa de Teruel a fines del mes de julio. Tres meses no es un plazo demasiado extenso, pero así los nobles tendrán poco tiempo para...

Antes de acabar esta frase, Guillermo de Monredón se echa mano al pecho, emite una leve queja y se dobla por la cintura. Cae de rodillas y sufre un espasmo que le dificulta la respiración.

—¡Don Guillén, don Guillén!, ¿qué os ocurre?

Jaime sujeta por los bazos a su preceptor, que no puede emitir una sola palabra.

Instantes después, el corazón del caballero templario deja de latir.

Valencia, principios de mayo de 1225

Zayd abu Zayd, gobernador almohade de Valencia, disfruta de una sabrosa comida en su palacio mientras escucha a una casida de seis jóvenes doncellas interpretar una delicada canción. Semejante lujo no es propio de estos musulmanes africanos, pero ¿quién puede evitar caer en una tentación semejante?

El guiso de carne de cordero aderezado con comino, pimienta, clavo, verduras y berenjenas está exquisito, aunque no es precisamente con esos placeres como los almohades ganan su imperio, sino predicando la austeridad y la vuelta a las que consideran las raíces más puras y genuinas del islam.

Todo está cambiando demasiado deprisa, pero, entre tanto, no está de más procurar disfrutar de los placeres que la vida ofrece. Y así lo entiende el gobernador Abu Zayd.

Un criado se le acerca y le comunica algo al oído.

El gobernador de Valencia deja de comer y con una enérgica indicación ordena a las integrantes de la casida que se retiren.

Entra entonces un mensajero que inclina su cabeza ante Abu Zayd y le informa:

—Señor, el rey de Aragón ha acordado asediar Peñíscola. Nuestros espías lo han confirmado y los vigías de las atalayas certifican que han visto algunos caballeros cristianos merodear en la frontera.

—¿Cuándo?

—El rey Jaime ha convocado a su hueste para el mes de julio en Teruel.

—Nos prepararemos para ese ataque. Llamad a mi secretario.

Al instante aparece un hombre bajito, de ojos pequeños y vivaces, que se cubre con un ampuloso turbante blanco.

—¿Qué deseáis mi señor?

—Acabo de tener noticias sobre el pronto asedio de los perros cristianos a Peñíscola. Hay que disponer las defensas y los suministros necesarios para resistir hasta que podamos recibir ayuda del califa.

Zayd abu Zayd es pariente del califa almohade Abd Allāh al-Adil, que acaba de tomar posesión del trono.

—Este año la cosecha es muy abundante. Habrá harina suficiente para aguantar muchos meses.

—Haced llegar a Peñíscola cuantas flechas y otro tipo de armas requieran, además de provisiones: aceite, harina, pescado seco, garbanzos, lo que sea. Entre tanto, yo acudiré a pedir ayuda al rey de Castilla; sé que anda por tierras de Cuenca.

—¿Ayuda a un cristiano? —se extraña el secretario.

—Castilla no desea que Valencia caiga en manos de los aragoneses.

—Pero Castilla y Aragón tienen un tratado por el cual Valencia será para los aragoneses si logran conquistarla.

—Lo sé, pero si no nos ayudan los castellanos, al menos procuraré que permanezcan neutrales.

Abu Zayd va más allá. Lo que está tramando, en contra de su califa, es someterse a Fernando de Castilla, prometerle vasallaje y convertirse en señor de Valencia bajo su protección.

Así lo hace; un par de semanas después acude al castillo de Moya, en la tierra de Cuenca, donde se entrevista con el rey Fernando, le jura vasallaje y se reconoce como vasallo suyo.

Cuando se entera de esto, Jaime de Aragón decide no cesar en su empeño de conquistar Valencia y jura ante el altar que no descansará hasta lograrlo.

Las murallas de la nueva villa de Teruel lucen como una corona de piedra sobre la muela donde el rey Alfonso, el abuelo de Jaime, decide erigir la última gran fortaleza de Aragón ante el reino musulmán de Valencia.

Dotada de un amplio fuero, en la villa viven casi dos mil almas, que pueblan el interior de su recinto murado, desde cuyas almenas sus guerreros permanecen siempre atentos a posibles rafias de los musulmanes. Los hombres de Teruel son gentes duras y aguerridas, que mantienen su orgullo de ser la primera línea de defensa de todo el reino.

Se ganan la vida cultivando tierras altas, fría y poco fértiles, criando ovejas y vacas y ganando botín en las incursiones que realizan en tierras de sarracenos. Muchos de los turolenses son caballeros de fortuna que convierten la guerra en la frontera en su medio de vida.

En la plaza de Mediavilla, a la puerta de la iglesia de Santa María, un juglar declama un largo poema acompañándose de los acordes de un laúd. Es un trovador errante que va de pueblo en pueblo recitando de memoria y acompañado de su instrumento de cuerda las hazañas de un caballero castellano exiliado de su tierra hace ya más de un siglo. El guerrero que protagoniza la epopeya se llama Rodrigo Díaz de Vivar, el Cid, el Campeador, que se pone como ejemplo e incentivo para la conquista de Valencia:

> *Ojos hermosos miran a todas partes;*
> *miran hacia Valencia, ¡cómo yace la ciudad!,*
> *y de la otra parte ante sus ojos tienen el mar.*
> *Miran la huerta, tan frondosa y grande,*
> *y alzan las manos para a Dios rogar,*
> *por esta ganancia tan buena y grande.*

La belleza de los versos que canta el juglar a la puerta del templo ensimisman a los fieles que acuden a misa; algunos de ellos depositan una moneda de vellón en el sombrero del bardo.

Es domingo, y el rey también acude a misa en Santa María esa mañana. Se detiene unos instantes para escuchar al juglar, que sigue recitando el largo poema.

La iglesia está en obras. Se alzan el ábside, los muros laterales y una puerta, pero falta acabar la zona de los pies del templo y rematar la techumbre, además de iniciar la torre, de la que solo se atisba el basamento.

Jaime de Aragón se muestra malhumorado. A su llamada solo acuden en principio los nobles Blasco de Alagón, Ato de Foces y Artal de Luna con sus mesnadas señoriales, aunque veinte días después también lo hacen Ladrón, Asalido de Gudal y Pelegrín de Bolás. Pocos, muy pocos, y solo nobles y caballeros aragoneses.

—Un caballero castellano, ese Rodrigo Díaz sobre el que canta el juglar a la puerta de esta iglesia, convocó a más hombres en su llamada para la toma de Valencia que el rey de Aragón —se lamenta Jaime.

—Es solo un poema...

—En ocasiones, los versos y las canciones de los poetas son capaces de despertar más emociones que las proclamas de un rey. Mañana iremos hacia Peñíscola —dice Jaime a la salida de misa y sobre la voz del juglar que sigue resonando en la plaza de Santa María.

—Señor, apenas somos ciento cincuenta hombres —comenta Blasco de Alagón.

—¿Todavía no ha aparecido don Pedro de Ahonés?

—No. No tenemos noticias de don Pedro.

—Hace un mes nos prometió que estaría en Teruel en la fecha fijada.

—Quizá acuda a Peñíscola con los obispos y los nobles de Cataluña.

—Quizá, quizá...

—Don Pedro es un hombre de palabra —lo justifica Blasco de Alagón.

Pero Jaime recuerda sus dudas sobre la participación de Pedro de Ahonés en su encierro en Zaragoza y su humillación para ser perdonado.

—Mañana, al amanecer, todos preparados —ordena tajante el rey.

Solo tiene diecisiete años, pero cada día que pasa, su determinación y voluntad son mayores. Ya es el más alto de todos sus caballeros, uno de los más fuertes y capaz de manejar las más pesadas mazas y espadas de combate. Tras el estirón que da ese invierno, mide más que cualquier otro hombre, tiene los miembros bien formados y proporcionados, las espaldas anchas, los brazos gruesos y musculados y las piernas largas y robustas. Se apoya en unos pies firmes y enormes; y sus manos alargadas tienen dedos delgados pero fortísimos.

Su rostro es hermoso, con la piel de tono rosado, los rasgos faciales finos y elegantes, el pelo rubio dorado con algunos mechones rizados tirando a pelirrojo, como de cobre, los ojos negros como azabache, la nariz recta y bien compuesta, la boca amplia y de perfil delicado, los dientes blancos y regulares. Trovadores y juglares dicen de él que es el hombre más bello del mundo.

Se apaga la última estrella sobre el cielo de Teruel.

Jaime es de los primeros en formar en la explanada que se extiende ante la puerta este de la villa. Cuando sale el sol, solo forman ciento veintitrés guerreros.

—Señor, no podremos conquistar Peñíscola con tan pocos hombres, y mucho menos todo el reino de Valencia; deberíamos aguardar a recibir refuerzos —insiste Blasco de Alagón.

—En Peñíscola se unirán a nuestro ejército las mesnadas de los obispos de Lérida, Barcelona y Zaragoza, además del senescal Guillén Ramón de Moncada, Ramón de Cervera y el justicia Pedro Pérez de Aragón. También lo hará don Pedro de Ahonés con sus caballeros y peones —supone Jaime.

—Aun con todos ellos, no sumaremos más de trescientos guerreros. Como sabéis, majestad, conozco Peñíscola, pues he estado observando sus fortificaciones desde cierta distancia. Esa villa se asienta a la orilla del mar, sobre una gran roca cortada a pico por escarpados acantilados; es una península que solo está unida a tierra por una estrecha y larga lengua de arena protegida por dos líneas paralelas de muros altísimos.

»Aunque dispusiéramos de torres de asalto, ni siquiera podríamos acercarlas a sus murallas, pues las ruedas se hundirían en la arena.

—Los rendiremos por hambre —dice Jaime.

—Sabemos que han acumulado abundantes suministros y, aunque disminuyeran sus reservas, pueden ser abastecidos por mar...

—Don Blasco, sois uno de los caballeros más arrojados y valientes de todos nuestros dominios, nos extraña que planteéis tantos inconvenientes.

—Mi señor, esta es una empresa en la que vuestra majestad se juega mucho; y yo no deseo que fracaséis, de ahí mis advertencias.

—No importa. Vamos a Peñíscola.

El rey aprieta los dientes, alza su brazo derecho y señala el camino a seguir.

Sitio de Peñíscola, agosto de 1225

Cuando Jaime contempla por primera vez el enclave de Peñíscola, siente cierto alivio; la ciudadela es más pequeña de lo que había imaginado. Pero enseguida comprende que es una fortificación formidable y que, como reitera Blasco de Alagón, su conquista al asalto parece casi inaccesible.

No hay más remedio que levantar un campamento y rendir la ciudad por hambre.

Con la llegada de algunos nobles catalanes, las mesnadas de los obispos de Zaragoza, Lérida y Barcelona y varios aragoneses más, la hueste apostada ante Peñíscola se eleva a unos quinientos hombres. En una batalla en campo abierto contra los defensores, los vencerían fácilmente, pero mientras estén protegidos por esos muros y asentados en esa roca de paredes verticales y rodeada por las aguas del mar, la tarea se torna imposible.

—Será un asedio largo —musita Jaime a la vista de la roca.

—Tenemos provisiones para tres meses —advierte Blasco de Alagón.

—Nunca habéis estado convencido de poder culminar con éxito esta empresa.

—Ya sabéis mi opinión, majestad, pero os juro que si decidís continuar con este asedio, yo seré el último hombre en retirarme.

—¿Qué proponéis entonces?

—Abu Zayd, el gobernador almohade de Valencia, no dispone de las fuerzas necesarias para enfrentarse con nosotros. Sabe desde hace semanas que vuestra majestad había decidido tomar Peñíscola. Si no se ha presentado aquí, al frente de un ejército para defenderla, es que carece de tropas.

»Pero nosotros tampoco tenemos la fuerza suficiente como para doblegar la resistencia de Peñíscola; de modo que lo más oportuno es ofrecerle una tregua a cambio de que pague una buena cantidad de oro y plata.

—¿Y levantar el asedio? —pregunta Jaime.

—Fijaos, mi señor —Blasco señala la roca de Peñíscola, las fortificaciones y el mar que las rodea—, con este menguado ejército y sin máquinas de asedio, nunca podremos tomar esa plaza fuerte. Necesitaríamos una armada para atacar desde el mar e impedir que reciban suministros, tal vez veinte o treinta galeras, de las que no disponemos. Sin tropas, sin máquinas de asedio y sin galeras, me temo que no podremos tomar Peñíscola.

Sin decirlo expresamente, Blasco de Alagón deja claro que aquella campaña militar es precipitada, improvisada y poco preparada; una lección más que el joven rey tiene que aprender.

Jaime lo comprende. Si en el futuro quiere culminar con éxito empresas de conquista, deberá planificarlas mejor y tener en cuenta muchas más circunstancias.

Sitio de Peñíscola, principios de octubre de 1225

Hace ya casi dos meses de la llegada del ejército del rey de Aragón a Peñíscola y no se produce ningún avance. Los sitiados defienden cómodamente su posición, están abastecidos con víveres y armas suficientes para soportar meses de asedio y se muestran confiados al comprobar, día tras día, que los sitiadores carecen de máquinas de asalto y de galeras.

Los sitiadores comienzan a desconfiar. La mayoría está convencida de que nunca podrán tomar esa ciudad. Pero el rey persiste en su empeño; para que quede claro ordena que comience la construcción de una iglesia dedicada a Santa María en el terreno donde está asentado el campamento cristiano y firma un acta de concesión de esa iglesia a nombre del obispo Poncio de Tortosa, a cuya diócesis adjudica además la comarca de Peñíscola; y para que nadie dude de sus intenciones, comienza a repartir y adjudicar esas tierras a los que le ayudan en la conquista, entre otros al monasterio de Poblet, cuyo abad le envía dinero y un pequeño grupo de soldados.

Así están las cosas cuando en el campamento cristiano se presenta un emisario del gobernador de Valencia. Es un antiguo esclavo que disfruta de toda su confianza.

Jaime lo recibe en su pabellón, rodeado de los obispos y los nobles.

—Señor don Jaime, mi amo el gobernador Zayd abu Zayd os ofrece «regalos» si aceptáis la tregua que os propone y si retiráis vuestro ejército de Peñíscola. —El esclavo es un hombre negro que habla la lengua de los cristianos porque lleva cautivo cinco años. Abu Zayd lo compra y paga su liberación.

—¿A cuánto ascienden esos «regalos»?

—Mi amo os «regalará» la quinta parte de sus rentas en Murcia y en Valencia. Solo os pide que firméis las paces en un documento escrito.

Todos los presentes en el pabellón miran al rey y esperan su respuesta.

Jaime duda.

Si se marcha, habrá quienes consideren que la campaña contra Peñíscola es un fracaso.

Si se marcha, su voluntad quedará en entredicho.

Si levanta el asedio, muchos pensarán que es débil, o incluso que es un cobarde.

Jaime duda.

Los obispos y los nobles aguardan la decisión del rey. Un joven de diecisiete años tiene en sus manos el destino de todos ellos.

Lérida, 3 de abril de 1226

La reina Leonor forma una pequeña corte con cuatro damas venidas desde Castilla. Entre ellas hay una joven en la que se fija Jaime.

Aquella tarde de primavera, un repentino e invisible fuego se enciende en el joven rey. Elo Álvarez entra en la sala donde Jaime estudia sus lecciones de latín y leyes con su preceptor.

—¡Oh!, perdonad, majestad, no sabía... —se excusa la joven dama, que hace ademán de retirarse.

Jaime la contempla y se queda ensimismado; y sin saber por qué, siente que su miembro crece en su entrepierna hasta endurecerse como el asta de una lanza.

—No, no os vayáis —le dice Jaime a la joven.

—Majestad, vuestras lecciones...

—La clase de hoy ha terminado —le responde el rey a su preceptor.

—Todavía no es la hora —le replica el maestro señalando el reloj de arena sobre la mesa que marca el tiempo de estudio.

—Por hoy sí. Marchaos.

—Pero, señor...

—Salid ya —reitera Jaime con autoridad incuestionable.

El preceptor recoge sus libros, hace una reverencia y se marcha.

La joven dama permanece en pie, junto a la puerta.

Jaime se acerca y le coge la mano.

—¿Cómo os llamáis?

—Elo Álvarez.

—Elo...

—Soy hija de don Galindo Alvar, un noble leonés, y sirvo como dama de la reina desde hace una semana. Perdonad, pero no sabía que estabais aquí.

—Sois muy bella.

—Gracias, majestad.

—¿Cuántos años tenéis?

—Esta primavera cumpliré diecisiete.

—Yo he cumplido dieciocho.

Elo lleva un vestido muy ajustado, con un escote que deja al descubierto una mínima parte del pecho, que se adivina terso y rotundo.

Jaime acerca su mano y le acaricia el cuello. Es una cabeza más alto que ella.

Los dos jóvenes se acercan despacio y se besan.

—Señor... —susurra Elo al sentir las manos del rey desplazándose por sus caderas.

La muchacha se sube la falda y deja sus piernas al descubierto; usa unas medias de seda carmesí que lleva anudadas con un cordón por encima de las rodillas. Toma una mano del rey y la lleva a su entrepierna. Los dedos de Jaime acarician los muslos de Elo y luego su sexo, húmedo y caliente.

Jaime se baja las calzas jadeando y muestra su pene enhiesto, la piel blanquecina, el glande morado como los pétalos de una violeta.

Sabe qué hacer. La coge por las nalgas, la alza en vilo y la penetra de pie, empujando con fuerza, con Elo cabalgándolo cual amazona a su montura.

A los pocos minutos lo repiten, ahora tumbados en el suelo frente al fuego de la chimenea.

Nadie los molesta en todo ese tiempo.

El reloj sigue encima de la mesa, pero toda la arena ya está caída en la ampolla inferior.

Los nobles que se oponen a Jaime se burlan por su fracaso en Peñíscola. Varios de ellos consideran entonces que el rey, frustrado y con ganas de venganza, puede volverse contra ellos y deciden amotinarse y unirse en una asociación de juramentados contra él. En Aragón se desata de nuevo una guerra de banderías.

Pero no es este el único problema; la reina Leonor se siente ignorada y marginada por su joven esposo, que no desaprovecha la oportunidad para acostarse con jóvenes doncellas y no tan jóvenes damas.

Su porte, su elegancia y su hermosura seducen a cuantas mujeres lo contemplan, que suspiran por compartir cama y amores con él.

Y el rey Jaime ama a las mujeres; a todas las mujeres.

No se comporta como su antepasado el rey Alfonso, al que algunos ya comienzan a apelar como el Batallador, de quien se dice que siempre rechaza la presencia de mujeres porque un guerrero debe dedicarse enteramente a la guerra. No; el rey Jaime prefiere tener la presencia de mujeres a su lado. Las necesita. Tal vez le recuerden a su madre, que lo cuida siendo él muy niño y de cuyos brazos lo arrancan para entregarlo a la custodia de Simón de Monfort. Jaime necesita la compañía de una mujer, siempre una mujer.

Su esposa Leonor es hermosa y durante algún tiempo lo satisface como varón, pero el rey de Aragón no es hombre de una sola mujer. A sus dieciocho años es un amante formidable, capaz de satisfacer a una dama varias veces en una sola noche.

—Majestad, la reina pide la anulación de vuestro matrimonio —le anuncia Beltrán de Villanueva, uno de sus notarios de confianza—. ¿Qué debo responderle?

—No contestéis de momento —le dice Jaime sin inmutarse por el anuncio que hace semanas espera.

—Señor, la carta de la reina viene confirmada por un procurador del papa. Doña Leonor alega que vuestro matrimonio es nulo por los lazos familiares que os unen, como descendientes ambos del rey don Alfonso de León y, por tanto, como parientes que sois.

—Ese parentesco ya se conocía antes de casarnos —alega Jaime.

—Pero nadie lo denunció, majestad. Ahora lo ha hecho doña Leonor y como la Iglesia no concedió dispensa para ese matrimonio, lo más probable es que el papa acepte la demanda.

—Y si eso ocurre, ¿nuestro hijo el infante don Alfonso será un bastardo?

—No, no, mi señor. Cuando vuestro hijo fue concebido y nació, no se había anulado vuestro matrimonio con doña Leonor, de manera que don Alfonso seguirá siendo vuestro legítimo heredero y sucesor —le explica el notario.

—¿Estáis seguro? —le pregunta el rey.

—Completamente seguro. Vuestro caso es similar al que incumbió al rey Alfonso de León, el hijo de vuestro bisabuelo, y a su esposa la reina Berenguela de Castilla. De esa unión matrimonial, luego anulada por el papa, nació el actual rey don Fernando de Castilla, también primo segundo de vuestra majestad.

Jaime está en Lérida, en el palacio de la zuda. Acaba de dictarle al notario su voluntad de ser enterrado en el real monasterio de Sigena, donde descansan los restos mortales de su padre el rey Pedro y de su abuela la reina Sancha.

Con el recuerdo de la tumba de su padre, le viene a la memoria lo que le cuenta su preceptor, el templario Guillén de Monredón, a quien tanto echa de menos, sobre la muerte del rey Pedro por defender a sus vasallos cátaros. Ahora, la situación se repite.

El rey Luis de Francia vuelve a combatir en la cruzada contra los cátaros alentado por la Iglesia, que ve con suma preocupación la pervivencia de la herejía. Jaime, educado en la regla de la Orden del Temple, no siente la misma consideración hacia los cátaros que su padre y proclama una orden por la cual prohíbe que sus súbditos acojan a esos rebeldes, a los que denomina herejes y enemigos de la Iglesia. Ni siquiera se conmueve cuando en un concilio celebrado en la ciudad de Bourges se aprueba la excomunión de sus vasallos los condes de Tolosa y de Foix y del vizconde de Béziers.

Con su actitud, bien distinta a la de su padre, Jaime consigue que el papa Honorio prohíba al rey de Francia la invasión de las tierras del rey de Aragón, lo que ratifica su sucesor el papa Gregorio. Pese a todo, la guerra vuelve a estallar en el Languedoc.

Burbáguena, cerca de Daroca, junio de 1226

Con el orgullo herido, Jaime avanza por el valle del Jiloca. El fracaso en Peñíscola lo empuja a firmar treguas con Abu Zayd, el gobernador musulmán de Valencia, a cambio del quinto de las rentas de Valencia y de Murcia, y además suma a ello una pecha de dos mil monedas de oro y diez mil de plata. No es mal negocio, pero el pacto le obliga a retirarse y a dejar a los musulmanes valencianos en paz durante cinco años.

Es la segunda ocasión que fracasa en un asedio. Le ocurre ante Albarracín y le vuelve a pasar ante Peñíscola. Hace ya varios meses de su segundo fracaso, pero no lo olvida, y no falta algún noble que se lo recuerda para humillarlo.

Algunos de los caballeros cristianos no aprueban la decisión del rey. Consideran que cinco años es demasiado tiempo y pretenden seguir saqueando tierras del islam a pesar del tratado de paz. Su codicia no conoce límite alguno.

Es el caso de Pedro de Ahonés, que, perdonado por el rey por su conato de traición en Zaragoza, sigue conspirando en secreto.

Cerca de Calamocha, la hueste del rey regresa hacia el norte, aguas del Jiloca abajo, tras firmar las paces con Abu Zayd en Teruel. En el camino se encuentra con la mesnada de Pedro de Ahonés, a quien acompaña su hermano el obispo de Zaragoza. Los dos hermanos deciden ir en algarada a Valencia, rompiendo las treguas acordadas.

Al verlos venir con sus sesenta caballeros en dirección al sur, Jaime se encara con ellos.

—¿Dónde vais, señores? —les pregunta el rey.

—A tierras de moros —responde Pedro.

—Hemos de discutir ese asunto.

—Os ruego, señor, que no nos retraséis.

—Lo que pretendemos deciros, don Pedro, debe ser escuchado por los ricoshombres de Aragón. Acompañadnos hasta esa aldea y hablemos allí. —Jaime señala el caserío de una villa que se extiende a orillas del río Jiloca.

Ahonés recela, pero no tiene más remedio que aceptar.

Jaime de Aragón y Pedro de Ahonés se dirigen a una casa que el Temple posee en Burbáguena, justo a la entrada del camino que llega desde Daroca. Junto al rey están sus principales consejeros, Blasco de Alagón, Ato de Foces y cuatro más. A Pedro de Ahonés lo acompañan su hermano el obispo de Zaragoza y otros cuatro caballeros de su mesnada.

—Y bien, señor, os ruego seáis breve. Tenemos intención de partir hacia tierra de moros cuanto antes.

Pedro de Ahonés viste su perpunte, la túnica acolchada que se coloca bajo la cota de malla, lleva la cabeza protegida por el almófar de malla de hierro y la espada en el tahalí al cinto. Desde luego, está listo para la batalla.

—Sentaos —Jaime le indica que lo haga en un escabel frente al suyo.

—Os estuvimos esperando tres semanas en Teruel, donde estabais convocado para ser testigo de las treguas con Abu Zayd, y no aparecisteis. En cambio, ahora os encontramos aquí, camino del sur, hacia las tierras de los moros, equipado para una rafia. Decidnos la razón.

—Señor, anduve todo este tiempo preparando esta hueste de sesenta caballeros. No pude hacerlo en el momento fijado por vuestra majestad, por eso decidí acudir a Peñíscola sin pasar por Teruel, para ganar tiempo.

—Llegasteis tarde.

—Pero allí estuve, en Peñíscola.

—En ese caso, ya sabéis que hemos firmado unas treguas con el gobernador Abu Zayd y que ese pacto compete a todos los ricoshombres de Aragón, lo que os incluye a vos y a vuestro hermano el obispo.

—¿Qué queréis decir?

—Que hemos dado nuestra palabra y firmado cartas, de manera que no podéis entrar en territorio sarraceno ni hacer allí ningún daño. Por tanto, os ordenamos que respetéis estas paces y deis media vuelta con vuestros hombres.

La figura de Jaime, a sus dieciocho años, es formidable. Más alto que todos los caballeros que están en la sala de la casa del Temple, su rostro juvenil y su templanza demuestran una serenidad impropia de un joven de su edad.

—Mi señor, nada me agradaría más que acatar vuestra orden, pero debéis saber que a mi hermano y a mí nos ha costado mucho dinero formar esta hueste de sesenta caballeros y que hemos empleado un enorme esfuerzo en ello. Ordenadme cualquier otra cosa y la cumpliré sin rechistar, pero no me pidáis que renuncie a ir en busca de botín a tierra de moros porque no pienso hacerlo.

—Don Pedro, os equivocáis al hablar así. Si hubierais llegado a tiempo a Teruel y no nos hubierais retrasado tres semanas, hubiéramos acudido al sitio de Peñíscola antes de que se hubieran fortificado y provisto de suministros. Vuestro retraso provocó el fracaso del asedio.

—Señor, no me pidáis lo que no puedo cumplir.

—Os ordenamos que abandonéis esta aventura y regreséis a vuestros dominios en Aragón.

—No puedo obedeceros.

—Ya os perdonamos en una ocasión, cuando creímos que nos habíais traicionado en Zaragoza; allí nos suplicasteis que confiáramos en vuestra inocencia y en vuestra fidelidad y así os lo concedimos. No nos desobedezcáis ahora, no atentéis contra nuestro señorío y no rompáis las treguas. No lo consentiremos.

—Señor, permitidnos a mí y a mi hermano que entremos en tierra de moros. Sé que con ello os prestaremos un excelente servicio...

—No. No vamos a incumplir ni nuestra palabra ni lo que hemos firmado. No vamos a romper esas treguas.

—Mi hermano y yo, con nuestros hombres, vamos a ir a tierra de moros —asienta Pedro de Ahonés desafiante.

—Estáis desobedeciendo una orden de vuestro rey y señor, de modo que daos por preso y entregad vuestra espada —dice Jaime.

Discurren unos instantes llenos de tensión y silencio.

Pedro de Ahonés se levanta del escabel con rictus serio y mirada desafiante. Los caballeros que acompañan a Jaime se colocan a un lado de la habitación a la vez que se enrollan sus mantos y perpuntes en los brazos a modo de protección y empuñan las dagas.

Ahonés echa mano a la empuñadura de su espada, pero Jaime actúa deprisa y se la sujeta con fuerza, impidiendo que desenvaine.

Los dos forcejean. Los caballeros del rey increpan a los de Ahonés mientras estos piden ayuda.

Fuera de la casa del Temple aguardan treinta hombres de la mesnada de los Ahonés que al escuchar el tumulto y los gritos de socorro entran a la carrera.

Jaime y Pedro siguen forcejando; Ahonés es alto y valiente, pero el rey es más fuerte y corpulento, tanto como para impedir que Pedro pueda desenvainar su espada. La presa sobre la muñeca sorprende al noble, que siente la fortaleza física del joven monarca.

—¡Ayudadme, caballeros, ayudadme! —grita Pedro de Ahonés.

Varios hombres desenvainan sus espadas y mantienen a raya en una esquina de la sala a los cinco caballeros del rey, que no pueden enfrentarse con sus dagas a dos docenas de caballeros armados con espadas y equipados con cotas de malla y almófares.

Tres de ellos sujetan al rey y liberan a Pedro de Ahonés de la presa en la muñeca.

—Vámonos de aquí —ordena Ahonés a sus hombres, que se retiran de la sala guardándose las espaldas.

—¿Estáis bien, señor? —Blasco de Alagón acude ante su rey.

—Nos habéis dejado solo —les reprocha Jaime a sus cinco caballeros, que bajan la vista avergonzados—. Pero olvidemos eso por ahora y vayamos tras ese felón.

Cuando Jaime sale de la casa del Temple, solo puede ver la columna de polvo que deja tras de sí la mesnada de los Ahonés al alejarse.

—¡Rápido, un caballo y nuestras armas! ¡Deprisa! —ordena Jaime a su escudero.

Sin esperar a que el rey vista su perpunte, su cota de malla y se cubra con el almófar, Ato de Foces monta su caballo y arranca a todo galope en persecución de Pedro de Ahonés junto a tres caballeros. Al verlo, Blasco de Alagón y su hermano Artal brincan sobre sus caballos y los siguen junto a los suyos.

Sin duda quieren resarcirse de no haber estado al lado de su rey en la casa del Temple y pretenden demostrarle su fidelidad más absoluta.

El caballo de Ato de Foces es rápido como una centella y tras un intenso galope alcanza al grupo de Ahonés al doblar unas tapias de una viñas en el camino de Burbáguena a Cutanda.

Al verlo llegar, los caballeros de Ahonés se dan la vuelta y lo encaran. Los tres que acompañan a Ato de Foces detienen sus monturas, amedrentados por el superior número de los de Ahonés, y lo dejan solo.

Dos jinetes, uno por cada flanco, cargan contra Ato de Foces, abandonado por sus tres compañeros. Los dos esgrimen sus lanzas en alto y lo acometen a la vez. Uno lo golpea con la punta de la lanza en el lado izquierdo de la cara, por debajo de la boca, provocándole un buen tajo, en tanto el otro lo acomete por el costado izquierdo.

Ato de Foces, para evitar que la lanza lo alcance de lleno, se tumba hacia el lado derecho de su caballo y se protege el flanco con el escudo, consiguiendo que la punta del asta lo golpee en las costillas de refilón pero sin causarle la muerte.

Antes de que los dos atacantes puedan acometer una segunda embestida, llegan por el camino a todo galope Blasco y Artal de Alagón, que arrean a sus monturas en persecución de los de Ahonés, quienes al verlos acercarse con tanta determinación huyen despavoridos.

Un poco más tarde aparece el rey Jaime, con los caballeros Domingo López de Pomar y Asalido de Gudal, que además es docto en leyes.

Al llegar a la altura de Ato de Foces, que está sentado a la vera del camino con sangre en el rostro y en las manos, Jaime de Aragón se detiene.

—¿Qué ha pasado? ¿Cómo os encontráis? —le pregunta.

—Herido, mi señor, pero sobreviviré. Esos villanos me han golpeado fuerte, pero no han acabado conmigo. Don Blasco y don Artal los persiguen.

—Aguantad aquí; enseguida llegarán a socorreros —dice Jaime, que sale al galope hacia delante.

Al superar la cresta de una loma, Jaime contempla cómo a media milla de distancia a la izquierda del grupo de Ahonés, formado por unos veinte caballeros, asciende la cuesta de un cerro rodeando a su señor.

—Van a buscar refugio en el castillo de Cutanda —comenta Jaime.

—¿Cutanda, donde vuestro antecesor el rey don Alfonso libró la gran batalla contra los sarracenos? —pregunta Asalido de Gudal.

—Sí. Ese castillo es feudo del obispo de Zaragoza; los Ahonés tienen ahí un refugio donde guarecerse.

—Entonces, majestad, debemos alcanzarlos antes de que entren en la fortaleza.

—Mirad, en ello están don Blasco y don Artal —comenta Jaime, que ve a sus dos fieles persiguiendo con varios de sus hombres a los de Ahonés, apenas a un tiro de ballesta de distancia.

Los de Ahonés alcanzan la cima del cerro y descabalgan. Se disponen a hacer frente desde esa posición dominante a los de Blasco y Artal de Alagón, que les pisan los talones. Desde lo alto del cerro comienzan a lanzar piedras a los caballeros del rey, que a duras penas avanzan ladera arriba protegiéndose con los escudos.

Jaime mira a lo alto del cerro y ve cómo un caballero le ofrece su montura a Pedro de Ahonés. Se trata de un caballo de refresco con el que pretende llegar hasta Cutanda.

—Venid conmigo, atajaremos por aquel camino y le cortaremos el paso —ordena Jaime a Asalido de Gudal y a media docena de caballeros que se le unen.

Clavan las espuelas en los ijares de sus caballos y arrancan al galope por el atajo hacia lo alto del cerro, en cuya ladera están detenidos Blasco y Artal de Luna con los suyos, frenados ante la avalancha de piedras que les está cayendo encima.

El caballo del rey es el más rápido y enseguida se destaca de los demás.

—¡Aragón, Aragón! —grita Jaime alzando su espada al aire y cargando contra Pedro de Ahonés ya sobre la cima.

La súbita aparición del rey atemoriza a la docena de caballeros que todavía se mantiene al lado de Pedro. Todos ellos, menos uno, montan en sus caballos y huyen de la cima del monte, abandonando a Ahonés y a su compañero.

Pedro de Ahonés, viéndose solo con un caballero, también trata de huir. El rey lo persigue y recorta la distancia a apenas una docena de pasos. Se prepara para el envite cuando ve aparecer por un costado al veterano caballero Sancho Martínez de Luna, al que reconoce por sus armas.

Con la lanza bajo el brazo, el de Luna embiste a Ahonés como un ciclón y le clava un palmo de la punta de hierro en la escotadura del costado derecho del perpunte, justo en la zona donde la axila carece de la protección de la cota de malla. Sintiéndose herido de muerte, Ahonés suelta su lanza, se abraza al cuello de su montura y se deja caer despacio, resbalando hasta el suelo por el lado izquierdo del caballo.

Al ver lo sucedido, el único caballero que lo acompaña huye al galope. El de Luna muestra intención de perseguirlo, pero el rey grita imperativo:

—¡Dejadlo marchar!

De inmediato, descabalga, le entrega las riendas a un escudero y acude a socorrer a Pedro de Ahonés, que está tumbado sobre el suelo, agonizando.

Lo coge entre sus brazos, le apoya la cabeza en sus piernas y le dice:

—¡Ay, don Pedro, don Pedro, en qué mala hora nacisteis! ¿Por qué nos habéis desobedecido? ¿Por qué habéis sido tan terco?

—Yo, yo...

Pedro de Ahonés balbucea; no puede articular palabra. Tiene los ojos enrojecidos, la color demudada y sufre espasmos.

En ese momento llega a lo alto del cerro Blasco de Alagón.

—Majestad, dejadme que acabe con esa fiera. Ese felón no merece descansar en vuestros brazos.

Blasco descabalga y se acerca con la espada desenvainada, con el rostro lleno de ira y ademán de liquidar a Ahonés.

—Envainad esa espada, don Blasco —le ordena el rey.

—Debemos vengar la traición de esta sabandija.

—Guardaos de hacerle más daño a don Pedro. Si le tocáis un solo pelo, es como si lo hicierais con nos.

—Debería cortarle el cuello aquí mismo y dejar que su cuerpo se lo coman los buitres.

—Hemos dicho que envainéis la espada. No consentiremos que nadie toque a don Pedro. Y si alguien lo intenta, tendrá que vérselas antes con nos.

Las palabras y la actitud de Jaime intimidan a sus caballeros, que se congregan alrededor.

—Sí, mi señor. —Blasco de Alagón acata sumiso la orden.

—Colocad a don Pedro sobre un caballo y que un escudero aguante su peso para que no caiga.

—¿Y qué hacemos con él, señor?

—Lo llevaremos a Daroca; si nos apresuramos, llegaremos antes del anochecer. Ahí están los mejores médicos y cirujanos de esta región; tal vez puedan salvarle la vida.

Pedro de Ahonés está herido de muerte. Tiene perforado el pulmón por la lanzada del de Luna y la vida se le va a chorros. Fallece antes siquiera de llegar a Burbáguena.

En la casa del Temple colocan su cadáver en un ataúd de madera y siguen camino hacia Daroca, donde ya conocen la noticia de la muerte de Pedro de Ahonés. Jaime decide enterrarlo en la iglesia de Santa María, la más notable de la villa.

El rey y sus principales caballeros entran por la puerta Fondonera y enfilan la calle Mayor arriba camino de Santa María entre decenas de darocenses que asisten en tenso silencio al desfile de la comitiva fúnebre.

Una vez dentro del templo, Jaime escucha unas voces lejanas en el exterior de Santa María.

—¿Qué es eso? —pregunta el rey.

—Lo ignoro, majestad. Iré a ver —se ofrece Blasco de Alagón, que regresa momentos después soliviantado.

—¿Y bien?

—Se ha producido un tumulto. Cuando hemos entrado en la iglesia, varios darocenses han increpado a algunos de nuestros hombres que estaban fuera y les han arrojado piedras; a uno de los escuderos, que les ha plantado cara, le han roto la mandíbula de una pedrada.

»Los ánimos están demasiado caldeados, señor. Convendría irnos de aquí cuanto antes. Esta villa no es segura para vuestra majestad.

—Daroca es una villa que nos pertenece; por privilegio del fuero no tiene otro señor que a nos.

—Así es, majestad, pero os aseguro que los darocenses andan muy alterados y tal vez no reparen en ello. Es mejor marcharse enseguida; al menos hasta que se calmen estos bravucones darocenses.

—Don Pedro de Ahonés tenía muchos amigos y partidarios; nos tememos que varios de ellos se levantarán en armas y querrán vengarse. Se atisban malos tiempos, don Blasco, muy malos tiempos.

Zaragoza, verano de 1226

Los partidarios de Pedro de Ahonés se revuelven y agitan en cuanto corre la noticia de su muerte. Algunos juglares cantan ese episodio como una gesta caballeresca e introducen en sus poemas episodios propios de los caballeros protagonistas de los mejores romances y las más extraordinarias hazañas.

Buena parte de la nobleza también está soliviantada, pero el rey no se muestra demasiado preocupado. Tras pasar varias semanas en Barcelona junto a su hijo Alfonso, se dirige a Daroca, donde se reúne con Blasco de Alagón y sus principales consejeros, entre ellos, Ato de Foces, mayordomo real, y Asalido de Gudal.

Pero el malestar de la nobleza crece aún más cuando se conoce la concesión que en Daroca le otorga el rey a Blasco de Alagón. En el castillo mayor de Daroca, Jaime concede a su gran valedor la propiedad de todos los castillos, villas y tierras que pueda ganar de ahora en adelante en tierra de moros.

Entre tanto, en Zaragoza, Sancho de Ahonés, obispo de esa diócesis, es el principal instigador de la revuelta nobiliaria que se extiende sobre todo por el norte del reino. El prelado clama venganza por la muerte de su hermano, de la que considera a Jaime único culpable.

—Es una humillación a mi familia y a todos los nobles aragoneses. El rey nos prohibió a mi hermano y a mí que entráramos en tierra de moros para recuperar el dinero que habíamos gastado en acudir a su llamada en el sitio de Peñíscola. Alegó que había pactado una tregua con el gobernador de Valencia y que no podía incumplir su palabra. Y ahora va y concede a don Blasco de Alagón todo cuanto pueda ganar en tierras de moros.

—No es digno de un rey lo que don Jaime ha hecho. Contad con nuestra ayuda y nuestra hueste —comenta Pedro de Montearagón, que sigue, pese a todo, ambicionando con sentarse alguna vez en el trono de Aragón.

—¿De cuántos caballeros disponéis? —le pregunta el obispo.

—Si sumo a los míos los de don Pedro y don Jimeno Cornel, que están con nosotros, podemos llegar a setenta, tal vez ochenta. Y podríamos conseguir la adhesión de algunos nobles más.

—¿Y los nobles catalanes?

—Me temo que no podemos contar con ellos. Don Jaime ha

firmado con Guillén de Moncada una tregua por diez años y sus enemigos, los Cardona y los Cabrera, no quieren enfrentarse, al menos por el momento, con el rey. Tendremos que luchar solos —dice Fernando.

—Nos haremos fuertes en Loarre y Bolea; son los feudos de mi familia —asienta el obispo García.

—Muchas ciudades y villas estarán con nosotros; no quieren pagar más rentas a la Corona ni perder sus privilegios. Solo el concejo de Calatayud ha manifestado su apoyo al rey, y tal vez lo haga el de Daroca, aunque allí fue mal recibido hace poco. Si jugamos bien nuestras bazas, podemos ganar esta partida.

—Y vos seríais entonces rey de Aragón.

—Tengo derecho a ese trono. Soy hijo legítimo del rey Alfonso y de la reina Sancha. Mi sobrino don Jaime es un bastardo y está usurpando el trono.

—El papa dejó claro que no lo es —lo corrige Sancho de Ahonés, obispo de Zaragoza.

—El nuevo papa puede aprobar lo contrario, pues es manifiesto que don Jaime nació de un matrimonio no deseado.

—Dejemos este asunto por ahora y centrémonos en lo inmediato. Supongo que don Jaime acudirá contra nosotros enseguida. ¿Con qué apoyos puede contar?

—En cuanto a los concejos y universidades, solo con las milicias concejiles de Calatayud, y tal vez con las de Daroca. En cuanto a los nobles, siguen a su lado Blasco y Artal de Alagón, Ato de Foces, Pedro Sesé, Asalido de Gudal, Lope Jiménez de Luesia, tres o cuatro catalanes y media docena más de aragoneses. Unos cien caballeros en total.

—Pediremos ayuda a don Pedro de Azagra; si el señor de Albarracín se une a nosotros, tal vez los Moncada decidan romper la tregua y se sumen también.

—Señor obispo, nos jugamos mucho en este envite. Si fracasamos...

—Dios nos perdonará; luchamos por una causa justa.

Bolea, octubre de 1226

Los nobles rebeldes se hacen fuertes en la villa de Bolea. Allí están los Cornel, el obispo García de Ahonés y Fernando de Montearagón con ochenta caballeros.

Jaime acude desde Daroca y Calatayud a sofocar la revuelta y se planta ante la villa de Bolea.

—No aceptan la rendición, majestad.

Es Ato de Foces, ya recuperado de sus heridas en Burbáguena, quien comunica al rey la decisión de los rebeldes.

—Preparaos para el ataque —ordena Jaime a sus hombres.

Las tropas del rey, arengadas por sus comandantes, toman Bolea al asalto. Otros castillos del señorío de Ahonés capitulan de inmediato aquella misma semana.

Entre tanto, en la ciudad de Jaca se convoca una asamblea de ciudades y villas aragonesas contrarias al rey; se trata de forjar una hermandad de todas las universidades del reino contra Jaime, pero solo lo hacen las ciudades de Jaca, Zaragoza y Huesca.

La revuelta se debilita. La determinación del rey sorprende a sus enemigos, entre los cuales comienzan a surgir deserciones.

Pese a todo, el obispo García de Ahonés continúa su lucha y reúne nuevas tropas. No olvida la muerte de su hermano Pedro y sigue empeñado en vengarlo. En el Castellar, a doce millas aguas arriba de Zaragoza, a orillas del Ebro, el obispo planta batalla al rey.

En el lado rebelde forman trescientos caballeros partidarios de los Ahonés y miembros de las milicias concejiles de Zaragoza. Faltan los de Huesca y los de Jaca, que no se presentan a la batalla. Y tampoco está junto al obispo García el infante Fernando de Montearagón, que decide pedir perdón a su sobrino el rey y abandonar la rebelión.

En el lado real se alinean sus más fieles caballeros, encabezados por Blasco y Artal de Alagón.

En la primera embestida de la caballería, dirigida por Blasco de Alagón, los rebeldes son arrollados y desbordados por los flancos. Sin moral, sin una jefatura consistente, cada vez con menos apoyos, el obispo Ahonés se rinde. La victoria de Jaime es total.

Alcalá del Obispo, 1 abril de 1227

Tras la toma de Bolea y Loarre y la contundente victoria en el Castellar, Jaime se dirige a la comarca de Pertús, donde durante la primavera va rindiendo los castillos que todavía quedan en poder de los rebeldes con máquinas de asedio que lleva de un lugar a otro.

La rebelión fracasa.

El rey demuestra valor y sagacidad y además, a sus diecinueve años cumplidos, su figura impresiona. Cualquiera empequeñece en su presencia.

Cuenta además con el reconocimiento del papa, el soporte económico de los judíos, que le garantizan préstamos para formar una hueste poderosa, y con la ayuda de algunas ciudades de Cataluña, a las que se gana a cambio de concederles notables privilegios según los intereses de cada una. A Barcelona le otorga la primacía del comercio marítimo en el Mediterráneo y prohíbe que naves de otras ciudades puedan transportar mercancías mientras queden libres barcos de mercaderes barceloneses.

Jaime se siente fuerte y triunfante. Sobre el campo de batalla proclama su derecho a gobernar Aragón y Cataluña, afirma que él es el rey legítimo y anuncia que los rebeldes serán castigados.

En la aldea de Alcalá del Obispo, a dos horas de Huesca, Jaime recibe al arzobispo Aspargo de Tarragona. El prelado acude ante el rey para actuar como mediador; pretende evitar que caiga sobre los vencidos un terrible castigo.

En la pequeña iglesia de San Miguel, Aspargo habla con el rey.

—Os ruego, majestad, que seáis clemente y compasivo. El hambre se extiende debido a las malas cosechas del pasado verano; un castigo demasiado duro a los rebeldes empeoraría la situación.

—Han cuestionado nuestra autoridad y se han rebelado contra nos. Merecen la horca. Ese es el castigo justo.

—Y estáis en vuestro derecho de hacerlo, don Jaime, pero si os mostraseis caritativo con ellos, si los perdonaseis... Yo os sostuve en mis brazos cuando solo erais un niño pequeño; fui testigo aquel día en Lérida de cómo os juraban nobles y plebeyos como su rey y señor. En estos años habéis demostrado sentido de la autoridad, valentía y arrojo. Si ahora os mostráis caritativo y clemente, todos vuestros súbditos aclamarán vuestro nombre.

Jaime se levanta del escabel donde se sienta y da unos pasos. Contempla las pinturas al fresco que decoran los muros del templo y reflexiona sobre las palabras del prelado tarraconense.

—Los perdonaremos —asiente sin dejar de mirar las pinturas.

—Una decisión digna de un gran rey —comenta el arzobispo.

No es una cuestión de caridad. Si perdona a los nobles y a las ciudades rebeldes, es porque los va a necesitar a todos para ejecutar el plan que desde hace dos años está tramando en su cabeza.

—Hoy mismo promulgaremos el decreto de perdón general, pero los nobles y las ciudades acatarán someterse y aceptar nuestra autoridad sin contraprestación alguna.

Y lo hacen. Uno a uno, Fernando de Montearagón, Sancho de Ahonés, los Moncada, los Cervera, los Perelló, los Cardona, piden perdón y se someten. Los nuncios de los concejos de Jaca, Zaragoza y Huesca acatan la autoridad real y disuelven la hermandad y el rey les confirma los fueros en esa concordia de Alcalá.

En la ermita de Santa María de Salas, cerca de Huesca, es recibido con una fiesta y un copioso banquete que organizan veinte hombres buenos designados por los conjurados. El rey se confía. Cree que los oscenses ya están de su lado. Se equivoca.

Delante de la catedral, Jaime pronuncia, un frío día de enero, un discurso en el que dice que él es el decimocuarto rey de Aragón en una sucesión interrumpida desde Sancho Abarca, al que considera el primer monarca de su linaje; acaba proclamando que su poder procede directamente de Dios y, por tanto, señalando a los que luchan contra él, a los que tilda de traidores al reino y pecadores ante los ojos del Todopoderoso.

Pero los de Huesca, a pesar del cálido recibimiento, no parecen convencidos de las bondades que les anuncia el rey y preparan un plan para capturarlo. Enterado de ello por unos espías, Jaime huye esa misma noche de la ciudad en medio de una intensa llovizna. Promete vengarse.

Corren tiempos propicios para el perdón y la paz entre los cristianos. El nuevo papa Gregorio llama a la cruzada, el conde Ramón de Tolosa acude a París para hacer penitencia en la catedral de Nuestra Señora, se reconcilia con la Iglesia y el papa le levanta la excomunión. Promete ir a la cruzada y el propio rey Luis de Francia lo nombra caballero a cambio de que reconozca su autoridad. Federico de Hohenstaufen, rey de Sicilia y proclamado emperador de Alemania, manifiesta que encabezará la cruzada con el objetivo de reconquistar Jerusalén.

Solo Pedro Fernández de Azagra aparece como díscolo, o al menos indeciso, en este nuevo tiempo de concordia. Desconfiado, se retira a sus dominios en la serranía de Albarracín sin presentarse ante el rey. El señor de Santa María de Oriente ambiciona algo que también quiere el rey Jaime, y no puede ser de los dos ni compartirse. Pedro de Azagra anhela conquistar Valencia, como el Cid, y convertirse en su rey; y en esa ambición se interpone Jaime.

Daroca, 6 de febrero de 1228

En los meses anteriores, el reino de Aragón y las tierras de Cataluña se pacifican. Con la intermediación del arzobispo de Tarragona, del obispo de Lérida y del maestre provincial del Temple, los nobles aragoneses y catalanes firman la paz territorial. Los aragoneses lo hacen en sendas Cortes celebradas en verano en Almudévar y en otoño, en Tamarite.

Las noticias que llegan de Al-Andalus animan a Jaime en sus planes de conquista de Valencia. Naves de comerciantes catalanes con tropas embarcadas entre las que hay almogávares saquean sin apenas resistencia las costas de las islas del reino moro de Mallorca. Los musulmanes se desangran en guerras internas, descontentos con los almohades, a los que desde la derrota en la batalla de las Navas de Tolosa ya no consideran sus salvadores. Muchos de ellos ni siquiera reconocen como gobernante legítimo a Abu al-Ula, que aquel otoño se proclama califa almohade en la gran mezquita de Sevilla.

El propio gobernador de Valencia, el príncipe almohade Zayd abu Zayd, aunque reconoce a su pariente como califa, no tarda en enviar una carta al papa Gregorio en la que le manifiesta su intención de bautizarse y abrazar el cristianismo. Cree que esa es la mejor manera de conservar el gobierno de Valencia.

Jaime se siente seguro. Por primera vez en su reinado, quizá en toda su corta vida, nota que la autoridad radica en sus manos y que es, a sus veinte años, soberano incontestado de Aragón y de Cataluña.

Tras muchos problemas, revueltas y traiciones, demuestra que es digno de portar la corona, cuyos dominios hace ya casi dos siglos que crecen y crecen gracias al esfuerzo de una dinastía de reyes guerreros surgida en un pequeño rincón de los Pirineos.

Orgulloso de su linaje, Jaime de Aragón cumple con su primera misión como soberano: engendrar un heredero. Y aunque su esposa solicita la nulidad del matrimonio, si sus súbditos juran a su hijo Alfonso como heredero, ya nada ni nadie podrá cambiar ese designio.

El rey convoca Cortes en Daroca para el mes de febrero; lo hace con tanta urgencia que los nuncios deben acudir a su llamada a toda prisa.

Las Cortes se celebran en la iglesia de Santa María, cuya portada principal sigue en obras y está cubierta de andamios de madera.

Los nuncios de las universidades, de la Iglesia y de la nobleza ocupan sus puestos en la nave central del templo, iluminada por una linterna y decenas de cirios.

Estas de Daroca son Cortes privativas del reino de Aragón, de manera que no están presentes los catalanes, pero sí acuden los nuncios de la ciudad de Lérida, la mayoría de cuyo concejo prefiere pertenecer a Aragón que a Cataluña. El rey acepta a los delegados de Lérida en las Cortes aragonesas, aunque recibe numerosas presiones de los catalanes para que defina de una vez los límites entre ambos territorios e incluya a Lérida en Cataluña.

—¿Qué hacen aquí los leridanos? —pregunta un delegado de la villa de Daroca al representante de la ciudad de Jaca situado justo delante.

—Los de Lérida quieren ser aragoneses; en esa ciudad corre nuestra moneda jaquesa y en sus mercados y botigas usan nuestros pesos y medidas. Pero los catalanes alegan que Lérida debe ser suya —responde el zaragozano—. En estas Cortes, además de jurar al hijo del rey como heredero, se debería dirimir esta cuestión.

—¿Y qué opináis vos? —pregunta el darocense.

—Que Lérida es aragonesa, sin duda alguna. Los catalanes alegan en su favor que fue su conde don Ramón Berenguer quien la conquistó, pero cuando lo hizo, ese conde era el príncipe de Aragón, sometido a la autoridad del rey don Ramiro, en cuyo nombre gobernaba este reino. Cuando se conquistó Lérida, se trasladó allí la sede episcopal de Roda y Barbastro, que son de Aragón; por tanto, Lérida es aragonesa.

—Sabéis mucho de historia.

—Soy notario del concejo de Jaca y he visto, escrito y firmado muchos documentos.

—¿Y qué piensan los hombres de Lérida? —insiste el de Daroca.

—Quieren que su ciudad se incluya en el reino de Aragón. Ahí los tenéis —indica el notario jaqués señalando a los ilerdenses con un gesto de su cabeza.

El darocense mira a los dos nuncios ilerdenses, que están conversando animadamente con los delegados de Barbastro, en espera de que llegue el rey.

Las campanas de Santa María repican a mediodía desde lo alto de la torre de ladrillo anunciando la entrada de Jaime. Un organista toca un pequeño órgano colocado en el coro sobre la puerta principal inacabada; suena una solemne melodía mientras el rey camina con paso firme a lo largo de la nave central hacia el altar. Viste una túnica azul celeste, lleva puesta la corona sobre sus cabellos rubios y porta al cinto la espada que simboliza su autoridad. Ocho escuderos armados con venablos de punta de hierro y espadas largas al cinto escoltan al rey, al que acompañan el justicia Pedro Pérez y el caballero y jurista Asalido de Gudal. Tras Jaime, y entre otros ocho escuderos con chalecos con las barras rojas y amarillas de Aragón, camina el infante Alfonso, que acaba de cumplir seis años de edad, de la mano de su madre la reina Leonor.

Todos los presentes se ponen en pie y aguardan a que los reyes y el infante lleguen al altar y ocupen sus asientos.

Durante unos instantes sigue sonando el órgano, hasta que se dejan de oír sus notas y se hace el silencio. Tras sentarse el rey, todos se acomodan en los bancos asignados a cada grupo.

El notario real se coloca en el centro del altar y, tras saludar a los monarcas con una reverencia, lee el decreto real de convocatoria a Cortes del reino de Aragón. Acabada la lectura, comunica a los presentes que va a hablarles el rey.

Jaime no se levanta de su asiento. Observa a los delegados antes de hablar, pues sabe que así captará su atención desde el primer momento.

—Muy alta señora doña Leonor, dilecto infante don Alfonso, señores delegados a estas Cortes del reino de Aragón —comienza su discurso el rey—, os hemos convocado para pediros, como es costumbre ancestral en este nuestro reino de Aragón, que juréis como heredero al trono a nuestro hijo el infante don Alfonso. Es hijo legítimo de nuestra esposa la reina doña Leonor y nieto de nuestro amado padre el rey don Pedro de Aragón y del rey don Alfonso de Castilla, de feliz memoria ambos. Como delegados de los aragoneses y como estipulan nuestras leyes, fueros y costumbres, solicitamos que todos y cada uno de vosotros juréis a don Alfonso como nuestro sucesor en toda la tierra de Aragón, desde las montañas del Pirineo hasta Teruel y desde Ariza hasta el Segre.

Al escuchar la cita al río Segre, un rumor se extiende bajo las bóvedas de piedra de Santa María.

—¿Habéis oído eso? El rey ha dicho Segre, río Segre. Reconoce que Lérida es aragonesa —le bisbisea el notario de Jaca al delegado darocense.

Cuando se silencian los murmullos, Jaime se pone en pie y alza la voz:

—Nos, Jaime, rey de Aragón, conde de Barcelona y señor de Montpellier, hacemos saber a todos cuantos nos oyeren y entendieren que el reino de Aragón se extiende desde Ariza hasta el curso del río Segre. Y así lo confirmamos en Daroca, a octavo día de los idus de febrero del año del Señor de mil doscientos veintiocho, en la era milésima ducentésima sexagésima sexta.

—A continuación, los señores delegados en estas Cortes de Aragón jurarán ante el altar y la imagen de Nuestra Señora Santa María al infante don Alfonso como heredero del reino de Aragón —interviene el justicia Pedro Pérez.

—No hay duda alguna; el rey ha reconocido que Lérida es de Aragón —comenta el notario de Jaca—. Lo que no entiendo es por qué don Jaime tenía tanta prisa en que juráramos como heredero a su hijo don Alfonso.

—¿Por qué os parece raro? —le pregunta el delegado darocense.

—Porque hasta ahora, don Jaime no se había preocupado lo más mínimo por su hijo; por eso me extraña tanta prisa.

Acabada la sesión de Cortes, el rey y la reina se reúnen en una casona situada frente a la puerta principal de Santa María. En Daroca rige el fuero concedido por el rey Alfonso el Batallador y ampliado por el príncipe y conde Ramón Berenguer, que prohíbe que nadie posea un palacio en esa villa, salvo el obispo y el rey.

—Ya está. He cumplido con lo que queríais. Alfonso es mi heredero. ¿Satisfecha?

Jaime se muestra malhumorado. Convoca las Cortes con tanta urgencia para cumplir con el deseo de su esposa de que el hijo de ambos sea jurado heredero antes de que se emita la sentencia por la que el papa va a declarar nulo su matrimonio.

—No has sido un buen esposo, ni tampoco un buen padre —le recrimina la reina Leonor.

—¿No, no lo he sido?

—¿Crees que no sé que te acuestas con Elo, una de mis damas? ¿Y con cuántas mujeres más lo has hecho en este tiempo?

—¿Acaso no he cumplido contigo como esposo?

—Solo en la cama. Nunca debí casarme contigo.

—Cuando nos casamos, sabías que tu padre el rey Alfonso y mi abuela doña Sancha eran hermanos y que, por tanto, nosotros somos primos. ¿Por qué consentiste entonces esta boda?

—¿Acaso podía negarme? Las hijas de los reyes no elegimos a nuestros esposos. Mi hermana la reina Berenguela me aconsejó este matrimonio y ya sabes que una recomendación real es una orden, aunque proceda de tu propia hermana.

—Tampoco te elegí yo.

La reina toma una copa de vino blanco rebajado con agua y endulzado con miel y le da un buen sorbo.

—Tú, Jaime, eras un niño cuando nos casamos. Tuvimos que esperar un año para yacer juntos. ¿Acaso no recuerdas nuestra primera noche? Ni siquiera sabías qué hacer conmigo. Mis manos, y no mi útero, fueron la primera parte de mi cuerpo que recogió tu semilla.

—¿Qué vas a hacer ahora? —le pregunta Jaime.

—Lo que hemos acordado. Me marcharé a Castilla con mi hermana y mi sobrino el rey. En su corte criaré a nuestro hijo hasta que le llegue el momento de volver a Aragón para recoger su herencia. Supongo que no nos echarás en falta a ninguno de los dos; nunca lo has hecho.

—Al menos háblale a Alfonso de mí.

—Lo haré, aunque supongo que no será necesario. Acabas de cumplir veinte años y trovadores y juglares ya te han dedicado canciones y poemas. Y lo seguirán haciendo cuando libres más batallas y conquistes más tierras.

—Cuando el papa anule nuestro matrimonio, ¿volverás a casarte? —pregunta Jaime.

—No. Ya he estado casada con un rey y he compartido su cama. ¿Qué otro hombre podría satisfacer a una reina? Además, no creo que haya en todo el mundo otro varón tan apuesto como tú.

—¿Entonces?

—Cuidaré de nuestro hijo y cuando llegue el momento, profesaré en un monasterio. Las hijas de los reyes de Castilla suelen hacerlo en el monasterio de las Huelgas, muy cerca de la ciudad de Burgos. Tal vez lo haga allí. ¡Ah!, y Elo Álvarez vendrá conmigo. Tendrás que buscarte otra amante.

—Concédeme una última cosa.

—Dime.

—Deja que sea yo quien pida formalmente a Roma la nulidad de nuestro matrimonio alegando nuestro parentesco.

—¿Por qué tú?

—Porque nuestra boda se celebró siendo yo un muchachito y porque soy el rey de Aragón.

—Sea como dices.

—Te lo agradezco. Te pondré una fuerte escolta en tu viaje a Castilla. Mis mejores caballeros te protegerán a ti y a nuestro hijo.

—Supongo que no volveremos a vernos. Dime al menos que, aunque fuera solo en alguna ocasión, fuiste feliz a mi lado.

—Leonor..., algunas noches, cuando te hacía el amor hasta el amanecer, creí haber muerto en este mundo y estar viviendo en el mismísimo paraíso.

Sitio de Balaguer, octubre de 1228

Un año y medio. Demasiado tiempo en paz. Demasiado.

Aurembiaix, la condesa de Urgel, anula su matrimonio con el noble castellano Álvaro Pérez, abandona las tierras de su esposo en el valle del Guadalquivir y regresa a Urgel para reclamar la posesión de su condado. En cuanto llega a Aragón, se presenta ante Jaime y le solicita amparo.

La condesa tiene treinta y dos años y conserva una belleza y una voluptuosidad que enseguida atraen la atención de Jaime.

El primer encuentro se produce en la ciudad de Lérida, que Aurembiaix considera un feudo suyo. Jaime le hace saber que en unas Cortes celebradas el pasado invierno en Daroca dispone que Lérida sea del reino de Aragón. Aurembiaix no le da importancia y para evitar cualquier conflicto firma un documento por el cual concede su feudo de Lérida al rey de Aragón.

Hace al menos dos meses que Jaime no se acuesta con una mujer. Aurembiaix lo atrae y pese a los doce años que los separan, se convierten en amantes. Ambos necesitan en esos meses a alguien a su lado al que amar.

Guerao de Cabrera, que ejerce como conde efectivo de Urgel, recibe una carta del rey en la que le comunica que reconoce a Aurembiaix como titular legítima del condado y le ordena que renuncie al título que ostenta.

Un nuevo y grave conflicto oscurece el horizonte del rey Jaime, que se presenta como garante de la legalidad al reconocer los derechos de Aurembiaix. Espera que su carta a Guerao de Cabrera sea suficiente para convencerlo de que abandone el condado y renuncie a sus pretensiones No es así.

Guerao sabe que con sus solas fuerzas no puede enfrentarse al rey. Necesita el apoyo de otros nobles, aunque sabe que será difícil conseguirlo porque Jaime no volverá a perdonarlos si fracasan.

Pero hay un noble que sí puede ponerse de su lado. Guerao de Cabrera piensa en Fernando de Montearagón. El tío de Jaime no renuncia, pese a que jura lo contrario en cuanto tiene ocasión, a su ambición por sentarse en el trono. Guerao le pide ayuda y le promete que si logran derrotar a Jaime, convencerá a sus aliados para que lo acepten como rey.

El infante Pedro duda; pero al fin trama una nueva conspiración contra su sobrino e incluso escribe al papa pidiendo que abra el caso de su ilegitimidad. Gregorio, que anda ocupado en la organización de la nueva cruzada, cuyos primeros contingentes acaban de llegar a Tierra Santa, pretende evitar cualquier conflicto entre cristianos, de modo que le responde con otra carta en la que le prohíbe, dada su condición eclesiástica de abad, inmiscuirse en los asuntos del reino de Aragón y participar en cualquier conjura contra su sobrino.

A principios de septiembre, Jaime envía un ultimátum a Guerao de Cabrera; le concede diez días para que abandone los castillos y villas del condado de Urgel, rinda Balaguer y los entregue a la condesa Aurembiaix; en caso de no hacerlo, le asegura que irá contra él con toda la fuerza de la Corona.

La negativa de Guerao de Cabrera desata la furia del rey, que se presenta en Balaguer con una hueste de cuatrocientos caballeros, entre ellos Guillén de Cervera y Ramón de Moncada. La ciudad no se entrega. Jaime ordena talar los campos circundantes para despejar la zona y lograr que el asedio sea más efectivo y para montar dos máquinas de asedio, capaces cada una de ellas de lanzar piedras del peso de un niño a más de trescientos pasos de distancia.

Atardece sobre Balaguer. El rey decide ir a la tienda de Guillén de Cervera, que combate a su lado contra su enemigo Guerao de Cabrera, y lleva con él a Aurembiaix. Van a plantear un asalto a las murallas y quieren coordinar sus fuerzas para que el ataque sea ventajoso.

Desde lo alto de los muros, uno de los vigilantes se percata de que esa tarde la guardia que protege los dos fundíbulos es muy menguada y avisa de ello a Guillén de Cardona, que dirige la defensa de Balaguer.

Pese a que no son grandes catapultas, los reiterados impactos que durante una semana golpean sin cesar los muros causan mella en ellos. Uno de los lienzos está ya muy dañado por los constantes impactos y presenta una gran grieta desde la almenas hasta la base por la que cabe un hombre con su equipo de armas. Si al día siguiente siguen bombardeando esa zona, se hará los suficientemente ancha como para abrirse una brecha por la que las tropas reales puedan iniciar el asalto a la ciudad.

Guillén de Cardona comprueba por sí mismo la debilidad de la guardia que protege las dos catapultas y ordena a veinticinco caballeros y a doscientos de a pie que se preparen para hacer una salida por sorpresa. Cree que si consiguen alcanzar los fundíbulos sin dar tiempo a la reacción de los sitiados, podrán destruirlos y evitar que sigan batiendo la muralla.

Aprovechando la penumbra de las últimas luces de la tarde, los hombres de Guillén de Cardona retiran algunas piedras de la grieta para que puedan pasar los caballos y salen uno a uno provistos de haces de leña untados con sebo. Se deslizan ocultos por el foso de la muralla y se acercan sigilosos a las dos catapultas.

Jaime de Aragón y Guillén de Cervera están conversando en la tienda de este último cuando escuchan unas voces de alarma:

—¡A las armas, a las armas!

Los dos salen corriendo de la tienda y tratan de averiguar qué está pasando.

—¡Son los rebeldes, señor! Han salido de la ciudad y llevan haces de leña y hachones encendidos —informa uno de los guardias.

—Pretenden quemar los fundíbulos —supone Guillén de Cervera.

—Tenemos que evitarlo. ¡Coged vuestras armas y seguidnos! —ordena el rey.

Jaime y todos los hombres disponibles en ese momento acuden veloces hacia donde están ubicadas las dos catapultas. Es primordial que no las destruyan.

Junto a los fundíbulos, Ramón de Moncada planta cara con un puñado de hombres a los veinticinco caballeros y doscientos peones que los atacan.

—Rendíos, don Ramón, rendíos —grita Guillén de Cardona, que dirige la carga con la lanza en ristre y el yelmo bien sujeto a la cabeza al identificar a Moncada.

—¿A quién debo rendirme, cerdo? —grita Ramón desafiante.

Varios peones arrojan los haces de leña con sebo y los hachones encendidos sobre las empalizadas que protegen a las dos catapultas, que comienzan a envolverse en un remolino de llamas.

Jaime, que llega a la carrera, la espada desenvainada y el escudo embrazado, ve desde la distancia el inicio del fuego y alienta a sus hombres para que corran más deprisa.

Se pelea cuerpo a cuerpo, junto a las catapultas, en el foso, entre las llamas, bajo los disparos de flechas y proyectiles de honda que desde lo alto de los muros lanzan los de Balaguer para proteger la retirada de los suyos.

Los atrevidos atacantes se retiran con algunas bajas, pero logran su objetivo. Las dos catapultas arden ante la impotencia del rey, que jura no marcharse de allí hasta que caiga esa ciudad.

—Majestad, la condesa doña Aurembiaix se acerca. En una hora estará en el campamento —le anuncia un sayón.

—Preparad su tienda —ordena Jaime.

Desde un altozano, Jaime contempla las posiciones y da indicaciones para intensificar el ataque. Hasta allí llega Aurembiaix, que antes de instalarse en su tienda quiere saludar y cumplimentar al rey.

—Mi señora, es una gran alegría teneros aquí —la saluda Jaime.

—Y yo me alegro también. Os he echado de menos estos días.

—Espero que vuestra presencia eleve nuestro ánimo.

—¿Qué ocurre, va mal el sitio?

—Todo discurría como convenía a nuestro plan..., hasta hace tres días.

—Pero según veo, continúa el asedio.

—Sí, pero hemos perdido nuestras dos catapultas. Los de Balaguer hicieron una salida por sorpresa y las quemaron.

—¿Qué tipo de catapultas eran? —pregunta Aurembiaix.

—Dos fundíbulos.

—Debisteis haber traído unas máquinas mayores. Dos fundíbulos no son suficientes para derribar los muros de Balaguer. Hubiera sido necesario un fonébol capaz de lanzar piedras de al menos cien libras —comenta Aurembiaix.

—¿También conocéis el arte de asediar fortalezas? —le pregunta Jaime con una amplia sonrisa.

—¿Os extraña? Don Álvaro, el que fuera mi esposo hasta la anulación de nuestro matrimonio, es señor de varias villas y castillos en la frontera de Castilla con los moros. Una de ellas es Martos, a unas treinta millas al sur del río Guadalquivir. Está situada en un cerro que domina una amplia campiña y en cuya cima hay un fortísimo castillo. Yo lo defendí en una ocasión.

—¿Vos, una mujer?

—Don Álvaro andaba con sus caballeros ocupado en una cabalgada contra los musulmanes de Jaén, su principal ciudad en esa región, y Martos quedó desprotegido. Enterado de ello, el señor sarraceno de Arjona, un hombre alto, corpulento y de pelo rojizo, organizó una hueste para ocupar esa plaza creyendo que no habría nadie para defenderla. Pero yo estaba allí y conseguí mantenerla y ahuyentar a los de Arjona.

—¿Y cómo lo hicisteis si carecíais de soldados para defenderla? —se interesa Jaime.

—Como no había hombres, pues casi todos habían salido en esa cabalgada, me serví de una estratagema. Ordené que todas las mujeres de Martos mayores de doce años se vistieran con las ropas de sus hermanos, sus padres o sus hijos, cogieran todas las armas que encontraran y se colocaran a modo de soldados en lo alto de las murallas, pero ocultas tras los merlones.

—¿Y funcionó esa treta?

—Sí. Los de Arjona estaban convencidos de ocupar la ciudad sin encontrar resistencia, pero cuando se acercaban ladera arriba, di la orden convenida y las mujeres disfrazadas de soldados aparecieron en las almenas como un numerosísimo ejército, agitando sus armas y haciéndolas sonar contra los escudos.

—¿Y qué hicieron entonces los de Arjona? —demanda Jaime.

—Supongo que pusieron la misma cara de asombro que vos hace un momento, dieron media vuelta y se marcharon con el rabo entre las piernas de regreso a su ciudad.

—¿Esto que habéis contado es cierto o es una de esas historias que inventan los juglares para entretener a incautos?

—Os aseguro, don Jaime, que es verdad cuanto os he narrado.

—Me hubiera gustado ver la cara de los de Arjona cuando se enteraron de vuestro engaño.

—Ya veis que tengo experiencia en asedios. Si os parece, puedo hablar con los de Balaguer; tal vez los convenza para que cesen su resistencia.

—Por supuesto, pero iréis protegida por una guardia de cincuenta caballeros.

Al día siguiente Aurembiaix se presenta ante la puerta del Hielo protegida por los cincuenta caballeros, que portan grandes escudos.

La condesa monta un caballo del que se apea a un tiro de piedra de la muralla. Uno de los caballeros que la acompañan llama a los sitiados:

—Hombres de Balaguer, ¿estáis ahí?

Nadie responde.

—Insistid —le ordena Aurembiaix.

—¡A los de Balaguer, vuestra condesa está aquí! ¿Dónde estáis vosotros?

—Aquí estamos —dice uno de ellos asomándose con precaución en las almenas—. ¿Qué es lo que queréis?

—Vuestra condesa está aquí y quiere hablaros. Escuchad con atención, pues es mujer y no puede hacerlo muy alto.

Aurembiaix se adelanta unos pasos. Varios de los defensores asoman entonces sus cabezas por las almenas.

—Hombres de Balaguer, hubo un tiempo en que fuisteis vasallos de mi padre el conde Armengol. Yo, Aurembiaix, soy su única hija y heredera y, por tanto, vuestra señora natural. Por ello, en virtud de los derechos que me asisten, os ruego..., os ordeno —corrige la condesa— que me entreguéis libre y pacíficamente Balaguer y ceséis toda resistencia.

Tras unos momentos de silencio, el hombre que se asoma en primer lugar vuelve a hacerlo y habla:

—Hemos oído bien lo que habéis dicho, señora. Dejadnos un tiempo para debatir vuestra propuesta y tomaremos una decisión.

—Hombres de Balaguer, habrá tregua de un día mientras debatís este asunto; la condesa os lo agradece y os pide que cumpláis con vuestra obligación como vasallos suyos que sois —dice el caballero que encabeza la guardia de la condesa a la vez que ordena la retirada de los cincuenta.

En el campamento real sobre Balaguer, Jaime y Aurembiaix conversan en torno a una mesa surtida de abundantes viandas preparadas para la cena.

—Os agradezco vuestra ayuda, don Jaime —le dice Aurembiaix cogiéndole la mano.

—Aurembiaix..., hermoso nombre. ¿Qué significa?

—No estoy segura, pero cuando era pequeña mi padre me decía que me puso este nombre uniendo dos palabras; una latina, *aurem*, que significa «oro», por mis cabellos dorados, y la otra *biaix*, que quiere decir «felicidad» en una antigua palabra de la lengua occitana.

—La felicidad dorada...

—Mi padre no tuvo hijos varones. Supongo que deseaba un hijo, pero llegué yo. Y ahora quiero ocupar mi sitio como condesa de Urgel.

—Desde luego, Urgel os pertenece; es vuestro derecho.

—No tengo hijos y mi matrimonio con don Álvaro ha sido anulado por el papa, tal vez vos...

—¿Qué insinuáis, mi señora?

—Sois mi sostén y os amo; sé que nunca podré convertirme en vuestra esposa, pues me han contado que andáis en tratos con el rey Alfonso de León para casaros con su hija doña Sancha en cuanto el papa disponga definitivamente la nulidad de vuestro matrimonio con doña Leonor, pero podríamos firmar un contrato de concubinato.

—¿Qué significa eso? —le pregunta Jaime.

—Os propongo que acordemos en un documento escrito que, si yo muero sin hijos, vos heredaréis el condado de Urgel. Vamos, que seáis mi heredero. Urgel es el único territorio entre Aragón y Cataluña que no pertenece a vuestra Corona. Sería la dote que yo aportaría a ese concubinato.

—¿Y qué pedís vos a cambio?

—Nada. Bueno, solo una cosa que está en vuestra mano: que sigáis compartiendo conmigo estas noches de amor.

—¿El condado de Urgel por unas noches de amor?

—¿Os parece un precio demasiado alto?

Aurembiaix besa a Jaime en los labios. Algo tiene esa mujer que despierta un intenso deseo en el rey.

—De acuerdo. Comenzaré a devolveros mi parte del trato esta misma noche —sonríe Jaime, que toma de la mano a la condesa y le da un apasionado beso.

—¡Majestad! Perdonad la intromisión, señor, pero aguarda afuera un mensajero de Balaguer que dice traer una noticia urgente —anuncia una voz tras la cortina de la tienda del rey.

—Dejadlo pasar.

Entra en la tienda un estudiante de gramática de Balaguer al cual Jaime ya conoce porque días atrás se ofrece como mediador.

—¡Vaya!, eres tú. ¿Qué noticia tan importante traes ahora? —le pregunta el rey.

—Señor, los de Balaguer os comunican que todo va bien y que están buscando una fórmula para entregar la villa; dicen que ya han sufrido bastantes daños y que desean la paz.

—Que abran las puertas de la villa y la entreguen; os damos nuestra palabra de que nuestros soldados no causarán ningún perjuicio ni a las personas ni a sus bienes.

—No es tan sencillo, mi señor. Don Guerao de Cabrera se ha hecho fuerte con sus incondicionales en el castillo, que no podría tomarse sin muchas bajas. Hemos pensado que si se facilitara la huida de don Guerao y los suyos, entonces podría entregarse Balaguer sin lucha.

—La desobediencia de don Guerao merece un castigo ejemplar.

—Así lo entendemos, señor. Le hemos pedido que se entregue, pero teme que lo condenéis a muerte. Nos ha propuesto un pacto para que os lo hagamos llegar.

—Habla.

—Si permitís que don Guerao salga libre de Balaguer, renunciará al condado de Urgel y profesará como caballero en la Orden del Temple.

—¿Y también renunciará a su vizcondado de Cabrera?

—Creo que un templario debe hacerlo de ese modo.

—¿Qué os parece, señora? —le pregunta Jaime a Aurembiaix.

—Si esa es la manera para que no se derrame más sangre, estoy de acuerdo.

—Ya lo habéis oído, estudiante. Hacedle saber al vizconde de Cabrera que aceptamos su trato. Y marchaos ya.

El estudiante y los dos caballeros salen del pabellón. El rey deja claro que no quiere que lo interrumpan más.

—Y ahora, mi dorada y dulce señora, nos agradaría mucho comenzar a cumplir nuestro acuerdo.

Toma de la mano a Aurembiaix y la lleva a la parte posterior del pabellón, donde un mullido lecho aguarda a que lo ocupen los amantes.

Barcelona, fines de diciembre de 1228

Como está pactado, Guerao de Cabrera abandona Balaguer, que se entrega a Aurembiaix como señora natural del condado de Urgel.

En una visita a Tarragona, unos mercaderes que poseen varias galeras con las cuales comercian en los puertos del Mediterráneo con aceite, azafrán y grano le dicen que la isla de Mallorca es muy rica y que su rey carece de un ejército con el que defenderla.

Esos días se entera de que el señor de Albarracín está realizando algunas algaradas por su cuenta en el reino moro de Valencia aprovechando que los musulmanes de esa región andan entre ellos a la gresca, y que incluso planea su conquista.

Esa información es suficiente para que Jaime reaccione y convoque Cortes de Cataluña en Barcelona para fin de año. Tiene en su cabeza la idea de conquistar el reino de Mallorca y después ya vendrá el de Valencia.

En las Cortes de Barcelona el rey consigue que los barones catalanes firmen la paz y que se avengan a colaborar con él. No hay como fijar un enemigo común y ofrecer privilegios a los nobles para ganar su amistad y su alianza.

En esas mismas Cortes, Jaime hace un guiño de complicidad al papa y condena a toda herejía que se desvíe de la doctrina fijada por la Iglesia de Roma, excluyendo de los acuerdos de paz a los herejes y abogando por su persecución y su exterminio. También se aprueba seguir la norma dictada trece años antes en el Concilio de Lyon, por la cual todos los judíos de todas las juderías de Cataluña deberán llevar una rodela de tela amarilla bien visible, o en el ala del sombrero o en la capa sobre el pecho o un hombro, a fin de ser identificados como tales por los cristianos y las autoridades.

Acabadas las Cortes el último día del año, el rey se reúne en el palacio real de Barcelona con los principales señores de Cataluña, entre los que se encuentran el conde Hugo de Ampurias, Guillén de Moncada, que es también vizconde de Bearn, Nuño Sánchez, Guillén de Cervera y Hugo de Mataplana.

—Señores, estas paces que hemos firmado suponen una gran satisfacción para nos. Y también lo es el hecho de que todos vosotros hayáis apoyado la empresa de conquistar las islas del reino de Mallorca. Con la suma de todos y la ayuda de Dios, ese reino será para nuestra Corona y os aseguramos que nos seremos muy generosos con quien combata a nuestro lado —dice el rey.

—Señor, la idea de conquistar Mallorca ya la planteó vuestro ilustre antepasado, el conde Ramón Berenguer el Grande, hace de esto ya más de un siglo, pero entonces no pudo ser; ahora lo haremos posible —habla el conde de Ampurias.

—Entonces ¿disponemos de toda vuestra ayuda?

—Como un solo hombre —asevera el de Ampurias.

—Bien, además de vuestras huestes, contamos con las de los prelados de Tarragona, Gerona, Vic y Barcelona.

—¿Y el de Lérida? —pregunta el de Ampurias.

—Queremos que esta conquista sea una empresa de los catalanes, y Lérida se rige, de momento, por las leyes del reino de Aragón —alega el rey.

—Señor, en las Cortes que celebramos la pasada semana dejasteis claro que estas paces comprendían a todos los territorios catalanes hasta el río Cinca; luego Lérida es una ciudad de Cataluña —afirma el conde.

—Esa es nuestra intención y así lo proclamaremos en cuanto sea posible. —Jaime calla que en las Cortes de Daroca promete a los aragoneses que Lérida es de Aragón.

—Lérida tiene que ser para Cataluña —insiste el de Ampurias.

—Lo será, don Hugo, lo será.

—¿Contaremos con la ayuda de la Orden del Temple en esta empresa?

—El maestre provincial nos ha prometido que los templarios participarán en la campaña con treinta caballeros y veinte ballesteros a caballo.

—¿Y los frailes del Hospital?

—No. Los hospitalarios no vendrán a Mallorca.

—¿Con cuántas fuerzas contamos entonces? —demanda el de Ampurias.

El rey indica al notario Guillén Rabasa que dé cuenta del informe que se ha preparado.

—Señores, hemos estimado que la conquista de Mallorca nos llevará unos tres meses. Para ello necesitaremos armar a ochocientos caballeros y no menos de diez mil peones. Como sabéis bien, cada caballero costará en esos tres meses alrededor de mil sueldos. Además, serán necesarias ciento cincuenta galeras para transportar al ejército, y cada galera supone durante esos tres meses unos treinta mil sueldos. En total, y si se logra la conquista en el tiempo previsto, esta empresa costará unos seis millones de sueldos, es decir, trescientas mil libras —concluye Rabasa.

Los asistentes a la reunión se quedan mudos por un momento.

—¿De dónde saldrá todo ese dinero? —pregunta el de Ampurias.

—Del impuesto de bovaje sobre toda Cataluña y de las rentas del obispado de Barcelona —asienta el rey, que calla que el día anterior le ha concedido al obispo barcelonés la propiedad de todas las iglesias de la isla de Mallorca para cuando se conquiste.

—El bovaje se paga al comienzo del reinado y el vuestro ya se pagó —alega el conde.

—Pues volverá a pagarse, como antes, sobre cada cabeza de ganado que haya en Cataluña. La ocasión lo merece.

Barcelona, principios de agosto de 1229

Mientras se prepara la conquista de Mallorca, un acontecimiento inesperado se produce en Valencia: Zayd abu Zayd es destronado por Zayyán ibn Mardanis en el mes de enero y tiene que escapar de la ciudad.

Zayyán es miembro de la aristocracia valenciana, nieto del rey Lobo, rey de Murcia y de Valencia. Zayd huye a Segorbe, desde donde pide auxilio a los reyes de Castilla y de Aragón y al mismo papa Gregorio, al que le dice que se convertirá al cristianismo si le ayudan a recuperar Valencia.

La región valenciana queda dividida en tres dominios: en Segorbe gobierna Abu Zayd con el apoyo del califato almohade, ya muy debilitado; en Valencia lo hace Zayyán ibn Mardanis; y en Denia los hijos de Abu ibn Sad, que son primos de Ibn Zayyán. Además, en Murcia reina Ibn Hud, que apoya a Ibn Zayyán y a su vez se considera vasallo del califa abasí de Bagdad.

En el mes de marzo la cristiandad recupera Jerusalén. El emperador Federico de Sicilia entra en la Ciudad Santa y se autocorona como su rey en la iglesia del Santo Sepulcro. Los templarios no asisten a esa ceremonia y lo acusan de traidor por haber pactado con los musulmanes.

Jaime de Aragón reacciona deprisa. En abril se entrevista con Abu Zayd en Calatayud y firma un tratado de amistad con la idea de conquistar Valencia. Zayd se hace vasallo de Jaime y le ofrece seis castillos como aval.

Estando el rey en Calatayud, llega el acuerdo de nulidad de su matrimonio con Leonor por consanguinidad. Al enterarse de que la nulidad ya es efectiva, Aurembiaix de Urgel piensa por un momento que tal vez podría casarse con Jaime, pero enseguida comprende que no es posible. Entonces, la condesa decide casarse con el infante Pedro de Portugal, hijo del rey Sancho y de Dulce de Barcelona, con permiso real.

Por su parte, Blasco de Alagón, que tiene concedido por parte de Jaime el derecho de quedarse con cuantas villas y castillos pueda ganar en tierra de moros, se desnaturaliza de Aragón y se convierte en vasallo de Ibn Zayyán, lo que provoca que el rey lo destierre.

En Barcelona, Jaime aguarda a que le llegue el informe de la convocatoria del ejército para comenzar la conquista de Valencia.

Esa mañana está cazando con halcón en la montaña de Montjuic, acompañado por Asalido de Gudal, uno de sus más fieles consejeros. Los templarios tienen prohibida la caza, salvo la del león en tierras de Oriente, pero un rey, aunque educado en la regla del Temple, debe cazar y a Jaime le gusta perseguir al jabalí con lanza desde el caballo y abatir con la ballesta o con ayuda de aves rapaces a torcaces y perdices.

—¡Ahí vienen! ¡Ahora, ahora! —grita el maestro cetrero, que achucha a los perros para que levanten del suelo a las perdices.

Jaime alza su brazo derecho, en el que sostiene a un halcón gerifalte, y lanza el ave al vuelo. La rapaz bate las alas con fuerza y gana altura deprisa, para dar de repente un giro en ángulo recto y lanzase en picado sobre una de las perdices a la que atrapa con las garras tras un golpe devastador.

—Magnífico pájaro —comenta el rey.

—Quizá el mejor que he visto hasta ahora —confirma Asalido de Gudal.

—Así tenemos que caer sobre Mallorca, como este halcón sobre la perdiz.

—Así lo haremos, majestad.

—Pero es probable que los moros de Mallorca se defiendan mejor que esa perdiz roja.

—Sí, supongo que lo harán.

—Somos hijo del rey don Pedro y de doña María de Montpellier y debemos continuar la tarea de nuestros antepasados. Nuestro linaje fue elegido por Dios para cumplir la misión de ganar la tierra de los moros y liberar Jerusalén, por eso somos los guardianes del cáliz de Cristo, que está custodiado en el monasterio de San Juan de la Peña entre las montañas. Aspiramos a ganar fama, honor y fortuna, y a abrir el camino hasta Tierra Santa.

—El emperador Federico ha conquistado Jerusalén. Lo ha hecho sin luchar, mediante un pacto con el sultán de Egipto.

—Pero en Oriente hay muchas más tierras y ciudades que ganar. Algún día iremos hasta el confín del mar y unificaremos la cristiandad.

—Y yo estaré con vuestra majestad.

—¿Sabéis, don Asalido, que más allá de las tierras del islam hay un reino cristiano gobernado por un rey llamado Preste Juan?

—Desconozco esa historia.

—Pues es cierto. Al este del califato de Bagdad se extiende un reino cristiano gobernado por el Preste Juan. Si consiguiéramos llegar hasta él y firmar una alianza, acabaríamos para siempre con los sarracenos y liberaríamos los Santos Lugares. Pero antes de que llegue ese momento, debemos conquistar Mallorca y Valencia, y entonces sí tendremos el camino libre hacia la gloria.

Un jinete asciende al galope por la ladera de Montjuic. Al llegar cerca del rey, descabalga y se acerca a pie. Los guardias reales lo reconocen y lo dejan pasar.

—Un correo urgente, majestad —le dice inclinando la cabeza.

Jaime coge el pedazo de pergamino y lee.

—Se acabó la caza, don Asalido. El ejército está listo en Salou. Vayamos a conquistar Mallorca.

LIBRO II

REY CONQUISTADOR
(1229-1255)

9

La conquista de Mallorca

Playa de Salou, 5 de septiembre de 1229

Esa mañana de miércoles hace calor y el Mediterráneo lo siente. Los marineros saben que cuando el estío es muy tórrido, en octubre habrá tormentas borrascosas, de modo que hay que zarpar cuanto antes.

—Todas las naves están listas en la playa de Salou y nos comunican con señales luminosas que en Tarragona y Cambrils también lo están. Podemos zarpar cuando vuestra majestad lo ordene —le avisan.

Jaime está en la orilla, sus pies descansan sobre la arena de la playa. Hace una semana, en Tarragona, promete repartir entre los que lo acompañen a Mallorca todas las tierras y fortunas que gane. Lo jura ante el arzobispo de Tarragona, que regala de su cuenta la cebada para los caballos que van en la expedición, ante los obispos de Barcelona, Gerona y Vic, y ante los nobles catalanes, entre los cuales se cuentan el conde Hugo de Ampurias y el infante Nuño Sánchez.

—Que todo el mundo se prepare para zarpar —ordena sin dejar de contemplar las aguas en calma.

En Salou, un pueblecito de pescadores cuya extensa playa es muy propicia para agrupar a una flota tan grande, se alinean cien galeras y decenas de barcos de carga.

Como se acuerda en Barcelona, ochocientos caballeros con sus monturas y diez mil peones están ya embarcados y listos para comenzar la conquista de Mallorca.

Jaime llama entonces a su presencia a Berenguer Gairán, un marino que viaja con mucha frecuencia a la isla y conoce bien sus costas.

—¿Son buenas las condiciones para navegar? —pregunta Jaime a Berenguer Gairán.

—Sí, mi señor. Sopla viento de tierra, pero no es demasiado fuerte. Saldremos de Salou rumbo suroeste, en paralelo a la costa, y bogaremos hasta coger el viento favorable que nos lleve hacia el sureste, directos a Mallorca.

»Majestad, como os dije ayer, con este viento llegaremos a la bahía de Santa Ponsa, como la llamamos los cristianos, en dos días. Esa bahía tiene las aguas casi siempre en calma, y más en estos primeros días de septiembre.

—En ese caso, adelante; dad aviso de zarpar a todas las embarcaciones.

La orden se transmite con señales luminosas. Una a una las galeras y las naves de carga van saliendo de las playas de Salou, de Cambrils y del puerto de Tarragona.

En todas ellas ondea la señal de barras rojas y amarillas del rey de Aragón, los colores del papa. Algunas lucen además los colores y emblemas de sus dueños.

La galera que marcha en cabeza es la de Guillén de Moncada, privilegio que le concede el rey por la ayuda prestada en el asunto de Urgel, y que porta un gran farol en la popa a modo de guía para todas las demás durante la noche.

Jaime espera a que zarpe toda la flota. Viaja a bordo de la galera de Montpellier, casi al final, un formidable navío de dos palos con velas trapezoidales, ciento treinta pies de largo y veinte de ancho, con veinticinco filas de remos manejados por galeotes, muchos de ellos presos a los que se les promete la libertad si cumplen bien con su tarea.

Por fin, la nave real abandona la playa, aunque tiene que detenerse cuando se advierte que la siguen unas veinte barcas pequeñas cargadas con cientos de hombres, a los que se ordena regresar a tierra. Son campesinos pobres y mendigos sin oficio que creen que podrán salir de la miseria si participan en los beneficios de esta guerra.

La armada navega en formación de círculo, protegiendo a la galera real. A unas veinte millas de la costa, ya enfilando rumbo a Mallorca, cambia el viento.

El cómitre de la galera real se acerca hasta el rey y le pide audiencia; lo acompañan dos de sus colegas y dos pilotos.

—¿Qué ocurre? —le pregunta Jaime a su cómitre, Berenguer Gairán.

—Majestad, el viento ha cambiado de dirección. Ahora es un lebeche que amenaza temporal con este viento garbino del sudoeste. Nuestra obligación como súbditos es avisaros de esta grave contingencia y recomendaros que deis la orden de regresar a tierra.

—No pensamos hacer semejante cosa. Si ahora ordenamos dar media vuelta y abandonar esta conquista, muchos de esos hombres perderán toda su confianza en nos y ya no volverán a recuperarla jamás. Tenemos toda nuestra fe puesta en Dios; Él nos ayudará a culminar esta empresa con éxito.

—Sea vuestra voluntad, señor. Por lo que a nosotros respecta —el cómitre mira con complicidad a sus colegas—, es la fe que tenemos en vuestra majestad la que nos guía, porque las condiciones de navegación no son buenas

—Entonces no se hable más y haced que esta galera navegue lo más rápido que sea posible.

Durante toda la tarde y la noche, la armada real, con viento del sudoeste, avanza despacio, orzando al viento con las proas a la contra. Al amanecer, la galera capitana larga toda la vela y las demás la imitan, pero en el horizonte aparece un nubarrón con viento fuerte del noreste.

—¡Majestad, majestad! —grita el cómitre Gairán—. ¡Viento de Provenza, viento de Provenza!

—¿Qué significa eso? —demanda el rey.

—Problemas, mi señor. ¡Marineros de proa, a las amuras; marineros de popa, a la orza! Todos firmes, preparados para aguantar la acometida del viento de Provenza.

Tal cual avisa Berenguer Gairán, un ventarrón azota de pronto la flota y agita las velas.

—¡Arriad velas, arriad velas! —grita Gairán—. ¡Deprisa, deprisa! Transmitidlo a toda la flota: que todos arríen las velas.

El viento de Provenza y el lebeche embravecen el mar. Olas de diez pies de altura barren las cubiertas y sacuden las embarcaciones, todas ya con el velamen replegado.

Jaime, asido con la fuerza de sus manos a una agarradera en el castillo de popa, contempla a la flota zarandeada como un montón de hojas secas por un vendaval. Solo se le ocurre rezar una plegaria:

—¡Oh, Dios mío! Siempre nos has hecho merecedor de los

bienes de tu gracia. Ahora nos encontramos en la situación más difícil de nuestra vida. Ayúdanos, Señor, a salir de este peligro. Si nos has socorrido de tanto malvado en los días de nuestra vida, sálvanos de este trance. Si así lo haces, juramos solemnemente que dedicaremos el resto de nuestros días a humillar a cuantos no creen en ti, Señor. Hazlo también por los hombres que nos acompañan y que han confiado en nos y en la empresa que hemos puesto en marcha para someter a los que te ofenden. También os lo rogamos a vos, Madre de Dios y Señora Nuestra. Interceded por nos ante vuestro hijo Jesucristo y libradnos de todo mal.

—Majestad, con este viento no llegaremos a Santa Ponsa —le dice Gairán.

—Pues no pensamos volver, de modo que proponed una alternativa para desembarcar en Mallorca.

—Con viento de Provenza, la bahía de Pollensa, en el norte de la isla, no es recomendable para atracar. Propongo desembarcar en una islita en la punta sur de Mallorca, que mira al continente. Se llama Dragonera. Hay un pozo de agua dulce y un monte en el que se puede establecer una buena defensa.

—¿Este viento de Provenza nos llevará hasta allí?

—Sí, si largamos velas a todo trapo.

—Pues sea.

Portopí, 12 de septiembre de 1229

El viernes 8 de septiembre, la armada real desembarca en la isla de Dragonera, frente a Mallorca. Los musulmanes apenas tienen barcos con los que enfrentarse a los del rey de Aragón, pero desde las atalayas de la costa oeste sus vigías van siguiendo los movimientos de la flota invasora y logran organizar un ejército de cinco mil hombres que se despliega frente al islote.

El rey envía a tres galeras en busca de un lugar adecuado para desembarcar en Mallorca y lo encuentran en la cala de Santa Ponsa. Informado Jaime de ello, se prepara el gran desembarco y envía doce galeras más con quinientos hombres a bordo para establecer un campamento desde el cual comenzar la conquista.

Mediada la tarde, el rey desembarca en el pequeño islote de Pantaleu, de apenas ciento cincuenta pasos de largo y a unos doscientos pasos de la costa mallorquina. Al rato, un vigía ve entre las olas a un hombre que viene nadando desde Mallorca y da aviso al rey.

Jaime se acerca a la orilla con varios soldados y ve salir del agua al nadador, que se aproxima con los brazos en alto. Al llegar cerca del rey, que está protegido por escuderos que llevan las espadas desenvainadas, se pone de rodillas y habla en la lengua de los cristianos:

—Señor, sé que vos sois el elegido para reinar en Mallorca. Mi madre, que es experta en escudriñar las estrellas, así me lo ha relatado y me ha dicho que venga a vos para contaros cosas de esta isla, pues vais a ser su próximo dueño. Así lo asegura la profecía.

—¿Profecía? ¿Qué profecía? —se extraña Jaime.

—Está escrito en las estrellas que llegará a estas costas un hombre alto, de ojos negros y pelo dorado, que se convertirá en el nuevo rey de Mallorca. Ese hombre de la profecía sois vos —dice el musulmán señalando a Jaime, cuya cabeza sobresale por encima de todas las demás.

—¿Quién eres? ¿Cuál es tu nombre? —le pregunta el rey con cara de asombro todavía.

—Me llamo Alí; soy musulmán y mayordomo del rey de Mallorca.

—¿Dónde está ahora tu señor?

—En su palacio; sabe que habéis desembarcado y que pretendéis conquistar este reino. Él también conoce la profecía.

—¿No serás un espía que ha venido para confundirnos?

—No, no; lo que os digo es cierto.

—¿Cuántos soldados tiene vuestro rey?

—He contado cuarenta y dos mil, todos bien armados y valientes; pero entre todos ellos solo hay cinco mil caballeros.

—¿Por qué nos cuentas todo esto?

—Señor, os lo he dicho, sois el monarca de la profecía. Acudid a asediar la ciudad de Mallorca, tomadla y seréis el dueño de toda esta isla.

—¿Sabéis qué os ocurrirá si intentáis engañarnos? —le dice Jaime.

—Sois el hombre de la profecía. No podría engañaros jamás.

Ramón de Moncada encabeza el contingente de ciento cincuenta caballeros y setecientos peones que desembarca en Santa Ponsa; una buena parte de la flota amarra en la bahía de Porrasa.

Se produce un primer enfrentamiento con los musulmanes, que se salda con la victoria de los cristianos. Los derrotados se retiran en busca de refugio a una colina cuando desembarca el rey, que anima a sus hombres a perseguirlos. Jaime carga al frente de sus soldados y abate a varios sarracenos.

Al acabar la refriega, Guillén de Moncada le reprocha que se exponga de esa manera en la primera línea de combate, pero el rey sonríe y Moncada respira aliviado.

El conde Hugo de Ampurias también sonríe. Es el caballero más fraguado y experto de esa expedición, pues participa en la tercera cruzada con el emperador Federico y el rey Ricardo Corazón de León de Inglaterra, y lucha al lado del rey Pedro de Aragón en la batalla de las Navas de Tolosa, aunque está excomulgado por el papa por acoger en su condado a herejes cátaros.

A la mañana siguiente, los cristianos asisten a una misa impartida por el obispo Berenguer de Palou, prelado de Barcelona. En su homilía asegura que los que mueran en combate irán directamente al paraíso y los que vivan ganarán fortuna y honores.

Los vigías anuncian que el ejército de los moros avanza por la sierra de Portopí con la intención de cerrar el paso hacia la ciudad de Mallorca. Son más de veinte mil y los manda su propio rey, que acude al encuentro vestido con una túnica completamente blanca, símbolo de la pureza en el islam.

A la noticia, los caballeros se ponen en marcha, mientras Nuño Sánchez y Guillén de Moncada debaten sobre cuál de los dos debe encabezar la tropa. Pero los peones dudan; el obispo de Barcelona no es demasiado convincente y el avance del ejército enemigo los atemoriza.

El rey recibe el aviso de que los peones se retiran. Monta su caballo y se dirige hacia el grueso de sus tropas. Cuatro mil hombres caminan en dirección contraria a la de la batalla que se avecina, de regreso a los barcos.

Jaime espolea su caballo y se planta frente a los peones.

—¡Deteneos, traidores! ¿Dónde vais insensatos? ¿No os dais cuenta de que sin el apoyo de los caballeros sois presa fácil para nuestros enemigos? Si ahora cayeran sobre vosotros con su caballería, moriríais todos.

Los peones se detienen. Un rumor se extiende por las columnas que forman desordenadas.

Por fin, uno de ellos se encarama en lo alto de un carro y grita a los que pueden oírlo:

—Nuestro rey tiene razón. Hemos actuado como insensatos. Sigamos a nuestro señor hasta la victoria.

En ese momento llega al galope Nuño Sánchez.

—Estos hombres volverán para luchar —le dice Jaime.

—Bien hecho, majestad, bien hecho —asienta Nuño.

De pronto se escucha un gran estrépito a lo lejos.

—¿Qué es eso? —pregunta Jaime.

—Creo que ha comenzado la batalla —supone Nuño.

—Pues vayamos presto; los Moncada están en la vanguardia; no podemos dejarlos solos.

—Carecéis de defensas, señor.

Jaime se da cuenta de que no lleva otra protección que el perpunte, pues el resto de su equipo está en el pabellón real. Un caballero le ofrece su cota de malla y su loriga y otro, una capellina que se ajusta a la cabeza y al cuello con las correas. Los Moncada se adelantan y salen a la carrera hacia la batalla.

—Don Nuño, avisad a los caballeros aragoneses Pedro Cornel y Jimeno de Urrea; que acudan presto con sus mesnadas, pues el combate ya ha comenzado —ordena el rey mientras se atavía.

Cuando llega al campo de batalla, musulmanes y cristianos están enfrascados en plena pelea. El conde Hugo de Ampurias, pese a sus casi sesenta años edad, dirige el ala derecha junto a los templarios, que se baten en el campamento de tiendas de los sarracenos, mientras Guillén y Ramón de Moncada ya ocupan la vanguardia en el ala izquierda y cargan en primera línea sobre el flanco derecho del enemigo con valor y arrojo, pero su ánimo encendido no les permite darse cuenta de que están cayendo en una trampa.

Un jinete se retira. Es Guillén de Mediona, considerado el mejor combatiente de Cataluña.

—¿Dónde vais, don Guillén? —le pregunta el rey extrañado.

—Me retiro de la lucha, majestad; me han herido en la cara de una pedrada.

Jaime examina la herida del caballero.

—Regresad ahora mismo a la batalla; un golpe como ese no es

motivo para que un caballero de vuestra valía se retire, sino para que combata con más fuerza, coraje y valor.

El rey sigue adelante, hacia el lugar donde se pelea. A su lado se van agrupando más y más caballeros.

Cuando llega al lugar del combate, los sarracenos están agrupados en lo alto de un cerro, en torno a una bandera roja y blanca en cuyo mástil hay una cabeza de madera con forma humana.

Cien caballeros aragoneses aparecen tras la bandera roja y amarilla del rey al grito de «¡Aragón, Aragón!». Con las lanzas enristradas cargan contra los musulmanes, que se descomponen y comienzan a huir en desbandada.

—¡La victoria es nuestra! —se oye gritar en la vanguardia.

—¡Por allá huye el rey de Mallorca! —señala Nuño Sánchez hacia un grupo de musulmanes que escapa rodeando a un jinete vestido de blanco.

—¡Cortémosle el paso antes de que llegue a la ciudad! —ordena el rey.

Pero Jaime observa a su caballo y siente que está agotado.

En ese momento llega a su altura el obispo de Barcelona con varios de sus caballeros, todos llenos de sangre y polvo.

—Majestad, detened la carga.

—¡Qué motivo alegáis, señor obispo!

—Don Ramón y don Guillén de Moncada están muertos.

Jaime se estremece. Dos de sus mejores caballeros caen en combate.

—¿Muertos decís?

—Sí, majestad, los dos Moncada.

El rey, apesadumbrado, desciende del caballo, se sienta en el suelo y comienza a llorar.

—Eran magníficos caballeros... Hemos llegado tarde, hemos llegado tarde...

—No es tiempo para lamentos, don Jaime. Primero debemos recuperar sus cuerpos; ya habrá lugar para seguir con la conquista.

—Tenéis razón. Id vos delante. Nos iremos enseguida.

—Hemos ganado la batalla de Portopí; nuestra primera gran victoria en esta isla —dice el obispo.

—Pero hemos perdido a dos de los mejores.

La victoria tiene un alto precio.

Sierra de Portopí, mediados de septiembre de 1229

Desde lo alto de la sierra, Jaime de Aragón contempla la ciudad de Mallorca, como una perla preciosa orlando el centro de una diadema fabricada de arena amarilla y agua turquesa.

—Es la ciudad más bella del mundo —comenta el rey.

Los caballeros aragoneses que lo acompañan asienten.

—Este es un buen sitio para acampar; hay agua en un pozo cercano y como atalaya es magnífico —comenta Nuño Sánchez.

—Sí, acamparemos aquí. Montad las tiendas antes de que caiga la noche.

Está atardeciendo sobre Portopí. El sol de los últimos días del verano cae despacio hacia el horizonte, donde la mar profunda e inmensa lo espera como la amante al amado en una cálida noche de luna llena.

Tras la cena, ya con las tiendas montadas, Jaime se aparta unos pasos para contemplar el cielo. Brillan mil estrellas que titilan bajo la bóveda negra y densa de un universo oscuro y lejano. En la línea de la elíptica Jaime identifica a dos de los astros errantes. Júpiter y Saturno trazan su camino eterno sobre el arco del cielo que al amanecer recorrerá el sol triunfante.

—Majestad, perdonad que os moleste; los cuerpos de don Guillén y don Ramón de Moncada han sido llevados a sus tiendas. ¿Queréis ir a verlos?

—Claro. Debemos honrarlos y darles a ambos nuestro último adiós.

Los Moncada están tumbados sobre sendos almadraques de raso y cubiertos por mantos de lana roja.

Jaime se persigna, llora, agacha la cabeza y reza una oración por sus almas.

—Pelearon con honor y bravura —comenta Nuño.

—Y murieron como valientes. Pero debieron esperar a que nos llegáramos con los caballeros de Aragón.

Nuño Sánchez asiente pero calla. Sabe que la acción de los Moncada, cargando de frente y de manera precipitada contra los musulmanes y sin tener guardadas las espaldas, es una temeridad que pagan muy caro, con sus propias vidas.

—Esos valientes merecen unos funerales acordes a su valor —dice Berenguer de Palou, el obispo de Barcelona.

—Tenéis razón, señor obispo, pero no sería bueno que los sarracenos de Mallorca vieran nuestro duelo. Ocultaremos la ceremonia con grandes telas. Que nadie manifieste lloros, quejas o gemidos por los difuntos. Estos bravos barones han muerto por el servicio a Dios y a nos. Ojalá pudieran volver a la vida; entonces los gratificaríamos como merecen y los compensaríamos con tierras y casas, pero eso ya no es posible. De modo que tornemos nuestro dolor en ánimo renovado y ganemos este reino por su sacrificio.

Los cuerpos de los Moncada son inhumados tras una ceremonia oficiada por el obispo de Barcelona. Algunos de los caballeros presentes juran que no se retirarán de allí hasta que Mallorca sea conquistada.

Sitio de Mallorca, principios de octubre de 1229

«No moverse de allí hasta la victoria»; ese es el juramento que hacen los caballeros del rey Jaime.

Para conquistar el reino de Mallorca es necesario tomar la ciudad, de modo que el rey ordena cerrar el asedio y preparar las máquinas de guerra, pues los musulmanes están dispuestos a resistir hasta el fin.

Esa mañana se descargan de las galeras fondeadas en el puerto un fundíbulo y un trabuquete.

—Ese fundíbulo es demasiado pequeño. Con sus disparos no derribaremos los muros de Mallorca —comenta el conde Hugo de Ampurias.

—También tenemos un trabuquete; allí está. —El rey señala hacia esa máquina, similar al fundíbulo pero de mayor tamaño.

—En Tierra Santa las catapultas más pequeñas eran el doble de grandes que ese trabuquete.

—Don Hugo, vos habéis estado allí y conocéis mejor que nadie esos artefactos; sed vos quien dirija el modo de asedio.

—¡Mirad, majestad! —El conde de Ampurias señala hacia la ciudad de Mallorca.— Los sarracenos están montando un trabuquete y una algarrada.

—¿Qué es una algarrada? —pregunta el rey.

—Una especie de catapulta que usan los musulmanes. Dispara los proyectiles gracias a un juego de dos palancas y una cazoleta, a diferencia del fundíbulo y el trabuquete que lo hacen con una honda y una viga.

En ese momento se acercan al rey y al conde los cómitres y los pilotos de las cinco galeras con las que la ciudad de Marsella participa en la conquista.

—Señor, solo disponemos de tres máquinas de asedio para batir esos muros. Como portavoces de los marselleses en esta empresa, os proponemos utilizar los mástiles y el maderamen de una de nuestras naves para construir un trabuquete y así disponer de mayor capacidad de disparo.

—Hacedlo, señores —aprueba el rey—. Nosotros disponemos ya de un fundíbulo, un trabuquete y un mangano turco; con vuestro trabuquete podremos contrarrestar mejor a los dos suyos y a sus catorce algarradas.

—¡Catorce! —exclama el portavoz de los marselleses.

—Sí, son muchas, pero descuidad, sabemos que tienen un alcance de tiro menor que nuestras máquinas —tercia Hugo de Ampurias.

—¿Incluso aquella? —señala el marsellés a una enorme máquina cuyo brazo asoma sobre los muros y alcanza hasta el inicio del foso.

—Sí, esa algarrada es la más grande que he visto jamás, pero tal como está ubicada apenas nos causará daño.

—Pero no podremos alcanzar el foso...

—Sí que lo haremos —replica el conde de Ampurias.

—¿Qué habéis pensado? —pregunta el rey.

—Don Gisbert de Barberá me ha explicado que puede fabricar un mantelete con el cual podremos acercarnos hasta el foso de las murallas. Irá cubierto con gruesas tablas y se moverá mediante ruedas de madera. Conforme avance, protegido por los disparos de nuestros trabuquetes, se irá cubriendo con vigas, postes, ramas y tierra, de modo que no podrán destruirlo con sus algarradas.

—¿Será seguro?

—Desde la protección de ese mantelete, o testudo, nuestros zapadores excavarán una mina hasta llegar a los cimientos de los muros, y entonces los derribaremos.

—Pues comencemos ya, señores.

Los trabuquetes inician su martilleo sobre los muros. Los zapadores cavan tres minas protegidos bajo el mantelete. Los hombres acarrean piedras, tierra y ramas. Los obispos confiesan y absuelven de sus pecados a los soldados. Los vigías observan día y noche cualquier movimiento dentro de la ciudad. El cerco se cierra.

Sitio de Mallorca, fines de octubre de 1229

Los zapadores siguen avanzando con sus minas. Tres semanas después de comenzar las excavaciones ya se encuentran en el foso; si siguen cavando a ese ritmo, en una o dos semanas más llegarán a la base de los muros.

Los sitiados reaccionan. Los cristianos dependen para su suministro de agua de una fuente que brota en un monte y discurre por un arroyuelo hasta donde está ubicado el campamento. Esa noche varios cientos de musulmanes de la región de las montañas acuden en defensa de la ciudad sitiada y ocupan la cima del cerro donde surge el manantial.

Provistos de azadas, cavan una zanja y logran desviar el caudal, privando de agua a los cristianos.

Avisado el rey de lo que ocurre, reacciona con toda contundencia.

—Sin agua estamos perdidos, de modo que organizad una compañía de al menos trescientos caballeros y atacad a esos del monte. Hay que liberar el manantial, cueste lo que cueste —le ordena Jaime a Nuño Sánchez.

—Así lo haremos, majestad.

Sale Nuño Sánchez con sus trescientos y carga contra los sarracenos que intentan defenderse, pero son presa fácil ante los experimentados caballeros cristianos. Los musulmanes son campesinos acostumbrados a manejar la azada y la pala, pero no saben luchar y carecen de armas apropiadas.

La batalla se convierte en una carnicería; los cristianos apenas sufren bajas y los musulmanes pierden a quinientos hombres. Los pocos que consiguen escapar corren a esconderse en la montaña.

Nuño Sánchez regresa al campamento real triunfante, con el

agua del manantial devuelta a su curso y con una cabeza cortada colgada de su silla de montar.

—¿Quién es ese? —le pregunta el rey al ver el macabro trofeo.

—El cabecilla de la partida que desvió el agua del manantial, majestad. Antes de ejecutarlo supimos que se llamaba Fatila. Él nos privó del agua y nosotros le hemos cercenado la cabeza —responde Nuño—. Y no ha sido el único que la ha perdido; en esos sacos que portan mis caballeros hay muchas más.

—¿Todos esos sacos están llenos de cabezas? —Jaime se fija entonces en que de las sillas de los jinetes cuelgan sobre los flancos de sus caballos varios sacos llenos de formas irregulares.

—Sí, majestad.

—¿Cuántas?

—Cuatrocientas doce; las hemos contado una a una.

—¿Qué hacemos con ellas?

—He pensado que podríamos lanzarlas sobre la ciudad con la honda del fundíbulo. Podemos enviar media docena con cada disparo —dice Nuño—. En cuanto los sarracenos vean lo que les cae del cielo, se rendirán, pues supondrán que los siguientes en perder la cabeza si se resisten serán ellos.

Jaime lo piensa por un momento.

—Por nuestras lecturas de libros de historia sabemos que esa práctica se ha hecho en algunos asedios de ciudades y fortalezas, pero dudamos que sirva en este caso —supone el rey.

—Tal vez esas gentes no se rindan, señor, pero lo que es seguro es que os temerán más que a nadie en el mundo; y el miedo provoca errores y debilita las voluntades.

—Está bien. Colocad esas cabezas en la honda del fundíbulo e iniciad los lanzamientos.

—Enseguida, majestad.

Poco más tarde, conforme van cayendo las cabezas en el interior de la ciudad, los desgarradores gritos de los sitiados rasgan de angustia el cielo de Mallorca.

Pero no se rinden; todo lo contrario, se juramentan para resistir hasta el fin.

Sin embargo, otros tantos creen que no es posible vencer y devolver al mar a los invasores cristianos y que es mejor colaborar con ellos; tal vez al menos puedan salvar la vida. Varios grupos se reúnen en aldeas y villas y deciden en improvisadas asambleas enviar a uno de ellos, llamado Ibn Abit, a parlamentar con el rey Jaime.

Ambas partes acuerdan la paz a cambio del suministro de caballerías cargadas de harina, avena, cabritos, gallinas y uvas. Una a una, todas las comarcas de la isla de Mallorca deciden seguir ese camino y someterse al rey de Aragón, que nombra dos bailes para administrar los bienes de la isla.

A mediados de noviembre solo resisten la ciudad de Mallorca y algunos grupos de musulmanes escondidos en las montañas del oeste.

Sitio de Mallorca, mediados de noviembre de 1229

Aquel amanecer los sitiadores se disponen a cargar las catapultas para comenzar la rutina del lanzamiento de proyectiles sobre la ciudad de Mallorca.

Están a punto de disparar las primeras piedras cuando el responsable del fundíbulo se da cuenta de que algo extraño cuelga de los muros.

—¡Alto, alto! Que nadie lance una sola piedra —ordena a los hombres que sirven la catapulta—. Avisad al rey. Tiene que ver esto.

Un rato más tarde acude al fundíbulo Jaime de Aragón, que contempla el motivo por el cual no se dispara esa mañana un solo proyectil.

—¿Qué es eso? —pregunta el rey perplejo.

—Cautivos cristianos, mi señor —responde el comandante del fundíbulo—. Los han colocado esta mañana, al alba, en los merlones de las murallas; los usan como escudos humanos para disuadirnos de lanzar piedras.

—¡Están desnudos y atados a cruces!

El rey va a caballo y junto a él ondea la bandera real de franjas rojas y amarillas que enarbola un portaestandarte. Desde lo alto de las almenas, amarrados a sus cruces, algunos cautivos perciben la figura del rey, al que identifican por sus armas y su estatura, y lo vitorean.

—¡No hagáis caso a esta treta, majestad, y seguid tirando! ¡Seguid tirando hasta derribar estas murallas! ¡No paréis, no paréis! —se oye gritar a uno de los cautivos.

—¿Qué hacemos, señor? —pregunta el comandante artillero.

—Ya lo has oído. Seguid tirando; pero elevad el punto de mira por encima de los muros —ordena el rey.

—Majestad, así no dañaremos las murallas.

—Pero las piedras caerán dentro de la ciudad, sobre los edificios, y sus habitantes sufrirán las consecuencias. Tal vez así, al ver sus casas hundidas, se rindan.

Los artilleros ajustan la trayectoria de los disparos y comienzan a lanzar nuevas andanadas de proyectiles, que pasan por encima de las almenas y caen sobre calles y tejados desatando el pánico entre los mallorquines.

Al atardecer los cautivos son descolgados de sus cruces y devueltos de nuevo a las prisiones.

Al día siguiente se recupera el objetivo y las catapultas vuelven a golpear incesantemente los muros, mientras los zapadores, dirigidos por el conde Hugo de Ampurias, continúan excavando las minas camino de los cimientos de las murallas.

Sitio de Mallorca, fines de noviembre de 1229

Los zapadores están a punto de alcanzar la base de una de las torres del recinto murado. Para evitarlo, varios hombres armados salen de la ciudad y atacan la entrada a la cava que conduce a las tres minas casi acabadas, pero son rechazados por los ballesteros que cubren a los zapadores y tienen que retirarse.

Esa misma tarde el primero de los excavadores tropieza con su pico en los cimientos de la primera torre. Da la voz de aviso y varios más se apresuran a dejar expedito el acceso a la cimentación. Ese mismo día se alcanza la base de las otras dos torres. Siguiendo las instrucciones del conde de Ampurias, colocan unos puntales de madera y horadan los cimientos. En el hueco se apilan fajos de leña impregnados con sebo, brea y aceite.

El rey contempla estos trabajos junto al preboste de Tarragona, que aconseja colocar una gúmena atada a los puntales y tirar de ella para que las torres se resquebrajen antes de prender el fuego.

Así se hace. Al fallar los puntales, las tres torres crujen y se agrietan a la vez. El fuego hace el resto. En apenas media hora las tres torres y treinta codos de muralla caen al suelo hacia el foso, arrastrando a varios de sus defensores, que no tienen tiempo para abandonarlas. Tres de ellos quedan maltrechos pero con vida y son apresados de inmediato.

—Las brechas abiertas en los muros son considerables, pero el foso es un obstáculo muy profundo, insalvable para nuestra caballería pesada —comenta el rey.

Dos hombres de Lérida, que están cerca de Jaime, escuchan su comentario y piden la palabra.

—Tenemos la solución a ese problema que planteáis, señor —asegura uno de los ilerdenses.

—¿Y bien?

—Si disponemos de cobertura y protección con catapultas y con ballesteros, podemos ir rellenando ese foso con haces de leña y tierra. Quedará lo suficientemente compacto como para que puedan pasar los caballeros armados.

—¿Cuánto tiempo os llevará ese trabajo? —pregunta Jaime.

—Unas dos semanas, majestad.

—Comenzad ahora mismo.

—¿Ahora?

—Ahora.

El último domingo de noviembre, por la fiesta de San Andrés, justo después de asistir a misa junto al obispo Berenguer de Barcelona y otros consejeros, el rey contempla los trabajos de rellenado del foso.

El día es frío, gris y brumoso, pero pese a ello Jaime observa que un humo extraño sale del foso, justo debajo de donde están los parapetos para proteger a los que trabajan en el relleno.

—¿Humo...? ¡Están quemando algo debajo del foso! Los sarracenos han excavado una contramina; tratan de hundir nuestro relleno.

—¿Qué podemos hacer? —pregunta el obispo.

—Reforzad las defensas con más ballesteros. Que cien hombres acudan con cubos de agua, toda la que puedan, y la viertan sobre la zona humeante.

La solución funciona y el fuego se apaga enseguida, pero los sarracenos siguen cavando la contramina y se encuentran con la mina excavada por los sitiadores. Los zapadores cristianos salen corriendo al toparse con los musulmanes, más numerosos y mejor armados.

El primero en salir da cuenta al rey de lo que está ocurriendo bajo tierra.

—Majestad, los moros han cavado una contramina y han bloqueado nuestro avance.

—Enviad ballesteros; hay que detenerlos.

Varios ballesteros equipados con ballestas de torno y alumbrados con antorchas entran en el túnel y disparan sus virotes abatiendo a dos de los musulmanes; los demás se retiran al interior de la ciudad.

Despejadas las minas, los zapadores cristianos las revisan y descubren que los musulmanes excavan túneles alternativos a los suyos y colocan muros bajo tierra para entorpecer los trabajos de zapa; siguen cavando hasta llegar al límite del foso.

Sitio de Mallorca, principios de diciembre de 1229

Con las minas controladas por los sitiadores, la muralla abatida en un tramo de treinta codos y el foso a punto de ser colmatado para permitir el paso de la caballería cristiana, el rey de Mallorca comprende que la guerra está perdida y que no le queda otra que negociar una paz honrosa.

Un correo musulmán se acerca hasta el campamento cristiano enarbolando bandera blanca y solicita que se envíe una delegación para parlamentar.

El rey de Aragón consulta con sus consejeros y decide enviar a Nuño Sánchez con una escolta de diez caballeros y con un judío de Zaragoza, buen conocedor de la lengua árabe, por si es necesario un traductor.

Dos horas después, la delegación cristiana regresa al campamento.

—¿Qué quería el rey sarraceno? —le pregunta Jaime a su pariente Nuño Sánchez.

—Nada.

—¿Nada? ¿Cómo que nada?

—Nada, señor. Me han conducido a su presencia y me ha preguntado que qué es lo que teníamos que ofrecerle. Yo me he sorprendido por esa pregunta y le he replicado que era él quien había enviado un correo a nuestro campamento para solicitar una entrevista y que yo era el hombre de confianza de vuestra majestad y que estaba allí para escuchar su propuesta.

—¿Y qué dijo?

—Nada. Que no tenía nada que proponer y que ya podía marcharme de allí.

—Todo esto es absurdo. ¿Qué pretende ese hombre?

—Nada. —Nuño Sánchez se encoje de hombros.

Jaime rompe a reír a carcajadas y todos los consejeros que están con él le siguen las risas.

—Supongo que el rey de Mallorca ha comprendido que la ciudad está perdida —comenta el conde de Ampurias—. Los nuestros han asegurado las minas. No tienen otra opción que rendirse o morir.

—Pues, al parecer, han decidido morir —asienta Nuño Sánchez.

El aragonés Pedro Cornel, que está presente en el consejo, pide permiso para hablar en privado con el rey y este se lo concede. Los dos se retiran para hablar a solas.

—¿Qué deseáis, don Pedro?

—Mi señor, esta mañana he recibido un mensaje de Gil de Alagón, que ahora se llama Muhammad.

—¿Quién es?

—En otro tiempo lo conocí como caballero cristiano, pero abjuró de la fe en Cristo y se hizo musulmán. Ahora sirve al rey de Mallorca y defiende esa ciudad.

—¿Qué quiere ese renegado?

—Me pide una entrevista para que os transmita una propuesta, pero le he dicho que no puedo hacerlo sin vuestro permiso.

—Lo tenéis. Id a ver qué propone.

De regreso de su entrevista con Muhammad, Pedro Cornel vuelve a hablar con Jaime.

—¿Y bien? —le pregunta el rey de Aragón.

—Muhammad, que antaño fue mi amigo, propone que si nos retiramos, ellos abonarán todos los gastos que ha costado esta expedición y garantizarán que embarquemos en paz y con plena seguridad.

—¿Eso es todo?

—Es lo que me ha dicho, majestad.

—¿Qué le habéis respondido?

—Que os transmitiría esa propuesta, nada más.

—Don Pedro, sabéis que hemos jurado por nuestra fe que aunque nos ofrecieran una montaña de oro como esa —Jaime señala un cerro cercano—, nunca nos retiraríamos de Mallorca.

—Señor, yo solo...

—Callad. Juramos ante los Santos Evangelios que no regresaríamos a nuestros dominios sin haber ganado Mallorca y haberla incorporado a nuestra Corona. De modo que, don Pedro, nunca más propongáis una retirada o perderéis la amistad que os profesamos.

Pedro Cornel baja la cabeza completamente abatido. Es uno de los más fieles caballeros y siente cada una de aquellas palabras como el más duro de los reproches.

—Lo siento, mi señor, esto no volverá a pasar nunca —musita lleno de pesadumbre.

—Ahora retiraos y tened preparada vuestra hueste. Tomaremos esa ciudad al asalto.

Se preparan un castillo de madera, escalas y estacas para atacar los muros, pero los musulmanes consiguen derribar una máquina llamada ardalmaz; pese a ello, los sitiadores logran acercarse de nuevo y colocan junto a la muralla otra similar a la que dan el nombre de Marsella.

El día que va a procederse al asalto llueve con intensidad. El suelo se embarra y se torna resbaladizo. Jaime decide aplazarlo.

Sitio de Mallorca, mediados de diciembre de 1229

—El rey de Mallorca solicita una entrevista. Desea volver a hablar con don Nuño junto a la puerta de Portopí —anuncia un correo al rey Jaime.

—¿Va a entregar la ciudad? —demanda el rey de Aragón.

—No lo sé, majestad.

—Avisad a don Nuño; que vaya a esa entrevista y que solo admita la rendición sin condiciones.

Nuño Sánchez acude al pabellón que el rey de Mallorca ordena levantar ante la puerta de Portopí. Ese día se declara una tregua y cesan todos los combates.

El rey mallorquín se acompaña de dos de sus consejeros y el noble cristiano del traductor zaragozano, a través del cual se entienden.

—Mi señor el rey de Aragón desea saber el motivo de vuestra nueva llamada —le dice Nuño.

—Yo no he ofendido a vuestro rey.

—¿A qué os referís?

—A vuestra presencia en esta isla. Dios misericordioso, ensalzado sea su nombre, me dio el gobierno y el trono de Mallorca, por lo que ruego que le digáis a vuestro señor el rey de Aragón que no me despoje de mi tierra. No le asiste ningún derecho.

—Creo que mi señor no tiene esa opinión.

—Si os marcháis de aquí, yo correré con todos los gastos que haya supuesto vuestra expedición.

—Don Jaime no acepta retirarse.

—Recibiréis el dinero en cinco días y podréis regresar todos en paz. En Mallorca tenemos víveres, armas y provisiones para resistir un largo asedio, pero vosotros pronto sufriréis carestía y estrechez.

—Solo aceptamos la rendición sin condiciones —dice Nuño.

—No tenéis derecho...

—Señor rey de Mallorca, el rey de Aragón tiene motivos sobrados para sentirse agraviado. Fueron piratas de vuestro reino los que capturaron un barco de los nuestros cargado de valiosas mercancías. Y cuando os escribió con todo respeto reclamándoos la devolución de los cautivos y de las mercaderías, le respondisteis con altanería y desprecio. ¿Recodáis vuestras palabras?

—No, no las recuerdo.

—Pues le preguntabais de modo altanero que quién era y mi señor os contestó que era hijo del rey Pedro, el que venció a los almohades en la batalla de las Navas de Tolosa.

—Nunca podréis tomar esta ciudad; ni siquiera tras haber derribado esas torres.

—Mi señor solo tiene veintiún años, pero ya es famoso y respetado en la cristiandad; y os aseguro que se ha propuesto conquistar esta isla, y lo hará.

—Podríais aconsejarle que se retirara. Parece que confía en vos. Si lo lográis, yo os recompensaré generosamente —sugiere el rey de Mallorca.

—Olvidaos de cualquier intento de soborno, porque yo no lo admito, y además, don Jaime no aceptaría la retirada aunque yo se lo aconsejara.

—En ese caso, os haré otra propuesta: decidle que nos preste las naves suficientes para marchar a Berbería con total seguridad. Yo le daré cinco monedas de oro por cada hombre, mujer o niño que embarque. Y permitiré que los que quieran quedarse y someterse a su dominio puedan hacerlo sin sufrir represalias.

—Esa proposición es nueva; no tengo autorización para daros una respuesta. Debo consultarlo.

—Hacedlo. Y recordad: cinco monedas de oro por cada persona que salga de Mallorca.

De vuelta al campamento, Nuño Sánchez da cuenta de la nueva propuesta del mallorquín. Jaime reúne al consejo y les resume la proposición del rey sarraceno.

La mayoría opta por aconsejar que se rechace la propuesta; unos alegan que puede ser una traición y otros rememoran la figura de los Moncada muertos en la batalla, a los que hay que vengar.

Escuchados todos los argumentos, se aprueba por unanimidad no firmar ningún acuerdo de paz y apretar el cerco hasta la toma definitiva de la ciudad.

Enterados de la respuesta de Jaime, entre los musulmanes se da la misma unanimidad: deciden luchar hasta morir antes de pasar por la vergüenza de rendirse. Dirimida esta cuestión, se preparan con vigor y nuevos bríos para la batalla final.

Sitio de Mallorca, finales de diciembre de 1229

El ejército cristiano está preparado para el asalto definitivo a la ciudad de Mallorca. Moros y cristianos esperan el momento del ataque, que se producirá en cuanto el rey Jaime dé la orden.

Muchos saben que morirán y creen que sí deberían aceptarse las cinco monedas por persona y dejar marchar a los musulmanes.

Pero ya no hay marcha atrás. Jaime convoca a todos los caballeros, nobles y prelados y les anuncia que en cuatro o cinco días ordenará el ataque a la ciudad por la brecha abierta en la muralla. La arenga real es contundente:

—Señores, deberéis jurar por los Santos Evangelios y por la cruz de Cristo que cuando entremos en la ciudad nadie se volverá atrás ni se detendrá en tanto no reciba un golpe mortal. Quien lo haga, será juzgado como traidor a la Corona. Nos seremos el primero en hacer ese juramento.

La formidable figura del rey Jaime y su valor y determinación imponen un respetuoso silencio entre los señores, pero el obispo de Barcelona decide tomar la palabra al ver el miedo reflejado en algunos rostros.

—Señor, vuestras palabras están llenas de valentía y coraje, pero de nada valdrán si no tomamos las precauciones necesarias en esta batalla decisiva. Porque ¿qué ocurriría si los sarracenos del resto de la isla, que ahora no son beligerantes, decidieran ayudar a los de la ciudad? Disponen de víveres y armas suficientes para resistir y si así lo hicieran, estaríamos en un grave aprieto. ¿No sería mejor aceptar el acuerdo que han ofrecido? De este modo ganaríais esta isla sin derramar más sangre y sin el menor agravio ni peligro.

Por primera vez Jaime duda sobre la decisión a tomar. Sobre todo cuando regresan los dos bailes enviados por la isla para organizar la recogida de impuestos y le comentan que sospechan sobre la posible organización secreta de los musulmanes sometidos para rebelarse y temen que sus verdaderas intenciones no sean las que manifiestan.

Durante cinco noches se refuerzan las guardias ante las puertas de Portopí y de Bad-al-balad. Es el tiempo de la Navidad y hace frío y mucha humedad, tanto que las rondas de los guardias son muy breves y deben regresar pronto al abrigo de las tiendas para no morir congelados.

El martes 30 de diciembre es el día elegido por Jaime de Aragón para el asalto. Uno de sus consejeros propone que el ataque se ejecute de noche, pero el rey decide que se haga por la mañana. Al alba, todos los soldados cristianos asisten a misa, comulgan y se arman para la batalla decisiva.

Clarea el día. Los cristianos se acercan en formación a la muralla. En las primeras líneas avanzan los peones y, tras ellos, los caballeros, pero se detienen al llegar a campo abierto, a unos treinta pasos de los muros.

Al ver detenerse a su ejército, el rey se acerca con su caballo a la primera línea y grita:

—¡Adelante, por Dios Nuestro Señor! ¡Adelante! —ordena de nuevo blandiendo su espada, pues nadie se mueve.

—Están aterrorizados —le comenta el conde de Ampurias.

—¡Por la Santa Madre de Dios, hemos llegado hasta aquí para que en esta tierra también se celebre el sacrificio de Nuestro Señor Jesucristo! Rogamos a la Virgen Santa María que no caiga sobre nos ni sobre ninguno de vosotros deshonra alguna que nos haga avergonzarnos por haber actuado con cobardía. ¡Adelante, barones de Aragón y Cataluña! ¡Adelante en el nombre de Dios! ¡Sin miedo, sin miedo, sin miedo! —exclama el rey alzado sobre su caballo.

Los hombres de la primera fila reemprenden la marcha y los demás los siguen.

—¡Santa María, Santa María! —gritan algunos cuando alcanzan el paso que cubre el foso.

Esas exclamaciones se repiten por la mayoría de los soldados, que avanzan firmes hacia la brecha abierta unos días antes en el muro.

Entre los escombros del tramo de muralla están apostados los defensores de Mallorca, que salen corriendo por los flancos intentando envolver a los peones cristianos. Jaime se percibe de esa maniobra y ordena a su caballería que acuda en auxilio de los infantes.

Cabalgando sobre el paso del foso, las lanzas en ristre, los jinetes pesados arrollan a los musulmanes, que retroceden hacia el interior de la ciudad. Varios caballeros penetran por el hueco abierto en los muros provocando el pánico entre los enemigos.

—¡San Jorge, ahí va San Jorge! Ha bajado del cielo para ayudarnos con su caballo y su armamento blancos. La victoria es nuestra. ¡San Jorge está con nosotros! ¡Adelante! —grita el rey Jaime.

El conde de Ampurias observa incrédulo el frente de ataque, pero no ve a ningún caballero vestido de blanco montando un caballo blanco. Si acaso, pudiera parecerlo alguno de los templarios que cargan por el flanco derecho provocando estragos entre los sarracenos.

El de Ampurias mira al rey, que le devuelve la mirada sonriendo.

El rey de Mallorca acude entonces con soldados de reserva, que colocan sus lanzas al frente, firmemente apoyadas en el suelo. Algunos caballos de los cristianos se detienen ante el muro de puntas metálicas de las lanzas moras; otros se encabritan y derriban a sus jinetes, pero unos cuantos logran dar un rodeo y entrar en la ciudad.

Los infantes musulmanes aguantan arengados por su jefe, que da órdenes a voz en grito sobre un caballo blanco. Los cristianos se acercan y se produce el choque de las dos infanterías, amadas ambas con espadas, cuchillos y escudos embrazados.

Pero la caballería pesada del rey de Aragón gana ventaja y carga por los flancos del enemigo, cuyas apretadas filas comienzan a resquebrajarse.

—¡Por Santa María, ayúdanos Señor! —grita un caballero de la mesnada aragonesa.

—¡Vergüenza, señores, vergüenza y honor! —exclama otro.

Ante esos gritos, los caballeros pesados arremeten con todos sus bríos contra los peones sarracenos que, desbordados por los flancos, huyen deshaciendo la formación. El rey de Mallorca, abandonado por sus hombres, arrea su caballo y sale al galope de allí.

Los primeros jinetes de la hueste cristiana irrumpen en las calles de Mallorca, donde el caos entre sus ciudadanos es absoluto. Cientos de ellos corren despavoridos buscando escapar de la ciudad, que se convierte en una ratonera para sus propios habitantes.

Desarmados y presos del pánico, los mallorquines quieren salir de allí y corren hacia las puertas entre gritos, tropiezos y empujones. Buscan refugio en las montañas cercanas, donde se esconden los sarracenos de la isla que pretenden seguir resistiendo. Muchos de ellos pasan al lado de los soldados cristianos, que les permiten huir extrañados de que dejen de resistir de manera tan repentina tras hacerlo de manera tan firme durante tres meses. Están extasiados al contemplar las riquezas que se dejan abandonadas.

Algunos sarracenos optan por refugiarse en sus casas, tratando de protegerse en ellas, y otros buscan asilo en la Almudaina, el castillo palacio de su soberano.

Cuando Jaime llega a caballo ante las puertas de la Almudaina, unos trescientos cadáveres yacen en el suelo de la plaza donde se alza la entrada a ese palacio.

—¿Qué es esto? —pregunta el rey de Aragón a la vista de aquella carnicería.

—Corrían a protegerse dentro de ese castillo, majestad; tuvimos que acabar con todos ellos —le responde un sargento templario, empapado de sangre ajena desde el yelmo hasta la botas.

—¿Y el rey de Mallorca? ¿Lo habéis capturado?

—No, mi señor. No lo hemos visto. Suponemos que ha logrado entrar en el castillo; su caballo corría demasiado y no pudimos alcanzarlo. Debieron de cerrar esas puertas tras él y han dejado fuera a todos estos infelices —dice el sargento señalando con su espada a los cientos de muertos abatidos en la plaza.

—¿Cuántos hombres hay en ese castillo? —pregunta Jaime.

—No lo sé, majestad. Pero hemos cogido vivo a uno de ellos. No lo hemos matado porque nos pidió clemencia en nuestra lengua y hemos pensado que podría sernos útil.

—Traedlo —ordena el rey.

—Aquí mismo está.

—¿Cuántos hombres defienden esa ciudadela? —le pregunta Jaime.

—Unos pocos, señor; pero si protegéis nuestras vidas los convenceré para que la rindan. Entonces toda esta ciudad será vuestra, sin más resistencia. Y además os entregaremos al rey.

—Señor —tercia un hombre de la hueste de Tortosa, que escucha esa conversación—, nosotros dos —señala a un compañero— podemos entregaros al rey de Mallorca.

—Venid aquí. —Jaime se aparta a un lado con los dos de Tortosa.

—Podemos entregároslo, pero a cambio os pedimos una recompensa.

—¿Cuánto?

—Dos mil libras; mil para cada uno de nosotros.

—Es demasiado. La ciudad ha sucumbido. Ese hombre está atrapado en la ciudadela, de modo que tarde o temprano caerá en nuestras manos.

—Sí, mi señor, pero eso puede tardar algún tiempo, lo que supone mucho dinero y esfuerzo.

—Mil libras para los dos; es todo lo que os ofrezco.

—Aceptamos —asiente la pareja de Tortosa—. Acompañadnos.

—¿A dónde...? —se extraña Jaime.

—Nos adelantamos y capturamos al rey antes de que pudiera entrar en el castillo. Ahora está en nuestras manos.

Jaime ordena que nadie ataque la Almudaina hasta que él lo ordene y sigue a los de Tortosa acompañado por Nuño Sánchez y media docena de sus guardias.

Se dirigen a caballo a una casa cercana y, ante la puerta, el rey y don Nuño descabalgan. Por si acaso, ninguno de los dos ni los de la escolta se quitan sus arneses.

En una estancia dentro de esa casa, el rey de Mallorca está sentado en una silla, con las manos atadas, tapada la boca con una mordaza y custodiado por tres hombres armados con cuchillos.

Al identificar al soberano de Aragón por su elevada estatura y los colores rojo y amarillo de su sobreveste, el musulmán se levanta de la silla. Viste capa blanca y bajo ella una loriga y un jubón de seda fina.

—¿Alguien de aquí conoce la lengua árabe? —pregunta Jaime.

—Yo, mi señor —dice uno de los dos de Tortosa.

—Quitadle la mordaza y decidle que queda en nuestro poder y que no se preocupe por su vida, que nos nos encargamos de salvaguardarla. Este hombre queda desde ahora bajo nuestra protección. Si alguien le roza un solo pelo o le causa algún daño, será ahorcado en lo alto de los muros. ¿Entendido?

Todos los presentes asienten las palabras del rey con gestos de acatamiento.

Jaime regresa a la puerta de la Almudaina y pide a los defensores que se asomen para parlamentar.

—Entregad esta ciudadela y os juramos que seremos compasivo con vosotros —les dice el rey a los defensores.

—Tenemos a su hijo —le replican en latín.

—Su padre está en nuestras manos. Entregadnos a su hijo y rendid este alcázar.

—Aguardad un momento.

Al rato, la puerta de la Almudaina se abre y sale el portavoz de los defensores acompañado de un muchachito de trece años.

—Señor rey de Aragón, este es el hijo soberano de Mallorca. Os lo entrego como fianza y por su propia voluntad. Y os pido que antes de rendiros la Almudaina, solo entren en ella hombres de vuestra confianza.

—Lo harán dos frailes de la Orden de Predicadores y, con ellos, diez caballeros con sus escuderos. Se encargarán de hacer un recuento de todos los bienes.

—¿Y en cuanto a nosotros? —pregunta el portavoz en un latín vulgar.

—Os hemos dicho que seremos compasivo y además os recompensaremos por lo que habéis hecho.

—Dejad que os bese las manos, mi señor.

Jaime da las instrucciones para ocupar la Almudaina y asegurar la ciudad conquistada.

Está cayendo la tarde y el sol se oculta. El rey de Aragón está agotado y desea descansar, pero antes ordena que se retiren los cadáveres que se apilan por toda la ciudad, que los saquen a un campo al exterior de la ciudad y los quemen para evitar epidemias. Son muchos los miles de muertos en Mallorca; pasará una semana al menos hasta que ardan todos.

Ciudad de Mallorca, 31 de diciembre de 1229

Duerme toda la noche, todavía en el campamento ubicado a las afueras de la puerta de Portopí. Al poco de amanecer, Jaime acude a la ciudad e inspecciona lo ganado en la conquista de la ciudad de Mallorca.

Cuando se ocupa una ciudad de esa manera, suele ser frecuente que se desencadenen riñas y peleas entre los conquistadores a causa del reparto del botín, pero no es el caso. Las riquezas que atesora Mallorca son tantas que todos los conquistadores se creen ricos y no estalla ninguna discusión.

A media mañana se reúne el Consejo Real para evaluar la conquista y proceder al reparto de la isla y de la ciudad de Mallorca.

—Majestad —habla primero el obispo Berenguer de Barcelona—, en nuestra opinión, procedería cuanto antes subastar las ropas y otras cosas de valor que hemos encontrado en esta ciudad.

—No, señor obispo, no haremos ninguna subasta de esos bienes. Nos llevaría mucho tiempo, del que no disponemos. Esta conquista todavía no ha acabado. Son varios miles los musulmanes que aún se refugian en las montañas dispuestos a seguir luchando. Están acobardados y temerosos por nuestra victoria en la ciudad y tenemos que aprovechar esta circunstancia para culminar esta empresa cuanto antes. Iremos a conquistar esas montañas y luego procederemos a repartir el botín.

—Deberíamos repartir al menos la ropa. Aquí hay ricas túnicas de seda, lujosos vestidos de brocado, los jubones más delicados, chalecos de cordobán, zapatos bordados con suela de corcho, preciosas botas de cuero... —interviene Nuño Sánchez—; así los nuestros se sentirán recompensados y lucharán con mayor empuje contra los que aún resisten.

—Está bien. Repartiremos la ropa, pero en ocho días atacaremos a los de las montañas.

—Insisto en la subasta —dice el obispo de Barcelona.

—El encante o la subasta no sería tal encante, sino un encantamiento —dice Jaime haciendo un juego de palabras lleno de ironía, sabedor de que los eclesiásticos solo buscan obtener el mayor y más rápido beneficio posible para ellos.

El rey cede en parte porque sabe que la subasta que pretende el obispo de Barcelona, y con él otros eclesiásticos como el sacristán de Gerona, es una treta para engañar a todos los demás y hacerse con la mayoría del botín.

Mientras aragoneses y catalanes conquistan Mallorca, el rey Luis de Francia gana posiciones en Occitania. En un concilio celebrado en noviembre en Tolosa, su conde Ramón el Joven se somete a la Iglesia. Pocas semanas más tarde es armado caballero por el rey Luis, de quien se convierte en vasallo.

Tolosa, hasta ese momento feudo de los reyes de Aragón, mira hacia el norte. Los nuevos acontecimientos hacen que se inicien conversaciones de paz en el Languedoc, en las que interviene la reina Blanca, hija del rey de Castilla, esposa del rey de Francia y nieta de la gran Leonor de Aquitania. Sendos tratados firmados en Meaux y en París certifican el fin de la cruzada contra los cátaros, pero solo por el momento.

Para evitar una invasión francesa, Aurembiaix de Urgel se proclama vasalla del rey de Aragón y le ofrece su condado en herencia como prueba de lealtad. Jaime está cada vez más interesado por la expansión de su Corona por el Mediterráneo y menos por mantener sus feudos en Occitania, cuya posesión ambiciona Francia.

Mallorca, finales de invierno de 1230

Aunque los primeros días todo parece en calma, la pugna por el reparto de Mallorca se desata y se encona. Los peones y algunos caballeros no están de acuerdo con la propuesta de partición y división de las casas, tierras y otros bienes, cuestión que dura ya varias semanas. En una curia se decide, en contra de lo acordado antes de iniciar la expedición, que la mitad de la isla será para el rey y la otra mitad para los señores. El vizconde de Bearn, el conde de Rosellón, el conde de Ampurias y el obispo de Barcelona consiguen la mejor parte, lo que solivianta mucho los ánimos de los demás.

Algunos están tan encrespados que pasean por las calles de Mallorca gritando consignas contra la distribución del botín.

—¡Mal hecho, un reparto mal hecho! —exclama un nutrido grupo de amotinados.

—¡Vamos a saquear la casa de Gil de Alagón! Se ha quedado con mucho más de lo que le corresponde —grita otro.

El grupo se dirige en tropel al palacio que habita Gil de Alagón y lo saquea.

El rey, que reside en el palacio de la Almudaina, es avisado y acude presto con algunos de sus soldados.

Cuando llega ante la casa, contempla a los últimos saqueadores cargando por la calle con todo tipo de enseres.

—¡Deteneos! ¿Cómo os atrevéis a allanar esa casa y tomar sus bienes sin nuestro permiso? —truena poderosa la voz de Jaime.

Acaba de cumplir veintidós años; su formidable físico, unido a su voz rotunda y a sus ademanes contundentes, impone respeto.

—Señor, no hemos recibido lo que se nos prometió; carecemos de medios de sustento y nos morimos de hambre, por eso lo hemos hecho. Queremos volver a nuestra tierra con nuestras familias —le responde el que parece el cabecilla del grupo amotinado.

—Pues habéis obrado mal. Devolved a don Gil todo lo que os habéis llevado de su casa u os daremos un escarmiento. No hagáis que lamente castigaros por esto.

Las advertencias del rey se olvidan enseguida. Solo dos días después vuelve a estallar un motín en las calles de Mallorca. Varios hombres se unen en comandita y deciden asaltar la casa adjudicada al preboste de Tarragona, que resulta completamente saqueada.

Los nobles y varios caballeros, asustados por la revueltas de los peones, acuden al palacio de la Almudaina para pedir al rey que ponga fin a esos desmanes.

—Majestad, estos motines no se pueden repetir, pues corremos peligro de perder todo; hay que acabar con esa chusma—se queja el obispo de Barcelona.

—Calmaos, calmaos, barones —pide silencio.

—¿Qué vais a hacer, majestad?

—Cuando se produzca otro alboroto como los dos anteriores, acudiremos con la guardia y rodearemos a los amotinados en la plaza, donde no hay sitio para esconderse. Serán ahorcados veinte de ellos y, si logran escapar, ahorcaremos a los primeros que sean capturados. Creemos que será suficiente escarmiento.

»Os recomiendo que pongáis vuestros bienes a buen recaudo; nuestra parte de lo ganado en Mallorca, que ahora guardamos en el palacio de la Almudaina, la pondremos en la casa del Temple. Ahí estará segura.

»Además, hablaremos hoy mismo con los cabecillas de esas dos revueltas y les haremos saber que no vamos a tolerar una sola muestra más de indisciplina. A quien se pille robando los bienes de un cristiano o asaltando su casa será colgado por el cuello y su cadáver quedará a la intemperie hasta que apeste y se lo coman los buitres y los cuervos.

Las contundentes palabras del rey causan el efecto deseado. Los rebeldes que todavía quedan por las calles se retiran a sus casas, pues se decreta que nadie salga de ellas una vez toque la trompeta desde lo alto de los muros de la Almudaina, justo al ponerse el sol.

Mallorca, primavera de 1230

En las primeras semanas de primavera, algunos nobles de Cataluña, entre ellos el conde Hugo de Ampurias, mueren en extrañas circunstancias, aquejados de unos dolores que unos atribuyen a un brote de pestilencia y otros a un castigo divino por su egoísmo.

Ante la elevada mortandad de los caballeros, Pedro Cornel le pide al rey que le entregue cien mil sueldos del tesoro real, que promete devolver en pocos días, y que llame a ciento cincuenta caballeros, cien a resultas de esa cantidad, a mil sueldos por caballero, y otros cincuenta más por el feudo que Cornel le debe al rey. Jaime acepta. Escribe a los aragoneses Pedro de Lizana y Ato de Foces para que vengan a Mallorca con los caballeros que les corresponde aportar por los feudos que poseen en Aragón.

Mientras los aragoneses van llegando a Mallorca, se organizan patrullas para acabar con los focos de resistencia que quedan en la isla por las montañas de Sóller y las otras sierras de levante. El propio Jaime encabeza la hueste que somete a la localidad de Inca, la más grande de las alquerías de Mallorca.

En esos días llega a la isla el maestre del Hospital. Los caballeros hospitalarios no participan en el primer desembarco, pero ahí están ahora para asentar el dominio cristiano. Jaime les entrega una de sus alquerías y les pide a nobles y eclesiásticos que nutran a la Orden del Hospital con una parte de los bienes que les corresponden en el reparto. Todos protestan, pues ninguno de ellos quiere despojarse de lo que ya posee, pero al fin todos ceden, pues saben que los quince caballeros y las decenas de peones que aportan los hospitalarios son importantes para mantener las conquistas. También se les conceden las atarazanas, para que ubiquen allí su convento y su iglesia, y cuatro galeras requisadas a los mallorquines.

Unos dos mil musulmanes se refugian en unas cuevas en las montañas de Artá y aguantan los ataques de los cristianos durante un par de semanas. Al fin deciden entregarse. Son los últimos.

—¿Qué hacemos con los moros cautivos? —pregunta Nuño Sánchez.

—Los que se han resistido serán vendidos como esclavos. Firmaremos un convenio de paz y comercio con la Señoría de Génova. Sus mercaderes conocen bien este negocio; ellos se encargarán de vender a los esclavos —dice el rey.

—¿Y en cuanto a los nuestros que decidan quedarse en la isla?

—Los nuevos pobladores disfrutarán de amplias franquicias y libertades y quedarán exentos de los juicios de Dios. Nadie podrá ser sometido a una ordalía en este nuevo reino.

—Vuestra majestad es muy generoso...

—Los nobles ya han recibido cuantiosos bienes; los peones también deben participar en el reparto o en caso contrario volverán a estallar motines y tendremos graves problemas y alteraciones como los acontecidos a finales del pasado invierno.

Jaime está orgulloso. Logra una gran conquista e incorpora un reino nuevo a la Corona de Aragón. Ahora, además de rey de Aragón, conde de Barcelona y señor de Montpellier, también es rey de las Mallorcas, como reza el nuevo título que desde esa primavera de ese año del Señor de 1230 incorpora a su intitulación en los diplomas reales y que coloca por delante del de conde de Barcelona.

«Nos, Jaime, por la gracia de Dios rey de Aragón y del reino de las Mallorcas, conde de Barcelona y de Urgel y señor de Montpellier...», así es como encabeza el primer documento que sale de la cancillería real a fines del mes de marzo.

Se muestra orgulloso de su linaje. Ante sus fieles consejeros, reunidos en el palacio de la Almudaina, proclama que su padre, el rey Pedro, fue el caballero más valiente y cortés del mundo y su madre la reina María una verdadera santa.

Henchido de satisfacción por la conquista de Mallorca, a la que califica como «la mayor empresa realizada por rey alguno y llevada a buen término de cien años para acá», mediado el mes de octubre nombra como su lugarteniente y gobernador a Bernat de Santa Eugenia, señor de Torroella de Montgrí, y decide que es hora de abandonar la isla.

Nuevos retos lo aguardan.

10

Conquistar Valencia

Tarragona, fines de octubre de 1230

El 27 de octubre Jaime de Aragón abandona la isla; dos días después desembarca en el puerto de la Porrasa, al sur de la playa de Tarragona.

Lo recibe Ramón de Plegamans, que lo saluda y le besa la mano llorando de alegría.

—Don Ramón, ¿cómo está el asunto de nuestra boda con doña Sancha de León? —le pregunta Jaime tras darle un abrazo.

—Mi señor, el rey don Alfonso de León murió hace un par de meses; lo han anunciado unos mercaderes castellanos que andan estos días por Barcelona en el negocio de la lana. Don Fernando de Castilla se ha proclamado rey de León. Se dice que ha firmado un acuerdo secreto con sus dos medio hermanas, las hijas del primer matrimonio de su padre con doña Teresa de Portugal, para que lo reconozcan como soberano legítimo.

—Fernando de Castilla es hijo del finado Alfonso de León y de Berenguela de Castilla, pero ese matrimonio fue anulado por Roma.

—Don Fernando alega que hace unos años el papa Inocencio lo reconoció como heredero legítimo —recuerda Ramón de Plegamans—. Alfonso de León se casó dos veces y los dos matrimonios resultaron anulados, y además mantuvo relaciones con varias concubinas; engendró dieciocho hijos, y don Fernando es el mayor de los varones.

—Entonces... nuestro matrimonio con Sancha no será posible. Si esa boda se hubiera producido, ahora nos seríamos el rey de

León y Castilla quedaría entre dos dominios de nuestra Corona. Todo eso se ha frustrado.

—Me temo que así es, señor.

—Ya no seremos rey de León.

—Todavía no se ha firmado ese acuerdo entre los hermanos, tal vez...

—Es una triste noticia —comenta Jaime, que hace unos días ya se veía como rey de León—, pero preferimos haber ganado el reino de Mallorca que poseer el de León. Dios no lo ha querido, de modo que cumplamos la voluntad del Señor y aceptemos lo que hecho está.

—Vuestro compromiso matrimonial con doña Sancha no se ha roto.

—Ese acuerdo ya no tiene sentido. Escribid a doña Sancha y decidle que queda revocado. Y buscadnos otra esposa. Desde la nulidad de nuestro matrimonio con doña Leonor de Castilla, seguimos soltero, y un reino debe tener un rey y una reina.

Al día siguiente Jaime entra en Tarragona, donde es recibido con enramadas, guirnaldas y banderas en las fachadas y por varios cientos de personas que lo aclaman en las calles como el conquistador que ya es.

Hace más de un año que está ausente de Aragón y de Cataluña; pasará el próximo invierno recorriendo sus principales villas y ciudades y se acercará a las fronteras del sur para preparar la siguiente empresa que hace tiempo que bulle en su cabeza: la conquista de Valencia.

Tudela, 31 de enero de 1231

A finales de 1230, Fernando de Castilla se proclama rey de León. La reunificación de esos dos reinos, separados hace casi un siglo, es visto por Jaime de Aragón como una amenaza a sus deseos de conquista de Valencia, que aunque le corresponde por los viejos tratados, también ambicionan los castellanos.

Estando aquel invierno en Monzón con sus principales consejeros, Jaime se entera de que el rey Sancho de Navarra, el gigante que pelea al lado de su padre en la batalla de las Navas de Tolosa, se encuentra muy enfermo.

Si Jaime saca una cabeza de altura a todos los demás hombres de su tiempo, Sancho el Fuerte todavía tiene medio palmo más. Su enorme corpachón anda ya cerca de los ochenta años de edad y hace varios que tiene abierta en el muslo una herida varicosa que le impide caminar y que le dificulta incluso moverse, por lo que vive recluido en el castillo de la ciudad de Tudela.

El rey de Navarra no tiene hijos legítimos. Su heredero, nacido de su matrimonio con Constanza, hija del conde Ramón de Tolosa el Viejo, muere con quince años de edad. Todos los demás son engendrados con concubinas y no pueden heredar el reino.

Al frustrarse su boda con la infanta Sancha de León, Jaime pierde la oportunidad de convertirse en soberano de ese reino, pero la enfermedad de Sancho de Navarra, su avanzada edad y la falta de un heredero le hace pensar que puede ser el siguiente monarca de Navarra, como sus predecesores Sancho Ramírez, Pedro y Alfonso. El propio Jaime se considera el decimocuarto rey de una dinastía que también incluye a los de Pamplona.

A comienzos del mes de enero de 1231, como si se cumpliera una premonición, Jaime recibe una carta de Sancho de Navarra en la que le avisa que no puede defender su reino del ataque que sufre por parte del rey de Castilla y de León. Fernando se apodera de los territorios navarros de Guipúzcoa y Álava y amenaza con llegar hasta Tudela y Pamplona. Sancho le recuerda a Jaime su estrecha amistad con su padre y le pide ayuda a la vez que le que propone una alianza.

A finales de enero, el rey de Aragón se presenta en Tudela con Blasco de Maza, Rodrigo de Lizana y Ato de Foces.

Un consejero de Sancho los espera a la entrada del castillo.

—Mi señor me ha encargado que os presente sus disculpas por no haberos recibido a las puertas de la ciudad como corresponde a vuestro rango. Como bien sabéis, hace tiempo que don Sancho está enfermo y no puede moverse.

—Lo sé. Conducidnos a su presencia —dice Jaime.

—En los últimos diez años no ha salido de su cámara, pero me ha dicho que hará un esfuerzo y que os recibirá en la sala mayor del castillo. Su majestad no puede andar. Una maldita herida que tiene en el muslo no acaba de cicatrizar y apenas puede apoyar esa pierna en el suelo sin sentir dolores insoportables.

Al ver a Sancho, Jaime comprende por qué apenas puede moverse.

—Querido sobrino, ven a mis brazos —dice Sancho sonriendo al ver a Jaime—. Siento una gran alegría por conocerte al fin. Este es un día muy feliz para mí.

—La alegría es mutua. Yo también tenía muchas ganas de conocer al héroe que combatió al lado de mi padre en las Navas de Tolosa.

Los dos monarcas se funden en un sentido abrazo.

El de Navarra es un gigante; incluso Jaime se asombra ante su tamaño. Ambos tienen la misma estatura, pese a que Sancho está viejo y encorvado; y está gordo, muy gordo, tanto que hace diez años que no sale del castillo de Tudela a causa de su obesidad. A la vista de su inmensidad, Jaime cree que no hay ningún hombre en el mundo tan gordo y tan grande como el rey de Navarra.

—Acompáñame, hablaremos más tranquilos en una recámara que hay al lado de la capilla. Pero tendrás que ayudarme con esas malditas escaleras.

Jaime coge por el brazo a Sancho y ambos suben un tramo de escaleras, no sin gran esfuerzo y muy despacio.

En la sala hay dispuestos dos sillones.

—El de las Navas debió de ser un combate prodigioso —comenta Jaime tras ayudarlo a sentarse.

—Lo fue, lo fue. Sin duda la batalla más trascendente que se ha librado jamás en estas tierras de las Españas. Tu padre combatió como un león. Tú eres muy parecido a él: tu estatura, ese cabello rubio, pero tienes los ojos negros; los de don Pedro eran claros.

—Me han dicho que mi padre fue el mejor caballero de su tiempo.

—En verdad que lo fue. Luché a su lado y te lo puedo asegurar de primera mano. Nunca conocí a caballero tan valiente y noble.

—En cuanto recibí tu carta, no lo dudé ni un momento. Llamé a varios de nuestros nobles para que me acompañaran y aquí estoy, listo para escuchar cuanto tengas que decirme, tío. —Jaime trata con la misma familiaridad a Sancho.

—Lo que he de contarte conviene a tu provecho y honor.

—Querido tío, solo con haberlo pedido, he venido a verte sin más satisfacción que conocerte y darte un abrazo. No pretendo otra cosa de ti.

—Tus palabras demuestran que eres digno heredero de tu padre, y tan honrado y gentil caballero como lo fue él. Pero este mundo no está hecho de gentilezas y dichas. Por desgracia, abundan más las traiciones, los engaños y las insidias y yo las he sufrido. Aprovechando este mal estado en el que me encuentro por mis muchos años y mi mala salud, el rey de Castilla ha enviado a sus esbirros contra mis tierras y ha tomado algunos castillos en Guipúzcoa y Álava, dominios de Navarra. Si te he llamado, además de para conocer al hijo de mi amigo, es para ofrecerte un pacto.

Tudela, 1 de febrero de 1231

A la mañana siguiente Jaime y sus consejeros Blasco de Maza, Rodrigo de Lizana y Ato de Foces oyen misa y después suben al castillo de Tudela. Allí los espera el rey Sancho, que comienza a hablar sin derroteros.

—Rey don Jaime, te he llamado por un asunto muy importante. Ya soy un viejo y estoy impedido. Supongo que el Creador pronto me llamará a su seno. No tengo herederos directos al trono de Navarra, que ambiciona el rey de Castilla y León. Tú eres rey de Aragón y, además, mi pariente. Ambos descendemos del mismo linaje, el de los soberanos de Pamplona, y además de la casa condal de Barcelona, pues yo soy bisnieto del conde Ramón Berenguer y tú, su tataranieto.

»Tengo un sobrino, Teobaldo, hijo de la condesa de Champaña, al que algunos quieren ver coronado como rey de Navarra, pero yo prefiero que seas tú quien me suceda como soberano de esta tierra, pues llevas en tus venas mi misma sangre.

»Esta es la razón por la cual te rogué que vinieras a verme. Y para que te conviertas en mi sucesor en Navarra con todas las garantías y toda la ley, te propongo que aceptes que te adopte como hijo y, a su vez, tú hagas lo mismo conmigo. Tengo ya setenta y siete años bien cumplidos y tú tienes...

—Mañana cumpliré los veintitrés —apunta Jaime.

—Veintitrés... Entonces este será mi regalo de cumpleaños.

—Rey don Sancho, tus palabras demuestran un gran afecto y confianza hacia mí y tu propuesta me satisface, pero permíteme que lo consulte con mis consejeros. Además, tengo un hijo, el infante don Alfonso, con la que fuera mi esposa, la reina doña Leonor, hija de don Alfonso de Castilla. Hace tiempo, en las Cortes de Daroca, los caballeros, los prelados y las ciudades de Aragón lo juraron como mi sucesor.

»De modo que si firmo contigo este pacto de prohijamiento, quebrantaría la palabra dada a los aragoneses en las Cortes de Daroca. Nadie puede quitarle ese derecho a mi hijo mientras viva.

—En ese caso, yo también tengo que deliberar con mis consejeros —añade Sancho el Fuerte—. Si te parece, nos retiramos a deliberar, que nuestros consejeros lo traten esta misma tarde y mañana resolveremos este asunto.

Castillo de Tudela, 2 de febrero de 1231

Jaime asiste a la misa matutina, desayuna y sube de nuevo al castillo. Sus consejeros debaten la tarde anterior con los del rey Sancho de Navarra y mediada la noche alcanzan un acuerdo. Por la mañana, los dos monarcas solo tienen que ratificarlo.

—Mi edad es muy avanzada —comienza hablando Sancho— y no puedo acudir a luchar contra el rey de Castilla, que anda hostigando mis tierras del oeste. Como ayer acordaron nuestros consejeros, si me ayudas a detener a ese ambicioso don Fernando, incluiremos a tu hijo don Alfonso en nuestro pacto de prohijamiento. De manera que si yo muero antes que tú, como es natural, todo este reino de Pamplona será para ti y para tu hijo Alfonso y si tú falleces antes que yo, lo que no ocurrirá, el reino de Aragón será mío y después de tu hijo.

—Esto debemos jurarlo —dice Jaime.

—Lo juraremos y lo subscribiremos, y haremos que lo juren como testigos nuestros consejeros.

—Este acuerdo significa que Aragón entra en guerra con Castilla, lo que es justo, pues su rey don Fernando te ha ofendido gravemente al invadir tus tierras y apropiarse de parte de ellas.

—En cuanto firmemos este tratado, tú, Jaime, serás mi hijo, de manera que el rey de Castilla nada podrá alegar si defiendes la tierra de tu padre adoptivo.

—Te agradezco mucho lo que haces. Firmaré este tratado y te defenderé del monarca castellano y de cualquier otro que ose ofenderte.

—Si te parece, daremos un plazo de tres semanas para que vengan a Tudela los nobles, caballeros y los nuncios de las villas y ciudades de Navarra, diez por cada ciudad y cuatro por cada villa, para que ratifiquen el pacto que vamos a firmar y te juren como mi heredero.

—Yo haré lo propio con los de Aragón.

—¿Está listo el diploma con el acuerdo de prohijamiento? —le pregunta Sancho a uno de sus consejeros.

—Lo está, majestad —responde el consejero, que señala a un escribano que sostiene el documento en la mano.

—Podéis leerlo —le indica el rey Sancho tras la aceptación con un gesto del rey Jaime.

El escribano encargado de redactar el acuerdo de prohijamiento comienza la lectura:

—«En el nombre de Dios... don Jaime, por la gracia de Dios rey de Aragón, prohíjo a vos, don Sancho, rey de Navarra de todos mis reinos y señoríos... y que heredéis vos todo lo mío... Y yo don Sancho, rey de Navarra por la gracia de Dios, prohíjo a vos, don Jaime, rey de Aragón, de todo el reino de Navarra... Y hacemos homenaje el uno al otro de boca y de manos, y juramos sobre los cuatro evangelios que así lo atenderemos... Y son testigos de esto... Hecha esta carta el domingo, segundo día de febrero en la fiesta de Santa María de la Candelaria, en la era de mil doscientos sesenta y nueve, año del Señor de mil doscientos treinta y uno, en el castillo de Tudela. Yo, Domingo, escribano, por mandato del rey de Aragón y del rey de Navarra, estas cartas escribí y este signo hice con mi mano».

—¿Estás de acuerdo, Jaime? —le pregunta Sancho el Fuerte.

—Lo estoy.

—¿Y vosotros, señores de Aragón y de Navarra?

—Lo estamos —responden a coro.

—Todos conformes, firmamos y juramos este pacto. En las próximas semanas lo harán aquí en Tudela los nobles, caballeros, eclesiásticos y nuncios de la ciudades y villas de Aragón y de Navarra —concluye Sancho el Fuerte.

La ratificación del tratado de prohijamiento se concreta en Tudela el día 4 de abril. Los aragoneses juran fidelidad al rey Sancho y los navarros al rey Jaime.

El rey de Aragón no tiene temor alguno en entrar en guerra con Castilla con sus dos mil caballeros. Pide además otros mil a los señores de Navarra, mil más al rey Sancho, pagados de su tesoro, y otros mil al conde Teobaldo de Champaña. Con esos cinco mil cree poder derrotar a los castellanos, a los que considera presumidos y orgullosos. Planea invadir Castilla y saquear sus villas y aldeas, que carecen de murallas, y así conseguir un gran botín. Pero Sancho es un rey avaro y no quiere gastar nada de su dinero. El plan de invasión se frustra.

Pese a que no puede emprender la guerra, Jaime está satisfecho, y más aún cuando recibe a una embajada con la que el rey Fernando le muestra su amistad y le ofrece a Sancha, su hija mayor, como esposa.

Alcañiz, octubre de 1231

Resuelto el tratado de prohijamiento con el rey de Navarra, Jaime regresa a Mallorca. Corre el rumor de que el rey musulmán de Túnez planea atacar la isla y recuperarla para el islam. Además, todavía queda en la montaña un último foco de unos dos mil musulmanes en rebelión, que son reducidos, vencidos y vendidos como esclavos.

La isla de Menorca también se somete tras ser amenazada. Jaime permite que siga siendo de dominio musulmán, aunque bajo vasallaje a la Corona de Aragón. Los judíos mallorquines juran acatar la autoridad de Jaime tras recibir algunas alquerías y varios privilegios en diversos mercados.

El hijo del último soberano musulmán de Mallorca pide convertirse al cristianismo y bautizarse con el nombre de Jaime, en honor al rey de Aragón.

Todo va bien... hasta entonces.

Recién llegado de Mallorca, donde pasa las primeras semanas del verano, recibe en Barcelona una mala noticia. Los cátaros se preparan para la defensa de sus ideas y retan a la Iglesia de Roma, que activa a la Inquisición para sofocar el nuevo desafío de los herejes, que se fortifican en el castillo de Montsegur, en la cima de un escarpado monte rocoso, cerca de Foix.

En agosto, viaja a Montpellier para seguir de cerca los movimientos de las tropas del papa en la nueva cruzada que se avecina contra los cátaros. Se da cuenta entonces de que no puede dejar indemne la amenaza de los sarracenos de Valencia. Hace ya más de un año de la muerte de Zayd abu Zayd, su vasallo y aliado musulmán. Desde entonces, el reino de Valencia está en manos de Ibn

Zayyán, que ese mismo verano realiza una incursión de piratería en tierras de Tortosa. Mientras Valencia sea musulmana, Mallorca, el sur de Aragón y el de Cataluña estarán sometidos a una permanente amenaza. Valencia debe ser conquistada.

Aún no cumple los cuarenta años cuando muere Aurembiaix de Urgel. Jaime acude a Lérida y se entrevista con su viudo, el infante Pedro de Portugal. En la zuda de Lérida firman dos documentos que suponen el primer paso para la conquista de Valencia. En el primero, el rey le cambia al infante Pedro de Portugal el señorío del condado de Urgel por el feudo del reino de Mallorca y los derechos sobre la isla de Menorca; y en el segundo, le promete al propio Pedro y al infante Nuño Sánchez que les entregará en feudo las islas de Ibiza y Formentera si es capaz de conquistarlas antes de dos años.

Entre tanto, el infante y heredero Alfonso sigue en Castilla, educado por su madre la reina Leonor. Las decisiones que toma Jaime obvian los derechos de su hijo, por el que apenas se interesa. Solo muy de vez en cuando llega de Castilla algún embajador con vagas noticias del heredero, que Jaime despacha sin prestar el menor interés. Ya no recuerda, o no quiere hacerlo, el comportamiento de su padre, el mismo que muestra él hacia su hijo.

Aquellos días de otoño, Jaime va de caza por tierras de Alcañiz. Tras cada jornada, durante la cena con los caballeros que lo acompañan, no se habla de otra cosa que de la conquista de Valencia.

El rey ya sabe que Blasco de Alagón, que continúa desterrado, gana a los musulmanes la villa de Morella, para lo que disfruta de un permiso real, y que varios caballeros de Teruel conquistan el castillo de Ares. Ambos lugares serán una buena base para el inicio de la guerra contra los moros.

—Esa conquista requiere de una precisa planificación, majestad. Recordad el fracaso en Peñíscola —comenta Ato de Foces, mayordomo real, mientras degusta con el rey y otros nobles un venado asado en el castillo de Alcañiz.

—¿Qué recomendáis, don Ato?

—Deberíamos hacer una incursión por el norte para inspeccionar sus defensas y calibrar la predisposición de esas gentes para luchar por esa tierra.

—¿Algún lugar en concreto?

—Para conquistar la gran ciudad de Valencia hay que asegurar antes todas las ciudades y castillos al norte, hasta Peñíscola. Existe una villa populosa y bien defendida, en una rica y amplia campiña a unas cuarenta millas al norte de Valencia. Se llama Burriana. Podría ser el primer objetivo. Si la tomamos, el camino hacia Valencia quedaría abierto, aunque también habría que tomar Murviedro, a mitad de camino. Su castillo es el más poderoso de toda esa región.

—¿Murviedro? —se extraña Jaime.

—«Los muros viejos»; es la ciudad que los antiguos llamaron Sagunto.

—Sagunto, sí, la ciudad que provocó la guerra de Aníbal contra Roma según hemos leído en viejas historias.

—Sí, esa misma. Dicen que todavía pueden verse ruinas de esos tiempos por allí.

—En dos meses haremos una incursión por la comarca de Burriana. Nos acompañarán todos cuantos deseen ganar fortuna, gloria y tierras. Y esperamos que también vengan con nos los caballeros del Temple. Su maestre provincial, don Hugo de Forcalquier, ha recorrido ese territorio en los últimos dos años, de modo que debe conocer los caminos.

—Majestad, los nobles de Aragón acudirán prestos a vuestra llamada. Hace tiempo que muchos de ellos ansían ampliar sus señoríos incorporando Valencia al reino de Aragón.

—Ya veremos —dice Jaime con expresión un tanto enigmática.

—Valencia debe ser para Aragón; así lo manifestaron vuestros antecesores, el rey don Pedro, que ocupó por algún tiempo Castellón, Peñíscola, Oropesa y algunos otros castillos de la costa levantina, y los dos Alfonsos. El Batallador incluso llegó a asediar la ciudad de Valencia hace más de cien años, sin éxito.

—Ya veremos eso, don Ato, cuando llegue el momento —reitera Jaime.

Junto a Burriana, 7 de enero de 1232

La llanura se extiende entre las montañas y el mar y en su centro, como una perla blanca, se levanta Burriana, apenas a milla y media del mar Mediterráneo.

Desde lo alto de un cerro, con la sierra a la espalda, Jaime y varios de sus caballeros contemplan la villa.

—Ahí está —señala con su brazo Ato de Foces.

—Es una villa populosa y, como dijisteis en Alcañiz, parece bien fortificada. Nos costará tomarla —comenta Jaime.

—Ya lo hicisteis con Mallorca, mi señor, y, por lo que sé, es más grande y poblada que Burriana. Aquí contáis además con la ventaja de poder recibir suministros por tierra y por mar. Será más fácil.

—¿Aquello es Murviedro? —Jaime señala unas estribaciones rocosas hacia el sur, como a unas veinte millas.

—Sí, allí esta la vieja Sagunto, y un poco antes hay un camino que lleva hasta Teruel, al noroeste de aquí, a unas ochenta millas al otro lado de la sierra; por un puerto que hay cerca de Segorbe se puede llegar en tres días.

—Necesitaremos al menos mil caballeros, tres mil peones y media docena de catapultas y máquinas de asalto para asediar Burriana. Eso lleva tiempo. Tendremos que dejar esta campaña para el año próximo.

—Aquí estaremos, majestad, a vuestro lado, como siempre —asienta Ato de Foces.

—Necesitaremos a todos los caballeros y soldados que sea posible reclutar.

—Valencia es un reino muy rico y con la tierra más fértil del mundo. Ahora estamos en pleno invierno y, ya veis, majestad, que apenas hace frío. Tendríais que ver esa llanura y esas huertas en primavera; son verdes como esmeraldas y llenas de frutos y de flores. Ahora solo están verdes los naranjos y los limoneros, pero hay muy pocos de esos árboles. Los moros usan sus frutos, que producen zumo en abundancia, para limpiar las tripas de los corderos con las que hacen salchichas, como nosotros los cristianos hacemos con las del cerdo. También usan ese jugo para limpiar objetos de metal, sobre todo de cobre y de latón.

—¿No los comen?

—Se pueden comer, sí, pero son amargos. Si fueran dulces, serían las frutas más sabrosas del mundo. Algunos nobles de este reino moro plantan naranjos en sus jardines. Su flor se llama azahar y de ella se extrae un aromático perfume que se vende a buen precio en el mercado.

—¿Cómo sabéis todo eso, don Ato?

—Lo escuché de labios de un comerciante sarraceno en el mercado de Zaragoza.

—A tres días de Teruel... Bien, convocaremos allí a la hueste para la próxima primavera, conquistaremos Burriana, luego Sagunto y, por fin, Valencia.

—Y el reino de Aragón será así mucho más grande...

—Ya veremos eso; ya lo veremos en su momento.

Al escuchar esas palabras en la boca del rey, Ato de Foces recuerda que ya lo dijo hace dos meses en Alcañiz y sospecha que no le hace gracia que el reino de Aragón crezca a costa del de Valencia.

Tarragona, 6 de mayo de 1232

Tras varios días de expedición por tierras de Burriana, Jaime I regresa a sus dominios. Pasa el mes de marzo en Aragón y el de abril en Barcelona convenciendo a los nobles para que le ayuden con sus mesnadas, recabando préstamos y prometiendo tierras y propiedades a los que acudan a la conquista de Valencia.

Ya tiene veinticuatro años, un sucesor, un pacto para heredar Navarra y la ambición de añadir un segundo reino a su Corona.

La empresa que se propone es difícil y tendrá que dar ejemplo en el combate si pretende transmitir a sus hombres el valor y el ímpetu necesarios para ganar las batallas que se avecinan. Correrá peligro y puede perder la vida. Consciente de ello, decide dictar testamento.

Lo hace el 6 de mayo en la cámara del castillo del arzobispo de Tarragona, ante el propio arzobispo Aspargo, el abad de Poblet, el justicia de Aragón Pedro Pérez y otros nobles y frailes.

—Señores, dentro de unos meses, cuando llegue la primavera, iremos a la conquista del reino moro de Valencia. Por eso hemos estimado que ha llegado el momento de dictar nuestra voluntad y testar ante Dios y ante los hombres. Y queremos que seáis vosotros, fieles y leales amigos, los testigos de nuestro testamento.

—Confirmaremos vuestra voluntad, majestad —dice el arzobispo; los demás asienten.

—Tomad nota, don Sancho —le ordena el rey al escribano—. Es nuestro deseo que sea heredero legítimo como rey de Aragón, rey de las Mallorcas, conde de Barcelona y de Urgel y señor de Montpellier nuestro hijo don Alfonso, al que tuvimos con nuestra esposa la reina Leonor, hija del rey de Castilla. Mandamos que todos los ricoshombres y todas las demás gentes de Aragón, de Cataluña y de Montpellier le obedezcan tras nuestra muerte como a su señor natural, que lo será entonces.

»Y si nuestro hijo muriera sin sucesor, lo sea nuestro primo el conde Ramón Berenguer de Provenza o su hijo varón en su caso. Y si no hubiera sucesores varones del conde de Provenza, sea heredero nuestro tío el infante don Fernando de Montearagón. Y si don Fernando también muriera sin hijos, entonces sea nuestro sucesor el pariente más cercano que siga vivo.

»Así, determinamos que los tutores legales de nuestro hijo sean el arzobispo don Aspargo de Tarragona, los maestres provinciales del Temple y del Hospital y el abad de Poblet, y que traigan de Castilla al infante don Alfonso y lo custodien hasta la mayoría de edad, o antes si así lo consideran, en el castillo de los caballeros templarios en Monzón, donde nos fuimos educado.

—Elegimos el monasterio de Poblet como lugar de nuestra sepultura...

—¿Poblet? —Se escucha la voz del aragonés Pedro Cornel, que mira asombrado y un tanto enojado al también aragonés Asalido de Gudal.

—Sí, Poblet —se reafirma Jaime.

—Mi señor —habla Pedro Cornel—, ya manifestasteis en una ocasión anterior vuestro deseo de recibir sepultura en el monasterio de Sigena, en tierra de Aragón, donde descansan vuestro padre el rey don Pedro y vuestra abuela la reina doña Sancha.

—Sí, de eso hace seis años, pero hemos cambiado de opinión; seremos sepultado, cuando Dios lo quiera, en Poblet.

—Majestad, el rey de Aragón debe reposar en tierra aragonesa; así lo proclaman la ley y la costumbre —protesta Asalido de Gudal.

—Señores, además de rey de Aragón, nos somos conde de Barcelona, y son nuestras tierras tanto las de Aragón como las de Cataluña. Y no queremos escuchar una sola palabra más sobre este asunto. Continuad tomando nota, don Sancho.

—Sigo atento a vuestras palabras, majestad.

—Elegimos como lugar para nuestra sepultura el monasterio de Poblet, al que legamos tres mil maravedíes para remedio de nuestra alma.

A continuación, Jaime desgrana el nombre de siete monasterios más, a los que dona entre dos mil y quinientos maravedíes. Encarga a los tutores que atiendan a las deudas y reclamaciones que pueda dejar a su muerte con las rentas de algunos lugares y con los impuestos de los judíos.

—Anotado, majestad —confirma Sancho.

—Añadid que rogamos y suplicamos al papa que valide este testamento. Y lugar, fecha, testigos, etcétera.

Acabadas de dictar las cláusulas del testamento real, los dos nobles aragoneses presentes se retiran a un rincón discreto.

—Esto va a disgustar a los aragoneses —augura Pedro Cornel.

—Don Jaime no ha querido ser enterrado junto a su padre, rompiendo así la voluntad de don Pedro de convertir al monasterio de Sigena en el panteón de los reyes de Aragón, para lo que se edificó —comenta Asalido de Gudal.

—Sabéis, don Asalido, que año a año disminuye la querencia del rey por Aragón y aumenta la de Cataluña. Ya lo adelantó don Ato de Foces.

—Quizá no quiere reposar al lado de su padre; conoce cosas de él que no le han gustado...

—No es eso, no. Don Jaime prefiere a Cataluña.

—Pero su título de rey de Aragón es superior al de conde de Barcelona.

—Porque así es. Su linaje real le viene de su bisabuela la reina Petronila. Si es rey, lo debe a la sangre real de Aragón —asienta Pedro Cornel.

—Bueno, al menos deja como heredero de todos sus dominios a su hijo don Alfonso.

—¿Acaso lo dudabais?

—Recordad que su antepasado don Alfonso el Batallador legó sus reinos a los frailes del Temple, del Hospital y del Santo Sepulcro... —recuerda Asalido.

—Don Jaime, pese a su juventud, es un escrupuloso cumplidor de la ley y sabe que no puede dividir su herencia, el patrimonio regio heredado.

—Pero el reino de las Mallorcas es su conquista, su acapto, y con él puede hacer lo que quiera. Por un momento pensé que sería capaz de entregarlo a los templarios.

—Don Alfonso permanece en Castilla, pero al menos, cuando se entere de este testamento, ya no verá peligrar su herencia. Y eso puede evitar una guerra.

Alcañiz, principios de enero de 1233

Los últimos meses del año 1232 el rey de Aragón viaja tres veces a Mallorca y somete a vasallaje a Menorca, pues quiere asegurar las rutas por mar antes de comenzar la conquista de Valencia. Aunque son falsas noticias, siguen llegando rumores de que el rey Abu Zakariyya, soberano musulmán de Túnez, está preparando la invasión de Mallorca.

Jaime no deja de reclamar del papa Gregorio la concesión de una bula de cruzada para la empresa de Valencia, que al fin llega en diciembre. Para ello tiene que admitir la incoación de un proceso inquisitorial contra Guillén de Tavertet, obispo de Vic, acusado de congeniar con los herejes.

El papa se inmiscuye además en la vida privada del rey de Aragón, que según le cuentan le parece demasiado lasciva, promiscua y llena de concupiscencia. Como sigue soltero tras la disolución de su matrimonio con la reina Leonor, incluso le sugiere novias y le pide que se case o con la hija del duque de Austria o con Violeta de Courtenay, nieta del emperador de Bizancio; o, aún mejor, con Violante, hija del rey Andrés de Hungría. El papa siente la amenaza de los turcos en Oriente y desea que los reyes cristianos de Occidente se inmiscuyan más en la defensa de la cristiandad. Estos matrimonios entre reyes y príncipes se consideran la mejor manera de establecer alianzas políticas.

De regreso del último viaje a Mallorca, el rey convoca a sus caballeros en la villa aragonesa de Alcañiz para acordar el plan de conquista de Valencia.

En el castillo, que corona el cerro a cuya ladera se extiende el caserío alcañizano, Jaime explica sus planes:

—Señores, el papa Gregorio nos ha concedido la bula de cruzada. Debemos iniciar la conquista cuanto antes. Don Fernando de Castilla anda en campaña por el valle del Guadalquivir y ambiciona conquistar las villas de Úbeda y Baeza y luego las grandes ciudades de Córdoba y Sevilla. Haremos lo mismo. Antes de intentarlo con Valencia, ocuparemos algunas villas de su entorno.

—Mi señor, creo que Burriana y Peñíscola deberían ser los dos primeros objetivos —habla Blasco de Alagón, a quien el rey perdona su desobediencia y lo admite de nuevo a su lado.

—Si ocupamos Burriana, con ella caerán Peñíscola y todas las demás tierras sarracenas al norte. Una vez lograda esta conquista, y con nuestras espaldas cubiertas, comenzaremos el asedio a Valencia.

—Majestad, a unas pocas millas al norte de Valencia, muy cerca de la costa, hay una pequeña elevación, la única en toda esa llanura, que los sarracenos llaman el poyo de Yuballa, que en su lengua significa «el montecito». Es un cerro no muy alto, pero de buena defensa y el lugar más propicio para establecer un campamento estable desde el cual controlar toda esa zona —añade Blasco de Alagón.

—Su Santidad nos ha enviado una cruz que él mismo ha bendecido ante el altar de la basílica de San Pedro y ha concedido a todos los que la sigan en la cruzada contra Valencia la remisión de sus pecados —tercia el maestre provincial de los hospitalarios.

—Señores, Valencia es la mejor y más bella tierra del mundo y, con la ayuda de Dios y de nuestro patrón san Jorge, pronto será nuestra —proclama Jaime.

—¿Para cuándo la hueste, mi señor? —pregunta Blasco.

—Convocad al ejército para que acuda a la villa de Teruel a principios del próximo mes de mayo. Prometo entregar casas, tierras y dinero a todos los que allí se presenten.

Teruel, mayo de 1233

Tras la reunión de la curia regia de Alcañiz, Jaime se va de cacería a Ejea con Pedro Fernández de Azagra, el señor de Albarracín, que le promete su ayuda en la conquista de Valencia. A fines del invierno abundan los jabalíes y su caza es un buen ejercicio para hombres y caballos. Necesitarán estar a punto para el asedio a Burriana.

De paso por Calatayud, el rey recibe una carta del papa en la que le reitera que debe casarse con alguna de las tres damas que le recomienda. Jaime le hace caso y decide hacerlo con la princesa Violante de Hungría. La cancillería real expide las cartas de petición de matrimonio y envía a ese lejano reino una embajada para las negociaciones de la boda. Los embajadores llevan la propuesta de una sustanciosa dote para Violante en caso de que se convierta en la reina de Aragón.

En marzo muere el arzobispo Aspargo de Tarragona, gran valedor del rey, y el noble Ato de Foces recibe varias villas como regalo a la fidelidad que siempre muestra hacia Jaime, aunque dada su edad deja de ser mayordomo real, cargo que pasa a Blasco de Alagón, totalmente rehabilitado ya.

A finales del invierno el rey deja Lérida y ya en primavera recorre las sierras de Morella y Ares, donde tiene que hacer frente a una intensa nevada antes de atravesar llanos y montes hacia el sur, camino de Teruel. En la ruta va reclutando a cuantas gentes puede para la campaña de Burriana, aunque sin demasiado éxito.

El día amanece luminoso y cálido, bajo un cielo transparente y claro como el más puro cristal de topacio azul.

El ejército es convocado a hueste en la explanada que se abre fuera de las murallas de Teruel, frente al portal de Zaragoza. La villa está creciendo; el recinto murado queda ya pequeño y justo en esa zona se está construyendo un nuevo barrio que llaman el Arrabal.

Es justo mediodía cuando llega a la explanada el rey acompañado por Blasco de Alagón, que estrena su cargo de mayordomo real.

—¿Dónde está el resto del ejército? —pregunta el rey extrañado.

En la explanada del portal de Zaragoza solo forman la mesnada del obispo Sancho de Ahonés de Zaragoza, la del señor de Albarracín, los caballeros del rey que manda Jimeno Pérez de Tarazona y un puñado de vecinos de Teruel.

—Estaban convocados todos los ricoshombres de Aragón, el maestre provincial del Temple, el del Hospital, el de la Orden de Uclés, el de Calatrava, las milicias concejiles de todas las ciudades y grandes villas... —comenta Blasco de Alagón un tanto abatido.

—Ahí apenas hay cien caballeros y tres centenares de peones —dice el rey.

—Demasiado poco para conquistar un reino como el de Valencia —añade Blasco.

—Sí, demasiado poco. —Jaime, contrariado, frunce el ceño y aprieta los dientes.

—¿Qué hacemos, majestad?

—Esperaremos otros tres días.

—¿Y si no viene nadie más?

—Entonces partiremos hacia Burriana, seamos cuantos seamos. No vamos a suspender esta campaña. Si es preciso, iremos solos.

—Yo voy con vuestra majestad.

A los tres días, llegan a Teruel unos cien peones y una docena de caballeros de las milicias concejiles de Daroca y un pequeño grupo de templarios de la encomienda de Aliaga. No es suficiente, pero el rey da orden de marchar hacia el sur. Seguirán aguas abajo el curso del río Turia para desviarse luego por los páramos de la sierra del Toro hacia el valle del Alto Palancia y descender su curso por Jérica y Segorbe antes de girar hacia el este, camino de Burriana.

Para amedrentar a los musulmanes, el rey ordena talar los campos y devastar cuanto se pueda en el término de Jérica. Unos mensajeros llegan desde el sur para anunciar que los maestres provinciales del Temple y del Hospital y el comendador de Alcañiz están acampados con sus tropas en un poyo cerca de Murviedro, esperando allí la llegada del rey. Ruegan a Jaime que acuda pronto a socorrerlos, pues no podrán aguantar demasiado tiempo si sufren el acoso de los musulmanes.

Sitio de Burriana, principios de julio de 1233

La hueste cristiana deja asolados los campos de Jérica y Segorbe antes de virar hacia Burriana, a donde se ordena que acudan los que están acantonados cerca de Sagunto.

Frente a Burriana se van concentrando las tropas cristianas a fines de mayo y comienza el asedio.

Desde la misma posición en la cual el invierno del año anterior observa Burriana, Jaime contempla ahora el mismo paisaje.

Desde la salida hace ya dos meses de Teruel con menguadas tropas, la hueste real crece. En los alrededores de Burriana se congregan la mayoría de los grandes señores aragoneses y catalanes.

Los carpinteros fabrican un fundíbulo y un mandrón, que están listos para comenzar a bombardear Burriana.

A mediados de julio, el ejército cristiano es suficiente como para iniciar el asalto y Jaime da la orden para comenzar el ataque definitivo.

El ingeniero italiano Nicolás de Albenga, veterano de la conquista de Mallorca, construye una enorme torre de madera con la que asaltar las murallas, que no dejan de ser batidas día y noche con los proyectiles de las catapultas.

Es una enorme estructura de dos pisos y ocho brazos, dos por cada una de sus cuatro caras. Se mueve sobre un centenar de rodillos untados de sebo para que se deslice con poco esfuerzo y por una senda en la que se clavan estacas para asentar el terreno.

—Listo para avanzar —le dice Nicolás a Jaime.

—¿No sería mejor proteger el castillo de madera de algún modo? Los sarracenos disponen de dos algarradas que disparan proyectiles capaces de golpearlo —pregunta el rey.

—Adelante, mi señor —indica el italiano—. Aunque dispusieran de diez catapultas, le harían a mi castillo menos daño que una hormiga.

—Podemos reforzarlo con maderas de la naves —insiste el rey.

—No es necesario.

—Vos sois el maestro en este arte, de modo que sea como queréis.

—Confiad en mí. El castillo está listo; podéis dar la orden para el ataque.

—¡*Ayoz, ayoz!* —grita Jaime alzando el brazo y usando la expresión que utilizan los marineros para mover un navío.

Los peones de las milicias de Teruel y de Daroca, encargados de arrastrar el castillo, tiran con todas sus fuerzas de las cuerdas y el ingenio comienza a moverse con estrépito.

Cuando los musulmanes de Burriana ven acercarse aquel artefacto, se estremecen. El avance del castillo de madera está protegido por decenas de ballesteros, que baten sin cesar las almenas, y por los disparos del fundíbulo y las catapultas, que atruenan una y otra vez con sus lanzamientos, golpeando los muros de la ciudad.

Todo va bien, pero de pronto el castillo se detiene. Por más que tiran con fuerza de las cuerdas los de Daroca y los de Teruel, no consiguen moverlo. Lo frenan los brazos de madera, que se clavan en el suelo como anclas e impiden que siga progresando.

Los sitiados se dan cuenta enseguida y lanzan una lluvia de saetas. Una de ellas alcanza a Jaime, que va en cabeza animando a sus hombres a tirar del castillo. El rey va protegido con el perpunte, la loriga, el casco de hierro y el escudo, y además por una veintena de soldados que abren la marcha cubriendo a los demás con grandes escudos.

Pese a ello, nueve hombres son heridos por las flechas.

—No podemos avanzar así —comprende el rey, que ordena llamar a Nicolás.

—Todavía queda la mitad del camino por recorrer. Ordenad a los hombres que se retiren para no sufrir más daño y que las catapultas sigan lanzando cuantos proyectiles puedan sobre las murallas. Esta noche acercaremos el castillo y mañana al amanecer lo tendrán encima de sus cabezas.

—¡Retiraos, retiraos! —grita Jaime alzando la cabeza.

Entonces el italiano se fija en el rostro del rey, que está manchado de sangre.

—¿Estáis herido, señor?

—Nada grave. Una de esas saetas nos ha golpeado y nos ha hecho una herida en la frente. Es superficial.

—Permitid que os curen.

Jaime se retira con los peones de Daroca y Teruel a la vez que el fundíbulo sigue lanzando piedras de más de cien libras sobre Burriana.

Mientras le limpian la herida en su tienda, se bebe dos copas de vino rebajado con agua; hace mucho calor.

Durante la comida escucha un estruendo y se teme lo peor. Sale de su tienda y contempla cómo el castillo de madera está siendo alcanzado por varios disparos de una de las algarradas de los sitiados.

—¿Qué ocurre? ¿Por qué no dispara el fundíbulo? —pregunta.

—Se ha atascado, señor. Están intentando arreglarlo cuanto antes —le responden.

—¡Don Nicolás, don Nicolás! —llama Jaime al italiano, que aparece enseguida.

—¿Qué os dijimos? Nos teníamos razón. No considerasteis necesario proteger el castillo y, ya veis, ha sido alcanzado y lo han dañado. Hay que retirarlo de ahí o lo destruirán. ¿Qué valientes vienen con nos?

Nadie contesta.

Entre tanto, la algarrada sigue golpeando sin que nadie lo impida.

Todavía con las últimas sombras de la noche, Jaime se dirige hasta el castillo con un grupo de hombres y consigue alejarlo del alcance de la algarrada.

Al alba siguiente, el castillo muestra más de cien impactos; cuando los rayos del sol lo iluminan, todos se dan cuenta del desastre.

—Los golpes de la algarrada lo han dejado muy dañado, prácticamente inservible —comenta Blasco de Alagón.

—Fue mala idea no protegerlo con un parapeto. No debimos fiarnos de ese italiano —comenta el rey.

—¿Qué hacemos ahora, señor? —pregunta Blasco.

—Ese artefacto ya no sirve para nada. Si acaso, las maderas para el fuego; nada más. Seguiremos disparando con el fundíbulo y excavaremos minas, como hicimos en la toma de Mallorca.

Abandonada la estrategia de asalto usando el castillo de madera, el fundíbulo sigue arrojando enormes piedras sobre Burriana.

Cada vez que una de ellas impacta de pleno en la muralla, tiembla todo el tramo de muro, que a cada golpe se torna más débil e inestable.

Tras dos meses de asedio comienzan a escasear los suministros. Dos galeras llegan de Tortosa y Tarragona con provisiones, pero apenas los descargan, sus propietarios amagan con marcharse. El rey de Aragón carece de galeras de guerra para protegerlas y en cambio el rey de Valencia puede armar dos o tres con las que atacarlas.

Los dueños de las dos embarcaciones quieren marcharse cuanto antes, pero Jaime les dice que se las comprará por un precio superior al que realmente valen. Esas dos galeras son esenciales para la provisión de suministros.

—Decidnos un precio —les pide el rey a los propietarios de las dos naves.

—Señor, esos barcos nos han costado mucho dinero y esfuerzo. No queremos venderlos. Os ruego que nos dejéis partir antes de que aparezcan piratas y se apoderen de ellos —ruega uno de los propietarios.

—Tal vez deberíais abandonar esta empresa —apostilla el otro.

—¿Abandonar? Señores, tenemos veinticinco años, somos el rey de Aragón, hemos sometido a cuantos nobles aragoneses y catalanes se han alzado contra nos, hemos ganado el condado de Urgel y conquistado el reino de Mallorca, ¿acaso creéis que vamos a retirarnos al primer contratiempo? Sois nuestros súbditos; y unos súbditos no pueden permitir la deshonra de su rey. Dadnos un precio por esos barcos.

—Hum... Sesenta mil sueldos; a pagar aquí y ahora —dice uno de los propietarios.

—Hecho, pero no cobraréis ni aquí ni ahora. No disponemos de esa cantidad de dinero. Tendréis que aceptar el pago con un préstamo. Aquí solo tenemos caballos y, como comprenderéis, no es esta la mejor situación para empeñarlos.

—De acuerdo, aceptaremos el pago como vuestra majestad propone, pero siempre que lo avalen los maestres del Temple y del Hospital aquí presentes.

—Contad con ello —dice el maestre del Hospital.

—Señor, el Temple no acostumbra a depositar fianza, ni siquiera por un rey —dice Ramón Patot, el maestre provincial del Temple.

Tras un buen rato de negociaciones, el maestre del Temple accede a prestar el aval, pero a cambio Jaime se compromete a devolverles el dinero tras firmar una escritura a favor del Temple y del Hospital.

Con las dos galeras en su poder, Jaime garantiza los suministros a su ejército. El asedio de Burriana, que está a punto de levantarse, puede continuar.

Sitio de Burriana, mediados de julio de 1233

El asedio se alarga. Varios nobles aragoneses lo comentan entre ellos y deciden que es hora de hablar claro con el rey.

Aquella mañana se presentan en la tienda real Fernando de Montearagón, Blasco de Alagón, Jimeno de Urrea, Rodrigo de Lizana y Blasco de Maza. Suponiendo que lo que van a plantear es muy importante, el rey pide que también estén presentes el justicia de Aragón y Jimeno Pérez de Tarazona, su hombre de confianza.

—Y bien, señores, ¿qué asunto tan importante y secreto os trae hasta aquí? —les pregunta.

—Veréis, señor —habla Blasco de Alagón—, venimos a hablar con vuestra majestad en nombre de los nobles aragoneses, al margen de los obispos y nobles catalanes. Los hombres de los concejos nos han manifestado que llega el tiempo de la cosecha y quieren marcharse a segar las mieses. Si no lo hacen, sus familias pasarán hambre y nuestras haciendas quedarán menguadas. De ninguna manera querríamos que os quedarais solo y por eso os traemos una propuesta, a fin de levantar este asedio sin deshonra ni perjuicio para vuestra majestad.

—¿Qué propuesta? —En el rostro de Jaime se dibuja un gesto de enfado y frustración.

—Estamos seguros de que si se lo proponemos, el rey Ibn Zayyán de Valencia estará dispuesto a otorgaros una elevada suma de dinero a cambio de la retirada. Con ese dinero cubriríais todos los gastos de esta empresa y no habría en ello ningún motivo de oprobio o escarnio.

—¿Abandonar? ¿Ahora?

—Sería por un tiempo. Ya volveríamos en otra ocasión...

—No —dice tajante el rey.

—Pero, señor...

—Vos, don Fernando —se dirige Jaime a su tío—, lleváis la sangre de los Aragón en vuestras venas, ¿qué tenéis que decir a esto?

—Majestad, creo que sería una gran desgracia para vos que los hombres que os han seguido hasta aquí os abandonaran por falta de comida. Creo que deberíais aceptar esta propuesta.

—¿Todavía no nos conocéis? Fuimos a Mallorca y la conquistamos siendo poco más que un muchacho. ¿Acaso suponéis que nos retiraremos de Burriana por un puñado de monedas? Tened esto por bien seguro: no lo haremos jamás. De modo que no pidáis lo que no vamos a daros. Al contrario, os pido y os ordeno, como vuestro rey y señor que soy, que nos ayudéis a tomar Burriana, porque si nos retiramos, moriríamos de vergüenza por regresar a Aragón y Cataluña habiendo fracasado.

»Además, nos fuimos educados en la regla de los caballeros templarios. Un templario no abandona jamás su puesto en el campo de batalla ni deja solos a sus compañeros. Varios maestres de la Orden han muerto con la espada en la mano en combate. ¿Sabéis que doscientos treinta caballeros del Temple cayeron en la batalla de los Cuernos de Hattin ante las hordas de Saladino? Murieron todos porque no se dio la señal de retirada y ninguno de aquellos hombres huyó para salvar la vida, pues habían jurado luchar hasta el fin junto a sus compañeros.

»Y ahora dejadnos con el justicia de Aragón y con don Jimeno Pérez; tengo que hablar con ellos.

—Ya lo habéis oído, ¿cuál es vuestra opinión? Sed francos y hablad con sinceridad, ya sabéis cuánto os estimamos a los dos.

El justicia Pedro Pérez y el caballero Jimeno Pérez son hermanos. El justicia de Aragón es el mayor de los dos, un experto en los Fueros de Aragón con los cuales tiene que juzgar a menudo.

—Creo, señor, que todos esos ricoshombres os dejarán solo si conviene a sus intereses. Yo me quedo a vuestro lado —dice el justicia.

—Majestad, estáis rodeados de gente falsa y perversa. Por lo que a mí respecta, dispongo de quince caballeros. Estoy con vuestra majestad. Manteneos firme y Dios os ayudará —añade Jimeno Pérez.

—Mañana convocaremos a los obispos y a los ricoshombres de Aragón y de Cataluña y les pediremos que permanezcan a nuestro lado. Permaneceremos aquí hasta ganar Burriana —asienta el rey.

Berenguer de Entenza, el noble pariente de Guillermo de Montpellier, jura no retirarse de Burriana hasta haberla tomado y propone construir una empalizada para rodear la ciudad y cerrar aún más el asedio.

Durante una semana se producen algunas salidas de los sitiados con la intención de quemar la empalizada, pero todas son rechazadas. En varios de esos combates participa el rey, peleando en primera línea con gran riesgo de su vida.

Entre tanto, el fundíbulo sigue golpeando con grandes piedras la muralla, hasta que una torre se desmorona.

—Mañana asaltaremos la ciudad por ese derrumbe. Los escombros permiten trepar por ellos y alcanzar el interior. Esta noche, aprovechando la oscuridad, ciento cincuenta hombres se esconderán en el foso y al amanecer, al sonido de las trompetas, atacarán por el boquete dejado por la torre caída —ordena el rey.

Así se hace. Al toque de corneta, decenas de hombres armados con espadas y escudos surgen del foso y corren hacia la zona derribada de la muralla.

Al percatarse de ello, los defensores se colocan en lo alto del montón de escombros y arrojan piedras sobre los atacantes. Desde las almenas que aún se mantienen en pie varios ballesteros disparan sus ballestas de dos pies, muy temidas por los cristianos, y consiguen rechazar el ataque.

Una saeta alcanza en la pierna a Berenguer de Entenza, que pese al dolor y a la profunda herida pretende seguir adelante.

—¡Nos retiramos! ¡Atrás, atrás, protegeos con los escudos!

—Aún podemos ganar Burriana, señor —dice Berenguer de Entenza con la saeta clavada en su muslo.

—No; hemos fallado hoy, pero volveremos.

Jaime ordena la retirada y él mismo ayuda a Berenguer de Entenza, al que le aplica la primera cura y le limpia la herida.

Lleva en su mano la espada llamada Tizona que los templarios le ofrecen cuando sale del castillo de Monzón. Algunos dicen que es la de Rodrigo Díaz de Vivar, el Cid; otros comentan que le dan ese nombre porque es como un tizón de fuego que abrasa a los enemigos. Todos coinciden en que esa espada da buena suerte al que la blande y que, mientras esté en las manos de Jaime de Aragón, la victoria siempre caerá de su lado.

El intento de asalto fracasa, pero los de Burriana sufren algunas bajas y comprenden que en unos pocos días más el fundíbulo acabará abriendo un hueco tan grande que no podrán repeler un segundo ataque.

Un mensajero de los sitiados sale de la ciudad para ofrecer un pacto de capitulación. Le propone al rey de Aragón que si en un mes no reciben ayuda, entregarán la ciudad, y le pide que en ese tiempo se haga tregua y cesen los lanzamientos del fonébol.

Jaime se niega y les apremia a que entreguen la ciudad inmediatamente o la tomará al asalto.

El mensajero rebaja entonces la petición de tregua a quince días.

Jaime vuelve a negarse. No hay trato.

Por tercera vez, el mensajero musulmán propone que se les concedan cinco días de plazo para abandonar la ciudad, que los dejen marcharse libremente con todo lo que puedan llevar encima y que sean escoltados con seguridad hasta la villa de Nules.

Esta última propuesta es aceptada, pero el plazo se reduce a cuatro días.

El 17 de julio se rinde Burriana. Sus siete mil habitantes lloran por la pérdida de sus casas, sus tiendas y sus campos, pero a la vez sienten el alivio de saber que no van a perecer bajo las espadas y las lanzas de los cristianos. Pierden sus fortunas y sus propiedades, pero conservan sus vidas.

Cuando aragoneses y catalanes entran en la ciudad, ya vacía de sus anteriores dueños, la encuentran intacta. Las catapultas apenas dañan una docena de casas próximas a la torre derribada de la muralla; las demás presentan tan buen estado que pueden ser ocupadas para entrar a vivir en ellas ese mismo día.

Aquella noche se celebra una gran fiesta. Si Burriana tiene tantas riquezas, cuántas habrá en Valencia, que es cuatro o cinco veces mayor.

Antes de dejar Burriana, Jaime encomienda la custodia de la ciudad a los nobles aragoneses Pedro Cornel, Blasco de Alagón y Jimeno de Urrea; quiere demostrarles que sigue confiando en ellos, pese a su propuesta de abandonar el asedio. Y concede un tercio de la ciudad a la Orden del Temple, para que la defienda como propia.

Zuda de Tortosa, principios de agosto de 1233

Asegurada la defensa de Burriana por los nobles aragoneses y los templarios, Jaime abandona la ciudad. Va camino de Barcelona, pero se detiene un par de días en Tortosa.

En su castillo, ubicado en un cerro a orillas del río desde el que se domina el curso bajo del Ebro, el noble catalán Guillén de Cervera y el obispo de Lérida Berenguer de Eril le solicitan una entrevista.

—Señor —le dice Guillén—, queremos comentaros algo muy importante y de gran interés para vuestra majestad, pero ha de ser en el más absoluto secreto.

—Hablad, aquí solo está don Pedro Sanz, que es nuestro notario de confianza. Puede escuchar cuanto nos digáis. —Jaime señala al notario, que inclina la cabeza con respeto.

—En ese caso, tomad la palabra, señor obispo, y explicadle al rey a qué hemos venido —dice Guillén.

—Señor —habla el obispo de Lérida—, ya sabéis la amistad que me une con don Guillén de Cervera y cómo os deseamos todo bien y honor. Por ello, tenemos la obligación de preveniros sobre los grandes gastos en los que os habéis comprometido. Creemos que son tan elevados que será imposible que podáis sufragarlos, lo que redundará en gran perjuicio para vuestros reinos.

—¿A qué gastos os referís, señor obispo? —pregunta el rey.

—A los que atañen a la defensa de Burriana.

—¿Y por qué suponéis que no podemos afrontarlos?

—Señor —sigue el obispo—, vuestra majestad no dispone de rentas ni de grandes propiedades que os permitan pagar tanto dinero. Para la intendencia de vos y de vuestros escuderos os veis obligado a ir de un sitio a otro de manera permanente. Si tenéis que vivir así, ¿cómo vais a poder mantener a doscientos caballeros en Burriana? ¿De dónde vais a sacar los recursos para que defiendan esa ciudad? Y si son atacados por el rey de Valencia, ¿cómo vais a socorrerlos y con qué medios?

—Majestad, el señor obispo os ha dicho lo mismo que yo pienso. No podéis conservar Burriana —puntualiza Guillén de Cervera.

—¿Y qué venís a proponernos, que abandonemos esa conquista? —les pregunta el rey.

—Tal vez, si entregarais Burriana a quien sí pudiera defenderla... —propone el obispo.

—¡Vaya!, ¿queréis Burriana para vos? Suponía que os alegrabais por que vuestro rey había logrado una gran hazaña, pero creo que vais por otro camino.

—Señor, solo pretendemos ayudaros...

—Quedándoos con nuestra conquista —interrumpe el rey al obispo—. No, ni abandonaremos Burriana ni os la entregaremos a cambio de nada. Mantendremos esa ciudad bajo nuestro dominio y la conservaremos con la ayuda de Dios. Y ahora marchaos, señores, que ya nos habéis disgustado el día.

—Majestad, nosotros solo...

—¡Marchaos! —les ordena tajante el rey.

La perseverancia rinde sus frutos. Mediado el mes de agosto un mensajero de Jimeno de Urrea, el noble aragonés que defiende Burriana, le hace saber a Jaime que los musulmanes de Peñíscola desean rendirse y entregar esa plaza al rey de Aragón.

La estrategia está teniendo éxito. Como está previsto, al caer Burriana, todas las tierras bajo dominio musulmán al norte de esta ciudad se ven perdidas y no tienen otro remedio que rendirse.

Jaime se presenta ante los muros de Peñíscola con tan solo siete de sus caballeros y catorce escuderos. Demasiado riesgo, pero es un gesto de valentía que impresiona.

Atardece; Jaime decide montar el campamento al lado de Peñíscola y deja su entrada en la ciudad para la mañana siguiente.

Cuatro musulmanes salen a recibirlo y le entregan como regalo una carreta con cien panes de trigo, dos cántaras de vino, una artesa llena de pasas, otra con higos y diez gallinas.

Poco antes del mediodía, el rey de Aragón entra en Peñíscola sobre su caballo y asciende las empinadas calles de la pequeña ciudad fortificada entre la admiración de sus habitantes. Nadie se atreve a hacer algo semejante a lo del rey de Aragón. Los de Peñíscola observan la figura formidable de Jaime, que cabalga majestuoso, con su casco de hierro en la mano, la espada Tizona en el tahalí colgando del flanco izquierdo de su caballo, sin la protección de la cota de malla, solo con su perpunte y cubiertos los hombros con una capa blanca con una cruz roja, al modo de los caballeros templarios. Su cabello rubio, largo y ondulado, y su elevada estatura destacan sobre todos los demás caballeros de su mesnada. Parece un dios antiguo.

En lo más alto de Peñíscola, donde se alza la fortaleza que culmina la roca en la que se encarama el caserío, uno de los caballeros de Jaime agita el estandarte de franjas rojas y amarillas del rey de Aragón.

—¡Aragón, Aragón! ¡Por el rey don Jaime, nuestro señor! —grita el caballero, que coloca el estandarte sobre el tejado del castillo.

Una vez tomada la posesión de Peñíscola, Jaime regresa a Burriana. Lo acompañan Pedro Fernández de Azagra y cuarenta caballeros. Decide pasar allí el resto del verano y buena parte del otoño. Desea dejar claro a los que dudan de su determinación que tiene la absoluta voluntad de no abandonar y de proseguir la conquista del reino musulmán de Valencia.

Durante las últimas semanas del verano, pasa el tiempo cazando jabalíes, grullas y perdices, y de vez en cuando encabeza alguna cabalgada por tierras de moros. Al frente del ejército cristiano, un jinete porta un estandarte con la figura de la Virgen bordada en oro. Todos creen que Santa María los protege de cualquier mal. Algunas villas cercanas a Burriana, todavía en poder de los musulmanes, se entregan al rey de Aragón. Alguien le recuerda que varias de aquellas villas, las de Oropesa y Castellón entre otras, deben pertenecer al reino de Aragón, por conquista de su antepasado el rey Pedro, el gran amigo del Cid.

En una de esas cabalgadas, en la que participan ciento treinta caballeros y ciento cincuenta almogávares, esos fieros guerreros de las montañas de Aragón y Cataluña que día a día se incorporan a la hueste del rey, se llega hasta el valle del Júcar, al sur de Valencia, y se plantan a las puertas de esa gran ciudad, desafiando a los musulmanes, que no se atreven a salir fuera de sus muros para combatir en campo abierto.

Entre los caballeros del rey Jaime figura Abu Zayd, el otrora gobernador almohade de Valencia, que le presta homenaje y se pone de su lado.

—Tomaremos Valencia —asegura Jaime de regreso a Burriana, durante una cena con Pedro Fernández de Azagra y Jimeno de Luesia.

—Estáis muy seguro de eso, majestad —comenta el señor de Albarracín, que da buena cuenta de una perdiz guisada.

—Los moros de Valencia tienen miedo; y el miedo no deja pensar con claridad, abotarga los sentidos y hace más débil al que lo sufre.

—No será fácil. Dicen que dentro de los muros de Valencia viven treinta mil almas, quizá más. Defenderán su ciudad con fiereza —tercia Jimeno de Urrea.

—Amigos, los aragoneses y los catalanes que vengan a esta nueva conquista estarán ávidos de conseguir botín. Hoy hemos acabado el reparto de Burriana entre los nuestros y todos se han llevado su parte: alquerías, tierras, castillos, casas, tiendas, huertos, molinos, rentas... En Valencia habrá más, mucho más, y quien nos ayude en su toma recibirá su justa recompensa —dice Jaime.

Barcelona, finales de febrero de 1234

El rey pasa las navidades en Calatayud. No quiere estar demasiado lejos de Burriana, pues se juega todo su prestigio en mantener esa ciudad bajo su dominio, tal es su compromiso, pero hay problemas en las fronteras con Castilla y desde Navarra llegan noticias de la complicación de la enfermedad de su rey Sancho el Fuerte, a quien no queda demasiado tiempo de vida.

Con la conquista de Valencia en el horizonte, Jaime necesita la fidelidad de todos los nobles de su reino y busca reconciliarse con todos ellos. A fines de ese año lo hace con Sancho de Ahonés, el obispo de Zaragoza con cuya familia hace tiempo que anda enemistado.

Tras pasar unos días de principios del nuevo año en Burriana, se dirige a Barcelona. Los embajadores del rey de Hungría llegan a esa ciudad en enero. Traen con ellos los documentos de aceptación del matrimonio de su princesa Violante con Jaime.

Se detiene en Tarragona para participar en un sínodo a principios de febrero; allí, los obispos de Gerona, Vic, Lérida, Zaragoza y Tortosa, los maestres provinciales del Temple y del Hospital y varios abades aprueban la presión de toda herejía, la prohibición de que la Biblia se traduzca y se escriban copias en lengua romance y ratifican el acuerdo de boda real con Violante de Hungría. El rey de Aragón confirma todo lo acordado por los obispos y prosigue camino de inmediato.

El día 20 de febrero llueve en Barcelona. Desde muy temprano, los legados del rey de Hungría aguardan en una sala del palacio real a ser recibidos por Jaime, que está revisando los documentos traídos por los húngaros.

—Hacedles pasar —ordena al fin a sus criados.

En la sala grande del palacio, caldeada por el fuego de una chimenea en la que arden varios gruesos leños, Jaime recibe a los embajadores del rey Andrés.

En la corte del rey de Aragón nadie conoce la enrevesada lengua que hablan los húngaros, pero entre ellos hay varios que saben latín y se pueden entender en ese idioma.

Media docena de húngaros, cubiertos con gruesos abrigos de pieles de lobo y de zorro, entran en la sala, se dirigen hasta el rey e inclinan ante él la cabeza. Son hombres altos y recios, pero todos ellos se asombran al comprobar la estatura de Jaime, que le saca más de media cabeza al de mayor altura.

—Sed bienvenidos a esta nuestra ciudad de Barcelona y a nuestros dominios. Nos somos Jaime, rey de Aragón y de Mallorca, conde de Barcelona y de Urgel y señor de Montpellier.

—Majestad, yo soy Bartolomé, obispo de Fünfkirchen, que significa «cinco iglesias» en lengua germánica, y me acompaña el conde don Bernardo. Ambos somos los embajadores plenipotenciarios de don Andrés, rey de Hungría y de Croacia, príncipe de Galitzia y señor de Dalmacia. Estas son las cartas con nuestras credenciales.

A una indicación del obispo, el secretario del prelado húngaro le hace entrega al notario real de una carpeta de cuero rojo que contiene los documentos que acreditan a los embajadores, y que el notario entrega a su vez al rey Jaime.

—Señor —interviene entonces el conde Bernardo—, su alteza real don Andrés de Hungría aprueba que su hija, la princesa doña Violante, se convierta en vuestra esposa y reina. La dote será de diez mil marcos de plata y doscientos de oro que se os entregarán un año después de celebrada la boda y siempre que resulte consumado vuestro matrimonio.

—¿Están preparados los documentos? —pregunta el rey a su notario.

—Lo están, mi señor; por duplicado.

—Pues si estáis de acuerdo, señores embajadores, firmemos esos pergaminos.

El rey de Aragón y los nuncios húngaros ponen su firma y su signo en las dos copias del acuerdo matrimonial, al que el notario añade los suyos. En ambas copias cuelgan los sellos de cera de los monarcas de Aragón y de Hungría. Destaca la cinta de seda con los colores rojo y amarillo de la que pende el sello del rey de Aragón.

—Ya está. El próximo año, doña Violante vendrá a esta tierra para convertirse en vuestra esposa y en su reina —comenta el obispo satisfecho—. Espero que vuestro matrimonio dé muchos hijos al seno de la Santa Iglesia.

—Con este acuerdo de matrimonio, Aragón y Hungría somos desde ahora firmes y leales aliados —añade el conde Bernardo.

Pero a Jaime no le interesa toda aquella palabrería. Solo piensa en los miles de marcos de plata y en los doscientos de oro que aportará su futura esposa, que le vendrán muy bien para sufragar los muchos gastos que tendrá que afrontar para resolver la conquista de Valencia.

Tudela, 7 de abril de 1234

La solitaria campana de la capilla del castillo de Tudela suena como un lamento esa mañana de primavera. A punto de cumplir los ochenta años, enfermo y obeso, agoniza el rey Sancho el Fuerte, el hombre más grande jamás visto en tierras hispanas.

Sigue recluido en esa fortaleza; hace tres años, desde la visita del rey de Aragón, que no da un paso por sí mismo.

En la antecámara de la sala donde el gigante navarro pasa todo el tiempo, varios nobles aguardan el fatal desenlace. Uno de los tres médicos judíos que lo atienden acaba de salir para informarles de que el óbito es cuestión de horas.

Mediada la mañana, el obispo de Pamplona ordena al párroco de la capilla real que la campana toque a difunto.

—Señores, nuestro rey don Sancho, Dios lo acoja en su gloria, acaba de fallecer. Según el tratado de prohijamiento que se acordó en este mismo lugar hace ya más de tres años, el rey de todos los navarros es ahora don Jaime de Aragón —explica el obispo de Pamplona a los nobles allí reunidos.

—¡No! —exclama uno de ellos.

—¿No? ¿Qué significa eso?

—Que yo al menos, como señor de Tafalla, no admito ni apruebo que el aragonés sea mi rey.

—Yo, Pedro de Estella, tampoco.

—Ni yo, García de Huarte.

—Yo, Sancho de Aoiz, no.

—Yo no...

Y así, uno a uno, todos los señores allí congregados se niegan a reconocer a Jaime de Aragón como rey de Navarra.

—A mí tampoco me gusta el aragonés, pero existe un documento firmado por nuestro finado soberano y confirmado por algunos de nosotros... —dice el obispo.

—No. Navarra debe tener un rey propio y privativo —replica el señor de Tafalla.

—¿Y qué hacemos? Don Sancho ha muerto sin otro heredero que el aragonés.

—Hubo un tiempo en el que Navarra ya fue gobernada por reyes aragoneses: don Sancho, don Pedro y don Alfonso. ¿Y sabéis qué ocurrió? Que Castilla se apoderó de Vizcaya, Guipuzcoa, Álava y La Rioja, que aragoneses y castellanos acordaron repartirse las conquistas de las tierras sarracenas y los navarros quedamos excluidos de ganar nuevos territorios —tercia Sancho de Aoiz.

—¿Y entonces?

—Ofrezcamos la corona de Navarra a don Teobaldo, conde de Champaña y de Brie. Es hijo de doña Blanca, hermana de don Sancho; en sus venas hay sangre navarra —propone el señor de Aoiz.

—Y es un potentado; su corte es una de las más ricas de toda la cristiandad —añade el de Tafalla.

—¿Estáis todos de acuerdo? —demanda el obispo.

—¡Sí, sí! —asienten varios.

—En ese caso, y si nadie discrepa, ¡viva el rey Teobaldo! —grita el obispo.

—¡Viva! —corean los nobles.

Un mes después de la muerte de su tío el rey Sancho, el conde Teobaldo de Champaña se presenta en Pamplona y jura los fueros de Navarra, que además se compromete a mejorar pronto. Los nobles y las ciudades navarras lo juran como soberano legítimo.

Jaime de Aragón ya no será rey de Navarra, salvo que conquiste ese reino en una guerra.

Tierras de Valencia, verano de 1234

No habrá guerra por Navarra. Teobaldo firma sendos acuerdos de ayuda mutua con Francia y con Castilla. No merece la pena correr el riesgo de abrir un nuevo frente bélico. Jaime renuncia a sus derechos al trono de Pamplona y acepta reconocer como su legítimo propietario a Teobaldo, al que ofrece la firma de unas treguas y un tratado de paz.

Lo que verdaderamente le importa ahora es la conquista de Valencia, y a prepararla se dedica ese verano.

Continúa con el reparto de las casas y tierras de Burriana, concede Morella a Blasco de Alagón, ratifica su acuerdo con Abu Zayd y organiza cabalgadas y campañas de acoso y castigo en tierras de moros a fin de ir minando su resistencia antes de lanzar el ataque definitivo.

Al frente de una mesnada en la que forman caballeros templarios y hospitalarios, Jaime de Aragón acosa la huerta de Valencia y Cullera, gana cuanto botín puede conseguir, captura hombres y mujeres que vende como esclavos o por los que pide dinero por su rescate y prepara el asedio.

Un día de verano, de regreso de una incursión por la campiña valenciana en la que se capturan mil esclavos, joyas y dinero, habla con el mayordomo Ato de Foces.

—Necesitamos hombres fieles a nuestro lado, que nos sigan sin dudar en la conquista de estas tierras. No pueden vacilar, como ya ocurriera en Burriana.

—Señor, todos los nobles aragoneses estamos con vuestra majestad como un solo hombre. Si alguna vez en la toma de Burriana algunos vacilaron, esas dudas se han disipado. Os seguiremos en la conquista de Valencia hasta el fin —asienta Ato de Foces.

—¿Todos estáis con nos?

—¿Acaso dudáis de alguno, mi señor?

—No tenemos la menor duda de vuestra fidelidad, don Ato, ni de la de don Pedro Cornel, don Blasco de Alagón y don Jimeno de Urrea, pero... —Jaime reflexiona unos instantes.

—¿Señor...?

—Tenemos cierta prevención a otorgar toda nuestra confianza a los obispos de Zaragoza, Tarazona y Lérida, a don Sancho de Sesé, don Pedro Fernández de Azagra, don Atorella, don Ladrón; tampoco estamos plenamente seguros de la lealtad de nuestro tío don Fernando de Montearagón, pues siendo nos un muchacho quiso sentarse en nuestro trono...

—Yo os juro que...

—No, no juréis nada todavía.

—¿Confiáis en alguien más? —pregunta Ato de Foces.

—En don Berenguer de Entenza; él será nuestra mano derecha en la guerra.

—¿Es de fiar?

—Sí; es pariente de mi tío don Guillermo de Montpellier y en el sitio de Burriana ha demostrado un valor y un coraje extraordinarios.

—Entonces también confiaremos plenamente en él, aunque solo tiene veinticuatro años.

—Nos teníamos veintiuno cuando conquistamos Mallorca.

Las algaradas de ese verano son muy rentables para el rey de Aragón. Además de obtener un cuantioso botín, las aprovecha para reconocer el terreno, evaluar las fuerzas de los musulmanes, las defensas de sus castillos, villas y ciudades, las posiciones donde levantar con mayor seguridad los campamentos para los asedios y los lugares donde ubicar las catapultas y fundíbulos para el ataque a las murallas.

Aunque debe lamentar algunas pérdidas entre sus hombres, como la captura del caballero Guillén de Agulló, cautivo por haberse acercado con muy pocos hombres a los muros de Valencia. El exceso de confianza es mal consejero.

Tras saquear los alrededores de Valencia y conseguir un buen botín, Jaime ya piensa en el asedio a esa ciudad. Si cae Valencia, caerá con ella todo su reino, hasta las tierras de Murcia, cuyo dominio, según los viejos tratados, pertenece a Castilla.

Jaime sueña con ir a Jerusalén; pero conoce bien la prohibición de los papas. Solo cuando conquiste Valencia, solo entonces, habrá cumplido la misión que empezaron sus antecesores en el trono de Aragón, hace tiempo, allá en las montañas del Pirineo, y podrá ir a Jerusalén a rezar ante el Santo Sepulcro; y ganará fama y honor como en su día los emperadores Conrado, Federico Barbarroja y Federico de Sicilia, y reyes como Luis de Francia y su esposa Leonor de Aquitania, y Ricardo Corazón de León de Inglaterra, todos ellos soldados de Cristo combatientes en las cruzadas.

Por las noches, cuando tras realizar una algarada en tierra de moros regresa al campamento y se acuesta en su tienda, piensa en Jerusalén antes de conciliar el sueño y cree que es él el elegido por Dios para cumplir una misión profética. Algunas tardes, si no hay demasiado que hacer, lee varias páginas de una biblia que siempre lleva consigo e imagina que su misión en la tierra es similar a la que protagonizó hace doce siglos el propio Cristo; pero si Jesús predicó y extendió el reino de Dios con la palabra, él lo hará con la espada y la cruz. ¿Acaso los trovadores no cantan que Jaime de Aragón es el mejor caballero de su tiempo, el monarca que acabará con el reinado tiránico de los sucesores del pérfido Mahoma, profeta impostor, verdadero Anticristo?

Monasterio de Santa María de Huerta,
17 de septiembre de 1234

En tierras de Teruel recibe a un mensajero que trae desde Castilla una petición. El rey Fernando, que también lo es de León, enterado de que Jaime va a casarse con una princesa húngara, le solicita una entrevista para tratar sobre la herencia de su primo Alfonso. Se lo pide su tía Leonor, que teme que su hijo quede marginado de sus derechos como heredero de la Corona de Aragón.

Jaime acepta la cita y los dos reyes se reúnen mediado el mes de septiembre en el monasterio castellano de Santa María de Huerta que la Orden del Císter está construyendo en el valle del río Jalón, muy cerca de la frontera aragonesa.

Fernando de Castilla y León, al que acompañan su esposa Beatriz de Suabia, su hijo mayor, su tía Leonor y su primo don Alfonso, aguarda en la puerta del monasterio la llegada del rey de Aragón.

Jaime, acompañado por el infante Fernando de Montearagón y el conde Nuño Sánchez, sus dos parientes, aparece montando un caballo blanco, vestido con una túnica azul celeste y portando al cinto su espada Tizona; lo precede Fernando de Azagra, el mayordomo real y señor de Albarracín, que porta la bandera de franjas rojas y amarillas de la casa del rey de Aragón; al lado cabalga Pedro Cornel, que en unos días se convertirá en el nuevo mayordomo.

A sus veintiséis años, en plenitud física, Jaime presenta un aspecto formidable. Con sus cuatro codos de altura, sus cabellos rubios, casi pelirrojos, que le caen largos y ondulados sobre los hombros, como hilos de oro, sus ojos negros dotados de un sorprendente brillo metálico, la boca grande pero bien perfilada, la nariz recta, los dientes muy blancos —«como perlas» suelen escribir los trovadores que le dedican poemas—, las piernas poderosas y bien proporcionadas con el tronco, la espalda ancha, los brazos fuertes y musculosos, las manos grandes y los dedos largos y finos, su figura es cantada como la del «hombre más bello del mundo».

Cuando desciende del caballo, unos pasos antes de donde lo esperan los miembros de la corte de Castilla, un suspiro de admiración sale de los labios de varias mujeres que asisten a la llegada de don Jaime al monasterio y a las que varios guardias reales mantienen a cierta distancia.

—Rey don Jaime, querido primo, dame un abrazo —le dice Fernando, que apenas le llega a la altura de la barbilla al rey de Aragón—. ¡Cómo has cambiado desde aquella vez en Ágreda!

—De eso hace ya trece años. Yo era entonces un muchacho; y tú eras rey de Castilla, y ahora también lo eres de León —comenta Jaime.

—Lo recuerdo bien: aquel día en Ágreda te entregué a mi tía doña Leonor; lástima que vuestro matrimonio fuera anulado por el papa. ¿Recuerdas a mi esposa? —Fernando mira a Beatriz de Suabia, la reina de Castilla.

—Por supuesto, cómo olvidaros, señora —Jaime besa la mano de la reina.

—Y este es nuestro hijo y heredero, el infante don Alfonso; pronto cumplirá trece años.

—Señor —Alfonso inclina la cabeza, tal como le enseñan que haga, ante Jaime.

—A doña Leonor ya la conoces y a tu hijo don Alfonso...

—Mi señora. —Jaime besa la mano de su antigua esposa.

Leonor de Castilla, ocho años mayor que Jaime, sigue siendo muy bella; vive desde hace cinco años recluida en el monasterio de las Huelgas, junto a Burgos; su rostro comienza a denotar las huellas del paso del tiempo, pero mantiene un enorme atractivo.

—Mi señor don Jaime, me alegra mucho volver a veros. Vuestro hijo y heredero, don Alfonso —le dice Leonor, usando una fórmula demasiado ceremoniosa.

Jaime mira a su hijo, al que no ha visto desde hace tiempo. Tiene la misma edad que el heredero de Castilla y León, pero es más alto y más fuerte.

—¿Cómo estás, hijo? —le pregunta Jaime usando el tono de familiaridad habitual entre miembros de las familias reales.

—Estoy bien, señor.

Jaime hace los honores y presenta a los señores que lo acompañan.

—Hemos preparado un banquete en tu honor en el nuevo refectorio de los monjes; espero que sea de tu agrado —anuncia el rey Fernando.

Esa misma tarde, en el claustro del monasterio de Huerta, todavía en obras, los dos reyes se entrevistan a solas en la sala capitular.

—Tu boda con la princesa de Hungría no puede cambiar la situación de tu hijo Alfonso como heredero de Aragón —le dice Fernando, que le habla con absoluta familiaridad tratando de demostrarle toda su confianza.

—Nada cambiará. Alfonso ha sido jurado como mi heredero en las Cortes de Aragón y así seguirá siendo —asienta Jaime.

—Te he llamado para proponerte un acuerdo de paz y de concordia entre nosotros. Hace tres años estuvimos a punto de librar una guerra. Tú, querido primo, aspirabas a convertirte en rey de León, cuyo título me correspondía a mí como hijo del rey Alfonso...

—No fue por eso, primo —replica Jaime—, sino por que atacaste las tierras del rey Sancho de Navarra, que yo juré defender.

—Bueno, gracias a Dios todo eso ya pasó. Castilla y Aragón deben ser dos reinos amigos; nos unen muchos lazos y tenemos un enemigo común: los almohades. Esos sarracenos siguen siendo el mayor peligro para la cristiandad de estos reinos de las Españas; hay que derrotarlos por completo.

—Ya lo hicieron mi padre el rey don Pedro, don Sancho de Navarra y tu abuelo don Alfonso.

—Sí, los vencieron en las Navas de Tolosa, en la batalla de Úbeda, pero esos demonios africanos no han sido derrotados del todo; no hasta que caigan las ciudades de Córdoba, Sevilla, Murcia, Granada y Málaga; no hasta que un solo palmo de esta tierra siga en sus manos.

»Nuestros abuelos firmaron un tratado en Cazorla por el cual Castilla y Aragón se repartieron las tierras de los musulmanes. Según ese acuerdo, Valencia, hasta el puerto de Biar, sería para Aragón y el resto para Castilla. Te propongo que ratifiquemos las cláusulas de ese tratado como símbolo de alianza y de paz entre nuestros reinos.

—En ese acuerdo se otorgaron para Castilla muchas más tierras que para Aragón —alega Jaime.

—Pero, a cambio, el rey de Aragón dejó de ser vasallo del de Castilla por el reino moro de Zaragoza; tú ya no tienes la obligación de acudir a mi coronación empuñando una espada desnuda.

—Fernando sonríe.

—Supongo que no me has llamado solo para ratificar ese tratado...

—No. También te propongo que firmes un acuerdo definitivo con mi tía Leonor, la que fue tu esposa.

—Lo suponía. Bien, le entregaré a Leonor la villa y castillo de Ariza, muy cerca de aquí, siempre que no vuelva a casarse. Y por lo que respecta al infante Alfonso, lo ratificaré como mi heredero en Aragón y permitiré que siga al lado de su madre en Castilla hasta que cumpla la mayoría de edad.

—Me parece bien. Y una última cosa: Navarra.

—Si te preocupa que quiera apoderarme de ese reino, tal como me corresponde por mi tratado de prohijamiento con el rey Sancho, descuida, ya he reconocido a don Teobaldo como rey de Navarra. No ambiciono el trono de Pamplona; ahora ya no —dice Jaime, que no hace mención alguna a que los señores de Navarra no lo admiten como su soberano.

—Tienen razón los romances que hablan de ti: eres el mejor caballero del mundo.

Jaime sonríe. Sabe que la adulación del rey de Castilla y León es interesada. No, no quiere renunciar a Navarra; pero a la muerte de Sancho el Fuerte nadie se pronuncia a su favor, ningún navarro quiere a Jaime como su soberano, y no se puede ser rey en contra de todos.

Además, su ambición pasa por conquistar Valencia, acabar la tarea de los reyes de Aragón y viajar luego a Jerusalén. ¿A quién le importa ahora Navarra?

Acabada la entrevista, los dos reyes van juntos a Burgos, donde luce su nueva catedral. Allí Jaime firma el tratado por el que reconoce al conde Teobaldo de Campaña como rey legítimo de Navarra y se compromete a guardar la paz otorgando como garantía algunos castillos en la ribera del Ebro, en la sierra del Moncayo y en los montes que separan ambos reinos.

Ahora ya tiene las manos libres y las espaldas cubiertas para intentar la conquista de Valencia, y a ella va a dedicar todo su esfuerzo.

Por tierras de Aragón y Cataluña,
primavera y verano de 1235

De regreso de Castilla, Jaime procura resolver algunos problemas en Aragón y Cataluña, pues desea iniciar la conquista de Valencia sin dejar pendiente ningún asunto importante.

Pasa el invierno entre Montpellier, Lérida y Burriana, a donde acude en Navidad para animar a los cristianos que allí permanecen defendiéndola desde el tiempo de la conquista.

En febrero y marzo asiste a un parlamento en Tarragona; los obispos y abades de Cataluña y los maestres provinciales del Temple y del Hospital se comprometen a ayudarlo a la vez que le piden que vigile a los cátaros que huyen de Occitania y buscan refugio en Aragón y Cataluña, y que los reprima como los herejes que son a los ojos de Dios y de la Iglesia.

A la asamblea de Tarragona acude el obispo de Lérida. La ciudad sigue siendo objeto de litigio entre catalanes y aragoneses. El obispo se inclina por que se integre en Cataluña, pero los mercaderes de la ciudad desean que se incluya definitivamente en Aragón. Ante las presiones de ambos lados, el rey mantiene una calculada ambigüedad.

En esa reunión coloca al obispo de Lérida entre los prelados catalanes, junto a los de Tarragona, Elna, Barcelona, Vic, Tortosa y Gerona, pero confirma que en los mercados y ferias de Lérida se use el sueldo jaqués como moneda de curso oficial en las compras y ventas, y regula el precio del trigo en las transacciones comerciales con la moneda jaquesa, la de curso legal en Aragón.

En ese tiempo, las islas de Ibiza y Formentera se entregan al rey de Aragón y los musulmanes de Menorca le ofrecen vasallaje, aunque mantienen su dominio sobre esa isla. Los catalanes piden que el obispo de Mallorca se supedite al de Barcelona y Guillén de Mongriu, el nuevo arzobispo de Tarragona, recibe como señorío la isla de Ibiza. Nadie quiere perder un ápice de poder y de riqueza.

En mayo, cede la villa de Morella a su conquistador, Blasco de Alagón, zanjando este asunto de manera definitiva.

Antes de machar a Barcelona, el rey de Aragón pasa una noche en el castillo de Alcañiz. Durante la cena, a la que asisten varios caballeros y damas, Jaime se fija en una bella muchacha que acompaña al señor de Albarracín.

—¿Quién es esa joven? —se interesa el rey.

—Es una sobrina del señor de Azagra, majestad, hija de su pariente don Juan de Vidaure —le responde su fiel Asalido de Gudal.

—Enteraos de su nombre.

Al rato regresa Asalido.

—Se llama Teresa y tiene quince años.

—Hacedle saber que esta noche queremos verla.

—Sí, señor.

Tras la cena, Asalido de Gudal acude al dormitorio del rey.

—Majestad, doña Teresa está aquí —le avisa.

—Hacedla pasar.

Teresa Gil de Vidaure entra en la habitación, bien iluminada con varios candiles de aceite y gruesos velones de cera.

En verdad que es muy hermosa.

—Señora —le dice Jaime—, os hemos visto en la cena y nos habéis parecido la mujer más bella del mundo; digna de un rey.

—Gracias, mi señor.

—Queremos... Podéis marcharos ya —se dirige Jaime a Asalido, que inclina la cabeza, da media vuelta y sale del dormitorio cerrando la puerta tras de sí—. Quiero ofreceros un regalo.

Jaime se dirige a una mesa, abre un cofre que está sobre ella y saca un collar de oro y brillantes.

—Es magnífico, pero no puedo aceptarlo —dice Teresa.

—Se trata de un obsequio y no os pedimos nada a cambio.

—Soy doncella...

—Me han dicho que tenéis quince años, ¿es así?

—Recién cumplidos, mi señor.

—¿Y todavía sois virgen? A vuestra edad hay mujeres que ya tienen dos hijos.

—Guardo mi virginidad para quien se convierta en mi esposo; así me lo ha enseñado mi madre doña Toda.

Jaime se acerca a Teresa y la mira fijamente a los ojos. Sus pupilas color castaño claro brillan iluminadas por la luz ambarina de un par de decenas de candelas.

—¿Ni siquiera le entregaríais vuestra virginidad a un rey?

—Ni siquiera a un rey, salvo que...

—¿Qué?

—Que me ofreciera matrimonio. Es la ley de Dios: «No cometerás actos ni tendrás deseos impuros».

—¿Y si yo os pidiera en matrimonio?

—¿Vos? ¿A mí?

—Sí, yo, el rey de Aragón. No tengo ningún impedimento para hacerlo. El papa ha anulado mi matrimonio con doña Leonor de Castilla, de modo que estoy soltero y puedo casarme con quien desee.

—Me acostaré con vos esta misma noche si lo prometéis ante un testigo.

—¿A qué promesa os referís?

—A la promesa de matrimonio.

Teresa Gil se quita el manto ligero que le cubre los hombros y deja descubierto su cuerpo, insinuado bajo un ajustado vestido. Su figura juvenil atrae al rey como un imán. Bajo el corpiño se adivinan unos senos ya crecidos para su edad, tersos y duros como el granito; y sus caderas marcan su talle con una curva delicada desde una cintura estrecha y fina como el parteluz de mármol de una elegante ventana geminada.

Jaime se acerca a Teresa hasta menos de un paso de distancia. La cabeza de la joven, tocada con una delicada guirnalda de flores sobre la frente, queda a la altura del pecho del rey, que huele sus cabellos extasiado por el fresco aroma a perfume floral que emanan. Teresa alza la cabeza y los ojos de los dos se encuentran; y entonces Jaime se inclina ante ella y la besa con dulzura en los labios, saboreando en su saliva un delicado regusto a hierbabuena.

—¿Aceptáis a don Asalido de Gudal como testigo?

—¿Como testigo?

—Sí, como testigo de mi promesa de matrimonio. Es un hombre de leyes.

—Bueno, yo, yo... —titubea Teresa.

—Habéis dicho que os acostaríais conmigo si os daba palabra de matrimonio y la ratificaba ante un testigo. Bien, os la doy.

Jaime se dirige a la puerta y llama a Asalido, que aparece raudo.

—Pero... —Teresa está atorada.

—Escuchad bien: prometo casarme con doña Teresa Gil de Vidaure —proclama con extraña solemnidad el rey—. Vos sois testigo de esta promesa.

—Lo soy, mi señor —asienta Asalido.

—Podéis macharos; y ordenad que nadie nos moleste.

—Como gustéis.

Jaime espera a que salga el de Gudal, corre el cerrojo de la puerta de gruesos tablones y se planta de nuevo ante Teresa.

—Ya tenéis mi promesa; ya no hay excusas para no entregarme vuestra virginidad.

—¿Esta noche?

—Esta noche.

Barcelona, diciembre de 1235

Cuando Jaime llega a Barcelona a fines de noviembre para celebrar su boda con Violante de Hungría, la novia lleva casi tres meses esperándolo. En ese tiempo, le enseñan algunas frases del idioma de su nuevo reino, para que al menos pueda cruzar algunas palabras con el que va a ser su esposo. No obstante, la princesa húngara conoce el latín y puede cruzar con Jaime frases sencillas en esta lengua.

—Doña Violante es mucho más hermosa de lo que habíamos imaginado —comenta el rey al caballero aragonés Asalido de Gudal, que lo está ayudando a vestirse para la boda.

—En verdad que es muy bella; vuestra majestad es un hombre afortunado —ratifica Asalido.

—Acercadnos la *Tizona*; un rey debe casarse con una espada como esa ceñida a la cintura.

—Dicen que esta es la espada que empuñó don Rodrigo de Vivar en sus batallas.

—No estamos seguros de que sea cierto. Mirad el filo. —Jaime se lo muestra a Asalido, que lo examina con cuidado.

—No tiene una sola mella...

—Esta espada no ha sido usada en batalla. Si es la que llevaba el Cid, debía de utilizarla tan solo en los alardes.

Asalido ciñe el tahalí con la espada a la cintura del rey.

—El séquito de doña Violante lo componen cien personas. Todas ellas están aquí desde principios de septiembre. Por lo que sé, algunas de ellas desean volver a Hungría en cuanto se celebre vuestra boda.

Unos golpes en la puerta interrumpen la conversación.

—Majestad...

—Pasad, don Pedro —ordena Jaime, que reconoce la voz atiplada de uno de sus secretarios.

—Mi señor, ya he redactado el documento de donación a doña Violante —anuncia el secretario.

—Leedlo —ordena el rey.

—«Manifiesto sea a todos...»

—Vamos, don Pedro, ahorraos el formulismo —le dice Jaime.

—«... asignamos a nuestra esposa doña Violante, por causa de nuestro matrimonio, la villa de Montpellier y los condados de Rosellón y de Millau... Otorgamos al hijo que tengamos con ella el reino de Mallorca, con las islas de Menorca e Ibiza, y el reino de Valencia, para cuando lo conquistemos; en ambos casos, con pleno dominio y todas sus pertenencias...»

—¿Qué ocurre, don Asalido? ¿No os complace nuestra decisión? —Jaime interrumpe a su secretario Pedro Juan al ver la cara de asombro de Asalido de Gudal.

—Jamás se me ocurriría cuestionar una determinación de vuestra majestad.

—Pero habéis dibujado en vuestro rostro un gesto de inconformidad.

—Bueno, vuestro hijo y heredero, don Alfonso, tal vez no esté conforme con vuestra decisión.

—Tenéis conocimiento de las leyes y fueros de estos reinos y sabéis bien que Mallorca es nuestra conquista personal, como lo será Valencia. Nos somos el rey de Aragón y el conde de Barcelona y, como heredero de nuestro padre el rey don Pedro, no podemos dividir el patrimonio recibido y heredado de él, pero como conquistador del reino de Mallorca y espero que pronto del de Valencia, podemos hacer con ellos lo que dicte nuestra voluntad; y también con el señorío de Montpellier, que heredamos de nuestra madre por donación directa.

—Así es majestad, pero el Rosellón...

—Ese condado no forma parte del patrimonio familiar de los Aragón; es privativo de nuestra persona. Supongo que, por el rictus de vuestro rostro, pensáis que estamos equivocados al tomar esta decisión.

—¿Puedo ser sincero con vuestra majestad? —pregunta Asalido.

—Os lo ordeno.

—Los nobles aragoneses creemos que las tierras de Valencia deben incorporarse al reino de Aragón, como en su día lo hizo vuestro antepasado don Alfonso, el rey Batallador, con Zaragoza, Calatayud y Daroca, y vuestro abuelo don Alfonso el Trovador con Teruel...

—¡Valencia para Aragón! No. Valencia siempre ha sido un reino y, cuando lo conquistemos, lo seguirá siendo.

Asalido de Gudal aprieta los dientes.

—Señor —tercia el secretario Pedro Juan—, ¿puedo entonces emitir la copias de este documento?

—Hacedlo, y enviad una de ellas al notario de doña Violante. Y vos, don Asalido, tened en cuenta que nos casamos con la hija de un rey y es justo que ella reciba una buena dote.

—Soy consciente de ello, mi señor.

—En ese caso, y si ya habéis acabado de ceñirnos el tahalí de la *Tizona*, vayamos a esa boda.

—Mi señor, una cosa más... —le musita al oído Asalido de Gudal—. Hace unos meses, en Alcañiz, le prometisteis matrimonio a doña Teresa Gil de Vidaure; yo fui testigo de vuestra promesa...

—Fue solo una promesa, no un juramento solemne; en cualquier caso, un pecado leve que se perdona con la confesión y se lava con un par de oraciones. Vamos a casarnos con la hija del rey de Hungría; doña Teresa Gil lo entenderá.

La catedral de Barcelona está engalanada con banderolas a franjas rojas y amarillas, los colores de la casa real de Aragón. A un lado de la nave, forman el centenar de húngaros que componen el séquito de Violante y a otro, los caballeros aragoneses y catalanes del rey de Aragón.

Jaime entra en el templo a la vez que varios músicos hacen sonar una melodía con sus laúdes, violas, oboes, flautas y un órgano portátil.

Viste una túnica de color azul celeste, calzas rosas y capa carmesí con una orla dorada. Su cabeza, de cabellera rubia, larga y rizada, luce descubierta.

La catedral barcelonesa es un edificio pesado, macizo y lóbrego. Sus gruesos muros apenas tienen aberturas por las que pueda pasar al interior la cálida luz mediterránea.

—Este templo es demasiado oscuro —comenta Jaime a Asalido, que porta sobre una almohada de terciopelo rojo la corona y el cetro de los reyes de Aragón—. Don Fernando, el rey de Castilla y León, ha ordenado que se construyan en las ciudades de Burgos y de León sendos templos en el nuevo arte que llega de Francia, ese de arcos alargados que parecen puntas de flecha.

—El rey y la Iglesia de Castilla y de León disponen de abundantes recursos, mi señor. Para construir esos templos es necesario mucho dinero y en estas tierras no disponemos de rentas tan generosas.

—Algún día, cuando conquistemos Valencia, tendremos dinero suficiente para construir templos como esos que se están levantando en muchos reinos cristianos.

Jaime y Asalido atraviesan la nave central de la catedral de la Santa Cruz y Santa Eulalia, la patrona de la ciudad, y al llegar ante el altar, donde aguardan el arzobispo electo de Tarragona y el obispo de Barcelona, el rey inclina la cabeza ante la cruz que lo preside y toma asiento en el lugar reservado.

Instantes después suena de nuevo la música y entra en el templo Violante de Hungría. Todos la contemplan con atención. Es muy hermosa, y a sus veinte años luce en la plenitud de su feminidad; viste un traje blanco de seda, orlado de perlas, se cubre la cabeza con una toca de seda carmesí bordada en hilo de oro que le cae hasta los hombros y sobre el pecho luce un exquisito y valioso tocado de piedras preciosas: el regalo de boda de su padre.

—Majestad, mi padre el rey don Andrés me envía para convertirme en vuestra esposa y sellar con esta boda la amistad eterna entre nuestros dos reinos.

—Y nos os recibimos como tal, señora.

Jaime anhela el momento en el que pueda estar a solas en su alcoba del palacio real con la que va a ser su esposa, pero de momento piensa en la cuantiosa dote que Violante va a aportar y calcula que con todo ese dinero tal vez pueda iniciarse la obra de la nueva catedral de Barcelona. Lo que ignora en esos momentos es que la dote prometida nunca llegará a sus manos.

11

La conquista de Valencia

Calatayud, abril de 1236

Tras la boda en Barcelona, donde los nuevos esposos pasan dos meses, la pareja real viaja a Aragón y visita varias villas y ciudades.

La reina Violante tiene fascinado al rey Jaime. Desde el día de la boda comparte con ella todas las noches que le es posible. Es una mujer inteligente y aprende rápido. Ya es capaz de mantener con su esposo una conversación fluida en las lenguas de la corte real de Aragón, donde se habla lemosín y aragonés.

Los aragoneses ya conocen la voluntad de Jaime de dividir sus dominios en caso de que Violante le dé un varón y su intención de mantener Valencia, para cuando se conquiste, como un reino propio.

Esas decisiones provocan el desagrado de los nobles aragoneses, que consideran que Valencia debe ser parte de Aragón, pero no se atreven, por el momento al menos, a oponerse a la voluntad del rey. Jaime tiene veintisiete años, atesora ya suficiente experiencia de gobierno y es considerado un guerrero formidable. Su estatura y su fuerza son imponentes, sus ojos negros emanan tal intensidad que nadie es capaz de aguantarle la mirada y su determinación es patente, como demuestra en la conquista del reino de Mallorca y en la de la villa de Burriana.

Todos saben que no le temblará el pulso si tiene que reprimir cualquier revuelta que cuestione su autoridad y que no dudará en ejecutar a cuantos se opongan a sus designios.

Además, ahora luce una nueva reina a su lado. Violante despierta la admiración de todos los súbditos que la contemplan. Es una mujer llegada de un país lejano y desconocido, una tierra de sueños y de leyendas. Algunos dicen que los húngaros son los herederos de los formidables jinetes de las estepas llegados de las infinitas praderas de alta hierba donde abundan los caballos; otros dicen que son hijos de los fieros guerreros de las estepas de Oriente, los que comen carne cruda macerada bajo las sillas de sus monturas y beben leche fermentada de yegua.

Por si alguno de los nobles alberga aún alguna duda sobre quién es su rey, esa primavera, Jaime decide incorporar el condado de Urgel, que recibe en herencia tras la muerte de su amante la condesa Aurembiaix, a la Corona de Aragón y ordena que en todo su reino se apliquen las condiciones de paz acordadas con los nobles y con las universidades en las Cortes celebradas en la villa de Almudévar ocho años antes. Nadie se atreve a contradecirlo.

La Pascua cae ese año el día 19 de abril. Tras acudir con su esposa, a la que monta cada noche y que ya está embarazada, a misa en la iglesia de Santa María de Calatayud, se reúne en el castillo Mayor con varios de sus caballeros.

—La próxima primavera comenzaremos la conquista de Valencia —anuncia el rey con solemnidad—. ¿Contamos con vuestra ayuda?

—Mi espada está a vuestro servicio —dice Pedro Fernández de Azagra. El señor de Albarracín mantiene la independencia de su señorío en las intrincadas montañas al suroeste de Aragón, pero es amigo del rey y uno de sus más fieles caballeros.

Pedro Cornel y Atorella asienten con la cabeza.

—Hay un lugar elevado ubicado en la llanura, muy cerca del mar y a unas pocas millas al norte de la ciudad de Valencia. Los sarracenos lo llaman Yuballa. Es un montículo en el que puede establecerse una notable fortificación desde la cual atacar Valencia y a la vez controlar toda la llanura que rodea a esa ciudad, el mar y los pasos de las montañas al oeste. Si nos apoderamos de esa altura y levantamos allí una fortaleza, Valencia será nuestra muy pronto.

Tras debatirlo con sus caballeros, el rey decide convocar a la hueste justo en un mes. Los barones le dicen que es poco tiempo. Jaime se ratifica: en Teruel, en un mes, antes de que comience la siega.

Teruel, principios de junio de 1236

El rey está contento; antes de salir de Calatayud obtiene del infante Pedro de Portugal, al que entrega el señorío de Mallorca, que preste homenaje a Violante. La reina está embarazada de seis meses y se retira a Zaragoza.

Con Mallorca asegurada, puede centrarse en la toma de Valencia.

Jaime llega a Teruel a fines de mayo. Y espera.

Para que la conquista de Valencia adquiera visos de legalidad, firma en Teruel con Zayd abu Zayd, al que denomina rey de Valencia, y con su hijo Zayd abu Yahya la ratificación del tratado de paz acordado en abril del año 1229, y se compromete a entregarles a cambio varios señoríos en Aragón.

—¿Y vos, don Zayd, no deseáis abrazar el cristianismo? —le pregunta Jaime una vez ratificado el pacto.

—Soy demasiado viejo para cambiar de Dios.

—Vuestro hijo se acaba de bautizar; ¿por qué no lo hacéis vos también?

—Abu Yahya es joven...

—¡Qué importa la edad!

—Nos podríamos ser vuestro padrino de bautizo, como lo hemos sido de vuestro hijo.

Jaime de Aragón acaba de asistir al bautismo del hijo de Zayd, que al bautizarse cambia su nombre árabe por el de Vicencio.

—Os lo agradezco, don Jaime, pero prefiero morir en la fe en la que nací, en la creencia en Alá —Zayd pronuncia el nombre de Dios en lengua árabe— y en la de su profeta Muhammad.

—Esa fe no os ha servido de mucho...

—Quizá no haya sabido comportarme como un buen musulmán. Alá me juzgará, solo Él tiene el poder.

—Alá o Dios...

—Alá, Dios, Jehová... son la misma divinidad, única e indivisible. Musulmanes, judíos y cristianos tenemos el mismo Dios, pero lo llamamos de distinta manera.

—Pero ni musulmanes ni judíos admitís la divinidad de Nuestro Señor Jesucristo —alega el rey.

—Para nosotros los muslimes, Jesús es un profeta importante, nacido de la Virgen María, a la que reconocemos como la madre de

Jesús, pero no podemos admitir que sea Dios, porque Dios solo hay uno.

—Sí, por eso los sarracenos nos consideráis a los cristianos como politeístas; lo hemos oído a gentes de vuestra religión en algunas ocasiones.

—Porque adoráis a tres dioses.

—No. Un solo Dios, pero tres personas distintas; eso reza nuestro credo.

—Un musulmán no puede admitir la divinidad de Jesús de Nazaret.

—Como gustéis. En nuestro reino podéis ser musulmán, cristiano o judío, lo que más os plazca. Fijaos —señala el rey de Aragón a unos albañiles que acarrean materiales de obra—; ahí tenéis a varios sarracenos trabajando en la construcción de una iglesia cristiana.

Jaime y Zayd conversan a la puerta de la iglesia de Santa María de Mediavilla, a donde el rey acude para comprobar el estado de las obras.

Un mensajero se acerca al rey tras ser cacheado por la guardia real.

—Majestad, desde las atalayas nos informan por señales de humo que los hombres de las milicias del concejo de Daroca ya están en Singra —anuncia el correo—; mañana llegarán a Teruel.

—¿Vienen algunos más?

—No, mi señor, solo los de Daroca.

Jaime frunce el ceño. Su llamada a la guerra contra Valencia apenas está concitando entusiasmo entre los aragoneses.

Poco después del amanecer de aquel día de comienzos del mes de junio, un centenar de peones de la villa de Daroca y sus aldeas, un número similar de turolenses y un puñado de nobles con menguadas mesnadas forman ante los muros de Teruel.

—Con tan exiguas tropas no podemos ir a la guerra; sería una temeridad —le comenta Pedro de Azagra a Jimeno de Urrea.

—Tenéis razón; supongo que el rey dará la orden de disolver la hueste hoy mismo.

—¿Dónde están las milicias de Jaca, de Huesca, de Zaragoza, de Calatayud...? ¿Dónde los caballeros del Temple y del Hospital? ¿Dónde? —se queja el señor de Albarracín—. Esta convocatoria es un fracaso. Esta misma tarde volveremos a nuestras casas.

En la vaguada que se extiende al sur de la muela donde se alza la villa de Teruel, al pie de la ladera y cerca del río Turia, Jaime de Aragón contempla el fracaso de su convocatoria.

Montado sobre su caballo, un gigantesco alazán bayo de crines y cola negras, recorre el campo donde forman las milicias concejiles de Daroca y de Teruel y las mesnadas de Pedro Fernández de Azagra, Jimeno de Urrea, Pedro Cornel, Ladrón y el justicia Pedro Pérez.

Pasa revista a las tropas acompañado del noble Pedro Cornel, que como mayordomo real porta el estandarte a franjas rojas y amarillas del rey de Aragón.

Jaime hace un rápido recuento para cotejar el número de soldados allí desplegados con la cifra que le dan esa misma mañana. Son poco más trescientos. Un puñado. Nadie es tan insensato como para intentar conquistar un reino como Valencia, que cuenta con doscientos mil habitantes, varias ciudades populosas y amuralladas y decenas de castillos bien fortificados, con tropas tan exiguas. Nadie.

En los rostros de los aragoneses se plasma la resignación y en el ambiente cunde cierta sensación de desánimo. En un lugar destacado de la parada militar, los caballeros del rey se muestran cabizbajos y desolados. Todos piensan lo mismo que el señor de Albarracín: esa misma tarde volverán a casa.

Jaime acaba la revista y espolea su caballo en un alarde de monta. Al llegar ante el centro de la formación, tira de las riendas y detiene a su montura.

Se quita el yelmo de alarde, sobre el que luce una cimera de plumas rojas y amarillas, y lo entrega a uno de sus escuderos. Su cabello largo y rubio queda al aire, flotando sobre sus anchos hombros. Desenvaina su espada Tizona, la muestra a las tropas y les demanda atención:

—Hombres de Aragón, soldados de Cristo, os hemos convocado para cumplir la sagrada misión que nos ha encomendado su santidad el papa: conquistar Valencia y ganarla para la cristiandad. Para eso hemos venido y eso es lo que vamos a hacer. Hoy, a mediodía, saldremos hacia el sur, hacia Valencia. —Jaime señala con su espada la dirección hacia la que fluyen las aguas del Turia.

—¡Por todos los demonios! —exclama el señor de Albarracín—, el rey los tiene bien puestos.

—¿Acaso esperabais otra cosa de su majestad? —interviene Pedro Cornel, que sigue aferrando con su mano el estandarte real.

—Confieso que me he equivocado; nuestro rey nunca deja de sorprenderme.

Trescientos hombres, doscientos a pie y cien a caballo, parten ese mediodía desde Teruel. Caminan hacia la muerte o hacia la gloria... o hacia ambas.

El poyo de Cebolla, verano de 1236

Los moros de Valencia están asombrados. Ya conocen la noticia, transmitida mediante señales de humo y de luz de atalaya en atalaya, del avance del rey de Aragón con apenas tres centenares de soldados. Ni siquiera pueden imaginar la determinación del gigantesco soberano.

El ejército aragonés, a cuya vanguardia cabalga Jimeno de Urrea, arrasa la comarca de Jérica y tala el término de Torres Torres. Los musulmanes de la región están tan impresionados que no se atreven a enfrentase a los aragoneses en campo abierto. Avanzan tan deprisa que llegan a Murviedro, a orillas del mar, en poco más de dos semanas.

En el alcázar de la ciudad de Valencia, el rey Zayyán, informado de los escasos efectivos con los que cuenta su enemigo y convencido de que Jaime no sería capaz de atacar Valencia, descuida la guardia. Al enterarse de que está tan cerca, se muestra como paralizado, pero a principios de julio reacciona. Ordena derribar el castillo de Yuballa, para que no lo aprovechen los cristianos, y fortifica la villa de Puzol.

No importa. Jaime conoce el terreno y sabe que tiene que asentar una posición defensiva en Yuballa o carecerá de una sólida base de operaciones para el ataque a Valencia. Así lo hace. A comienzos de julio se instala en el poyo de Yuballa y ordena que se construya a toda prisa un castillo con mampuesto y argamasa.

Las milicias de Daroca y de Teruel excavan un foso y levantan una torre y un muro circular de cien pasos en apenas una semana. Trabajan duro. Algunas tardes se ve al propio rey acarreando artesas de argamasa, piedras y cubos de agua como un peón más.

—Es preciso mantener esta posición a toda costa —indica el rey a sus primos Bernardo Guillén de Entenza y Berenguer de Entenza, a quienes encarga la custodia del poyo de Yuballa, al que los cristianos comienzan a llamar de Cebolla.

—Lo haremos, majestad —asegura Bernardo mientras observa ondear la bandera del rey de Aragón sobre las almenas del recién acabado torreón.

—Hasta la última gota de nuestra sangre —asienta Berenguer.

—El rey Fernando de Castilla y León acaba de tomar la ciudad de Córdoba, la que fuera durante mucho tiempo centro de los dominios sarracenos en estas tierras hispanas; si ocupamos pronto Valencia, como nos corresponde, toda la tierra hispana quedará bajo dominio cristiano y podremos ir, al fin, a la cruzada a Tierra Santa.

Un correo del rey de Valencia se acerca hasta el poyo. Enarbola una bandera blanca y pide ver a Jaime de Aragón. Trae un mensaje en el que Zayyán propone acordar una tregua e intercambiar prisioneros. Como prueba de su buena voluntad, es liberado el noble Guillén de Agulló, capturado dos años antes y mantenido preso en Valencia durante todo ese tiempo.

Jaime acepta el intercambio de prisioneros y ordena que sean liberados varios cautivos musulmanes capturados meses atrás, durante las cabalgadas desde Burriana, pero se niega a acordar tregua alguna. Su enseña ondea en el poyo de Cebolla y jura que no se retirará de allí mientras Valencia siga en manos sarracenas.

A mediados de septiembre, las posiciones de cristianos y musulmanes se mantienen estables. Durante el verano, y aprovechando su posición, los aragoneses realizan varias salidas y llevan a cabo diversas escaramuzas para buscar botín y para intentar amedrentar a los valencianos. Pero no disponen de tropas suficientes para lanzar un ataque directo a la ciudad de Valencia y no se espera que lleguen nuevos contingentes antes del invierno.

—Vos, don Bernardo, os quedaréis aquí con cien caballeros. Os enviaremos suministros por mar desde los puertos de Tortosa y Salou para al menos seis meses. Nos encargaremos en persona de que así sea —le dice el rey a su primo.

—Defenderé este castillo hasta mi último aliento.

—Toda nuestra esperanza para conquistar Valencia pasa por mantener esta posición, cueste lo que cueste.

—Confiad en mí, señor.

—El rey de Castilla ha conquistado Córdoba y es probable que ya esté planificando la toma de Sevilla. No podemos fracasar ante Valencia.

—No lo haremos, señor, no lo haremos.

La reina Violante desea acompañar a su esposo en la conquista de Valencia, pero siente molestias por su embarazo y el médico judío de la corte le recomienda que guarde reposo en el palacio de la Aljafería. Ahí da a luz.

Mediado el mes de julio, el rey Jaime recibe la noticia en el poyo de Cebolla.

—Es una niña, señor. Se ha adelantado el parto y la reina debe descansar hasta que se recupere —le anuncia un correo.

El rey de Aragón aprieta los puños. Una niña...

El príncipe Alfonso dormirá tranquilo. Las mujeres no pueden reinar en Aragón, de modo que el primogénito no tiene rival que le discuta sus derechos al trono de la Corona..., por el momento.

Violante está compungida. Quiere darle a su esposo un hijo varón, un heredero que lo suceda en aquellos dominios de los que puede disponer libremente: el reino de Mallorca, el de Valencia para cuando se conquiste y quién sabe si también el propio reino de Aragón y el condado de Barcelona, porque aunque el heredero legítimo es Alfonso, jurado como tal por aragoneses y catalanes, bien pudiera acontecerle alguna desdicha: morir joven, sufrir una desgracia, una enfermedad incurable...

La reina es ambiciosa. No hace un viaje tan largo y peligroso para ser solo la segunda esposa del rey de Aragón o una más en la larga lista de sus amantes. Es la hija del rey Andrés de Hungría y pertenece a una familia con fama de santidad en la que el fervor por Cristo y por su Iglesia marcan sus pautas de comportamiento.

—¿Qué tal se encuentra nuestra esposa?

—Tiene algunos dolores, mi señor, pero el médico dice que son normales y que desaparecerán pronto.

—Se llamará Violante, como la madre —dice el rey.

—¿Vuestra hija?

—Claro, nuestra hija.

—La reina doña Violante me ha pedido que os transmitiera su sentimiento por no haber podido daros un varón.

—No importa. Tendremos más hijos.

La hija de Jaime y Violante nace sietemesina; es pequeña y delgada, pero fuerte y sana. Vivirá.

Monzón, mediados de octubre de 1236

A fines del verano, Jaime abandona el poyo de Cebolla y se dirige a Burriana, donde transmite ánimos a sus defensores y les otorga nuevos beneficios. Allí convoca a las Cortes Generales para llamar de nuevo a los aragoneses a la conquista de Valencia. No puede fallar, ahora no.

El 15 de octubre, las Cortes Generales de Aragón y Cataluña, reunidas en la iglesia de Santa María de Monzón, aprueban la empresa, a la que el papa otorga la condición de cruzada.

En las sesiones está presente el fraile dominico Raimundo de Peñafort, que escribe un alegato al papa para que levante la excomunión del rey. Su intervención es decisiva en los nombramientos de nuevos obispos para la Corona, además de aconsejar en asuntos de impartición de justicia y de persecución de la herejía.

El discurso con el que Jaime clausura las Cortes, inspirado por Peñafort, es vibrante y emotivo:

—Ya lo dijimos hace tres años en la villa de Alcañiz, cuando aprobamos el plan para la conquista de ese reino, y ahora lo volvemos a repetir: Valencia es la mejor y más bella tierra del mundo y ha de ser la joya que culmine nuestra Corona.

»Establecemos que la ciudad y el reino de Valencia sean conquistados; estatuimos que reine la paz entre todos nuestros súbditos; decretamos que corra en la tierra de Lérida la moneda jaquesa por todo el tiempo.

—¡Maldita sea! —mascula el conde de Ampurias al oído del conde Ponce de Urgel—, el rey incluye a las tierras de Lérida y Tortosa en Aragón. Nos prometió que serían para Cataluña.

—¿No os habéis dado cuenta hasta ahora de sus verdaderas intenciones? En estas Cortes Generales no están las principales universidades catalanas; faltan los concejos de Barcelona, Gerona y Tarragona. Me temo que eso significa que la conquista de Valencia será una empresa aragonesa.

—¡No puede excluirnos de ella!

—Claro que puede. Esta pasada primavera no acudimos a su llamada en Teruel ni uno solo de los nobles de Cataluña y ningún concejo. Esta es la manera que tiene de hacernos llegar su descontento —deduce el de Urgel.

Jaime termina de leer su discurso, pero antes de acabar su intervención, deja de lado el pergamino y dice:

—Hemos decidido poner fin a este desorden. Todos estáis convocados a la hueste que se reunirá el día de la Pascua Florida del año próximo en la villa de Teruel. Todos vosotros deberéis tomar la cruz y presentaos con vuestras mesnadas.

Se levanta de la cátedra desde donde lee su discurso y mira a los representantes de las Cortes, que acogen en silencio su proclama.

En los días siguientes promete que erigirá una catedral y que designará un obispo para Valencia en cuanto se conquiste, que estará bajo la jurisdicción del arzobispo de Tarragona.

El poyo de Cebolla, finales de invierno de 1237

Jaime, que se reúne con Violante en Barcelona, pasa el fin de año en Montpellier, donde bautiza a su hija. A comienzos de enero, emite la convocatoria a todos sus súbditos, a los que cita para que acudan a Teruel y conformen la hueste para la conquista de Valencia.

En una muestra de arrojo y decisión que sus hombres admiran, se presenta en el poyo de Cebolla a finales de enero. Todos sus súbditos deben saber que su rey está con ellos, que es el primero en el esfuerzo, en la batalla y en ofrecer su vida a Dios para conquistar las tierras de los sarracenos.

Desde el poyo organiza la defensa, dirige el acopio de suministros, recibe a los hombres que poco a poco van llegando a su llamada; saluda a cada uno de ellos, les pregunta por su nombre, su lugar de procedencia, si tienen familia, si los empuja la defensa de la cruz o si buscan sus sueños de fortuna.

Casi todos le responden lo mismo: quieren ayudarlo a conquistar Valencia, arrojar al mar a los infieles y contribuir a borrar de la faz de la Tierra a los fanáticos sarracenos.

A finales del invierno, más de dos mil infantes se agrupan en el poyo.

Aquella tarde de principios de marzo llegan cien caballeros del

Hospital. Jaime se alegra al verlos equipados con sus hábitos negros y sus cruces rojas; ellos y los templarios serán la fuerza de choque que combata en primera línea si se produce una batalla de caballería en campo abierto.

Jaime está cansado. Acaba de regresar tras cuatro días de cabalgada por las alquerías que rodean Valencia.

—No hemos logrado demasiado botín, majestad —comenta Jimeno de Urrea mientras se quita el yelmo de combate sobre el cual luce una pluma de halcón.

—Con estas algaradas no pretendemos conseguir un buen botín, sino mostrar a nuestros enemigos que estamos para quedarnos.

—Los valencianos parecen rivales débiles. Son campesinos y comerciantes que apenas saben sostener un arma en sus manos. En una batalla en campo abierto los superaremos con facilidad.

—No estéis tan seguro, don Jimeno —le dice Jaime mientras dos criados lo ayudan a quitarse el gambesón—. Esa tierra es suya, viven de ella desde hace siglos y la defenderán con todas sus fuerzas.

—Lo sé mi, señor, pero los he visto luchar y la mayoría carece de experiencia en combate. No son, por lo que he oído, los herederos de los fieros guerreros almohades que vencieron al rey de Castilla en aquella batalla de Alarcos.

—Recordad, don Jimeno, que esos feroces almohades fueron derrotados en las Navas.

—No lo he olvidado, señor. Allí combatió vuestro padre el rey don Pedro, de feliz memoria, al lado de alguno de mis parientes.

—Majestad —interviene Pedro Cornel; el mayordomo real se presenta sonriente con un pergamino en las manos—, su santidad el papa Gregorio ha concedido la bula de cruzada a vuestra empresa.

—¿Cuándo ha llegado? —demanda el rey, que coge el pergamino para leerlo.

—Ayer por la tarde. La trajo un mensajero que vino con la galera de suministros desde Tortosa.

—Nuestros súbditos ya no tienen excusas para eludir nuestra llamada. —Jaime sonríe—. La toma de Valencia será una cruzada. Veremos ahora cuántos se presentan el día de Pascua en Teruel.

Teruel, fines de abril de 1237

El día de Pascua Florida Jaime se encuentra en la villa de Teruel. En el exterior de la puerta de Daroca está plantado el real de Aragón. En un alto mástil ondea el estandarte de barras rojas y amarillas en torno al cual está convocada la hueste.

Mediada la mañana, el rey aparece sobre su caballo; cuando contempla a los allí congregados, aprieta los dientes.

Está presente el caballero leridano Guillén de Agulló, que quiere manifestar su agradecimiento por ser liberado de su cautiverio; también forman los nobles aragoneses Jimeno de Urrea, el señor de Albarracín Pedro Fernández de Azagra, Artal de Alagón y Pedro Cornel; el maestre del Hospital con sus caballeros y el comendador de Alcañiz con los suyos; además, hay varios centenares de peones de los concejos de Daroca, Teruel, Alcañiz y Castellote.

—¿Dónde está el resto del ejército? —pregunta Jaime a Pedro Cornel.

—No hay nadie más, señor.

—¿No vendrá nadie más?

—Solo las milicias del concejo de Zaragoza. Un correo se ha adelantado para anunciar que llegarán en dos semanas. Y don Guillermo de Montpellier; vuestro pariente está reclutando tropas y ha comunicado que acudirá al poyo en cuanto pueda.

—Lo hará. Allí está su hijo.

—Señor...

—Esperaremos aquí cuatro semanas más.

—¿Vais a suspender esta campaña, majestad?

—No, claro que no. Juramos que no nos retiraríamos hasta entrar victoriosos en esa ciudad. Cumpliremos nuestra promesa; no cejaremos hasta que nuestra señal ondee sobre los muros del alcázar real de Valencia.

El poyo de Cebolla, 25 de junio de 1237

Los defensores desconfían. Hace ya tres meses que esperan la llegada del rey, pero no aparece. Corre el rumor de que no volverá al asedio de Valencia. Berenguer de Entenza, el comandante del poyo, apenas es capaz de mantener la disciplina de los soldados a su mando.

Cuando está a punto de estallar un motín, un vigía encaramado en las almenas del torreón da una voz:

—¡La señal de nuestro rey don Jaime! ¡La señal del rey de Aragón!

Todos los que la oyen acuden a lo alto de los muros.

Y allí aparece; a lo lejos, como a una milla de distancia hacia el norte, ven ondear la inconfundible señal roja y amarilla.

—Sabía que mi primo no nos abandonaría; lo sabía —asienta Bernardo.

Tardan quince días en recorrer el camino de Teruel al poyo porque se detienen en Jérica, Torres Torres y Sagunto para acabar con alguna resistencia y no dejar tropas enemigas a sus espaldas.

Cuando media hora después entran las tropas que vienen de Teruel, los defensores estallan en vítores de alegría y suspiran aliviados. Primero llega el rey, flanqueado por su estandarte y una bandera con la figura de san Jorge; tras él, los nobles, tan orgullosos y altaneros como siempre, entre los caballeros de sus mesnadas; y, por fin, los peones de los concejos, con sus espadas cortas, sus ballestas y su variopinta indumentaria; junto a ellos caminan los fieros almogávares, hombres de las sierras de Aragón y de las montañas de Cataluña, curtidos por el frío, el viento, el sol y el agua, feroces como leones y duros como rocas, con sus chalecos de piel de lobo, sus machetes de hoja corta y ancha y sus arcos y ballestas.

—Mirad la cara de valor y el ambicioso brillo en los ojos de esos hombres —comenta Berenguer de Entenza a sus más próximos—; es imposible que los valencianos nos derroten.

—Pero son pocos, muy pocos —musita uno de los capitanes que lo acompañan.

—Confiad en nuestro señor.

—Muy pocos —reitera el capitán.

Sí, son pocos. Solo con esos hombres no se puede conquistar Valencia. No, no se puede.

Jaime lo sabe. Pese a todo, espera la mitad del verano acuartelado en el poyo. Pero solo llegan los hombres de la milicia de Zaragoza y su tío Guillermo de Montpellier, que apenas logra reunir a cien caballeros, que además vienen sin provisiones.

Tiene que conseguir más soldados, más tropas, muchas más. Y debe hacerlo él mismo.

Jaime decide abandonar el poyo de Cebolla, ahora bien fortificado y con más defensores, y mediado el verano regresa a Aragón y a Cataluña en busca de más efectivos.

Para incentivar a los indecisos y animar a los ya convencidos, le ordena a uno de sus notarios que registre en un libro el inventario de todos los bienes que hay en Valencia: casas, palacios, fincas, almunias, huertas... Una a una, las propiedades de los moros valencianos se anotan en una minuciosa lista con la relación de los bienes que se repartirán entre los que le ayuden en la conquista; solo entre ellos.

El rey se encarga de que ese listado circule por Aragón y Cataluña y de que sus agentes difundan una y otra vez en plazas y mercados que Valencia es la mejor y más rica tierra del mundo, el reino de Rodrigo de Vivar, una ciudad de ensueño, de palacios sin cuento y de riquezas inimaginables.

Pasa la segunda parte del año en Burriana, Oropesa y Ulldecona reclutando hombres y aprovisionando y abasteciendo sus fortalezas. En octubre está en Tortosa, donde convoca de nuevo a la hueste para la Pascua de 1238; es la tercera vez que lo hace en apenas dos años. No puede fallar. Esta vez no.

Recorre la Cataluña nueva y va hasta Barcelona, donde intenta convencer a los templarios para que aporten más hombres y más equipos; les concede tierras y castillos, les promete que los hará dueños de ricas haciendas en Valencia y les indica que el papa considera su conquista como una cruzada. El templario que entre en esa ciudad será considerado tan honorable como los que defienden Jerusalén.

No es fácil convencer a algunas gentes de Cataluña para que se enrolen en la hazaña de Valencia. Las comarcas del norte sufren el acoso de los inquisidores; en algunas zonas hay decenas de inculpados y detenidos, acusados de comportarse como herejes, e incluso corre la noticia de que hay algunos ejecutados en la hoguera.

En el camino de Huesca a Zaragoza, ya a finales del otoño, le comunican la muerte de su primo Bernardo Guillén de Entenza.

—¿Cómo ha sido? —le pregunta apenado a Pedro Cornel.

—En combate con los moros, señor. Una partida de jinetes musulmanes burló la vigilancia de nuestros oteadores y amenazó a los defensores de Burriana. Enterado de ello, don Bernardo organizó un escuadrón de caballería, se puso al frente y salió al encuentro de los enemigos. La batalla se produjo cerca del poyo de Enesa, hacia Murviedro.

—¿El poyo de Enesa...? —se extraña Jaime.

—Es un lugar parecido al poyo de Cebolla, señor.

—¿Y allí murió nuestro pariente?

—Sí. Las tropas de Valencia las mandaba ese perro de Ibn Zayyán, que contaba con seiscientos jinetes y diez mil infantes; demasiados enemigos para los nuestros, que apenas eran mil.

—Le recomendamos, le ordenamos que fuera prudente —lamenta Jaime.

—Don Guillermo era un caballero valiente. No tenía miedo a la muerte.

—Debió quedarse a resguardo en el poyo de Cebolla. ¿Sabéis cómo transcurrió la batalla?

—Sí; lo ha contado uno de los supervivientes. Don Bernardo fue atraído mediante una estratagema a una posición favorable para los sarracenos. Ibn Zayyán le hizo creer que sus tropas estaban constituidas por unos pocos hombres. Cuando vuestro primo se dio cuenta del engaño, condujo a sus hombres a ese lugar llamado el poyo de Enesa y allí se preparó para el combate.

»Todo parecía en su contra, pero logró agrupar a su hueste en lo alto de aquel cerro. Entonces Ibn Zayyán, sintiéndose ganador, desplegó a todas sus tropas, revelando su estrategia. Don Guillermo se dio cuenta del error de su oponente. Con la situación ventajosa que le proporcionaba su posición en altura, lanzó a su caballería pesada ladera abajo. Sorprendidos ahora los moros, los soldados de sus primeras líneas entraron en pánico ante la inesperada acometida de los nuestros.

»Esa primera carga los desarboló, una segunda los descompuso y la tercera rompió sus líneas y provocó la desbandada. Entonces se convirtieron en presas fáciles. Cada cual huyó como pudo hacia Valencia, sin otro objetivo que salvar la vida. La matanza fue enorme.

—¿Y en nuestras filas? —demanda Jaime.

—Aunque perdimos muchos caballos, solo cayeron tres caballeros, pero uno de ellos era don Bernardo. Combatió en primera línea.

—¿Cómo pudo vencer a tan numerosos enemigos?

—Dicen que san Jorge apareció en la batalla y combatió al lado de los nuestros —sonríe Pedro Cornel.

—Regresaremos inmediatamente al poyo de Cebolla.

—Es peligroso, majestad.

—Un rey debe estar con sus hombres.

Ya en Zaragoza, Jaime despacha asuntos menores en su palacio de la Aljafería, donde pasa la Navidad, y prepara su vuelta a la huerta de Valencia.

—Señor, os ruego que os planteéis abandonar el poyo —le aconseja su tío el infante Fernando de Montearagón, que se presenta en Zaragoza el día de Navidad.

Jaime observa el estanque del lado norte del patio de su palacio, el que construyen los reyes musulmanes, el mismo que pisa el Cid cuando sirve al frente de las tropas de Al-Mutamin ibn Hud. El agua se mueve en el estanque y provoca que los rayos del sol del mediodía, en los días más cortos del año, se reflejen en ondas multicolores en las yeserías policromadas de los arcos de filigranas, como si un arcoíris lleno de vida propia se moviera palpitando sobre las paredes pintadas.

—¿Ese es vuestro consejo? —le pregunta el rey.

—Sí, al menos mientras no tengáis la seguridad de conquistarla.

—Sois dos de los mejores juristas que tiene este reino, ¿qué opináis, señores? —pregunta Jaime a Pedro Cornel y a Asalido de Gudal, que lo acompañan.

—Tal vez retirarse sea lo más apropiado, señor —dice Cornel.

—No os reconocemos, don Pedro. ¿Cuál es vuestra posición, don Asalido?

—Quizá sería conveniente retirarnos hasta contar con las fuerzas suficientes para asediar Valencia con plena garantía, pero si de mí dependiera, la enseña del rey de Aragón nunca se arriaría del poyo —responde Asalido de Gudal, el más fiel caballero.

—Parece que vos, don Asalido, sois el único que no desea abandonar esta campaña.

—Todos nosotros sabemos de vuestro valor y arrojo, majestad, pero sin los soldados suficientes no se puede tomar Valencia— reitera Fernando.

—¿No se puede? ¿Quién más cree que no se puede?

Jaime está enfadado. Alza los brazos, mira a los nobles con furia y niega con la cabeza.

—Señor, carecemos de soldados... —insiste Fernando de Montearagón.

—¿Cómo podéis siquiera plantearnos que abandonemos el sitio de Valencia?

—Es peligroso —tercia Cornel.

—También era peligroso conquistar Mallorca, mucho más peligroso, pues mediaba un mar, y allá fuimos y ahora ese reino es nuestro. ¿Qué sería nuestra Corona si mis antecesores hubieran hecho caso a consejos como los vuestros? ¿Qué sería ahora el reino de Aragón si los reyes Ramiro, Sancho y Alfonso no hubieran tomado su caballo y no hubieran luchado por ganar otras tierras? ¿Qué sería de Barcelona si el conde Berenguer no hubiera pugnado por defenderla? Nos os lo diremos: sendos pedazos de terrenos ásperos y pedregosos perdidos en un rincón de las montañas; nada más.

—Es arriesgado, podéis perder la vida —dice Pedro Cornel.

—¿La vida? La vida de un hombre no importa; nuestra vida no importa, las vuestras, señores, no importan. Todos tendremos que morir algún día y nos preferimos hacerlo joven y satisfecho pero con la dignidad que requiere el rey de Aragón que viejo y amargado por haber sido un cobarde.

—No podemos tomar Valencia —insiste Fernando—. Claro que si hubiera cristianos viviendo en esa ciudad y pudieran ayudarnos desde dentro...

—No los hay. Si hubierais leído la historia del Cid, sabríais que tras su muerte quedó como dueña de Valencia su esposa doña Jimena, pero solo pudo mantener el señorío de la ciudad por tres años más. La amenaza de los almorávides acabó por provocar el abandono y doña Jimena regresó a Castilla llevándose con ella el cadáver de don Rodrigo y a todos los cristianos; temían la represalia de esos demonios moros africanos y se marcharon.

—Pues sin ayuda desde dentro, no podremos...

—Claro que podremos y lo haremos este mismo año. ¿Acaso no recordáis que juramos no levantar el sitio hasta ocupar esa ciudad?

—Pero sería solo una retirada por un tiempo, hasta que...

—Desechad esa idea.

—Señor, hay demasiado peligro y la respuesta de vuestros súbditos a vuestra llamada a la hueste no ha sido todo lo masiva que esperábamos —reitera Pedro Cornel.

—Vendrán. En esta ocasión vendrán —asienta con firmeza Jaime apoyando su mano en el hombro de Asalido, que asiente con la cabeza.

—Pero...

—Si no nos presentáramos al lado de nuestros hombres, perderíamos todo nuestro prestigio y nunca más volverían a confiar en nos. Ninguno de esos hombres nos vería como a su rey. No, no nos moveremos ni un paso del poyo de Cebolla hasta que caiga Valencia, hasta que la cruz corone su mezquita mayor y nuestra enseña, su alcázar. Hacemos votos por ello.

Aunque hace tiempo que lo conoce y sabe de su determinación, Pedro Cornel no deja de sorprenderse ante la firme voluntad de su soberano.

—Entonces ¿volvemos a Valencia? —pregunta Cornel.

—Al día siguiente al primer día del año.

—Estaremos preparados, majestad —asiente Asalido de Gudal.

—Y citad a la hueste para el día de Pascua en Teruel.

—La Pascua cae este próximo año el día cuatro de abril —calcula Cornel.

Fernando de Montearagón reflexiona. Ya no aspira a ser rey de Aragón, su oportunidad no volverá, y al ver la voluntad de su sobrino, piensa que no debe enfrentarse a él.

—Pues ese día, todos a Teruel, y de allí a Valencia —acepta al fin el de Montearagón.

Antes de salir de Zaragoza, pasa varios días con la reina Violante en el palacio de la Aljafería y hacen el amor bajo los techos de madera dorada del palacio de los reyes musulmanes de la taifa zaragozana, en cuyos salones quizá sigue presente el espíritu de Rodrigo Díaz de Vivar.

Violante quiere quedarse embarazada de nuevo; tal vez ahora sea un varón.

El poyo de Cebolla, el poyo de Santa María, enero de 1238

Jaime sale de Zaragoza el dos de enero y, tras dejar a su esposa y a su hija en Burriana, se dirige al poyo de Cebolla.

Ese día los musulmanes de Murviedro hacen una salida contra los cristianos del poyo. Sorprenden a algunos, a los que degüellan, y amenazan con tomar el castillo. Los defensores logran mantener la fortaleza y rezan en espera de que llegue ayuda pronto.

Permanecen sitiados cuando un vigía observa a lo lejos, cerca de la alquería de Puzol, una columna de polvo. Aguza la vista y en un momento cree vislumbrar entre la polvareda un estandarte rojo y amarillo.

Duda, pero quiere creer que sus ojos no lo engañan. ¿Y si fuera el rey? ¿Y si aquellos colores son los de la bandera de don Jaime que llega a tiempo para salvarlos? Sí, lo son, comprueba un poco más tarde. Es el rey de Aragón quien viene en ayuda de los sitiados en el poyo. Parece un milagro.

En lo alto de los muros del castillo de Cebolla, los defensores gritan de alegría. Ante semejante algarabía, los moros de Sagunto se sobresaltan. No esperan que ningún ejército cristiano vaya a socorrerlos antes de primavera. Se equivocan. Allí está don Jaime, que llega como un ciclón.

Enterado del asedio al poyo, el rey de Aragón ni se lo piensa. Mira a don Asalido, que cabalga a su lado, y le hace una indicación con la cabeza a la que asiente.

Armados con lorigas, escudos y lanzas, los caballeros del rey se preparan para el combate. La señal del rey de Aragón se alza a la cabeza de las tropas. Jaime ordena la carga y demuestra su valor cabalgando en la primera línea. Su enorme figura y su decidido arrojo transmiten a sus hombres seguridad y fuerza.

Atruenan los cascos de los caballos sobre el fértil suelo, se alzan las espadas y las lanzas y ascienden al cielo entre gritos de victoria.

Los aragoneses ganan la batalla antes siquiera del primer encontronazo. Los saguntinos huyen despavoridos por la costa ante la carga de la caballería pesada que encabezan Jaime de Aragón y Asalido de Gudal. Muchos de los jinetes que acompañan al rey están bien curtidos en la guerra de Mallorca; son veteranos que saben luchar como nadie y los guía la ambición de hacerse con una sustanciosa fortuna.

Desde los muros del castillo del poyo, los defensores cristianos agitan pañuelos y banderolas mientras los musulmanes escapan como pueden para librarse de una muerte segura.

—Vamos a cambiar el nombre de este lugar —le comenta Jaime a Asalido de Gudal mientras observan el horizonte desde lo alto de la torre del poyo.

—¿No os gusta lo de Cebolla?

—Cebolla, Yuballa... No, no nos gusta. A partir de hoy se llamará el poyo de Santa María.

—Acertado nombre; la Virgen lo guardará de los infieles —comenta Asalido.

—Y vos debéis protegerlo también, porque hemos decidido concederos en propiedad la alquería de Puzol. Es aquella —Jaime señala unas tierras al norte, a unas dos millas hacia Sagunto.

—Os lo agradezco, mi señor.

—Don Asalido, vos nunca nos habéis decepcionado. Otros nobles solo desean botín, tierras, riquezas... Don Blasco de Alagón y don Fernando de Montearagón siempre están demandando más y más bienes, pero vos nunca nos habéis pedido nada.

—Mi mayor privilegio es serviros, mi señor.

—Y espero que sigáis haciéndolo.

—Mientras viva.

—Nos hacen falta más hombres como vos.

—Todos vuestros hombres os somos fieles...

—Ayer supimos que Ibn Hud, el rey moro de Murcia, ha sido asesinado en Almería y que su hijo Abu Bakr lo ha sucedido en el trono. Como veis, en todos los reinos hay un asesino dispuesto a acabar con la vida de su rey.

—Ningún cristiano se atreverá a atentar contra vuestra majestad.

—Ya lo hicieron. Éramos tan solo una criatura cuando alguien intentó matarnos lanzando una piedra sobre nuestra cuna. Dios y Santa María nos protegieron y pudimos salvar la vida.

—¿Sabéis quién fue?

—No, nunca se pudo averiguar el nombre del que intentó matarnos.

—¿A quién beneficiaba vuestra muerte?

—A varios: a mi tío Guillermo de Montpellier, que aspiraba a su señorío, a mi otro tío Fernando de Montearagón, que quería ser rey, a mi tío abuelo el conde Sancho de Cerdaña, que también soñaba con el reino... Siempre hay alguien dispuesto a matar a un rey, siempre.

Sopla un viento frío y húmedo en el poyo de Santa María. Unas nubes grises amenazan a lo lejos con descargar una tormenta.

Esa noche el rey no puede dormir. Lo intenta, pero es inútil. Se levanta del lecho, se cubre los hombros con una manta y sube a lo alto del castillo. El vigía de noche lo saluda al verlo aparecer en la torre y Jaime le devuelve un gesto indicándole que siga con su trabajo. El cielo está despejado y brillan las estrellas en una noche sin luna.

Apoyado en el pretil del torreón, otea el horizonte, hacia el cercano mar. Clarea sobre el Mediterráneo. Una franja de luz rosada comienza a alargarse y a ensancharse desde levante. Jaime contempla la alborada y sueña con atravesar ese mar al frente de una flota de galeras, navegar hasta su confín oriental y entrar en Jerusalén. Sabe por unos comerciantes de Barcelona que viajan a menudo hasta Alejandría que más allá de las tierras dominadas por los sarracenos, en el país de la seda, vive un rey que es enemigo de los moros. Lo llaman el gran kan; es hijo de otro gran rey, conquistador de medio mundo, en cuyo estandarte algunos dicen que ondea la cruz de Cristo.

Piensa que quizá podría establecer una alianza con ese soberano y entre ambos acabar de una vez con los seguidores de la secta mahomética y devolver a la cristiandad las tierras que ahora ocupan sus perversos seguidores.

Mediada la mañana, Jaime preside los funerales por Bernardo Guillén de Entenza, cuyo cadáver lleva ya varias semanas embalsamado en su ataúd en espera de ser enviado a Segorbe, donde Zayd abu Zayd se establece tras su pacto con el rey de Aragón.

Tras la ceremonia fúnebre, nombra caballero al joven Bernardo, hijo del fallecido, y ratifica como capitán de la guarnición a Berenguer de Entenza.

—¡Juramos ante Dios y ante todos vosotros, nuestros fieles barones y caballeros, que no abandonaremos ni este lugar del poyo de Santa María ni el asedio de Valencia hasta que la conquistemos! —grita el rey una vez acabados los nombramientos.

—Señor —se adelanta uno de los dos frailes que viven en el

castillo con los soldados y que porta un largo bastón rematado con una cruz—, ninguno de vuestros hombres se irá de aquí sin haber conquistado Valencia. ¡Juradlo ante la cruz! —exclama el fraile alzando su cayado.

—¡Lo juramos por Cristo; por Santa María, lo juramos! —claman varios hombres.

—Señores, nuestra voluntad es tan firme como la más dura roca. Y para que nadie albergue la menor duda de nuestras intenciones, vendrán con nos la reina y nuestra hija la infanta.

Jaime alza la *Tizona* al cielo y los defensores recobran el ánimo decaído.

Quizá ahora sí sea posible la conquista de Valencia.

Burriana, principios de primavera de 1238

Hace frío y caen lluvias copiosas aquellos primeros días de primavera.

Tras reforzar las defensas del poyo de Santa María, Jaime logra que se rindan varias localidades al norte de Sagunto; Uxó, Nules y otras ricas villas musulmanas de la comarca de la Plana se entregan al rey de Aragón y reconocen su soberanía.

En Burriana, el rey se reencuentra con su esposa Violante. Pasa dos días encerrado en una cámara de la casa donde habita la reina haciéndole el amor cuantas veces puede.

Violante habla latín con fluidez y ambos esposos se comunican en esta lengua, aunque el rey le enseña palabras y frases en la lengua de Occitania que utilizan los trovadores y en aragonés, que aprendió de niño durante los años que pasó con los templarios en el castillo de Monzón.

Jaime habla y utiliza varias lenguas, aunque en el amor, le gusta la melodiosa variedad del lemosín que usan la mayoría de los catalanes, en las conversaciones con sus barones, la recia y directa habla de los aragoneses y el latín en documentos, ceremonias y discursos solemnes.

—Nuestra hija será una hermosa mujer —comenta la reina Violante mientras contempla a la pequeña de pocos meses, que duerme en una cunita de madera pintada con vivos colores.

—Será una hermosa reina —dice Jaime.

—¿Ya estás pensando en casarla?

—Así es como debe ser. Nuestra hija se casará con un príncipe y será reina en su día.

—Supongo que ya tienes pensado con quién.

—Los reinos de Castilla y León están unidos de nuevo desde hace ocho años por el rey Fernando, que ha conquistado Córdoba y ya planea ganar Sevilla e incluso Granada. Es probable que en unos pocos años ese castellano sea señor de todas la tierras hasta el Estrecho; cuando eso suceda, será dueño de la mitad de España.

—¿España...? —se extraña Violante.

—España, Hispania en latín, es el nombre que los romanos dieron a esta península que se extiende entre el mar de los cántabros y los Pirineos, el mar tenebroso y el Mediterráneo, en el extremo occidental del mundo.

»Ahora ocupan esta enorme provincia varios reinos y coronas: la nuestra de Aragón, la de Castilla y León, el reino de Navarra, el de Portugal y las tierras de los moros. Ha habido reyes que se han proclamado emperadores de toda España, como lo hizo uno de mis antepasados, aquel Alfonso al que llaman el Batallador. Algunos de ellos soñaron con unir bajo un mismo trono todos estos dominios, pero nunca ha sido posible.

—¿Qué lo impide? —pregunta Violante.

—Muchas cosas, pero sobre todo la ley y el derecho.

—No lo entiendo.

—Cada uno de estos reinos tiene un derecho distinto, unos fueros y unas costumbres diferentes. En Castilla y León, las mujeres pueden reinar y ejercer el poder real igual que un varón, pero en Aragón, las leyes prohíben que una mujer pueda ejercer la potestad regia, aunque sí transmitirla a su hijo varón.

—Entonces... nuestra hija no podrá ser reina en Aragón.

—Por eso debemos engendrar un hijo, un niño —sonríe Jaime.

—Llevamos dos días empeñados en ello —comenta Violante a la vez que le devuelve la sonrisa a Jaime.

—¿Todas las mujeres de Hungría son tan hermosas como tú?

—¿Me consideras hermosa?

—Lo eres, mi señora, muy hermosa.

Jaime la besa y sus manos se deslizan por su talle, bajo las bragas, hasta alcanzar los muslos de la reina, que jadea ante las caricias de su esposo.

—Ya siento que estás de nuevo preparado —dice Violante al comprobar en su entrepierna la dureza del miembro viril.

La felicidad, la dicha y el ocio nunca duran demasiado tiempo, ni siquiera en la casa del poderoso.

Mediado el mes de marzo, unos espías que operan en el interior de la ciudad de Valencia se enteran de que Zayyán envía un emisario al rey de Túnez solicitándole ayuda para defender sus dominios del acoso del rey de Aragón.

Casi al mismo tiempo, Jaime recibe en Burriana a un mensajero de Zayyán.

—Señor rey de Aragón —se presenta el enviado valenciano—, mi señor el rey de Valencia, a quien Dios, su nombre sea alabado, proteja, me ha encargado que os traslade sus deseos de amistad y os presente sus respetos.

—¿Qué nos ofrece vuestro señor? —demanda Jaime.

—Un juramento de vasallaje a cambio de un acuerdo de paz; y además, si se firma este tratado, os compensará cada año con diez mil besantes.

—Vuestro rey es generoso, pero ¿por qué hemos de renunciar a ganar un reino que casi tenemos ya en nuestra mano? Además, decís que Zayyán quiere ser nuestro vasallo, pero sabemos que ha enviado un correo al rey de Túnez solicitándole ayuda contra nos. ¿Qué clase de vasallo es alguien que traiciona a su señor de esa manera?

Al quedar al descubierto los planes de Zayyán, su mensajero titubea y muestra una gran turbación.

—Señor, si aceptáis el tratado...

—Ya hemos escuchado demasiadas palabras falsas. Uno de nuestros consejeros os anunciará nuestra decisión. Retiraos.

—Pero...

—No queremos oír una sola palabra más. ¡Retiraos y aguardad a que se os comunique nuestra decisión! —Jaime se levanta del sitial desde donde celebra la vista. Su enorme figura amedrenta aún más al embajador valenciano, que baja la mirada al suelo, se inclina y abandona la estancia.

—¿No vas a aceptar el pacto que te propone el rey de Valencia? —le pregunta Violante, que asiste a la entrevista.

—No. Quiero ser el dueño de Valencia, no el señor de su dueño.

—¿Ni siquiera por diez mil monedas de oro cada año?

—La de Valencia es la mejor tierra del mundo. Ven conmigo.

Jaime sale de la sala de la mano de su esposa y suben a la azotea del alcázar en el que se hospedan en Burriana.

—Qué agradable mañana —comenta la reina.

—Contempla esta tierra —Jaime señala las fincas que rodean Burriana—: campos feracísimos, huertas ubérrimas en todo tipo de cultivos, árboles que dan frutos tan dulces como la miel... Pues Valencia aún es más rica. Cuando gane esa ciudad, mi Corona será tan poderosa como la de Castilla. ¿Qué son diez mil monedas de oro ante tanta riqueza?

—¿Vas a volver a esa fortaleza?

—Sí, regreso al poyo de Santa María; se lo prometí a los hombres que allí defienden mi estandarte y lo voy a cumplir. Tú y nuestra hija os quedaréis aquí en Burriana hasta que conquiste Valencia.

—Espero que añadas cuanto antes esa nueva joya a tu Corona —dice Violante.

—Que es la tuya, mi señora, y que luego será de nuestros hijos.

—Olvidas que tienes un heredero al que han jurado aragoneses y catalanes como su futuro soberano.

—No, no lo he olvidado. Pero has de saber, mi reina, que el reino de Aragón y el condado de Barcelona, por ser ambos señoríos patrimoniales de mi linaje, no los puedo entregar a nadie que no sea mi heredero legítimo; y sí, ahora es don Alfonso. Pero las tierras que yo he conquistado, como Mallorca, y las que conquiste en adelante son mías y tengo derecho a darlas a quien me plazca... siempre que sea un varón.

—Espero que tu semilla germine de nuevo en mi vientre y pueda darte ese varón que anhelas.

—Estoy seguro que así será —dice Jaime.

—Con la ayuda de Dios...

—Y ahora, mi señora, acompáñame a comer; estoy hambriento.

Por medio de su consejero Fernando Díez, esa misma tarde Jaime comunica al enviado de Zayyán que rechaza su propuesta y que sus tropas seguirán en el poyo hasta que se culmine la conquista de Valencia.

Dos días después, el rey de Aragón se despide de su esposa y de su hija, deja Burriana y regresa al poyo. Está decidido a entrar triunfante en esa ciudad antes de que acabe el año.

El poyo de Santa María, principios de abril de 1238

De regreso, Jaime recibe una carta del papa Gregorio en la que le pide que vaya a Italia en su ayuda. Está en guerra con el emperador Federico y teme que este le arrebate sus dominios terrenales.

Pero no puede hacerlo. Su juramento es lo primero.

—No iremos en ayuda del papa —confiesa el rey a Asalido de Gudal y a Pedro Pérez, el justicia de Aragón—. Si lo hiciéramos, deberíamos abandonar el poyo y el asedio a Valencia. Años de preparación se vendrían abajo.

—El papa está en dificultades, quizá deberíamos ayudarlo —comenta Pedro Pérez.

—Don Federico es muy ambicioso. Además de emperador de Alemania es rey de Jerusalén y de Sicilia, y un hombre muy excéntrico. Un comerciante de Tortosa nos dijo hace unos días en Burriana que en Sicilia lo conocen con el apodo de *stupor mundi*, «el asombro del mundo» —comenta Jaime.

—Pues debe de ser un mal enemigo —apostilla Asalido de Gudal.

—Lo es. El papa lo excomulgó por no ir a la cruzada que había convocado e incluso llegó a considerarlo como el Anticristo, pero entonces don Federico decidió embarcarse en una nueva cruzada, acudió a Tierra Santa y conquistó Jerusalén, que ahora está bajo dominio cristiano.

—Menudo carácter —comenta Asalido.

—Es un hombre inteligente y sagaz. Dicen que habla nueve lenguas, que escribe libros de cetrería y de filosofía y que compone notables poemas —añade Jaime.

—Señor, si no acudís a la llamada del papa Gregorio, tal vez también os excomulgue —dice el Justicia.

—No seríamos el primer rey de Aragón sobre el que cayera la pena de excomunión. Escribiremos al papa y le diremos que andamos guerreando en nombre de la Iglesia en estas tierras y que disponemos de una bula de cruzada. Seguiremos con la conquista de Valencia.

—Bien pensado, majestad. Así nada podrá reprocharos —puntualiza Pedro Pérez.

—Solventado este asunto, convocad a los capitanes de la hueste en el patio del castillo, deseamos darles a conocer nuestros planes hoy mismo.

Mediada la tarde, Berenguer de Entenza, el justicia Pedro Pérez, Rodrigo de Lizana, Jimeno Pérez de Tarazona, Ladrón, los maestres provinciales del Temple y del Hospital, el comendador de la Orden de Calatrava en Alcañiz y el caballero catalán Guillén de Agulló aguardan en el patio a que el rey exponga su estrategia.

Están nerviosos y comentan entre ellos cuál será la decisión del monarca.

Jaime aparece en el patio acompañado por Asalido de Gudal, que muestra en su rostro una amplia sonrisa.

—Señores, acercaos —les pide el rey—. Queremos daros una buena noticia: nuestra esposa la reina doña Violante está embarazada; rogad a Dios para que sea un varón.

—¡Enhorabuena, señor! Así lo haremos —interviene Berenguer de Entenza.

—El papa Gregorio nos ha pedido que vayamos a Italia en su ayuda; lo acosa el emperador don Federico. No lo haremos; seguiremos aquí hasta conquistar Valencia.

—¿Cuándo, mi señor? —pregunta Guillén de Agulló.

—Inmediatamente.

Un murmullo de inquietud corre entre los congregados.

—Pero, majestad, solo disponemos de ciento cuarenta caballeros de linaje, ciento cincuenta almogávares y unos mil peones. En Valencia habitan más de veinte mil almas y otras tantas en las aldeas de su huerta —precisa Agulló.

—Suficientes para comenzar la conquista. Mañana al amanecer queremos a todos los hombres dispuestos para el combate. Ejecutaremos una cabalgada tras la celebración de la santa misa.

—¡Mañana! —se escucha exclamar con incrédula sorpresa a varios de los capitanes.

—Al amanecer y después de la misa —zanja la cuestión el rey.

La salida del ejército cristiano aquella mañana del 7 de abril coge por sorpresa a los musulmanes, que, sabedores de las escasas fuerzas acantonadas en el poyo de Santa María, no esperan semejante golpe de audacia.

Las villas de Paterna y Bufali se entregan sin luchar. Sus pobladores están atemorizados por la determinación que muestra el rey de Aragón y desengañados por la falta de ayuda de Zayyán, que se encierra dentro de los muros de Valencia y se niega a prestarles auxilio.

Los cristianos recorren las huertas y campos del entorno, queman las cosechas, talan los árboles y arrasan las huertas. Ese año los valencianos no podrán recoger fruto alguno de la tierra. Pasarán hambre y un hombre hambriento es más débil y se rinde con mayor facilidad.

Ese mismo día, Jaime se da cuenta de que los musulmanes valencianos tienen al frente de su reino a un monarca pusilánime que no se sacrificará por sus súbditos. Si actúa bien y sabe jugar sus bazas con determinación, inteligencia valentía y arrojo, Valencia y todo su reino caerán en sus manos más pronto que tarde.

De vuelta tras su exitosa salida, Jaime de Aragón ordena que se envíen cartas demandando que los nobles y los hombres de los concejos de Aragón y de Cataluña acudan a la conquista de Valencia. Les recuerda que es una cruzada y que recibirán tierras y honores si le ayudan en esa empresa.

Para que no quede duda alguna de sus intenciones, el rey comienza a emitir privilegios y donaciones a los que con él se encuentran: casas, tierras, castillos, torres, alquerías, huertos, rentas y otros bienes, muchos de ellos todavía por ganar.

La ambición mueve a la mayoría de los hombres. En cuanto llegan a Aragón y a Cataluña las cartas del rey y los receptores se dan cuenta de que es posible la gesta de la conquista, decenas de nobles y miles de peones acuden al sitio de Valencia. En apenas dos semanas, las tropas cristianas se duplican.

Jaime da entonces la orden de dirigirse hacia Valencia; desea iniciar el sitio cuanto antes.

Arrabal de Ruzafa, asedio de Valencia, fines de abril de 1238

Con cada paso que da, el rey Jaime asombra a sus hombres y a sus enemigos. Su audacia desconcierta a todos; provoca temor entre los musulmanes y júbilo entre los cristianos.

Poco antes del alba del 25 de abril sale del poyo de Santa María con ciento cuarenta caballeros, ciento cincuenta almogávares y mil infantes, todos los que están con él desde un primer momento.

En una cabalgada prodigiosa, los cristianos recorren en dos horas las diez millas entre el poyo y Valencia y se presentan ante los muros de la ciudad. Los campesinos, que andan ya camino de sus fincas, son alertados a toque de trompeta y regresan corriendo a refugiarse dentro de las murallas.

Varios caballeros aragoneses son los primeros en atacar. Algunos jinetes musulmanes salen a su encuentro dispuestos a proteger a los que corren hacia la ciudad y se producen enfrentamientos en los dos puentes sobre el Turia.

Entre tanto, los almogávares siguen el plan trazado, rodean la ciudad por el oeste y atacan el arrabal de Ruzafa, en el sur. Allí se alzan varias construcciones y un palacio que Jaime elige como lugar propicio para asentar el campamento durante el asedio.

Los valerosos almogávares, que parecen guerreros sacados de la profundidad de las estepas o de los relatos de la más remota antigüedad, consiguen asentar una posición en Ruzafa, a la distancia de dos tiros de ballesta de la muralla.

Los ciento cincuenta almogávares atacan el arrabal sin importarles ni el número de enemigos ni sus posiciones de defensa. Simplemente cumplen una orden: tomar Ruzafa.

Pero los musulmanes refuerzan las defensas y ponen en dificultades a los almogávares. Varios de ellos son arrinconados contra un foso por la superioridad de los musulmanes que los rodean y amenazan con exterminarlos.

Uno de ellos saca un cuerno de su zurrón y lo hace sonar con todas sus fuerzas. Por la huerta de Valencia resuena la llamada de auxilio del almogávar. Jaime la escucha y enseguida comprende que están en peligro. No lo piensa ni un instante. Tira de las riendas de su caballo, lo espolea y ordena a sus caballeros que lo sigan en la dirección de donde llega el sonido del cuerno.

No tarda en presentarse Ruzafa a todo galope. Los almogávares se defienden como fieras del ataque de un regimiento de caballería, que los triplica en número. Armados con sus venablos cortos y sus machetes de hoja ancha, mantienen a raya las cargas de los jinetes valencianos, pero parece evidente que sucumbirán pronto si no reciben ayuda.

El auxilio llega justo cuando comienzan a ceder. Jaime, armado con su espada legendaria, irrumpe por la retaguardia de los valencianos, golpeando a los jinetes de las últimas filas, que al verse sorprendidos por la espalda, rompen la formación y huyen buscando refugio en las murallas.

—¡*Aur, aur, desperta ferro!* —«¡Escucha, escucha, se despierta el hierro!», gritan los almogávares al percibir la llegada de su rey y la retirada de los musulmanes.

—Gracias, señor; esos demonios estaban a punto de acabar con nosotros —le dice el capitán de la compañía almogávar, que tiene la cara y los brazos llenos de sangre.

—En cuanto escuchamos el sonido del cuerno, supimos que estabais en dificultades. Os habéis batido como leones. Levantaremos aquí el campamento.

—¿Por qué en este lugar en el sur de la ciudad, mi señor? —le pregunta Asalido de Gudal.

—De aquí a los muros de Valencia apenas hay media milla, poco más de dos tiros de ballesta, suficiente distancia como para no ser alcanzados. Todo el lado norte de la ciudad está protegido por el cauce del río Turia y ese camino lo controlamos desde el poyo. Con nosotros en Ruzafa por el sur, con los que han quedado en el poyo por el norte y con el mar al este, la ciudad está cercada.

—Queda libre el flanco oeste —deduce Asalido.

—Ahí destacaremos emboscados a estos almogávares. Si algunos de esos valencianos se atreve a huir hacia poniente, se las tendrán que ver con nuestros más fieros soldados. Y ya saben cómo se las gastan.

Aprovechando las construcciones del palacio de recreo de los monarcas musulmanes en el arrabal de Ruzafa, Jaime ordena desplegar el campamento y protegerlo con una empalizada en las zonas donde los fosos y los muros son más endebles.

Ibn Zayyán masculla su falta de previsión. No calcula los movimientos del rey de Aragón, no prevé sus acciones, no sabe organizar la defensa ni dar una respuesta eficaz a las iniciativas del aragonés.

—¡Un mensajero, se acerca un mensajero! —avisa uno de los vigías que montan guardia en el campamento de Ruzafa.

Jaime, que anda organizando las defensas con sus caballeros, acude a la carrera.

A menos de media milla ve acercarse a un jinete solitario que enarbola una banderola blanca en lo alto del astil de su lanza.

—¿Qué es eso? —demanda el rey.

—Parece un mensajero, mi señor. Acaba de salir de la ciudad tras agitar varias veces en lo alto de las murallas una bandera blanca, la misma que porta sobre su caballo —explica el vigía.

—¿Lo abatimos? Tal vez sea una trampa —supone Asalido de Gudal, que además de experto jinete maneja muy bien la ballesta.

—No; permitid que llegue hasta aquí, pero estad atentos a ese jinete. Al primer movimiento sospechoso, matadlo.

Medio centenar de pasos antes de llegar a la empalizada del campamento, el jinete es interceptado y cacheado por tres soldados.

—¡Está limpio, señor!

—¿Qué?

—Que no lleva armas encima ni ocultas en sus ropas —dice Asalido.

—Permitid que pase, pero dejad ahí su caballo.

El enviado de Valencia llega caminando ante el rey de Aragón, que lo aguarda delante de la empalizada, pues Jaime no quiere que pueda ver el dispositivo que se está desplegando en el campamento. Es un hombre maduro, de unos cincuenta años; viste una túnica azul con ribetes dorados y se cubre con un turbante. No es un soldado; más bien parece un hombre sabio.

—Mi señor el rey Ibn Zayyán envía sus respetuosos saludos al señor rey de Aragón; os traigo un mensaje de su parte —se dirige el enviado a Jaime.

—¿Cómo sabéis que yo soy el rey? —le pregunta.

—¡Cómo no reconoceros, señor! Sois el hombre más alto del mundo, esos cabellos rubios, los ojos negros...

—Bien, ya me habéis reconocido, ¿cuál es ese mensaje?

—Mi señor Ibn Zayyán desea negociar con vuestra majestad.

—¿Y qué nos ofrece?

—La paz.

—¿Solo la paz?

—La paz a cambio de que recibáis en plena posesión todas las tierras entre Tortosa y Teruel, un palacio en Valencia y una renta anual de diez mil besantes.

—No es una buena oferta. Esas tierras ya son mías, ya tengo un palacio en Valencia —Jaime señala hacia el de Ruzafa— y ese dinero me lo ofreció con una oferta similar hace apenas dos meses y ya le dije entonces que era muy poco.

—La paz es el bien más valioso...

—Decidle a vuestro señor —lo interrumpe Jaime— que el único acuerdo al que llegaremos con él será aquel que contemple la rendición de Valencia de manera incondicional. Si vuestro señor quiere la paz, deberá entregarnos su reino.

—Eso no es posible.

—Pues en ese caso, olvidaos de la paz y preparaos para la batalla.

—¿Estáis decidido a ir a la guerra, señor? —pregunta el mensajero.

—¿Qué creéis que estamos haciendo?

—Transmitiré vuestras palabras a mi rey.

—Y decidle algo más: que hemos dado nuestra palabra a nuestros hombres y hemos jurado ante Dios y Su madre la Virgen que no levantaremos este asedio hasta que esa ciudad y todo su reino sean nuestros. ¿Lo habéis entendido?

—Sí, muy claro. Conozco bien vuestra lengua.

Jaime se da media vuelta y regresa al interior del campamento.

—Ibn Zayyán se rendirá, señor —le dice Asalido de Gudal en voz muy baja.

—¿Por qué estáis tan seguro?

—Ese hombre es un cobarde. En cuanto su mensajero le cuente esta entrevista, se achantará más aún de lo que ya está y no ofrecerá resistencia alguna.

—Dios os oiga, don Asalido, Dios os oiga.

Sitio de Valencia, mayo de 1238

El día 14 de mayo, con las tropas ya asentadas en el campamento real de Ruzafa, Jaime declara formalmente el inicio del asedio de

Valencia. Las siete puertas de las murallas de la medina, a las que llaman Alcántara, Al-Warraq, Ibn Sajar, Exarea, Bátala, Cuarte y Culebra, están vigiladas por sendos campamentos cristianos. Ninguno de sus treinta mil habitantes, entre los cuales hay varios cientos de judíos que aguardan con paciencia el resultado final, puede escapar del asedio.

En una misa solemne, Jaime jura por tercera vez que ni se irá de allí ni levantará el sitio hasta que la conquiste.

Al poyo de Santa María y al campamento de Ruzafa van llegando más y más tropas. La valentía y la generosidad del rey aragonés, que sigue repartiendo títulos de propiedad a caballeros y peones, corre como el viento por tierras de Aragón y de Cataluña. Gentes de las Extremaduras aragonesa y castellana, montañeses de Navarra y de Aragón, nobles de Cataluña, ultramontanos del otro lado de los Pirineos y caballeros aventureros de diversos lugares que buscan fama, fortuna y gloria acuden al asedio de Valencia para ofrecer sus armas al servicio del rey Jaime.

El 23 de mayo se presentan varios señores catalanes con sus mesnadas: el conde Hugo de Ampurias, Guillén de Moncada, Jaime Cervera, cuarenta caballeros y seiscientos peones de los concejos de Barcelona, Gerona, Tortosa y Lérida, estos dos últimos todavía dudando si ubicarse en el lado de los catalanes, de los aragoneses o como hombres de sendos marquesados autónomos adscritos a la Corona.

—Necesitamos más suministros —comenta el rey ante el creciente número de combatientes.

—Algunos caballeros occitanos han ido a buscarlos —comenta Asalido de Gudal.

—¿Dónde, con qué permiso? —pregunta el rey, que acaba de regresar de una visita de inspección a los muros de Valencia.

—Esta mañana, poco después de que salierais de ronda, uno de nuestros vigías alertó de la presencia de varias velas que se acercaban a la costa desde el sur. Alguien dijo que podrían ser barcos cargados de mercancías para los sitiados y salieron a ver si podían apoderarse de ellas.

—¡Insensatos! Vamos a su encuentro —ordena el rey.

Asalido de Gudal ordena formar a un escuadrón de cincuenta caballeros para que escolten al rey tras el rastro de los occitanos.

Las velas que se avistan en la costa conforman una flota de dieciocho naves que envía el rey de Túnez en ayuda de los valencianos. Van cargadas de trigo, aceite y otros productos. Los occitanos, ávidos de botín, consideran que esos barcos son una presa fácil y aguardan emboscados a que comience la descarga para apoderarse de todo.

Pero desde la ciudad se observa la maniobra de los occitanos y un nutrido regimiento de jinetes sale a su encuentro.

Cuando los dos bandos están a una distancia de cien pasos, los musulmanes, de manera inesperada, dan media vuelta, vuelven las grupas de sus monturas y se retiran hacia Valencia. Al ver esta maniobra, los occitanos se envalentonan y, seguros de obtener una victoria, cargan al galope, alejándose de la zona donde están fondeando las naves.

Desde la distancia, Jaime observa estos movimientos.

—¡Idiotas! ¡Han caído en la trampa! —exclama el rey—. Esa es la maniobra del *torna fuye.*

Asalido de Gudal asiente ante las palabras de Jaime. Los musulmanes ponen en práctica una táctica que les da buenos resultados en las batallas. El *torna fuye* consiste en hacer frente al enemigo provocando su ataque impetuoso y, antes de que se produzca el choque dar media vuelta y simular la huida; cuando el enemigo se confía y carga, se da de nuevo la vuelta, se despliegan las alas y se rodea al enemigo en una maniobra envolvente por los flancos. Los sorprendidos atacantes resultan cercados y superados.

Y eso es lo que les ocurre a los occitanos. Rodeados por los jinetes musulmanes, que les cortan la retirada, y al alcance de los ballesteros, se ven perdidos.

—¡Aragón, Aragón! —oyen gritar de pronto.

Tras las líneas musulmanas se escuchan estos gritos y de donde proceden se alza enhiesto un estandarte con las barras rojas y amarillas.

—¡A la carga, a la carga! —grita Asalido de Gudal, que cabalga al lado de su rey.

Veinte caballeros templarios en la vanguardia del escuadrón forman una sólida línea de combate y acometen a los jinetes musulmanes que se prometen una fácil victoria sobre los occitanos.

Desarbolados por la contundencia de la carga de los templarios, los valencianos desbaratan su formación y huyen en desbandada.

Jaime desenvaina su espada y se lanza al ataque acercándose de manera peligrosa a las murallas.

—¡Señor, señor! ¡Alejaos de los muros, alejaos! —grita desesperado Asalido de Gudal al contemplar la imprudente acción.

La advertencia del fiel caballero aragonés llega tarde. Una saeta rasga el aire y golpea a Jaime en el casco con que cubre su cabeza. El rey de Aragón acusa el impacto y se tambalea, pero consigue mantenerse erguido sobre la silla.

Siente dolor en su frente y se lleva la mano al casco. La saeta está clavada en el hierro y la punta le hiere la carne, justo sobre el ojo derecho. De un tirón se arranca la flecha, se quita el casco y ríe ante la mirada atónita de sus hombres, que ya lo creen muerto, o al menos malherido.

—¡No es nada! ¡Un rasguño, un simple rasguño! —grita el rey entre risas.

Un hilo de sangre corre por la mejilla de Jaime. La herida no es profunda, no llega al hueso, pero el golpe de la saeta le produce un edema en la frente y una inflamación en torno al ojo derecho, que presenta completamente cerrado.

—Retrocedamos, señor; aquí estamos al alcance de sus ballestas —dice Asalido de Gudal, que protege con su escudo la espalda del rey.

—¡No es nada! ¡Nada! —repite Jaime.

—Estáis herido, mi señor. Os tiene que curar un médico cuanto antes.

A regañadientes, ordena regresar a Ruzafa, tras reñir a los occitanos por haber sido tan insensatos e imprudentes.

Los caballeros comentan entre ellos el valor del rey; uno de los templarios les recuerda que Jaime tiene la formación de un hermano de la Orden del Temple.

El campamento del arrabal está bien organizado. No falta comida, ni pertrechos para la guerra, ni médicos para atender a los heridos y enfermos; incluso disponen de una tienda con medicinas, ungüentos, cremas sanadoras e instrumentos quirúrgicos.

El médico real atiende enseguida a Jaime, que ya presenta el ojo derecho completamente cerrado y amoratado.

—El casco de combate os ha salvado la vida, majestad —le dice el médico mientras le limpia la herida y le aplica un apósito de esencia de malvavisco y caléndula.

—¿Perderemos el ojo? —le pregunta Jaime.

—No, mi señor, pero sentiréis dolor durante uno o dos días y no podréis ver con él durante una semana.

—Por fortuna, Dios nos dio dos ojos.

—Esos barcos han logrado descargar sus vituallas y las han llevado hasta Valencia —le comunica Asalido de Gudal al rey.

—La culpa es de esos insensatos occitanos. Don Asalido, comunicad a todos los capitanes de la hueste que nadie tomará ninguna iniciativa sin nuestro conocimiento y autorización. Colgaremos del árbol más alto a quien nos desobedezca. ¿Qué se sabe de esos barcos?

—Como observaron nuestros espías, son dieciocho naves cargadas de suministros que ha enviado el rey moro de Túnez para socorrer a los valencianos. Son barcos piratas. Han zarpado rumbo norte. Supongo que no quieren regresar de vacío a Túnez.

—No hay tiempo para enviar un mensajero, de modo que alertad con señales a nuestros hombres en Burriana y Peñíscola para que estén atentos a la costa y preparados ante un ataque de los piratas tunecinos.

Las instrucciones del rey llegan a tiempo a sus destinatarios gracias al sistema de atalayas organizado para transmitir mensajes con señales luminosas y de humo. Los tunecinos lanzan un ataque a Peñíscola, pero sus habitantes ya están prevenidos y logran rechazarlos. Perdido el factor sorpresa, los piratas tunecinos se retiran a sus bases en el norte de África. Volverán.

Sitio de Valencia, julio de 1238

Desesperado por el rechazo a su oferta de paz y enterado de que Jaime está herido, Ibn Zayyán ordena un ataque por sorpresa al campamento de Ruzafa.

Pero los cristianos están alerta con guardias permanentes. Descubiertos por los vigías cristianos, los jinetes valencianos desisten y se retiran sin entablar batalla. Basta con el disparo de unos cuantos proyectiles de honda para detener su amago de ataque.

A pesar de su rostro aún amoratado por el impacto de la flecha, Jaime se siente invulnerable y tocado por la mano de Dios para realizar cualquier hazaña en su nombre. Está tan crecido que una noche, tras la cena, les revela a sus consejeros más íntimos que enviará a mil caballeros, a los que piensa pagar con lo que se obtenga en la conquista de Valencia, en ayuda del papa Gregorio. No hará falta; tan solo dos días después se conoce en Ruzafa que el papa y el emperador Federico se reconcilian y firman la paz. Jaime podrá dedicar todos sus hombres, toda su atención y todos sus recursos a conquistar Valencia.

Mediado el mes de julio, con un calor y una humedad agobiantes, se cierra el cerco sobre la ciudad.

—¡Vamos, vamos, más deprisa, más deprisa! —ordena Asalido de Gudal a los peones que están moviendo las bastidas hasta colocarlas a un tiro de ballesta de los muros.

—Esas torres deben estar protegidas día y noche; serán fundamentales si al fin tenemos que tomar la ciudad al asalto —dice Jaime señalando las torres de madera, que avanzan despacio sobre enormes ruedas macizas.

—Colocaremos delante de ellas esos manteletes, señor. Hemos cubierto los parapetos con gruesas pieles de toro que mantendremos día y noche empapadas con agua para que no puedan quemarlas con flechas incendiarias.

En medio de un camino se despliegan dos balistas, capaces de alcanzar el interior de la ciudad desde más de trescientos pasos de distancia de los muros gracias a tiros parabólicos. Varios picapedreros labran ya los bolaños con los que se bombardearán los muros y se abatirán las casas.

Media docena de escorpiones, las ballestas gigantes capaces de lanzar enormes saetas con veneno en la punta, se montan tras los manteletes móviles. Almajaneques y trabucos se aproximan hasta ubicarse a la distancia de tiro también servidos por expertos canteros que tallan los proyectiles adecuados para cada máquina de guerra.

Desde lo alto de las murallas de Valencia, los defensores contemplan impotentes el despliegue del ejército cristiano. Algunos ya comentan en la intimidad que tal vez sea mejor capitular y firmar un acuerdo lo más honroso posible.

Pierden la esperanza de recibir cualquier ayuda de sus hermanos musulmanes. El Imperio almohade es apenas un difuso espectro de otro tiempo y los señores y reyezuelos de la guerra que quedan en Al-Andalus bastante tienen con aguantar sus posiciones. Los soberanos moros de Murcia, Granada o Sevilla no pueden hacer otra cosa que rezar a su dios para que obre un milagro y salve a Valencia, porque carecen de fuerzas para acudir a defenderla y saben que, una vez tomada esa ciudad y su reino, los siguientes en caer serán ellos.

—Majestad, una balista y un almajaneque están listos para comenzar a disparar —le comunica Rodrigo de Lizana, el caballero encargado de la artillería.

—Que empiecen inmediatamente, sin cesar, día y noche.

—Daré la orden a los artilleros, señor.

Apenas media hora después, un primer bolaño de ciento diez libras de peso sale volando desde el almajaneque. No llega a impactar en la muralla; se queda a unos veinte pasos de distancia.

Los valencianos ríen y se mofan. Armados con hondas de badana, algunos de ellos cargan guijarros del tamaño de una nuez y los lanzan hacia el campamento de Ruzafa a la vez que agitan los brazos, gritan burlas e insultos dirigidos a los cristianos y ondean sus estandartes de colores desde las almenas.

Pero apenas media hora después del primer y fallido intento, el almajaneque vuelve a cargarse y escupe otro bolaño de cien libras. En esta segunda ocasión, la bola de dura roca impacta en el centro de un lienzo de muralla. No provoca daños más allá de un desconchón en el muro, pero la violencia y el ruido del golpe provocan el silencio de quienes gritan ufanos entre risas y cánticos.

Una hora después la balista arroja su primer proyectil, que pasa por encima del muro y cae sobre el tejado de una casa. Abre un boquete considerable y aunque no causa ninguna muerte desencadena el pánico en las gentes del barrio.

Dos días más tarde, todas la catapultas arrojan proyectiles sobre Valencia, sin dejar un instante de respiro a los sitiados.

Cubiertos por los lanzamientos y protegidos por los manteletes y las torres de asedio, los zapadores comienzan a excavar túneles de aproximación a los cimientos de las murallas. El rey ordena hacer lo mismo que en el asedio y toma de Mallorca. Si los valencianos no se rinden antes de que los zapadores alcancen los basamentos con sus minas, derribará las murallas y tomará la ciudad al asalto. Y si eso ocurre, los almogávares no tendrán piedad de quienes osen resistir.

—¡Señor, hemos capturado a un moro! Trataba de escapar del cerco —le dice Rodrigo de Lizana, que se presenta ante el rey con un valenciano atado con cadenas—; creo que puede ser un espía, pues habla nuestra lengua.

—¿En verdad huías? —le pregunta Jaime.

—No, señor rey, me he entregado sin resistencia. Quería hablar con vos.

—¿Qué tienes que decir?

—Que los valencianos carecen de provisiones para resistir este asedio. Ya casi están agotadas las reservas de harina, no hay carne ni pescado, frutas, verduras o legumbres y no pueden abastecerse. La ciudad está perdida.

—¿Por qué nos dices esto? —le pregunta Jaime.

—No quiero morir de hambre...

—¿No quieres morir de hambre? Entonces, eres un traidor.

—No, señor rey, no; solo pretendo salvar mi vida. Os ruego misericordia.

—¿Cuál es el estado de ánimo de los valencianos?

—Están desolados y abatidos. Saben que nunca podrán vencer a un gran rey como vos.

—¿Están dispuestos a rendirse?

—La mayoría se entregaría ahora mismo, pero el rey Abu Zayd ha amenazado con ejecutar a cualquiera que se lo plantee y a su familia.

—¿Qué hacemos con este hombre? —le pregunta el rey a Rodrigo de Lizana.

—Podemos cortarlo a pedazos y lanzarlos sobre Valencia con una catapulta.

—¡Majestad, majestad, os lo suplico, no quiero morir, no quiero morir! Conozco cada palmo de la ciudad, os seré más útil vivo —solloza el valenciano.

—Ya has traicionado a los tuyos. ¿Cómo sabemos que no nos traicionarás también? Es más, ¿cómo podemos saber que no nos estás traicionando ya?

—Os lo juró por Alá —pronuncia el nombre de Dios en árabe— y por el Profeta, su nombre sea alabado.

—Encerradlo por el momento. Tal vez nos sea útil vivo.

—Gracias, *sidi*, gracias, gracias...

Dos guardias se llevan al prisionero.

—¿En verdad pretendíais que lo descuartizáramos? —pregunta el rey a Rodrigo.

—Hubiera sido un escarmiento para los defensores de esa ciudad y un aviso de lo que les ocurrirá si no la entregan.

—Ya hicimos eso mismo durante el sitio de Mallorca. Ordenamos lanzar decenas de cabezas de nuestros enemigos sobre esa ciudad y no se rindieron; no se rindieron, no se rindieron... —repite Jaime una y otra vez en tono cada vez más bajo.

Sitio de Valencia, agosto de 1238

Cada día, sin descanso, decenas de piedras de todos los tamaños golpean muros y tejados, barren las almenas y causan el terror entre los valencianos, que pierden toda esperanza de recibir ayuda alguna de los musulmanes de Murcia cuando se enteran de que su rey Abu Bakr es depuesto, tras apenas ocho meses de reinado, y suplantado por un usurpador llamado Ibn Jattab. El rey de Valencia, desbordado por los acontecimientos y sin otra alternativa que ofrecer dinero al rey de Aragón a cambio de que levante el asedio, se refugia en Denia, donde dispone de una flotilla de galeras preparada para llevarlo a Túnez en caso de que así lo ordene.

Entre tanto, Jaime sigue repartiendo las casas de Valencia, aun antes de conquistarse. Sus notarios ajustan el inventario con las indicaciones que les da el moro apresado. Todos reciben su parte y ya sueñan con poseer su propia casa en la rica ciudad y una hacienda, un campo o una huerta en su entorno.

El asedio dura ya cuatro meses. El rey aragonés puede ordenar en cualquier momento el asalto definitivo a la ciudad. Algunas zonas de la muralla están a punto de derrumbarse y los defensores están desmoralizados y carecen de alimentos. Por el contrario, con las generosas donaciones que cada día emite la cancillería real, los cristianos se muestran eufóricos, no les faltan suministros, que se traen con barcos desde Tortosa. Ya se ven entrando victoriosos en Valencia. Solo aguardan la orden del rey para lanzarse al asalto.

—Hoy tomaremos una de esas torres —le dice Jaime a Asalido de Gudal mientras se viste el perpunte.

—¿Vais a encabezar el ataque? —le pregunta Asalido al ver

cómo sus criados le colocan a Jaime el chaleco de recias costuras y dos capas de fuerte tela rellenas con lana.

—Sí, nos dirigiremos el asalto; vos guardadnos las espaldas.

Los dos criados que atienden al rey acaban de colocarle la cota de malla y el casco y le ciñen el tahalí a la cintura.

—Vais a usar la *Tizona* —observa Asalido al identificar la espada que asoma el pomo y la empuñadura en el extremo abierto de la vaina.

—Hay quien asegura que esta es la misma espada que empuñó el Cid Campeador cuando ganó Valencia y así se canta en algunos romances. Nadie lo sabe con toda certeza, pero si el espíritu de don Rodrigo vive en esta espada, nos conducirá a la victoria.

El escuadrón de soldados elegidos para el asalto a la torre sale del campamento de Ruzafa y avanza hacia los muros protegido por escudos y manteletes.

La torre seleccionada para ser atacada se levanta en el lado sur del recinto, frente al campamento cristiano. Jaime lleva observándola varios días y comprueba que su guarnición es de tan solo diez hombres.

Los zapadores excavan una mina justo hasta la base de ese torreón, la rellenan de madera y ramas secas impregnadas con sebo de cerdo y les prenden fuego.

Dos manteletes comienzan a la vez un bombardeo sobre los lienzos a izquierda y derecha de la torre para cortar el paso a los que desde la ciudad puedan acudir en auxilio de los defensores; al mismo tiempo, una bastida lanza proyectiles ardientes sobre la torre.

El fuego dentro del túnel socava los cimientos, en tanto las bolas de fuego caen sobre la techumbre de madera, que comienza a arder para delirio de los atacantes.

Apenas media hora después, un temblor sacude la torre y se produce un derrumbe en la parte baja que deja abierto al exterior un boquete del tamaño de una carreta.

—¡Ahora, por Aragón, por San Jorge! —grita el rey, que es el primero en salir de la protección de uno de los almajaneques y acudir corriendo hacia el agujero en la base de la torre.

Mientras acude al combate, Jaime mira a los lados y observa complacido que todos los hombres lo acompañan en su carrera.

Hace calor, mucho calor; los rayos del sol caen sobre su casco metálico como una brasa sobre la piel; el sudor empapa su cuerpo; el grueso perpunte forrado de lana y la pesada cota de malla ralentizan sus movimientos. Tiene veintiséis años, es fortísimo, rápido, más alto que cualquier otro hombre, soporta con su brazo izquierdo un escudo pesado capaz de resistir el impacto de una saeta de ballesta, un proyectil de honda o una lanzada, y blande en su mano derecha la espada *Tizona*, que algunos consideran mágica e invencible.

En la carrera hacia la torre, dos de sus hombres caen abatidos, pero los demás no se amilanan y siguen corriendo hacia el combate cuerpo a cuerpo.

Diez musulmanes armados con lanzas y protegidos con pequeños escudos redondos cubren con sus cuerpos el boquete de la torre, bajo la cual ya no hay fuego, aunque todavía sale del suelo el humo del incendio provocado en la mina. En lo alto del torreón, un penacho de llamas consume el tejado, que arde como una gigantesca tea.

Uno de los diez musulmanes duda y mira a sus compañeros, que están atemorizados ante la llegada de los cristianos. Piensan en huir, pero no pueden escapar a ninguna parte. No son soldados, no están preparados para la pelea, es la primera vez que participan en una batalla.

Los atacantes lo perciben enseguida por la forma de sujetar las lanzan, por sus titubeos, por el miedo que reflejan sus rostros, por el leve balanceo de sus piernas... Son presa fácil.

La pelea dura unos instantes; los diez moros caen abatidos por las espadas y las lanzas de los aragoneses, un piquete de aguerridos peones de las milicias concejiles de Daroca elegidos por el propio Jaime para ese envite.

—Habéis luchado bien, darocenses. Acercadnos esas banderas —ordena el rey a dos de sus guardias, que portan sendas enseñas con las franjas rojas y amarillas de la casa real de Aragón—. Tomad, capitán; que el concejo de Daroca guarde para siempre estos estandartes en memoria de tan glorioso día.

—¡Aragón, Aragón! ¡Daroca por el rey don Jaime! —exclama henchido de orgullo el capitán de la milicia darocense.

—¡Aragón, Aragón! ¡Daroca por don Jaime! —repiten los peones, que ríen anhelando ya los bienes que esperan ganar en Valencia.

—Y ahora salgamos de aquí antes de que nos caiga esta torre encima —dice el rey satisfecho por la primera porción de muralla ocupada.

Sitio de Valencia, 8 de septiembre de 1238

Los valencianos lloran su desdicha. Saben que en cuanto se lo proponga, el rey de Aragón conquistará su ciudad. No hay remedio que altere ese destino.

«Dios lo quiere» dicen unos valencianos, resignados a perder todo cuanto poseen; «es la voluntad de Dios», admiten otros, compungidos; «es el castigo por nuestros pecados», predican algunos imanes desde los mimbares de las mezquitas; «es el inicio del Juicio final», auguran los milenaristas, que también los hay entre los musulmanes; «luchemos hasta el final, Dios acogerá en el paraíso a los que mueran combatiendo por el islam», recuerdan algunos visionarios recitando aleyas del Corán a la vez que proclaman el *yihad*.

La confusión en la ciudad sitiada es absoluta; pero entonces a un comandante de la guardia real de Ibn Zayyán se le ocurre una propuesta, que deciden transmitir a los cristianos.

El soberano de Aragón anda reunido en el palacio de Ruzafa con los principales nobles y caballeros; están debatiendo sobre el momento y el lugar para lanzar el ataque definitivo sobre Valencia.

—Señor, dos sarracenos se acercan al campamento; enarbolan una bandera blanca, quizá quieran rendirse —le comunica Asalido de Gudal al rey Jaime.

—Comprobad que no lleven armas ocultas y dejadlos pasar —ordena el rey.

—Supongo que traerán el acuerdo de capitulación —comenta el señor de Albarracín.

Los emisarios valencianos se presentan ante Jaime. Son dos ancianos de rostros curtidos y serenos surcados de arrugas. Visten sendas túnicas blancas y turbantes ampulosos. Parecen dos sabios.

—¿Qué os trae hasta aquí? —les pregunta Jaime.

—Señor rey —habla uno de ellos—, Dios, su nombre sea alabado, es clemente y misericordioso y ama al hombre, al que creó del barro. Su compasión no tiene límite, su bondad es infinita, su gracia...

—Está bien, está bien, dejaos ya de circunloquios y decidnos cuál es el propósito de esta embajada.

—Los valencianos deseamos la paz. Si esta guerra se alarga, muchos inocentes morirán o sufrirán por ello. Os ofrecemos, señor de los aragoneses, que la pelea por Valencia se dirima en un duelo.

—¿Cómo? ¿Qué añagaza es esta? —se indigna el señor de Albarracín, al que el rey indica con un gesto que deje seguir hablando al emisario valenciano.

—Que sean dos campeones, uno por cada bando, quienes en un torneo diriman quién se queda con Valencia. Si vencen vuestros adalides, os entregaremos la ciudad sin más lucha, pero si vencen los nuestros, os retiraréis a vuestras tierras y juraréis por vuestro dios que no haréis la guerra a Valencia durante al menos cinco años —explica el anciano.

Jaime se levanta ceremonioso de la silla de tijera en la que permanece sentado hasta ese momento, se acerca a los dos mensajeros hasta colocarse a un paso de distancia de ellos y los mira con sus ojos negros y profundos.

Los observa unos instantes y se da la vuelta para volver a sentarse con la misma parsimonia.

—Hecho. Hoy mismo, mediada la tarde, se celebrará ese duelo —decide el rey.

—Pero, majestad, Valencia ya es casi nuestra; está al alcance de nuestra mano, podemos cogerla solo alargando los brazos. No les deis una oportunidad —alega el señor de Albarracín entre un murmullo de susurros de los nobles, que no aprueban la decisión de Jaime.

—Justo a media tarde, tras la oración que elevéis a mediodía a vuestro dios, en la explanada que se extiende entre la torre donde ya ondea nuestro estandarte, la puerta que llamáis de Exarea, y el cauce del río Turia; dos jinetes por cada bando, con casco, cota de malla, espada, lanza y escudo. Nada más.

—¿Dais vuestra palabra de rey? —le pregunta el anciano.

—De rey y de caballero cristiano.

—De acuerdo, en el llano de la Exarea.

Los dos emisarios inclinan levemente sus cabezas y salen del campamento de Ruzafa de regreso a la ciudad.

Los sorprendidos nobles de Aragón y de Cataluña todavía no están seguros de lo visto y oído. Tantos meses apostados a las puertas de Valencia, tanto dinero empleado en equipos, caballos, armas y provisiones, varios hombres muertos y heridos... y todo ese esfuerzo puede quedarse ahora en nada si dos adalides musulmanes vencen en un singular combate a los dos campeones cristianos que designe el rey.

—Señor, anulad ese acuerdo. Si los moros vencen, todo esto no habrá servido para nada —lo interpela el señor de Albarracín.

Pedro Fernández de Azagra se muestra reticente a la decisión del rey. La mayoría comparte el enojo de Azagra, pero no se atreve a manifestarlo de manera tan rotunda.

—Hemos dado nuestra palabra. Nos seremos uno de los dos campeones —asienta Jaime.

—¿Vuestra majestad en el duelo? No, mi señor, de ninguna manera os podéis arriesgar a morir en ese torneo. Yo combatiré en vuestro lugar —dice Pedro.

—Señor, sois mi rey pero también mi sobrino —interviene el infante Fernando de Montearagón—, pero el señor de Albarracín tiene razón. Sabemos de vuestro valor, vuestra fuerza y vuestra habilidad en la pelea, pero cualquier error puede hacer caer al mejor de los caballeros. Sois nuestro rey y no podéis arriesgar de esa manera vuestra vida.

—Don Asalido, ¿cuál es vuestra opinión? —le pregunta Jaime a su más leal caballero.

—Majestad, creo que el señor de Albarracín y el abad de Montearagón hablan con palabras sensatas y con la voz de la cordura. No podéis arriesgar ahora vuestra vida de esa manera. Dejad que sea yo...

—Ya vemos que no queréis que seamos nuestro propio campeón. ¿Tanto dudáis de nos? —dice Jaime.

—No es eso, majestad, no es eso. Sois el mejor caballero del mundo, pero no podéis arriesgaros —dice el de Albarracín.

—De acuerdo. En ese caso, nuestros campeones serán don Pedro de Clariana y don Miguel Pérez de Isuerra.

Un rumor de alivio circula entre los nobles. Son los dos mejores caballeros del rey. Clariana es invencible con la lanza y la espada, fuerte como un toro y casi tan alto como Jaime. Miguel Pérez es el más rápido de piernas y brazos y maneja la espada con destreza magistral. Enfrentado a duelo con cualquiera de esos dos luchadores, ningún musulmán puede tener la menor oportunidad de victoria.

Las voces de los almuédanos convocan a los fieles musulmanes a la tercera oración del día desde los alminares de las mezquitas de Valencia. Los cristianos escuchan la llamada en sus posiciones de asedio y responden con gritos, insultos y repiques de campana.

En Ruzafa, los dos campeones cristianos están preparados para el torneo, que se celebrará según las leyes de la caballería.

Están a punto de ser izados a sus monturas cuando irrumpe un jinete. Es Jimeno Pérez de Tarazona, hermano del que fuera justicia de Aragón, buen caballero y hombre de letras.

—Majestad, dejadme combatir en este duelo —le ruega.

—Ya hemos designado a los caballeros que van a representarnos —alega el rey.

—Os lo suplico, mi señor. Le prometí a mi hermano don Pedro que lucharía por nuestro honor y nuestra gloria en esta guerra. Dejadme luchar.

Jaime mira a los caballeros seleccionados, que ya tienen el casco ajustado y la cota de malla bien dispuesta.

—Está bien; don Miguel, ceded vuestro puesto a don Jimeno —le ordena el rey a Pérez de Isuerra.

—Pero, majestad, yo estoy preparado...

—Ceded vuestro puesto a don Jimeno. Ya tendréis oportunidad de demostrar vuestro valor en otra ocasión.

Miguel Pérez se quita el casco resignado y acata la orden sin aspavientos.

—Don Jimeno no debería combatir en esta lid —comenta en voz baja el señor de Albarracín al infante Fernando de Montearagón.

—Es un buen caballero —le replica en un susurro.

—Pero está demasiado alterado.

—Descuidad; si don Jimeno falla, don Pedro de Clariana acabará con los dos moros.

—Su fama lo precede, pero ¿es tan buen luchador como se dice?

—Estad atentos al combate y lo comprobaréis vos mismo —asienta el de Montearagón.

Los dos adalides musulmanes esperan a la puerta de la Exarea, una amplia explanada donde se celebran concurridos mercados semanales. Sus oponentes cristianos no comparecen a la hora señalada. El cambio de uno de los combatientes en el último momento los retrasa. Al fin aparecen en la explanada.

Desde mediodía reina la calma. Los cristianos cesan el lanzamiento de piedras y bolaños sobre la ciudad y los musulmanes se encaraman en lo alto de los muros para presenciar el duelo.

Los dos adalides musulmanes alzan retadores sus lanzas al ver llegar a los cristianos. La explanada es llana y nivelada y el sol entra de lado, sin molestar frontalmente a los caballeros. Ninguna de las partes parece tener posición de ventaja.

—¿Estáis listo? —le pregunta Pedro de Clariana a su compañero Jimeno Pérez.

—Lo estoy —responde.

Clariana, firme y seguro como una montaña de granito, cree distinguir un ligero titubeo en la voz de Jimeno.

—Pues vayamos a por ellos. ¡Ahora!

Los dos caballeros cristianos colocan sus lanzas bajo el brazo, espolean a sus monturas y salen a la carga hacia los adalides musulmanes, que reaccionan aullando y gritando «*¡Allahu akbar, Allahu akbar!*», «¡Dios es grande, Dios es grande!».

Cada uno elige al contrincante que tiene enfrente y arremete con fiereza.

El envite es desigual. Jimeno Pérez está nervioso y se precipita. Carga con su lanza demasiado baja y es derribado con facilidad por su oponente musulmán.

A su lado, Pedro Clariana impacta con la punta de su lanza en el centro del pecho del otro valenciano, que cae al suelo herido de muerte. Tira de sus riendas con fuerza y retiene a su caballo. Desenvaina con suma rapidez la espada del tahalí que cuelga a su espalda y arremete contra el otro jinete, descargando sobre su brazo un tremendo espadazo que lo deja desarmado.

El superviviente musulmán comprueba por sí mismo el tremendo poder y la enorme fuerza de Pedro Clariana, que se dispone a liquidarlo de un segundo golpe.

Aterrado, consigue agacharse lo suficiente como para salir vivo y huye a todo galope hacia la puerta de la Exarea. Pedro Clariana pica espuelas y lo persigue, pero cuando se acerca a los muros, cae una lluvia de flechas sobre él y tiene que retirarse aclamado por los vítores de los cristianos que presencian el duelo entusiasmados.

Se acerca a Jimeno Pérez y lo ayuda a incorporarse.

—¿Estáis malherido? —le pregunta.

—No, no, tan solo dolorido y magullado por el golpe de ese jinete. Ya veo que vos habéis acabado con el vuestro. —Jimeno mira hacia el caído, que yace muerto boca arriba todavía con la lanza clavada en el pecho.

—No era un buen luchador. Vino hacia mí con la guardia completamente abierta; ha resultado fácil abatirlo.

—Debí haber estado más atento con el mío; me confié demasiado y casi lo estropeo todo —se lamenta Jimeno—. Os lo agradezco; hemos vencido por vos.

—Lo que importa es que hemos ganado este juicio de Dios y Valencia será de don Jaime; tal vez hoy mismo.

Los dos campeones recogen sus caballos y regresan al trote a sus filas, donde los esperan como a héroes; mientras tanto, la derrota silencia a los musulmanes.

Sitio de Valencia, mediados de septiembre de 1238

Los valencianos intentan todo para librarse del asedio: ataques desde la ciudad, ofrecimiento de pactos y treguas, petición de ayuda a los musulmanes de Al-Andalus y de Túnez, el duelo de los campeones... y en todo fracasan.

El juramento de Jaime es firme. Nadie duda de que el rey de Aragón no se moverá del sitio de Valencia hasta conquistarla. Y para muestra absoluta de su determinación manda llamar a la reina Violante, que aguarda en Burriana. Los dos esposos se reúnen en Ruzafa. Violante luce un vientre muy abultado; su nuevo embarazo supera los seis meses.

Los valencianos no cumplen lo acordado en el pacto del torneo y no entregan la ciudad, de modo que continúan los lanzamientos de proyectiles. La moral de los sitiados está en su momento más bajo. Son ya mayoría las voces que se alzan demandando a Ibn Zayyán que se rinda, ahora que aún se pueden conseguir unas capitulaciones honrosas y antes de que el rey de Aragón ordene el asalto, que, si se produce, provocará una matanza entre los valencianos. Es mejor perder solo las propiedades que las propiedades y la vida.

Ibn Zayyán cede. El 14 de septiembre envía un mensajero al campamento de Ruzafa pidiendo a Jaime una entrevista de capitulación; para que el rey aragonés no dude de sus sinceras intenciones, el negociador será su propio sobrino, el joven Abu ibn Malik.

Jaime acepta, pero pone como condición que durante la entrevista, a celebrar dos días después, solo estarán presentes él mismo, la reina Violante, Abu ibn Malik y un intérprete de su plena confianza, pues el sobrino de Ibn Zayyán no habla la lengua de los cristianos. Con la presencia de la reina quiere dejar claro que la conquista de Valencia es una cuestión prioritaria en su acción y que su intención es incorporar ese nuevo reino a los dominios y patrimonio de la casa real de Aragón.

La mañana del 16 de septiembre las catapultas cesan sus disparos tal como se acuerda y por el tiempo que dure la entrevista.

Nuño Sánchez, el tío del rey Jaime, y el noble Ramón Berenguer de Ager recogen una hora antes de mediodía, delante de la puerta de Bátala, donde lo esperan con una escolta de diez jinetes ataviados con sus mejores vestimentas y tocados con cascos con vistosos penachos de plumas rojas y amarillas, a Abu ibn Malik. Poco antes del mediodía el valenciano se presenta en Ruzafa.

El sobrino de Ibn Zayyán es un joven apuesto, alto y delgado. Viste una túnica de seda verde ribeteada con hilo de oro, turbante blanco y botas de cuero rojo. Jaime lo recibe en su tienda del campamento, donde hay cuatro asientos, dos sillones con respaldos altos, en los que se sientan él y la reina Violante, y dos escabeles bajos para Abu ibn Malik y para el intérprete. Además, los reyes de Aragón están sentados de espaldas a una puerta de la tienda, de modo que la luz les da en la espalda y mantienen en sombra sus rostros, mientras que ilumina de lleno las caras de los dos musulmanes.

Tras los saludos protocolarios, y mediando la traducción del intérprete, se quedan los cuatros solos dentro del pabellón.

Abu ibn Malik toma la palabra.

—Señor rey de Aragón, mi tío el rey Ibn Zayyán os pide la paz y os entregará Valencia si se cumplen estos pactos de capitulación.

El joven lleva en la mano un pergamino que desenrolla para comenzar a leer las cláusulas que su tío propone para la rendición.

—Olvidaos de eso —lo interrumpe Jaime—. Si vuestro tío desea la paz, deberá admitir nuestro dictado.

—Pero señor rey, si ni siquiera habéis escuchado una sola de nuestras propuestas —alega Abu ibn Malik.

—No necesitamos escucharlas. Hace diez años gentes de Valencia atacaron nuestras tierras al sur de Aragón, destruyeron algunas aldeas y tomaron cautivos. Como rey y señor de esas gentes, nos no podemos dejar impunes esas acciones. Pedimos a los valencianos que resarcieran los daños causados y que pagaran tributos por ello, pero se negaron. Tal vez pensaron que nos éramos demasiado joven, solo teníamos entonces dieciocho años, y que no seríamos capaces de responder con las armas y la fuerza. Estaban equivocados al sopesar nuestra determinación. Y ya veis la consecuencia de su error.

—El destino de cada unos de nosotros solo está en las manos de Dios, loado sea su nombre. Los musulmanes tenemos prohibido entregar dinero a los cristianos a cambio de la paz, pues nuestro profeta Muhammad, Dios lo guarde, nos inculcó el *yihad* —el intérprete no traduce esta palabra y la pronuncia en árabe—, que es el esfuerzo y la lucha que todo buen musulmán debe hacer para defender el islam, por todos los medios. Pero sí podemos hacer regalos. Os ofrecemos un regalo en joyas y monedas, mucho dinero, si levantáis el asedio ahora y nos concedéis la paz y una tregua por un tiempo de al menos diez años.

—No. Las condiciones para la capitulación de Valencia las pondremos nos y esperamos que vuestro tío el rey Zayyán las admita en su integridad.

—Pero ¿y si vuestras propuestas son inaceptables y no alcanzamos un acuerdo?

Jaime se levanta de su sillón, mira a Violante, que asiste a la entrevista con rostro serio y actitud mayestática, y llena dos copas de plata con una jarra de vino endulzado con miel y perfumado con canela y limón. Le entrega una a la reina y él bebe un trago de la suya.

—No os ofrezco vino porque sé que vuestro profeta prohíbe su consumo a los musulmanes. ¿No es así?

—Sí, señor rey, pero os agradecería al menos una copa de agua. Hace mucho calor y tengo la boca seca.

—Tomad. —Jaime le sirve agua endulzada con zumo de granada.

—¿Y cuáles son vuestras condiciones?

—Están escitas en ese pergamino. —El rey señala un rollo depositado encima de la mesa donde están las jarras con la bebida y una bandeja con frutas, pasteles de miel y bollos de almendra.

—Supongo que debo llevarlo conmigo y mostrárselo a mi tío, aunque yo venía a este encuentro como negociador, no como un simple correo.

—No hay nada que negociar. Esas son nuestras condiciones. Aceptadlas o ateneos a las consecuencias.

—Yo no puedo decidir en este asunto tan grave sin consultar con mi tío.

—Marchad entonces y decidle que o acepta todo cuanto está escrito en ese pergamino u ordenaremos el ataque inmediato a Valencia. Os aseguramos que los almogávares y las milicias concejiles de Calatayud y Daroca están deseosos por acabar este asedio cuanto antes, y si se produce, ni nos mismo seremos capaces de controlar su ira mientras dure el asalto. Si en algo estiman su vida los valencianos, esperamos que acepten todo cuanto ahí está especificado. Podéis retiraros.

—¿Ni siquiera vais a escuchar nuestras propuestas? —pregunta angustiado Abu ibn Malik.

—No. Devolvedle ese pergamino que habéis traído, entregadle el nuestro y decidle que no admitiremos otra cosa que lo que ahí lleváis escrito.

La despedida es fría y breve. Abu ibn Malik sale de la tienda con el rostro descompuesto y la mirada perdida. Se sabe fracasado y anda pensando cómo va a explicarle a su tío que no es capaz ni tan solo de presentar sus propuestas.

Dentro de la tienda, Jaime y Violante, ya solos, comentan la entrevista y los planes para Valencia. La reina ya habla con fluidez, aunque con marcado acento extranjero, el idioma de su esposo, aunque mezcla en la misma frase palabras en lemosín, catalán, aragonés y latín.

—Querido esposo, no has dejado ningún margen a ese pobre hombre.

—Tenía que hacerlo así.

—Has estado demasiado contundente.

—No podía despertar en él la menor esperanza. Quiero tomar Valencia y lo haré como sea, aunque ojalá Ibn Zayyán acepte mis propuestas y capitule sin luchar.

—Los nobles prefieren asaltar la ciudad y tomarla a la fuerza —dice la reina.

—Y yo pretendo evitarlo. La mayoría de esos nobles son voraces y ambiciosos y no desean otra cosa que más dinero, más tierras y más poder. Si por ellos fuera, se quedarían con todo, lo que los haría más fuertes y a mí más débil. Ya he tenido que librar no pocos enfrentamientos con varios ellos. Desde que salí del castillo de Monzón, no ha pasado un solo año sin tener que enfrentarme a rebeliones, traiciones e intrigas de muchos de esos nobles.

—Por eso quieres adelantarte ahora a sus pretensiones —supone Violante.

—Si logro que Ibn Zayyán capitule y entregue la ciudad sin lucha, podré decidir el futuro de Valencia y su reino como yo deseo, pues habrán sido mis condiciones las aceptadas. Pero si me veo obligado a ocupar la ciudad por la fuerza de las armas, los nobles serán protagonistas al tener que utilizar sus mesnadas en el asalto y exigirán la mayor parte del botín.

—Eres el rey, puedes hacer con tus conquistas lo que desees.

—No, no puedo. Las rentas de la Corona apenas dan para mantener un centenar de caballeros armados y trescientos peones, además de entre cien o doscientos almogávares, cuya fidelidad está asegurada; pero si se unen todos los nobles, pueden sumar diez, tal vez doce veces esa cantidad de guerreros, y si un usurpador logra aunarlos y les promete ingentes beneficios y privilegios, creo que no dudarían en asociarse todos contra mí, y buena parte del clero y de las universidades de las ciudades y las grandes villas también estarían con ellos.

—¿Todos?

—Bueno, todos tal vez no. Creo que don Asalido de Gudal, los Pérez de Tarazona, los Urrea, tal vez los Luna y las milicias concejiles de Daroca, Teruel y Calatayud permanecerían fieles a mi lado. Demasiado poco para vencer en una guerra total a todos los demás si estuvieran aliados.

—¿Y cómo vas a evitar la ambición de los nobles?

—Repartiendo cuantos bienes y tierras sea posible antes de que se produzca la caída de Valencia. Hace ya meses que estoy otorgando títulos de propiedad a gentes del común, a peones de las milicias y a caballeros e infanzones, y todo para que cuando ocupemos Valencia ya tengan esos bienes en sus manos y no puedan ser reclamados por la nobleza.

—En Burriana supe que los nobles aragoneses quieren que incorpores Valencia al reino de Aragón y que apliques aquí sus fueros.

—Lo sé; así me lo han pedido en varias ocasiones.

—¿Y lo vas a hacer?

—Dime tu opinión.

—Valencia, como antes Mallorca, es tu conquista, de modo que puedes hacer lo que desees.

—Conoces nuestras leyes; sabes que no tengo más heredero legítimo que Alfonso. Nuestra hija no puede reinar; en Aragón, no.

—Llevo un segundo hijo tuyo en mis entrañas —Violante se acaricia el vientre—. Será un varón y entonces...

Se acerca a su esposo y lo besa. Sus manos acarician la entrepierna de Jaime, que responde enseguida a los estímulos.

—¿Puedes hacer el amor en tu estado? —le pregunta Jaime.

—Si me coloco en la postura adecuada, sí.

—La Iglesia no lo verá con buenos ojos.

—No veo por ningún lado ojos de la Iglesia —ironiza Violante.

Con el embarazo, las formas de la reina se vuelven más rotundas, los pechos más grandes y los labios más gruesos y carnosos. Jaime siente una excitación especial.

—Aguarda un momento. Voy a ordenar que no nos molesten hasta mediada la tarde.

—Qué mejor heredero para Valencia que un infante nacido a sus puertas durante su conquista —dice Violante mientras comienza a quitarse el vestido.

Sitio de Valencia, 23 de septiembre de 1238

El 20 de septiembre Abu ibn Malik regresa a Ruzafa para decirle a Jaime que se aceptan todas sus condiciones y que Valencia se rendirá.

Tres días después queda acordado el pacto de capitulación. Es el propio Ibn Zayyán quien acude al pabellón de Ruzafa. No hace falta intérprete, pues el rey musulmán habla la lengua de los cristianos.

La delegación valenciana consta de cinco hombres, entre ellos Ibn Zayyán y su sobrino. Por la parte cristiana, están presentes el rey Jaime, el infante Fernando de Montearagón, el conde Nuño Sánchez, el señor de Albarracín y el mayordomo Pedro Cornel. Ambas delegaciones están asistidas por un escribano, dos juristas y dos secretarios.

El encuentro de los dos reyes es frío y distante. Ibn Zayyán se limita a inclinar someramente la cabeza y Jaime le responde con un gesto apenas perceptible.

—Sentaos, señor —le indica Jaime señalando una silla de tijera mientras él lo hace en un sillón de respaldo alto.

—Os lo agradezco.

—Habéis sido sensato y prudente al aceptar nuestras condiciones; se van a salvar muchas vidas.

—¿Acaso tenía otra opción? Vos disponéis de un gran ejército y yo carezco de soldados preparados para hacer frente a vuestra hueste. No tengo otro remedio que rendir Valencia.

—¿Estáis de acuerdo entonces con todas la cláusulas de nuestra propuesta de capitulación?

—Lo estoy.

Jaime hace una indicación al notario, que lee el pergamino con las capitulaciones.

—«Nos, Jaime, rey de Aragón...»

—Id a lo concreto, don Guillermo —le ordena.

—«... prometemos a vos, Ibn Zayyán, nieto del rey Lobo...»

—A lo concreto...

—Sí, majestad, perdonad, «... las siguientes capitulaciones: todos los moros, hombres y mujeres que quieran salir de Valencia lo harán salvos y seguros bajo nuestra protección y con cuantas armas, ropa y bienes muebles puedan llevar consigo, desde hoy hasta dentro de veinte días; concedemos a todos los moros que deseen quedarse en Valencia y que acaten fidelidad a nos plena seguridad, aunque perderán algunas de sus propiedades; y aseguramos una tregua por siete años a las villas de Denia y Cullera. Dado en Ruzafa, en el sitio de Valencia, a...». ¿Qué data debe figurar en las capitulaciones, mi señor? —pregunta el escribano.

—Dentro de cinco días —responde el rey.

—«... cuatro de las calendas de octubre de la era milésima ducentésima septuagésima sexta», que corresponde al día martes 28 de septiembre del año de Nuestro Señor Jesucristo de 1238 —aclara Guillermo.

—*Yawm ath-thalatha* día de la semana, noveno del mes de *safar* del año 636 en nuestro calendario de la Hégira —precisa el secretario musulmán que acompaña a Ibn Zayyán.

—Los que decidan abandonar Valencia serán escoltados y protegidos por nuestros soldados hasta los límites de Denia y Cullera. Nadie les hará daño —añade Jaime—. Y recodad que en el plazo de veinte días deberéis entregarnos todos los castillos a este lado del río Júcar.

—Salvo Denia y Cullera —precisa Ibn Zayyán.

—Como está especificado, claro, salvo Denia y Cullera —asiente Jaime—. Preparad los documentos para la firma —ordena el rey de Aragón a su escribano.

Los valencianos, abatidos, piden permiso para retirarse; lo hacen en silencio. Acaban de perder su ciudad y buena parte de sus bienes, pero conservan la vida, y para un musulmán no hay nada más sagrado.

Valencia, atardecer del 28 de septiembre de 1238

Esa mañana se firman los documentos de capitulación. Jaime obliga a jurar a todos sus nobles y caballeros y a los obispos que observarán los pactos acordados con Ibn Zayyán.

Al atardecer, justo a la puesta del sol, la comitiva del rey de Aragón sale de Ruzafa hacia Valencia, alumbrada por centenares de antorchas, faroles y luminarias. Las enseñas rojas y amarillas ondean en la torre de Ali Bufat y sobre las puertas de Al-Qusaziya y de Cuarte.

Jaime luce formidable con su manto de terciopelo rojo, sus botas de cuero carmesí y su corona. Todavía no ha sido coronado como marca el ritual, pero poco le importa eso en semejantes momentos.

Los conquistadores entran en la ciudad por la puerta de Bátala y avanzan por una calle ancha hacia el alcázar tras el estandarte real que porta un abanderado. Los valencianos asisten apesadumbrados al desfile triunfal de aragoneses y catalanes, que miran a los lados imaginando que aquellas casas serán mañana suyas.

Antes de acudir al alcázar, decide visitar la única iglesia cristiana que queda en pie. Es un pequeño edificio abandonado en una plazuela de la medina que resiste el paso del tiempo y donde no se celebra culto cristiano desde la marcha de doña Jimena, la viuda del Cid, hace ya más de ciento treinta años. Ante el altar, saqueado y cubierto de polvo, Jaime se arrodilla y reza una oración, y luego ordena que esa iglesia sea restaurada inmediatamente para el culto a Dios y a la Virgen y que se purifique y consagre la mezquita mayor de los moros valencianos para convertirla en la nueva catedral y en la sede del nuevo obispado cristiano que piensa restaurar de inmediato.

Ibn Zayyán espera en la puerta del alcázar, pero el rey de Aragón envía unos jinetes por delante para que se retire a sus aposentos privados. Quiere entrar como conquistador, sin que otro soberano lo reciba. Desea demostrar que Valencia cambia de dueño y de Dios.

Al llegar ante el alcázar, Jaime ve ondear su bandera sobre la torre; descabalga, se arrodilla, besa la tierra y llora.

Los caballeros que lo acompañan se persignan y rezan una oración.

Entran en el alcázar y se dirigen a la sala grande, donde los nobles escuchan sus primeras palabras.

—Señores prelados, nobles y caballeros de Aragón y de Cataluña —Jaime denomina así a las tierras del condado de Barcelona—, Valencia ya es nuestra. Esta mañana habéis jurado guardar todas las capitulaciones acordadas con Ibn Zayyán, espero que respetéis ese juramento.

—Majestad, con vuestro permiso —interviene Nuño Sánchez—, algunos de nosotros consideramos que no debisteis firmar ese acuerdo. Estimamos que hubiera sido más provechoso tomar Valencia al asalto y así no se hubieran sellado las treguas que nos impiden ganar Denia y Cullera hasta dentro de siete años. Además, el plazo dado por vuestra majestad para que los moros puedan salir de aquí con cuanto puedan llevar consigo nos ha hecho perder una gran fortuna. En estos últimos cinco días, centenares de moros valencianos se han machado con oro, plata, joyas y ricos vestidos de seda y de brocados. Hemos gastado mucho dinero y buena parte de nuestras rentas en ayudaros en esta conquista y por ello deberíamos recibir mucho más de lo que esperamos obtener.

—¿Alguien más comparte lo que dice don Nuño?

—Yo, señor.

—Y yo.

—Y yo.

—Y yo.

Los que intervienen tras Nuño Sánchez son Jimeno de Urrea, Pedro Fernández de Azagra y Pedro Cornel. Los cuatro sostienen que las capitulaciones no son buenas. Siguen apostando por una guerra total contra los musulmanes en todo el reino moro de Valencia.

—¡Señores, señores! —clama el arzobispo de Narbona—, ¿acaso preferís la guerra a la paz? ¿Qué clase de cristianos sois? ¿Desconocéis los mandamientos de la ley de Dios?

—La de Valencia es una guerra justa y santa, así lo ha aprobado el papa —dice Nuño Sánchez.

—Sí, lo es, pero los moros se han rendido y han entregado su ciudad. ¿Ignoráis el mensaje evangélico?: «Mi reino no es de este mundo», dijo Nuestro Señor Jesús —añade el arzobispo.

—«Dad al César lo que es del César y a Dios lo que es de Dios»; también dice eso el Evangelio —replica Nuño.

—«La paz os dejo, mi paz os doy; yo no os la doy como el mundo la da. No se turbe vuestro corazón ni tenga miedo». Esto nos enseña el apóstol san Juan —tercia Vidal de Canellas, el obispo de Huesca, en ayuda del prelado de Narbona—. ¿Acaso sois más sabios que Juan el Evangelista?

—Nuestra decisión ya fue tomada en su momento; dimos nuestra palabra y firmamos con nuestra mano esas capitulaciones. —Jaime alza su estatua poderosa y magnífica en medio de la discusión entre nobles y obispos—. Esta formidable espada —desenvaina la *Tizona* y la exhibe con firmeza— que un día blandió el brazo de Rodrigo Díaz de Vivar es el símbolo de nuestra autoridad y la garantía de que nuestra palabra y vuestro juramento se cumplirán en todo lo escrito y acordado. Y si alguno de vosotros, nobles de Aragón y de Cataluña, rompe estos acuerdos y nos traiciona, juramos por la Santa Madre de Dios que sucumbirá bajo el filo de este hierro.

Los ojos negros del rey echan chispas; su rostro refleja la ira regia; nadie se atreve a contradecir su palabra. Todos saben que Jaime es el mejor caballero del mundo, el más fuerte y el que mejor sabe usar las armas en el combate.

Los nobles, aunque descontentos, se resignan.

Valencia, otoño de 1238

—... y os hacemos entrega, como acordamos, de todos los castillos a la orilla izquierda del río Júcar, salvo las fortalezas de Cullera y Denia. Balansiya...

—Valencia, ahora esta ciudad se llama Valencia —dice Jaime corrigiendo a Ibn Zayyán, al que se le ha permitido permanecer en el alcázar diez días más.

En la gran sala del alcázar, seis secretarios copian y preparan decenas de documentos de donación y entrega de casas, calles enteras,

solares, carnicerías, pescaderías, tiendas, huertos, alquerías, mezquitas y todo tipo de bienes inmuebles que desde hace una semana el rey
de Aragón reparte ente todos los que participan en aquella conquista.

—Valencia, don Jaime, Valencia —se resigna el musulmán—,
pues ahora la ciudad es vuestra.

—Recoged la copia de las capitulaciones y guardadla siempre
con vos —ordena Jaime sin siquiera mirar a Ibn Zayyán, que se
retira humillado y sin poder terminar su despedida.

—Buena lección le habéis dado a ese cobarde sarraceno —comenta el señor de Albarracín.

—Pues no lo pretendía —explica Jaime.

—Ese perro tiene razón, Valencia es vuestra, majestad, pero
queda por dirimir un asunto importante, muy importante —añade
el de Albarracín.

—El reparto de lo conquistado se está haciendo conforme a la
justicia; nadie se quedará sin su parte del botín.

—Don Pedro se refiere a la adscripción de Valencia a su reino
—tercia el arzobispo de Tarragona.

—¿A qué adscripción? —le pregunta Jaime.

—A que Valencia debe ser incorporada al reino de Aragón,
como en su día lo fue Teruel —interviene Artal de Luna.

—¿Esa es vuestra opinión, don Artal?

—Es la de todos los nobles aragoneses.

—¿Habláis vos por todos ellos?

—Así me lo han encomendado.

—Y vos, señor arzobispo, lleváis apenas un mes en ese cargo,
¿qué opináis?

—Esta cruzada ha sido una guerra santa y justa, en la que la
motivación cristiana y el espíritu de Cristo han ayudado mucho al
triunfo de esta empresa —dice Pedro de Albalate, el nuevo arzobispo tarraconense, que no quiere manifestarse con claridad.

—Dios y Santa María han estado a nuestro lado, pero nos somos el heredero de un linaje de reyes y de condes guerreros. Nuestros antepasados don Ramiro, don Sancho y don Alfonso murieron en batalla contra los sarracenos y nuestro padre don Pedro
cayó en combate defendiendo a sus vasallos. Nos hemos luchado
en primera línea en Mallorca y aquí en Valencia. Estas tierras son
conquistas de los Aragón y nos somos el último soberano de esa
casta de reyes —dice Jaime.

—Señor, nadie osa discutiros el dominio sobre estas conquistas, pero los nobles aragoneses os pedimos que Valencia sea incorporada al reino de Aragón —reitera Artal de Luna.

—¿Y qué razones alegáis?

—Cuando vuestra majestad convocó a la hueste, los primeros en llegar a Teruel fueron algunos nobles de Aragón y las milicias concejiles de Daroca y de Teruel. Por eso os solicitamos que se apliquen en Valencia los Fueros de Aragón.

—Valencia es una tierra rica; nos cumpliremos nuestra palabra y otorgaremos sus bienes con justicia y proporcionalidad. Nadie de cuantos nos han ayudado a esta conquista se quedará sin su parte. Los escribas ya han emitido varios documentos de donación y así se seguirá haciendo en las próximas semanas. Nos dimos nuestra palabra de que compensaríamos a quienes estuvieran ayudándonos en el asedio y la cumpliremos.

Un murmullo se extiende por la sala. Las caras de los nobles reflejan su descontento; están serios, circunspectos, no escuchan de boca de su rey lo que esperan oír. La actitud de Jaime es ambigua; no aclara qué va a hacer con su nueva conquista. Los aragoneses, que consideran a Valencia como una ampliación de su territorio, dudan sobre las intenciones de su rey y varios temen que pretenda instaurar un reino privativo, como en Mallorca. Esa es la mejor manera de preservar Valencia de la ambición de la nobleza.

En ese momento Asalido de Gudal, que acaba escuchar la información de un mensajero, se aproxima unos pasos y le hace un gesto al rey. Jaime le indica que se acerque.

—Señor —le dice Asalido con voz muy baja para que solo pueda escucharlo Jaime—, algunos almogávares han asaltado una caravana de valencianos que se dirigía hacia el sur; estaba bajo vuestra protección.

Jaime mira a su consejero con ojos coléricos.

—Convocad a la hueste. Nadie incumplirá nuestros pactos; nadie mancillará nuestras promesas; nadie se burlará de nuestros juramentos. Nadie.

»Parece que algunos almogávares han asaltado una caravana de moros que viajaban hacia el sur tal cual acordamos. No lo puedo consentir. Los culpables serán capturados y juzgados conforme a lo que han hecho —dice el rey dirigiéndose ahora a todos los reunidos.

—Esos hombres son fieles guerreros de vuestra majestad —tercia Artal de Luna.

—Pero han incumplido los acuerdos y han desobedecido nuestras órdenes; deben pagar por ello.

—¿Vais a castigarlos? Han luchado a vuestras órdenes y muchos han dado la vida por vuestra majestad —dice Asalido, el único que se atreve a discrepar.

—Tenéis razón, don Asalido. Si vos, que sois sabio en leyes, no veis este asunto tan grave, por esta vez perdonaremos a esos insensatos, pero juramos que si algunos de ellos vuelven a desobedecer nuestras órdenes, los colgaremos de las puertas de Valencia por el cuello.

»No podemos devolver la vida a los moros que los almogávares han matado en esos ataques, pero se reintegrará a sus dueños, si alguno ha sobrevivido, o a sus herederos todo el botín y se hará inmediatamente.

—Sois un rey justo, mi señor.

—Y en cuanto a todos los demás —Jaime se dirige a los nobles—, os ordenamos que mantengáis la paz y las treguas que hemos acordado. Que nadie ose ni se atreva a combatir por su cuenta o caerá sobre su cabeza toda nuestra cólera.

Los nobles quieren proseguir con la guerra, pues en ella radica su negocio, pero se resignan a guardar la paz. Conocen a su rey y saben que habla en serio. Jaime es orgulloso e iracundo y a sus treinta años de edad tiene suficiente experiencia como para manejar situaciones conflictivas y tensas. Además, ¿quién se atrevería a desafiar a un gigante como él. ¿Quién sería tan osado como para enfrentarse con el mejor caballero del mundo?

Con la reina Violante a punto del parto, hace ya cuatro semanas que el rey no yace con ninguna mujer. Lo necesita.

Y sin que lo espere, Asalido de Gudal se presenta ante su señor con cara de asombro.

—Majestad, hay una mujer que solicita veros.

—¿Una mujer? ¿Quién es?

—Doña Teresa Gil de Vidaure —le dice Asalido.

Al escuchar su nombre, los ojos del rey se abren y su rostro se ilumina con una sutil sonrisa.

—¿Doña Teresa? ¿Qué hace aquí?

—No lo sé, mi señor, tan solo ha manifestado que desea veros.

—Dejadla pasar.

Teresa Gil entra en la sala del alcázar. A sus dieciocho años todavía es más bella que a los quince, cuando la amó en el castillo de Alcañiz. Tiene los pechos más grandes, el talle más rotundo, las caderas más perfiladas. No hay otra mujer como ella...

—Me alegro de veros, doña Teresa —la saluda el rey besándole la mano a su otrora amante mientras le indica a Asalido que se retire.

—Me prometisteis matrimonio, pero os habéis casado con otra mujer —le recrimina Teresa.

—Os pido que lo comprendáis, mi señora. Mi boda con doña Violante es un compromiso. Ni siquiera los reyes podemos casarnos con quien en verdad amamos.

—Sois un mentiroso —le espeta Teresa.

—Yo os amo de verdad.

—No es cierto; me engañasteis con la única intención de llevarme a vuestro lecho; solo por eso, solo por eso, por eso... —solloza la joven.

Un mes sin amar a ninguna mujer; demasiado tiempo, piensa Jaime, a quien aquella joven navarra lo sigue atrayendo.

—No penéis, doña Teresa. Os concederé tierras y propiedades en Valencia y tal vez algún día podamos estar juntos como marido y mujer, tal vez...

Esa voz cautivadora, esos labios sensuales, los ojos negros como de azabache, sus brazos y pecho fuertes, su altura extraordinaria, su cabello rubio, rizado y largo como el de un dios olímpico...

Teresa se deja llevar y se entrega al amor de Jaime, que la posee como un voraz depredador degustando la más sabrosa de las presas.

12

El reparto de Valencia

Valencia, finales de 1238

Hay tanto que repartir... Valencia es una ciudad rica y su tierra es fecunda.

Durante semanas y semanas la cancillería real no para de emitir diplomas en los que el rey concede casas, carnicerías, pescaderías, tiendas, antiguas mezquitas, solares, alquerías, huertas y campos a los conquistadores. Nadie se queda sin un pedazo del botín: nobles, caballeros, órdenes religiosas, obispos de Aragón y de Cataluña, hombres de los concejos de Zaragoza, Daroca, Calatayud, Teruel, Lérida, Barcelona, Tarragona, Tortosa... Pero también figuran como beneficiarios caballeros llegados de Navarra, Castilla, Inglaterra, Italia, Occitania e incluso de Hungría, el país natal de la reina Violante.

Para proceder al reparto, Jaime nombra a cuatro consejeros y les encarga que sean ellos los que decidan los lotes que se van a entregar a los conquistadores. Los cuatro repartidores son los obispos de Barcelona y de Huesca y dos caballeros aragoneses sabios en derecho: Asalido de Gudal y Jimeno Pérez de Tarazona,

Los catalanes protestan y se quejan por la designación. Alegan con notable descontento que los dos caballeros aragoneses están demasiado inclinados a favorecer a los suyos y los acusan de no ser justos y de pretender discriminar a los catalanes en la distribución de los bienes incautados en la conquista.

Jaime rectifica; mantiene a los dos obispos, pero sustituye entonces a los dos aragoneses por el navarro Pedro Fernández de Azagra, señor de Albarracín, y por noble aragonés Jaime de Urrea.

La solución no es acertada, pues ninguno de los dos nuevos tiene conocimientos jurídicos, de modo que las quejas aumentan. Jaime rectifica de nuevo y Asalido de Gudal y Jimeno Pérez vuelven a reintegrarse en la comisión inicial de los cuatro.

Los repartidores del rey ya tienen elaborado, aun antes de la conquista, un libro que contiene un minucioso inventario de todos los bienes inmuebles de los musulmanes valencianos y la asignación que de ellos hace el rey a los que lo ayudan en la conquista.

Con ese libro en la mano, se dedican a asignar los bienes prometidos.

—¿Qué extraño pergamino es ese? —pregunta un mercenario inglés al secretario que está anotando en el libro la casa que le corresponde.

—No es pergamino. Se llama papel —le dice el secretario.

—¿Papel?

—Sí, fijaos.

El secretario saca una hoja de un cajón y se la deja tocar al inglés.

—¿Qué diabólica sustancia es esta? —se extraña al tacto suave y flexible pero a la vez resistente.

—No es nada propio del demonio. Se fabrica con trapos viejos y cortezas de árboles. Dicen que se inventó en un remoto país en el extremo oriental del mundo que llaman China y que de allí lo trajeron los árabes. Este lo fabrican unos moros en la ciudad de Játiva. Es más barato que el pergamino y se escribe mucho mejor sobre su superficie.

—Vamos, vamos, daos prisa, que hay muchos esperando turno —interrumpe el escriba Guillermo, responsable de la cancillería, la conversación del inglés con el secretario.

Y siguen con el reparto: donaciones de campos y rentas a la Orden del Temple, casas, antiguas mezquitas y alquerías a la nueva catedral, un solar a los frailes menores para que edifiquen su convento, graneros al infante Fernando de Montearagón...

Cuando se culmina el reparto de las casas y solares de la ciudad de Valencia, los aragoneses resultan favorecidos con 620 casas, los catalanes con 383 y ochenta más para los procedentes de otros lugares. Nadie está contento; todos creen salir perjudicados.

Pese a que Ibn Zayyán, que se retira a Cullera, ordena a los alcaides de todos los castillos al norte de Júcar que los entreguen al rey de Aragón, algunos musulmanes se resisten y se producen enfrentamientos con los cristianos que acuden a ocuparlos. En estos combates, a veces se producen hechos inexplicables, como extrañas luces que brillan en el cielo o cambios de color en el pan ácimo que se usa en la eucaristía; los sacerdotes que acompañan a los guerreros de Cristo no dudan en proclamar que se trata de hechos milagrosos salidos de la mano de Dios para ayudarlos.

En uno de aquellos choques armados muere Artal de Alagón, el hijo y heredero de Blasco de Alagón, a quien el rey consuela, pues nunca deja de mostrarse misericordioso y caritativo, más aún en las desgracias de sus vasallos.

Valencia, finales de enero de 1239

Aquellas navidades hace frío incluso en Valencia.

Violante da a luz a su segundo hijo pocos días antes de finalizar el año; es una niña, otra. La bautizan enseguida y la llaman Constanza. Tras el parto, la reina se propone darle un tercer hijo a su esposo, y un cuarto, y así hasta que nazca de su seno un varón.

En la corte todos conocen que el heredero del rey es el infante don Alfonso, quien a sus dieciséis años sigue viviendo con su madre Leonor en Castilla y es educado como un príncipe castellano. Algún día regresará para reclamar su herencia y su primogenitura. Violante lo sabe, pero anhela que sea uno de sus hijos varones, cuando los tenga, el futuro rey de Aragón.

Para ello, primero debe engendrar ese anhelado varón y luego encargarse de que los aragoneses y los catalanes se inclinen por reconocerlo por delante de Alfonso. Apenas pasa un mes desde que pare a Constanza y Violante procura que su esposo le haga el amor cuantas veces sea posible; Jaime se muestra solícito siempre.

En su cama nunca faltan mujeres hermosas, bien sean amantes reconocidas a las que otorga donativos y prebendas, bien amantes ocasionales de las que a los pocos días ni siquiera recuerda el nombre o el rostro.

El rey ama a las mujeres. No le gusta ver su lecho vacío. Quizá sea porque en su niñez apenas conoce a su madre, porque no siente sus caricias ni disfruta de sus sonrisas o porque no le cuenta relatos e historias al calor del fuego de una acogedora chimenea; o quizá, aunque todavía entonces adolescente, quiera suplir la falta de compañía femenina durante aquellos años sumido en la austeridad y el aislamiento del castillo de Monzón, aquellos tiempos monótonos, fríos y eternos.

Recuerda Jaime la primera vez entre los brazos de una mujer; los besos dulces y prolongados; su piel delicada y suave como terciopelo; aquel arrobador perfume de almizcle y algalia; la húmeda y misteriosa calidez del sexo femenino; los espasmos gozosos al derramar su esencia varonil dentro de su amante; la tersura de unos senos firmes y finos a la vista pero a la vez esponjosos al tacto.

No sabe vivir sin amar. No puede vivir sin amor.

—¿Ya has decidido qué hacer con Valencia? —le pregunta Violante.

—Sí, hace algún tiempo, aunque nadie lo sabe todavía —contesta Jaime, que se repone de la primera noche de amor que pasa con su esposa tras el parto desayunando una escudilla de leche, panecillos calientes, queso, nueces y miel.

—¿Ni siquiera yo puedo saberlo?

—Valencia seguirá siendo un reino —le revela Jaime.

—Los aragoneses creen que esta tierra debe ser incorporada a Aragón.

—No. Mallorca y Valencia son mis conquistas. Si tenemos un hijo varón, puedo dejarle esos dos reinos; solo así nuestro hijo será rey.

—Haré cuanto pueda por darte ese hijo varón.

Valencia, principios de marzo de 1239

Los nobles se impacientan.

Hace ya cinco meses que las banderas del rey de Aragón se enseñorean de las torres y las puertas de Valencia, pero Jaime sigue sin decidir el futuro de ese reino.

Quiere ser prudente; tiene que serlo; debe serlo.

Aragoneses, catalanes, navarros, catalanes e incluso repobladores de otros reinos reciben casas en la ciudad y tierras en la huerta valenciana, pero sigue sin resolverse la cuestión principal: ¿a qué reino se asigna Valencia?

El rey no aclara nada, pero actúa mediante hechos consumados. Hace tiempo que está decidido: Valencia no será parte del reino de Aragón. No.

Los nobles y los obispos están convocados aquella mañana de comienzos de marzo en la sala grande del alcázar de Valencia. Allí forman según su rango el arzobispo de Tarragona, los obispos de Zaragoza, Huesca, Barcelona, Vic y Segorbe, los maestres provinciales del Temple y del Hospital, el señor de Albarracín Pedro Fernández de Azagra, el infante Fernando de Montearagón, el mayordomo Pedro Cornel y los nobles aragoneses Jimeno de Urrea, Fernando Pérez de Pina y Asalido de Gudal.

No saben qué va a comunicarles el rey, pero todos intuyen que se trata de alguna decisión importante.

Jaime entre en la sala de la mano de su esposa Violante, cuyo rostro luce con su serenidad habitual, pero en cuyos labios algunos intuyen el esbozo de una sonrisa enigmática. Todos los presentes inclinan la cabeza.

—Señores —comienza a hablar el rey—, hace meses que alguno de vosotros no deja de preguntarnos sobre lo que nos vamos a hacer con Valencia. Hasta hoy nada hemos dicho, pero ha llegado el momento de una declaración solemne. —Jaime hace una estudiada pausa, observa los rostros expectantes de los congregados y anuncia—: Hemos decidido crear el reino de Valencia y proclamarnos como su rey. Desde hoy mismo, todos los documentos que emita la cancillería real nos intitularán como rey de Aragón, de Valencia y de Mallorca, conde de Barcelona y señor de Montpellier.

Los rostros de expectación de los nobles aragoneses se tornan de repente en asombro e incredulidad. No lo esperan. No creen que Jaime sea capaz de tomar semejante decisión, pero pronto se dan cuenta de que el rey habla con toda seriedad de este asunto.

—Señor —alza su mano Jimeno de Urrea para hablar—, los nobles aragoneses proponemos que vuestra majestad reconsidere esta decisión.

—No hay vuelta atrás, don Jimeno, Valencia tendrá su propio reino.

—Majestad, los aragoneses nos sentimos frustrados con esta medida. Hemos sido los que más hemos luchado para que Valencia sea vuestra; merecemos una compensación.

—Queremos contaros algo. Escuchad, don Jimeno: cuando nos éramos más joven, fuimos vejado en algunas ocasiones por los aragoneses y también nuestra esposa entonces, la reina Leonor; en Zaragoza, tuvimos que escapar de una turba que pretendía lastimarnos, saltando por una ventana a modo de un ladrón; en Calatayud, algunos aragoneses nos acusaron de atentar contra los Fueros de Aragón; tuvimos que acudir a sofocar revueltas nobiliarias en Huesca, Zaragoza, Bolea y Lizana; hemos sufrido reproches y burlas de los aragoneses; han atrasado todo cuanto han podido sus obligaciones para con la corona; han sido avaros, demorando la entrega de dinero para nuestras empresas, que son las de Aragón.

Las palabras del rey resuenan rotundas y contundentes entre los muros del alcázar.

—Hace tiempo que aguardaba este desquite —susurra el obispo Vidal de Huesca al oído del de Zaragoza.

—Valencia es desde hoy un reino diferente al de Aragón —proclama Jaime.

—Entonces ¿vais a incluir a Valencia dentro del condado de Barcelona?

—¿Acaso estáis sordo, don Jimeno, o no nos habéis oído? Valencia será un reino dentro de nuestra Corona de Aragón. Y en cuanto a Cataluña, sabed que creo que esa es la mejor tierra de toda Hispania, la más honrada y la más noble. Los catalanes nunca han negado ayuda y dinero a sus soberanos, pero los aragoneses siempre son diletantes y tardos en los pagos y en cumplir con sus obligaciones. ¿Cómo pretendéis que Valencia sea para Aragón?

Jimeno de Urrea se muerde la lengua.

El rey deja claro que está harto de la altanería de la nobleza aragonesa, de que le nieguen apoyo con las excusas más peregrinas y de que dilaten meses y meses el pago de las contribuciones. Pero la necesita. Doce linajes forman la alta nobleza de Aragón y bajo su señorío está incluido la mitad del territorio; son dueños de tierras, ganados y castillos; si se ponen todos ellos de acuerdo y se rebelan, Jaime puede entrar en graves apuros.

Cuando toma la decisión, duda; sabe que los nobles aragoneses pueden oponerse, rebelarse, alzarse incluso en armas como en otras ocasiones, pero se arriesga y vence.

Tras el anuncio y su ratificación, nadie más protesta. Los nobles pierden la partida; ni siquiera su ambición de riqueza y poder es tan grande como para contradecir al rey, que impone su voluntad con puño de hierro.

Valencia será un reino.

Valencia, primavera de 1239

La conquista de Valencia provoca una gran convulsión en todo Al-Andalus. Los musulmanes de Hispania se sienten perdidos y la mayoría cree que solo es cuestión de tiempo, de poco tiempo, que las tierras que quedan bajo su dominio sean cristianas.

Hace apenas veinticinco años que su única esperanza se desvanece como la bruma bajo el sol. La batalla de las Navas de Tolosa acaba con toda capacidad de resistencia y los andalusíes se resignan a un destino trágico e inevitable. Reputados astrólogos de Sevilla y Granada auguran que los signos del cielo son inequívocos y que Dios, el Dios del Profeta, ya no está al lado de sus fieles. Unos atribuyen este abandono a la molicie, al lujo y a la debilidad mostrada por los caudillos andalusíes, que olvidan la pureza del islam y el esfuerzo, que los musulmanes llaman *yihad*, para vivir rodeados de placeres y de comodidades; otros consideran que se desvirtúa el mensaje del Profeta y que es necesario regresar a las auténticas raíces del islam.

Y entre tanto, los castellanos y los leoneses ganan plaza tras plaza, avanzan por el Guadalquivir abajo y ya amenazan a Sevilla; y los aragoneses y los catalanes no tardarán en acabar con la conquista de toda la región de Levante y pronto se apoderarán de Denia y Alicante, y quizá hasta de Murcia.

Jaime cita a los dos expertos en derecho para que le den cuenta de cómo va el reparto de las casas de Valencia; les comunica que los murcianos acaban de deponer al rey Ibn Jattab y quiere saber su opinión sobre qué hacer.

—¿Deberíamos apoderarnos de Murcia? —les pregunta.

—No podemos hacerlo sin que se declare una guerra con don Fernando, y no parece que este sea el momento más propicio para ello.

—Soy de la misma opinión que don Asalido. Ese tratado no admite duda; los que lo redactaron dejaron escritos los términos y los límites de los derechos de conquistas de cada reino con suma precisión.

—Murcia debería ser nuestra —lamenta Jaime—. Los murcianos han llamado como rey a Ibn Zayyán, que planea abandonar Denia y marcharse a Murcia. ¿Es motivo para romper las treguas acordadas con él?

—No, mi señor, no es motivo suficiente —alega Asalido.

—¿Y si os dijera que Ibn Zayyán ha reconocido la autoridad de Abu Zakariyya, el rey moro de Túnez, y se ha sometido a vasallaje?

—En ese caso, sí podemos atacar tierras musulmanas.

—Pues es lo que haremos. Señores, preparad la hueste, salimos en campaña otra vez.

En el mes de mayo, se conquistan Bairén y Cullera y el propio Jaime se acerca hasta Játiva para inspeccionar sus defensas y preparar un futuro ataque.

Algunos nobles, ávidos de botín, asedian el castillo de Rebollet, que está incluido en la zona de tregua. El rey, enterado de la desobediencia, va contra los nobles, que abandonan lo robado y huyen a Castilla; entre ellos está el catalán Guillén de Agulló, que se muestra desagradecido pese a haber sido liberado del cautiverio. Para demostrar que cumple su palabra, Jaime devuelve lo robado a los musulmanes.

Montpellier, principios de junio de 1239

Tras dejar asentado el gobierno de Valencia, el rey de Aragón viaja a Montpellier. Lo acompañan el señor de Albarracín y Asalido de Gudal.

Las noticias que llegan de Francia le preocupan. Su rey Luis ya tiene veinticuatro años y acapara todo el poder; es hijo de Blanca de Castilla y primo hermano de su rey Fernando, y, sobre todo, ansía convertir a Francia en un reino poderoso cuyos dominios se extiendan hasta el mar, los Pirineos y los Alpes; y en ese camino se las tiene que ver con Aragón e Inglaterra.

Provenza se considera parte de la Corona de Aragón... hasta ahora. Jaime de Aragón y su primo el conde Ramón Berenguer de Provenza se conocen bien. Todavía recuerdan los años pasados de niños en Monzón. Educados juntos, año tras año, aprenden juntos, juegan juntos, sufren juntos, disfrutan juntos. Pero los tiempos cambian y aquellos niños son ahora soberanos de Aragón y de Provenza.

Ramón Berenguer tiene cuatro hijas y ningún varón. Las dos mayores, Margarita y Leonor, están casadas con el rey Luis de Francia y con el rey Enrique de Inglaterra, y anda negociando el matrimonio de las dos menores, Sancha y Beatriz, con príncipes de esos dos mismos reinos.

—¡Son unos traidores! —brama lleno de ira el rey de Aragón—. Han aprovechado que estábamos ocupados en la conquista de Valencia para rebelarse contra nos.

Jaime acude a Montpellier para sofocar una rebelión de la aristocracia de la ciudad. Los cónsules, encabezados por Pedro Bonifasi, prefieren que Montpellier sea del rey de Francia.

—Majestad, de no haber sido por la fidelidad de los comerciantes y los artesanos, podríais haber perdido Montpellier —dice Asalido de Gudal.

—Heredamos el señorío de Montpellier de nuestra madre doña María y lo conservaremos ante cualquiera que pretenda arrebatárnoslo.

—Los cónsules son los verdaderos culpables de esta situación. Merecen un castigo ejemplar —propone Pedro Fernández de Azagra.

—Ya han huido, don Pedro. Se han refugiado en Francia; no podemos perseguirlos hasta París —dice Asalido.

—Pero quedan aquí sus propiedades; confisquémoslas, majestad —propone el señor de Albarracín.

—No. Ordenaremos que se derriben —dice Jaime.

—¿Derribarlas? Las casas de los cónsules son auténticos palacios, señor. Derribarlas sería como tirar al fondo del mar un cofre lleno de monedas de oro y plata —comenta el de Albarracín.

—Esas casas no solo son sus viviendas, sino también el símbolo de su poder y de su riqueza. Si las incautamos y las mantenemos en pie, muchos montpellerinos pensarán que no buscamos la justicia, sino la riqueza y dirán que su señor el rey es un avaro. Pero si las derribamos, habremos acabado con lo que los cónsules representan y demostraremos a los ciudadanos de Montpellier que tienen un soberano justo.

—Tenéis razón, señor —asiente Azagra.

—Don Asalido, ordenad que sean derribadas las casas de los cónsules, comenzando por la de su caudillo, el tal Pedro Bonifasi.

—¡Qué demonios...! ¿Qué está pasando? —se sorprende Pedro de Azagra ante la repentina disminución de la luz.

—Una nube... —supone el rey.

—No, no es una nube, señor. ¡Es el Sol, el Sol! —exclama Asalido de Gudal.

Sorprendidos por una creciente oscuridad, salen al patio del castillo de Montpellier, casi en penumbra a pesar de que solo pasan dos horas del mediodía de ese viernes de junio.

—¡El Sol se apaga, el Sol se apaga! ¡El fin del mundo, el fin del mundo! —grita atemorizada una criada que está arrodillada en medio del patio con las manos cubriéndose el rostro.

—Es un eclipse, solo un eclipse —dice aliviado Asalido de Gudal.

La Luna cubre en esos momentos la totalidad del disco solar, la penumbra invade Montpellier como en los últimos momentos del atardecer, el calor se mitiga notablemente y en un momento la oscuridad es tal que incluso se observa el titileo de las estrellas.

—Nunca había visto nada igual —comenta el de Azagra.

—Los astrólogos saben calcular cuando ocurrirá un eclipse; no es nada extraño, ocurren de vez en cuando. Este de hoy, día tres de junio, ya estaba anunciado —dice Asalido.

—Además de leyes, ¿también conocéis la ciencia de las estrellas? —le pregunta Jaime.

—No, mi señor, aunque en una ocasión, en Zaragoza, mantuve una conversación con un viejo judío que decía haber sido nieto de un reputado astrónomo y me contó cómo se producen los eclipses y cómo se pueden predecir.

—¿Y cómo es eso? —le pregunta el señor de Albarracín.

—El judío me explicó que la Tierra, la Luna y el Sol son tres bolas, que el Sol y la Luna dan vueltas y vueltas alrededor de la Tierra y que, a veces, como el Sol está más lejos que la Luna, resulta tapado por esta, oculta su luz y por eso se produce este fenómeno del eclipse. Pero la Luna sigue su camino, de modo que pronto volverá a salir el Sol.

—¿Tres bolas? La Tierra es plana —dice el de Albarracín—. ¿No lo veis?

—Ahí está. —El rey señala al cielo.

—Mantened la vista en el suelo y no miréis a lo alto, señores, pues podríais quedar ciegos —dice Asalido.

—Algunos verán en este fenómeno una señal del cielo; incluso quizá el augurio de una desgracia —comenta Jaime.

—Tal vez, pero también podemos decir que la presencia de vuestra majestad en Montpellier ha hecho que vuelva a salir el sol, y esa sí que es una buena señal.

Días después del eclipse Ramón Berenguer de Provenza y Ramón de Tolosa acuden a Montpellier. Jaime los convoca para celebrar una vista y procurar llegar a un acuerdo entre los tres.

—¡Querido primo! —Jaime abraza al conde de Provenza en presencia del de Tolosa, que llega un poco antes.

—Me alegra mucho volver a veros, señor —le devuelve el saludo Ramón Berenguer.

—Ya conocéis a don Ramón —le dice Jaime.

—Sí, majestad, nos conocemos —habla el de Tolosa con cierta frialdad.

—Tomad asiento, señores. Os hemos llamado para tratar de un asunto muy importante. Como bien sabéis, desde que el rey don Luis se ha hecho cargo del gobierno de Francia, una vez acabada la regencia de su madre la reina doña Blanca, ha puesto sus ojos en estas tierras del sur. Hace tiempo que los reyes de Aragón hemos sido reconocidos como señores de territorios que ahora ambiciona el rey de Francia. Nuestros embajadores en esa corte nos han informado sobre las pretensiones de don Luis, que pretende ganar Tolosa, Provenza, Bearn, Cominges e incluso Arán, el Languedoc y Cerdaña.

»Hace una semana recibimos a unos enviados de Arán. Están temerosos de lo que pueda hacer Francia y nos han pedido que nunca los segreguemos de nuestra Corona; y así lo vamos a hacer.

—Jaime no les revela que demanda quince mil sueldos a los araneses a cambio de ese compromiso de protección.

—Señor, bien sabéis de la fidelidad de los condes de Tolosa a los reyes de Aragón. Nuestro condado vive bajo la amenaza permanente del rey de Francia. Ya sufrimos sus dentelladas en otro tiempo. Contad con mi lealtad.

—Os lo agradecemos, don Ramón. ¿Y vos, primo? —le pregunta al conde de Provenza.

—El condado de Provenza fue de nuestro abuelo el rey don Alfonso de Aragón, que lo entregó a mi padre y este a mí. Yo era solo un niño cuando heredé Provenza y tal vez la hubiera perdido si no hubiera mediado la ayuda de vuestro padre el rey don Pedro. Pero también nos ayudó el rey Luis, el padre del que ahora reina en Francia. Sin su apoyo, yo no sería ahora conde de Provenza. Y, como bien sabéis, yo no tengo hijos varones; mi hija mayor es la esposa del rey de Francia, que heredará Provenza a mi muerte.

—Y entonces dejará de pertenecer a la Corona del rey de Aragón, a vuestra Corona, don Jaime —tercia el conde de Tolosa.

—Vos, don Ramón, tenéis la ciudad de Marsella, que es nuestra —le reprocha el de Provenza al de Tolosa.

—Soy vuestro primo, don Jaime, pero también soy súbdito del emperador y aliado del papa. No puedo romper esos compromisos.

—Provenza es un señorío del linaje de los Aragón y lo debe seguir siendo. Vos, querido primo, sois de mi familia; lleváis en vuestras venas la sangre de los reyes de Aragón y de los condes de Barcelona, y debéis ser fiel a ella.

—Mi hija doña Margarita se casó con el rey don Luis cuando ella tenía catorce años; ahora tiene diecisiete y está embarazada. El niño que nazca será el futuro rey de Francia y también el conde de Provenza. Es la ley, señor y primo, es la ley.

—¡La ley! ¿Qué ley? ¿La vuestra, la del emperador, la del rey de Francia, la del papa? —pregunta enfadado Ramón de Tolosa.

—La ley de Dios, señor conde, la ley de Dios.

—Señores, si os convocamos aquí a los dos fue con la intención de llegar a un acuerdo. Dejad de lado vuestras rencillas.

—El acuerdo, majestad, pasa por respetar la ley. ¿No recuerdas —Ramón Berenguer cambia de pronto el tratamiento a Jaime y le habla con total familiaridad—, querido primo, lo que nos enseñaron los templarios en aquel castillo de Monzón? Don Guillén de Monredón luchó al lado de tu padre en las Navas de Tolosa y en Muret, cumplió con sus obligaciones, nos protegió y nos educó. Ese caballero templario nos dio un ejemplo de comportamiento. Y yo voy a seguirlo.

Montpellier, noviembre de 1239

La reina Violante se queda en Valencia al cuidado de sus dos hijas pequeñas. No verá a su esposo hasta las navidades.

El rey se marcha a la comarca de la Ribagorza, una región de pequeños valles en el Pirineo que se disputan aragoneses y catalanes donde pasa algunas semanas cazando.

Allí conoce a Blanca de Antillón, miembro de un alto linaje aragonés, una dulce mujer de diecinueve años con la que comparte intensas noches de amor.

Prendado de su nueva amante, la lleva consigo a Montpellier, donde reanuda las conversaciones con su primo el conde de Provenza. Quiere hacer un último intento por llegar a un acuerdo sobre la pertenencia de esa tierra a la Corona de Aragón, pero no consigue convencer a Ramón Berenguer, que tiene un acuerdo secreto con el rey de Francia.

El rey mira a su primo y calla. Se da cuenta de que Provenza no volverá a su Corona. Nunca.

Blanca observa a su amante. El rey todavía duerme bajo una cálida manta de piel de oso. La joven de Antillón se palpa el vientre; hace tres meses que, noche tras noche, duerme con Jaime, y cree que está embarazada.

Siente algunas molestias en la pelvis, suspira a veces al respirar, tiene algunas pequeñas pecas en las manos y en las mejillas y le parece que su cintura es algo más gruesa; y hace ya un mes que no tiene el menstruo.

—La semana que viene parto para Valencia —le comenta Jaime a su amante.

—Estoy embarazada —le dice Blanca.

—¿Estás segura?

—Sí, mi señor.

—¿Cuándo ha sido?

—Hace tres meses que os acostáis conmigo... Supongo que fue alguna de tantas veces en aquellos valles del Pirineo.

—Atiende bien a nuestro hijo. Cuando nazca, lo dotaré con un señorío.

—¿Lo reconoceréis como hijo vuestro?

—Eres de familia noble. Sí, lo haré. Tu hijo también lo será del rey.

—¿Os volveré a ver?

—Eso solo lo sabe Dios.

Antes de partir hacia Valencia para encontrarse allí con su esposa y sus dos hijas, Jaime dispone una renta para Blanca de Antillón y ordena que quede protegida hasta el nacimiento de su hijo.

De paso por Barcelona, camino de Valencia, recibe una carta de Teresa Gil de Vidaure. La joven navarra le comunica que el noble

Pedro Sánchez de Lodosa le pide matrimonio y ella quiere que Jaime le otorgue su consentimiento.

Lo hace; ordena a su notario que emita un documento por el cual la autoriza a contraer matrimonio con Pedro, señor del pequeño dominio de Legaria, en la merindad de Estella, en el reino de Navarra.

Cuando pone su firma en el pergamino, recuerda con melancolía la extraordinaria belleza de Teresa y las apasionadas noches de amor a su lado. Imagina su rostro, quizá el más hermoso de cuantas mujeres conoce, y aquella promesa de matrimonio testificada por Asalido de Gudal.

Teresa... Tal vez algún día vuelva a su lecho; tal vez.

Valencia, Navidad de 1239

En Valencia se le acumula el trabajo. Tiene que regular el sistema de impuestos, organizar el gobierno de la ciudad y el nuevo reino que pretende crear, otorgar leyes y estatutos, disponer ordenanzas, regular penas y multas, repartir los bienes inmuebles que todavía quedan a su disposición y, lo más importante, quiere volver a dejar embarazada a su esposa.

Desde su regreso de Montpellier, no deja un solo día de dormir con su esposa. A sus veinticuatro años Violante es una mujer espléndida, de piel blanca y rostro sonrosado por el aire y el sol de Levante.

A Jaime le agrada hacerle el amor a su dama de Hungría, que muestra mes a mes un mayor conocimiento de la lengua, las costumbres y las leyes de la Corona. Su hijita Violante ya tiene tres años y medio y Constanza acaba de cumplir uno; pero Jaime quiere un varón.

Los dos esposos desayunan juntos la mañana de Navidad. Sobre la mesa brillan, como si tuvieran la piel de nácar, varias naranjas. A la reina le gusta esa fruta, que no se conoce en su Hungría natal; aprecia su dulzor, su aroma a azahar, su jugosidad acuosa y su sabor a sol y a flores.

—Creo que estoy embarazada de nuevo —le confiesa Violante.

—¿Cómo lo sabes?

—Siento los mismos síntomas que cuando me quedé embarazada de nuestras hijas. Supongo que me dejaste preñada la primera noche que yacimos juntos a tu regreso de Montpellier. Me hiciste el amor cuatro veces, ¿lo recuerdas?

—Sí —sonríe Jaime.

—Ahora será un varón —asegura Violante acariciándose el vientre.

—Todavía no se nota el embarazo —le dice Jaime a la vez que coloca su enorme mano con toda delicadeza sobre el vientre de la reina.

—Sí, será un varón, lo presiento. Y en ese caso...

—¿Qué estás pensando?

—Quiero que mi hijo sea rey; soy la hija de un rey y la esposa de un rey; deseo ser la madre de un rey.

—Ya lo hemos hablado en otras ocasiones. Mi hijo don Alfonso posee los derechos legítimos al trono de Aragón. Debo ser el primero en cumplir las leyes.

—No te pido que incumplas esas leyes, solo que hagas rey a nuestro hijo. Alfonso ha sido jurado heredero al trono real de Aragón y al condal de Barcelona, pero no en Valencia ni tampoco en Mallorca. Mantén Valencia un reino privativo, como ya has hecho en Mallorca, y entrégaselo en herencia a nuestro hijo.

—Los nobles aragoneses insisten en que Valencia se integre en el reino de Aragón.

—No se lo concedas. Si lo haces, creerán que eres débil y que te pliegas a sus presiones. Demuéstrales que eres tú el soberano de hombres y tierras; tú, Jaime, el rey.

—Si lo hago así, deberé compensarlos con más bienes. Son insaciables; todo les parece poco; solo quieren más y más botín, más y más fortuna, más dinero y más tierras.

—Los nobles aceptarán lo que tú decidas.

—¿Cómo estás tan segura?

—Durante los meses que has pasado en Montpellier he hablado con algunos de ellos. Todos acatarán tu decisión.

—¿Eso crees? ¿Los Luna y los Urrea también?

—Don Artal de Luna y don Jimeno de Urrea son los más reacios, lo sé, pero acabarán claudicando, te lo aseguro. Haz de Valencia un reino de la Corona, haz que nuestro futuro hijo sea su rey, haz que me sienta feliz por llevar a tu heredero en mis entrañas.

La propuesta de Violante es muy convincente. Su habilidad con las palabras es tan grande como su ambición. Si se lo propone, no hay meta que esa mujer no pueda conseguir.

Mira a los ojos a Jaime y sabe que acaba de lograr su propósito. Su tercer hijo, si es un varón, será rey; al menos de Valencia y de Mallorca y, quizá, quién sabe si algún día también de Aragón.

Valencia, principios de enero de 1240

Los nobles aragoneses están muy irritados. Hace ya un año que Jaime firma sus documentos con el título de rey de Valencia, que añade a los de rey de Aragón y de Mallorca, conde de Barcelona y de Urgel y señor de Montpellier.

Durante todo ese tiempo mantienen la esperanza de que se trate de algo pasajero y esperan que Valencia se incorpore a Aragón, como en su día Zaragoza, Calatayud, Daroca o Teruel.

Pero esa mañana de invierno, justo después de la fiesta de la Epifanía, Jaime los convoca en el alcázar de Valencia para comunicarles un anuncio importantísimo. Allí están presentes Pedro Fernández de Azagra, Jimeno de Urrea, Artal de Luna, Jimeno de Foces, que sustituye a su padre Ato, fallecido meses atrás, el mayordomo Pedro Cornel y Asalido de Gudal. No asiste Rodrigo de Lizana, al que promete la gobernación de Valencia.

Porta sobre su cabeza la corona real de plata sobredorada y lleva ceñida al cinto la espada Tizona, signos de la solemnidad que quiere otorgarle a aquella declaración.

—Señores, durante estos meses pasados hemos venido usando el título de rey de Valencia como nos corresponde por derecho de conquista y vamos a seguir haciéndolo. Por eso, es nuestra voluntad que las tierras que hemos conquistado desde Teruel hasta Denia queden constituidas desde hoy y para siempre como un reino distinto al de Aragón y diferente también del condado de Barcelona y de Cataluña.

»Ordenamos y constituimos que el reino de Valencia disponga de sus propias instituciones, sus leyes, fueros y autoridades, siempre dentro de nuestra Corona.

»Declaramos que los reinos de Mallorca y de Valencia son conquistas nuestras y, como son nuestros acaptos, decretamos que sean de nuestra libre disposición y que podamos donarlos, entregarlos o darlos a quienes estimemos oportuno.

Los nobles aragoneses, apesadumbrados, se resignan de nuevo, como un año atrás. La decisión del rey es firme y no admite equívoco ni réplica alguna.

Sin dar ocasión a intervenciones de los allí presentes, Jaime da media vuelta y se marcha de la sala del alcázar; solo lo acompañan Pedro Cornel y Asalido de Gudal.

Los nobles permanecen inmóviles durante unos instantes, intercambiando miradas confusas. Por fin, habla el señor de Albarracín usando un tono familiar.

—Amigos, supongo que todos esperábamos esta decisión.

—Yo no, don Pedro, yo no —dice Jimeno de Urrea.

—¿No? Don Jaime ha usado desde el momento inmediatamente posterior a la conquista el título de rey de Valencia; dejó bien claras sus intenciones, aunque algunos no quisisteis verlas.

—Todos nuestros reyes, desde don Ramiro, han incorporado sus conquistas al reino de Aragón; pero don Jaime ha roto esa tradición y ha creado un nuevo reino en Valencia. Esa decisión es muy perjudicial —interviene Artal de Luna.

—¿Perjudicial para quién...? —se pregunta el de Azagra.

—Para todo el reino —asienta rotundo Artal—. Para vos, don Pedro, quizá sea satisfactoria y beneficiosa, porque sois señor de Albarracín, un señorío que solo se declara vasallo de Santa María, pero para nosotros, los nobles de Aragón, la creación de un reino privativo en Valencia es muy mala noticia.

—El rey os ha concedido tierras, casas y otras muchas propiedades aquí.

—Así es —interviene Jimeno de Foces—, pero con la creación del reino de Valencia se cierra la frontera de Aragón en las sierras al sur de Teruel y solo le quedan Lérida y Tortosa como tierras a incorporar.

—Lérida y Tortosa deben ser aragonesas —interviene Jimeno de Urrea.

—Sí, y así debemos hacérselo ver al rey, pero los catalanes también quieren esos dos marquesados; no cesan de insistir en ello —añade el de Azagra.

—¿Los catalanes? ¿Quiénes son los catalanes? ¿Una amalgama de nobles, mercaderes y campesinos de la suma de los condados de Ampurias, Gerona y alguno más reunidos en torno al de Barcelona? —se pregunta Jimeno de Urrea.

—Cataluña tiene sus propias Cortes —precisa el señor de Albarracín.

—Cataluña no es un reino, nunca lo ha sido —aclara Urrea.

—Pero don Jaime podría establecer un nuevo reino en Barcelona si lo quisiera —dice Azagra—, y como Valencia es una conquista suya, puede hacer con ella lo que quiera. Así es nuestro derecho.

—¿Lo es? —pregunta Artal de Luna.

—Así es —confirma Jimeno de Foces.

—Entonces ¿debemos resignarnos a perder Valencia? —lamenta Artal de Luna.

—¿Qué otra cosa podemos hacer, rebelarnos contra el rey? Ya habéis visto cómo responde don Jaime y cuán grande es su determinación —asienta Jimeno de Foces.

—Señores, don Jaime era solo un muchacho cuando quiso conquistar Albarracín. Yo había sido su principal defensor durante su minoría de edad, pero él consideró que yo no había obrado bien y se presentó con una pequeña hueste ante las murallas de mi ciudad. Defendí mi señorío y rechacé su ataque, pero me impresionó su porte. ¿Sabéis qué edad tenía cuando me retó en Albarracín? ¡Doce años, por todos los santos! Un niño de doce años se presentó con un puñado de hombres ante los muros de una ciudad bien fortificada y retó a caballeros expertos en el manejo de las armas; y lo hizo sin mostrar temor ni vacilación algunos. Ahora está a punto de cumplir los treinta y dos años, ha asentado su poder imponiéndose a varias revueltas, ha ganado el condado de Urgel y los reinos de Mallorca y Valencia combatiendo contra reyes moros, en ocasiones en situaciones complicadas y peligrosas, y quiere seguir conquistando nuevos territorios hasta que no quede una sola aldea bajo dominio musulmán en toda esta tierra. ¿Creéis que un hombre así se achantará por una revuelta de nobles que le reclaman algo que él considera legítimamente suyo? No, claro que no se arrugará.

Las palabras de Pedro Fernández de Azagra suenan contundentes bajo los artesonados de madera policromada del alcázar valenciano.

—Valencia ya es un reino —admite Jimeno de Foces.

—Además, la reina doña Violante está embarazada de nuevo. Dentro de unos meses dará a luz a su tercer hijo y, si es un varón, supongo que don Jaime lo hará heredero de Valencia y de Mallorca. No podemos evitarlo. Hay ocasiones en que la voluntad de una mujer es más fuerte que todo un ejército —añade el de Azagra.

Pedro Fernández y Jimeno de Foces saludan y salen de la estancia.

Artal de Luna y Jimeno de Urrea se miran con rostro serio.

—Don Pedro tiene razón; no podemos impedir que Valencia sea un reino, pero sí podemos obtener nuevas tierras y privilegios —concluye Jimeno de Urrea.

Valencia, verano de 1240

Jaime y Violante, a la que llama reina, condesa y señora, se trasladan a Calatayud en febrero. Allí reciben de manos de los caballeros templarios de Monzón las joyas de la Corona, custodiadas hasta entonces en su castillo.

Violante es informada del malestar de los nobles por el asunto del reino de Valencia; se tiene que emplear a fondo con ellos para convencerlos de que admitan de una vez y sin recelo alguno la creación de ese reino y acaten sin el menor reproche la voluntad del rey.

En sus conversaciones con los nobles, la reina se muestra comprensiva y cercana a veces, dominante y altiva en ocasiones, dulce y amable cuando le conviene. Sabe cómo llevarlos, cómo debilitar su resistencia, cómo doblegar su terquedad, cómo dividir sus fuerzas.

En la primavera sigue el reparto de la tierra, se gana Livia, cerca Villena, se libra un combate en Bairén y se acosa a Ibn Zayyán en Denia.

El antiguo dueño musulmán de Valencia teme que Jaime vaya a por él para contentar a la nobleza aragonesa. Le ofrece el poderoso castillo de Alicante y rendirle de nuevo vasallaje si le concede la isla de Menorca, que Jaime mantiene bajo su protectorado.

Se niega a firmar un nuevo tratado con Ibn Zayyán y lo acusa de quebrantar el anterior al ofrecerse al rey de Túnez. Atemorizado por la amenaza de Jaime, que promete con toda solemnidad que no prorrogará las treguas firmadas, abandona Denia y se retira al sur del Júcar para regir el reino de Murcia, del que es soberano.

A fines de julio, se produce un nuevo eclipse que puede verse en todo el reino de Valencia. El sol no llega a ocultarse del todo, como sí en Montpellier el año anterior, pero los agoreros lo consideran un mal presagio; algunos se atreven a pronosticar que el retoño que lleva la reina en su vientre nacerá con problemas o los traerá consigo.

Mediado agosto nace el hijo de Blanca de Antillón. La amante del rey se lo comunica mediante un mensajero. Le dice que va a llamarlo Fernando y que llevará el apellido Sánchez, por Sancho de Antillón, el padre de Blanca. Le pide que dote al niño para poder mantenerlo como conviene a un hijo del rey, pues es de noble cuna.

Fernando Sánchez es su primer bastardo. Jaime decide entregarle la baronía de Castro, en el condado de Ribagorza, de la cual se hará cargo cuando alcance la mayoría de edad.

Tres semanas después de ese nacimiento, Jaime espera en una sala del alcázar de Valencia el parto de Violante. Están presentes los principales nobles de Aragón.

—¡Es un varón, mi señor, vuestro tercer hijo es un varón sano y fuerte! —anuncia el mayordomo Pedro Cornel.

—¡Enhorabuena, majestad! —Fernando de Montearagón es el primero en felicitarlo. Hace ya tiempo de su renuncia al trono y ahora solo pretende ayudar a su sobrino en el gobierno de sus Estados.

—Felicidades, señor —corean los demás al unísono.

Jaime sonríe. Quiere ver a su hijo.

En la alcoba donde da a luz, la reina está dolorida pero feliz. Su rostro dibuja una amplia sonrisa y sus ojos brillan como ascuas.

—¡Un varón, Jaime, un varón! —exclama dichosa al verlo aparecer.

—Lo llamaré Pedro, como mi antepasado el conquistador de Huesca.

—Será rey, nuestro hijo será rey; me lo prometiste —dice Violante apretando la manos de su esposo.

Jaime no lo sabe, pero Violante habla con los nobles catalanes y les pide que acepten a su hijo como soberano. Les dice que el infante Alfonso no es hijo legítimo, que la Iglesia no lo ve con buenos ojos, que los catalanes deben preferir como sucesor a su hijo, que no se fíen de un príncipe que está educado en Castilla, que no crean que Alfonso defenderá los intereses de los nobles catalanes, que cualquiera será mejor rey que el hijo de una castellana...

El rey de Aragón, eufórico por el nacimiento de su tercer hijo varón, rompe la tregua con los musulmanes y asedia Játiva, alegando que su caíd, el juez de la aljama mora, mantiene prisioneros a Pelegrín de Atrosillo y a otros caballeros aragoneses.

Se siente más confiado que nunca, más fuerte, pletórico en su paternidad, pocos hombres pueden decir que son padres de dos hijos en menos de un mes, y en plenitud de su poder; cree que nadie puede vencerlo y que va a convertirse en el rey más poderoso de toda la cristiandad, el verdadero señor y conquistador del mundo.

Barcelona, 1 de enero de 1241

Nieva sobre Montjuic. Enormes copos, blancos y esponjosos, caen lentamente sobre la montaña de los judíos de Barcelona.

Jaime y Violante acaban de regresar al palacio real tras bautizar a su hijo Pedro en la catedral.

—Me dijiste que nuestro hijo sería rey; lo juraste —le recuerda Violante.

—Y lo será. He dispuesto que Pedro sea mi heredero en los reinos de Mallorca y de Valencia —confirma Jaime.

—¿Y en Aragón?

—Ya sabes que los aragoneses juraron a Alfonso en Cortes. No puedo cambiar ese juramento sin alterar las leyes de Aragón y desencadenar una guerra; no puedo hacerlo.

—Claro que puedes; eres el rey, el dueño de estas tierras.

—No, ni siquiera yo puedo ir contra los Fueros de Aragón. Debo ser el primero en cumplir las leyes que he jurado, aunque no me gusten.

—Esos nobles aragoneses...; son ufanos, altaneros y egoístas.

—Sí, así son, y tenemos que contar con ello.

—Entonces ¿vas a cambiar tu primer testamento?

—Sí, ya lo he decidido. Pedro será rey de Valencia y Mallorca y yo me enterraré en el monasterio de Poblet.

—Pero ibas a hacerlo en el de Sigena, en Aragón...

—Esa era mi primera intención, pero ahora no quiero que mis huesos reposen en ese reino. —Jaime no cita el nombre de Aragón.

—Ahí están enterrados tu padre y tu abuela, y tú siempre quisiste reposar a su lado.

—He cambiado de opinión; mis restos serán depositados en la iglesia del monasterio de Poblet, en Cataluña, hasta el final de los días. Lo harán en un humilde sepulcro, sin adorno alguno, delante del altar consagrado a Santa María.

—¿Cómo crees que reaccionará tu hijo Alfonso?

—Supongo que se opondrá a mi última voluntad, que no querrá perder Valencia y Mallorca ni los territorios al norte de los Pirineos; quizá intente, incluso, desencadenar una guerra para defender sus derechos a poseer esas tierras. Si lo hace, se convertirá en un traidor para su reino y en un felón para conmigo, su padre.

—¿Se lo has dicho ya?

—Sí, le envié hace unos días un mensaje con don Asalido de Gudal, en el que tengo depositada toda mi confianza.

—¿Y qué ha respondido?

—Que es un testamento perverso, aunque lo admitirá.

—¿Seguro?

—No tiene otra opción. Valencia y Mallorca son mis conquistas, de modo que puedo hacer con ellas lo que me apetezca. Así es la ley.

El segundo testamento contiene más cláusulas. Jaime quiere que, cuando muera, se recen por su alma treinta y cinco mil misas.

En esos días, los catalanes celebran Cortes en Barcelona. No quedan contentos con su conde, el rey Jaime, que los obliga a aprobar unos estatutos contra los usureros, que están abusando de la concesión de préstamos con unos intereses exagerados, y declara que la villa de Fraga es aragonesa y que debe seguir rigiéndose por el fuero de Aragón.

Montpellier, junio de 1241

Tras pasar unos días en Gerona, Jaime y Violante embarcan en Rosas en la nao *Bus*, un enorme barco de ochenta remos que los lleva hasta Montpellier.

Con la conquista de Valencia asentada, los nobles aragoneses apaciguados y los catalanes resignados, Jaime se dedica a solventar los asuntos de Occitania. Hace ya más de dos meses que negocia un tratado de alianza con el conde Ramón de Tolosa y con el marqués de Provenza.

La situación de Tolosa le preocupa mucho. El conde Ramón tiene una sola hija, su heredera, a la que casa con Alonso de Poitiers, hermano del rey Luis de Francia. La situación es grave.

Cuando muera Ramón, Tolosa pasará a ser propiedad de la corona francesa y el rey de Aragón perderá media Occitania.

—Solo hay un medio para evitarlo, señor —le dice Jimeno de Foces, que acompaña al rey.

—Hablad, don Jimeno.

—Vuestra tía doña Sancha, esposa de don Ramón, acaba de morir, de modo que el conde debe volver a casarse enseguida y engendrar un hijo varón. Si nace ese niño, será el heredero de Tolosa y ya no caerá en manos de Francia.

—Es una buena idea. ¿Habéis pensado en alguna candidata? —le pregunta Jaime.

—Debería ser una infanta de vuestra casa, señor. Vuestras hijas doña Violante y doña Constanza son demasiado jóvenes todavía y es preciso que ese niño nazca cuanto antes, de modo que bien pudiera ser vuestra sobrina doña Sancha, la tercera hija de vuestro primo el marqués de Provenza.

—Necesitaríamos el beneplácito del papa Gregorio.

—No creo que lo niegue.

—El papa desea que el rey de Francia controle todas las tierras de Occitania hasta las cumbres de los Pirineos y desea exterminar de raíz esa herejía. Cree que favorecemos, o al menos consentimos, que haya comunidades de cátaros en el Rosellón y que se extiendan por otras regiones de nuestros señoríos.

»Supone que vamos contra los intereses de la Iglesia y que estamos aliados en ello con don Ramón de Tolosa; pero le escribiremos ofreciéndole nuestra ayuda y quizá así apruebe ese matrimonio.

—Pero por si acaso no lo hiciera, busquemos otra esposa, que no sea de la casa real francesa, para don Ramón.

—Parece la única solución para que Tolosa no caiga en poder de Francia.

—¡Hungría no existe; el reino de mi padre y de mi hermano ha sido aniquilado! —grita la reina Violante, que irrumpe en la sala entre sollozos.

—¿Qué es eso, señora? —le pregunta Jaime.

—Los tártaros, un pueblo bárbaro surgido de la bruma de las estepas del fin del mundo, han invadido Hungría y han derrotado al ejército de mi hermano el rey Bela a orillas del río Sajo, en Liegnitz. Sucedió hace dos meses. Me lo acaban de comunicar unos embajadores recién llegados de allí. Los tártaros doblaban en número a los nuestros; dicen que mataron a más de treinta mil cristianos y que les cortaron las orejas para enviárselas a su jefe, un demonio llamado Batu Kan, nieto de su primer emperador, al que llaman Gengis Kan.

—¿Y tu hermano...?

—Ha conseguido huir y se ha refugiado en Dalmacia. El reino de mis antepasados ya no existe, ha sido borrado de la faz de la Tierra por esos salvajes dirigidos por un demonio.

—Pero tu hermano el rey Bela sigue vivo...

—Eso me han dicho, aunque no sé por cuanto tiempo. Esos tártaros, a los que también llaman mongoles, son unas bestias ávidas de sangre. Si la cristiandad no se une y los derrota, son capaces de llegar hasta aquí. Cuando yo era pequeña, mi madre nos contaba historias terribles de los bárbaros de las estepas: viven, comen y duermen a lomos de sus caballos, ingieren la carne cruda y beben sangre, cortan las cabezas de sus enemigos y las cuelgan de las sillas de sus caballos o las ensartan en las puntas de sus lanzas; son diablos, diablos...

—No te preocupes, todavía no he conocido a bestia alguna que resista una estocada de una de nuestras espadas. Si esos tártaros vienen por aquí, los estaremos esperando —consuela Jaime a su esposa.

Pero el rey sí esta preocupado. Las hordas del nieto de Gengis Kan aplastan a tres ejércitos polacos y húngaros y liquidan a cien mil hombres en una semana. El reino de Hungría sucumbe ante la caballería ligera mongol, cuyos jinetes, llamados *mangudai*, manejan el arco de doble curva con tal precisión que los caballeros pesados polacos y húngaros ni siquiera tienen la oportunidad de acercarse para librar un combate cuerpo a cuerpo.

En agosto, muere el papa Gregorio, cuando ya está casi convencido de apoyar un pacto con el rey de Aragón. A fines de octubre, Celestino es elegido papa, pero fallece recién sentado en el trono de san Pedro; solo vive diecisiete días de ese otoño. Los cardenales no se reúnen en cónclave para elegir a su sucesor. Aterrados por la llegada del emperador Federico Hohenstaufen, que está dispuesto a ocupar Roma, huyen de la ciudad. La Iglesia estará sin papa durante casi dos años.

Barcelona, 1 de enero de 1242

Tras su fracaso en Occitania y Provenza y sin un papa en el Vaticano con el cual acordar la pacificación de esas dos regiones, Jaime vuelve los ojos a sus dominios hispanos. Los nobles aprovechan su ausencia para procurar ganar botín en tierras de Al-Andalus. De regreso de Montpellier, y mientras Jimeno Pérez de Tarazona, su lugarteniente en Valencia, negocia la rendición de la ciudad de Játiva, Jaime se entera de que el efímero reinado de Ibn Zayyán en Murcia está acabado. Destronado por Muhammad ibn Hud, miembro de un linaje de abolengo entre los árabes, se refugia en la fortaleza de Alicante, donde se hace fuerte. Ibn Hud escribe además una carta al rey Fernando de Castilla y León, que prepara la conquista de Sevilla, en la que le ofrece entregarle todas las tierras desde Alicante hasta Lorca si le ayuda a mantener Murcia.

En el palacio real de Barcelona, antigua residencia de los condes, Jaime despierta el primer día de enero con la claridad del alba. Está solo en su cama. Durante las navidades alterna unas noches de amor con su esposa la reina Violante y otras con su amante Blanca de Antillón, que se traslada a Barcelona para que Jaime pueda conocer a su hijo Fernando; pero la noche del último día del año decide pasarla solo. Su fiel Asalido de Gudal le recuerda con discreción que el rey don Pedro, su padre, pierde la vida y la batalla de Muret tras una noche de amor con una dama de Tolosa, agotadas sus fuerzas por los apasionados envites amorosos.

Tiene treinta y tres años y mantiene intacto todo el vigor de la juventud, pero abusa del sexo; hay días que le hace el amor a Blanca de Antillón por la tarde y a su esposa Violante por la noche, lo que parece poco recomendable para mantener el cuerpo dispuesto para el combate y la mente atenta para la política.

Duerme solo esa noche de fin de año porque al día siguiente están citados sus principales consejeros para escuchar su nuevo testamento; quiere estar descansado y lúcido.

En la sala baja del palacio real esperan cinco consejeros, el catalán Guillermo de Entenza y los cuatro aragoneses, Jimeno de Foces, Asalido de Gudal, Jimeno de Luna y Fernando de Lizana; junto a ellos, vestido con sus ropas pontificales, cayado episcopal y gorro de dos picos, forma Berenguer, el obispo de Barcelona; y sentado a una mesa, frente a unos pergaminos, dos tinteros y varias plumas, aguarda Guillermo, notario real responsable de la escritura del testamento.

Cuando entran los reyes, todos inclinan la cabeza respetuosos y el notario se levanta de su asiento con absoluto respeto. Conocen bien a Jaime y lo tratan con frecuencia, pero siguen impresionados cada vez que lo ven vestido con sus mejores ropajes, con su espada Tizona al cinto y con su corona de plata sobredorada.

—Señores, su majestad don Jaime, rey de Aragón, de Mallorca y de Valencia, conde de Barcelona y señor de Montpellier, y su esposa, la reina, condesa y señora doña Violante —anuncia un ujier vestido con una chaqueta larga con las barras rojas y amarillas del linaje de los Aragón.

Los reyes se sientan en sendos tronos de madera dorada bajo dosel mientras los demás lo hacen en los bancos colocados en la sala.

Tras una indicación del rey, Asalido de Gudal se levanta y toma la palabra:

—Su majestad el rey don Jaime, gozando de plena memoria y disfrutando de buena salud, desea realizar un nuevo reparto de sus dominios entre los hijos que ha tenido de sus dos esposas, las reinas Leonor y Violante, y fijar su nuevo lugar de enterramiento para cuando Dios Nuestro Señor lo llame a su seno, que ojalá sea muy tarde.

—Señores —habla Jaime—, hace unos años declaramos que queríamos reposar eternamente en el monasterio de Sigena, en nuestro reino de Aragón, junto a nuestro padre el rey don Pedro y nuestra abuela la reina doña Sancha; pero ahora es nuestro deseo hacerlo en el de Poblet, en una humilde fosa bajo la tierra del altar de su iglesia, en un lugar donde nos pisen los visitantes.

»Por otra parte, queremos dividir nuestros dominios entre nuestros hijos: el infante don Alfonso, nuestro primogénito e hijo de doña Leonor, recibirá el reino de Aragón y toda Cataluña, Ribagorza, Pallars, Arán y el condado de Urgel; a nuestra esposa doña Violante le concedemos las tierras que ahora tiene nuestro pariente don Nuño Sánchez cuando este muera, es decir, los condados de Rosellón, Conflent, Cerdaña y Vallespí; a nuestro hijo don Pedro le concedemos el reino de Valencia, desde Biar hasta Ulldecona, y desde la frontera con Castilla hasta el mar, y el reino de Mallorca y Menorca, la isla de Ibiza y el señorío de Montpellier con todos sus castillos.

»Decretamos que si nuestros hijos varones murieran sin descendencia, reviertan los derechos dinásticos a nuestra hija doña Violante, prometida del príncipe Alfonso de Castilla, y que sean los hijos de doña Violante en ese caso nuestros legítimos herederos.

—Señor —interviene Jimeno de Foces, pidiendo la palabra.

—Hablad, don Jimeno —concede el rey.

—El reino de Aragón y el condado de Barcelona se unieron para siempre con vuestro abuelo el rey don Alfonso. Así, Aragón y Cataluña ya no podrán separarse nunca. Quizá sea ahora el momento de unir en un solo reino estas dos tierras.

—¡No! —dice el rey—; Aragón y Cataluña no desean unirse. Aragón es un reino y Cataluña una suma de condados; ambos son patrimonio del linaje de los Aragón y así seguirán; pero Valencia y Mallorca son nuestras conquistas y disponemos de ellas según nuestra voluntad.

—Pero señor...

—¡Basta! —ordena tajante Jaime; Jimeno de Foces guarda silencio y se sienta apesadumbrado—. Proseguid vos, don Asalido.

—La infanta doña Constanza, segunda hija del rey nuestro señor, y la reina doña Violante recibirán sesenta mil morabetinos, treinta mil de la rentas de don Alfonso y otras treinta mil de las de don Pedro. En cuanto a las oraciones por el alma del rey...

—Saltaos eso, don Asalido —le ordena Jaime.

—«Ordenamos a nuestros dos hijos varones que entreguen a los monasterios de...»

—Eso también.

—«Asignamos a la reina doña Violante por Carta de Arras los castillos y villas de Segorbe, Onda, Jérica, Morella, Almenara, Murviedro y Peñíscola, con todas sus pertenencias...»

—Es suficiente, don Asalido, suficiente. El colofón, don Guillermo —le ordena al notario.

—Dado en Barcelona, en las calendas de enero del año de la Encarnación del Señor de 1241, año del Señor de 1242.

13

Tiempo de pactos

Lérida, febrero de 1242

—Los tártaros se retiran de Hungría y Polonia —anuncia Fernando de Montearagón.

El rey y Asalido de Gudal comparten mesa con el tío de Jaime, que es informado por uno de sus caballeros.

—¿Han sido vencidos? —pregunta el rey.

—No. Ha muerto su emperador Ogodei, el hijo de Gengis Kan, aquel demonio pelirrojo que surgió de las estepas y conquistó Asia. Cuando su gran kan muere, todos los generales mongoles tienen que regresar a Mongolia, estén donde estén, para asistir a una asamblea que llaman *kuriltai*, en la que se elige al nuevo gran kan.

—Mala práctica es esa, señores. Si nos caemos muerto en una batalla o en un asedio, no detengáis el combate ni el sitio; seguid peleando hasta obtener la victoria. Juradlo.

—Lo haremos, majestad, pero confío en que Dios nunca permita que se produzca una situación así —tercia Asalido de Gudal.

—Ayer concedimos el fuero de Huesca a los de Fraga y esta mañana hemos ratificado que Lérida sea de Aragón; esperamos que los nobles aragoneses se calmen.

—Lo están, señor, lo están. Ninguno osará alzarse contra vuestra majestad —dice el infante Fernando.

—Querido tío, vos lo hicisteis en una ocasión.

—Vuestro padre, mi hermano el rey don Pedro, había muerto y vos erais un niño, estabais en peligro y en poder de Simón de Monfort; entendí que era la mejor manera de defender nuestro reino.

—Nuestro padre cumplió con su deber como señor de esos herejes al ir en su ayuda, pero nunca debió permitir que creciera la herejía.

—Sí, debió atajarla de raíz antes de que se extendiera —apostilla el abad de Montearagón.

Jaime levanta una bandeja para coger un pedazo de carne asada y aparece un pergamino doblado debajo.

—¿Qué es esto? —pregunta el rey.

—Supongo que alguien lo ha olvidado.

Jaime coge el pergamino y lo observa unos instantes.

—Se trata de un poema.

—El alimento del alma —ironiza Asalido de Gudal.

—Está en lemosín. Lo leeremos en voz alta: «Mirad el alto rey, don Jaime, de cabellos de oro, mirad su boca grande, sus dientes blancos, su piel rosada; mirad al rey de Aragón, traidor y cobarde...». ¡Vaya!, quien lo haya escrito no nos estima mucho. Hum... ¡Aquí está! Al menos ha tenido el valor de firmarlo con su nombre. Es Sordel de Mantua —descubre divertido Jaime.

—¿Sordel, vuestro trovador? —se extraña Fernando de Montearagón.

—Sí, Sordel. Se despidió hace una semana.

—Pero si llevaba más de cinco años en vuestra corte; ¿cómo ha podido hacer esto?

—Ha hecho todavía más —prosigue el rey—; aquí hay otro poema: «¿De qué os extrañáis, señores? El rey de Aragón no cumple su palabra y siempre actúa como un felón...». ¿Queréis que siga? Este poema es un sirventés.

—¿También es su autor ese necio Sordel? —le pregunta Fernando de Montearagón.

—Pues no. Lo firma Durán de Paernas y dice al lado que es sastre de profesión.

—¿Sastre, un poeta sastre? Nunca he oído semejante cosa.

—Pues así aparece al final de este sirventés. Leed la firma: «Durán de Paernas, sastre». —Jaime muestra el pergamino a Fernando y a Asalido.

—Habría que capturar a esos dos desbocados y cortarles la lengua —dice Asalido.

—Sin lengua seguirían escribiendo —repone Jaime.

—Pues las manos.

—Dictarían sus poemas.

—Pues las manos y la lengua —insiste Asalido.

—Os han llamado cobarde y felón, majestad. Merecen un castigo —apostilla Fernando de Montearagón.

—Esos dos trovadores son herejes. Suponemos que consideran que hemos traicionado a sus amigos cátaros por habernos puesto del lado de la Iglesia. Ignoran que hemos salvado de la hoguera a muchos cátaros permitiendo que vengan a vivir a las montañas de Prades, a la frontera de Teruel y a algunas otras regiones de Aragón y de Cataluña.

Jaime supone bien. Pastores cátaros huyen de las persecuciones de la Iglesia en Occitania y se ubican en los dominios del rey de Aragón al sur de los Pirineos. Muchos de ellos son pastores, pero también hay algunos trovadores, artesanos, pintores y albañiles.

Ese año la Iglesia incrementa la represión contra los herejes, aunque seis meses después de la muerte del papa Celestino, los cardenales siguen sin reunirse y Roma no tiene aún a su nuevo sumo pontífice.

Unas decenas de cátaros aprovechan la ausencia de la máxima autoridad de la Iglesia romana y se refugian en el castillo de Montsegur, en el Languedoc. Juran no rendirse jamás.

Valencia, septiembre de 1242

Acabar cuanto antes la conquista del reino de Valencia se convierte en el objetivo prioritario de Jaime de Aragón. Tiene treinta y cuatro años y está en plenitud, pero el tiempo pasa inexorable y arde en deseos de cumplir con su parte en la conquista de Al-Andalus para poder ir en cruzada a Tierra Santa.

Quiere ser como el rey Luis VII de Francia y su esposa Leonor, como Ricardo Corazón de León de Inglaterra o como el emperador Federico, que catorce años antes entra victorioso en Jerusalén y la recupera para la cristiandad.

De Oriente llegan nuevas sobre la debilidad de las posiciones cristianas. La situación es grave; los caballeros templarios y hospitalarios parecen olvidar quién es el enemigo común y cuál es la misión fundacional de estas dos órdenes, y se enfrentan entre ellos en una guerra fraticida que solo favorece a los musulmanes. La amenaza pende sobre Jerusalén, que está siendo hostigada por los sarracenos y corre peligro de caer en sus manos, como en 1187, cuando el caudillo Saladino la reconquista para el Islam tras aplastar a los cruzados en la batalla de los Cuernos de Hattin.

Tampoco van bien las cosas para los cristianos en las heladas tierras del norte de Europa. Un ejército de los caballeros de la Orden Teutónica es aplastado sobre la superficie helada del lago Peipus por un caudillo ruso llamado Alejandro Nevski.

A fines de primavera y comienzos de verano, se someten las últimas aldeas musulmanas en el interior, en las montañas al sur de Teruel. Hasta Valencia, todo es territorio cristiano.

Corren los primeros días de septiembre. Jaime está cenando con su esposa en el alcázar.

—Ese obispo es insaciable —comenta el rey tras dar un largo trago a una copa de vino especiado con canela y miel.

—Todos los obispos son iguales —puntualiza Violante.

—Pero este supera a todos cuantos he conocido.

—¿Ya no recuerdas al de Barcelona, siempre pidiéndote más y más tierras, más casas, más heredades?

—Sí, pero al menos Berenguer de Palou contribuyó a la conquista de Mallorca aportando cien caballeros y centenares de peones.

—A cambio le concediste, por lo que sé, más de ochocientas propiedades en esa isla.

—Caballerías —precisa Jaime.

—¿Caballerías?

—Así es como se llaman esos lotes de tierra; una caballería es una finca de unos cien pasos por cada lado. Don Berenguer lo merecía; fue uno de mis mayores apoyos en la conquista de Mallorca y peleó con bravura; incluso perdió un pie en una batalla. Cargaba con su caballo contra un grupo de peones cuando uno de ellos le lanzó un espadazo que le alcanzó el empeine del pie y le seccionó todos los dedos; hubo que amputarle hasta el tobillo. Le prometí una compensación por ello.

—¿Has leído un poema que corre por ahí sobre algunos reyes cristianos y cómo no cumplen su palabra?

—¿Te refieres al sirventés que ha escrito un trovador llamado Durán de Paernas?

—Sí, una de mis damas me lo ha recitado. Lo escuchó en el mercado.

—Lo conozco. Alguien dejó una copia de ese y de otro poema parecido debajo de mi plato. Nos acusan a mí, al rey Luis de Francia y al rey Enrique de Inglaterra de no cumplir nuestros compromisos como señores cristianos y de traicionar a nuestros súbditos. Ese Durán debe de ser un cátaro, o al menos tiene simpatía hacia esos herejes, pues nos acusa a los tres de plegarnos ante los abusos de la Iglesia de Roma y de no ayudar al conde Ramón de Tolosa.

—Pero tú has intentado llegar a un acuerdo con don Ramón.

—Lo he hecho, pero necesito la conformidad del Vaticano y en la Iglesia todavía no se ha nombrado a un nuevo sumo pontífice. Pronto se cumplirá un año de la muerte del papa Celestino y los cardenales continúan esquivos, temerosos del emperador Federico, que ha ocupado los alrededores de Roma. Esos cobardes no se atreven a decidir en cónclave y la cristiandad permanece sin cabeza.

—¿Y no es este el mejor momento para esa alianza? —pregunta Violante.

—¿Y desencadenar una guerra en la cristiandad? No; hay que esperar al nuevo papa. Así como un reino necesita un rey, la Iglesia necesita un papa. Estás muy bella esta noche.

—¿Qué insinúa mi rey y señor? —pregunta Violante que, a sus veintisiete años y madre en tres ocasiones, desarrolla sus caderas y sus pechos con más voluptuosidad si cabe.

El rey se levanta y se acerca a la reina. La besa y la toma de la mano.

—Vamos.

—Estoy en esos días fértiles...

—Un rey y una reina deben tener muchos hijos; es el mandato de la ley de Dios y de las normas de los hombres.

En la alcoba cercana al cenador del alcázar, decorada con tapices de lana con motivos florales y cuadros con escenas religiosas, Violante y Jaime hacen el amor. Llevan casados siete años y tienen tres hijos; Jaime se acuesta con otras mujeres en ese tiempo, pero cada vez que está junto a Violante su masculinidad se desata con una pasión inusitada.

La joven princesa que llegó del frío norte es ahora una mujer espléndida, de formas rotundas y sensuales, que goza del amor carnal con Jaime y a la vez lo hace disfrutar sobremanera.

Aquella noche de principios de septiembre, tres envites amorosos dan como resultado un nuevo embarazo.

Cuando un par de meses más tarde los médicos de la corte certifican que la reina está encinta, muchos de sus súbditos ya no dudan de que su rey está bendecido por la mano de Dios y de que es el elegido para protagonizar grandes hazañas: fuerte y poderoso de cuerpo como Hércules, apuesto y bello como Apolo, fecundo como Júpiter, victorioso y conquistador como Aquiles, Jaime de Aragón aparece como el mejor de los héroes a los ojos de sus contemporáneos.

Además, aquel otoño, la situación mejora en Occitania. Ramón de Tolosa acepta someterse a la Iglesia de Roma, que sigue sin designar al nuevo papa, y firma un acuerdo de paz con la mediación de Blanca de Navarra, lo que desencadena una masiva detención de herejes cátaros, que pierden la protección de su último defensor.

Barcelona, fines de enero de 1243

Jaime está en la ciudad de Barcelona, donde acude tras pasar las fiestas de la Navidad en Valencia, cuando decide al fin establecer la delimitación territorial entre Aragón y Cataluña.

Lo hace en una declaración solemne en el palacio real. Entre los asistentes no hay ni un solo aragonés. El rey ordena que solo sean catalanes quienes asistan a ese acto.

—Señores, hace ya tiempo que existen ciertas dudas sobre cuáles son los límites entre Cataluña y Aragón, de modo que queremos fijarlos con detalle para que acabe esta confusa situación. —El rey le hace una indicación a Guillermo, su notario, para que lea lo dispuesto.

—«Nos, Jaime, por la gracia de Dios rey de Aragón, de las Mallorcas y de Valencia, conde de Barcelona y de Urgel y señor de Montpellier, decretamos que el condado de Barcelona, con toda Cataluña, se extiende desde la villa de Salses, en el Rosellón, hasta el río Cinca, y el reino de Aragón desde el Cinca hasta la villa de Ariza, y que estos límites sean perpetuos e inviolables.»

—Y bien, señores, así ha de ser para siempre —concluye Jaime que se marcha del salón del palacio sin dar más explicaciones,

—¿Eso es todo? —se pregunta extrañado Ponce de Torrella, obispo de Tortosa.

—¿No ha quedado claro? Con esas delimitaciones, Lérida y Tortosa son ciudades de Cataluña —dice Pedro de Albalate, el arzobispo de Tarragona

—¿Y hacia el sur? ¿Dónde acaba Cataluña hacia el sur? —demanda el obispo de Tortosa.

—En Ulldecona; esa es la última villa de Cataluña —precisa el arzobispo Pedro.

—Entonces... Cataluña ya no tiene posibilidad de expandirse más —tercia Guillermo de Cervera, uno de los nobles catalanes presentes.

—Así lo ha decidido el rey —asienta el arzobispo.

—Pero los aragoneses siguen demandando Valencia —añade Cervera.

—Esa cuestión ya se solventó hace tiempo. Valencia es un reino y los aragoneses acabarán aceptándolo. No les queda otro remedio que acatar la voluntad del rey, como a nosotros. Señores —el arzobispo se dirige a los presentes—, tras largo tiempo de dudas y reclamaciones, al fin hemos conseguido que don Jaime delimite qué tierras son Cataluña. Ya está hecho.

—Los aragoneses no están aquí, quizá no lo acepten. Fijaos, don Pedro, no hay ni un prelado ni un noble aragonés en esta sala.

—¿Qué estáis insinuando? —le pregunta el arzobispo.

—Que don Jaime tiene la intención de segregar su Corona y separar el reino de Aragón y el condado de Barcelona —asienta Cervera.

—¡No puede hacerlo!

—Claro que puede. ¡Es el rey!

—Se lo impide la ley.

—¿La ley? ¿Desde cuándo una ley ha sido más fuerte que la voluntad firme y poderosa de un rey? —se pregunta Cervera.

—¿Y qué estimáis entonces que bulle en la cabeza de don Jaime?

—Señores... El rey está ensimismado con su esposa doña Violante. Le ha dado cuanto le ha pedido y la reina pretende que sus hijos sean reyes. De momento, ya ha logrado que el infante don Pedro, que no tiene ni siquiera tres años, aspire a recibir uno de los dominios de la Corona, quizá el condado de Barcelona, quizá el reino de Valencia, y querrá otro reino, quizá el de Mallorca, para el hijo que lleva en sus entrañas, si resulta que ese retoño también es un varón —supone Cervera.

Los nobles y prelados catalanes andan debatiendo cuando un heraldo anuncia a la puerta del gran salón que vuelve el rey.

Se hace el silencio; los presentes se abren a los lados para dejar pasar a Jaime.

—Tenemos que haceros otro importante anuncio. —El rey señala de nuevo a su notario a la vez que toma asiento en el trono.

—«Nos, Jaime...»

—Abreviad, don Guillermo, id a lo importante.

—«... donamos a ti, Pedro, nuestro hijo, el condado de Barcelona con toda Cataluña, desde Salses hasta el Cinca...»

—Y el siguiente —le ordena.

—«Nos, Jaime... —el notario lee otro pergamino—, declaramos que cuando convocamos en las Cortes de Daroca a los obispos, nobles y concejos del reino de Aragón y también a los hombres de la ciudad de Lérida para que juraran como heredero a nuestro hijo don Alfonso, no pretendimos darle el territorio entre los ríos Cinca y Segre; y si así se entendió, revocamos y anulamos esa concesión.»

—Suficiente —interviene el rey—. Señores, nuestro hijo don Alfonso, el único que tuve con la reina doña Leonor, será nuestro sucesor en el reino de Aragón y nuestro hijo don Pedro, el que hemos tenido con la reina doña Violante, será nuestro heredero en el condado de Barcelona y en toda Cataluña.

—Majestad —el arzobispo de Tarragona toma la palabra—, permitidme que intervenga y diga que los aragoneses entenderán esta resolución como una afrenta. Además, las leyes impiden que los territorios patrimoniales de vuestra Corona, que son el reino de Aragón y el condado de Barcelona, se segreguen.

—Señor arzobispo, hemos consultado todo esto con expertos juristas de Aragón y de Cataluña y podemos hacerlo —dice el rey.

—Según el testamento de la reina doña Petronila, de grata memoria...

—¡Es nuestra voluntad! Aragón será para don Alfonso y Barcelona para don Pedro. Este debate queda zanjado.

—Los aragoneses no lo admitirán; habrá guerra —musita Cervera al oído de Hugo, el castellán de Amposta, que se encoge de hombros dubitativo.

Valencia, fines de septiembre de 1243

Tras casi dos años con la sede de San Pedro vacante, los cardenales se reúnen en cónclave ese verano y eligen por fin papa. El agraciado es Sinibaldo dei Fieschi, un prestigioso profesor de derecho canónico de la Universidad de Bolonia, que asume el pontificado con el nombre de Inocencio IV. El nuevo papa pretende firmar la paz con el emperador Federico Hohenstaufen y parece menos inclinado a beneficiar a Francia que sus predecesores.

Meses después de la delimitación entre Cataluña y Aragón y de la designación de Pedro como heredero al condado de Barcelona, los aragoneses y el infante don Alfonso andan soliviantados, pero no estalla la guerra pronosticada por Guillermo de Cervera.

El 30 de mayo nace el segundo hijo varón de Jaime y de Violante, al que bautizan con el nombre de Jaime. La reina no pierde un momento en recordarle a su esposo que el nuevo infante también debería ser rey y le recuerda que bien puede darle el reino de Mallorca.

El rey de Aragón tiene ese verano demasiados problemas como para ocuparse de eso. Un grupo de cátaros están siendo acosados en el castillo de Montsegur, donde se refugian tras matar a unos inquisidores enviados por la Iglesia para reprimir la herejía, mientras decenas de cátaros son detenidos en Occitania y en Cataluña por frailes dominicos, encargados de dirigir los procesos inquisitoriales contra los herejes.

Los musulmanes del sur de Valencia no se rinden. Jaime reacciona. Tiene que acabar de una vez por todas con la resistencia de los moros de Alcira, Játiva y las montañas de Alcoy, que no aceptan las capitulaciones que se les ofrecen y aguantan encastillados en sus fortalezas, e incluso hacen incursiones en territorio cristiano, en una de las cuales capturan al obispo de Valencia.

—Es preciso liquidar a los moros que aún viven en esta tierra. Valencia no será completamente vuestra mientras no caiga su último castillo —dice Fernando de Montearagón.

—Reiniciaremos la guerra la próxima primavera, pero antes debemos dejar resueltas las treguas con Navarra y nuestra sucesión —replica Jaime—. El rey moro Muhammad ibn Hud de Murcia ha firmado un tratado de vasallaje con el rey don Fernando de Castilla y se ha comprometido ante el príncipe don Alfonso a pagarle la mitad de las rentas de su reino a cambio de que Castilla le preste protección.

—Ese moro supone que vamos a conquistar su reino —dice Fernando.

—No. El rey de Granada ambiciona ganar Murcia. Nos no podemos hacerlo, nos lo impide el tratado que tenemos con Castilla.

—Murcia debería ser para Aragón —tercia el señor de Albarracín.

—Esa sería una manera de calmar los ánimos de los nobles —comenta Fernando de Montearagón.

—¿Por qué suponéis eso, tío? —le pregunta el rey usando el apelativo familiar.

—Querido sobrino, en Aragón no ha sentado nada bien la segregación de Cataluña de la Corona que hicisteis hace unos meses en Barcelona —aclara Fernando.

—Por eso hemos convocado Cortes en Daroca para dentro de un mes; esperamos contar en ellas con vuestra ayuda, con la de los dos.

Daroca, noviembre de 1243

La iglesia de Santa María de Daroca acoge a los compromisarios a Cortes.

Un centenar de delegados ocupan los bancos de la iglesia, levantada a instancias del rey Alfonso el Batallador sobre el solar de la mezquita mayor de Daroca, de la que todavía se conserva la torre cuadrada de ladrillo, el viejo alminar de los moros, ahora recrecida con remate cilíndrico donde se ubican las campanas.

Los presentes en el templo se levantan de sus asientos cuando se anuncia la entrada de Jaime de Aragón.

—Señores, nobles, eclesiásticos y miembros de los concejos y universidades del reino de Aragón —comienza a hablar el rey—: Hace unos meses, en nuestra ciudad de Barcelona, fijamos los límites orientales del reino de Aragón en el río Cinca, de manera que establecimos que la ciudad de Lérida y el condado de Pallars fueran para Cataluña...

Un rumor de indignación se extiende bajo las bóvedas de la iglesia de Santa María.

—Padre y señor —quien alza la voz es el infante Alfonso, llegado desde Castilla para esas Cortes—, permitidme que me dirija a los delegados.

Jaime mira a su hijo, que tiene cumplidos ya los veintiún años. Los delegados murmullan y se oye alguna voz pidiendo al rey que le conceda la palabra.

—Hablad.

—Señores, hace unos años, cuando yo solo era un niño, me jurasteis en esta misma villa de Daroca y en este mismo templo como heredero al trono de Aragón. Soy Alfonso de Aragón, hijo del rey don Jaime y de la reina doña Leonor y quiero alegar ante todos vosotros que el reino de Aragón me pertenece por derecho de sangre, pero también el condado de Barcelona, como rigen la ley, el derecho y la costumbre.

—¡Sí, sí, Aragón por don Alfonso! —se oye exclamar una voz entre los últimos bancos.

—¡Silencio! —ordena el rey—. Seguid.

—Ya he cumplido veintiún años y, según el derecho aragonés, soy mayor de edad legal para obrar por mí mismo, sin necesidad de la tutela de nadie; esta edad me facultaría para ejercer plenamente como rey de Aragón si no vivierais vos, padre.

—¡Don Alfonso, don Alfonso! —claman más voces.

—Señores —el infante alza el brazo demandando calma—, llevo en mis venas la sangre de los reyes de Aragón y de los condes de Barcelona, y es esa misma sangre la que me confiere plenos derechos a ambas herencias. ¿Acaso no soy vuestro hijo y heredero legítimo?

—¡Rey Alfonso, rey Alfonso! —se repiten los gritos.

—Señor, padre y rey —continúa Alfonso—, vos determinasteis hace tiempo que yo era vuestro heredero y así lo juraron los compromisarios en aquellas otras Cortes en esta misma villa de Daroca. También acordasteis que el reino de Aragón se extendía hasta el río Segre, de modo que la ciudad de Lérida sería de Aragón. Y por eso aquí están presentes los delegados del concejo de Lérida, que quieren seguir siendo parte del reino de Aragón. ¡Señores nuncios de Lérida!, ¿acaso no es así? —Alfonso se dirige a los delegados ilerdenses, que ocupan su banco junto a los de las villas de Fraga y Tamarite.

—Lo es, infante don Alfonso, así es. Lérida se rige por el derecho aragonés, en nuestros mercados corre la moneda aragonesa y nuestra sede episcopal antes estuvo en Roda y en Barbastro, ambas localidades de Aragón. Los hombres del concejo de Lérida acudimos a las Cortes de Aragón desde hace tiempo y lo hacemos a estas de Daroca como siempre hemos acostumbrado. Somos aragoneses y queremos seguir siéndolo —interviene el portavoz de la delegación de Lérida.

Las bóvedas de piedra de la iglesia de Santa María retumban ante las aclamaciones, las voces, los pataleos y los aplausos de los delegados a las Cortes.

—¡Lérida es de Aragón! ¡Por don Alfonso! —se oye gritar.

—Hemos otorgado a Fraga los fueros de Huesca y en los mercados de Lérida circula la moneda jaquesa... —clama Jaime intentando acallar el bullicio.

—Me temo que no es suficiente, señor. Aragón debe llegar hasta el Segre —le reclama el infante don Alfonso.

Las protestas están adquiriendo un cariz inesperado. Jaime se incomoda. En los bancos de los nobles se percibe la excitación, en la de los concejos se emiten voces de apoyo a los nuncios de Lérida mientras en los bancos de los eclesiásticos la calma es más patente.

—Majestad, conceded a los aragoneses lo que os piden o me temo que habrá graves disturbios —le aconseja el señor de Albarracín.

Desbordado por las protestas, Jaime cede:

—¡Señores, señores, calmaos, guardad silencio, silencio! —alza la voz por encima del tumulto—. Escuchadme todos. —Se hace el silencio ante la imponente figura del rey, de pie ante el altar de Santa María—. No es desdoro alguno que un rey mude de opinión si en ello beneficia a sus súbditos. Hace unos meses llevamos a cabo en Barcelona la delimitación y señalamos los términos entre el reino de Aragón y el condado de Barcelona y Cataluña. Ahora modificamos esos límites y decretamos que el reino de Aragón se extiende desde Ariza hasta el río Segre y que por tanto la villa de Fraga y la ciudad de Lérida son aragonesas y sus síndicos participen sin traba alguna en las Cortes que por nuestro mandato celebren los aragoneses, tal cual hasta ahora ha sucedido.

Al escuchar aquello, los vítores al rey se suceden y los delegados se abrazan entre ellos. Creen haber conseguido un gran triunfo.

—Ahora serán los catalanes los que se sentirán agraviados y molestos por el cambio de opinión del rey —musita Pedro de Azagra a Fernando de Montearagón—; e incluso se considerarán engañados.

—Los catalanes son avaros, pero tenaces en su derecho, no admitirán perder Lérida de esta manera, y menos aún cuando la creían tener en sus manos —replica el infante Fernando.

—Con Mallorca y Valencia, el rey puede hacer lo que quiera, pues son sus acaptos y así lo dice nuestra ley, pero las tierras de Fraga y Lérida fueron conquistas aragonesas y deben ser para Aragón.

—Querido amigo —le replica Fernando al de Azagra—, no estéis tan seguro; el conquistador de esas tierras fue don Ramón Berenguer, conde de Barcelona y bisabuelo de nuestro rey.

—Pero lo hizo como príncipe de Aragón.

—¿Estáis seguro de eso?

—Don Alfonso el Batallador planeó la conquista de Fraga, Lérida y Tortosa.

—Pero fracasó en ello —le recuerda Fernando al de Azagra.

—Don Jaime y doña Violante llevan ocho años casados y la reina no deja de darle hijos: Violante, Constanza, Pedro, Jaime... Como siga pariendo así, no habrá reinos suficientes en todo el mundo para encomendarle uno a cada uno de sus hijos —ironiza el infante Fernando.

Las Cortes de Daroca se clausuran con el aplauso de los aragoneses, pero los catalanes reaccionan con desagrado y molestos ante el cambio de opinión del rey. En algunas plazas de villas y ciudades de Cataluña se recitan los poemas de los trovadores que tachan a Jaime de no cumplir su palabra.

Almizra, 26 de marzo de 1244

Calmados los ánimos de los aragoneses, al menos de momento, en las Cortes de Daroca, se retoma la conquista de las tierras del sur de Valencia con nuevos ímpetus. El 25 de diciembre se cumple el plazo de las treguas por cinco años firmadas con Ibn Zayyán y Jaime no espera ni un solo día para iniciar la guerra. Algunos gobernadores de los castillos musulmanes de la frontera valenciana se asustan y huyen buscando refugio en Murcia.

La toma de Alcira el 30 de diciembre de 1243, primera plaza en ser ocupada en esta campaña, conforta a Jaime, que además se alegra cuando poco después se entera de que los templarios están de nuevo en Jerusalén, donde recuperan su antigua casa e iglesia en la explanada del Templo. No se preocupa demasiado al saber que los caballeros del Temple están aliados con el señor musulmán de Damasco, al que ayudan ante la amenaza del sultán Ayub de Egipto. También supone un alivio que el papa Inocencio absuelva al conde Ramón de Tolosa de todo cargo, aunque los cátaros todavía resisten en el castillo de Montsegur y la tensión sigue en todo lo alto en Occitania.

Nada más ocupar Alcira, Jaime y su ejército se trasladan a Játiva, cuyo castillo, ubicado en lo alto de unos afilados riscos, parece inexpugnable.

Un importante grupo de nobles aragoneses no está presente en ese asedio. Esos días de mediados de febrero se encuentran reunidos en Calatayud con el infante Alfonso. El heredero de Aragón los convoca para mostrarles su malestar por lo que está haciendo su padre.

Alfonso no admite que se reparta el patrimonio de la casa de los Aragón y manifiesta ante el infante don Fernando de Montearagón que lo ampare, como hijo que es del rey Alfonso el Trovador y de la reina Sancha, y que no consienta que el reino de Aragón y el condado de Barcelona se segreguen.

«Esa diabólica mujer húngara se ha apoderado de la voluntad de mi padre y lo ha hechizado con un conjuro demoniaco», dice Alfonso a los reunidos en Calatayud.

«Es perversa, lo tiene subyugado y se ha apoderado de su voluntad», insiste en varias ocasiones.

«Mi padre no es dueño de sus actos; no está en condiciones de seguir gobernando estos reinos», concluye muy airado.

Los nobles encabezados por Fernando de Montearagón en Calatayud aceptan los planteamientos del heredero. Lo vuelven a jurar como futuro soberano, ratificando el juramento de años atrás, pero le piden que cuando sea rey, derogue la decisión de su padre al constituir a Valencia como reino y le exigen que cuando se coloque sobre su cabeza la corona real integre las tierras valencianas en el reino de Aragón, y que todo el territorio desde Vinaroz hasta Alicante y desde Valencia hasta la frontera con Castilla sea una parte más de ese reino.

A esa asamblea de Calatayud asisten algunos de los conquista-dores que poseen heredades en Valencia y, aunque no se atreven a cuestionar de lleno las demandas de los nobles aragoneses, le piden al heredero que si decide suprimir el reino de Valencia tenga en cuenta sus derechos y les conceda a cambio de su ayuda propieda-des en las tierras que se conquisten al sur de Alicante y Orihuela, aunque pertenecen a Castilla.

A finales de febrero, un espía de Jaime se traslada desde Calata-yud hasta el sitio de Játiva. Lleva consigo un informe de lo hablado entre el infante Alfonso y los nobles.

En cuanto es sabedor de lo tratado en esa entrevista, Jaime se encoleriza. Le viene a la cabeza aquella época, tiempo atrás, cuando su tío Fernando de Montearagón y su tío abuelo Sancho, el conde de Cerdaña, ambicionan convertirse en rey aprovechando su mi-noría de edad y su encierro en el castillo templario de Monzón.

En el primer momento decide levantar el asedio de Játiva y marchar hacia Calatayud para liquidar lo que considera una rebe-lión contra su autoridad, pero Jimeno de Foces y Jimeno Pérez, su fiel lugarteniente en el reino de Valencia, logran convencerlo de que desista de obedecer ese impulso y consiguen evitar lo que se presenta como una guerra entre padre e hijo.

Con Jaime rumiando su ira por la conjura tramada en Calatayud, los cátaros sitiados en el castillo de Montsegur capitulan al fin tras nueve meses de asedio por las tropas del papa. Doscientos de ellos son quemados en un campo al pie de la fortaleza. El rey de Aragón, su señor natural, no mueve un dedo por ellos. Los trovadores vuel-ven a componer canciones y poemas en los que lo tildan de cobarde y de no cumplir con su deber de señor y de caballero por no acudir al auxilio de aquellos hombres buenos y justos. No puede hacerlo.

Un mensajero del rey Fernando de Castilla se presenta en el campamento aragonés de Játiva con una carta en la que le pide una entrevista para acordar un tratado para el reparto de las tierras bajo domino musulmán que aún quedan por conquistar. El castellano se muestra molesto con Jaime y le recrimina que Játiva debe ser de Castilla, según el tratado firmado en Cazorla.

Acepta acudir a Almizra, una pequeña villa a dos horas de ca-mino al este de Villena, pues no quiere librar una guerra con Casti-lla; demasiados problemas tiene ya como para abrir uno nuevo.

El 23 de marzo Jaime llega a Almizra; lo acompaña su esposa la reina Violante, que no deja a su marido un solo instante, temerosa de que vuelva a cambiar de opinión y desherede a su hijo Pedro del condado de Barcelona.

Violante sabe lo acontecido en Calatayud y conoce la conjura que están tramando su hijastro el infante Alfonso y Fernando de Montearagón. Está embarazada de siete meses y medio; siente que el niño que lleva en su vientre, el quinto ya, es otro varón, al que procurará que su esposo lo dote con un importante título.

Los reyes se instalan en el castillo de Almizra, una sobria fortificación en lo alto de un cerro desde el cual se domina un amplia panorámica.

—Ya llega la embajada castellana —le comunica Jimeno de Foces.

—¿Quién la encabeza? —le pregunta Jaime.

—Su alteza el infante don Alfonso.

—¿No ha venido el rey don Fernando?

—Nunca dijo que vendría a estas vistas; ha delegado en su hijo.

—Pero supusimos que sí lo haría. Bien, vayamos a ver a ese muchacho.

Al pie del cerro del castillo de Almizra se encuentran el rey Jaime de Aragón, su esposa Violante y el infante Alfonso de Castilla y León.

El aragonés tiene 36 años y mantiene su gallarda apostura y su figura impresionante. Al bajar del caballo, la altura de Jaime se destaca aún más. Violante reluce por su belleza: sus cabellos rubios, su figura rotunda, su vientre abultado y sus pechos muy crecidos por el avanzado estado de embarazo llaman la atención.

El heredero de Castilla palidece ante la formidable estampa de Jaime. Un palmo más bajo, tiene los ojos saltones, como si fueran a salirse de sus órbitas en cualquier momento, el rostro disimétrico, con un lado más grande que otro a causa de una protuberancia en la quijada derecha, y lo afea una mancha oscura que le baja desde la mejilla hasta el cuello. A sus veintitrés años, el infante Alfonso es culto y refinado, soberbio y arrogante, culto y a la vez ingenuo. Educado por los mejores maestros, posee amplios conocimientos de derecho y teología, aritmética e historia; habla latín, le gusta rodearse de trovadores y músicos y él mismo compone poemas y canciones.

Cuando los dos príncipes se encuentran, Alfonso inclina la cabeza ante Jaime.

—Señor, mi padre el rey don Fernando os envía sus mejores deseos de paz y de concordia —lo saluda—. Y a vos, doña Violante, os declara su más profunda admiración, a la que me sumo.

—Nos —habla Jaime—, os acogemos como a un hijo y os transmitimos nuestros mejores deseos y los de la reina doña Violante.

—Sed bienvenido a las tierras del rey de Aragón —tercia Violante.

—Este castillo de Almizra es una construcción modesta y humilde, pero os ruego que admitáis nuestra invitación y os instaléis en la fortaleza —le propone Jaime.

—¡Oh!, nada me agradaría más, pero prefiero instalar mi tienda al pie de esta colina y pasar estos días en el campamento junto a los hombres que me acompañan. Ruego que no lo consideréis como una falta de cortesía y me permitáis hacerlo de este modo —se excusa Alfonso.

—Como prefiráis.

—Hemos preparado en vuestro honor un banquete en el pabellón real —tercia Violante.

—Durante la comida hablaremos de cómo llevar a cabo nuestras negociaciones —propone Jaime.

—¿Trataréis vos personalmente las cláusulas? —pregunta Alfonso.

—Sí, lo haremos de ese modo.

—Mi padre ha dispuesto que quienes lo hagan por Castilla sean el maestre de Uclés y don Diego de Vizcaya.

—¿No estaréis vos presente en los debates? —pregunta Jaime.

—No. Son órdenes de mi padre.

Jaime frunce el ceño. Supone que el rey de Castilla no considera a su hijo lo suficientemente preparado como para discutir un tratado tan importante, aunque la realidad es bien distinta.

Es el propio Alfonso quien decide no estar presente en las sesiones. Enviando a negociar al maestro de Uclés y al señor de Vizcaya consigue que las propuestas que vengan del aragonés no se acepten de inmediato, con la excusa de que ninguno de sus dos delegados tiene capacidad para decidir, y disponer así de más tiempo para poder sopesar y estudiar con cierta calma cada una de las cláusulas del tratado.

Tras las dos primeras sesiones, Jaime y Alfonso se reúnen para comer; los acompañan Violante y algunos nobles.

—Caro don Alfonso —le dice el rey de Aragón al infante de Castilla—, ya tenéis veintitrés años y seguís soltero. Sabemos que mantuvisteis negociaciones de matrimonio con la hija del rey de Navarra y también con la hija del conde de Ponthieu, pero hace ya cuatro años que vuestro padre y nos acordamos que os casaríais con nuestra hija mayor doña Violante, que pronto cumplirá ocho años. La ratificación por vuestra parte para celebrar esa boda cuando corresponda facilitará mucho nuestra alianza y la firma de este tratado.

—Mi padre y yo os dimos palabra de ello, señor, y la cumpliremos.

—Doña Violante es una niña aún, pero en dos años cumplirá los diez y podréis casaros con ella.

—Será una buena esposa para vos; es una niña muy hermosa y lo será mucho más cuando se convierta en una mujer; os lo aseguro —tercia Violante.

—Lleva vuestro nombre y vuestra sangre, mi señora, ¿qué mejor esposa puedo desear que vuestra hija?

—Tendréis una larga prole y vuestros hijos crecerán sanos y fuertes —añade Violante sin hacer referencia a que Alfonso ya conoce la paternidad.

Tiene su primer hijo con diecinueve años, tras una intensa relación amorosa con su tía María Alfonso, hija bastarda del fallecido rey Alfonso de León, y es padre de otras dos hijas más, nacidas de sendas relaciones con concubinas.

—Quiero pediros como dote de doña Violante la ciudad de Játiva —suelta de improviso Alfonso.

—La conquista de Játiva es un derecho del rey de Aragón, así quedó establecido en los Tratados de Tudilén y Alcira, hace ya mucho tiempo. No puede ser de Castilla; Alcira no.

—Sabéis que esos tratados no se han cumplido en su integridad, por eso estamos reunidos aquí —alega Alfonso—. Solicito que Játiva sea la dote de vuestra hija, mis señores.

Jaime mira a Alfonso con disgusto.

—Játiva no —ratifica con firmeza.

—Játiva debe ser la dote de doña Violante —se reafirma Alfonso.

—Quien quiera Játiva deberá pasar antes por encima de nos —asienta el rey de Aragón, que se levanta imponente y amenazador.

Algunos nobles castellanos presentes en el banquete se inquietan. Los ojos negros y profundos de Jaime destellan un brillo metálico y su gesto es de ira contenida.

—Játiva es la dote —insiste Alfonso.

—Don Jimeno —se dirige Jaime a Jimeno Pérez—, ordenad que se ensille la caballería; que todos los hombres estén listos para la batalla.

Ante esas palabras de su esposo, Violante se asusta. Lo conoce y sabe que está dispuesto a declarar la guerra a Castilla por Játiva.

Los ojos brillantes de Jaime, como imposibles ascuas negras, amedrentan a Alfonso, pero el infante castellano no puede dar marcha atrás.

La tensión recorre el pabellón como un relámpago silencioso en una lejana tormenta. Los nobles aragoneses y los castellanos se observan recelosos. Algunos de ellos echan mano a sus cinturones en busca de los puñales, que asen con fuerza por la empuñadura aunque sin llegar a desenvainarlos.

—No es necesario ir más lejos —dice Alfonso con cautela al darse cuenta de la tensión que flota en el ambiente.

—Don Jimeno, a los caballos, quiero a todos los hombres preparados. ¡Ensillad los caballos! —ordena Jaime con una rotundidad que impresiona.

—¡No, esperad! —exclama la reina entre sollozos—. Os lo ruego, señores, no cometáis una locura. Aragón y Castilla son dos reinos cristianos. Tenemos un enemigo común: los sarracenos. Es contra ellos contra quienes debemos combatir, no entre nosotros.

»Señor, esposo y rey, os ruego que recapacitéis. No iniciéis una guerra entre cristianos.

Jaime mira a su esposa con respeto. Algo tiene esa mujer que lo subyuga y lo apacigua.

—Esperaremos a tomar una decisión que sea justa —acepta el rey, que sujeta de la mano a su esposa—, pero tened bien claro, querido hijo —le dice con aire de superioridad a Alfonso de Castilla— que no cederemos Játiva a nadie; esa ciudad será nuestra, solo nuestra.

Da media vuelta y, de la mano de su esposa, el rey sale del pabellón muy enfadado y sin acabar el banquete.

Gracias a la mediación de Violante continúan las negociaciones. Los castellanos comprenden que no merece la pena arriesgarse a una guerra con Aragón por Játiva, sobre todo cuando su rey Fernando está preparando la conquista de la gran ciudad de Sevilla para, con ella, conseguir una salida al mar por el bajo Guadalquivir y así poder afrontar con unas bases territoriales sólidas la conquista de Granada y de su región, con lo que dejaría de haber territorios bajo dominio musulmán en toda España.

Tras recibir instrucciones del infante Alfonso, el maestre de Uclés y Diego López de Haro, que siguen al frente de los negociadores castellanos, aceptan las cláusulas del tratado propuestas por Jaime de Aragón.

—Señor, mi padre el rey de Castilla y de León está de acuerdo con que la frontera entre nuestras coronas quede fijada en el puerto de Biar, y con que este sea para vuestra majestad, y con que Murcia y el resto de su reino sean para Castilla —asiente Alfonso con cara de circunstancias.

—Habéis obrado con sensatez. Con este beneficioso tratado para toda la cristiandad se sella la paz entre Aragón y Castilla —se alegra Jaime.

—Y yo acepto casarme con vuestra hija doña Violante en garantía de este pacto —añade Alfonso.

—Mi hija —interviene la reina Violante— os será entregada como esposa cuando cumpla los diez años, lo que ocurrirá dentro de poco más de dos.

—Y yo, señores, me siento muy honrado por convertirme en vuestro hijo.

—Firmemos entonces este acuerdo —propone Jaime, que indica a su notario Guillermo que lo lea.

—«Sobre el reparto de la conquista de Hispania hecho entre los ilustres reyes don Jaime...»

—Saltaos los formulismos —indica el rey.

—«Don Jaime concede a don Fernando el castillo y la villa de Alicante y hasta el puerto de Biar y la sierra de la Rúa hasta el río Júcar, y serán para el rey de Aragón el castillo de Biar, Játiva y Denia, hasta el Júcar... Dado en Almizra a siete días de las calendas de abril del año del Señor de 1244». A continuación deben firmar los testigos.

—Citadlos —ordena Jaime.

—«Arnaldo, obispo de Valencia... —continúa el notario hasta siete testigos por el rey de Aragón—. Gundisalvo, obispo de Cuenca... —y así hasta ocho por el rey de Castilla.

—Habéis logrado un buen acuerdo y, además, habéis conseguido una esposa —le dice Jaime a Alfonso, que sonríe satisfecho.

—Seré un hijo fiel y leal a vuestra majestad

Ambos se dan un abrazo y ratifican lo acordado.

—No ló dudamos —añade Violante.

—Y bien, señores, volvamos ahora a lo que dejamos pendiente; tenemos que conquistar Játiva.

Alfonso está satisfecho; no logra el derecho de conquista de Játiva y Denia, como propone, pero sí el de Alicante, Elche y Orihuela. Su plan funciona, Jaime cae en la argucia preparada por el infante castellano y le cede los derechos de esas conquistas.

Sitio de Játiva, fines de mayo de 1244

Antes de presentarse de nuevo ante los muros de Játiva, Jaime recibe en su campamento a un caballero castellano, que solicita una entrevista.

—¿Quién sois? —le pregunta.

—Mi nombre es Juan de Cuenca, mi señor. Me presento ante vuestra majestad para ponerme a vuestro servicio. He servido hasta hoy al infante don Alfonso, pero es mi deseo hacerlo ahora a vuestras órdenes.

—¿Sois caballero?

—Lo soy, señor.

—Y como caballero, ¿vais a romper vuestra fidelidad a don Alfonso?

Ante la pregunta del rey y la profunda mirada de sus ojos negros, Juan de Cuenca titubea.

—Don Alfonso me ordenó construir una tienda para él, pero esa no es tarea para un caballero. Señor, yo puedo revelaros las verdaderas intenciones de Castilla.

—Decidlas.

—Don Alfonso os ha engañado; aunque ha acordado que algunas villas sean para vuestra majestad, ha pactado con los sarracenos que las poseen que se resistan y que no os las entreguen.

Jaime mira fijamente al castellano y desconfía de lo que dice.

—Sois un espía y un renegado, ¿por qué habría de creeros? —asienta con rotundidad.

—¡No, mi señor, no lo soy!

—Lo sois y os colgaremos por ello.

La ejecución de Juan de Cuenca es inmediata.

Al día siguiente, Jaime sale del campamento de Játiva con un grupo de jinetes y se presenta en la villa de Enguera, que está ocupada por los castellanos. Ante su castillo le ordena al alcaide que se la entregue, pero este se niega. Entonces ordena que se coloquen delante de los muros a diecisiete cautivos de esa villa y manda que sean degollados como escarmiento. Pese a semejante escena que los de Enguera contemplan horrorizados, no se rinden.

Convence entonces al maestre de Calatrava para que rinda los castillos de Villena y Sax, que están bajo su custodia. Ante la contundencia con la que actúa el rey de Aragón, el maestre de Calatrava cede.

El Tratado de Almizra está a punto de saltar hecho añicos, pero los castellanos andan demasiado ocupados en someter a vasallaje al reino de Murcia y el infante don Alfonso no desea desatar una guerra con su futuro suegro, de modo que acepta los hechos consumados y no reacciona ante los actos de Jaime, que continúa con el sitio a Játiva.

Desesperados por el asedio y aterrorizados ante lo que les puede suceder si no se rinden, el caíd Abu Bakr ibn Isa, principal caudillo en la defensa de Játiva, propone capitular y entregar la villa si el rey de Aragón ofrece garantías de respetarles la vida.

Sobre ello están debatiendo los de Játiva cuando conocen la noticia de la rendición de Denia, que se entrega a don Jaime, y la entrada del infante Alfonso en la ciudad de Murcia, cuyo rey se somete a vasallaje de Castilla.

—Señor, los de Játiva ofrecen la rendición —le comunica Jimeno de Foces.

Jaime está en su tienda con el infante Pedro de Portugal firmando unas concesiones a los habitantes de la isla de Mallorca cuando el señor de Foces le trae la noticia.

—¿Sin condiciones? —le pregunta.

—Solo piden la garantía de vuestra majestad de que sus vidas serán respetadas..

—¿Nada más?

—Solo eso —asienta el señor de Foces.

—Dadles nuestra promesa de que así será. Y ordenad a todos los hombres de la hueste que no causen ningún daño a los de Játiva una vez se entregue la ciudad; colgaremos de los muros de su castillo a quienes se atrevan a conculcar esta orden.

Játiva se rinde al fin. La segunda ciudad en tamaño y número de pobladores del antiguo reino moro de Valencia es ya propiedad del rey de Aragón, que considera esta conquista como un triunfo especial y un símbolo de su autoridad y su determinación.

Además, con la toma de Játiva, y salvo algunas pequeñas villas y castillos que siguen en manos de los musulmanes, la conquista del reino de Valencia casi está concluida; solo falta ocupar la fortaleza de Biar.

Ahora sí, ahora Jaime de Aragón ya puede pensar en acudir con su hueste a Tierra Santa y emular a los grandes caballeros como Godofredo de Bouillon, Bohemundo de Tarento, el rey Ricardo Corazón de León o el emperador Federico de Sicilia.

Valencia, 14 de agosto de 1244

Satisfecho por la toma de Játiva, Jaime se retira con su esposa Violante a la ciudad de Valencia.

Quiere descansar unas semanas y tomar fuerzas para acabar ese mismo año con la resistencia de los últimos castillos en poder de los musulmanes y fijar la frontera sur de sus dominios según el tratado firmado en Almizra.

Se halla reunido en el alcázar con una delegación del concejo de Barcelona, presidida por su vicario, que acude ante el rey para demandarle que actúe contra los raptos y violaciones de doncellas que se producen en esa ciudad.

—Señor, nuestras hijas son engañadas y seducidas por algunos hombres que copulan con ellas bajo promesa de matrimonio que luego no cumplen. Así, son violadas de manera impune y se provoca con ello un grave daño al honor de los ciudadanos honrados. Os pedimos que se incluya en el libro de constituciones y ordenanzas de nuestra ciudad un severo castigo contra quienes así actúen —le ruega el vicario barcelonés.

—Vuestra reclamación es justa. De modo que, una vez consultados los consejeros de nuestra curia, decidimos y mandamos que ningún hombre pueda contraer matrimonio secreto bajo promesa con ninguna doncella de Barcelona sin la expresa autorización del padre, la madre o el tutor legal de esta; y que quien lo haga sea expulsado de la ciudad para siempre y nunca pueda volver a ella.

—Señor, sabia decisión la vuestra que...

Una voces interrumpen la reunión.

—¿Qué ocurre? —pregunta Jaime molesto—. Comprobad qué pasa —ordena a los guardias.

En ese momento entra en la sala el infante Fernando de Montearagón. El rostro del tío del rey refleja una notable aflicción.

—Perdonad esta irrupción intempestiva, majestad, pero se acaba de conocer una malísima noticia. Hace dos meses un ejército sarraceno mandado por un caudillo llamado Ayub ha ocupado para el islam la ciudad santa de Jerusalén. El Santo Sepulcro está, otra vez, en manos de los infieles.

Jaime se levanta de su trono de madera dorada y aprieta los dientes.

—Acabaremos enseguida con la conquista de Valencia e iremos a Jerusalén. Es mi deseo que el estandarte de la cruz y la señal de barras rojas y amarillas de Aragón ondeen sobre sus muros —proclama el rey con toda solemnidad.

—¡Los caballeros templarios estaremos a vuestro lado en esta lucha, señor! —exclama Guillermo de Cardona, maestre provincial del Temple en Aragón.

—Los templarios de la encomienda de Jerusalén apoyaron al gobernador musulmán de Damasco en su guerra con Ayub, por eso este general ha conquistado la Ciudad Santa —dice Fernando de Montearagón.

—¡Eso no puede ser cierto! —clama el maestre Cardona.

—¿Me estáis llamando mentiroso? —se ofende Fernando.

—Calmaos, señores, calmaos —intervine el rey.

—Majestad, Jerusalén ha sido conquistada y su población masacrada por los sarracenos; de los seis mil cristianos que la habitaban hasta el pasado 11 de junio, solo han salvado la vida trescientos, que se han refugiado en la ciudadela, aunque es probable que ya hayan capitulado y también estén muertos. Esos demonios seguidores del falso profeta Mahoma han asesinado a los demás, han entrado en el templo del Santo Sepulcro, donde se venera la tumba de Nuestro Señor Jesucristo, y lo han saqueado. ¡Quién sabe si en este momento lo estarán destruyendo o ya estará reducido a escombros!

—¡Contad con las armas de los Cornel! —clama Pedro Cornel.

—¡Y con las de los Lizana! —tercia Rodrigo de Lizana.

—Señores, primero hay que acabar de conquistar estas tierras. En unos días pondremos sitio a Biar, culminaremos nuestra tarea y después a Jerusalén.

—¡A Jerusalén, a Jerusalén! —claman a una voz los nobles, a los que imitan, como un solo hombre, los miembros del concejo de Barcelona.

El 23 de agosto capitulan los cristianos refugiados en la ciudadela de Jerusalén. Los musulmanes, reforzados por un ejército de mercenarios corasmios, reducen a ruinas toda la ciudad, que quedará deshabitada por algún tiempo.

Sitio de Biar, finales de 1244

Hace ya tres meses que Jaime de Aragón asedia el castillo de Biar, el último lugar que le pertenece por el tratado de reparto de las conquistas fijado en Almizra con los castellanos.

Arde en deseos de ocuparlo, y más aún cuando se conoce la noticia de la terrible derrota sufrida por los caballeros templarios a mediados de octubre en La Forbie. En esa batalla, el general Baibars, jefe militar de los mamelucos de Egipto, aplasta al ejército cristiano que acude para liberar Jerusalén. En el combate mueren trescientos caballeros templarios y su maestre Armand de Périgord; su cabeza es llevada a El Cairo y exhibida en las calles de esa ciudad.

—Señor, la que fuera vuestra primera esposa, la reina doña Leonor, ha muerto —le comunica al rey su mayordomo Pedro Cornel.

—Leonor... Siento su muerte; fue la mujer que me enseñó el arte de amar. La primera... —Jaime ya no recuerda a la joven Elo Álvarez—. ¿Y el infante don Alfonso?

—Vuestro hijo mayor se encuentra bien. Andaba por Calatayud pero ha ido a Burgos a rezar ante la tumba de su madre, que ha sido enterrada en el monasterio de la Huelgas, donde ha vivido retirada, como sabéis, todos estos años.

—Enviad una carta de condolencias a su sobrino el rey Fernando de Castilla. ¿Sabíais, don Pedro, que mi primera esposa era nieta de Leonor de Aquitania, la mujer que fuera reina de Francia primero y de Inglaterra después? ¿Y que acudió con su esposo el rey Luis de Francia a la cruzada a Tierra Santa?

—Sí, conozco esa historia, mi señor.

—Nos también iremos a Tierra Santa, en cuanto ocupemos el último castillo de esta región.

14

Nuevos problemas

Valencia, fines de primavera de 1245

A fines de enero cae Biar. La Corona de Aragón llega al límite establecido con la de Castilla en el Tratado de Cazorla, ratificado en Almizra.

Jaime regresa a Valencia, donde recibe una carta del papa Inocencio en la que lo anima a encabezar una cruzada para recuperar Jerusalén.

—Con la toma de Biar, Játiva y Denia hemos concluido la conquista de este reino moro. Cumplido nuestro deber, iremos a liberar Jerusalén, pero antes debemos dejar resueltos de una vez los límites entre Aragón y Cataluña —le comenta Jaime a Asalido de Gudal, que tras varios meses recuperándose de una enfermedad vuelve a estar al lado del rey.

—¿Vuestra majestad ha decidido ya qué hacer con Lérida y Tortosa? —pregunta Asalido.

—Serán aragonesas.

—Eso no va a gustar a los catalanes.

—Pues deberán aceptarlo.

Dos días después, y tras los consejos jurídicos de Asalido, Jaime reúne en el alcázar real de Valencia a sus consejeros; están presentes el obispo de Valencia y el infante Fernando de Montearagón.

Ante todos ellos, Jaime declara su intención de que Lérida y Tortosa sean para Aragón y les anuncia que así lo proclamará en las Cortes a celebrar en un par de meses en Barcelona, donde procederá a un nuevo reparto de sus dominios entre sus hijos.

Barcelona, mediados de agosto de 1245

Camino de Barcelona, donde están convocadas las Cortes de Cataluña, Jaime se detiene en Tortosa. Le comenta a su obispo Ponce de Torrella su intención de que esa ciudad sea para Aragón. El prelado tortosino le responde que no es una buena idea, que Tortosa es una conquista del conde de Barcelona Ramón Berenguer, bisabuelo del rey, y que la mayoría de los que acuden a repoblar la ciudad desde hace cien años son catalanes. De modo que le aconseja que incluya Tortosa en Cataluña y que haga lo mismo con Lérida.

Jaime duda, otra vez, una más, pero recuerda entonces los agravios que recibe en Aragón desde hace años: aquella algarada en Zaragoza, cercado en la zuda de esa ciudad durante un mes por centenares de rebeldes, que casi le cuesta la vida; la humillación y acoso sufridos en esos días; la avidez de riquezas y tierras de los nobles aragoneses; las reiteradas negativas de los nuncios en las Cortes de Aragón a entregarle dinero para sus campañas militares; la altivez de los aragoneses, siempre recordándole viejas leyes del reino que rezan que cada uno de ellos es como el rey y entre todos juntos más que el rey; la arrogancia de los concejos de ciudades y grandes villas que le muestran una y otra vez los privilegios y franquicias concedidos por sus antecesores en el trono de Aragón.

Desde lo alto de la zuda de Tortosa, a la vista de las aguas del Ebro que fluyen mansas hacia el delta en pleno estiaje, decide que Lérida y Tortosa sean para Cataluña.

La catedral de Barcelona está engalanada con banderas y estandartes con los colores rojo y amarillo de la casa real de Aragón. Junto a ellos cuelgan algunas banderolas con los cinco escudos del condado de Barcelona, el emblema utilizado por sus condes hasta la unión dinástica con Aragón.

Jaime y Violante entran en la catedral, construida por mandato del conde Ramón Berenguer el Viejo sobre las ruinas del templo quemado y destruido por el caudillo Almanzor, aquel sarraceno azote de cristianos. Es un edificio con estrechas ventanas, demasiado oscuro y pesado.

Antes de ocupar sus asientos junto al altar mayor, los reyes rezan en las capillas donde se guardan las reliquias de santa Engracia y san Cucufato, y visitan la tumba de la reina doña Petronila, la bisabuela de Jaime, gracias a la cual fluye sangre real por sus venas. Sentado ante los delegados a Cortes, Jaime pronuncia un esperado discurso. Los nuncios ya conocen las decisiones del rey, que les adelanta el obispo Ponce de Torrella, y se muestran satisfechos.

—Señores, es nuestra solemne decisión declarar el reino de Aragón y la tierra de Cataluña como Estados patrimoniales de la nuestra Corona de Aragón y, por tanto, proclamar que ambos territorios son indivisibles e inseparables. Hace ya tiempo, desde que las conquistara nuestro bisabuelo el conde Ramón Berenguer, que viene debatiéndose sobre a quién deben pertenecer las ciudades de Lérida y Tortosa con sus respectivos términos. Don Ramón erigió sendos marquesados sin asignarlos ni a Aragón ni a Cataluña. Durante algún tiempo, esas dos ciudades han sido reclamadas por aragoneses y catalanes, derivándose de ello algunos conflictos que deseamos no se vuelvan a repetir jamás. Por tanto, y en virtud del poder y la autoridad que nos otorgan Dios y nuestro linaje, mandamos que Lérida y Tortosa, con todos sus términos, aldeas y castillos, formen parte de Cataluña y que el límite con el reino de Aragón quede fijado en el curso del río Cinca.

»También proclamamos que los condados de Rosellón, Cerdaña y Conflent y el señorío de Montpellier formen parte, con el reino de Aragón y con Cataluña, de nuestra Corona de Aragón, tal como los heredamos de nuestros padres los reyes don Pedro y doña María. Todas estas tierras y dominios los heredará mi hijo primogénito el infante don Alfonso, al que reconozco como heredero legítimo, nacido de nuestra unión con la reina doña Leonor.

»Nos, Jaime, rey de Aragón, de Mallorca y de Valencia, conde de Barcelona y de Urgel y señor de Montpellier, disponemos, porque son nuestros por conquista, que el reino de Valencia sea para nuestro hijo don Pedro y el de Mallorca, para don Jaime, que tenemos con nuestra esposa la reina doña Violante, a la que concedemos las villas de Prades, Montblanch, Cervera, Épila, Barbastro, Uncastillo y Ariza.

Acabado el discurso, se escuchan algunos murmullos en los bancos de los nobles, pues ambicionan que Mallorca sea parte de Cataluña.

—Los aragoneses no renunciarán a Lérida —musita el obispo de Barcelona al de Tortosa.

—Y puede que tampoco lo hagan los hombres de Lérida. En esa ciudad corre la moneda aragonesa, rigen los Fueros de Aragón y sus delegados siempre han acudido a sus Cortes —comenta el obispo de Tortosa.

—Sí, pero don Jaime ha tenido en cuenta ese posible rechazo y en cuanto acaben estas Cortes irá a Lérida y concederá notables privilegios de mercado a sus ciudadanos y nuevas competencias a su concejo.

—El rey siempre ha querido que Lérida sea para Cataluña —comenta Ponce de Torrella.

—¿Estáis seguro? No pensaba así hace unos meses en Valencia.

—Era una treta para conformar a los nobles aragoneses. Desde hace al menos seis años quiere unir Lérida a Cataluña. Recordad que entonces era obispo de Lérida el aragonés don Pedro de Albalate, al que promovió como arzobispo de Tarragona. Se quitó así de en medio a un posible defensor de que Lérida fuera para Aragón y colocó a don Ramón Siscar, un catalán y monje del Císter, como nuevo prelado ilerdense.

—Es el juego de la política —dice Pere Centelles, el obispo de Barcelona.

—En el que todos nosotros no somos sino meras piezas, como las del ajedrez, donde hay peones, caballos, torres, obispos, reyes y reinas.

Cuando los aragoneses conocen la decisión adoptada por Jaime en las Cortes celebradas en Barcelona, se muestran indignados. Varios nobles, ya molestos por no haber logrado que Valencia sea para Aragón, critican la pérdida de Lérida y de Tortosa y lamentan que tras los pactos de fronteras con Navarra y Castilla, la fijación del límite con Cataluña en el río Cinca y la creación del reino de Valencia, el reino de Aragón, rodeado por completo de dominios cristianos y sin salida al mar, ya no puede crecer ni expandirse hacia ninguna parte.

Todavía quedan tierras por conquistar al sur de España, en los reinos musulmanes de Sevilla, de Murcia y de Granada, pero los tratados firmados conceden el derecho exclusivo de ocupación a los castellanos y su rey Fernando no los cederá de ningún modo.

Acabadas las Cortes, Jaime va a Lérida para que los de esa ciudad sepan que van a recibir notables privilegios a cambio de que acepten pertenecer a Cataluña.

Pero poco antes de partir, llega a Barcelona la noticia de la muerte del conde Ramón Berenguer de Provenza. Jaime lo lamenta, pues con su primo convive los años de formación en el castillo templario de Monzón y, aunque el tiempo los separa y aleja, el recuerdo de tanto tiempos juntos nunca se olvida.

No deja hijos varones; en su testamento de 1238, el conde proclama herederas a sus hijas Sancha y Beatriz, la tercera y la cuarta más jóvenes de las cuatro que tiene, y señala que si estas no dan a luz a ningún hijo, entonces el condado de Provenza deberá volver a manos del rey de Aragón.

Jaime atisba la posibilidad de convertirse en conde y marqués de Provenza y tras su paso por Lérida convoca una hueste y marcha camino de esa tierra.

La cruzada a Jerusalén tendrá que esperar.

Arlés, Provenza, noviembre de 1245

Mediado el mes de octubre el rey de Aragón llega a Perpiñán, donde pasa unos días preparando su viaje a Provenza. Lo acompaña su primo Guillermo de Entenza y una hueste de cincuenta caballeros.

Unos agentes que envía por delante le informan de que Luis de Francia, informado por sus propios espías de las pretensiones de Jaime de presentarse y tomar posesión de Provenza con la excusa de la minoría de edad de Sancha y de Beatriz, sale de París con un gran ejército y también se dirige hacia esa región.

Luis acaba de vencer en la batalla de Sants a Enrique de Inglaterra y reduce los dominios ingleses en el continente a la Guyena; también aspira a gobernar Provenza y reclama sus derechos como esposo de Margarita, la hija mayor de Ramón Berenguer.

Jaime fuerza la marcha y el 9 de noviembre llega a la ciudad de Arlés. Demasiado tarde. Luis de Francia le cierra el paso al frente de un contingente mucho más numeroso que su menguada hueste.

—Nos aventajan en quince a uno, señor —le informa Guillermo de Entenza de regreso de una inspección al ejército francés.

—Tal vez pudiéramos derrotarlos —musita Jaime, que tras tantos combates victoriosos en Mallorca y Valencia se siente invencible y capaz de realizar las más grandes hazañas en el campo de batalla.

—No es posible, mi señor. Los he visto de cerca. Los franceses han traído a sus mejores caballeros; los encabeza el joven Carlos, conde de Anjou y hermano de don Luis; son más de setecientos y nosotros solo cincuenta —se lamenta Entenza.

—Tenéis razón, primo, no podemos vencerlos, pero les plantaremos cara para que comprueben por sí mismos que el rey de Aragón no se amedrenta ante sus lanzas; y luego enviaremos una embajada para negociar. La encabezaréis vos.

—El papa Inocencio está ahora en la ciudad de Lyon, donde ya ha concluido el concilio ecuménico en el que se ha excomulgado al emperador Federico y al rey Sancho de Portugal. Ha convocado una cruzada. Don Luis ha prometido acudir a ella. Francia es ahora la hija favorita de la Iglesia. Tal vez él podría mediar...

—Sí. El papa también me ha pedido que vaya a esa cruzada para liberar Jerusalén. Confiad en mí. Id a verlo y exponedle nuestra demanda sobre Provenza. Si el papa se pone de nuestra parte, el rey de Francia se retirará.

Guillermo de Entenza regresa a Arlés tras entrevistarse con el papa en Lyon. Trae buenas noticias.

—El papa Inocencio apoyará vuestros derechos al señorío del condado de Provenza, majestad —anuncia satisfecho.

—¿Qué nos pide a cambio? —le pregunta Jaime.

—Que os comprometáis a liberar Jerusalén del dominio sarraceno y aceptéis la superioridad del papado sobre todos los reinos y Estados cristianos. Además propone que os encontréis con el rey de Francia en una entrevista; ha sugerido que podría celebrarse en la iglesia de Nuestra Señora en un lugar llamado Le Puy, en el plazo de una semana.

—Iremos a esa entrevista —asiente Jaime.

—Perdonad, mi señor, pero... ¿no os parecen extrañas todas estas coincidencias?

—¿Coincidencias? Hablad claro, primo.

—El papa está en Provenza cuando vuestra majestad viene hasta aquí para reclamar su dominio y el rey don Luis acude con un gran ejército bien pertrechado... Don Luis y el emperador don Federico ambicionan anexionarse Provenza... Todo esto no puede ser una coincidencia. Tiene que haber algo más. Os sugiero, majestad, que celebréis esa entrevista con el rey de Francia, pero de manera discreta, en el más absoluto secreto.

Le Puy, Auvernia, mediados de noviembre de 1245

Se llevan seis años de diferencia, ambos son reyes desde muy jóvenes y ambos saben lo que es enfrentarse con nobles rebeldes que cuestionan su autoridad.

Los dos son altos, aunque Jaime una cuarta más, de elegante presencia, cabellos largos y rubios y hermoso rostro, más angelical el de Luis, más recio el de Jaime; Jaime tiene los ojos negros y Luis azules. Los dos son amables en el trato y gustan de rodearse de amigos con los que conversar largo rato, a veces toda una noche hasta el amanecer. Ninguno rehúsa el combate y ambos muestran su valentía cuando la ocasión lo requiere.

Pero sus almas son bien distintas.

Luis es educado por su madre la reina Blanca de Castilla, que siendo él pequeño no cesa de repetirle que lo prefiere ver muerto que caído en pecado mortal.

Jaime es instruido por los templarios, en el rigor de su regla y la ambición de su ideario.

Luis vive con austeridad, come con frugalidad y viste con sobriedad, al estilo de los frailes menores de Francisco de Asís; a veces se castiga la espalda con un cilicio de aceradas púas, asiste a misa diaria, se confiesa a menudo, les lava los pies a los pobres, come con ellos para demostrar su sentido de la humildad y asiste a los hospitales para atender a los leprosos. Entiende la realeza como un don de Dios que obliga a quien la ostenta a servir a los desfavorecidos porque cree que tendrá que dar cuenta de ello en la otra vida.

Jaime considera que es rey por derecho de linaje y por la gracia divina. Estima que su misión en el mundo es encabezar a sus súbditos para la mayor gloria de Dios y de su estirpe y le gusta disfrutar de los placeres, de todos los placeres.

Luis es hombre de una sola mujer, su esposa Margarita de Provenza, con la que está casado desde que cumplió los veinte años y fue declarado mayor de edad para reinar.

Jaime es hombre de muchas mujeres, de todas las mujeres, con dos esposas y un buen número de concubinas y barraganas; le gusta tener su cama ocupada cada noche por una bella mujer y se entrega al amor carnal con la pasión y la frecuencia de los más famosos amantes.

Luis gobierna buscando la felicidad de sus súbditos y procura aplicar en cada acto que realiza el más elevado sentido de la justicia, atendiendo en persona, y siempre que le es posible, las demandas que le presentan con humildad, no como un rey, sino cual un amigo o un compañero.

Jaime es la justicia, aunque le gusta cumplir la ley y hacer que se cumpla.

Estos son los dos formidables monarcas que se encuentran en Le Puy aquel otoño del año 1245.

Los aragoneses contemplan asombrados el valle en el que se alzan las fortificaciones y los edificios de Le Puy. Ubicado en la región de Auvernia, entre montañas poco elevadas y agudos riscos de piedra, el paisaje parece el vientre de un dragón surcado por huesos de gigantes.

En el lugar más elevado de la ciudad, al pie de uno de esos aguzados riscos, se alza la iglesia de Santa María, un edificio imponente con la fachada trazada con bandas horizontales en las que alternan piedras blancas y negras.

El rey de Aragón sube andando el tramo de sesenta escalones que conduce hasta la puerta de la catedral, donde lo aguarda Luis de Francia.

El monarca francés habla la lengua de oíl, pero entiende la de oc, que habla el rey aragonés.

—Querido primo, sé bienvenido a Francia —lo saluda Luis con total confianza.

—Hermosa escalinata —comenta Jaime sonriendo e intentando recuperar el resuello.

—¿Has tenido un buen viaje?

—Sí, tus hombres me han escoltado con extraordinaria sutileza —ironiza Jaime, que durante el trayecto desde Arlés hasta Le Puy observa cómo es vigilado en todo momento por agentes y oteadores del rey de Francia que controlan todos sus movimientos.

—Pasemos dentro de la catedral; pronto lloverá.

Una vez en el templo, Jaime y Luis rezan una oración ante el altar de Santa María y luego se dirigen a la sacristía, una zona más cálida y acogedora, donde celebran su entrevista.

—Iré al asunto que nos ocupa sin más preámbulos, querido primo: ambos ambicionamos Provenza y ambos creemos tener derecho para convertirnos en sus nuevos señores. Yo soy esposo de la hija mayor del fallecido conde don Ramón Berenguer y tú eres su primo y eras su amigo —comienza a hablar Luis.

—Mi primo dejó escrito en su testamento que Provenza es la herencia de sus dos hijas menores, pero que si estas no tuvieran hijos, esa tierra volvería a la Corona de Aragón, de la cual yo soy el soberano —asienta Jaime.

—Eso dice el testamento de don Ramón, en efecto, pero tanto doña Beatriz como doña Sancha siguen vivas, gracias a Dios, y pueden tener hijos, en cuyo caso, sus descendientes serán los condes de Provenza.

—Yo tengo dos hijos jóvenes, don Pedro, de cinco años, y don Jaime, de dos; y mi intención es que uno de los dos se case con doña Beatriz.

—Doña Beatriz acaba de cumplir quince años; si se comprometiera con cualquiera de tus hijos debería esperar diez o quince años para casarse. ¿No te parece demasiado tiempo?

—¿Lo es?

—El emperador don Federico también desea hacerse con Provenza; no podemos esperar tanto. Le he propuesto al papa Inocencio que doña Beatriz se case con mi hermano don Carlos, conde de Anjou. Tiene dos años más que la condesa, de modo que podrían tener un heredero inmediatamente después de la boda. Y ahí se acabarían las ambiciones de don Federico.

—Supongo que esa propuesta ya la conoce doña Beatriz —dice Jaime.

—Sí, y está de acuerdo con que se celebre su boda con mi hermano. ¿Sabes que Beatriz opina que mi hermano es un joven admirable?

Jaime comprende que tiene perdida esta batalla y decide retirarse.

Se siente engañado por el papa y por el rey de Francia, pero qué puede hacer en esas circunstancias; solo dispone de cincuenta caballeros.

Superado por los acontecimientos, regresa a Valencia y en el camino duda sobre si participar en la cruzada que Luis de Francia encabezará en el plazo de un año. Será la séptima a Oriente y quizá se logre reconquistar Jerusalén, pero si eso ocurre, el mayor timbre de gloria será para Luis, porque así se lo promete el papa Inocencio.

No; tras darle muchas vueltas decide que no irá a esa convocatoria, pero, si fracasa Luis, será él mismo quien encabece una nueva. Está convencido de que su cruzada sí será la definitiva, la que devuelva Jerusalén para siempre al seno de la cristiandad, y entonces toda la gloria, la fama y el honor serán suyos.

La reina Violante da a luz a su quinto hijo, al que llaman Fernando. Jaime no llega a tiempo a Valencia para verlo nacer.

Valencia, principios de marzo de 1246

Antes de salir de Arlés, Jaime escribe al papa Inocencio para pedirle que lo apoye en su idea de casar a uno de sus hijos con Beatriz. El papa lo engaña de nuevo; le responde que avala ese plan, pero para entonces ya está acordado el matrimonio de la heredera de Provenza con Carlos de Anjou, cuyo ejército controla ese territorio. La boda se celebra en la ciudad de Aix-en-Provence el 31 de enero con el consentimiento de Beatriz.

Jaime se entera de esa mala noticia en Valencia, donde pasa el invierno con Violante. Sin opciones en Provenza, con la Iglesia endureciendo la persecución a los herejes cátaros en el Languedoc y en las montañas de Cataluña, con la conquista de Valencia finalizada y sin opción de encabezar una cruzada ante el protagonismo que el papa otorga al rey de Francia, el de Aragón medita qué hacer mientras come acompañado por la reina.

—Desde que salí del castillo de Monzón a la edad de nueve años no he dejado de batallar contra los nobles rebeldes, contra los sarracenos de Mallorca, contra los de Valencia y ahora...

—Tienes que gobernar tus Estados y a tu familia. Hace pocos meses te he dado un quinto hijo, Fernando, el tercer varón, y vuelvo a estar embarazada.

—Nadie podrá decir que los reyes de Aragón no somos fecundos. ¿Para cuándo será el natalicio?

—A finales del próximo verano. Tendrás que dotar al pequeño Fernando y al hijo que nos nacerá en septiembre.

—He dado Valencia a Pedro y Mallorca a Jaime, y Aragón y Cataluña serán para Alfonso. No me quedan más reinos. Necesito que miembros de la familia ocupen los más altos cargos eclesiásticos. Antes era habitual que los hijos segundones de los reyes de Aragón fueran obispos o abades de los grandes monasterios. Fernando será educado para ello.

—Violante ya ha sido comprometida con el infante don Alfonso de Castilla, pero ¿y nuestra hija Constanza? Habrá que buscarle esposo.

—Ya lo he pensado. La ofreceremos a don Enrique, otro de los hijos del rey de Castilla. Será la mejor manera de cerrar una sólida alianza. Los castellanos acaban de tomar Jaén y no tardará mucho tiempo en caer Sevilla y luego Murcia y Granada. Castilla será entonces invencible; conviene estar a bien con sus monarcas y qué mejor manera si son nuestros nietos.

—¿Temes a los castellanos?

—No, pero los necesitaré. El rey de Francia ha puesto sus ojos en Occitania; muy pronto querrá Tolosa, Bearn, Cominges y quién sabe si incluso reclamará el señorío sobre los condados de Barcelona, Gerona, Vic, Ausona y Ampurias alegando que son sus antiguos feudos.

—¿Eso es cierto? —pregunta Violante.

—Hace mucho tiempo el emperador Carlos el Grande dio esos condados en vasallaje a varios condes francos y nadie ha roto ni denunciado aquellos contratos en los cuatro siglos transcurridos desde entonces. Sí, puede decirse que el conde de Barcelona es vasallo del rey de Francia; y yo soy ese conde.

—Pues habrá que romper esos acuerdos y firmar otros.

—Sí, habrá que hacerlo —asiente Jaime.

Castellón de Ampurias, mediados de mayo de 1246

Aunque da por perdida Provenza, Jaime no quiere que ocurra lo mismo con el señorío de Montpellier y con los condados del Languedoc y de Cerdaña. Sabe que los planes de Luis de Francia pasan por fijar su frontera con la Corona de Aragón en las cumbres de los Pirineos y debe evitarlo a toda costa.

Desde Valencia se traslada a Montpellier, donde pasa varias semanas negociando la manera de elegir a los cónsules de ese señorío, y a Perpiñán. Concede privilegios para que las gentes de esas tierras no caigan en la tentación de decantarse por Francia y envía agentes a las ciudades de Occitania ofreciendo las bondades y beneficios que disfrutarán si se mantienen fieles a la Corona de Aragón.

Camino de Cataluña recibe una carta en la que un denunciante anónimo le revela que el obispo de Gerona está intrigando contra él. No da más datos, pero acaba la nota indicando que le pregunte al conde de Ampurias por la revelación de ciertos secretos de confesión. Esa acusación es suficiente motivo para que Jaime se detenga en ese condado y se entreviste con el conde Ponce.

La residencia condal es la antigua fortaleza de Castellón de Ampurias, habilitada como palacio por el conde Hugo, padre de Ponce. El de Ampurias es el único de los antiguos condados ubicados entre el reino de Aragón y el mar Mediterráneo que todavía mantiene una cierta independencia, aunque sus titulares hace ya tiempo que se ubican en la órbita del rey Jaime.

Ponce lo recibe como a su señor y lo invita a un banquete en su fortaleza.

—Cuando recibí vuestro mensaje y supe que queríais verme, me alegré mucho y a la vez sentí una gran curiosidad por lo que me dijo vuestro correo. Sigo intrigado y con ganas de que me contéis ese gran secreto que me anunció vuestro enviado.

—Decídnoslo vos, don Ponce.

—¿Qué es lo que debo deciros, mi señor?

—¿Qué es lo que está tramando el obispo de Gerona?

—No lo sé. Don Berenguer de Castellbisbal apenas lleva un año al frente de esa diócesis y fue vuestra majestad quien lo nombró para ese cargo...

—Sí, y antes lo propusimos como obispo de Valencia, en tanta estima lo teníamos; pero una carta anónima nos ha hecho dudar de él y aquí se dice que vos conocéis el motivo de nuestro recelo.

—Señor, os confieso que nunca me he llevado bien con don Berenguer. Como sabéis, mi padre el conde Hugo batalló al lado del vuestro en aquella gloriosa gesta de las Navas de Tolosa e hizo cuanto pudo en la triste jornada de Muret; fue el único de los nobles catalanes que no lo abandonó en esa batalla. Acogió en este condado a los cátaros perseguidos por herejía en el Languedoc y sufrió la excomunión del papa por ello.

—Se trata de esta carta. —Jaime le muestra al conde la misiva anónima que recibe unos días antes—. Leedla, don Ponce.

—Hum... Según se deduce de este escrito, el obispo de Gerona está tramando una conspiración contra vuestra majestad, pero don Berenguer ha sido vuestro confesor y hombre leal a vuestra persona. ¿Qué ha hecho para perder vuestra confianza?

—Leed hasta el final.

—Don Berenguer, apoyándose en los frailes dominicos, persigue a los cátaros y ha promovido una gran inquisición contra ellos en toda esta tierra. Quizá sea este el motivo por el cual mi nombre sale en esa carta.

—No se trata de eso. ¿Qué más sabéis vos de ese secreto de confesión que ahí se cita? —insiste Jaime.

El conde de Ampurias aprieta los dientes, lanza un suspiro, toma aire y habla.

—Hace unos meses, don Berenguer vino a verme a este mismo palacio. Quería hablar conmigo sobre las pretensiones de fundar una sede episcopal propia en el condado de Ampurias que mi padre tenía la intención de promover ante el papa. En un momento de esa entrevista, me propuso que si renunciaba a solicitar un obispado para Ampurias, dejaría de acosar a los herejes cátaros refugiados en mi condado.

—¿Y qué más os dijo? ¿Qué secreto de nuestra confesión os reveló?

—Habíamos bebido una jarra de vino del Penedés y se fue de la lengua. Bajando el tono de voz, como quien descubre un gran secreto, me reveló que vuestra majestad le había manifestado en una confesión que teníais la intención de entregar en herencia las tierras de Cataluña a vuestro hijo el infante don Pedro, rompiendo así los dominios patrimoniales de vuestra Corona. Me sugirió que si todos los nobles de Cataluña, Urgel, Ampurias, el Rosellón y Cerdaña avalábamos esta propuesta y jurábamos a don Pedro como conde de Barcelona, Cataluña se convertiría en un reino y sus soberanos, los de la nueva dinastía que encabezaría vuestro hijo, serían reyes.

—¿Eso es todo?

—También me contó que vuestra majestad había... engañado —el conde titubea— a los aragoneses al prometerles que Lérida y Tortosa serían para Aragón y que vuestra verdadera intención siempre había sido que esas ciudades quedaran integradas en Cataluña.

—¿Nos acusó de mentir a los aragoneses?

—Sí, y que esa era una de las razones por la cual le habíais pedido confesión, para que os absolviera del pecado de mentir bajo juramento.

—¿A qué otras personas les ha contado esto el obispo? —El rey pregunta con el rostro encendido de ira.

—A varios nobles que apoyan que el infante don Pedro herede el condado de Barcelona y luego se convierta en rey de Cataluña y que así el condado de Barcelona, los demás condados catalanes, Urgel, el Languedoc, Cerdaña, Lérida y Tortosa constituyan un reino y se separen de la Corona que encabeza el reino de Aragón.

—¿Y vos, don Ponce, estáis en ello?

—Señor, peleé junto a mi padre y a vuestro lado en la conquista de Mallorca y ya como conde de Ampurias os acompañé en la de Valencia. Yo he estado, estoy y estaré a lo que ordene vuestra majestad.

Jaime respira hondo para tratar de mitigar su enfado. Aprieta los puños y mira a los ojos al conde de Ampurias. Sus ojos negros brillan como ascuas de azabache y los músculos de sus mandíbulas se perfilan como duros cantos de piedra.

—¿Juráis que es cierto cuanto habéis dicho?

—Lo juro, mi señor; juro que todo lo que os he contado es la verdad.

—Vamos a ver al obispo de Gerona y vos nos acompañaréis.

—Ya os he dicho que haré cuanto me ordenéis.

Demasiadas conspiraciones.

Jaime duda de todos y de todo. Quizá sea demasiado ingenuo; quizá se fíe en exceso de la palabra dada; quizá valora en demasía la fidelidad de los suyos; quizá sobrevalora la verdadera condición humana.

Gerona, 29 de mayo de 1246

Berenguer de Castellbisbal acaba de regresar de un sínodo en Tarragona en el que participan todos los obispos de la archidiócesis.

Es el prelado de la diócesis gerundense desde hace apenas un año. Hombre de plena confianza del rey Jaime, lo acompaña como capellán y confesor en las conquistas de Mallorca y Valencia. Conoce detalles y secretos de su vida privada mejor que cualquier otra persona y, aunque está obligado a guardar silencio por el secreto de confesión, habla más de la cuenta.

En una sala de la fortaleza ubicada junto a la catedral, en lo alto de la ciudad de Gerona, el rey recibe al obispo, que acude a la llamada sin sospechar lo que está a punto de ocurrirle.

—Señor, es una gran alegría volver a veros —lo saluda Berenguer de Castellbisbal.

—Os sienta bien el episcopado —comenta el rey sin mirar siquiera al prelado.

—Lo debo a vuestra majestad —admite Berenguer, que percibe que algo va mal.

—Hace tiempo que no nos confesamos y hemos pensado que deberíamos hacerlo.

—Yo he sido vuestro confesor; si lo necesitáis, puedo confesaros ahora.

—Suponemos que guardaréis el secreto de confesión.

—Siempre lo he hecho.

—¿Estáis seguro?

—Así lo juré cuando tomé los votos sacerdotales.

—¿Y nunca os habéis ido de la lengua? —Jaime emplea un tono duro y seco.

—No, nunca, mi señor.

—¿Ni siquiera cuando bebéis más vino del que sois capaz de digerir?

—Majestad, yo...

—¡Don Ponce, venid a saludar al señor obispo de Gerona!

El conde de Ampurias, que se mantiene oculto tras unas cortinas, aparece de pronto.

—¿Qué es esto? —pregunta el obispo azorado.

—La prueba de vuestras mentiras. Y hay algunos más que jurarán que habéis revelado nuestros secretos de confesión.

—Señor, yo, yo... Esto es cosa del conde don Ponce —lo acusa el obispo—; pretende que sea erigida una sede episcopal en Ampurias y que se levante una catedral en Castellón, y quiere seguir acogiendo a herejes en su condado. Se trata de eso, de eso.

—Merecéis un castigo por desleal y felón: seréis desterrado de mis dominios.

—¡Señor, perdonadme, perdonadme! —suplica el obispo, un tanto confortado porque dada la cólera reflejada en el rostro del rey espera un castigo peor.

—Y otro por lenguaraz —añade Jaime.

—Perdón, perdón... —balbucea Berenguer de Castellbisbal.

—Nunca más volveréis a iros de la lengua. ¡Verdugos, venid aquí! —grita el rey.

A su orden, acuden tres personajes vestidos completamente de negro que cubren su cabeza con pañuelos anudados a la nuca.

—¿Qué vais a hacer? Soy vuestro confesor, vuestro más leal servidor; señor, señor, señor... —solloza el obispo con los ojos desorbitados y llorosos.

—¡Cortadle la lengua! Por la mitad.

—¡No, no! ¡Perdón, perdón, misericordia, misericordia! —gime Berenguer.

Dos de los tres verdugos agarran al obispo por los brazos y lo inmovilizan sobre una mesa. Le colocan la cabeza entre dos tablas y le obligan a sacar la lengua, que sujetan con unas tenazas para evitar que la meta dentro de la boca.

El tercero saca de su funda un cuchillo muy afilado y mira al rey esperando la confirmación de la orden.

—Solo la mitad de la lengua —indica Jaime con tal frialdad que hiela la sangre del prelado.

Con un tajo limpio y certero se secciona la punta de la lengua de Berenguer, que queda desmayado sobre la mesa.

—Si no se corta la hemorragia, este hombre puede morir —indica el conde de Ampurias.

—Descuidad, don Ponce, ya está avisado nuestro médico. Le curará la herida y la cauterizará con hierro candente. El obispo vivirá, pero nunca volverá a revelar un secreto, al menos de palabra.

»Y ahora, acompañadnos, señor conde, nos aguarda don Guillermo de Cardona, el maestre del Temple de la provincia de Aragón y Cataluña. Le hemos prometido la donación de la aldea de Moncada en Valencia y otras rentas en Aragón; seréis uno de los testigos de esa entrega.

Barcelona, finales de junio de 1246

Quizá por un sentimiento de culpa por cortar la lengua del obispo de Gerona, el rey hace una generosa donación de tierras y derechos de riego a las monjas del monasterio de San Antonio de Barcelona, que profesan la regla de San Damián.

Ese mismo día, se recibe en el palacio real de Barcelona, donde se encuentran reunidos el rey y el conde de Ampurias, la bula en la que el papa Inocencio excomulga a Jaime de Aragón por haber cortado la lengua al obispo Berenguer de Castellbisbal.

—¡Excomulgado! ¡Nos, que hemos conquistado Mallorca y Valencia para la cristiandad! —clama al conocer la condena papal.

—Señor, la siguiente bula bien pudiera poner a vuestros Estados en interdicto, y entonces los reyes de Francia y de Castilla tal vez apetecieran la posesión de vuestros dominios —le dice el conde de Ampurias.

—¿Y qué nos aconsejáis que hagamos, don Ponce?

—Que pidáis perdón al papa con toda humildad y que os mostréis arrepentido por la mutilación causada al señor obispo.

—Eso sería reconocer un error y no lo fue castigar a don Berenguer por intrigante, insolente y conspirador.

—Os aconsejo, pues me lo habéis pedido, que enviéis un embajador ante el papa, que está en Lyon según creo, manifestando vuestro arrepentimiento y acatando la penitencia que os imponga para obtener su perdón; e incluid en vuestra petición que devolveréis la posesión de su sede episcopal a don Berenguer.

—Si hacemos eso, nos humillaremos ante el papa.

—Mejor humillarse una vez que arriesgaros a perder todos vuestros reinos.

El rey se traga su orgullo. Sabe que si se niega a acatar la sentencia del papa, Inocencio promulgará el interdicto contra él y entonces podría perderlo todo.

—Enviaremos a don Andrés de Albalate a Lyon. Llevará nuestra petición de absolución y nuestra voluntad de cumplir la penitencia que la Iglesia nos imponga —se resigna.

—Es la decisión más sabia —dice el de Ampurias.

—Esperaré la respuesta del papa en Valencia, junto a mi esposa la reina Violante; está de nuevo embarazada y pronto me dará otro hijo.

—La fecundidad de vuestras majestades es admirable.

—Es un don que Dios ha otorgado a los Aragón —concluye Jaime.

Valencia, 5 de agosto de 1246

Andrés de Albalate viaja hasta Lyon con la solicitud de perdón y, tras entrevistarse con el papa Inocencio en esa ciudad, regresa ante Jaime, que se encuentra en Valencia desde principios del mes de julio.

—¿Qué os ha dicho el papa? —le pregunta ansioso a su enviado.

—Os demanda que pidáis perdón por escrito, que acatéis hacer penitencia y que anuléis la orden de destierro de don Berenguer de Castellbisbal.

—¿Nada más?

—Uno de los secretarios del papa me entregó la fórmula que debéis utilizar en vuestra carta al papa. Os exige que le rindáis reverencia y honor, que aceptéis todas sus reprimendas, que le supliquéis humildemente perdón, que acatéis sus decisiones, que reconozcáis vuestros excesos, que le deis satisfacción pública y que le roguéis la absolución, previo cumplimiento de la penitencia que os imponga.

—Así lo haremos.

—Y una segunda cosa, majestad. El papa Inocencio quiere que firméis una declaración dirigida a fray Desiderio, su legado pontificio que ha venido conmigo desde Lyon, en la que reconozcáis vuestra culpa por la mutilación de la lengua del obispo de Gerona, la grave ofensa que con ello habéis hecho a la Iglesia, pidáis perdón por la indignación e ira provocadas y os arrepintáis por el daño causado. Como remedio a todo ello, el papa os demanda que construyáis un hospital y acabéis la obra de la abadía de Benifazá, concedáis sus rentas al obispo de Gerona y al papa, favorezcáis en todos vuestros dominios a la Orden de Predicadores, visitéis sus conventos, hagáis obras piadosas y convoquéis una curia en Cataluña en la que mostréis públicamente vuestro arrepentimiento delante de todos sus miembros.

—Hoy mismo saldrán de la cancillería real esas dos cartas —asiente el rey.

Todo por mantener la Corona. Todo.

Lérida, octubre de 1246

El rey deja Valencia a mediados del mes de agosto, unas semanas antes de que nazca su sexto hijo, una niña a la que llamarán Sancha.

Tras pasar por Tortosa, llega a la ciudad de Lérida, desde donde convoca la curia prometida al papa para pedir perdón al obispo de Gerona y donde piensa solucionar de manera definitiva el espinoso tema de los límites entre Aragón y Cataluña.

En Lérida recibe la respuesta del papa Inocencio, que se la transmite mediante sus dos legados, el obispo Felipe de Camerino y fray Desiderio. En la iglesia del convento de los franciscanos de Lérida, Jaime se humilla ante los prelados de Tarragona, Zaragoza, Urgel, Huesca y Elna, los nobles y los ciudadanos de Lérida.

—Señores —habla Jaime con rostro compungido—, hace unos meses cometí un grave error. —Jaime renuncia al «nos» mayestático con el que siempre habla en público y utiliza el «yo» en señal de humildad—. Impulsado por una cólera insana, ordené cortar la lengua del obispo don Berenguer de Castellbisbal y merezco por ello una amonestación. Su santidad el papa me ha hecho llegar su malestar y su queja por mi comportamiento, impropio de un buen cristiano, y me ha indicado que para otorgarnos su perdón, muestre públicamente ante vosotros, prelados, nobles y ciudadanos honrados, mi arrepentimiento por esa acción. Y así lo hago con toda humildad.

—Señor —interviene fray Desiderio—, comunicaremos al papa Inocencio que habéis cumplido con vuestra promesa y solicitaremos que os levante la pena de excomunión y os conceda la absolución por vuestros pecados.

—Garantizo además la seguridad del señor obispo de Gerona, al que ruego que regrese a su sede episcopal, y prometo cumplir la penitencia que se me imponga.

—El papa os absuelve, majestad, y os pide que solo castiguéis a los clérigos en los casos fijados por el derecho y que no ejerzáis ninguna violencia sobre ellos.

Pocos días después, el papa concede la absolución de Jaime y le levanta la excomunión. Inocencio conoce el carácter colérico que de vez en cuando se despierta en el rey de Aragón; es mucho mejor tenerlo de aliado que de enemigo.

Aprovechando su estancia en Lérida, algunos miembros del concejo de la ciudad le piden audiencia. Algunos no se resignan a que Lérida deje de ser aragonesa. Están apoyados por algunos nobles de Aragón y por ciudadanos de Barbastro y de Huesca, que desean que en Lérida siga corriendo la moneda jaquesa.

—Señor, habla un miembro del concejo de Lérida—, esta ciudad desea ser incluida en el reino de Aragón y rogamos a vuestra majestad que fije los límites entre Aragón y Cataluña en el curso del río Segre, como siempre ha sido.

Un leve tumulto estalla ente los asistentes a la cita con el rey, que alza la voz demandando calma.

—Señores, señores, templad esos ánimos. Es verdad que las tierras entre el Cinca y el Segre deben ser aragonesas, aunque nuestros antecesores nunca lo reconocieron de manera indubitable.

—Lo sabemos bien, señor, pero os rogamos que permitáis que Lérida se quede en Aragón —interviene uno de los nobles aragoneses.

—En las Cortes de Barcelona se acordó que Lérida fuera para Cataluña —asienta el rey.

—Aragón y Cataluña forman un solo cuerpo desde que se unieron en matrimonio la reina doña Petronila y el conde don Ramón; ahora nadie tiene autoridad para separarlos, ni siquiera vuestra majestad. Y Lérida es de Aragón.

—¡Lérida es catalana! —clama una voz.

Todos los presentes se giran a la vez hacia el lugar de procedencia de esa exclamación.

—La tierra de Cataluña no se puede separar de Aragón; ambos Estados configuran una unión que no puede dividirse ni romperse —interviene Pedro Cornel.

Jaime calla; hace ya meses que se decanta por los intereses de los catalanes, pero prefiere que sus súbditos lo vean como un rey justo y ecuánime que no se inclina ante nadie.

—¡Lérida es de Aragón! —claman unos.

—¡Lérida catalana! —vociferan otros.

—¡Señores, callad todos! —ordena el rey alzando su enorme corpachón—. La región que se halla entre los ríos Cinca y Segre, la causa de las disputa entre aragoneses y catalanes, puede separarse de Aragón; y así será.

Ante esas palabras del rey, los aragoneses aprietan los dientes y muestran su rechazo con rostros malencarados.

—Pero, señor... —intenta hablar Pedro Cornel.

—Dejadnos acabar —lo interrumpe el rey—. Es nuestro deseo fijar nuestra sepultura en el monasterio de Sigena, en Aragón, donde reposan los cuerpos de nuestra abuela la reina doña Sancha y nuestro padre el rey don Pedro.

Jaime pretende compensar y dar una satisfacción a los soliviantados aragoneses.

Con tantos cambios, el rey comienza a parecer un gobernante voluble, capaz de alterar su decisión en muy poco tiempo. Algunos sostienen que su esposa lo tiene amarrado y que no se hace nada en el reino sin su voluntad, su consentimiento y su aprobación.

Con la paulatina disminución de la influencia de Aragón en Occitania, el avance de las posiciones del rey Luis de Francia hacia el sur, Provenza ya perdida y los últimos núcleos de resistencia de los cátaros a punto de ser aniquilados por la Iglesia de Roma, Jaime mira hacia el oeste. A fines de noviembre se firman los esponsales de su hija mayor Violante con el infante Alfonso, heredero de Castilla. La boda se celebra el día siguiente a la Navidad.

Solventados los problemas que arrastra durante todo ese año, Jaime declara acabada la guerra contra los musulmanes de Levante y proclama que el reino de Aragón tiene ya delimitado su territorio y que es necesario fijar sus fueros.

«Porque Aragón es la cabeza de nuestra dignidad —proclama solemne antes de abandonar Lérida—, deseamos compilar todos sus fueros y convocamos Cortes en Huesca para comienzo del mes de enero del año entrante.»

Huesca, enero de 1247

—Las conquistas de los aragoneses han llegado a su fin. Ya no hay más tierras que conquistar, ya no hay más territorios que sumar a este reino —se lamenta el infante Fernando de Montearagón, que camina junto al obispo Vidal de Canellas hacia la catedral, donde están convocadas las Cortes.

—Por eso me encargó vuestro sobrino el rey que compilara todos los Fueros de Aragón. Ha llegado la hora de organizar todas estas tierras —dice el obispo.

Aquel día 6 de enero hace frío, mucho frío. Las calles de Huesca están cubiertas de un manto de nieve helada que dificulta el tránsito. Con las primeras luces del amanecer, varios criados cubren de paja seca los tramos de la rúa que va desde el palacio real de la zuda hasta la portada de la catedral.

Suena una campana. El obispo mira hacia lo alto de la torre y frunce el ceño.

—Obra de moros —comenta Fernando al observar la torre de ladrillo que se alza junto a la vieja mezquita de los musulmanes oscenses y que se sigue utilizando, consagrada como catedral, para el culto cristiano desde hace ya ciento cincuenta años.

—Ayer le dije al rey que es hora de derribar estos muros y construir sobre sus cimientos un templo cristiano en el nuevo estilo francés —dice el obispo Canellas.

—¿Os gusta ese nuevo arte? Algunos dicen que es obra de bárbaros.

—¿Habéis visto alguno de esos edificios? —pregunta el obispo.

—Sí, y no me gustan. Parecen hechos por arrogantes que pretendieran desafiar a Dios. ¿Y vos?

—También. Estudié leyes en Bolonia y durante mi estancia en esa ciudad italiana su obispo encargó obras en la catedral en ese nuevo estilo. Me gusta que entre la luz y que inunde de color todo el templo. Nuestras iglesias son demasiado oscuras.

Cuando los dos hombres llegan a la catedral, la mayoría de los delegados a Cortes ya ocupan sus asientos.

—No deberíamos celebrar ni culto cristiano ni Cortes de Aragón en este templo en el que hace ciento cincuenta años todavía rezaba la secta mahomética a su falso dios —se queja el infante Fernando.

—¿Sabéis que todavía vienen por aquí algunos de los descendientes de aquellos moros que en otro tiempo fueron señores de Huesca?

—¿Cómo se lo permitís, don Vidal?

—No hacen nada malo. Observan estos muros con cierta melancolía, callan o musitan algunas frases en su lengua arábiga y en voz tan baja que nadie puede escucharlos...

El obispo y el abad de Montearagón se dirigen a sus bancos en la zona de las Cortes reservada para los eclesiásticos; allí ya están sentados el obispo de Zaragoza y los abades de San Juan de la Peña y de San Pedro de Siresa. El que no aparece es el obispo de Tarazona.

En el banco de la alta nobleza se sientan Guillermo de Entenza, Artal de Luna y Jimeno de Foces, y detrás de ellos los caballeros, pues las Cortes de Aragón son las únicas de toda la cristiandad que tienen cuatro brazos, al estar dividido el de la nobleza en dos.

Por fin, en el lado de la izquierda, están los bancos de las ciudades y grandes villas. Fernando de Montearagón reconoce a algunos miembros de los concejos de Daroca y Calatayud.

—Aquellos hombres —le indica Fernando al obispo Canellas— son los nuncios de Calatayud y de Daroca. Yo luché a su lado en la guerra de Valencia.

Un heraldo anuncia la llegada del rey.

Todos los delegados en Cortes se ponen en pie. Jaime avanza con paso firme y pisada rotunda por la nave central de la antigua mezquita; lleva de la mano a su esposa Violante.

Una vez en su sitial, pronuncia un discurso y da la palabra al obispo Vidal de Canellas.

El obispo de Huesca, encargado por el rey de la compilación de los Fueros de Aragón, abruma con su elocuencia y sus conocimientos jurídicos y presenta la nueva edición de los fueros en dos compilaciones; la menor, que consta de ocho libros con textos en latín y traducidos al romance; y la mayor, nueve libros y 313 capítulos en latín para uso de expertos y sabios en derecho.

Las Cortes aprueban la compilación del obispo Vidal sin objeciones. ¿Quién osaría plantear la mínima corrección a un jurista formado en la Universidad de Bolonia?

Tras las Cortes de Huesca, el rey y la reina recorren varias villas y ciudades de Aragón durante el invierno y la primavera. En todas ellas son recibidos con agasajos y triunfos. ¡Qué lejos quedan aquellos días de la humillación en Zaragoza o las revueltas de los nobles aragoneses! Ahora nadie se atreve a enfrentarse con él, ni siquiera a desafiarlo.

Veinte años después ya no es un inexperto príncipe del que burlarse, sino el vencedor de los sarracenos, conquistador de dos reinos y poderoso señor de la guerra.

Ese invierno acuerda la boda de su hija mayor, Violante, con el infante don Alfonso de Castilla, al que conoce por su entrevista en

Almizra. Los dos novios son parientes, pero el rey de Aragón consigue la dispensa papal para celebrar ese matrimonio. Quiere dejar atados todos los cabos legales para evitar que pudiera anularse en el futuro.

Además, su imagen de varón poderoso no deja de crecer día a día. Todavía no tiene cumplidos los cuarenta años y ya es padre de siete hijos legítimos, acaba de dejar embarazada por séptima vez a su esposa, es capaz de mantener relaciones amorosas con dos y hasta tres mujeres en un mismo día y mantiene intactos su fuerza prodigiosa y su poderío físico.

Pasa las últimas semanas de la primavera en Valencia, allí nace su hija María; a petición de los frailes, ordena que las prostitutas se alejen de los alrededor del convento de Predicadores, donde suelen congregarse en busca de clientes. En verano regresa a Aragón y vuelve a beneficiar a la Orden del Temple con la concesión de privilegios y rentas. Jaime no olvida que en el fondo de su corazón anidan las enseñanzas de los templarios, su código de honor y sus ideales caballerescos: auxiliar a los peregrinos cristianos, ayudar a los débiles y proteger a los indefensos.

Valencia, octubre de 1247

Tras asistir a misa en la iglesia de Santa María de Calatayud, le informan que Al-Azraq, el otrora caudillo musulmán de Valencia, anda instigando para que algunas aljamas de musulmanes se rebelen.

Jaime sale hacia Valencia a toda prisa.

Ya en esa ciudad, su lugarteniente Jimeno Pérez le detalla lo ocurrido.

—... y eso es todo; aunque Al-Azraq no es más que un pastor de cabras.

—Pero es un hombre valeroso —precisa el rey.

—Ha ocupado con un puñado de rebeldes moros el castillo de Penáguila y anda solivantando a los de Játiva para que se sumen a su rebelión.

—Acabaremos con esa revuelta cuando regresemos de cazar —dice el rey con absoluta tranquilidad.

—¿Cazar? ¿Vais a cazar ahora, mi señor? —se extraña el gobernador.

—Sí. Esta época es la más propicia para el jabalí. Entre tanto, enviad unos emisarios a Al-Azraq para que entregue las armas y se someta.

—¿Y si se niega y mantiene su rebelión?

—En ese caso, nos ocuparemos personalmente de él.

A la vuelta de las jornadas de caza en los montes al oeste de Burriana, Jaime recibe en Valencia la visita del caíd de Játiva acompañado por algunos miembros del consejo de ancianos musulmanes que gobierna esa ciudad.

—Señor rey de Aragón —habla el caíd en lengua romance—, la comunidad de musulmanes de Játiva no respalda la rebelión de Al-Azraq, pero queremos expresar a vuestra majestad que no estamos dispuestos a entregar nuestra ciudad sin luchar, pues sabemos que los cristianos causan maltrato e incumplen los pactos de capitulación. Es por esa razón por la que algunos de los nuestros se han situado al lado de ese hombre.

—¿Nos estáis llamando traidor? —pregunta el rey muy enfadado por las palabras del juez moro.

—No, majestad, pero sabemos que no se cumplen los acuerdos tratados.

—Traidor, felón, hombre sin palabra... ¿Cómo preferís llamarnos? —Jaime sabe por sus espías que los partidarios del Al-Azraq en Játiva son muchos y que lo tildan de traidor a su palabra y de ser un monarca sin honor.

—Quizá algunos lo hayan dicho, pero nosotros no...

—¡Raza de víboras! Tenemos razones más que sobradas para expulsar a todos los seguidores de la secta mahomética de las tierras de Valencia. Vosotros sois los verdaderos traidores. Vamos a convocar al Consejo Real y, tras escuchar a sus miembros, decidiremos qué hacer con vosotros, desdichados felones.

Esa noche discurre en vela. El rey no puede dormir y pasa las horas hablando con su esposa, a la que informa de todo lo ocurrido con los musulmanes.

Los miembros de la curia real esperan en el salón grande del alcázar de Valencia a Jaime, que llega como un huracán, lleno de ira y furia porque la rebelión de Al-Azraq se extiende por las alquerías de las montañas desde el sur de Játiva hasta Alcoy.

—Señores, hay que atajar esta revuelta. Se han rebelado contra nos y no podemos permitirlo. Han incumplido todos los pactos y las capitulaciones y han dejado de ser moros de paz. Necesitamos vuestro consejo para decidir qué hacemos con ellos, aunque os aseguro que es nuestra intención expulsar a todos los moros de aquí —habla el rey ante la curia reunida de urgencia.

—Señor —se adelanta el obispo Arnau Peralta—, la Iglesia estima que lo más oportuno sería expulsar a todos los seguidores de Mahoma de vuestros dominios y poner fin a la presencia de todos los sarracenos sobre tierras cristianas.

—Eso que proponéis no es conveniente, señor obispo. Si todos los sarracenos se marchan de aquí todos perderemos vasallos y rentas. Esos hombres son los mejores campesinos, alfareros, carpinteros y curtidores que se puedan encontrar. No podemos expulsarlos porque además no hay cristianos suficientes para reemplazarlos. Si se marcharan todos los moros de aquí, los campos quedarían desiertos y no habría manos para cultivar las huertas ni brazos para recolectar los frutos —interviene Pedro Cornel en nombre de los nobles.

—Ya vendrán pobladores de otros sitios; de Castilla, de Navarra, de Aragón, de Cataluña, de Occitania incluso —dice el obispo Arnau mirando al rey con complacencia.

—Si así ocurriera, Aragón y Cataluña se despoblarían; esos territorios también necesitan gente que acuda a vivir a sus villas y a sus aldeas. Son ya muchos los serranos que han acudido a Valencia desde las montañas de Calatayud, Daroca y Teruel. Mi señorío de Albarracín necesita gente que vaya a poblarlo; no puedo perder más pobladores, ni uno más —tercia Pedro Fernández de Azagra.

—Señores, estamos muy dolidos por la rebelión de los moros, que son unos desagradecidos. Ningún otro soberano de la cristiandad los hubiera tratado en una situación similar como lo hemos hecho nos. Hemos seguido la costumbre de los nuestros y los hemos dejado seguir viviendo en esta tierra que ahora es nuestra; les hemos permitido mantener abiertas sus mezquitas, practicar sus ritos y rezar a su dios; pueden hablar en su lengua, ser juzgados por sus propios jueces en los casos que a ellos les competen y reclamar sus pleitos ante su propia justicia. Los que así lo han querido, han podido marcharse libremente e instalarse en tierras bajo dominio sarraceno y sin impedimento alguno —Jaime habla con contundencia y no parece dispuesto a ceder en su pretensión de expulsar a todos los musulmanes de sus tierras; a todos.

—Si los echáis de aquí, mi señor, perderéis muchas rentas. Todos perderemos, nadie ganará —reitera Pedro Cornel—. La riqueza de Valencia son sus hombres. Sí, señor obispo, son moros y rezan a un dios falso, pero cultivan los campos, producen frutos, construyen edificios, labran la madera, transforman el barro en pucheros, ladrillos y tejas y forjan el hierro a golpe de maza. No podemos prescindir de la riqueza que generan; expulsarlos a todos sería como quemar el trigo de la cosecha con el único fin de contemplar cómo se disipa el humo.

—Les propondremos una última oportunidad para que depongan su rebelión y se rindan en el plazo de ocho semanas —concluye el rey tras unos instantes de reflexión.

—¿Y si no lo hacen, señor? —pregunta el de Albarracín.

—En ese caso, que se atengan a las consecuencias.

Alcira, enero de 1248

A comienzos de año, Jaime espera paciente a que se cumpla el plazo dado a los partidarios de Al-Azraq para que se rindan y entreguen las villas y castillos que controlan antes de lanzar una devastadora ofensiva contra ellos.

Violante vuelve a estar embarazada. El hijo que nazca a principios del verano será el octavo que tenga con Jaime. Hace meses que la reina le pide a su esposo que disponga un nuevo reparto de sus reinos y Estados y que tenga en cuenta para ello al pequeño Fernando, que ya anda próximo a cumplir tres años.

El 19 de enero, en el alcázar de Alcira, desde donde está preparando la ofensiva contra los rebeldes musulmanes, Jaime convoca a sus consejeros, a los que avisa que va a revelar una importante noticia.

—He decidido dividir mis reinos de otra manera y redactar un nuevo testamento —dice el rey.

La reina Violante, presente en la audiencia, sonríe satisfecha; es conocedora de lo que su esposo está a punto de comunicar y le gusta.

—Señor, pensábamos que ya estaba decidido el reparto y que no se haría uno nuevo.

—El nacimiento de mi hijo Fernando lo ha cambiado. Ahora mis reinos quedan así. Proceded, don Pedro.

El mayordomo Pedro Cornel se adelanta un par de pasos, despliega un pergamino que lleva en la mano y comienza a leer:

—«Nos, Jaime, por la gracia de Dios..., donamos a nuestro hijo primogénito don Alfonso el reino de Aragón, desde el río Cinca y Aínsa y el Somport hasta el río de Albentosa, Alcalá de la Selva y Linares. A nuestro hijo don Pedro concedemos Cataluña, desde el puerto de Clusa hasta Ulldecona, con la villa de Mequinenza y la Ribagorza, y además el reino de Mallorca. A nuestro otro hijo don Jaime otorgamos nuestro reino de Valencia, desde la villa de Requena hasta el puerto de Biar, según acordamos con el rey de Castilla. A don Fernando, el tercer hijo varón que tenemos con doña Violante, damos los condados de Rosellón, Conflent y Cerdaña, el señorío de Montpellier y los derechos sobre todos nuestros feudos y señoríos al norte de los Pirineos.»

—Pero, señor, eso no es conforme al derecho —interviene con titubeos Asalido de Gudal.

—Es nuestra voluntad.

—¿Y si vuestra esposa os diera otro hijo varón? ¿Volveríais a cambiar el reparto de vuestros dominios?

—No seáis impertinente, don Asalido. Que os tenga en tanta estima no significa que podáis reprochar todas las decisiones de vuestro rey.

—No lo hago, mi señor. Solo os prevengo sobre lo que dicen nuestras leyes.

—Bien. Este testamento se quedará así. Si nace otro hijo varón del vientre de doña Violante, será entregado a la Orden del Temple o a la Iglesia.

—Este nuevo reparto va a provocar el rechazo de los aragoneses y tampoco lo aceptarán los catalanes; y me temo que vuestro hijo primogénito, don Alfonso...

—Don Alfonso será rey de Aragón, no puede caber mayor honor.

Violante, que permanece callada, vuelve a sonreír. Logra lo que pretende. Siempre lo logra. Siempre.

Asalido de Gudal tiene razón. Cuando el infante Alfonso se entera de que su padre lo priva del dominio de Cataluña, se niega a aceptarlo. Él es el primogénito y tiene derecho a heredar el reino de Aragón con el título real y Cataluña con el título de conde de Barcelona. No. Jaime no puede romper la unidad del patrimonio que heredó de su padre el rey Pedro. No puede. Lo dicta la ley. Aragón y Cataluña son indivisibles, son la herencia del casal, los dos pilares sobre los que se sostiene la dinastía de los Aragón. Si falla uno de los dos, si no siguen juntos, todo se desmoronará y surgirá el caos que arrastrará a toda la tierra al desgobierno.

El infante Alfonso no lo consiente y rechaza semejante despropósito. Pedirá ayuda a su tío Fernando de Castilla, a los reyes de Inglaterra y de Francia, al mismísimo papa si es necesario, para paliar tamaña injusticia.

Entre tanto el rey Jaime está a punto de provocar un contrafuero y desencadenar una guerra a causa de su propuesta de división de sus dominios, se cumple el plazo dado a los rebeldes musulmanes de Al-Azraq, que no se rinden. Unos están encastillados en las fortalezas de la montañas al sur de Játiva, en terrenos escabrosos en los que abundan los riscos, las cuevas, los barrancos y las quebradas; otros se refugian en Montesa, entregada a Abu Bakr a cambio de Játiva; varios acuden a los valles de Veo y Eslida y consiguen convencer a los moros que los habitan para que también se subleven; todo el sur del reino de Valencia, salvo la villas de Denia y Cocentaina, están en manos de los rebeldes moros.

Desde Alcira, Jaime planea con los mejores estrategas de su hueste un plan para atacar a los rebeldes en sus riscos y castillos, sacarlos de sus escondites en las montañas y reducirlos con los menores daños posibles.

Para la caballería pesada cristiana es harto difícil maniobrar en aquellas estrecheces y hondonadas, en las que resulta bastante sencillo preparar emboscadas por hombres que conocen bien el terreno y saben dónde ocultarse.

Un ejército de tres mil soldados, el más numeroso organizado por los cristianos desde la conquista de la ciudad de Valencia, resulta sorprendido en una hondonada del valle de Veo y es derrotado por los partidarios de Al-Azraq.

—Nuestra paciencia se ha agotado. Todos los moros de Valencia deberán salir de este reino. Lo harán por el sur, por el camino de Murcia hacia Granada y el norte de África, donde podrán refugiarse al lado de sus hermanos en la fe de Mahoma —masculla Jaime al conocer la derrota.

Él mismo dirige la campaña de represalia. A lo largo del mes de marzo arrasa todas las comarcas donde se refugian los rebeldes. Solo la villa de Luchente resiste unas pocas semanas el asedio. Las fincas y rentas incautadas son repartidas con generosidad entre cuantos caballeros ayudan en esa guerra.

Valencia, diciembre de 1248

Está cansado. Por primera vez en su vida Jaime siente el peso de los años. Tiene cuarenta cumplidos, pero le parece haber vivido un siglo.

Ese año nace el octavo hijo de la reina Violante, una niña a la que llaman Isabel, una nueva infanta con la que establecer alianzas mediante su matrimonio con algún príncipe cristiano.

Durante la primavera, libra la guerra contra los rebeldes musulmanes de las montañas del sur de Valencia e intenta conquistar Játiva, la gran fortaleza que sigue resistiendo todos los asedios. Pide ayuda al papa para acabar con la conquista de esos focos de indomables sarracenos y declara la derrota de las naciones bárbaras, enemigas de la fe cristiana. El papa Inocencio lo acepta y proclama que parte de los impuestos para sufragar los gastos de la cruzada en Tierra Santa se envíen al rey de Aragón para financiar esa guerra.

En esos mismos días, Jaime acaba con las últimas esperanzas que les quedan a los aragoneses de que revierta su decisión de crear un reino en Valencia; concede a los valencianos, y también a Mallorca, la facultad de acuñar moneda propia, con lo que ya no hay marcha atrás y quedan rechazadas definitivamente las pretensiones de Aragón sobre el territorio valenciano.

El sentimiento de cruzada, una guerra santa y justa, invade su espíritu. De Francia llega la noticia de la finalización de la Santa Capilla, un edificio de piedra y vidrio que el rey Luis levanta para contener, a modo de gigantesco relicario de luz y color, las reliquias de la Pasión de Cristo, que adquiere a un precio desorbitado.

—La corona de espinas, la túnica sagrada, los clavos, la esponja, la lanza y algunos fragmentos de madera de la santa cruz son las reliquias que el rey don Luis ha depositado en su nuevo templo en París —le informa el obispo de Valencia.

—¿Cómo las ha conseguido? —pregunta Jaime.

—La corona de espinas la compró hace diez años al emperador de Constantinopla y el resto de reliquias las ha ido adquiriendo a mercaderes bizantinos, genoveses, venecianos y sirios. Las guarda en diez relicarios de plata cerrados con diez llaves que custodia él mismo. Muchos días acude a rezar ante ellas, postrado humildemente en el suelo.

—Ese hombre acabará siendo santificado por la Iglesia.

—Tal vez; por el momento, don Luis planea organizar una cruzada para liberar Jerusalén, que está en manos de los sarracenos desde hace cuatro años. Pretende ser el soberano que entre en el Santo Sepulcro y lo devuelva al dominio cristiano.

—Si no lo consigue el rey de Francia, seremos nos quienes liberemos Jerusalén. Lo haremos en cuanto quede sofocada la rebelión de los moros y se pacifiquen las montañas de Játiva y Alcoy —asegura Jaime con toda rotundidad.

A fines de año, los triunfos de Castilla resuenan en toda la cristiandad. El rey Fernando entra victorioso en Sevilla y decreta la expulsión masiva de los sarracenos que la habitan, y su hijo el infante Alfonso ocupa la ciudad y el castillo de Alicante, aunque permite que sus habitantes musulmanes sigan viviendo allí.

Ahora sí; la expansión de la Corona de Aragón en tierras hispanas llega a su fin. En cuanto someta a los rebeldes de las montañas de Játiva, Jaime solo puede ampliar sus dominios más allá del mar, en tierra de infieles. Y en Jerusalén. Jerusalén.

15

Los amores del rey

Valencia, verano de 1249

—El rey no se da cuenta, pero la renuncia a la soberanía de los feudos al norte de los Pirineos significa un enorme perjuicio para la Corona —comenta Jimeno de Foces mientras come con el mayordomo Jimeno Pérez.

—Su majestad está ocupado ahora en asuntos más mundanos —apunta el mayordomo que degusta un pedazo de pierna de carnero asada con estragón, tomillo y miel.

—Si lo decís por...

—Sí, a eso me refiero. Recuperada del parto de la pequeña doña Isabel, la reina vuelve a dormir uno o dos días a la semana con don Jaime. Supongo que la dejará embarazada de nuevo, pues la húngara no piensa en otra cosa que en darle un hijo tras otro; ya van ocho y doña Violante tiene poco más de treinta años. Como siga pariendo a este ritmo, tendrá al menos otra media docena de hijos con don Jaime.

—Mujeres así hacen falta en estos reinos; con unas cuantas hembras como ella se acabarían los problemas de falta de pobladores.

—Y hombres como nuestro señor, capaz de atender a varias amantes a la vez.

—Se dice que el rey tiene nuevas amantes.

—Sí. Además de la reina, tres mujeres se alternan cada noche en su cama —dice el mayordomo real.

—¿Tres? ¡Tres... y con su esposa, cuatro! ¿Qué tipo de semental es nuestro señor?

—Sí, tres más: doña Elvira Sarroca, una dama elegante y refinada a la que trata con gran consideración y con la que gusta hablar largas horas; doña Berenguela Fernández, distinguida y noble, con la cual hace ya tres años que mantiene relaciones; y doña Guillerma de Cabrera, la joven viuda de don Bernat de Cabrera e hija bastarda del conde de Ampurias, que con solo dieciocho años posee una fogosidad que encabrita a su majestad como ninguna otra de sus concubinas.

—Vaya, pues como esas tres señoras sean tan fértiles como doña Violante, el rey va a ser capaz de repoblar por sí solo todos sus dominios.

—Bueno, de momento bastardos reales solo son su hijo Fernando, que tuvo con aquella doña Blanca de Antillón, a la que hace tiempo que no visita, y don Pedro, con doña Berenguela Fernández, a la que supongo que le hará alguno más.

—Dotar a todos ellos, y a sus madres, supondrá un gran dispendio —deduce Jimeno de Foces.

—Lo es —confirma el mayordomo—. Doña Violante y sus hijos legítimos ya se han llevado una buena parte del patrimonio del rey, que también es muy generoso con sus concubinas y sus bastardos. A doña Guillerma le ha dado el castillo de Eramprunyá, cerca de Barcelona, y al hijo de doña Berenguela el señorío de Híjar, en Aragón. De seguir así, pronto no quedará nada para repartir.

—Don Jaime no es hombre de una sola mujer.

—Sabéis, querido amigo, creo que busca en cada una de ellas lo que no pudo tener en su niñez.

—¿A qué os referís? —pregunta Jimeno de Foces.

—Al cariño de una madre.

—Explicaos.

—Los reyes no eligen a sus esposas y las reinas no eligen a sus hijos. Don Jaime fue engendrado en extrañas circunstancias; su padre jamás se preocupó por él y lo arrancaron demasiado pronto de los bazos de su madre. Creció y fue educado en el castillo templario de Monzón, de donde no salió en años, como un caballero del Temple. Vos, don Jimeno, los habéis visto en el campo de batalla; son fríos como lobos, carecen de pasiones y no conocen el miedo.

—Pero nuestro rey no es así. Lo he visto sufrir en la batalla, reír en los banquetes y las fiestas, amar a sus amigos y a sus mujeres, soñar con conquistas imposibles y con alcanzar quimeras.

—Tenéis razón, pero quien se ha educado en la regla de los templarios, quien ha sido uno de los suyos, nunca olvida del todo su ideario, nunca; tarde o temprano siempre sale su vena templaria, siempre. No lo olvidéis, don Jimeno, no lo olvidéis —zanja el mayordomo.

Morella, febrero de 1250

Acompañado por sus consejeros más fieles, Jaime visita el sur de Aragón en otoño. No deja de recibir visitas de nuncios de ciudades y villas, monjes de monasterios, delegados de obispados y nobles que le piden privilegios, exenciones y todo tipo de prebendas.

Casi siempre suele atender a las demandas que le presentan. Le gusta dejar satisfechos a todos, aunque no siempre es posible hacerlo.

Corren buenos tiempos. Hace ya muchos años que las cosechas son abundantes, los frutos generosos y los ganados prolíficos; no hay plagas de langostas, ni epidemias, ni hambrunas continuadas. Se levantan nuevas construcciones, fluye el comercio, florecen los mercados y las ferias y crecen las ciudades. La cristiandad vive sus momentos más dulces en mucho tiempo.

Hace meses que Luis de Francia combate en Egipto en la cruzada; conquista la ciudad de Damieta y pide ayuda a los reyes cristianos para asentarla.

La ayuda no llega. Los cruzados franceses, asediados por miles de enemigos, son derrotados en la batalla de Mansura, donde muere Guillermo Sonnac, el maestre del Temple, y treinta de sus caballeros templarios. Se pierde Damieta. El propio rey Luis es capturado y deberá pagar una enorme suma de oro por su rescate. La cruzada fracasa.

Si Jaime fuera un oportunista, esta sería la ocasión propicia para aliarse con Alfonso de Poitiers, el nuevo conde de Tolosa, invadir Occitania y detener el avance de los franceses hacia los Pirineos. Pero no lo hace; no quiere ser tildado de felón y de aprovecharse de la ausencia del rey de Francia.

A principios de febrero, los aragoneses, por boca de su justicia Marín Pérez de Artasona, vuelven a reclamar que Lérida se integre en el reino de Aragón, pero Jaime ya no cederá en este asunto; no, Lérida no será aragonesa nunca más.

Las catalanes se alegran al conocer que el rey rechaza la pretensión de los aragoneses sobre Lérida, pero lamentan su decisión de que el reino de Valencia tengas sus propias leyes y costumbres. Los mercaderes de Barcelona, que controlan el gobierno de su ciudad, ven a Valencia como una gran rival para sus intereses económicos y una seria competidora, y desean conseguir el monopolio sobre el comercio en el mar, que florece día a día gracias a los consulados que se están abriendo por diversos puertos del Mediterráneo.

Jaime los tranquiliza. Les promete que gozarán de su favor como hasta ahora, pero sigue concediendo fueros y privilegios a los valencianos.

El infante Alfonso ya tiene veintisiete años, goza del apoyo de su primo el rey Fernando de Castilla y León y no admite que se niegue uno solo de sus derechos. Esa primavera, en Zaragoza, se autoproclama solemnemente heredero de Aragón y rompe relaciones con su padre.

Cuando se entera de ello, Jaime envía un correo con una carta en la que le pide que acuda a visitarlo a Valencia. Alfonso recela. Cree que se trata de una trampa y regresa a Castilla, donde se siente más seguro. Pero su primo el rey Fernando se lo recrimina y le aconseja que vuelva a Aragón y acuda a entrevistarse con su padre, que anda en Valencia sumido en serias preocupaciones: grupos de herejes cátaros huyen de las persecuciones en Occitania y buscan refugio en los valles del Pirineo, los musulmanes de las montañas del sur del reino de Valencia siguen con su revuelta y cada vez parece más lejano su sueño de acudir a la cruzada.

El papa Inocencio le da una alegría al rey de Aragón al ordenar a los caballeros del Hospital y del Temple que lo ayuden en su lucha contra los moros rebeldes; al mismo tiempo, su hijo Alfonso, aconsejado por el rey de Castilla, le envía una misiva en la que le anuncia que irá a verlo, pero no a Valencia, sino a Zaragoza.

Hace veinte años que Jaime no ve a su hijo, desde su marcha a Castilla, cuando se produjo la nulidad del matrimonio con Leonor.

Intenta hacer memoria y recordar algún signo que le sirva para identificar a su heredero, pero es en vano. Ni siquiera es capaz de acordarse del color de sus ojos, de su pelo, de la forma de su rostro o de su sonrisa. Su hijo tiene ahora veintisiete años, es un hombre de solo catorce menos que él.

Tras pasar de nuevo por Morella, donde reside dos meses con toda su cancillería, Jaime llega a Zaragoza a finales de mayo y se instala en el palacio de la Aljafería.

La comitiva de Alfonso se acerca hacia la Aljafería por el camino de Calatayud. No son muchos los que la componen, apenas una docena de caballeros y una veintena de peones.

Jaime aguarda a las puertas de la formidable fortaleza que es la Aljafería vista desde el exterior. Está montado en su nuevo caballo, un enorme alazán en cuya piel rojiza destacan los pies y la cara blancos; a su lado, un portaestandarte enarbola la bandera de franjas rojas y amarillas del rey de Aragón.

El día es soleado y cálido. Una suave brisa acaricia la huerta zaragozana, cuyos campos rebosan de frutos. Si no la malogra una pedregada, ese año la cosecha será excelente.

Alfonso se acerca hasta una decena de pasos de su padre, detiene su caballo y desmonta. Deja las riendas a un escudero y camina hacia Jaime, que también desciende del suyo. Cuando ambos están a dos pasos de distancia, el infante hace ademán de hincar la rodilla en tierra, pero el rey se adelanta, lo retiene por los hombros y lo evita.

—Querido hijo, sé bienvenido a nuestra ciudad de Zaragoza —lo saluda a la vez que lo abraza y lo besa.

Alfonso es alto, pero no alcanza la estatura de su progenitor.

—Padre y señor, os agradezco este recibimiento. Su majestad don Fernando me ha pedido que os transmita sus mejores deseos.

—¿Cómo se encuentra nuestro primo?

—Sé que anda trazando nuevos planes; desea ocupar las tierras de Granada y Málaga y después pasar el estrecho y continuar sus conquistas hasta donde Dios se lo permita.

—Pasemos al interior del palacio; tenemos mucho de qué hablar.

Ya dentro de la Aljafería, Jaime conduce a su hijo hasta el Salón Dorado, el lugar más solemne del palacio, donde se ubica el trono.

—Os presento a don Jaime —le dice el rey a Alfonso—. Es hijo del último soberano moro de Mallorca y lleva nuestro mismo nombre. Así lo decidisteis al bautizaros —se dirige a un joven que forma junto a varios miembros de la corte.

—Vuestro padre es muy generoso conmigo —dice el joven Jaime, que acaba de recibir como feudo el castillo y la villa de Gotor.

—Sentémonos y comamos algo —indica el rey.

—Gracias, padre, estoy hambriento.

Varios criados, a una orden del chambelán de palacio, sirven unas bandejas con carne asada de carnero y de buey, perdices escabechadas, quesos, pan, frutas y varias jarras con vino especiado y endulzado con miel.

—Te agradezco que hayas aceptado mi invitación —le dice Jaime a su hijo.

—Soy vuestro heredero y os debo obediencia.

—Pero he sabido que no estás de acuerdo con algunas de mis decisiones.

Alfonso bebe un trago de vino, se limpia los labios y respira hondo.

—No lo estoy. No estoy conforme con la división que habéis hecho de estos reinos.

—¿En qué no lo estás?

—Yo soy vuestro heredero y primogénito. Mis derechos sucesorios incluyen la posesión del reino de Aragón y de toda Cataluña, así lo dictan la ley y la costumbre, pero vuestra majestad ha entregado Cataluña a don Pedro.

—Tu hermano —precisa el rey.

—Mi medio hermano —aclara Alfonso—. Aragón y Cataluña son las tierras patrimoniales de nuestra familia, las que vuestra majestad heredó de mi abuelo el rey don Pedro, y esas son las tierras que yo debo heredar de vos. Los reinos de Mallorca y de Valencia son vuestras conquistas, os pertenecen en derecho y podéis disponer de ellas a voluntad, pero no podéis segregar Aragón y Cataluña.

—¡Vaya! ¿Acaso eres experto en leyes?

—En lo que concierne a mis derechos como heredero, sí.

—Tienes carácter.

—Soy vuestro hijo; llevo vuestra sangre y supongo que parte de vuestro espíritu va conmigo.

—Y también de tu madre. Yo era demasiado joven cuando me casé con ella. Nuestro matrimonio se anuló, pero te reconocí como hijo legítimo y principal heredero.

—Por eso reivindico mis derechos, todos mis derechos; y Cataluña, con el título de conde de Barcelona, forma parte de ellos.

—¿Me estás pidiendo que deshaga el reparto, desposea de Cataluña a mi hijo don Pedro y te la entregue?

—Esa es la ley y así lo dicta el fuero —asienta Alfonso con firmeza.

—La ley y el fuero...

—Mis maestros me han enseñado que en el reino de Aragón cuando hablan cartas y leyes, hasta los reyes han de callar.

—Os han enseñado bien —sonríe Jaime.

—Sé, padre, que amáis a vuestra esposa la reina Violante y que os ha dado muchos hijos...

—Y me dará otro más a finales de este verano.

—Os felicito por ello, pero yo soy el primogénito y debo defender la unidad del patrimonio de nuestro linaje. Aragón y Cataluña no deben segregarse jamás.

—¿Y qué propones que hagamos?

—Dividir vuestros reinos solo provocará debilidad en todos y cada uno de ellos. Todos los territorios de vuestra Corona deberían permanecer unidos bajo un mismo monarca.

—¿Y tus hermanos?

—Otorgadles feudos, castillos, villas, rentas..., pero no rompáis la Corona que unieron nuestros antepasados la reina doña Petronila y el conde don Ramón Berenguer; no lo hagáis, padre, no lo hagáis.

Jaime deja sobre el plato una costilla de carnero que está a punto de echarse a la boca y habla.

—Eres obstinado.

—No tanto como vuestra majestad.

—Le he prometido a doña Violante que nuestros hijos serán reyes.

—Si le dais Cataluña a don Pedro, no será rey, sino conde de Barcelona.

—Hay una solución que es conforme al fuero —dice Jaime—: te entregaré el reino de Aragón y la tierra de Cataluña con el condado de Barcelona, a Pedro el reino de Valencia y a mi otro hijo, Jaime, el de Mallorca; así, mis tres hijos seréis reyes y yo cumpliré con la ley y con mi palabra.

Alfonso pretende obtener todos los Estados de la Corona de Aragón para sí, pero comprende que su padre no cederá y que desea darles un trono a los dos hijos de Violante. Ese acuerdo sí puede discutirlo. Tres hermanos, tres reyes, tres coronas...

—Sí, esa solución es legal, pero...

—Pues deberás aceptarla.

Jaime mira a su hijo a los ojos. Sigue buscando en su memoria algún recuerdo entrañable de Alfonso siendo un niño, pero no consigue encontrar ninguno. Ninguno.

A fines de primavera, muere el infante Fernando, de cinco años tan solo, tercer hijo varón de Jaime y Violante. El rey apenas lo siente; la reina está de nuevo embarazada.

San Juan de la Peña, finales de julio de 1250

Las montañas de Jaca. Allí está el origen de sus antepasados, del linaje de los Aragón. Jaime pasa las primeras semanas de ese verano en esa ciudad. Un día de fines de julio, visita el monasterio de San Juan de la Peña, donde bajo su protectora cornisa de piedra rojiza duermen un sueño eterno sus primeros reyes.

Jaime y Violante se arrodillan ante los tres sepulcros. Se santiguan, rezan una oración y se incorporan.

—Ese es el de don Ramiro —les indica el abad—, el primero de nuestros reyes; ese del medio, el de su hijo don Sancho; y este tercero, el de don Pedro, el conquistador de Huesca.

—Los forjadores del reino... —susurra Jaime.

—Tus antepasados merecen un mausoleo mayor —comenta la reina.

—No hay mejor sitio para ellos que este cenobio; aquí decidieron ser enterrados y aquí seguirán. Este es el lugar más sagrado de Aragón.

—Por eso guardamos el santo cáliz —interviene el abad.

—¡Qué! —se sorprende la reina.

—La copa que Cristo utilizó en la última Cena, señora. La custodiamos en este monasterio desde hace tiempo. ¿Queréis verla?

—Claro que deseo verla —asiente Violante.

—Acompañadme, señores.

Salen de la covacha donde está ubicado el modesto panteón con los sarcófagos de los monarcas y se dirigen a la iglesia, un amplio edificio bajo la cornisa de roca cuyo ábside se adentra en las entrañas de piedra roja.

—Aquí está.

El abad levanta un paño que cubre un objeto sobre el altar, descubre orgulloso una copa de piedra engarzada con unas asas de plata sobredorada y con incrustaciones de piedras preciosas a un pie de fina roca pulida y se persigna con devoción.

Los reyes se acercan al cáliz y lo contemplan extasiados.

—Este es el verdadero cáliz de la última Cena, el que contuvo el vino que Nuestro Señor Jesús convirtió en su propia sangre para la remisión de nuestros pecados, la reliquia más preciada de la cristiandad.

—¿Es eso cierto? —pregunta Violante.

—Lo es, mi señora, lo es. Cuenta la historia...

Tras hacer noche en el monasterio, los reyes regresan a Jaca. En el camino de descenso, Violante, que monta una mula blanca, habla con Jaime durante una parada para descansar y tomar algún alimento.

—Nos tomará toda la mañana el camino hasta Jaca —dice Jaime.

—Desentiérda a don Alfonso —le pide de pronto Violante.

—¿Qué dices? ¿Desheredar a mi primogénito? ¿He escuchado bien tus palabras?

—Deshereda a don Alfonso, es un hijo ilegítimo; un bastardo no puede ser tu heredero.

—No es un bastardo. Yo lo reconocí como heredero legítimo y como tal lo juraron las Cortes.

—Tu matrimonio con esa castellana fue anulado por el papa. Don Alfonso es un bastardo y no tiene derecho a llevar la corona sobre sus sienes. Nuestros hijos, los que yo te he dado, son tus únicos herederos legítimos. Es Pedro quien debe ceñir esa corona.

Jaime ignora que su esposa anda conspirando con varios nobles para que apoyen a sus hijos Pedro y Jaime y renieguen de Alfonso. Son varios los ya convencidos, entre ellos Guillén y Pedro de Moncada, Pedro Cornel, Guillermo de Entenza, Jimeno de Foces y Pedro Martínez de Luna. Para ganarse su apoyo, se reúne en secreto con cada uno de ellos y les promete honores, honra y grandes donaciones patrimoniales.

—Alfonso cuenta con el apoyo de Castilla; si lo desheredo, se desencadenaría una guerra —comenta Jaime tras un buen rato en silencio.

—Hace unas semanas que ha muerto nuestro hijo Fernando, pero llevo otro retoño tuyo en mi interior —la reina se toca el vientre ya abultado—, y sé que será un varón. Debes proceder a un nuevo reparto y en él no cabe don Alfonso. Su pariente el rey de Castilla es muy rico, que le dé un señorío si tanto lo aprecia.

—Los aragoneses no lo consentirán. Va contra su derecho.

—¿Su derecho? Tú eres el soberano de estas tierras, de todo este reino. Esas montañas —la reina señala las cumbres aún nevadas que se alzan al norte— y esos valles son tuyos; tú eres su señor por derecho de tu linaje. La sangre de nuestros hijos Pedro y Jaime está santificada por nuestro matrimonio, la de Alfonso está manchada a los ojos de Dios, pues tu vínculo con la castellana no fue legitimado y nunca fue tu verdadera esposa.

—No quiero que estalle una guerra con Castilla.

—Hay guerras que son justas. Lo he aprendido de ti mismo. Así me lo dijiste durante la conquista de Valencia.

—Esa guerra fue contra los infieles y el papa concedió la bula de cruzada, lo que la hace justa y santa. Pero contra los cristianos de Castilla...

—No tiene por qué haber guerra. Si hablas con don Fernando y le explicas que no reconoces como legítimo a don Alfonso, él lo entenderá. Dicen que es piadoso y temeroso de Dios; aceptará que desheredes a ese bastardo.

Jaime duda. Violante es convincente y sabe cómo persuadirlo. Sí, tal vez lo mejor sea despojar a Alfonso de su herencia.

Barcelona, fines de marzo de 1251

En Morella se encuentra bien y ahí pasa todo el invierno. Le gusta vivir en lo alto de aquella roca a cuyo derredor se despliegan casas y calles como pedazos cada vez más grandes de medias lunas.

El aire es limpio y fresco en aquellas montañas, las estrellas brillan en el cielo nocturno como en ningún otro sitio y el azul del mediodía es tan intenso y nítido como el de la ciudad castellana de Burgos.

A fines de un invierno frío y seco, comienza a atisbarse la primavera. El sol calienta en las solanas, en las que los viejos y los niños pasan las tardes jugando a las tabas o contando viejos romances que relatan las hazañas del caballero castellano Rodrigo de Vivar.

El rey no quiere irse de Morella; está a gusto con su nueva amante, la delicada Guillerma de Cabrera, con la que comparte cama. Guillerma es la viuda de Guillermo de Cabrera, con el que tiene cinco hijos.

Pero en Barcelona están convocadas las Cortes catalanas para fines de marzo y no puede faltar. Lo espera Violante, que da a luz a un nuevo hijo, un barón al que llaman Sancho.

El paso de la edad hace a los hombres más débiles de cuerpo y más blandos de espíritu. Pero la pérdida de fuerza y el relajo de la voluntad se compensan a veces con una mayor cautela y una mejor perspicacia, que para unos es sabiduría y para otros prudencia.

El rey de Aragón tiene cuarenta y tres años; está poderoso de brazos y piernas y aún es capaz de librar tres envites amorosos en una noche, pero su antaño férrea capacidad de decisión comienza a resquebrajarse. Duda.

Al llegar a Barcelona, ordena a sus consejeros que abandonen todo intento de lucha por Provenza, que considera perdida para la Corona de Aragón. Solo le interesa el nuevo reparto, contentar a su esposa en lo posible y encontrar el descanso y el sosiego en los brazos de una bella amante que lo ame y lo entienda.

Los compromisarios a las Cortes de Cataluña están reunidos en la catedral, un templo oscuro y pesado que es necesario iluminar con decenas de lámparas de aceite y velones de cera.

Sobre un estrado de madera erigido ante el altar, los reyes presiden las Cortes, a las que asisten los obispos de Barcelona y de Vic, los abades de los monasterios de Ripoll, Bañolas y San Salvador de Breda, el conde de Ampurias y noventa y tres nobles más, y ochenta ciudadanos y mercaderes de la ciudad de Barcelona y de otras de Cataluña.

Jaime se levanta solemne, toma el pergamino preparado por el escribano Pedro Andrés y lee:

—«Sepan todos que nos, Jaime... damos a nuestro dilecto hijo don Pedro, y de nuestra esposa la reina doña Violante, la ciudad y todo el condado de Barcelona, con todas sus ciudades y condados, los de Barcelona, Tarragona, Gerona, Besalú, Vic, Ausona, Rosellón y Cerdaña, Conflent y Vallespir, y el condado de Urgel y las ciudades de Lérida y de Tortosa, y los condados de Ribagorza y de

Pallars, desde la villa de Salses hasta el río Cinca, y el valle de Arán...»

—Los aragoneses no lo admitirán y el infante don Alfonso tampoco —comenta el conde de Ampurias.

—Y dudo que lo acepten los ciudadanos de Barcelona —comenta en voz alta Guillén Mercader, uno de los comerciantes barceloneses que escucha el comentario del conde.

—¿Por qué decís eso? —le pregunta Hugo de Ampurias.

—¿Acaso no habéis entendido al rey? El condado y la ciudad de Barcelona no son del pueblo, sino de sus condes.

—Eso es lo que dictan el derecho y las costumbres de Barcelona —asienta el de Ampurias.

—Barcelona es una ciudad de realengo —afirma el comerciante.

—¿Realengo? Dejad eso para la ciudades de Aragón, donde rigen esos perversos fueros otorgados por sus antiguos reyes, según los cuales son iguales los cristianos que los judíos y los sarracenos. Cataluña es tierra de señores, como dicta nuestra tradición desde los tiempos del emperador Carlomagno.

Guillén Mercader hace ademán de replicar al conde, pero un compañero le sujeta el brazo y lo retiene en su ímpetu.

—Dejadlo estar, amigo Guillén. Los ciudadanos de Barcelona juraremos a don Pedro como conde y los nobles y el clero también lo harán.

—La ciudad es nuestra —masculla Mercader.

—El condado no es del pueblo, sino del conde, y el conde es, además, el rey de Aragón. Esa es la ley y la costumbre —replica el de Ampurias

Huesca, 9 de octubre de 1251

No lo acepta. El infante Alfonso rechaza la resolución de las Cortes de Barcelona y acude a Zaragoza, Tarazona, Calatayud y Daroca para reclamar a los concejos de esas grandes villas y ciudades que ratifiquen el juramento de las Cortes de 1229 en las que es jurado como heredero de Aragón y de Cataluña. Ya tiene treinta años, edad más que suficiente para hacerse cargo de la Corona, y está dispuesto a autoproclamarse rey si su padre sigue empeñado en privarlo de su herencia. Quiere ser rey de Aragón, pero también conde de Barcelona, como le corresponde por la ley y el fuero, y no está dispuesto a renunciar a nada. Luchará, si es preciso, contra su padre, al que acusa de estar poseído por la bella e intrigante dama de Hungría, que no cesa en su ambición por conseguir todos los títulos y dominios para sus hijos, aun a costa de quebrantar el derecho.

El rey tampoco está dispuesto a ceder. No quiere enemistarse con su esposa, a la que ama pese a compartir lecho con otras mujeres.

Acabadas las Cortes catalanas, Jaime acude a aquellas ciudades y villas recién visitadas por el infante Alfonso. Habla con los representantes de los concejos, les concede exenciones y privilegios para sus mercados y ferias, promete que no entregará más cargos públicos a los judíos, otorga privilegios a monasterios y obispados y beneficia a la Orden del Temple con generosas donaciones. Sabe que su hijo mayor está dispuesto a ir a la guerra y necesita ganarse el apoyo del clero, los nobles y los concejos urbanos en caso de que estalle un conflicto armado.

Mediado el verano, llegan buenas noticias desde Valencia. Los representantes valencianos en las Cortes le juran fidelidad y acatan que su reino sea para el infante don Jaime, el segundo hijo varón del rey y de Violante, que además también recibirá el reino de Mallorca y el señorío de Montpellier.

Todo está revuelto: Alfonso no renuncia a Cataluña; los barceloneses se quejan ahora por lo que consideran la pérdida de Mallorca al unir el destino de esta al de Valencia; los aragoneses protestan y se sienten engañados por la decisión de integrar Lérida y Tortosa en Cataluña; la reina Violante se reúne con nobles catalanes y aragoneses a los que pide ayuda para que convenzan al rey para que deshere de a Alfonso y nombre heredero de Aragón a Pedro, y así mantener unidos a los dos Estados fundacionales de la Corona.

Jaime duda, una vez más; durante semanas vaga entre Lérida y Huesca y piensa en su muerte. Decide que cuando esta tenga lugar, sus restos no reposarán en el monasterio aragonés de Sigena, sino en el catalán de Poblet. Si en el cenobio de San Juan de la Peña se guarda la memoria del viejo reino de Aragón y los restos de sus primeros reyes y en el de Ripoll, la de los condes de Barcelona, en Poblet se depositarán los del rey Jaime y sus herederos.

La reina Violante está enferma. A sus treinta y siete años lleva a sus espaldas miles de millas, muchas de ellas embarazada, y tiene nueve hijos. No puede más. A comienzos de octubre visita con su esposo la ermita de Santa María de Salas. Erigida por la reina doña Sancha, es visitada por numerosos peregrinos, que atribuyen a la imagen de la Virgen la capacidad de obrar milagros.

A doña Violante le cuentan en Huesca uno de ellos: una mujer de Lérida pierde a todos sus hijos, lo que la conduce al borde de la locura, pero se encomienda a la Virgen de Salas, que obra el prodigio de resucitar al último de los hijos muertos y vuelve a la vida en brazos de su madre.

—Si esta Virgen resucita a los muertos, tal vez también sane a una reina enferma —comenta Violante ante el altar de la ermita de Salas, donde se postra de rodillas para rezar junto al rey.

Tras orar con devoción y encomendar sus almas al cielo, los reales esposos regresan a Huesca, a menos de una hora de distancia.

—¿Te encuentras mejor? —le pregunta Jaime una vez en palacio real.

—No. Me parece que Nuestra Señora de Salas no ha escuchado mis súplicas; Dios Nuestro Señor me llevará pronto a su lado. Debo hacer testamento.

—Te pondrás bien —dice el rey, que mira a los ojos a su esposa y se conmueve al ver en ellos la sombra de la muerte.

Violante apenas tiene fuerza y ánimo para esbozar una sonrisa.

Guido, el médico de Violante, examina a la reina; no hay nada que hacer, su muerte es inminente.

El notario real acude enseguida a la llamada del rey, que también reclama la presencia del justicia de Aragón.

—Don Guillermo, tomad nota de la última voluntad de la reina; vos, don Martín Pérez, sois testigo como justicia mayor.

—Señores, Dios Nuestro Señor ha decidido llamarme a su presencia y espero que me acoja en su seno. Es mi voluntad que mis restos mortales se depositen en el monasterio de Vallbona de la Monjas, en Cataluña, que es de la Orden del Císter, en una sencilla sepultura ante el altar de la Virgen. Encomiendo a mis hijos y a mis hijas a la custodia de mi esposo el rey don Jaime de Aragón y si este faltara, al conde Dionisio de Hungría y a su esposa.

»Entrego mi condado de Posana, que está en el reino de Hungría y tiene mi hermano el rey Bela, a mis hijos Pedro, Jaime y Sancho; dono mis joyas y mis piedras preciosas a mis hijas Constanza, Sancha, María e Isabel, según el criterio de reparto que aplique mi esposo el rey, y a mi hija mayor Violante le ratifico la donación de las joyas que ya le entregué cuando se acordó su boda con el infante don Alfonso de Castilla.

»El resto de mis bienes será entregado y repartido como ya conocéis.

—Redactaré el documento para que lo signéis con vuestra firma —dice el notario.

—Daos prisa, don Guillermo, mi tiempo se acaba deprisa; muy deprisa.

—Quizá la Virgen obre el milagro... —comenta el rey.

—No. Siento que la vida se escapa de mi cuerpo. Llamad a mi capellán. Quiero que don Nicolás me confiese y me administre la extremaunción. Debo presentarme ante Dios limpia de cuerpo y de alma.

La reina no se equivoca; pocas horas después le sobreviene la muerte.

Las campanas de las iglesias de todos los territorios de la Corona de Aragón repican el toque a difuntos, el lamento metálico del dolor por la mujer que viajó desde el lejano reino de Hungría para casarse con el rey de Aragón.

Barcelona, año de 1252

La muerte de Violante no distrae a Jaime de los asuntos de gobierno.

En cuanto confirma el testamento de su esposa, viaja a Valencia, desde donde su cancillería no cesa de emitir documentos con generosas concesiones, donaciones y privilegios a nobles, monasterios, obispos y concejos urbanos.

El conflicto con su hijo Alfonso se atempera. El primogénito real supone que sin su madrastra reclamando una y otra vez reinos y dominios para sus hijos, su padre retornará a la sensatez y lo ratificará como heredero de Aragón y de Cataluña.

Para conciliarse con su primogénito, Jaime le pide a Alfonso que esa primavera acuda como su embajador a París, a la corte del rey de Francia, para visitar a la reina Blanca, su tía y madre del rey Luis, que anda desde hace cuatro años en su cruzada.

En cambio surgen nuevos problemas con algunos nobles que, llenos de ambición, no cesan de hostigarse y hacerse la guerra unos a otros, y con los herejes, pues los cátaros siguen infiltrándose en algunos ámbitos de la Iglesia, sobre todo en las zonas montañosas; el propio obispo de Urgel es acusado de amparar e incluso de profesar el credo de los cátaros.

En aquellos meses, los frailes dominicos, convertidos en el brazo ejecutor de la ortodoxia de la Iglesia católica, incoan centenares de procesos inquisitoriales por denuncias de prácticas heréticas. Basta una denuncia anónima para detener al denunciado y someterlo a un agobiante interrogatorio.

A fines de mayo, muere el rey Fernando, al que muchos de sus súbditos consideran santo. Su hijo Alfonso es el nuevo rey de Castilla y de León. Jaime conoce a su yerno y considera que las buenas relaciones con el poderoso vecino mejorarán todavía más. En cuanto de ese matrimonio nazca un hijo, o una hija, pues las mujeres sí pueden reinar, el futuro soberano será su nieto.

El rey no pierde su capacidad de amar a las mujeres; esos meses se hace acompañar de la viuda Guillerma de Cabrera.

—¿Echas de menos a tu esposa? —le pregunta Guillerma, que atisba un rictus de melancolía en los ojos de Jaime, con el que acaba de hacer el amor en el dormitorio real del palacio mayor de Barcelona.

—He tenido con ella muchos hijos y ha sido mi reina durante dieciséis años. Y no solo fue una esposa fiel, también me ayudó en el gobierno de mis reinos con eficacia y lealtad.

—Era muy hermosa —comenta Guillerma.

—Tú también lo eres.

Guillerma es muy distinta a Violante. Es morena de piel, cabello negro y brillante como azabache, pechos medianos y duros como manzanas, caderas anchas y piernas y brazos firmes. Parece una de esas mujeres capaces de engendrar un hijo tras otro, pero a pesar de que hace ya dos años que mantiene relaciones con el rey, no logra quedarse embarazada... hasta ahora.

—Tu esposa te dio cuatro hijos y cinco hijas; yo espero hacerte padre de nuevo.

—La fuerza de un rey es reconocida por su capacidad para engendrar retoños.

—En tu caso lo has demostrado con creces, mi señor.

Guillerma besa al rey, pero sigue viendo en su rostro una mueca de melancolía.

—He pensado concederte el castillo y la villa de Tarrasa. Si nace un hijo mío de tu vientre, necesitará rentas para sostenerse.

—¿Tarrasa? ¡Oh!, gracias, mi señor, gracias.

Guillerma ya es señora de Eramprunyá; con el dominio de Tarrasa se convertirá en una mujer muy rica.

—Soy un hombre viudo, de modo que quiero otorgarte algo que no hubiera sido posible en vida de mi esposa.

Guillerma abre los ojos entusiasmada. ¿Acaso va a casarse con ella? ¿La convertirá en su esposa y en la nueva reina de Aragón?

—Quiero otorgarte un contrato de concubinato —dice Jaime.

—¿Qué significa eso?

—Soy viudo y deseo que tú seas algo más que una barragana. Ser mi concubina legal no significa que te conviertas en mi esposa, pero esa categoría te eleva por encima de una ocasional amante.

—Eres muy generoso.

—Y si me das un hijo, tal vez te despose.

Los ojos de la amante brillan de emoción. Es probable que la hija bastarda del conde Hugo de Ampurias, la pequeña Guillerma, sea algún día la reina de Aragón. ¡Quién sabe qué sorpresas puede deparar el destino!

Perpiñán, enero de 1253

Las deudas se acumulan sobre la hacienda del rey de Aragón. Su generosidad y sus compromisos obligan a que done a nobles y clero buena parte del patrimonio de la Corona y, ante la falta de recursos, recurre a solicitar cuantiosos préstamos a mercaderes y banqueros; pero para hacerles frente debe enajenar más y más patrimonio, empeñar rentas y exigir más impuestos y más dinero a las Cortes.

Busca recursos en Montpellier y en Perpiñán, donde negocia ese invierno varios préstamos que consigue a regañadientes de los prestatarios tras presentar los avales suficientes para hacer frente a un posible impago.

Es soberano de tres reinos, un gran condado, varios menores aunque ricos señoríos, pero su tesoro real está vacío y sus necesidades son muchas. Además, en todos esos territorios apenas viven un millón de personas, una buena parte de las cuales está exenta de pagar tributos a la Corona.

Envidia a su yerno el rey Alfonso de Castilla, en cuyos dominios habitan al menos cinco millones de individuos, casi un millón y medio de fuegos que ingresan enormes cantidades de oro y plata cada año en las arcas reales. Así es posible construir las grandes catedrales en el nuevo estilo, como las que se levantan en Burgos, León y Toledo.

Al menos, piensa Jaime, su hija Violante, reina de Castilla, no pasará los problemas financieros que él está sufriendo desde hace tiempo.

En el castillo de Perpiñán, de vuelta de Montpellier, donde pasan juntos las navidades, conversan durante la comida el rey Jaime, su concubina Guillerma de Cabrera y el conde Hugo de Ampurias, que aspira a que su hija se convierta algún día en la nueva reina de Aragón.

—Vamos a tener problemas con Castilla —comenta Jaime.

—Pero si su rey es vuestro yerno y os admira y quiere como un hijo —se extraña el conde.

—Don Alfonso es ante todo rey de Castilla y de León y, como tal, necesita engendrar un heredero; mi hija doña Violante todavía no se lo ha dado.

—Señor, vuestra hija aún no ha cumplido los diecisiete años...

—Pero hace tres años que comparte lecho con su esposo y sigue sin quedarse preñada. Mi yerno cree que mi hija es estéril y ha decidido separarse de ella. Ya ha iniciado el proceso de nulidad de su matrimonio.

—Perdóname, mi señor —interviene Guillerma—, tú y tu finada esposa doña Violante, Dios la tenga en su gloria, habéis dado sobradas muestras de fertilidad, ¿acaso no será don Alfonso el que no puede engendrar hijos?

—Sí que puede. Mi yerno ha tenido al menos tres. Con su propia tía, una bastarda del último rey de León antes de que lo heredara don Fernando, engendró a una niña; tuvo otro niño con una noble y una tercera hija con otra dama castellana. Por lo que sé, está buscando una nueva esposa en varias cortes cristianas, incluso en el lejano reino de Noruega.

—Creo que Noruega es un reino muy lejano... —se extraña el conde Hugo.

—Don Alfonso es hijo de doña Beatriz de Suabia, una mujer del linaje de los Hohenstaufen, quienes se consideran herederos del Sacro Imperio. Doña Beatriz murió cuando su hijo don Alfonso tenía catorce años, de modo que tuvo tiempo suficiente para decirle que el Imperio podía ser suyo; y creo que está en ello. Por eso planea casarse con alguna princesa noruega que le garantice el apoyo de este reino en sus pretensiones imperiales. Ha firmado treguas con el rey moro de Granada; supongo que para dedicarse plenamente a defender su candidatura imperial.

—Pero el Imperio tiene dueño.

—Sí, es don Guillermo, pero atraviesa por graves problemas y debe afrontar no pocas revueltas.

16

Una mirada lejana

Tarazona, primavera de 1253

—¡Señor, vuestra hija la reina de Castilla está embarazada! —le anuncia gozoso el noble Artal de Foces, hijo de don Jimeno, que acaba de incorporarse a la corte.

—¿Quién lo dice?

—Un correo recién llegado de Soria. Lo ha enviado la propia doña Violante. Enhorabuena, majestad, pronto seréis abuelo del próximo rey de Castilla.

—Tal vez sea una niña.

—Pues en ese caso lo seréis de la reina de Castilla.

—Nuestra hija no era estéril, no lo era.

—Está embarazada de dos meses, al parecer.

—Aunque ya lleva casada más de seis años con don Alfonso, todavía no ha cumplido los diecisiete.

—Su esposo el rey don Alfonso es quince años mayor que ella —dice don Artal.

—Tendrá más hijos, muchos más. La sucesión en Castilla está asegurada.

Desde la terraza del palacio de la zuda de Tarazona, una vieja fortaleza del tiempo de los moros, Jaime mira hacia el Moncayo, cuya cumbre luce un manto blanco que cubre hasta mediada la ladera, y sonríe.

—Señor, el obispo espera a que lo recibáis. ¿Qué le digo?

—Sí, lo citamos ayer. Nos ha pedido que le concedamos la posesión de Villafeliche.

—¿La villa que está entre Calatayud y Daroca?

—La misma.

—¿Y se la vais a donar?

—Sí. Esa aldea se la disputan Daroca y Calatayud. Las aldeas de Daroca se han constituido en comunidad y nos lo hemos ratificado, y las de Calatayud pretenden hacer lo mismo. Villafeliche queda entre las dos, de modo que se la daremos al obispo de Tarazona y así no habrá disputa sobre su pertenencia. Además, Villafeliche es una localidad poblada únicamente por moros; el señor obispo sabrá qué hacer con ellos.

Barcelona, principios de otoño de 1253

La alianza de Castilla con Noruega provoca una reacción en otros reinos cristianos de Occidente. Aquella misma primavera el rey Enrique de Inglaterra, que ambiciona conquistar el reino de Escocia y también aspira a la corona imperial, envía embajadores ante el rey de Aragón con poderes para negociar el matrimonio del infante Alfonso con su hija Beatriz. La alianza entre Inglaterra y Aragón puede ser beneficiosa para ambos reinos.

A sus casi treinta y dos años el primogénito y heredero sigue soltero; va siendo hora de que se case.

Tras duros combates, el rey de Aragón alcanza el máximo de expansión en tierras musulmanas, tal cual prescriben los tratados.

La ciudad de Alicante, que pertenece a Castilla por esos mismos tratados, recibe un fuero de su rey Alfonso, que duda sobre las verdaderas intenciones de su suegro, pues conoce sus ambiciones para incorporar Alicante, Elche y Orihuela al reino de Valencia pese a los límites acordados.

Ese verano la tensión en la frontera de Biar y Alicante es máxima. Algunos caballeros aragoneses entran en tierras castellanas y a punto están de provocar una guerra entre ambos reinos cristianos; solo la prudencia y serenidad de Jaime y el temor de Alfonso evitan el conflicto.

A comienzos de julio muere el rey Teobaldo de Navarra. Jaime sigue pensando que el viejo reino de los vascones debe ser suyo y se dirige a Tudela, donde pacta un acuerdo con el nuevo rey, de tan solo quince años y también llamado Teobaldo, como su padre, y con la reina viuda Margarita de Borbón, por el cual el rey de Aragón se convierte en protector de Navarra y de su joven monarca. Se firma además un acuerdo por el cual se prometen en matrimonio el propio Teobaldo y la infanta Constanza, la segunda hija de Jaime.

Ante ese pacto, surge otra vez el recelo de Alfonso de Castilla, que sospecha que su suegro está maquinando una gran intriga contra él y envía tropas a las fronteras de Navarra como un serio aviso de que no está dispuesto a permitir que Jaime se haga con el poder en ese reino.

Muy lejos, a orillas del río Onon, en la recóndita Mongolia, ese mismo verano los príncipes mongoles se reúnen en un *kuriltai*. Los preside Mongka, el cuarto gran kan y nieto de Gengis Kan. En esa asamblea suprema se acuerda un pacto con su vasallo el rey Hetum de Armenia: trazan un plan conjunto contra los musulmanes; el príncipe Hulagu, hermano de Mongka, destruirá los dominios musulmanes en Asia y conquistará Jerusalén. Hulagu, uno de los caudillos mongoles más refinados, es hijo de Tului, el hijo menor de Gengis Kan, y de su esposa Sorgaqtani, una cristiana nestoriana que lo educa en la creencia en Jesucristo.

Está casado con otra cristiana, la princesa Oroqina, que también lo anima a que libere de las manos musulmanas el Santo Sepulcro de Jerusalén y lo devuelva a los cristianos.

El rey de Aragón desconoce en esos días del verano de 1253 que un gran plan para liquidar al islam se aprueba en Mongolia. El destino del mundo puede cambiar en los próximos años y Jaime está a punto de formar parte de esos cambios.

Las noticias de Mongolia no llegan al rey de Aragón... todavía. Aquel mundo de estepas interminables, desiertos inmensos y montañas cuyas cumbres rozan el cielo está demasiado lejos de la Corona de Aragón.

Los mongoles son vistos en la cristiandad como una amenaza, pues no en vano están a punto de conquistarla cuando la muerte del gran kan Ogodei los obliga a abandonar su campaña en Europa.

Aquel otoño, en Barcelona, Jaime quiere acabar de una vez por todas con el conflicto del reparto de sus dominios y dicta uno nuevo que pretende que sea el definitivo.

—Mi hijo don Alfonso tendrá el gobierno de todo el reino de Aragón y además será jurado como heredero del reino de Valencia

—le dice a Pedro de Bergua, el noble catalán que lo acompaña en la cena en el palacio real de Barcelona.

—Mi señor, los valencianos ya juraron...

—Tendrán que retractarse y jurar ahora como su soberano a don Alfonso. Nuestros hijos don Pedro y don Jaime deberán aceptar estos nuevos cambios y liberar a los valencianos de los juramentos y homenajes que antes les hicieron, de los que por nuestra parte quedan eximidos.

—¿Está de acuerdo don Alfonso? —le pregunta Bergua.

—No. Nuestro hijo no admite perder Cataluña, pero deberá hacerlo; a cambio le damos Valencia. Cataluña será para nuestro hijo don Pedro y Mallorca, para don Jaime —asienta el rey.

—¿Y si don Alfonso no cede?

—Cederá —asegura tajante.

Alfonso cede. No le queda otro remedio.

Cede y acata el reparto de los dominios de su padre ya acordado en las Cortes de Barcelona celebradas dos años y medio antes, pero consigue el reino de Valencia, aunque a su muerte deberá legarlo a su medio hermano Jaime, veintidós años más joven, y además darle unas cuantiosas rentas.

Unos días después de la decisión tomada por Jaime, el infante Alfonso acude a Barcelona. Padre e hijo se reúnen con varios nobles en el nuevo patio del palacio real mayor, una de cuyas alas todavía está en obras.

Esa cita no tiene la solemnidad de las Cortes, pero sí la de las grandes ocasiones en las que se toman decisiones trascendentes.

Varios nobles, algunos eclesiásticos y una docena de ciudadanos de Barcelona están en sus posiciones en el patio del palacio cuando entra el infante don Alfonso. No tiene la altura ni el porte de su padre, pero camina decidido hacia el sitio que le indica el chambelán.

Poco después aparece el rey. A sus cuarenta y cinco años, algunas canas blanquean su cabellera rubia y varias arrugas, aunque no muy profundas, rodean sus ojos negros y su amplia frente.

Todos se inclinan ante Jaime, que toma asiento en un sitial de madera forrado de terciopelo rojo.

Con la mirada recorre las figuras de todos los presentes hasta detenerse en su hijo Alfonso.

—Señores, es nuestra intención de buen ánimo y espontánea voluntad entregar nuestros reinos de Aragón y de Valencia a nuestro hijo primogénito don Alfonso, aquí presente, que recibe con pleno dominio y posesión.

—¿Infante don Alfonso, aceptáis la donación de vuestro padre el rey? —le pregunta el chambelán.

—Acepto —asiente Alfonso, aunque con rictus serio y contrariado.

—En virtud de este acuerdo —continúa Jaime—, os concedemos la cantidad de cien mil sueldos jaqueses de por vida sobre las rentas de la Albufera y las salinas de Valencia, de los judíos de Lérida y de otras juderías de los reinos de Aragón y de Valencia.

—¿Estáis de acuerdo? —vuelve a preguntar el chambelán.

—Lo estoy; pero quiero recordar aquí que los hombres de Lérida siempre han querido formar parte de Aragón y no de Cataluña; así lo han manifestado en cuantas Cortes se han celebrado hasta hoy.

—Lérida será catalana. Está decidido —ratifica Jaime.

—¿Estáis conforme con estos términos? —reitera el chambelán.

—Sí, acepto —afirma Alfonso resignado.

—Pues bien —sonríe Jaime satisfecho—, en virtud de este acuerdo, vuestro hermano don Pedro recibirá los señoríos de Cataluña y don Jaime los de Mallorca, el Rosellón, Cerdaña y Montpellier. Ambos os jurarán fidelidad, como hermano mayor que sois.

—Renuncio a mis derechos sobre Cataluña y acepto que la ciudad de Lérida sea catalana —asiente Alfonso.

—Señores, confirmad con los gestos adecuados este buen acuerdo —dice el chambelán.

Jaime y Alfonso se colocan frente a frente.

—Padre y señor —el infante se arrodilla—, os pido vuestra bendición, os ofrezco la paz y os prometo obediencia y lealtad.

—Y nos os la concedemos.

—Señores, entrelazad vuestros pulgares y unid vuestras manos como señal de este pacto —les indica el chambelán—; y daos un beso y un abrazo.

En una esquina del patio, el joven Artal de Foces asiste a aquella ceremonia con rostro serio y ademán airado. Sabe que lo que se acaba de acordar en el palacio real de Barcelona es una ilegalidad según el derecho aragonés, pero nada puede hacer por evitarlo.

Además, el infante Alfonso no tiene hijos y los infantes Pedro y Jaime son demasiado jóvenes todavía; ¿quién sabe los vericuetos y cambios que aguardan en el futuro?

Barcelona, primavera de 1254

Ser rey de la Corona de Aragón implica desplazarse permanentemente de un lugar a otro; no estar nunca más de tres meses en el mismo sitio, vagar de ciudad en ciudad, de villa en villa, de castillo en castillo; dormir en los mejores palacios, en posadas humildes, en fortalezas rocosas, en pabellones de tela en medio del bosque, en barcos varados en cualquier playa o en el medio del mar. Significa recorrer miles de millas por caminos polvorientos, sendas embarradas y viejas calzadas mal enlosadas; requiere de una gran fortaleza de ánimo para cabalgar sobre hermosos rocines o sobre recias mulas de carga, o incluso caminar por terrenos pedregosos, senderos estrechos y veredas llenas de espinos.

No es fácil ser rey de la Corona de Aragón. No es cómodo. Nada cómodo.

En otoño, realiza una visita rápida a Lérida para convencer a los hombres de su concejo de que sean a partir de ese momento catalanes y vuelve a Barcelona para encontrarse con doña Guillerma de Cabrera y hacerle el amor antes de salir hacia Perpiñán para ratificar viejas alianzas. Regresa a Barcelona antes de que acabe el invierno y de nuevo sale a toda prisa hacia Navarra para acordar un tratado con su joven rey Teobaldo; y vuelta a Barcelona tras pasar por Segorbe y Montblanch. Y todo el tiempo, todo el camino, sin dejar de otorgar favores, donaciones, regalos y dádivas, recibiendo a nobles que demandan más bienes, a eclesiásticos que solo ambicionan más propiedades y sin tiempo alguno para reposar largos y plácidos días al lado de una mujer en cuyo regazo encontrar la calma y la felicidad, aunque sea por una noche, siquiera por una sola noche.

Guillerma ya no lo satisface. Piensa de nuevo en Teresa Gil de Vidaure, la dama navarra de ojos castaños. De vez en cuando sueña con ella, a menudo la recuerda y no olvida que es la única mujer a la que, en una ocasión, prometió matrimonio.

Teresa, sí, Teresa.

Tiene treinta y cuatro años, mantiene su belleza intacta y se queda viuda de Pedro Sánchez de Lodosa.

—Id en busca de doña Teresa Gil de Vidaure —ordena Jaime a Pedro Cornel.

—Sí, señor, mañana ordenaré...

—Ahora.

—¿Ahora? —se extraña Cornel.

—Sí, ahora. En una ocasión le prometí a esa mujer que nos casaríamos. Bien, nos somos viudo y ella también. Ha llegado la hora de cumplir con aquella promesa.

—Pero creo que vive en Navarra...

—Hemos dicho ahora. Id en su busca ya y cuando la encontréis decidle que nos espere en Tudela, porque iremos a su encuentro nos mismo.

La orden no admite réplica. Pedro Cornel se levanta de la mesa, inclina la cabeza y sale en busca de la dama navarra.

Jaime acude a Tudela pocos días después. Allí ratifica el tratado firmado con el joven rey Teobaldo unos meses antes y consigue que Alfonso de Castilla acepte una tregua por un año y no invada Navarra. En Monteagudo del Castillo, cerca de Tudela, los nobles navarros y aragoneses juran el tratado.

Jaime se encuentra con Teresa Gil, que acepta acompañarlo como su dama ante la nueva promesa.

Del norte llegan noticias sorprendentes. El rey Luis de Francia regresa a París tras seis años en las cruzadas. La princesa Cristina de Noruega es enviada a Castilla para desposarse con su rey; parece que los noruegos no se enteran, o no quieren hacerlo, de que Alfonso ya tiene descendencia con Violante y, que el proceso de nulidad de su matrimonio está cancelado.

De regreso a Barcelona, con Teresa a su lado, Jaime conoce la muerte de su medio hermano Pedro, canónigo de Lérida, bastardo del rey Pedro. También recibe la noticia de que los moros de Valencia, aprovechando su ausencia, se rebelan otra vez. Al-Azraq vuelve a encabezar a un grupo de sarracenos que se hacen fuertes en algunos castillos de las montañas cercanas a Biar. Lleno de ira, promete ir contra ellos y darles un buen escarmiento.

Valencia, julio de 1254

Sin perder un momento, Jaime sale de Barcelona con cuantos caballeros puede reclutar. Acude a Játiva, ordena nuevas fortificaciones y se dirige a Biar, donde lo esperan el infante Alfonso y Álvaro Fernández de Azagra, nuevo señor de Albarracín tras la muerte de su padre Pedro; ambos le prestan homenaje y fidelidad.

Al-Azraq está al frente de varios miles de musulmanes rebeldes. Poco antes de la llegada de Jaime, Al-Azraq derrota a un ejército cristiano integrado por tropas de Tortosa, Alcañiz y Valderrobres y mueren quinientos hombres.

La cólera del rey se desata como la más terrible de las tormentas. Uno tras otro, los castillos ocupados por los moros rebeldes son ocupados. Al-Azraq huye a Castilla y pide asilo a Alfonso, que se lo concede a cambio de una buena bolsa de dinero.

—No hay piedad para los vencidos. No queremos un solo moro en nuestras tierras de Valencia. Todos los que aquí habitan deben macharse ya —clama el rey ante Pedro Cornel, Artal de Foces y Pedro de Portugal.

—Señor, mis moros de Sagunto, Segorbe, Castellón y Burriana son pacíficos. Cultivan nuestros campos, construyen nuestras casas y nuestras iglesias y nos proporcionan cuantiosas rentas —protesta Pedro de Portugal.

—En un mes deberán estar todos los moros fuera de los términos del reino de Valencia. Todos. —El rictus de Jaime es contundente y su gesto adusto refleja la ira que lo embarga.

—Será la ruina de este reino —augura Pedro de Portugal.

—Solo podrán llevar consigo la ropa puesta y cuanto puedan cagar a sus espaldas. Nada más —precisa el rey.

—Sin los moros, toda esta tierra quedará desierta, majestad. No habrá brazos para trabajar los campos ni manos para tejer en los telares. Os ruego...

—Deberán marcharse todos. Son unos traidores y no han cumplido los pactos de capitulación que acordamos. Deben ser castigados.

La orden del rey se cumple sin dilación. Una columna de sarracenos que se extiende a lo largo de cinco leguas avanza por el camino de Villena hacia el exilio. La mayoría se dirige a Murcia, donde espera ser acogida por sus correligionarios; algunos se marchan a

Castilla, al amparo de las leyes del rey Alfonso; y unos pocos deciden ir al reino de Aragón, pues oyen que allí se trata a los musulmanes sometidos con cierta consideración y se les permite tener mezquitas y aljamas merced a sus buenos fueros.

El verano es tórrido y húmedo en Valencia. El viento del sur provoca una sensación de agobio que apenas se mitiga entre los gruesos muros de la zuda.

Jaime y Teresa acaban de hacer el amor; todavía sudoroso, se incorpora y se seca el cuerpo con una toalla de lino; mira a su amante, desnuda sobre la cama, y lamenta los años perdidos sin ella.

A sus treinta y cuatro años, Teresa sigue siendo hermosísima. No tiene hijos, ni siquiera durante su matrimonio, de modo que sus pechos mantienen la firmeza de la juventud, su vientre la tersura de las doncellas y su sexo la finura del de las vírgenes.

—Nos casaremos la próxima primavera —le dice Jaime tras beber un sorbo de un vaso de vino endulzado con miel.

—¿Al fin vais a cumplir vuestra promesa?

—Un rey debe ser fiel a su palabra.

—Ha habido muchas mujeres en vuestra vida y dos esposas, ambas hijas de reyes. ¿Por qué yo, ahora, que no soy hija de monarca ni tengo reinos, señoríos o títulos que aportar como dote a vuestra Corona? —le pregunta Teresa.

—Porque os amo desde el primer día que os vi.

—¿Amor? Esa palabra parece de otro tiempo.

—Pues creedme. Siento un gran amor hacia vos, mi señora. ¿Cómo si no hubiera ido a buscaros hasta Navarra, con el riesgo de desencadenar una guerra contra Castilla?

—¿En verdad fuisteis a por mí? Creía que lo habíais hecho para ratificar un tratado con el rey Teobaldo.

—Esa fue la excusa.

—Mi señor, habéis prometido casaros conmigo, ¿no creéis que deberíamos hablar en la intimidad como dos esposos y dejar ese lenguaje para cuando os dirijáis a vuestros súbditos?

—Tienes razón.

—Además, es probable que me dejes embarazada si sigues haciéndome el amor con tanta intensidad y tantas veces.

—¿Te gustaría tener hijos, hijos de un rey?

—Esa es la función que Dios ha dado a las mujeres, ¿no lo crees así?

—Lo dicen las Sagradas Escrituras; no seré yo quien las corrija.

Jaime ya tiene cuarenta y seis años y, aunque su vitalidad y apetito carnal no son los de antaño, la voluptuosidad del cuerpo de Teresa Gil y el tiempo perdido lejos de ella le hace despertar de nuevo su virilidad.

—Nos vamos a Navarra —anuncia Jaime a Teresa.

—¿Qué ha ocurrido? —le pregunta preocupada.

—El rey de Francia, ese iluminado de don Luis, me ha enviado una carta reclamando los derechos de Francia sobre la región que llama la Marca Hispánica.

—¿Qué es la Marca Hispánica? —demanda Teresa.

—Una entelequia, una tierra que nunca existió. El emperador Carlomagno denominó así a las tierras que se extienden entre las cumbres de los montes Pirineos y el río Ebro y las reclamó para sí. Llegó a designar a algunos condes en Gerona, Barcelona, Ampurias y Aragón, que gobernaron esos condados en su nombre, pero de eso hace ya cuatro siglos y medio. El reino de Aragón y el condado de Barcelona ya no son feudos vasallos de Francia.

—¿Por qué los reclama su rey entonces?

—Porque ha fracasado en su cruzada y pretende resarcirse de su derrota. No quiere aparecer a los ojos de su pueblo como un fracasado.

—¿Qué vas a hacer? ¿Librar una guerra con don Luis?

—No, al menos por el momento. Le reclamaré los feudos de Carcasona, Narbona y Tolosa. Esos señoríos pertenecen al rey de Aragón, y además también le pediré Provenza. Mi abuelo el rey don Alfonso fue soberano de ese territorio hace sesenta años.

—Si el problema es con el rey de Francia, ¿por qué nos vamos a Navarra ahora?

—La posesión del reino de Navarra es ambicionada por Francia y por Castilla. Si cae en manos de uno de esos dos reinos, la Corona estará en peligro. ¿Sabes, mi señora, que uno de mis antepasados, don Alfonso el Batallador, además de rey de Aragón, también lo fue de Pamplona y de Castilla?

—Sí, lo sé. En Navarra todavía se recuerda su reinado; conquistó Tudela.

—Hubo un tiempo en el que los reyes de Aragón también reinaban en Navarra; con don Sancho el Fuerte firmé un tratado por el cual si él moría sin hijos, yo heredaría su trono.

Jaime sigue anhelando con ser, algún día, rey de Navarra.

Estella, mediados de agosto de 1254

El viaje a Navarra esconde un plan. A través de agentes enviados durante la primavera con las correspondientes instrucciones, Jaime cierra un pacto con Diego López de Haro, el poderoso señor de Vizcaya, y con otros señores de la tierra de los vascones. El acuerdo secreto contiene una cláusula por la cual el señor de Vizcaya dejará de ser vasallo del rey de Castilla para convertirse en vasallo del rey de Aragón.

Con esa alianza, Jaime prepara la anexión de Navarra a su Corona, se hará con las tierras de los vascones y se convertirá en el soberano de todos los territorios a ambos lados de los Pirineos.

Sin que Alfonso de Castilla lo sepa, en ese pacto también interviene su hermano Enrique, que jura en secreto sumarse a esa concordia y apoyar al rey de Aragón.

En la localidad navarra de Estella, Jaime de Aragón y Enrique esperan la llegada de Diego López de Haro, que se retrasa.

La conjura contra el rey de Castilla está en marcha. Jaime no quiere hacer daño a su yerno ni desea derrocarlo. Alfonso es el padre de dos de sus nietas, una de las cuales será, si no nace un varón, la futura reina de Castilla, pero quiere darle un buen escarmiento por la velada ayuda que Alfonso presta a los rebeldes moros de Valencia y por el asilo dado a su cabecillas.

Jaime quiere demostrarle a su yerno que la Corona de Aragón es poderosa y que no está dispuesto a que Castilla y Francia le arrebaten tierras que le pertenecen.

—Malas noticias, señor —anuncia un heraldo que se presenta ante el rey de Aragón y el infante don Enrique, que conversan en el castillo de Estella.

—¿Qué pasa ahora?

—Don Diego de Haro ha muerto.

—¡Qué! ¿Cómo ha sido?

—Venía de camino hacia Estella al encuentro con vuestra majestad y se detuvo en las termas de Bañares. Parece que se encontraba mal de salud y le recomendaron que visitara esos baños, famosos por sus aguas curativas.

—¿Cómo ha muerto? —pregunta Jaime.

—No lo sé, mi señor. Según dicen, nada más morir el señor de Haro aparecieron unos hombres, se apoderaron del cadáver de don Diego y se lo llevaron, creo que a Burgos.

—Ha sido envenenado —musita Enrique al oído de Jaime.

—¿Por qué suponéis tal cosa?

—Mi hermano el rey Alfonso ha debido de enterarse de las intenciones de don Diego y habrá enviado a unos sicarios para acabar con él.

—La muerte de don Diego desbarata todos nuestros planes —lamenta Jaime.

El infante Enrique aprieta los dientes. Sabe que su situación acaba de complicarse, y mucho. Hijo del rey Fernando de Castilla, ayuda a su hermano Alfonso en sus guerras contra los moros, a los que gana las ciudades de Lebrija, Morón, Medina Sidonia y Arcos, que su padre el rey Fernando le promete como señoríos.

Pero su hermano Alfonso no cumple la promesa; despoja a su hermano Enrique de esas ciudades, rompe el documento que lo convierte en su señor y las entrega al maestre de Calatrava.

Es entonces, despechado y humillado, cuando Enrique decide dirigirse al rey de Aragón y ofrecerle su ayuda. Sabe que Jaime no desea la derrota de su yerno el rey de Castilla, pero tampoco se siente cómodo con un vecino tan poderoso.

—¿Quién es el heredero de don Diego? —pregunta Jaime.

—Su hijo, el joven Lope Díez.

—¿Lo conocéis?

—Sí.

—¿Y confiáis en él?

—Confío.

—En ese caso, este plan no ha terminado. Hablad con el joven don Lope y convencedlo para que siga con lo planeado por su padre. Nos veremos aquí el año que viene.

—Majestad, varios señores de la zona eran fieles a don Diego de Haro, quizá al enterarse de su muerte decidan abandonar esta alianza y ratificar su lealtad a don Alfonso. Sin su ayuda, nuestro plan para ganar esos señoríos puede desvanecerse.

—Encargaos vos de convencerlos y también de que el nuevo señor de Vizcaya esté de nuestro lado. Nos veremos el año que viene.

Jaime comprende que no va a ser posible ejecutar su plan en esas circunstancias; decide posponerlo para el año próximo y retirarse ante la desesperación del infante Enrique, que sin la ayuda del rey de Aragón teme ser objeto de la venganza de su hermano Alfonso.

A principios de aquel otoño se hace acompañar a Lérida por su hijo Pedro, recién cumplidos los catorce años, para confirmar los privilegios, costumbres y libertades de esa ciudad, que los aragoneses al fin dan por perdida. En Zaragoza solicita a los principales concejos que le proporcionen la cantidad de tres mil marcos de plata para hacer frente a la guerra que puede desatarse contra Castilla. Argumenta Jaime que el rey Alfonso, ya enterado de la conjura del infante Enrique y de Diego de Haro, anda moviendo tropas por la frontera con Aragón y Navarra y teme que en cualquier momento pueda producirse una invasión castellana.

Pedro Cornel, su fiel mayordomo durante veinte años, se siente viejo y cansado. Consciente de que si estalla la guerra con Castilla no podrá ser eficaz en el campo de batalla, le pide a Jaime que lo releve de su cargo. El rey acepta.

Calatayud, abril de 1255

La amenaza de guerra pende sobre Navarra y Aragón durante todo el invierno. Jaime recorre la frontera desde Tudela y Olite hasta Valencia para inspeccionar las fortalezas, dar instrucciones sobre cómo defenderse en caso de un ataque castellano y animar a sus súbditos.

Con cuarenta y siete años cumplidos ya no es aquel joven apuesto, arrojado e incluso temerario que pelea junto a sus hombres codo con codo en la primera línea de batalla durante las conquistas de Mallorca y de Valencia, pero su aspecto permanece formidable.

Su rostro presenta las facciones más duras, algunas arrugas se dibujan en la frente y en torno a los ojos, sus cabellos rubios alternan con mechas canosas y sus ojos negros no brillan como antaño, pero sigue siendo un hombre hermoso y viril a cuyo paso se arrebolan las mujeres y se encienden sus corazones.

Con el paso del tiempo se vuelve más prudente, reposado y sereno. Ya no toma decisiones precipitadas; medita con mayor profundidad cada vez que se le presenta una disyuntiva y elige la ruta a seguir haciendo más caso a las razones que a los sentimientos.

La compañía y el consejo de Teresa Gil, con la que lleva viviendo un año, lo reconforta. Tras una tensa reunión con nobles, obispos y concejos urbanos, Jaime encuentra en ella la serenidad que su espíritu inquieto necesita.

—Estoy embarazada —le dice Teresa a Jaime mientras comen en el castillo de la villa de Calatayud.

—¿Estás segura?

—Completamente. Hace ya dos meses que no mancho los paños íntimos. ¿Acaso no te has dado cuenta?

—Entonces mi hijo, nuestro hijo, nacerá dentro de siete meses.

—Si no se frustra mi embarazo, serás padre el próximo otoño; y si no me desposas, ese niño será un bastardo.

—No lo será —dice Jaime—. Nos casaremos enseguida, aquí mismo, en Calatayud.

—Yo no soy noble...

—No importa. No es la primera vez que un rey desposa a una plebeya.

—¿Quieres que tu sangre se mezcle con la mía?

—Ya están mezcladas, en tu vientre. Nuestro hijo no será un bastardo.

—Mi estirpe no es real —lamenta Teresa.

—Por eso nuestro matrimonio será morganático.

—¿Qué significa eso?

—Que nuestra unión conyugal es sagrada a los ojos de Dios y de los hombres y que se produce con la bendición de la Iglesia, pero que nuestro hijo no podrá heredar mis títulos como rey y señor.

—Pero ¿seré tu esposa legítima?

—Lo serás. La Iglesia no hace ninguna diferencia en estos casos, aunque la ley reserva este tipo de uniones para evitar que las estirpes reales deriven hacia la gente del común. Hace tiempo, cuando los reyes eran paganos, se consideraba que su linaje procedía de los dioses y que había que preservar ese origen.

Llovizna sobre la villa de Calatayud. La iglesia de Santa María está engalanada con enramadas y pendones rojos y amarillos. Se casa el rey de Aragón.

No se hace ningún anuncio público de la boda, pero los habitantes de Calatayud se enteran del acontecimiento que va a ocurrir en su localidad y se arremolinan a la puerta de Santa María para ver a su soberano.

Varias decenas de guardias armados evitan que los vecinos se acerquen demasiado cuando Teresa y Jaime llegan a la puerta del templo, consagrado hace tan solo cinco años. Es un edificio austero, levantado sobre el solar de la antigua mezquita aljama de los moros, que fueron señores de Calatayud hasta que el rey don Alfonso el Batallador la ganó para Aragón.

Teresa Gil de Vidaure entra en Santa María y avanza hacia el altar con paso firme; lleva un ramo de flores en sus manos, las primeras violetas florecidas esa primavera. Está feliz y nerviosa, pero trata de mostrarse serena y tranquila. De vez en cuando se acaricia el vientre, en el que late el corazón de su hijo. El hijo de un rey.

Jaime ya se encuentra allí, de pie ante el altar. Viste una túnica de seda de color azul celeste y porta la corona real sobre su cabeza. Teresa le sonríe, se acerca y le da un beso en la mejilla.

—Por fin vas a cumplir tu promesa —le susurra al oído.

—Un rey debe cumplir lo que promete —bisbisa Jaime.

El obispo de Tarazona, que celebra la boda, comienza el ritual. Sabe bien, pues así se lo hacen saber, que se trata de un matrimonio morganático, de modo que el prelado tiene el cuidado de disponer que el novio sostenga con su mano izquierda la mano derecha de la novia, como se hace en este tipo de ceremonia nupcial.

Declarados marido y mujer, Jaime besa a su esposa.

—Nuestros hijos serán legítimos.

—Pero ninguno de ellos podrá ser rey —parece lamentar Teresa.

—Los compensaré por ello, y también a ti —le bisbisa cuando salen de la iglesia de Santa María cogidos de la mano.

El rey se muestra generoso con su nueva esposa y le dona dos lujosos palacios en Valencia, antiguas propiedades de reyes moros, y la villa y castillo de Jérica con sus rentas, propiedades y derechos. Si él muere antes de tiempo, Teresa Gil de Vidaure no quedará en la indigencia y el hijo que venga dispondrá de una notable fortuna, además del título de señor de Jérica.

Y aún le dona dinero y joyas ese verano, al nacer su hijo, un varón al que bautizan con el nombre de Jaime, Jaime de Jérica.

Estella, principios de septiembre de 1255

Un año después, Jaime de Aragón y el infante Enrique de Castilla vuelven a encontrarse en Estella. Con ellos también se halla Lope Díez de Haro, el joven señor de Vizcaya, que acude con todos sus vasallos, dos docenas de nobles vascos de segunda fila de las tierras de Vizcaya y Álava dispuestos a seguir a su señor natural hasta el fin.

Los conjurados se reúnen en la iglesia de San Miguel, ubicada en el alto de la Mota y desde donde se domina la villa de Estella y su campo. Todo está preparado para escenificar la alianza contra Castilla.

Acompañan al rey algunos nobles aragoneses y catalanes a los que no les importaría entrar en guerra con Castilla cuanto antes; una victoria sobre los castellanos podría acarrear la anexión de las tierras de Alicante y de Murcia. Estos nobles consideran que Aragón no debe renunciar de ninguna manera a esas dos ciudades aunque existan tratados que así lo certifiquen, pues, de hacerlo, la posibilidad de continuar expandiéndose hacia el sur por tierras de moros quedaría cerrada para siempre.

A una reverente indicación del notario del concejo de Estella, Jaime se pone en pie ante el altar mayor de San Miguel y habla con solemnidad:

—Nos, Jaime, rey de Aragón, os recibimos a vos, don Enrique, hijo de don Fernando, que fue rey de Castilla, como nuestro vasallo y os ofrecemos auxilio y ayuda, y juramos ante los santos cuatro evangelios defenderos como buen señor de cualquiera que ose haceros daño, incluso contra vuestro hermano el rey de Castilla y León o cualquiera de sus vasallos.

—Señor —responde Enrique—, yo os prometo lealtad y vasallaje, y os ofrezco homenaje de manos y boca. Juro que no haré pacto ni acuerdo alguno con el rey de Castilla ni con ningún otro hombre que haya en España —los nobles aragoneses y catalanes se miran con cierta sorpresa al escuchar ese topónimo que usa el infante para referirse a todos los reinos cristianos hispanos—; por juramento ante los cuatro evangelios y homenaje de boca y manos, así lo cumpliré, y si no lo hago, caigan sobre mí las mayores desgracias y sea considerado traidor y perjuro.

Enrique se coloca ante Jaime, se inclina con respeto y lo besa en la boca; Jaime extiende sus brazos y recoge entre sus manos las del infante castellano.

A continuación, Lope Díez de Haro se levanta de su banco y se sitúa frente a Jaime, que dice:

—Sabed, don Lope, señor de Vizcaya, y todos vuestros vasallos aquí presentes, que nos, Jaime, rey de Aragón, os ayudaremos con toda nuestra fuerza y la de todos nuestros reinos contra cualquier daño que pretenda causaros el rey de Castilla y de León.

—Y yo, Lope Díez de Haro, con todos mis vasallos que aquí están sin engaño, sin fuerza y sin fraude, os ayudaré contra cualquier hombre que haya en España, y también lo harán todos los oficiales de las villas de mi señorío.

Jaime y Lope repiten la ceremonia del beso y la imposición de las manos.

—Vizcaya y Álava fueron señoríos de nuestros antepasados los reyes de Aragón. Don Alfonso, el que conquistó Zaragoza a los moros, también fue rey de Castilla y de Pamplona. Los castellanos se aprovecharon de su muerte para quedarse con estas tierras, que nos pertenecen —proclama Jaime en voz alta.

A un lado del altar, los nobles aragoneses y catalanes están contentos.

—Si Dios no lo impide, en cuanto el rey de Castilla sepa lo que aquí acaba de ocurrir, nos declarará la guerra —comenta Artal de Luna a Berenguer Guillén de Entenza.

Ambos actúan como testigos de esos contratos de vasallaje.

—¿Estáis seguro? —le pregunta Entenza.

—No tiene otro remedio. Vizcaya es un señorío del rey de Castilla desde hace casi dos siglos. Si no hace nada por conservarlo, otros señores se levantarán contra él, y entonces los reinos de Castilla y de León desaparecerán como se disipan las nubes tras la tormenta. Habrá guerra; debemos estar preparados para librarla y ganarla.

El plan del rey de Aragón para incorporar Navarra y Vizcaya a sus dominios, que parece frustrarse un año antes con la muerte de Diego de Haro, se revitaliza. Jaime, seguro de que los vizcaínos y los alaveses serán fieles a sus juramentos, regresa confiado a Aragón y vuelve sus ojos hacia Italia.

Esa tierra, en otro tiempo el corazón del Imperio de los romanos, arde en conflictos. Dividida en multitud de señoríos, su posesión es ambicionada por el papa, el emperador de Alemania, el rey de Francia y ahora también por el de Aragón.

La posesión de las islas del reino de Mallorca es una base sólida para iniciar expediciones hacia el este. Las buenas relaciones de algunos mercaderes catalanes y valencianos con comerciantes italianos abren la posibilidad de mirar hacia las islas de Córcega, Cerdeña y Sicilia como futuras tierras a conquistar, además de la propia Italia continental, sobre todo al sur de Roma.

Claro que, para llevar a cabo un proyecto tan ambicioso, antes será necesario frenar a los franceses, pactar con el papa, que aspira a convertirse en el dueño de Italia como un señor temporal más, solucionar de una vez los problemas familiares y el reparto de sus reinos entre sus hijos y acordar una paz estable con Castilla o una tregua que deje sus espaldas cubiertas antes de emprender cualquier aventura en el Mediterráneo.

Campamento del rey de Castilla, cerca de Ágreda, mediados de noviembre de 1255

Los límites precisos entre Aragón y Cataluña siguen siendo discutidos por catalanes y aragoneses. Mediado el verano, el rey acude a Lérida y a Fraga para procurar solucionar el conflicto.

En su último testamento, declara que el río Cinca es la frontera entre esos dos territorios, de modo que Lérida queda en Cataluña; pero la villa de Fraga se encuentra justo en la orilla izquierda del Cinca y los catalanes reclaman su posesión. Los aragoneses, resignados a perder Lérida, se niegan en rotundo a admitir la cesión de Fraga. Alegan que ante los muros de esa villa murió su gran rey Alfonso el Batallador; no consentirán que no sea de Aragón.

Jaime se limita a prometer a los hombres del concejo de Fraga que esa villa será siempre de dominio real y que nunca la enajenará de su patrimonio, ni la venderá, ni la entregará a ningún señor. Pero los aragoneses desconfían de sus intenciones, pues firma ese documento sin citar que es rey de Aragón y aludiendo tan solo a sus derechos como sucesor de los condes de Barcelona.

Mientras se dilata este enconado asunto, la guerra con los castellanos parece inevitable. El rey Alfonso de Castilla anda merodeando con un ejército por la frontera de Navarra, justo donde linda ese reino con los de Aragón y Castilla, a unas pocas millas de la ciudad de Tarazona, al pie de la vertiente norte del Moncayo.

En el mes de octubre, Jaime responde a la provocación y prepara el ejército en Zaragoza. Solicita créditos para sufragar los gastos de la guerra que se supone inminente, empeña rentas de la Corona para avalarlos y contrata a soldados profesionales, entre ellos al mercenario castellano Ramiro Rodríguez, un capitán que manda una compañía de veinte caballeros de armas y ochenta escuderos y ballesteros. Son cien guerreros bien adiestrados y muy experimentados en el combate, que constituyen un formidable refuerzo para la mesnada real de Aragón.

A comienzos de noviembre, acude a Tarazona, desde donde prepara la guerra que se avecina, y establece un campamento en la frontera, cerca de la villa castellana de Ágreda. Sus aliados también despliegan sus tropas: Lope Díez, el joven señor de Vizcaya, lo hace en tierras de La Rioja y el infante Enrique en el altiplano de Soria.

Los dos ejércitos están listos para la batalla.

Es un día claro y soleado pero frío. El viento del noroeste bate los campos en las faldas de la sierra del Moncayo, cuya cumbre amanece blanca por la primera nevada del otoño.

—Una buena jornada para luchar —le dice Ramiro Rodríguez al rey de Aragón.

—Nunca es buen día para la guerra —le responde Jaime.

—La guerra es natural, mi señor. Los hombres hemos nacido para la batalla; es la ley de la vida y de la muerte.

El mercenario no muestra el menor atisbo de sentimiento en sus palabras. Su rostro, enmarcado por el casco de combate, parece el de una estatua modelada en piedra.

—Si entablamos combate, muchos de estos hombres morirán en la pelea, tal vez vos, y nos mismo —comenta el rey.

—La guerra es mi oficio, señor; si gano, consigo oro y plata, si pierdo, me dejo en ella la vida. Así es este trabajo.

—¿Cómo veis la batalla? —le pregunta Jaime.

—Si hay lucha, venceremos —asienta Ramiro con determinación.

—¿Cómo estáis tan seguro? El ejército del rey de Castilla es más numeroso que el nuestro.

—No olvidéis que soy castellano, mi señor, y que conozco bien a esos soldados que tenemos enfrente. Venceremos porque ellos dudan. Casi nos doblan en número y ni aun así se deciden a atacar. Significa que os temen.

A sus cuarenta y siete años de edad, Jaime de Aragón tiene forjada una imagen de guerrero de leyenda. Sus hazañas y sus gestas se cantan en poemas y romances y lo llaman el Conquistador por sus victorias en Mallorca y Valencia.

Sobre su caballo, armado con cimera, cota de malla y peto de hierro, su figura imponente sigue despertando admiración en sus aliados y temor en sus enemigos.

—Listos para la batalla —ordena Jaime.

Los portaestandartes agitan las banderolas indicando a las alas del ejército aragonés que se dispongan para cargar sobre los castellanos en cuanto se dé la orden de ataque.

—¡Compañeros, las lanzas bajo el brazo, listos para la pelea! —grita Ramiro a sus hombres.

Piafan los caballos, se enristran las lanzas, se cierran las viseras de los yelmos, se ajustan las botas de piel a los estribos, se aprietan los dientes, se tensan los ánimos, se encogen los corazones... y algunos rezan para que Dios, la Virgen y todos los santos del cielo se apiaden de ellos.

Cuando Jaime de Aragón está a punto de dar la orden de carga a su caballería, un jinete se adelanta de entre las filas castellanas; lleva su lanza alzada y en la punta ondea una banderola blanca. Avanza a trote confiado hacia el frente aragonés.

El rey de Aragón observa a aquel caballero y baja el brazo. El jinete sigue cabalgando hacia los aragoneses.

—Es una treta, mi señor. Ordenad la carga —le ruega Ramiro Rodríguez.

—No. Aguardemos a ver qué quiere ese jinete.

—Es una estratagema para ganar tiempo. Tenemos ventaja con nuestra posición; si cargamos ahora, la victoria es nuestra.

—Hemos dicho que no. —Jaime clava sus profundos ojos negros en los de Ramiro. Ni siquiera un señor de la guerra como ese insensible mercenario castellano es capaz de aguantar la mirada iracunda del rey de Aragón.

El jinete se encuentra tan cerca que puede reconocerse su rostro, pues no lleva casco de combate.

—Apuntad a ese hombre, y si realiza cualquier movimiento sospechoso, atravesadlo de inmediato —ordena Ramiro a dos ballesteros que forman a su lado.

A unos veinte pasos de distancia el jinete se detiene, clava su lanza en el suelo y descabalga. Saca su espada del tahalí, la hinca junto a la lanza y ata en la empuñadura las riendas de su caballo. Alza los brazos, se inclina con todo respeto hacia el rey de Aragón y anuncia:

—¡Majestad, soy Bernardo Vidal de Besalú, caballero catalán al servicio del rey don Alfonso de Castilla!

—¿Alguien sabe quién es ese loco? —pregunta Jaime a los nobles que lo acompañan.

—Yo lo conozco —responde Ramón, vizconde de Cardona—. Es un caballero de la villa de Besalú. Hace un par de años formó en mi mesnada, pero se marchó a Castilla poco después de que don Alfonso fuera proclamado rey; marchó en busca de fortuna y, al parecer, ha logrado entrar a su servicio.

—Indicadle que se acerque —manda el rey.

—Traedlo aquí, pero antes aseguraos de que no esconde ningún arma —ordena el vizconde a dos de sus escuderos.

Bernardo Vidal camina entre los dos escoltas hasta colocarse a tres pasos del rey Jaime, ante el que clava la rodilla en tierra e inclina la cabeza.

—Mi señor don Jaime, vuestro hijo el rey don Alfonso me envía para que os haga llegar su ruego y su deseo de que no se desate una batalla entre vuestros ejércitos. Os ofrece que vayáis a su tienda para parlamentar como padre e hijo y evitar así la guerra. Os lo ruega por vuestro nieto don Fernando, futuro rey de Castilla y de León.

—Es un engaño, majestad. No acudáis a esa cita —le recomienda Ramiro Rodríguez.

—Don Ramiro, si volvéis a darnos consejo sin que nos os lo pidamos, juramos que vuestra cabeza lucirá en la cumbre de ese cerro, pero clavada en la punta de una lanza —amenaza el rey al capitán mercenario.

Ramiro se traga su orgullo y calla. Solo piensa en librar esa batalla y ganar todo el botín posible. Si no hay guerra, no hay beneficio. Él y sus hombres viven de la guerra, aman la guerra, quieren la guerra, necesitan la guerra.

—¿Qué respuesta le llevo a don Alfonso, majestad? —pregunta Bernardo Vidal.

—Los hombres de Besalú han sido siempre gentes de palabra y fieles servidores a sus señores. Los condes de Barcelona también lo son de Besalú desde hace siglo y medio.

—Lo sé bien, señor. Soy descendiente del conde don Guillermo, el padre de don Bernardo.

—¿Vos, descendiente de un conde? —se extraña el rey.

—Mi padre fue el juglar y trovador don Ramón Vidal de Besalú, que cantó en sus poemas a vuestro padre el rey don Pedro de Aragón, el mejor caballero que ha habido en el mundo. Mi linaje procede de los condes de Besalú. Podéis confiar en mi palabra.

Jaime hace memoria. Recuerda entonces lo leído en una antigua crónica: Hace ya siglo y medio el último conde de Besalú, de nombre Guillermo, soltero y sin hijos a sus cincuenta años, firma un acuerdo de boda con Jimena, hija del conde Ramón Berenguer de Barcelona y de su esposa doña María, una de las dos hijas del Cid Campeador. Ese acuerdo matrimonial es una mera excusa para entregar al conde de Barcelona el condado de Besalú, pues la joven María solo tiene en ese tiempo siete años.

—Decidle a don Alfonso que declaramos ahora una tregua. Hablaremos con él; no habrá batalla... por el momento. Podéis retiraros.

—Majestad, sois un gran caballero, no en vano en vuestras venas hay sangre de los reyes de Aragón, de los condes de Barcelona, de los emperadores de Constantinopla y de don Rodrigo Díaz de Vivar.

Jaime lo sabe. Su tatarabuela, la condesa María Rodríguez de Barcelona, es hija del Cid.

El de Besalú se inclina de nuevo y regresa hasta su caballo, coge la lanza y la levanta, agitando la banderola blanca.

Entonces sucede algo asombroso. De entre las filas castellanas, sale otro jinete que cabalga al trote hacia las huestes del rey de Aragón. Es don Alfonso, rey de Castilla y de León, inconfundible con su sobreveste y la gualdrapa rica de su caballo con las armas de sus reinos: el león púrpura rampante coronado de oro sobre campo blanco y el castillo dorado sobre fondo bermejo.

Don Jaime sonríe y, sin esperar un instante, espolea su caballo que trota al encuentro del castellano.

Ambos monarcas se detienen a mitad de camino entre los dos ejércitos; se observan por unos instantes y se aproximan despacio hasta que sus monturas se rozan y sobre los caballos se funden en un largo abrazo.

De los dos bandos surgen gritos de júbilo y exclamaciones de alegría. Se alzan las espadas, se agitan los estandartes y se vitorea a los reyes.

La mayoría de los presentes suspira aliviada porque no habrá batalla. Todos podrán volver vivos a sus casas y contarlo.

La entrevista entre los dos monarcas se celebra en el pabellón del rey de Castilla. Jaime acude a la cita acompañado tan solo por media docena de sus hombres, entre ellos el vizconde de Cardona. Quiere mostrar así que confía en su yerno y que no tiene miedo a una encerrona.

A la puerta de la tienda, donde ondea el pendón de Castilla y León, lo espera Alfonso.

Jaime descabalga y avanza con paso firme hacia su yerno. Viste una sobreveste con las franjas rojas y amarillas de los colores heráldicos de la casa real de Aragón, y va descubierto, sueltos al viento sus cabellos largos, ondulados y rubios; luce una barba mediada, algo más oscura que el pelo de la cabeza, pues se aplica un tinte para ocultar las canas que la emblanquecen.

—Mi señor y padre, os agradezco que hayáis aceptado nuestra demanda de paz —dice Alfonso.

—Una guerra entre nuestros reinos sería una calamidad para ambos y una terrible desdicha —responde Jaime.

—Padre, os pido perdón por mi actitud y por haber llevado a nuestros hombres al borde de una guerra.

—Y nos os lo concedemos y aceptamos tus disculpas.

Ambos se funden en un largo e intenso abrazo.

—Sabed que vuestra hija la reina doña Violante se encuentra en Valladolid; está bien tras el parto de vuestro nieto, mi hijo don Fernando, el futuro rey de Castilla y León. Le hubiera gustado venir a saludaros, pero hace tan solo tres semanas del parto y el médico le ha aconsejado que guarde reposo.

—Nuestra hija es una mujer fértil. Te ha dado ya tres hijos y te dará muchos más. No lo dudes. —Jaime mira a su yerno y sonríe.

Dentro de la tienda, y mientras comen, Jaime y Alfonso acuerdan las condiciones para una paz duradera entre Castilla y Aragón.

—Retiraré todas mis tropas de las fronteras con Navarra y con Aragón, pero, querido padre, mi hermano don Enrique deberá machar al exilio, a Inglaterra, al menos por un tiempo.

—Nos parece justo —acepta Jaime.

—Mi hijo don Fernando será proclamado heredero de Castilla y León y jurado como tal en Cortes.

—¿Y qué hay de aquella princesa noruega con la que quisisteis casaros cuando creíais que nuestra hija era estéril?

—Doña Cristina, que así se llama la hija de rey Haakon, vendrá a Castilla, pues di mi palabra, y se casará con mi hermano el infante don Felipe. Es abad en Valladolid y arzobispo electo de Sevilla, aunque ya no tomará posesión de esa archidiócesis; será el esposo de doña Cristina.

—Nuestro acuerdo debe ser ratificado con la sangre. Nuestra hija doña Constanza ya tiene diecisiete años; se casará con vuestro hermano don Manuel, que ya anda por los veinte cumplidos, según creo.

—Doña Constanza estaba prometida a mi hermano don Enrique y también a don Teobaldo de Navarra...

—Esos acuerdos quedan anulados. Doña Constanza será la esposa de don Manuel —asevera Jaime.

—Sea —asiente Alfonso.

Tras ratificar el pacto y la tregua, ambos monarcas se despiden entre las aclamaciones de los soldados. Solo unos pocos, entre ellos Ramiro Rodríguez, lamentan el acuerdo de paz. Para ganar un buen botín, el mercenario castellano deberá esperar nuevas oportunidades; seguro que no faltarán.

LIBRO III

REY CRUZADO
(1256-1276)

17

Las dudas del rey

Calatayud, principios de 1256

No habrá guerra con Castilla, al menos por el momento; aunque Jaime no acaba de fiarse del todo de su yerno y pasa el invierno entre Calatayud y Tarazona sin perder de vista la frontera. No baja la guardia y ordena que vigías fieles permanezcan atentos y oteen día y noche desde las atalayas de la serranía por si se produjeran movimientos de tropas procedentes del oeste.

Pese a que atesora ya una larga experiencia en el gobierno de sus Estados, el rey de Aragón se debate en un equilibrio emocional inestable: alarga el tiempo de la toma de decisiones, se contradice con frecuencia, cambia de opinión a menudo, rectifica sus testamentos, duda sobre el reparto definitivo de sus dominios...; intenta contentar a los catalanes, pues siente una especial predilección por Cataluña y por la fidelidad que le demuestra la mayoría de sus hombres, pero sabe que no debe afrentar a los aragoneses si no quiere meterse en graves problemas.

Siempre pende la amenaza de Castilla y León y del poderío de esos reinos, más extensos, poblados y ricos que los suyos, por lo que debe actuar con diplomacia y no dejarse llevar por sus impulsos. Conoce bien a su yerno el rey Alfonso y la admiración que le profesa, pero sospecha que su ambición puede desencadenar una guerra en cualquier momento, pues lo acordado en el campamento cerca de Ágreda no es sino una tregua.

Ansía mantener la influencia de los aragoneses y catalanes en las regiones al norte de los Pirineos, pero para ello debe resolver los asuntos pendientes con el rey Luis de Francia, que ambiciona dominar todas las tierras entre París y las cumbres de los Pirineos y forjar un gran reino entre el mar del Norte y el Mediterráneo.

Tampoco quiere renunciar a continuar la expansión de la Corona de Aragón por el Mediterráneo y ganar sus islas y sus costas hasta llegar a Tierra Santa y entrar triunfante en Jerusalén, en manos de los sarracenos desde hace doce años.

—Cataluña es la mejor tierra del mundo —afirma Jaime, que bebe una copa de vino aromatizado con hierbas y rebajado con agua en el palacio que el obispo de Tarazona posee en Calatayud.

—Lo es mi señor, lo es. —Lo acompaña el vizconde de Cardona, a quien el rey agradece su mediación para evitar la guerra con Castilla.

—Cuenta con los condes más nobles, todos bajo el señorío del conde de Barcelona.

—Que sois vos —añade el de Cardona.

—Hay más ricohombres, más caballeros, más ciudadanos honrados y más clérigos que en ningún otro de mis Estados.

—Pero Aragón y Valencia son reinos, mi señor, y Cataluña no es sino una suma de condados. Tal vez si convirtierais a Cataluña en uno de vuestros reinos...

—Eso solo puede hacerlo el papa y no parece que quiera conceder ese privilegio, al menos por ahora —asienta Jaime.

—Si lo pudierais convencer... Si vuestra carta de petición fuera acompañada con una buena bolsa... Roma nunca hace ascos a un buen montón de monedas de oro.

—Los aragoneses se opondrían a que Cataluña se convirtiera en un reino.

—No pueden hacerlo.

—Claro que pueden, señor vizconde, claro que pueden. Esos orgullosos y tercos montañeses llevan en su sangre el orgullo y la tozudez de siglos de resistencia a todo. La nieve de sus montañas, el hielo de sus serranías y el viento de sus páramos los han forjado duros como sus rocas y orgullosos como pavos reales.

—Vos, señor, instituisteis en Valencia un reino; podéis hacer lo mismo en Cataluña.

—Valencia ya era un reino antes de que nos lo conquistáramos; Cataluña nunca lo ha sido.

—Pero podría serlo.

—Cuando nos muramos y nuestro hijo don Pedro se convierta, como es nuestro deseo y expresamos en nuestro testamento, en soberano de Cataluña, tal vez entonces se convierta en un reino. Tal vez.

Un escudero interrumpe la conversación del rey con el vizconde.

—Mi señor, vuestra hija doña Violante está aquí y desea veros —le dice atorado y nervioso.

—¿Doña Violante aquí? ¿Cómo es posible? ¿Cómo ha podido llegar hasta Calatayud sin que nadie nos haya avisado de su llegada?

—No lo sé, mi señor. Ha debido de cruzar la frontera disfrazada, o por caminos secundarios durante la noche.

—Hacedla pasar. Y vos retiraos —le ordena al vizconde de Cardona.

El noble catalán sale acompañando al escudero; instantes después entra la reina de Castilla.

—Padre y señor. —La hija mayor del rey de Aragón se acerca hasta Jaime, dobla la rodilla, le coge las manos y se las besa.

—¿Qué haces tú aquí? ¿Cómo has llegado hasta Calatayud? —le pregunta sorprendido aún por su inesperada presencia.

—Vestida con los hábitos del Císter. Viajé desde Valladolid hasta el monasterio de Huerta, allí he descansado un par de días. Después, acompañada con un grupo de mis damas, todas vestidas como monjas, hemos llegado a Calatayud.

—¿Está bien tu hijo? Me comentó tu esposo que es un niño sano y que sobrevivirá.

—Lo es padre, lo es. Vuestro nieto será el futuro rey de Castilla. He venido a visitaros para pedir que no guerreéis con Alfonso.

—Tu esposo me ofendió y quiso hacerme la guerra en Navarra.

—Pero os ha pedido perdón. Os admira como modelo de rey y ejemplo de caballero y os ama como a un padre. Sois el abuelo de su heredero, de mi hijo.

Violante se gira hacia la puerta y hace una señal a una de sus damas, que se mantiene en el umbral expectante.

—¿Qué...? —Jaime no sale de su asombro cuando ve acercarse a un ama de cría con un niño en sus brazos.

—Este es mi hijo, vuestro nieto el príncipe don Fernando, heredero de los reinos de Castilla y de León. Lleva vuestra sangre.

Jaime se acerca a la mujer, cuyos enormes pechos denotan su condición de nodriza, y contempla el rostro del niño.

—Mi nieto.

—Vuestro primer nieto; solo tiene tres meses.

—Deja que lo coja.

Jaime sujeta al niño, arrebujado en una manta de piel de oso, entre sus grandes manos.

—Es rubio y tiene los ojos negros como vos, padre —comenta Violante.

—No debiste haber venido hasta aquí en pleno invierno, no con este niño.

—Necesitaba hacerlo. Quería que conocierais a vuestro nieto antes de que adoptarais una decisión. Padre y señor, ¿por qué queréis arruinar el reino de mi esposo? ¿Por qué me entregasteis a él para que fuera su reina y ahora pretendéis quitármelo todo? ¿Por qué...?

Violante solloza con amargura mientras suplica a su padre que no desate las hostilidades contra su esposo.

Jaime contempla a su nieto. El rostro cerúleo del niño asoma entre la manta de piel de oso; abre los ojos y mira a su abuelo con gesto risueño, en el que se aprecia el atisbo de una leve sonrisa.

—Tu hijo sonríe.

—Es la primera vez —comenta Violante.

Jaime acaricia la mejilla de su nieto, que hace ademán de llevarse el dedo a la boca.

—¿Tiene hambre? —pregunta el rey.

—Sí; es un tragón. —La reina de Castilla le indica con un gesto al ama de cría que es hora de dar de mamar al pequeño.

—Firmaré la paz con tu esposo —asienta Jaime tras pasar el niño de sus brazos a los de la nodriza.

—¿Lo haréis, padre, lo haréis? —pregunta Violante con rostro alegre y esperanzado.

—Te lo acabo de decir.

—Mi esposo está ahora en Soria, aguardando mi regreso. Podríais acompañarme hasta allí y firmar esa paz.

—Lo haré.

Jaime envía mensajeros a su yerno anunciándole que en unos días llegará a Soria acompañando a su hija Violante y a su nieto Fernando, y que desea firmar una paz justa y estable.

Tres semanas después, a finales del mes de febrero, los dos reyes firman la paz en Soria y ratifican que Constanza de Aragón y Manuel de Castilla se casarán en el plazo de seis meses.

Los primeros resultados de ese pacto son beneficiosos para el rey de Aragón. El caudillo rebelde musulmán Al-Azraq, que sigue agitando a los moros del sur de Valencia y que enarbola en lo alto de sus fortalezas el pendón del rey de Castilla, reclama inmediatamente la ayuda de Alfonso, sin la cual le resulta imposible resistir. Pero no la recibe; de modo que no le queda más remedio que claudicar y abandonar esas tierras. Todos los castillos son ocupados inmediatamente y en sus almenas pasan a ondear los estandartes del rey de Aragón.

Calatayud, principios de julio de 1256

Ya va para un año que Jaime reside en Calatayud y en Tarazona. Su presencia en la frontera y el acuerdo de paz tranquiliza a los aragoneses de la serranía, aunque algunos todavía se sienten amenazados por los rumores sobre una posible invasión castellana.

Como está acordado, la boda de Constanza de Aragón y de Manuel de Castilla se celebra en Calatayud.

En el palacio del obispo de Tarazona, el rey Jaime y su esposa Teresa Gil de Vidaure se preparan para la ceremonia.

—Nuestro hijo crece; mirad, ya casi se sostiene en pie por sí solo —comenta Teresa, que sujeta por la manita al infante Jaime de Jérica.

—Dicen que se parece a mí.

—Es tu hijo. Tiene tus ojos y tu cabello, pero no será tan alto como tú, mi señor.

—Es el décimo sexto de mis hijos.

—Vaya, ¿llevas la cuenta? —ironiza Teresa.

—Uno con doña Leonor de Castilla, nueve con doña Violante de Hungría, dos con doña Elvira Sarroca, uno con doña Blanca de Antillón, dos con doña Berenguela Fernández y este contigo.

—Tienes buena memoria.

—Un rey debe tenerla; de ello puede depender seguir sentado en el trono.

—¿Qué dote vas a entregarle a Constanza? —le pregunta Teresa, que sigue jugueteando con su hijito.

—Ninguna.

—¿Ninguna...? ¿Por qué? —se extraña Teresa.

—Cuando me casé con Leonor de Castilla, su padre el rey Alfonso el de las Navas no le otorgó ninguna. Nada. Incluso algún noble, miembro de la familia real castellana, llegó a comentar que bastante honor se le hacía al rey de Aragón permitiéndole casarse con una hija del rey de Castilla. Con las joyas que le legó su madre, doña Violante es suficiente.

—No parece propio del rey de Aragón casar a una hija sin dotarla como corresponde a su rango y condición —dice Teresa.

—Las arcas del tesoro real están vacías; lo sabes bien.

—Hace unos meses recibiste casi quince mil sueldos de la contribución de las ciudades del reino de Valencia.

—Que se han gastado íntegramente en la guerra contra los moros rebeldes y en la fortificación de las fortalezas que hemos ocupado. Además, he tenido que donarles más feudos, castillos, villas y rentas a don Artal de Foces y a don Álvaro Fernández de Azagra como compensación por la ayuda militar que me prestaron; incluso me he visto obligado a vender la villa de Estada al justicia Martín Pérez por quinientos maravedíes de oro. Pero olvidemos esto y vayamos a Santa María. Hoy se casa mi hija.

Tras la boda, Artal de Foces habla con Jaime. El noble aragonés quiere agradecerle las donaciones que le hace y mostrarle su lealtad y su fidelidad.

—La muerte del conde de Urgel nos ha causado una gran pena. Era un leal vasallo. Espero que su hijo y heredero don Ponce se comporte del mismo modo —le comenta Jaime.

—Lo hará, mi señor.

—Vamos a necesitar todo el apoyo de los nobles aragoneses y catalanes. Se avecinan tiempos revueltos.

—¿Teméis que la paz firmada con Castilla resulte efímera?

—Recelamos de la ambición de nuestro yerno don Alfonso. Nos hemos enterado del contenido de una entrevista que ha celebrado con comerciantes de la república de Pisa en la ciudad de Soria y sabemos que esos italianos le han ofrecido postularse como candidato a emperador y rey de romanos.

—¡Don Alfonso emperador de Alemania!

—Sí. El emperador Guillermo murió el pasado invierno en una campaña contra señores rebeldes al norte de Holanda. Dicen que perseguía con su caballo a unos sediciosos sobre un pantano helado. El hielo se quebró bajo su peso y el de su montura; quedó atrapado y los rebeldes aprovecharon para degollarlo.

—Y sus hombres, ¿no lo ayudaron?

—Se cuenta que huyeron asustados al ver cómo se quebraba el hielo, pero bien pudo haber sido una traición preparada de antemano. ¿Quién sabe? La cuestión es que su cuerpo ha desaparecido y el Imperio está vacante.

—¿Don Alfonso tiene opciones para ser emperador? —pregunta Artal de Foces.

—Las tiene. Nuestro yerno es hijo de doña Beatriz de Suabia, noble dama del linaje de los Hohenstaufen, cuyos miembros reclaman ser los únicos con al trono imperial.

—¿Y don Alfonso quiere ese trono?

—Nuestros espías en Castilla así lo aseguran; incluso afirman que ya han partido hacia Italia embajadores y agentes castellanos cargados con bolsas de dinero para influir en la elección, para atraerse el favor de las ciudades imperiales y del partido de los gibelinos y para comprar a los electores que designarán al nuevo emperador.

—¿Electores, gibelinos? ¿Qué significa eso? —se extraña Artal de Foces.

—El de emperador no es un puesto hereditario, sino electivo. Son varios nobles y altos eclesiásticos quienes lo eligen; y los gibelinos son los partidarios del emperador, enemistados con los güelfos, que son los partidarios del papa —explica Jaime.

—¡Ah!, entiendo. Entonces, quien más dinero pone encima de la mesa de esos «electores» es el que se hace con el Imperio.

—De ese modo funcionan estos asuntos, don Ato.

—Pues, mi señor, considero que es mucho más justo que sea rey quien tenga en sus venas sangre real y no más dinero en su bolsa.

—Hay algo inquietante en todo este negocio. Don Alfonso pretende que el papa le reconozca su superioridad sobre los demás reyes de España. Uno de sus antepasados, también llamado Alfonso, ya se intituló como «el Emperador» y quiso estar por encima de los reyes de Aragón y de Navarra. Fue el mismo que a su muerte dividió sus reinos, dando a uno de sus hijos el de León y a otro el de Castilla, que no volvieron a unirse hasta el gobierno de don Fernando, hace poco más de veinticinco años.

—Las divisiones de los Estados señoriales nunca han sido beneficiosas.

Artal de Foces se calla de repente. Cae en la cuenta de que su señor el rey de Aragón también gusta de dividir sus reinos y Estados entre sus hijos.

—¿No estáis de acuerdo entonces con nuestro testamento? Os recordamos que habéis jurado cumplirlo.

—¡Oh!, lo estoy, mi señor, lo estoy; lo que pretendía decir es que...

—No importa. Dejemos de lado este asunto; ya está cerrado hace tiempo.

Valencia, enero de 1257

Suele ocurrir que los consejos que se dan a los demás no los cumplen quienes los recomiendan.

Pacificada la frontera, el rey se dirige a Valencia y envía a su hijo Jaime, el segundo varón de la difunta reina Violante, a Mallorca para que sea jurado como heredero y sucesor a título de rey.

Si se cumplen sus designios, Alfonso, su primogénito, heredará los reinos de Aragón y de Valencia, Pedro, las tierras de Cataluña y Jaime, el reino de Mallorca y el señorío de Montpellier.

Pedro, el favorito, está siendo educado como un guerrero. Cada día practica equitación, ejercicios de esgrima, tiro con arco, ballesta y lucha con hacha, en cuyo manejo destaca sobremanera. Guillermo de Castelnou se encarga de enseñarle los mejores trucos en la pelea cuerpo a cuerpo. Artal de Foces, el más hábil caballero en el manejo de la maza de combate, lo instruye de vez en cuando en el uso de esta arma, demoledora en la pelea a caballo tras la carga de la caballería.

El heredero de Cataluña, que ya firma documentos como tal, también recibe educación de los mejores poetas. Es instruido en letras por el trovador Cerverí de Gerona, poeta de cámara del rey, al cual sus colegas consideran como el mejor de todos ellos.

—¿Estás seguro de lo que haces? —le pregunta Teresa.

Acaban de hacer el amor en la estancia real del alcázar de Valencia y Teresa se cepilla su larga cabellera castaña mientras Jaime come unas manzanas asadas con miel.

—¿A qué te refieres?

—A la división de tus reinos entre tus hijos.

—Hace tiempo que tomé esa decisión.

—Pero está provocando la división entre ellos y quizá la ruina de la Corona cuando tú faltes.

—Son mis Estados, yo soy su señor natural y puedo hacer con mis dominios lo que considere oportuno.

—No, no puedes.

—¿Acaso eres experta en leyes?

—Sé que no puedes ni debes dividir la Corona; así lo dicta la ley de tus mayores.

—Te repito que ya decidí esa cuestión.

—La división acarreará muchos males. ¿Acaso no ves que el rey de Francia ambiciona dominar los señoríos al norte de los Pirineos y el de Castilla, el reino de Navarra e incluso el de Aragón? Ahora gobiernas tú, poderoso y fuerte, el gran rey, más alto que ningún otro hombre, el más formidable de los caballeros, al que todos temen, pero ¿qué ocurrirá cuando ya no estés en este mundo? Tu Corona fragmentada en pequeños Estados quedará a merced de los soberanos de Francia y de Castilla y, en cuanto se lo propongan, engullirán cada uno de esos pedacitos que tú vas a crear al dividirlos. Aragón, Cataluña, Valencia, Mallorca... son fuertes porque están unidos bajo tu cetro y tu poder. Pero ¿qué será de cada uno de esos territorios por sí solos? Nada. Débiles ratones que cualquier gato se tragará de un solo bocado.

»Tu yerno el rey de Castilla ya va por ahí proclamándose emperador; Luis de Francia ambiciona todas las tierras al sur de sus dominios; Eduardo de Inglaterra quiere recuperar las tierras perdidas en Aquitania, ganar Escocia e incluso Provenza; y tú, el rey más noble de todos ellos, el más fuerte, el más grande, andas dividiendo tus dominios y debilitándolos. ¿No te das cuenta del error que cometes?

—A nadie, salvo a ti, le consiento que me hable de este modo. No sé cómo te lo permito.

—¿Será porque me amas?

Teresa se acerca a Jaime y lo besa en los labios. El dulzor de la miel en la saliva de Jaime despierta su pasión. Acaricia la entrepierna de su esposo hasta llegar al miembro viril, que reacciona a los estímulos y a las caricias.

—En unos días cumpliré cuarenta y nueve años, no sé si podré...

—Claro que puedes, claro que puedes —le susurra Teresa al oído mientras sus manos siguen ocupadas en su afán por conseguir su objetivo.

Lérida, verano de 1257

Hace ya cuatro meses que Jaime de Aragón y Teresa Gil viven en Lérida. La presencia del rey durante una larga temporada se hace necesaria para asentar que esa ciudad pertenece a Cataluña.

—El reparto del tesoro aparecido en Daroca y el odio que se profesan mis dos hijas mayores son minucias. Lo que ahora me quita el sueño es que Francia y Castilla estrangulen mis reinos —comenta Jaime a su esposa.

—Sellaste la paz con don Alfonso, deberías estar tranquilo —le recuerda Teresa.

—Pues no lo estoy. Acabo de firmar dos diplomas en los que acepto resarcir a Castilla los daños causados, tal cual acordamos en las vistas de Soria, y ordeno a Martín Pérez, justicia de Aragón, que se encargue de que se pague todo el daño ocasionado a lo largo de la frontera, desde Tarazona hasta Murcia. No quiero que mi yerno aduzca excusa alguna para desencadenar una guerra.

—Tu yerno está ocupado en el asunto del Imperio. Lo que menos le interesa ahora es desatar una contienda contra ti.

—Tienes razón. Mis agentes en Castilla me han informado de que don Alfonso tiene problemas en sus propios reinos. Son muchos los nobles que ya se han manifestado en contra de aportar dinero y hombres para que consiga la coronación imperial. Incluso se han juramentado varios de ellos en Soria y han desatado un motín. Además, el papa Alejandro no quiere que el de Castilla sea a la vez rey de romanos y emperador de Alemania.

—Entonces ¿crees que tu yerno no lo conseguirá?

—Eso depende de los siete grandes electores. En enero ofrecieron la corona imperial al príncipe Ricardo de Inglaterra, aunque en abril repitieron la votación en favor de don Alfonso. Pero don Ricardo acudió a Aquisgrán y allí se autocoronó emperador, aunque el papa no lo ha reconocido.

—¿Y qué ha hecho tu yerno?

—No se ha movido de Castilla, aunque sigue reivindicando sus derechos y no renuncia al Imperio.

—Es muy ambicioso...

—Lo es, y sabe usar bien sus bazas.

—Sí que sabe. Utilizó a tu hija y a tu nieto para ablandar tu corazón alegando a tu condición de abuelo del futuro rey de Castilla —le dice Teresa.

—No sé por qué te consiento...

—Porque me amas.

Teresa se pone de puntillas y besa en la boca a su esposo, que tiene que inclinarse mucho para colocar sus labios a su altura.

Hacen el amor con más pasión que nunca.

Al día siguiente, Jaime concede a Teresa y al hijo de ambos el señorío del castillo y de la villa de Flix, que se suma a la villa de Alcublas, en el reino de Valencia. Con tantas donaciones reales, Teresa Gil de Vidaure se está convirtiendo en la mujer más rica de toda la Corona de Aragón, lo que provoca el rechazo de los grandes señores.

—¿Estás seguro de lo que has hecho? —le pregunta Teresa Gil.

—Sí —responde Jaime con plena convicción.

—Los aragoneses lo considerarán como una nueva afrenta.

—No me importa. Mis restos reposarán en el monasterio de Poblet, en tierra de Cataluña.

Corre el día 28 de agosto. Jaime de Aragón acaba de firmar en Lérida y ante varios testigos, entre ellos los nobles aragoneses Artal de Foces y Artal de Luna, su voluntad de ser enterrado en Poblet.

—Los cuerpos de los reyes de Aragón deben ser enterrados en Aragón.

—No todos. Don Ramiro, don Sancho y don Pedro lo están en el monasterio de San Juan de la Peña, don Alfonso el Batallador, en la abadía de Montearagón y don Ramiro el Monje, en el monasterio de San Pedro en Huesca, pero la reina doña Petronila está en la catedral de Barcelona y su hijo don Alfonso, en Poblet. Mi abuelo fue el primero que nació siendo heredero de la Corona real de Aragón y de la condal de Barcelona y eligió Poblet como sepultura; yo seré enterrado a su lado.

—Pero tu padre y tu abuela lo están en el monasterio de Sigena, en Aragón; ahí querías ser enterrado.

—He cambiado de opinión.

—Pero los aragoneses...

—Los aragoneses acatarán mi voluntad.

—He visto las caras de don Artal y de don Jimeno; estaban enojados por tu decisión.

—Me importa muy poco el grado de enojo de los aragoneses. ¿Sabes que durante muchos años he tenido que soportar su desplante, su impertinencia y su altivez?

—Aragón es el primero de tus títulos, el más noble y el de más honor.

—Los catalanes se han portado siempre como fieles y leales vasallos. Me enterrarán en Poblet.

—¿Y en cuanto a mí? ¿Has pensado dónde debo ser enterrada?

—Sabes que me gustaría que nuestros cuerpos reposaran juntos para siempre, pero el acuerdo matrimonial que firmamos lo impide.

—Soy tu esposa legítima, pero no soy la reina de Aragón.

—Esa es la ley. Nuestro matrimonio es morganático. Nuestro hijo es legítimo, pero nunca podrá reinar.

—Mi hijo lleva tu nombre...

—No podrá reinar; es la ley.

Al día siguiente a su elección de sepultura, Jaime escribe una carta a los representantes en las Cortes valencianas. Les comunica la designación de su hijo primogénito don Alfonso como su heredero en el reino de Valencia y les ordena que lo juren como tal. Los exime del juramento anterior a favor de Jaime y les anuncia que nombra gobernador en Valencia al aragonés Jimeno de Foces.

Para calmar los ánimos de los aragoneses, muy soliviantados por sus últimas decisiones, ordena que se revisen, otra vez, las fronteras de Aragón con Cataluña, Valencia y Castilla.

Lérida, 30 de octubre de 1257

—¡Pero si ha cumplido justo catorce años! —exclama sorprendida Teresa Gil.

—Ha sido educado en leyes y ya es mayor de edad legal. Es mi hijo; lo hará bien.

Jaime de Aragón acaba de nombrar a su hijo Pedro Fernández, nacido de su relación extramatrimonial con Berenguela Fernández, como juez para que resuelva el litigio desatado en la villa de Daroca por la propiedad del tesoro encontrado por uno de sus vecinos.

—Apenas es un muchacho...

—Es mi hijo y será él quien determine el reparto de ese tesoro. Le ayudarán dos expertos en leyes y contará con el apoyo del justicia de Daroca.

—¿Te corresponde parte de ese tesoro?

—Según el fuero, un tercio es de la Corona, sí.

—¿Y el resto?

—El segundo tercio será para el vecino que lo encontró y el tercero para el concejo de Daroca.

Las arcas del rey de Aragón están vacías. Cualquier recurso es bienvenido, pues Jaime necesita dinero para las nuevas empresas que anda maquinando. Esos días recibe la primera contribución de los moros del reino de Valencia, seis mil besantes que paliarán las estrecheces económicas que agobian las finanza reales.

Sabe que el rey de Castilla no renuncia al Imperio y logra enterarse de que una vez que conquiste Murcia, Alfonso piensa utilizar el puerto de Cartagena para armar una gran flota con la que ir hasta Tierra Santa y librar una cruzada. El fracaso del rey de Francia lo estimula y lo anima a soñar con esa hazaña. Si Alfonso logra recuperar Jerusalén, el papa no tendrá más remedio que levantarle el veto y permitir que se siente en el trono de Carlomagno.

Jaime se porfía en un enorme dilema. Su prestigio en la cristiandad sigue siendo muy grande, pero sus recursos son menguados y sus decisiones resultan cuestionadas por muchos de sus súbditos, que consideran que, conforme pasan los años, sus capacidades merman y su voluntad se torna más y más caprichosa y volátil.

Desde Valencia llega la buena noticia del juramento de las Cortes a su hijo Alfonso como heredero y de Navarra, la aceptación para que se establezca una tregua indefinida.

Al menos puede respirar tranquilo... por un tiempo.

Barcelona, fines de diciembre de 1257

A punto de cumplir cincuenta años, Jaime de Aragón ya siente el paso del tiempo en sus huesos. Lleva cuatro décadas desplazándose por todos sus dominios, bajo un sol abrasador que achicharra la piel, un calor sofocante que impide respirar, con un frío helador que congela el aliento, con vientos rasantes capaces de tumbar un caballo, con lluvias torrenciales que anegan los caminos y los convierten en cenagales impracticables, con copiosas nevadas que impiden avanzar un solo paso... Todas esas dificultades, antaño superadas, resultan ahora una pesada carga.

Prefiere pasar el invierno cerca del mar Mediterráneo, donde el clima es más suave y las temperaturas menos extremas.

Abandona Lérida, sumida en unas densas y gélidas nieblas, a comienzos de noviembre y se traslada a Barcelona, donde otorga concesiones, dirime pleitos, da exenciones y expide privilegios. Todo el mundo le pide favores: nobles e infanzones exigen privilegios; comerciantes requieren salvoconductos para circular con libertad con sus productos; pescadores y armadores demandan permisos para ejercer sus oficios; monasterios y abadías ambicionan más y más propiedades, campos y fincas; obispos y clérigos buscan canonjías; concejos urbanos quieren controlar los peajes que pagan los productos que entran en sus villas y ciudades; hasta los delegados de las principales aljamas de judíos de la Corona de Aragón se presentan en el palacio real de Barcelona en demanda de alguna prebenda o de algún derecho, o al menos del amparo del rey para poder cobrar las deudas que les deben los morosos.

Jaime lo concede todo, casi todo.

Se expiden tantos documentos y se hacen tal cantidad de copias en la cancillería real que los escribanos tienen que recurrir a escribir en papel, mucho más barato que el pergamino, cuyo uso se regula.

La lista de los que esperan ser recibidos en audiencia se hace interminable. Aquellos días de diciembre la ciudad de Barcelona es un hervidero de gentes que aguardan pacientes para poder pedir algo al rey.

Aquella mañana Jaime dice basta. Ordena a los dos escribanos y a los dos notarios con los que despacha que se retiren y se dirige a los aposentos de Teresa Gil, que a esas horas lee un libro de poemas en compañía de dos de sus damas.

—¡Estoy harto de tanto pedigüeño! —exclama Jaime nada más entrar en la cámara donde está su esposa.

Teresa indica a sus dos damas que se retiren.

—¿Harto, tú?

—Sí, harto de esta ralea de sacacuartos. Tengo que quitarme de encima a toda esta chusma de pedigüeños que me atosigan día tras día. Y además está ese asunto del tesoro de Daroca...

—¿No lo ha resuelto tu hijo Pedro? Te dije que era demasiado joven para nombrarlo juez de ese caso —le recuerda Teresa.

—Mi hijo lo ha hecho bien. El tesoro hallado en Daroca es cuantioso y eran muchos los que querían quedárselo. Ha habido denuncias y acusaciones entre varios judíos y varios cristianos, pero al fin se ha resuelto con justicia.

—¿Cómo ha quedado?

—He sentenciado que los judíos que pleiteaban en ese juicio queden absueltos de cualquier delito, pero que no reciban nada del tesoro, que se repartirá entre el concejo de Daroca, dos cristianos que lo descubrieron y la Hacienda real.

—¿Se ha sabido de quién era ese tesoro?

—No. Unos judíos dicen que era suyo y que lo escondieron, pero no han podido probar que fuera de su propiedad.

—¡Un tesoro escondido!, parece propio de un cuento.

Barcelona, mediados de enero de 1258

Tres nuevos castillos con todas sus rentas es el regalo que Jaime le hace a su esposa el primer día del nuevo año. Las propiedades de Teresa Gil de Vidaure siguen aumentando. Esa mujer sabe bien cómo seducir a su esposo, al que convence con facilidad cuando se lo propone.

Para el rey, que continúa despachando un largo listado de peticiones, la caída de la tarde supone una verdadera liberación. Es entonces cuando se dirige a los aposentos privados del palacio, cena con su esposa y le hace el amor en la alcoba caldeada por el cálido fuego de la chimenea, entre sábanas de seda y mantas de suave piel de nutria.

Solo entonces se siente confortado y sereno. El tiempo se detiene entre los brazos de Teresa, la mejor de las amantes, que lo satisface como ninguna otra mujer antes y sabe conducirlo a los más sublimes placeres.

Aquella mañana, mientras desayunan para reponerse de la intensa noche de amor, unas voces resuenan al otro lado de la puerta.

—¿Quiénes son los impertinentes que gritan de ese modo? —se pregunta Jaime, que se levanta y abre la puerta de la estancia.

—Ten cuidado —le recomienda su esposa.

—¿Qué son esas voces? —pregunta con rostro airado, plantado como un gigante bajo el umbral.

—Perdonad, majestad, pero esta pasada noche unos criminales han quemado la casa y todos los bienes del ciudadano Bernardo Marquet y lo han lapidado hasta matarlo. En las calles hay tumultos y se han formado grupos de ciudadanos que demandan justicia y exigen un duro castigo a los culpables —le responde Miguel de Alcoaio, canciller real.

—¿Se sabe quiénes han sido los criminales?

—Los guardias del concejo han apresado a una docena de sospechosos. Estos son sus nombres. —El canciller le entrega una lista.

—Imponedles una multa de diez mil morabetinos —sentencia Jaime.

—¿Sin juicio...?

—Haced que confiesen su crimen.

Pero dos días después, Jaime se desdice y exime de toda culpa a los acusados. Nadie es condenado, nadie paga por el crimen ni por el incendio de la casa de Bernardo Marquet. Entre la población de Barcelona se extiende la sensación de que detrás de esos delitos se esconden oscuros intereses y que personajes muy poderosos son los verdaderos culpables del incendio y del asesinato. Los criminales quedan impunes.

Tortosa, 11 de marzo de 1258

Poco antes de dejar Barcelona, Jaime recibe a dos embajadores de Francia. Portan con ellos una carta del rey Luis en la que le pide celebrar una entrevista para firmar un tratado con el que poner fin al litigio por las tierras de Occitania.

Camino de Valencia, se instala tres meses en Tortosa, en donde convoca a sus principales consejeros para preparar el tratado con Francia.

—Señores, hemos aceptado la propuesta del rey don Luis; firmaremos el tratado que nos ha propuesto.

—Pero, señor, ese tratado es perjudicial para vuestra majestad —interviene Jimeno de Foces.

—No podemos mantener eternamente esta pugna con Francia —alega el rey.

—Si firmáis ese acuerdo, perderéis dos tercios de Occitania y toda Provenza. Os ruego que lo reflexionéis, majestad, os lo ruego —insiste Jimeno de Foces.

—Está decidido.

—¡Maldita sea! —masculla Blasco de Alagón, que aprieta los puños. El heredero del señor de Morella es tan arrojado como su padre.

—Señor, meditad esta decisión antes de que sea tarde; tened en cuenta lo que vais a...

—¡Silencio! —clama el rey interrumpiendo a Jimeno de Foces—. Ya os he escuchado y mi decisión está tomada. Necesitamos firmar un acuerdo de paz estable con Francia. Carecemos de recursos, el tesoro real está vacío y nuestros dominios necesitan pobladores. ¿Cómo podríamos enfrentarnos con éxito en una guerra contra el ejército de don Luis? Por cada moneda nuestra, él posee cien; por cada caballero nuestro, él puede armar a diez; por cada ballestero o arquero a veinte; por cada infante, a treinta; y tiene de su parte al papa, al rey de Castilla y León y aun al de Inglaterra si los necesitara. ¿Qué podemos hacer contra todos ellos?

Los nobles aragoneses aprietan los dientes y callan. No hay remedio. Deben asumirlo. Aragón es un reino cerrado y rodeado de dominios cristianos, sin posibilidad de expansión hacia ninguna parte, sin capacidad para romper las fronteras que el rey Jaime le impone. Solo queda el pequeño señorío de Albarracín, pero es de los Azagra, y son aliados.

—Los aragoneses cumpliremos la voluntad de vuestra majestad —acata Jimeno de Foces.

—Enviaremos a Francia como legados con todos los poderes a don Arnaldo de Gurb, obispo de Barcelona, a don Guillermo, prior de Santa María Cornellá de Conflent y a don Guillermo de Roquefeuil, nuestro lugarteniente y gobernador en Montpellier.

Al escuchar los nombres de los nuncios reales, Jimeno de Foces y Blasco de Alagón cruzan miradas desalentados. No hay ningún aragonés entre los tres procuradores: dos son catalanes y uno de Montpellier.

Jimeno de Foces y Blasco de Alagón tienen que morderse la lengua para no estallar de indignación.

Corbeil, a una jornada de camino al sur de París,
11 de mayo de 1258

Tras acodar con sus delegados lo que va a pactar con el rey de Francia, Jaime se dirige a Valencia y luego a Játiva. Acordada la paz con Castilla y con Francia, quiere eliminar cuanto antes la rebelión de Al-Azraq, que resiste con un puñado de sarracenos irreductibles en las agrestes montañas del sur.

Lo logra enseguida. Sin el apoyo de Castilla, Al-Azraq es abandonado por muchos de sus seguidores; no le queda más remedio que rendirse a cambio de una salida honrosa.

Amanece el 11 de mayo sobre el castillo de Játiva. Desde lo más alto de las imponentes fortificaciones, el rey de Aragón contempla la salida del sol; con la primera claridad de la alborada, se intuye el mar cercano, a media jornada de camino hacia el este.

Apoyado en el pretil de las almenas, siente en su rostro la cálida brisa del viento de levante. Imagina entonces que a esa misma hora sus embajadores estarán a punto de encontrarse con el rey de Francia en la villa de Corbeil para firmar el tratado entre la Corona de Aragón y el reino de Francia.

—Señores, ¿estáis preparados? —pregunta Arnaldo de Gurb a sus dos compañeros.

—Lo estoy, señor obispo —responde Guillermo, prior de Cornellá en el condado de Conflent.

—Yo también —dice Guillermo de Roquefeuil, gobernador de Montpellier.

—En ese caso, vayamos al encuentro con el rey de Francia —añade el obispo de Barcelona.

—Supongo que no os agrada esta situación —comenta el gobernador al contemplar el rostro de desolación del obispo.

—¡Y eso qué importa ahora! Obedezco órdenes del rey.

—Si ratificamos este tratado, la Corona de Aragón perderá la mitad al menos de los territorios que alguna vez estuvieron bajo el señorío de sus reyes.

—Lo sé, pero esa es la voluntad de don Jaime y nosotros no podemos hacer otra cosa que acatarla.

—Señor obispo, sabéis igual que yo que este es un mal acuerdo —tercia el prior.

—Lo sé, don Guillermo, claro que lo sé, pero al menos con este tratado se sella una paz duradera con Francia.

—Su rey no se detendrá aquí. Don Luis es un hombre ambicioso que quiere más y más tierras para su corona. Una vez conseguidas las de Tolosa, Carcasona, Narbona, Foix y Beziers con este tratado, vendrá a por las de Conflent, Cerdaña, el Rosellón y Montpellier, y quién sabe si incluso algún día demandará para sí los condados de Gerona, Barcelona, Ampurias y Urgel alegando que hace siglos fueron erigidos por el emperador Carlos el Grande —dice el gobernador de Montpellier.

—Conflent no pertenecerá nunca al reino de Francia —tercia el prior de Santa María.

—No estéis tan seguro de eso, señor prior. Todos los condes de Tolosa han jurado que jamás se someterían a un rey de Francia y ya veis, hoy mismo se convertirán en sus vasallos.

Los tres legados del rey de Aragón atraviesan el río Essonne, poco antes de su desembocadura en el Sena, y se dirigen a la iglesia de San Exuperio, donde asistirán a misa antes de acudir al pequeño palacio que el rey de Francia posee en esa ciudad.

A la puerta del templo son recibidos por Luis, obispo de Avranches.

—Sé bienvenido, querido hermano en Cristo —saluda al obispo de Barcelona con dos besos—, y vosotros, señores legados del rey de Aragón.

—Hermano Luis, agradecemos tu hospitalidad —asiente el obispo Arnaldo.

Una vez celebrada la misa, la comitiva de los embajadores de la Corona de Aragón y los delegados del rey de Francia se dirigen al palacio real, en la confluencia de los dos ríos.

—Este prelado es el obispo de Avranches, pero... ¿dónde está Avranches? —le pregunta el gobernador de Montpellier al obispo de Barcelona mientras caminan hacia el palacio.

—Es una pequeña diócesis en Normandía. El rey de Francia ha medido muy bien todo lo que rodea a la firma de este tratado.

—¿Qué queréis decir? —pregunta el gobernador.

—Pronto se cumplirán noventa años de la muerte de Tomás Becket, el canciller de Inglaterra y arzobispo de Canterbury, asesinado en una intriga en la que estaba implicado el rey Enrique de Inglaterra. ¿Y sabéis quién era este monarca? —le pregunta Arnaldo.

—Claro, el esposo de la reina Leonor de Aquitania.

—Exacto. Los abuelos de doña Leonor de Castilla, la primera esposa de nuestro rey don Jaime.

—¡Válgame Dios!

—¿Lo entendéis ahora, don Guillermo?

—En parte, pero ¿por qué está aquí el obispo de Avranches?

—Tras el asesinato de Tomás Becket muchos acusaron a don Enrique de Inglaterra de ser el instigador del crimen; para que la Iglesia lo perdonara y lo exculpara de toda responsabilidad, el rey de Inglaterra se avino a ser azotado desnudo y ¿sabéis dónde recibió ese castigo?

—¿En Avranches...?

—Exacto. Se humilló a las puertas de la catedral de San Andrés de Avranches, en Normandía. Ahora es su obispo el que actúa como testigo del tratado entre nuestro rey y el de Francia.

—Sutil, muy sutil —musita el de Montpellier.

Sobre la puerta del palacio de Corbeil ondean los estandartes de la dinastía de los Capetos, reinante en Francia desde hace trescientos años. Las banderas azules con las flores de lis en oro alternan con algunas banderolas con las barras rojas sobre fondo amarillo del rey de Aragón.

En la sala principal se alinean a ambos lados del trono de madera dorada las dos delegaciones. La de la Corona de Aragón es menguada, tan solo con los tres embajadores y media docena de secretarios; en tanto en la francesa forman el obispo de Avranches, el príncipe y heredero Felipe, el condestable, el tesorero y media docena más de grandes señores de Francia.

Suena una fanfarria y el condestable anuncia la entrada del rey Luis, que luce una capa azul esmaltada con flores de lirio bordadas con hilo de oro y ribeteada con piel de armiño. Los franceses se inclinan sumisos mientras los legados del rey de Aragón agachan la cabeza en señal de respeto.

Tiene treinta y dos años, pero Luis parece mucho mayor. Los seis años pasados en la cruzada de Egipto, la prisión, las enfermedades, la carencia de alimentos y la ingesta de pescado le provocan la caída de algunos dientes, la palidez en el rostro, unas acusadas ojeras y la debilidad y pérdida de brillo de su fino cabello rubio.

De mediana estatura, el hijo de Blanca de Castilla tiene las facciones afiladas, la mirada profunda y el rictus cansado.

Pero su determinación y su prestigio son alabados en toda la cristiandad. Algunos incluso lo consideran santo a causa de su virtud y de su inquebrantable fe en Dios. Hay quien dice que, siendo niño, su madre doña Blanca lo alecciona para preferir la muerte antes que caer en el pecado.

—Señores legados de mi primo don Jaime de Aragón —comienza su discurso el rey hablando en latín—, de todos es sabido que entre nosotros y el rey de Aragón, de las Mallorcas y de Valencia, conde de Barcelona y de Urgel y señor de Montpellier hace tiempo que existen algunas desavenencias con las que debemos acabar por el bien de nuestros reinos y el de toda la cristiandad. Es para poner fin a estas rencillas por lo que estamos convocados aquí, en esta mi ciudad de Corbeil.

»Señores embajadores, ¿habéis venido hasta aquí con buen ánimo y deseos de concordia?

El obispo de Barcelona se adelanta dos pasos y habla:.

—Mi señor don Luis, traemos el mandato de nuestro rey don Jaime de aceptar una paz perpetua con Francia.

—Pues como se ha acordado de palabra, reclamo la plena autoridad sobre los feudos y señoríos de Carcasona, Narbona, Tolosa y Foix. A cambio de ello, reconozco al rey don Jaime como señor natural con todos los honores, homenaje y jurisdicción sobre los condados de Barcelona, Besalú, el Rosellón, Ampurias, Cerdaña, Conflent, Ausona, Vic y Urgel, y renuncio a cualquier derecho que pudiera tener sobre ellos.

El rey de Francia hace un alto en su discurso para beber un trago de vino y comentar algo con sus consejeros.

—Nuestro señor se ha equivocado —musita el gobernador de Montpellier al oído del prior de San María—. Don Jaime se había ganado el prestigio y el respeto de toda la cristiandad por sus conquistas en Mallorca y Valencia y desataba la admiración entre todos sus monarcas. Ninguna estrella brillaba tanto como la suya, pero ya veis ahora.

—¿Qué es lo que tengo que ver, don Guillermo? —pregunta el prior.

—El desastre del que estamos siendo testigos. Vamos a convertir a Francia en una potencia formidable. Hasta hace unos años, don Luis apenas gobernaba un menguado territorio en torno a París, pero con sus victorias sobre los ingleses ha ganado Normandía, Bretaña, Anjou y Aquitania, y ahora, sin disparar una sola saeta y sin perder un solo hombre, va a ganar toda Occitania.

—Estas tierras fueron feudos de Carlos el Grande, el emperador —precisa el prior.

—De eso hace ya más de cuatrocientos años.

—Nuestros condes nunca se proclamaron reyes; en derecho, el conde de Barcelona sigue siendo vasallo del rey de Francia hasta que se firme este tratado.

—Este tratado es un error —insiste el gobernador de Montpellier—. Don Jaime se arrepentirá de haberlo acordado. Creo que ya es consciente de su derrota diplomática.

—En cuanto al marquesado de Provenza —se oye proseguir al rey Luis— y a las ciudades de Aviñón, Nimes, Arlés y Marsella, acordamos que sean íntegramente para doña Margarita, la hija del conde don Ramón Berenguer.

»Y como prueba de buena voluntad y garantía de este tratado, ambos reyes pactamos que doña Isabel, hija de don Jaime de Aragón y de diez años de edad, se case con nuestro hijo y heredero el príncipe don Felipe, para lo que pediremos al papa que expida la correspondiente dispensa nupcial, pues nuestros hijos son parientes.

El acuerdo es muy perjudicial para los intereses de la Corona de Aragón, pero el rey Jaime así lo decide y no hay manera de evitarlo.

El obispo de Barcelona, a su pesar, firma el tratado. El viejo sueño del rey Alfonso el Batallador se disipa como la bruma de un amanecer bajo los rayos del sol de mayo. El gran imperio de Occitania que añoraron gobernar los reyes Alfonso el Casto y Pedro el Católico se desvanece. Francia se asoma al Mediterráneo y su rey Luis ve cómo se refuerza su poder cuando más lo necesita.

Zaragoza, finales de mayo de 1258

El infante Alfonso rumia su malestar bajo los artesonados de madera policromada y los arcos de afiligranadas yeserías del palacio de la Aljafería, el que fuera alcázar y mansión de los reyes moros de Zaragoza.

Hace ya dos días que conoce la noticia de la firma del tratado en Corbeil y no entiende el error cometido por su padre. Como primogénito, tiene derecho a heredar todos sus dominios y todos sus feudos, incluidos los que los reyes de Aragón poseen sobre las tierras y señoríos de Occitania, a los que ahora su padre renuncia.

—Tolosa, Narbona, Beziers, Carcasona, Albi, Borgoña, Foix...

Uno a uno, Alfonso va nombrando todos los señoríos, feudos y condados que su padre concede al rey de Francia.

—Foix no, don Alfonso, Foix no —precisa Arnaldo de Peralta, obispo de Zaragoza, que acompaña al heredero en su deambular vacilante por el patio del palacio.

—El condado de Foix estaba incluido en las cesiones de mi padre al rey francés.

—Pero una corrección de última hora lo ha excluido, al igual que Montpellier —explica el obispo.

—¿También quería Montpellier?

—En realidad pretendía enseñorearse de todas las tierras al norte de las cumbres de los montes Pirineos, pero vuestro padre no ha cedido; Foix, el Rosellón, Cerdaña, Conflent y Montpellier seguirán formando parte de la Corona.

—Aragón es mucho más débil desde la firma de este maldito tratado. No entiendo a mi padre. Construye un imperio con sus propios sudor y sangre y ahora permite que la mitad de él vaya a parar a manos de Francia y de Castilla. Primero renunció al dominio de Navarra, luego al de Murcia, más tarde dividió sus reinos y ahora entrega a Francia los feudos de Occitania y Provenza. ¿Cómo puede ser tan torpe, tan insensato? —se lamenta el infante Alfonso.

—Don Jaime es un gran rey, señor.

—Son las mujeres; las mujeres le han sorbido los sesos; las mujeres son su obsesión. No puede pasar una sola noche solo, sin que una barragana caliente sus sábanas. ¿Cuántas amantes ha tenido mi padre a lo largo de su vida, señor obispo? ¿Cien, doscientas...?

—Vuestro padre es un hombre de sangre muy caliente...

—Es un pecador, un gran pecador, el mayor de los pecadores... Repudió a mi madre, tomó como concubina a la condesa de Urgel, luego se casó con esa húngara, la raíz de todos los males que acechan a esta Corona, pero entre tanto mantuvo varias amantes a las que preñó con decenas de bastardos. Ahora anda con esa arpía, Teresa Gil, una plebeya que lo domina con sus artes amatorias y a la que acabará donando todas las propiedades de la Hacienda real, toda la fortuna de mi familia, todos los bienes de los Aragón hasta que no quede un maravedí en las arcas del tesoro ni una mísera aldea en el patrimonio real.

—Don Jaime está en su derecho...

—¿En su derecho, señor obispo? —lo corta el infante Alfonso—. ¿A qué derecho os referís? El fuero de los aragoneses prohíbe fragmentar el patrimonio heredado de la familia y mi padre lo ha hecho dándole a mi herma..., a don Pedro, el territorio de Cataluña que por herencia me pertenece. Y ahora le regala Occitania y Provenza al rey de Francia. ¡Maldita sea! Hay que detener esta sangría o de los dominios de los Aragón pronto no quedará nada. Nada.

Alfonso está muy enojado y clama por las decisiones tomadas por su padre.

—No podéis ir en contra de don Jaime —dice el obispo Arnaldo.

—¿Aunque cometa semejante injusticia? Vos, don Arnaldo, habéis sido obispo de Segorbe y sabéis mejor que nadie cómo luchar por los derechos que os corresponden. Así lo hicisteis en su día, según tengo entendido. ¿Por qué debo yo renunciar a lo que me asiste en justicia?

—Porque si forzáis demasiado la situación, podría estallar una guerra.

—A veces, la guerra es inevitable. Incluso los papas han convocado a la guerra santa y justa. Así lo dice la Iglesia. Mi padre me ha maltratado. Y también a los aragoneses. Si se levantan contra él, su rebelión estaría justificada.

—No digáis eso en mi presencia, don Alfonso, o me veré obligado a denunciaros ante el rey por alta traición.

—¿Traición?

—Incitar a los nobles a rebelarse es alta traición.

—Si no cumple la ley, la guerra será justa.

—La guerra solo es justa y santa cuando se dirige contra los paganos, los infieles o los herejes, solo en esos casos. Quien se levanta contra su padre, lo hace contra Dios. No despertéis la cólera de Dios. No lo hagáis —concluye el obispo.

Alfonso de Aragón ya tiene treinta y seis años y sigue soltero. No le gustan las mujeres, aunque sabe que tarde o temprano deberá casarse para engendrar un heredero legítimo, pues si no lo hace, los derechos de Aragón y Valencia pasarán a su medio hermano Pedro, el hijo de la reina húngara, al que odia.

Barcelona, 16 de julio de 1258

En el palacio real mayor, donde reside con su esposa desde mediados de julio, el rey anda sumido en una suerte de melancolía.

Esa mañana ratifica de su propia mano el Tratado de Corbeil, que tantos disgustos cuesta en su propia familia. Su primogénito lo rechaza e incluso llega a prometer en privado delante de algunos nobles aragoneses que cuando sea rey, lo denunciará y reclamará para sí el dominio como señor natural de toda Occitania y de Provenza. Sus hijos Pedro y Jaime, enfrentados con Alfonso, también repudian las condiciones acordadas en Corbeil.

Pedro, como futuro señor de Cataluña, considera que quedan cercenados sus derechos sobre Provenza y Occitania, tierras que aspira a dominar, en tanto Jaime, a pesar de contar con tan solo quince años, teme que el rey de Francia tenga la intención de arrebatarle sus condados de Rosellón, Cerdaña y Conflent y el señorío de Montpellier cuando fallezca su padre.

El propio Jaime debe intervenir para calmar el enfado de sus hijos y tiene que prohibirles que se abstengan de acudir a la ciudad de Carcasona y al condado de Tolosa, como parece que están dispuestos a hacer.

—Ni mis propios hijos me obedecen —lamenta ante Teresa Gil.

—Pues dentro de unos meses tendrás otro más.

—¿Vuelves a estar embarazada?

—Sí, de ocho semanas. A mediados de febrero seremos padres de nuevo. Llevo en mi vientre otro varón. Lo presiento.

—No debí firmar ese tratado —reflexiona Jaime sin dar importancia a que volverá a ser padre.

—No tiene remedio. Siempre has alardeado de cumplir tu palabra y hace meses se la diste al embajador de Francia; ahora ya no hay marcha atrás.

—No debí hacerlo. Ese tratado ha provocado el rechazo de mis hijos. Por primera vez, Alfonso, Pedro y Jaime se han puesto de acuerdo en algo. Si hubiera mantenido Occitania y Provenza, ahora podría disponer de esos feudos para dotar a nuestros hijos. —El rey acaricia el vientre de Teresa—. Podría darle a Jaime el condado de Tolosa y a Pedro, el de Provenza.

—Tus hijos ya tienen Cataluña y Mallorca.

—Me refiero a «nuestros hijos».

—Solo tenemos uno, Jaime.

—Pero acabas de decirme que está en camino el segundo y que será varón. Lo llamaré Pedro, como mi padre.

—Ya tienes dos hijos llamados Jaime, ¿quieres bautizar a otro con el nombre de Pedro? ¿Dos Jaimes y dos Pedros?

—Me gustan esos nombres.

El rey sabe que pierde su pulso con Francia. Todos lo saben. Y más cuando al día siguiente de ratificar en Barcelona el tratado cerrado por sus legados en Corbeil, firma la renuncia de sus derechos a Provenza en favor de su prima la reina Margarita de Francia, esposa del rey Luis e hija de su tío Ramón Berenguer.

Acaba toda una época; es el final de un sueño.

Los aragoneses están alterados. La mayoría de sus nobles piensa que con un rey como Alfonso el Batallador al frente de Aragón el Tratado de Corbeil nunca se firmaría. Acusan a Jaime de ser un monarca débil, de estar mediatizado por sus mujeres y de hacer más caso a los ardores de su entrepierna que a los intereses de la Corona.

Aragón pierde las inmensas y ricas tierras de Occitania, pero los nobles piden que el infante Alfonso sea ratificado como heredero de Valencia y que este reino permanezca unido al de Aragón. Lo acepta.

—Señor, el final del islam está cerca.

Quien se manifiesta de esa forma tan rotunda es el obispo Arnaldo de Gurb, que visita al rey tras la ratificación del Tratado de Corbeil.

—¿Qué os hace suponer eso, señor obispo? —le pregunta.

—Unos mercaderes de Barcelona acaban de informarme que el kan de los mongoles ha conquistado y destruido la ciudad de Bagdad. El califato de Oriente ya no existe. El ejército mongol avanza hacia el oeste. Nadie puede detenerlo. Muy pronto las pezuñas de sus veloces y resistentes caballos hollarán las calles de Jerusalén.

—¿Esos mongoles son paganos? —pregunta Jaime.

—No. Son cristianos. Se dice que portan la cruz de Cristo en su estandarte.

—¿Estáis seguro, don Arnaldo?

—¿No conocéis la historia del preste Juan, señor?

—No. Contádnosla.

—El preste Juan es un monarca cristiano que reina al este de las tierras de los sarracenos, entre el islam y el país de la seda. Tal vez se trate del gran kan de los tártaros. Si pudiéramos establecer una alianza con él, atraparíamos a los sarracenos entre nuestras espadas y las suyas y acabaríamos con esos hijos de Satán.

—Los tártaros arrasaron las tierras cristianas de Hungría —alega el rey.

—Eso fue hace unos años y entonces es probable que todavía no se hubieran bautizado.

—Hablad con todos los mercaderes catalanes, mallorquines y valencianos que comercian con Egipto y con Tierra Santa. Queremos saber cuanto sea posible de esos mongoles o tártaros, o como quiera que se llamen.

Lo que no pueden hacer en ciento cincuenta años los mejores caballeros de la cristiandad lo logran esos jinetes de las estepas en apenas una década. Conforme van llegando a Occidente las noticias de las campañas de los mongoles, el impacto de sus hazañas aumenta. Muchos piensan que son unos demonios que se alimentan de carne cruda y se visten con pieles sin curtir, pero cada vez son más los que consideran que son los aliados necesarios para acabar con la pérfida secta mahomética y devolver la propiedad de los santos lugares a la cristiandad.

Aunque, en realidad, las noticias sobre los mongoles son contradictorias y confusas. De hecho, no llevan la señal de Cristo en sus estandartes, sino un halcón con las alas desplegadas que visto desde la distancia bien puede confundirse con una cruz.

Montpellier, Navidad de 1258

Conforme va cumpliendo años, las estancias del rey en cada ciudad se alargan. A fines de agosto, se traslada a Montpellier tras visitar Perpiñán y Narbona. Quiere que sus súbditos en esa región se sientan seguros con su presencia, pues tras conocer el contenido del Tratado de Corbeil, corre el rumor entre sus vasallos de esa región de que los abandonará a su suerte y los dejará en manos del rey de Francia.

Está cansado; por primera vez en su vida, Jaime siente la fatiga en sus músculos y el paso del tiempo en sus huesos. Tantos años de guerras, de viajes, de intrigas, de amantes, de tensiones, de engaños y de problemas familiares lo agotan. Necesita quedarse un tiempo, un largo tiempo en Montpellier, en el señorío que hereda de su madre, de la que no recuerda su rostro; solo su olor, ese aroma profundo y a la vez delicado a perfume de algalia y almizcle que de vez en cuando huele en alguna amante y lo transporta a aquellos dos primeros años de infancia que quiere imaginar felices.

Jaime se ve a sí mismo como aquel niño desvalido y solo que un día de finales del verano de hace ya más de cincuenta años asciende las empinadas rampas de acceso al castillo templario de Monzón; y escucha cómo se cierra tras él el pesado portón de gruesos tablones de madera y refuerzos de hierro; y contempla el patio de armas de la fortaleza y sus austeros edificios; y observa a aquellos caballeros de hábito blanco y cruz roja, con sus cascos de combate y sus espadas al cinto; y siente, y siente, y siente.

Quedan pocas semanas para que Teresa Gil dé a luz a su segundo hijo. El rey es feliz al lado de su esposa; esa mujer le comunica serenidad y amor, calma y sosiego, y sabe cómo complacerlo cada noche en la cama.

Jaime ya no posee la fogosidad y la pasión de la juventud; lejos están aquellos años y no es capaz de mantener tres envites amorosos el mismo día con tres mujeres distintas; tampoco quiere, ni lo necesita. El tiempo del amor es ahora diferente, como la lluvia fina y constante que cae durante una larga tarde de primavera y empapa y fertiliza toda la tierra.

—Pronto nacerá nuestro hijo —le dice Teresa.

—Jaime, se llamará Jaime.

—Demasiados Jaimes en la familia: tú, tu hijo el futuro rey de Mallorca, ahora nuestro segundo hijo...

—Jaime o Santiago, es el nombre de dos de los apóstoles de Nuestro Señor Jesucristo y uno de ellos, el Mayor, reposa en la catedral de Compostela, en Galicia. ¿Sabes por qué llevo yo ese nombre?

—No. Nunca me lo has contado.

—Mi madre quiso bautizarme con el nombre de uno de los apóstoles; puso un cirio del mismo tamaño a la imagen de cada uno de ellos; yo me llamaría con el nombre del cirio que se apagara el último, y ese fue el de Santiago, o Jaime, como lo llamamos en la Corona de Aragón.

—¿Y a cuál de los dos Santiagos correspondía esa vela, al Mayor o al Menor? —pregunta Teresa.

—Vaya, nunca había pensado en eso. No lo sé.

—Es igual, Jaime, Jaume, Jacques, Santiago... es un hermoso nombre.

—Es un nombre judío y algunos dicen que el rey de Aragón no debería llamarse como un judío.

—También lo eran Juan, y Pedro, y Mateo... Todos los primeros discípulos de Cristo eran judíos. El mismo Jesús nació judío.

—Llevas razón en eso. Los judíos tienen algunas costumbres como las de los moros: circuncidan a sus hijos varones, no comen cerdo, no creen en la Santísima Trinidad, incluso pueden casarse legalmente con varias mujeres.

—¿Legalmente? —se extraña Teresa.

—Según su ley, sí. Ayer tuve que atender a un pleito entre judíos de Montpellier. Uno de ellos ha tomado una segunda esposa y quiere mantener también a la primera.

—¿Y lo vas a permitir?

—Sí, siempre que lo hagan por su rito, por su ley y en su aljama.

—Eso es contrario a las leyes de Dios —dice Teresa.

—No conozco ninguna ley de Dios que prohíba a un hombre tener dos o más esposas —alega Jaime.

—Bueno, la ley de la Iglesia, sí y la Iglesia está inspirada por Dios.

—También se prohíbe que los clérigos tengan concubinas y barraganas y ya sabes que ciertos párrocos poseen incluso varias. Sé de un sacerdote de una parroquia de la villa de Daroca que mantiene hasta a siete barraganas, todas ellas a costa de las rentas de su iglesia.

—Deberías intervenir en esos escándalos.

—A la mayoría de mis súbditos no les importan esas cuestiones. Están mucho más preocupados por la usura de los prestamistas judíos y por los elevados intereses que cobran. Ahí sí pienso actuar.

Montpellier, finales de febrero de 1259

Hace ya más de cinco meses que Jaime y su esposa residen en Montpellier. Teresa da a luz a su segundo hijo y el rey le asigna, como promete, su mismo nombre.

Aquella mañana, el niño, de apenas quince días de vida, está siendo amamantado por el ama de cría mientras sus padres desayunan junto a la chimenea de su dormitorio en el palacio señorial montpellerino.

—Tienes una mancha en la frente —le avisa Jaime.

—Voy a verla.

Teresa se levanta y coge su espejo de vidrio, un invento reciente que permite ver el rostro de las personas reflejado en él con mucha más claridad que en los espejos de metal bruñido usados hasta entonces.

—¿La ves?

—Sí, voy a lavarme.

Teresa coge una jofaina, echa agua de una jarra y se lava la cara.

—Todavía tienes la mancha —le advierte Jaime.

—Debe de ser una erupción, o tal vez me he dado esta noche algún golpe mientras dormía.

—Debería verte el médico.

—Lo llamaré después del desayuno.

—¿Te ha visto el médico? —le pregunta Jaime a Teresa mientras comen.

—Sí. Me ha aplicado un apósito con un ungüento hecho con aceite de oliva, esencia de romero, algalia y aloe. Tengo que untarme con él tres veces cada día. Supone que si lo hago así, en una semana desaparecerá esta mancha.

—Tal vez tengamos que irnos pronto de Montpellier —dice Jaime.

—¿Qué ocurre?

—Acaba de llegar una carta de mi hijo el infante don Alfonso. En Aragón se están produciendo algunas alteraciones y altercados. Están siendo provocadas por algunos miembros de la familia de los Luna, que es una de las más poderosas de ese reino. Andan revolviendo en la frontera con Navarra y pudiera peligrar el acuerdo de paz que firmamos con ese reino. Le voy a ordenar a mi hijo que mantenga esas tierras seguras y que aplique el derecho y los Fueros de Aragón a cualquiera que pretenda conculcar la ley. Espero que don Alfonso sea capaz de resolver esos asuntos por sí mismo o deberé acudir personalmente a solucionarlos.

—¿No te fías de la nobleza aragonesa?

—De varios de sus miembros en absoluto. Nunca me acogieron entusiasmo. Desde que era un adolescente, me han tratado con cierto desdén. Muchos de esos nobles se creen iguales a su rey. Algún día tendré que darles un escarmiento.

Teruel, principios de octubre de 1259

Mediada la primavera, Jaime y Teresa abandonan Montpellier y, tras pasar tres meses en Barcelona, se dirigen a Lérida, donde residen la segunda mitad del verano; y de allí van a Morella y a Teruel. En esta villa se convoca una Corte general para dirimir temas de morosidad por deudas, que están estrangulando la Hacienda y las finanzas del reino de Aragón.

Corren tiempos confusos y el futuro se atisba lleno de nubarrones. Los comerciantes no se fían del valor de la moneda y Jaime tiene que intervenir. Antes de salir de Lérida, dictamina que en esa ciudad circule como moneda de curso legal el sueldo jaqués, la del reino de Aragón, y que la usen los mercaderes ilerdenses libremente en sus transacciones comerciales.

—¿Cómo se encuentra tu madre? —le pregunta Jaime a su hijo Fernando Sánchez de Castro, nacido hace diecinueve años de su relación con Blanca de Antillón, al que llama a su presencia.

—Muy bien, majestad —responde Fernando.

—En privado y cuando estemos a solas, puedes llamarme padre. Lo soy y te he reconocido como hijo —le dice el rey a Fernando.

—Os lo agradezco, padre.

—Ya eres un hombre y te necesito. Requiero a mi lado a caballeros fieles y leales y tú lo eres.

—No dudéis de ello, padre.

—Por eso quiero hacerte un encargo muy importante. Siéntate.

Jaime y Fernando conversan solos en una sala de una casona palaciega cercana a la iglesia de Santa María de Mediavilla, en el centro de Teruel.

—Haré lo que me ordenéis.

—El año pasado firmé un tratado con el rey Luis de Francia por el que tuve que renunciar a mis derechos señoriales sobre Occitania y Provenza. Sé que muchos lo criticaron, pues lo entendieron como una claudicación por mi parte. Pero debes saber, hijo mío, que no tuve más remedio que hacerlo. A cambio, don Luis renunció a los derechos de vasallaje que poseían los monarcas franceses sobre las tierras de Barcelona, Gerona, el Rosellón y otros condados desde los tiempos del emperador Carlomagno.

»Ahora es mi intención continuar ampliando mis dominios en las islas del Mediterráneo y en Italia. Quiero contar con el apoyo del conde de Saboya y del rey Manfredo de Sicilia; te voy a enviar ante ellos como mi embajador, con plenos poderes para que firmes acuerdos.

—¿Yo, señor? ¿Quizá no esté preparado para ese cometido?

—Tenemos que lograr el dominio de Italia. Mi yerno el rey Alfonso de Castilla desea ser coronado emperador, pero no puedo consentirlo, de ninguna manera. Llevarás una carta al papa en la que le digo que se niegue a proclamar rey de romanos y emperador a don Alfonso. Luego acudirás ante el rey Manfredo de Sicilia.

»Estos son mis planes: don Alfonso tiene suficiente con ser rey de Castilla y de León; el futuro emperador no debe poseer tierras en Italia; el rey de Francia no debe aspirar a ganar más tierras que las que acordamos en Corbeil; y el rey de Inglaterra deberá contentarse con gobernar su isla y las tierras que posee en la Guyena.

—¿Y el papa? —pregunta Fernando.

—El papa bastante tiene con gobernar Roma y la Iglesia. Yo me declaro como defensor de la Iglesia y tomo a los caballeros del Temple bajo mi protección.

—Me hacéis un gran honor con este encargo.

—Sé que lo cumplirás con eficacia.

Jaime se despide de su hijo con un abrazo, y le insta a defender los intereses de la Corona en Italia. Fernando Sánchez sabe que, pese a llevar sangre real en sus venas, nunca podrá reinar, aunque algunas noches, antes de conciliar el sueño, se imagina sentado en el trono de su padre y entonces maldice haber nacido de una concubina y no de una esposa legítima del rey de Aragón.

Maluenda, 20 de octubre de 1259

Jaime tiene que abandonar Teruel con ciertas prisas. Le anuncian que el conde de Urgel recorre las tierras de Lérida promoviendo una revuelta y decide acudir presto a sofocarla antes de que se extienda a otros territorios.

A la salida de Teruel, y ya cerca de Daroca, recibe una carta del infante Enrique de Castilla. Su aliado le pide cobijo y auxilio.

Camino de Lérida, el rey de Aragón decide entrevistarse en secreto con Enrique. El infante castellano es ahora un estorbo para todos. Sale del Puerto de Santa María huyendo de su hermano el rey Alfonso el Sabio y navega por el Mediterráneo hasta Valencia; de allí va por el camino de Teruel y Daroca en busca de don Jaime.

La entrevista se celebra en la galería de la iglesia de San Miguel de Maluenda.

—Me alegra veros, don Enrique —lo saluda el rey de Aragón con menos efusividad de la que el infante espera.

—Señor, tuve que marchar de Inglaterra, donde estaba refugiado gracias a la ayuda de mi medio hermana doña Leonor, que está casada con el príncipe Eduardo, hijo del rey Enrique. Parece que don Luis de Francia y mi hermano así se lo exigieron al inglés. Volví a Castilla hace unos meses y derroté a los moros en Lebrija y en Arcos de la Frontera. Quería congraciarme con mi hermano, pero no me admitió a su lado; incluso envió a su adalid don Nuño González de Lara contra mí; pero lo he derrotado, aunque no he tenido otro remedio que abandonar mi tierra. Me considera un renegado, de modo que solo espero consuelo y auxilio de vuestra majestad.

—Sois un fiel aliado, don Enrique, y nos nunca hemos dejado de lado a un leal servidor como vos, pero nuestro acuerdo de paz con vuestro hermano incluye que no podemos acogeros ni prestaros auxilio. Además, corre el rumor de que habéis tenido amores con doña Juana Dammartín, la segunda esposa de vuestro padre el rey Fernando. Don Alfonso ha sido informado de ello y está furioso.

—Es falso.

—Verdad o no, eso es lo de menos. Lo que importa es que vuestro hermano cree que sois el amante de vuestra madrastra y lo considera una afrenta insoportable —le avisa Jaime.

—Mi señor, en una ocasión me planteasteis que me casara con vuestra hija doña Constanza...

—Eso ya no es posible; doña Constanza se ha casado con vuestro hermano don Manuel, señor de Villena.

—Lo sé, majestad, lo sé. Pero tenéis más hijas: doña Sancha, doña María, doña Isabel... Dicen que doña María es una de las infantas más hermosas del mundo.

—Doña Sancha y doña María son dos doncellas piadosas; ambas nos han manifestado su deseo de entrar en religión. Y en cuanto a doña Isabel, solo tiene once años y debéis saber que el rey de Francia nos ha pedido su mano para su hijo el príncipe don Felipe.

—Entonces, majestad, permitidme que entre a vuestro servicio. Soy un buen caballero y no conozco a nadie capaz de derrotarme en combate singular. Mis armas estarán a vuestra disposición y seré vuestro más fiel vasallo.

—No podemos, don Enrique. Dimos nuestra palabra de rey. Si os acogiéramos como vasallo, Castilla, Francia e Inglaterra nos declararían la guerra.

—Entonces ¿qué puedo hacer, mi señor?

Jaime se apoya en el pretil de la galería y permanece callado y pensativo unos instantes. Observa la vega del río con los árboles frutales ya desnudos de hojas en esos días de otoño, las viñas en las laderas de los cerros en plena vendimia, los montes cubiertos de encinas y rebollos entre los que discurre el fértil valle del Jiloca, y resuelve:

—Iréis a Túnez.

—¿A Túnez, a África, con los sarracenos?

—Sí. Aquí sois un proscrito. Ningún príncipe cristiano os acogerá en su corte. En Túnez está vuestro hermano don Fadrique, que también ha huido de la persecución de don Alfonso a causa de sus notables desavenencias.

»Allí os acogerá su sultán Al-Mustansir. Llevaréis un carta nuestra y un salvoconducto. Allí podéis conseguir una gran fortuna y, sobre todo, estaréis a salvo.

—¡Pero al servicio de un infiel!

—Es la única salida a vuestra situación. Si caéis en manos de don Alfonso, os aguarda una muerte cierta. Enviaré un mensaje al sultán de Túnez mediante comerciantes de Mallorca. Os acogerá con todos los honores, como ha hecho con don Fadrique. Pocas cosas les gustan más a los reyes moros que tener como aliados a su lado a príncipes cristianos renegados.

—Si creéis que es lo mejor...

—Lo es. Y ahora preparaos para el viaje.

—Dispongo de un barco amarrado en el puerto de Valencia, en el que vine desde el Puerto de Santa María...

—No. No saldréis desde ninguno de nuestros puertos; lo haréis desde el puerto de Bayona, en la Guyena. Es el único dominio que le queda al rey de Inglaterra en el continente.

—Os lo agradezco, mi señor.

—Nuestros hombres os escoltarán hasta la frontera con Navarra.

Zaragoza, navidades de 1259

El patio del palacio de la Aljafería amanece cubierto de nieve. Varios criados se afanan en despejarla antes de que el rey salga de su aposento.

Aquella mañana, después de desayunar, tiene una cita con sus consejeros aragoneses, que lo aguardan en el salón del trono.

—Señores —los saluda el rey—, sentaos.

Son dos los nobles que esperan de pie: Jimeno de Urrea y Pedro Martínez de Luna.

En el salón del trono, en torno a un brasero de hierro donde se consumen grandes brasas de madera de olivo, se sientan en unos escabeles y se disponen a escuchar.

—Sé que no os ha gustado el tratado que firmé el pasado año con el rey de Francia, pero sabed que no tenía otra alternativa. De no haberlo hecho, con Francia y Castilla como enemigas, la Corona de Aragón corría grave peligro.

»Como bien sabéis, acabo de llegar de Lérida, donde he tenido que acudir para solventar la rebelión del conde de Urgel. ¿Imagináis que estuviéramos ahora en guerra con Castilla y con Francia y que sus reyes hubieran apoyado esa rebelión? No hubiéramos podido someter a los sediciosos y es probable que hubieran logrado separar a Urgel de nuestra Corona.

»Francia se ha convertido en un reino muy poderoso. Su rey ha derrotado al de Inglaterra y se ha apoderado de la mayoría de los señoríos ingleses. Ambos acaban de firmar un tratado en París por el cual Aquitania, Bretaña y Normandía pasan a formar parte de los dominios del rey de Francia. Inglaterra solo conserva en el continente la región de Guyena.

—Don Luis no se detendrá ahí —interviene Jimeno de Urrea.

—¿Qué insinuáis?

—Señor, el rey de Francia ambiciona poseer toda la tierra al norte de las montañas del Pirineo. Pronto reclamará lo que aún le queda por dominar.

—Don Luis ha sido generoso en la victoria. Ha derrotado a los ingleses, pero no les ha impuesto condiciones humillantes. Al contrario, con la firma del acuerdo pretende que se establezca una paz duradera entre ambos reinos y que sus respectivos hijos y herederos no tengan que librar una guerra nunca más.

—Por lo que sé, el rey de Inglaterra ha aceptado ser vasallo del de Francia por el feudo de Aquitania. Mal negocio ha hecho don Enrique —tercia Pedro Martínez de Luna.

—Con ese acuerdo, don Luis se ha convertido en el monarca más poderoso de la cristiandad y tal vez en el de mayor prestigio —dice Jimeno de Urrea.

—¿Me estáis reprochando algo? —le pregunta Jaime.

—No, mi señor, solo constato un hecho. Francia no era nada hace medio siglo y ahora está en condiciones de encabezar a toda la cristiandad.

Jaime sabe que sus consejeros tienen razón. Durante el reinado de Luis, Francia vive una época dorada. La ciudad de París crece de tal manera que alcanza una población cercana a las ciento cincuenta mil almas, convirtiéndose en la ciudad cristiana más grande después de Constantinopla. Dispone de una floreciente universidad a la que acuden a enseñar los maestros más prestigiosos y a aprender alumnos de toda Europa, es la cuna del nuevo arte en el que desde hace cien años se construyen los más hermosos palacios, iglesias y catedrales, y dispone de la Santa Capilla, un templo a modo de precioso relicario levantado por el rey Luis para contener las reliquias de la Pasión de Cristo.

El rey Luis es además un cruzado y, aunque fracasa en su intento de conquistar Tierra Santa y tiene que volver tras seis años en Egipto, jura intentarlo de nuevo. Su prestigio es tal que nadie en la cristiandad duda en acudir en busca de su consejo. Incluso hay quien lo considera un santo en vida.

Barcelona, finales de primavera de 1260

Durante los dos primeros meses del año, el rey somete a los nobles catalanes que apoyan la rebelión del conde de Urgel. Cuenta para ello con la ayuda de su hijo Fernando Sánchez de Castro, que a sus veinte años ya es un guerrero formidable y ha vuelto de Italia con una notable experiencia.

Como compensación a su apoyo, le regala a Fernando un caballo de batalla que compra en Teruel por setecientos sueldos. Es un formidable rocín, un alazán con tonos bayos, enorme y poderoso, criado en tierras sarracenas, que responde al nombre de Asenyalat el Especial.

Quien no acude en su auxilio es el heredero. El infante Alfonso se casa con Constanza de Moncada, hija del vizconde de Bearn. El primogénito sigue reclamando de su padre que no divida la Corona, pero Jaime mantiene su empeño en dar Cataluña a Pedro y Mallorca, a Jaime.

Mediado el mes de marzo, Alfonso se siente enfermo. Apenas

lleva unas semanas casado. El rey es informado de su grave estado. Muere el 23 de marzo a los 39 años. Jaime ordena que se mantenga aislada y vigilada a Constanza para comprobar si está embarazada. No lo está.

Pedro y Jaime, los hijos de Violante de Hungría, se alegran cuando conocen la noticia de la muerte de su medio hermano y de que su esposa no le dará un heredero póstumo. Ahora el heredero y primero en la lista de sucesión al trono de Aragón es Pedro.

La muerte de su primogénito no afecta demasiado a Jaime, que vuelve a Barcelona tras entrevistarse en Tarazona con Alfonso de Castilla, que le pide ayuda para combatir a los musulmanes. El rey de Aragón acepta concederle ese apoyo, pero solo contra los moros de Murcia, nunca contra los de Túnez, pues su rey es su aliado y amigo, tanto que lo llama «hijo» en las cartas que le envía.

—El palacio de Valencia en la orilla izquierda del río será para ti —le dice Jaime a Teresa.

—Te lo agradezco, pero también tendrás que redactar un nuevo testamento —le comenta Teresa mientras le sirve una copa de vino dulce.

—Nunca me llevé bien con Alfonso —musita Jaime tras dar un corto sorbo de su copa.

—Lo engendraste demasiado joven.

—Yo apenas tenía catorce años —recuerda el rey—. Su madre se lo llevó a Castilla cuando el papa anuló nuestro matrimonio. Debí haberlo mantenido a mi lado, pero yo era joven y tenía grandes sueños que cumplir, importantes conquistas que emprender, muchas hazañas por realizar... Aquel niño me pareció entonces un estorbo.

—Pero era tu heredero.

—Y como tal lo he tratado todos estos años. Lo hice mi sucesor en Aragón y en Valencia...

—Pero no en Cataluña, como ordena la ley y la costumbre de la Corona. Aragón y Cataluña no pueden separarse y tú lo hiciste —le recrimina Teresa.

—Ese problema ya no existe. Con la muerte sin descendientes de Alfonso, mi hijo Pedro es ahora mi heredero principal.

—¿Le vas a conceder los reinos de Aragón y Valencia?

—Sí. Aragón, Valencia y Cataluña serán para Pedro, y Jaime mantendrá Mallorca y los señoríos al norte de los Pirineos.

El rey acaricia el rostro de su esposa y la besa con delicadeza.

—Es triste que haya sucedido a causa de la muerte de tu hijo mayor, pero es probable que así se haya evitado una guerra fratricida. Tu decisión de dividir la Corona no gustó a nadie. Bueno, tal vez sí a esos nobles rebeldes catalanes encabezados por el conde de Urgel. Son los únicos que creen que ganarían algo con la segregación de las tierras de la Corona. Con un monarca más débil en el trono, suponen que ellos serían más poderosos.

—Tienes razón. Pedro heredará Aragón, Valencia y Cataluña, pero no puedo despojar de Mallorca y de Montpellier a Jaime. Se lo he prometido. No puedo.

—Majestad, los mongoles han conquistado el califato de Bagdad y ya están en Siria. En enero tomaron la ciudad de Alepo, cuya ciudadela se consideraba inexpugnable, en apenas una semana, y en marzo cayó Damasco. Con el inmenso ejército mongol que dirige un príncipe llamado Kitbuka cabalgan el rey cristiano de Armenia y el conde Bohemundo de Antioquía. Ese tal Kitbuka también es cristiano —anuncia Raimundo de Peñafort.

—¿Han llegado a Jerusalén? —le pregunta Jaime.

—Todavía no, mi señor, pero ese ejército se dirige hacia la Ciudad Santa. Si ha conquistado Damasco y Alepo, Jerusalén será una fácil presa, y luego caerá Egipto. El islam está perdido. ¡Al fin desaparecerá ese reino del demonio! Esta es una gran oportunidad. Podéis convertiros en el monarca más importante de la cristiandad, el que acabó con la secta mahomética.

Raimundo de Peñafort tiene ochenta años, pero mantiene una vitalidad envidiable. Hace ya veinte que vive en el convento de Santa Catalina de Barcelona, donde ejerce como consejero, asesor jurídico y confesor del rey, además de como inquisidor general. No ocupa ningún cargo eclesiástico relevante, pese a que podría ser obispo en cuanto se lo propusiera, pero influye de tal modo en los nombramientos episcopales que no hay obispo en la Corona de Aragón que ocupe la sede sin su conformidad.

—Ante el avance de los mongoles, debemos asentar nuestra presencia en el Mediterráneo y en Italia. Nuestro hijo don Pedro se casará con la hija del rey de Sicilia —dice Jaime.

—¿Con doña Constanza? Esa muchacha debe de tener diez años —dice Peñafort.

—Don Pedro cumplirá veinte este verano. Esperaremos a que doña Constanza cumpla doce años y entonces se celebrará la boda.

—Señor, el infante don Pedro mantiene una relación desde hace tres años con una joven llamada María Pérez Nicolau. Ya tiene dos hijos con ella y espera un tercero...

—Lo sabemos, don Raimundo, pero don Pedro hará lo que le ordenemos. Nuestro yerno el rey don Alfonso de Castilla está gastando cuantiosas cantidades de dinero para comprar la designación como emperador y el papa anda buscando aliados para incrementar sus dominios en Italia, de manera que la Corona de Aragón necesita ganar las islas de Italia y el reino de Nápoles.

Jaime repara, otra vez más, en el error cometido con la firma del Tratado de Corbeil. Pero ya no hay macha atrás; perdidas Occitania y Provenza y concedido el derecho de conquista del reino de Murcia al rey de Castilla, la única posibilidad de expansión está en Italia y en el norte de África.

Lérida, verano de 1260

Las capitulaciones matrimoniales del infante Pedro de Aragón con Constanza de Sicilia se acuerdan en Barcelona a finales de julio. Para que el papa Urbano IV las apruebe, Jaime tiene que prometerle que no irá contra la Iglesia ni contra Francia.

Pese a todo, el papa desconfía. La Iglesia considera a Manfredo de Sicilia el mismísimo demonio; algunos obispos lo califican como el Anticristo e instan a todos los cristianos a combatirlo. El papa reacciona, depone a Manfredo como rey de Sicilia y proclama que la corona de ese reino pertenece a Carlos de Anjou.

Todo está en contra de ese matrimonio, incluso el rey de Castilla escribe una carta a su suegro pidiéndole que no se celebre esa boda, pues considera que puede perjudicarlo en su intento de obtener el Imperio; pero Jaime decide seguir adelante. Las cincuenta mil onzas de oro que aportará Constanza como dote son un argumento muy convincente.

Ese verano, el rey de Aragón atraviesa por muchos problemas, aunque el más urgente es someter de una vez al rebelde conde de Urgel y a los nobles que lo apoyan.

—Los sarracenos han reaccionado ante el avance mongol. Un ejército se dirige desde Egipto hacia Siria. Si es derrotado, el islam tiene los días contados—le anuncia su canciller a Jaime de Aragón.

—No aventuréis el futuro, canciller, y mantenedme informado de lo que ocurra en Oriente.

—Nuestros agentes en Tierra Santa envían noticias cada mes mediante correos con mercaderes catalanes. Estaréis al tanto de todo, majestad.

—Nos preocupa lo que sucede al otro lado del mar Mediterráneo, pero más aún cuanto pasa aquí. Día a día aumentan los robos y asaltos en los caminos.

Jaime se refiere a la proliferación de malhechores, bandidos y ladrones que abundan en Aragón, sobre todo en las zonas montañosas.

—Señor, los grandes concejos del reino de Aragón se han unido en juntas de defensa contra los malhechores. Piden vuestra confirmación.

—¿Cuáles son?

—Las ciudades de Barbastro, Huesca, Jaca y Tarazona, y las villas de Calatayud, Daroca, Teruel y Aínsa. Han nombrado sobrejunteros para que vigilen los caminos y apresen a los ladrones.

—¿Y qué creéis que deberíamos hacer?

—Aprobar esas juntas, majestad —le aconseja el canciller.

Jaime las aprueba. No le queda más remedio que reconocer, aunque veladamente, que por sus propios medios no es capaz de garantizar la seguridad en el reino de Aragón.

—Los mongoles han sido derrotados por los sarracenos —le anuncia el canciller al rey.

—¿Cómo ha sido? Dijisteis que el ejército mongol era poco menos que invencible.

—Ha ocurrido en un lugar llamado el Pozo de Goliat, cerca de Jerusalén. El ejército mongol dirigido por el príncipe Kitbuka ha sido derrotado por un general llamado Baibars, un guerrero turco que tras su victoria ha ejecutado al sultán Qutuz y se ha proclamado soberano de Egipto.

—Iremos a Tierra Santa —anuncia Jaime.

—Pero, majestad, ¿ahora...? —balbucea confuso el canciller.

—Los mongoles, o los tártaros, o como quiera que se llamen esos demonios, son nuestros enemigos, no nuestros aliados; y así serán considerados.

—Señor, un acuerdo con los mongoles podría beneficiaros, y más aún si pensáis ir a Jerusalén.

—La cristiandad está dividida: Roma, Bizancio, el Imperio, Francia... No existe ningún rey capaz de unirla contra los herejes y los paganos.

—Pero, majestad, el príncipe de los mongoles es cristiano...

—Tal vez, pero no ha dudado en atacar Tierra Santa para sacar provecho de ello. Si hubiera tenido la menor intención de llegar a un acuerdo con la cristiandad, ese Kitbuka hubiera enviado embajadores para acordar un pacto, y no lo ha hecho.

»Preparad cartas para el papa y los reyes de Castilla y de Francia. Anunciadles que la boda de nuestro hijo don Pedro y doña Constanza se celebrará, que tenemos la intención de ir a Jerusalén y que nos erigimos en defensor de la cristiandad —ordena Jaime.

Barcelona, otoño de 1260

De vuelta de Lérida, Jaime pasa unos días en la intimidad del palacio mayor de Barcelona con su esposa.

Le comunican que su hijo el infante don Pedro, con tan solo veinte años de edad, acaba de tener un tercer hijo de su amante María Pérez Nicolau; es una niña a la que bautizan con el nombre de Beatriz.

—¿Estás cansado? —le pregunta Teresa mientas se desenrolla el almízar, la pieza de tela con la que se cubre la cabeza y se ajusta al cuello.

—Todavía sigo siendo fuerte —responde Jaime.

—Lo eres. No creo que exista un caballero en todo el mundo capaz de vencerte.

Teresa abraza a su esposo y siente el poder de sus brazos y de su pecho. Su cabeza apenas alcanza a la altura del corazón de Jaime, que mantiene un vigor extraordinario, aunque algunas canas en las sienes y varias arrugas en la frente y en el entorno de los ojos denotan que ya no está en el dulce tiempo de la juventud.

Desde su altura, Jaime observa el cabello de su esposa y lo acaricia. Sedoso y suave, huele a delicado perfume de algalia y jazmín.

Desliza de nuevo su mano por la cabeza de Teresa y al retirarla se da cuenta de que tiene un pequeño mechón de pelo entre sus dedos.

—¡Vaya!, sí que tengo fuerza, ni siquiera me he dado cuenta de que te he arrancado un mechón —le dice mostrándole la guedeja atrapada entre sus dedos.

—¡Oh! —se sorprende Teresa—, yo tampoco lo he notado.

La esposa de Jaime se lleva la mano a la cabeza y pasa sus dedos entre sus cabellos. Cuando la retira, otro mechón queda atrapado en ellos.

—Se te está cayendo el pelo —alerta preocupado Jaime.

—Ya lo veo. No sé qué puede ocurrir.

—Enviaré al médico para que te visite. A veces ocurren estas cosas. Yo he visto a hombres perder todo el cabello o tornarse blanco antes de una batalla.

—No he librado nunca ninguna —bromea Teresa.

Pese a las varias advertencias que el rey le hace, el conde de Urgel no cede, se mantiene en rebeldía y realiza una cabalgada por tierras de Barbastro.

Jaime decide entonces actuar de manera más contundente y envía contra Álvaro de Cabrera, conde de Urgel, a Martín Pérez de Artasona, justicia de Aragón. Esa mañana, en Barcelona, recibe al fraile Raimundo de Peñafort, cuyos consejos atiende con gusto.

—Os hemos convocado porque queremos acabar con las discordias que ensombrecen al reino. Como suponemos que sabéis, nuestros hijos don Pedro y don Jaime andan enfrentados por la herencia y eso provoca una gran inestabilidad.

»Don Pedro nos ha enviado una carta en la que protesta por el reparto que hemos hecho de los Estados de nuestra Corona. No quiere que su hermano Jaime reciba el reino de Mallorca, el Rosellón, Cerdaña y Montpellier. Desea todo para él.

—Majestad, sabéis que siempre estaré a vuestro lado y con lo que decidáis en justicia.

—Pedro ya no se acuerda de que cuando su hermano Alfonso era el heredero, le di Cataluña a él; entonces sí estaba de acuerdo con la partición.

—La memoria de los hombres es flaca.

Los consejeros del rey se reúnen en el palacio mayor. Allí están Raimundo de Peñafort, Jimeno de Foces, Guillén de Torrellas y otros nobles de Aragón y Cataluña.

Se acuerda mantener la presión sobre el conde de Urgel, organizar una mesnada en la que participen los hijos ilegítimos del rey, pedir dinero a los judíos, rechazar la nueva petición del rey Castilla para que el infante Pedro no se case con Constanza de Sicilia, y aprobar que la moneda jaquesa de Aragón sea la de curso oficial en la ciudad de Lérida pese a que esta ciudad forma ya parte de Cataluña.

18

El otoño del rey

Valencia, mediados de abril de 1261

El rey pasa las navidades en Valencia.

El médico le da malas noticias. La caída del pelo de Teresa Gil se debe a algo muy grave.

Hace ya tres meses que Jaime no se acuesta con su esposa.

Está triste y abatido, pero en una visita a Alcira a finales de febrero conoce a Genesia, una espléndida mujer de veinticinco años, esposa de Jaime de Santa Mera, con la cual disfruta de varias noches de amor con una pasión que hace tiempo que no siente.

—Sois una mujer muy hermosa. Vuestro esposo es un hombre afortunado.

—Yo sí soy una mujer afortunada, pues he gozado de vuestro amor —le responde Genesia.

Los dos amantes desayunan en el alcázar de Valencia. Pasan la noche juntos, disfrutando de una larga e intensa velada. Jaime está contento. Genesia lo satisface, al menos en la cama, que es lo que ahora necesita para olvidar la tremenda revelación que hace unas semanas le hace su médico.

—Sé que han sido muchas las mujeres que han yacido con vuestra majestad, pero me gustaría saber que yo he sido algo especial.

—Lo habéis sido, mi señora —le miente Jaime.

—A cualquier mujer le bastaría con haber sido amada una sola noche por vos, que sois el caballero más apuesto del mundo, pero yo os he disfrutado varias noches y espero seguir haciéndolo durante mucho tiempo.

—¿Y vuestro esposo?

—Hemos hablado de ello. Lamenta no poder estar conmigo mientras yo estoy con vuestra majestad, pero se considera satisfecho. Además... en mi vientre late el corazón de un hijo vuestro, mi señor.

—¿Estáis segura? —le pregunta el rey.

—Completamente segura. Me dejasteis preñada aquellos días de finales de febrero y principios de marzo en Alcira. ¿Lo recordáis? Me hicisteis el amor tantas veces que había momentos en los cuales apenas podía mantenerme en pie de tanto cuanto me temblaban las piernas.

—¿Ese hijo es nuestro?

—Mi señor, desde que me llamasteis a vuestro lado hace unas semanas, no he conocido a ningún otro varón.

—¿Cuándo fue la última vez que os acostasteis con vuestro esposo?

—Unos días antes de conoceros, pero después tuve el menstruo, y cuando vos me hicisteis el amor por primera vez... ¡Oh!, mi señor, no dudéis de mí.

Genesia abraza al rey e intenta besarlo, pero Jaime es demasiado alto y la mujer tiene que ponerse de puntillas y ni aun así alcanza la boca de Jaime.

Por fin el rey se dobla, la besa y le palpa el vientre.

—No lo tenéis abultado.

—Estoy embarazada de dos meses. Solo he tenido dos faltas del menstruo. Seréis de nuevo padre a fines de octubre o comienzos de noviembre.

—Cuidad entonces bien de ese niño. Es el hijo de un rey —dice Jaime.

Ya tiene demasiados hijos, uno más, ¡qué importa!

Hijos legítimos como el finado Alfonso, fallecido hace ya un año, como Pedro y Jaime, a los que entregará sus reinos. Hijos ilegítimos, que nunca podrán ser reyes, pero a los que ama, como Fernando Sánchez de Castro, en el que más confía; tanto que esa misma primavera lo envía a tratar del matrimonio de su heredero con Constanza de Sicilia y le entrega como prueba de su afecto el castillo y villa de Pomar, a orillas del río Cinca.

Un rey debe tener hijos, muchos hijos. Un rey debe demostrar su hombría, su poderío y su fertilidad engendrando muchos retoños. Esa es la principal misión de cualquier monarca, su primera obligación. Y Jaime lo consigue. Está orgulloso de su capacidad, de su virilidad, de su gran fortaleza. Es el rey.

Montpellier, finales de otoño de 1261

Hace meses que Jaime no se acuesta con Teresa.

En Montpellier, donde se siente en casa, pasa algunas noches con amantes eventuales: damas de la aristocracia montpellerina que, casadas o no, se disputan el privilegio de visitar la cama del rey, jóvenes doncellas que aspiran a ser desfloradas por el soberano de Aragón y de paso conseguir algunas prebendas y privilegios, e incluso criadas bien parecidas que sueñan con retozar, siquiera una hora, entre las sábanas con Jaime, aunque al día siguiente ni siquiera recuerde sus rostros.

—Señor, doña Genesia ha tenido el hijo esperado. Es un varón —le comunica el canciller—. Pregunta en su carta si deseáis que sea bautizado con algún nombre que os agrade.

—Fernando. Escribidle a doña Genesia y decidle que bautice a ese niño con el nombre de Fernando.

—Lo haré de inmediato, señor, y os ruego que firméis el decreto de promulgación de los Fueros de Valencia.

Jaime de Aragón estampa su firma en el pergamino que contiene la concesión de fueros propios al reino de Valencia, con lo cual se culmina el proceso de creación de este reino, a lo que tanto se oponen los nobles aragoneses.

—¿Sabéis algo de doña Teresa? —le pregunta Jaime.

—No hay novedades, majestad. El médico que la atiende no ha comunicado nada nuevo en las últimas semanas.

—En ese caso, que siga en Valencia hasta que se confirme el diagnóstico.

—La boda de vuestra hija doña Isabel con el príncipe Felipe de Francia tendrá lugar en la ciudad de Clermont a finales del próximo mes de mayo, ¿vais a acudir a la ceremonia?

—¿Lo hará el rey de Francia?

—Sí. Su embajador lo ha ratificado.

—Iremos, pero la boda no será en mayo, sino en los primeros días de julio.

—Pero el rey de Francia...

—Antes que la de doña Isabel, debe celebrarse la boda de nuestro hijo el infante don Pedro con doña Constanza de Sicilia, aquí en Montpellier. Iremos a Clermont en julio.

Montpellier, 13 de junio de 1262

Quizá ya no deba irse de ahí, de Montpellier. Eso piensa Jaime de Aragón. Tiene cincuenta y cuatro años, pero cuando echa la vista atrás le parece haber vivido todo un siglo. Apenas recuerda nada de dos primeros años de su vida, que pasa al lado de su madre en la ciudad donde nace, la de los orgullosos señores independientes, pero siente que es allí donde están sus verdaderas raíces, donde es señor indiscutible, donde viene al mundo y abre los ojos para ver la luz por primera vez.

Aquella mañana del 13 de junio, la iglesia de Santa María de las Mesas está engalanada con las banderas a franjas rojas y amarillas del linaje de los Aragón. Se casa el heredero, el infante Pedro, con Constanza de Sicilia. Con veintidós años, ya tiene tres hijos bastardos con su amante, María Pérez, a la que debe abandonar tras cuatro años de relaciones.

El rey Jaime quiere que la boda se celebre en la misma iglesia donde se casan sus padres y donde él recibe el bautismo. Este templo no es una catedral, Montpellier carece de obispo, pero a nadie le importa ese detalle. Santa María de las Mesas es la iglesia más antigua y venerada de la ciudad y eso es suficiente.

Jaime decide que el testigo de la boda sea Fernando Sánchez de Castro, su hijo predilecto, el que considera que debiera ser su sucesor en el trono si fuera hijo de esposa legítima, de una reina, y no de su amante Blanca de Antillón.

Fernando, de solo veintidós años, negocia bien; él es el que logra traer desde Sicilia a Constanza y debe ser recompensado por ello.

Falta una hora para que comience la ceremonia nupcial. Jaime lo hace llamar.

—Señor, aquí estoy. —Fernando se acerca, se inclina ante su padre y le besa la mano.

—Has hecho un buen trabajo.

—Gracias, señor.

—Esta mañana actuarás como testigo en la boda de tu hermano. Sois de la misma edad y casi nacisteis el mismo día. Tu hermano será el futuro rey de Aragón; espero que mantengas hacia él la misma lealtad que hacia mí.

—Mi hermano también será mi rey —asegura Fernando.

—¿Sabes que le he puesto el nombre de Fernando a mi último hijo, también hermano tuyo?

—No, no lo sabía —miente Fernando Sánchez, que conoce bien la última aventura amorosa de su padre con Genesia.

—Nació a finales del año pasado. Lo engendré en el reino de Valencia. Te encomiendo que cuides de él si fuera necesario.

—Lo haré, señor.

—Sabes... —Jaime coge por el hombro a Fernando, que es alto y apuesto, pero queda casi un palmo por debajo de la altura de su padre—, tú eres mi hijo más amado. Si la ley no lo impidiera, tal vez... Pero dejémonos de melindres y quimeras. ¿Has traído la dote de doña Constanza?

—Son cincuenta mil onzas en total. Veinticinco mil onzas de oro ya están custodiadas en los sótanos de este palacio. Y la otra mitad se entregará en la fiesta del domingo de Resurrección del próximo año: quince mil ochocientas veinte onzas de plata y el resto en anillos de oro, vajillas y candelabros de plata y piedras preciosas.

—Es una buena dote. A cambio he tenido que darle el señorío de la ciudad de Gerona a doña Constanza.

—El de Sicilia es un reino rico, señor. Si se sumara a vuestra Corona...

—Esa es mi intención. Esta boda ha sido acordada para ello. Los griegos han recuperado Constantinopla tras varios decenios en manos de los latinos, los mongoles han sido derrotados por los sarracenos cerca de Jerusalén y la cristiandad anda dividida con varios de sus reyes ocupados en convertirse en emperadores; esta es la ocasión para asentar los dominios de la Corona de Aragón en el Mediterráneo. Con el reino de Sicilia de nuestra parte, tengo la intención de ir a conquistar Jerusalén y desearía que vinieses conmigo.

—Mi señor, si me lo ordenáis, estaré en esa campaña sagrada. Nada me agradaría más que liberar Jerusalén de las manos de los moros y entrar tras vuestra majestad en el Santo Sepulcro.

—Iremos juntos a Jerusalén, pero ahora nos espera una boda en Santa María.

Barcelona, 21 de agosto de 1262

Tras la boda de su hijo Pedro en Montpellier, Jaime acude a Clermont para asistir a la de su hija Isabel con Felipe de Francia. Allí se entrevista con el rey Luis, que le pide que cumpla lo acordado dos años atrás en Corbeil y no ayude a los hombres de Marsella contra su hermano Carlos de Anjou, y que tampoco acuda en auxilio de su consuegro Conrado de Sicilia si este decide ir a la guerra contra de la iglesia de Roma.

Jaime acepta ambas condiciones. No le queda otro remedio si quiere que la boda de su hija se celebre y se convierta, en el futuro, en la reina de Francia.

Un mes más tarde se enfrenta a una disyuntiva. Sus hijos andan enfrentados por la herencia y Teresa Gil, su esposa legítima, que sigue bajo cuidados médicos, exige algo nuevo. Sus hijos Jaime de Jérica y Pedro de Ayerbe son legítimos y, aunque su matrimonio es morganático, exige que ambos sean reconocidos como titulares de derechos monárquicos y sean ubicados en el orden de sucesión que les corresponde por su nacimiento.

Toda la familia real anda revuelta aquellos días de verano. Nadie se fía de nadie, ni los hijos del padre, ni el padre de los hijos, ni los hermanos entre sí.

Jaime duda. Sus consejeros más cercanos le piden una y otra vez que no divida la Corona, ni siquiera en los territorios por él conquistados.

Cita a todos los consejeros y barones en Barcelona para el día 21 de agosto. Quiere que estén presentes sus hijos, los obispos y los nobles aragoneses y catalanes. Todos.

La sala grande del palacio mayor está a rebosar. Los magnates de la Corona se alinean según su importancia y rango; saben que lo que va a comunicarles el rey marcará el futuro y por tanto será decisivo en sus vidas.

—Su majestad don Jaime, por la gracia de Dios rey de Aragón, de las Mallorcas y de Valencia, conde de Barcelona y de Urgel y señor de Montpellier —anuncia con toda pompa un heraldo que viste una sobrecota sin mangas con barras rojas y amarillas y se toca con un capiello cilíndrico con las mismas barras de Aragón.

Jaime quiere que el acto sea lo más solemne posible, pues aquella va a ser su última disposición testamentaria en lo que respecta a la herencia de sus dominios.

Los presentes se inclinan cuando hace su entrada el rey. Están todos de pie; no hay una sola silla ni un solo banco en toda la sala, únicamente el trono de madera sobre un estrado, donde toma asiento el monarca.

Al lado izquierdo del trono, aguantando de pie a sus más de ochenta y cinco años, Raimundo de Peñafort se apoya en su humilde cayado. El dominico, destacado miembro de la Orden de Predicadores, es acérrimo defensor de mantener la unidad de la Corona. Esa misma mañana le dice al rey que no segregue ningún territorio, aunque para ello tenga que agraviar a su hijo Jaime y desposeerlo del reino de Mallorca. Junto a él se alinean los obispos de Barcelona y de Vic y el sacristán de Gerona.

A la derecha del rey, forman sus hijos Pedro y Jaime y los nobles, comenzando por Fernando Sánchez, el hijo ilegítimo pero predilecto del monarca; tras él, el vizconde de Castronuevo, Ato de Foces y otros nobles aragoneses y catalanes convenientemente mezclados.

—Señores —comienza a hablar el rey engolando la voz, ya de por sí rotunda y poderosa—, sabed que es nuestra intención evitar cualquier tipo de escándalos y discordias que perturben la paz en nuestros reinos. A nuestros queridos hijos los infantes don Pedro y don Jaime queremos decir aquí que deben permanecer en paz y concordia por siempre. Y para que nunca se produzca un enfrentamiento entre ellos y reine una armonía perpetua, otorgamos lo siguiente:

»Concedemos a nuestro amado hijo don Pedro todo el reino de Aragón y nuestro condado de Barcelona, desde el Cinca hasta el cabo de Cruces o de Creus y desde el collado de Perelló hasta el de las Panizas, así como se dividen los términos de Cataluña con los de Conflent y Cerdaña. También otorgamos a don Pedro todo nuestro reino de Valencia, desde Albentosa y Ulldecona hasta Biar y de allí hasta el mar, tal cual acordamos esos términos con el rey de Castilla; los concedemos con todas las ciudades, villas y castillos, con todos sus hombres, nobles y burgueses, rústicos, judíos y sarracenos, y toda su jurisdicción.

»De otra parte, concedemos a nuestro hijo el infante don Jaime nuestro reino de Mallorca y de Menorca más Ibiza y Montpellier, y los condados de Rosellón, Conflent, Cerdaña, Vallespir y Prades. Ordenamos que en el Rosellón, Conflent, Cerdaña y Vallespir circule la moneda de Barcelona y se apliquen y rijan las costumbres de Cataluña, salvo que esos territorios tengan estatutos especiales.

»Mandamos que si el infante don Pedro muriera sin heredero, pasen Aragón, Valencia y Barcelona al infante don Jaime; y que si muriera don Jaime sin heredero, Mallorca, Menorca, Ibiza y Montpellier, así como el Rosellón, Conflent, Cerdaña y Vallespir pasen a don Pedro. Y que don Jaime, por ser menor, quede supeditado a su hermano don Pedro.

»Nadie podrá ir en contra de estas disposiciones.

»Y a vosotros dos —el rey se dirige a sus hijos—, os ordenamos que las cumpláis.

El rey acaba su reparto; el canciller se dirige entonces al infante Pedro y le pasa un pergamino para que lea lo que le indica.

—Yo, el infante Pedro, de buen ánimo, espontánea voluntad y sin coacción alguna, recibo y acepto esta donación y herencia de mi padre y señor.

A continuación se lo pasa a Jaime.

—Yo, el infante Jaime, de buen ánimo, espontánea voluntad y sin coacción alguna, recibo y acepto esta donación y herencia de mi padre y señor.

—Acordado este reparto —continúa el canciller—, los infantes don Pedro y don Jaime deben prestar homenaje de boca y manos a su majestad el rey y jurar por Dios y los cuatro evangelios que cumplirán y observarán estas disposiciones reales de buena fe y sin maquinación alguna.

Los dos infantes se colocan delante de su padre y proceden al juramento tal cual se lo indica el canciller.

—Que nadie ose romper este acuerdo —dice Jaime.

A continuación, el rey firma el pergamino con el reparto y los dos infantes, los obispos y los nobles que actúan como testigos dibujan sus signos junto a sus nombres.

Acabado el acto solemne, el infante Pedro se dirige a Raimundo de Peñafort.

—Señoría —le dice—, me gustaría hablar un momento con vos.

—Decidme, don Pedro.

—A solas, os lo ruego.

Peñafort mira a los ojos del infante y se da cuenta de que el heredero de Aragón está muy enfadado.

—Acompañadme.

Ya a solas en una sala contigua, el predicador le pide a Pedro que se explique.

—Escuchadme, don Raimundo: no acepto la voluntad de mi padre.

—Además de vuestro padre, es vuestro rey; debéis acatar su mandato porque está ajustado al derecho.

—Pues no lo acepto. Voy a redactar una propuesta secreta pidiendo a los aragoneses, a los catalanes y a los valencianos, a todos los súbditos de la Corona, que rechacen el reparto que hoy y aquí ha perpetrado mi padre.

—No podéis hacer eso. Yo tampoco estoy de acuerdo con la decisión que ha tomado el rey, pero no cumplir su voluntad sería una rebelión y, además, esta conforme al derecho de la Corona y a los fueros de sus reinos.

—Acato lo dispuesto, porque no tengo otro remedio, pero debo dejar escrito mi desacuerdo y manifestar mi protesta.

—Sed coherente, don Pedro. Cuando vivía vuestro hermano mayor don Alfonso y vuestro padre dividió el patrimonio real de la Corona y segregó el reino de Aragón y el condado de Barcelona, lo que sí iba en contra de la ley, vos aceptasteis esa separación para ser conde de Barcelona. Entonces fue vuestro hermano don Alfonso el que protestó.

—Alfonso era hijo ilegítimo y no tenía derecho a reinar. El papa anuló el matrimonio de mi padre con la castellana —alega Pedro.

—Os ruego que no compliquéis más las cosas. Los aragoneses andan soliviantados por ese reparto. Nunca han admitido que vuestro padre hiciera de Valencia un reino propio, pues siempre ambicionaron que esas tierras se adscribieran a Aragón; pero pese a todo, han acabado por admitir la existencia de Valencia como reino en favor de la paz.

—Veremos —se limita a comentar Pedro, que saluda a Raimundo y sale de la salita con muy mala cara.

No hay tiempo que perder. La cancillería real emite cartas comunicando el reparto de la Corona, ordenando a los valencianos que juren a Pedro como su futuro rey, el tercero en los últimos años, pues primero fue Jaime, luego Alfonso y ahora Pedro, y ratificando a Jaime como rey de Mallorca, pero sometido feudalmente a su hermano mayor.

Y algo más importante. Quizá por la mala conciencia a causa de lo que está haciendo con su esposa Teresa Gil, el rey Jaime proclama que los dos hijos que tiene con ella, pese a su matrimonio morganático, también entren en la línea de sucesión, pues son legítimos, de modo que podrán heredar los reinos de la Corona si los infantes Pedro y Jaime mueren y no tienen descendientes.

Zaragoza, finales del invierno de 1263

Las arcas reales están vacías.

Hace ya unos años que los campos no producen lo que antaño y las rentas disminuyen. Los señores acucian a sus siervos campesinos para que sigan cosechando lo mismo, pero aunque se plantan similares cantidades de simiente, cada temporada se recolecta menos trigo, menos cebada y menos vino.

Las deudas aumentan. Jaime tiene que pedir dinero prestado a los banqueros judíos de Daroca, Zaragoza, Barcelona y Valencia, y paga esos préstamos recurriendo a otros, enajenando bienes reales como las salinas y las rentas sobre todo tipo de bienes.

Su yerno el rey de Castilla le pide ayuda para combatir a los moros de Murcia y a los de Granada. Encerrado tras las murallas del alcázar de Sevilla, Alfonso, al que algunos llaman el Sabio, se siente acosado e inseguro, pues sus agentes le dicen que el sultán moro de Granada planea enviar contra Sevilla un ejército reforzado con soldados africanos de los benimerines para apresarlo y dar así un golpe de gracia a la cristiandad hispana.

El maestre de la Orden de Calatrava se presenta en Zaragoza con desesperación suplicando a Jaime que no deje desamparado a su yerno el rey castellano, que corre serio peligro.

—¿Tan grave es la situación de nuestro hijo? —le pregunta Jaime al maestre de Calatrava, denominando así a su yerno.

—Extremadamente grave, señor. Los moros de África, que se han unido en torno a una tribu llamada benimerines, han jurado por su dios recuperar todas las tierras perdidas en lo que ellos llaman Al-Andalus. Se han propuesto recuperar Sevilla, Córdoba, Toledo y aun Valencia y Zaragoza. El sultán de Granada les ha pedido ayuda. Además, el papa Urbano no quiere intervenir en favor de Castilla, pues no desea que don Alfonso sea emperador.

—Ayudaremos a nuestro hijo. Señor maestre, enviaremos al ejército a Murcia, pero antes debemos convocar Cortes en Aragón y en Cataluña para que aprueben la guerra contra los sarracenos.

—Los murcianos han enviado una embajada al papa —dice el maestre calatravo.

—¡Qué! —exclama el rey sorprendido.

—Hemos podido saber que le han ofrecido oro, mucho oro, si el papa no ampara a don Alfonso.

—Id presto a avisar a nuestro hijo —vuelve Jaime a llamar así a su yerno—. Nos veremos ante los muros de Murcia.

—¿Qué le pediréis a cambio?

—Tan solo que se defina con precisión la frontera entre Valencia y Aragón con Castilla.

Jaime convoca con urgencia Cortes en Zaragoza y en Barcelona con un único objetivo: aprobar la recaudación de dinero para la guerra contra los moros de Murcia.

Y decide que su hijo Jaime de Mallorca se case con la hija del conde de Saboya y pide una gran dote por ese matrimonio.

Hace algunas semanas que ninguna mujer ocupa la cama del rey. Jaime no quiere saber nada de su esposa, a la que ya no ama, y tampoco desea volver a ver a Genesia. Aquellos días en Zaragoza conoce a Berenguela Alfonso.

Es hija de Alfonso de Molina, hijo del rey Alfonso de León y hermano del rey Fernando de Castilla. Berenguela acaba de quedarse viuda y está en Zaragoza acompañando a su padre, a quien su sobrino el rey de Castilla envía para coordinar con don Jaime los planes de conquista del reino de Murcia.

Berenguela tiene veintiocho años; es una mujer hermosa, de formas rotundas, caderas ampulosas y pechos enormes. Rubia y de ojos azules, llama enseguida la atención de Jaime, quien le envía una nota por medio de un criado invitándola a que lo visite en su palacio de la Aljafería.

La dama accede y acude un día de finales de marzo, mediada la tarde.

—Os agradezco que hayáis aceptado mi invitación —la saluda el rey a la vez que besa la mano de Berenguela.

—¿Cómo podía negarme, señor?

Jaime mira a aquella mujer, la más alta de cuantas conoce, aunque pese a ello apenas le llega a la altura del hombro.

—¿Sabéis que somos parientes?

—Lo sé, mi señor; y también sé que mi tía abuela, doña Leonor, fue vuestra primera esposa.

—Sí, yo era muy joven.

—Seguís pareciéndolo.

—¿Os gusta el vino dulce? Este lo elaboran cerca de aquí, en una villa llamada Cariñena. Es recio y tan fuerte que es necesario rebajarlo con agua para poderlo beber, pero también le añaden miel y especias y entonces queda dulce y aromático. Probadlo.

El rey le sirve una copa y Berenguela bebe un trago.

—Muy dulce, señor.

El cuerpo de Berenguela atrae la mirada de Jaime, que siente una irresistible atracción hacia la dama. Se acerca a ella, la mira a los ojos y la abraza por la cintura.

—Sois una mujer muy hermosa.

La dama deja la copa en la mesa, abraza al rey y le ofrece su boca.

—¿Habéis estado con otros hombres?

—Sí, he estado casada con don Gonzalo, pero solo lo conocí a él.

—¿Queréis conocer a un rey?

Berenguela asiente y vuelve a besar a Jaime, que siente despertar su virilidad como una explosión repentina y brutal.

Barcelona, mediados del verano de 1263

Es lo que necesita: otra guerra contra los musulmanes.

Se siente rejuvenecer; de nuevo la lucha, la batalla, las cabalgadas, la toma de castillos, la victoria...

Anhela rememorar aquellos días de las grandes conquistas de Mallorca y de Valencia, aquellos tiempos gloriosos en los que sus estandartes ondean sobre las fortalezas y las torres conquistadas, aquellas noches con los trovadores cantando poemas de guerra y de hazañas prodigiosas, aquellos días en los que se siente como un héroe de leyenda, capaz de ganar todas las batallas y de enamorar a las más hermosas doncellas.

Ya se ve de nuevo cabalgando al frente de sus caballeros, con los estandartes desplegados al viento, los aceros brillando bajo el sol, con las plumas de halcón engalanando las cimeras y los cascos de combate.

Ya se ve entrando triunfante en Murcia y atravesando sus calles a lomos de su caballo, disfrutando de un desfile de gloria y alabanzas.

Con la guerra aprobada en Cortes, Jaime convoca a su hijo predilecto. Fernando Sánchez acude ante su padre y se pone a su servicio. Él también desea entrar en batalla al lado de su padre, el gran rey, el gigante invencible.

Jaime se prepara para la guerra. Escribe al rey Teobaldo de Navarra pidiéndole que impida que caballeros navarros y aragoneses, los que siguen al rebelde Pedro Cornel, invadan desde su reino las tierras de Aragón. Envía cartas al rey de Sicilia, al sultán de Egipto y al papa Urbano. Sabe bien que el papa apoya al rey Luis de Francia y que quiere despojar de la corona de Sicilia a Manfredo para entregársela a Carlos de Anjou, hijo del rey francés, pero desea que la guerra de Murcia sea considerada una cruzada y para eso se requiere de la aprobación del pontífice.

—El papa Urbano ha llamado a la cruzada —le anuncia el canciller al rey.

—¿A Murcia?

—No, mi señor; a una cruzada para recuperar Jerusalén.

—Lo suponíamos. Ese hombre era patriarca de Jerusalén cuando lo nombraron papa, aunque nunca ha pisado Tierra Santa.

—Ni tampoco Roma —añade el canciller—. Su santidad gobierna la Iglesia desde Viterbo.

Pero nadie acude a la llamada del papa. Nadie.

—Tomaremos Murcia, con o sin bula de cruzada. Disponed cartas a los gobernadores locales ordenando que se refuerce la vigilancia de las costas; que se restauren las fortalezas, se coloquen vigías en las atalayas y se mantengan provistos de suministros los castillos y las fortalezas más importantes —ordena el rey.

—Señor, eso costará mucho dinero y las arcas están vacías.

—Que se pidan préstamos a los judíos de Barcelona, Gerona y Montpellier.

—Ya tenemos demasiados empréstitos con ellos, majestad.

—Pues pedidles más. No se atreverán a negarse.

—Carecemos de avales para afrontar nuevos préstamos.

—Enajenad villas y aldeas de realengo, los impuestos de caballerías, las rentas que sean necesarias. ¡Ah!, y reclamad inmediatamente el pago de diez mil onzas de oro al rey Manfredo de Sicilia; todavía nos debe veinticinco mil de la dote de su hija.

Los judíos se ven obligados a conceder el dinero solicitado por Jaime, que actúa sobre las comunidades hebreas de la ciudades de su Corona con medidas contradictorias: a la vez que concede a la aljama de Barcelona permiso para construir una sinagoga nueva, tener libros de la ley de Moisés y rezar sin cortapisa alguna, pide a las autoridades de la comunidad hebrea que concedan todas las facilidades a los judíos que quieran bautizarse y hacerse cristianos y ordena que sean quemados todos los libros llamados *soferim*, los que contienen blasfemias contra Jesucristo y la Virgen María.

Los predicadores Raimundo de Peñafort y Arnau Segarra aconsejan al rey en cuanto se refiere a estos asuntos de los judíos, que andan sumidos en una enorme confusión, pues se les dice que no están obligados a ir a escuchar los sermones de los predicadores dominicos, pero que acudan sin excusa alguna cuando el que predique sea el fraile Pablo Cristiano.

Además de los sonidos que anuncian la guerra, Jaime está de nuevo enamorado. Desde la pasada primavera en Zaragoza, el rey se hace acompañar de Berenguela Alfonso, con la que hace el amor cada noche. Esa mujer, de cuerpo voluptuoso como pocos, le vuelve a despertar su más intensa pasión carnal.

Pero no deja de pensar en su esposa y espera con desasosiego que le confirmen lo que hace tiempo que intuye.

Zaragoza, otoño de 1263

La confirmación de las sospechas sume al rey en una profunda desazón.

Abatido, pasea por la orilla del Ebro, cerca del palacio de la Aljafería. Esa mañana sale de caza con halcón, pero se detiene a la vista de la corriente de agua que discurre crecida por las lluvias de otoño.

—Volvemos a palacio —ordena a la docena de hombres que lo acompaña.

Los componentes de la partida de caza se extrañan; apenas acaban de salir y ya deben volver.

En el palacio, el rey se encierra en una de las alcobas, se sienta en un escabel y hunde la cabeza entre sus manos. No sabe qué hacer ni cómo reaccionar ante la terrible noticia recibida al salir de caza, que le hace regresar apenas caminada media milla.

Ni siquiera quiere ver a Berenguela Alfonso, que llama a su puerta buscando consolarlo.

Avanzada la mañana, Bernardo Guillermo de Entenza, el mayordomo real, se inquieta. Hace ya varias horas que el rey permanece a solas en una de las salas del palacio de la Aljafería y decide comprobar si se encuentra bien.

—Señor, señor —el mayordomo llama a la puerta de la alcoba y la golpea con los nudillos.

Nadie responde a su demanda.

—¡Señor, señor!, ¿estáis ahí?

Nada. Silencio.

—Voy a entrar —avisa Bernardo.

Con cuidado, el mayordomo real levanta el pestillo y abre la puerta con toda prudencia.

El rey está allí, en la penumbra, sentado en un lado de la alcoba con la cabeza entre las manos.

—¿Os encontráis bien, mi señor? —pregunta azorado.

Jaime levanta la cabeza y mira a Bernardo.

—Doña Teresa tiene la lepra —musita el rey como un lamento.

—¡Dios santo! —exclama el mayordomo.

—La lepra es una maldición de Dios, el signo del pecado.

—Vuestra majestad está limpia de esa enfermedad —dice Bernardo.

—Aquellas manchas en la piel, la caída de su cabello... —balbucea el rey recordando los primeros síntomas de su esposa.

Jaime se levanta y se acerca a la ventana, por la que entra una luz blanquecina tamizada por una lámina de alabastro.

Se mira las manos buscando alguna mancha, se palpa el rostro y se tira de los cabellos.

—Señor... —balbucea el mayordomo Entenza como demandando instrucciones sobre qué hacer.

—Llamad al notario. Escribiremos una carta al papa. Nuestro matrimonio con doña Teresa debe ser anulado.

—¿Y... doña Berenguela?

—Decidle que venga.

Zaragoza, febrero de 1264

La carta de Teresa Gil es contundente. Le hace saber que se considera su esposa legítima y le dice que su enfermedad no es lepra, sino una simple erupción en la piel de la que se está tratando. Le recrimina el abandono a que la somete y le comunica que acudirá al papa para defender la legitimidad de su matrimonio.

Jaime anda esas semanas ocupado en organizar la guerra contra los sarracenos de Murcia.

Acaba de enviar una carta al vizconde de Cardona pidiéndole que no siga adelante con su rebelión y que disponga sus mesnadas contra los moros y no contra los cristianos.

—Los catalanes han enviado ya el dinero solicitado por vuestra majestad en las Cortes de Barcelona para la guerra en Murcia —le confirma el mayordomo— y han armado quince galeras para bloquear la posible llegada de refuerzos de los moros de África. Vuestro hijo don Pedro Fernández saldrá en unos días al mando de la flota rumbo al Estrecho. Sin ayuda de los benimerines, Murcia caerá pronto.

—Ahora necesitamos más que nunca la paz con Francia. Nuestra hija Isabel está embarazada del príncipe don Felipe y en pocos días le dará un heredero. Es preciso incrementar esas relaciones. Casaremos a nuestra hija doña María con otro infante francés, un hermano u otro hijo del rey Luis. Poneos a ello, Entenza.

»Y presentadnos un listado de los capitanes que encabezan las tropas que enviaremos en ayuda del rey de Castilla.

Los nobles de Aragón y de Cataluña están de acuerdo en ayudar en la guerra contra los moros de Murcia. El propio Fernando Sánchez, hijo predilecto de Jaime, le comunica que irá con su preciado caballo Asenyalat a combatir en la primera línea.

Calatayud, mayo de 1264

—Los moros de Túnez enviarán ayuda a los de Murcia y a los de Granada —le comenta el mayordomo.

—El rey de Túnez es nuestro aliado —se extraña Jaime.

—Pues, señor, nuestros agentes en Túnez han enviado un mensaje en el que no dejan lugar a dudas sobre las intenciones de los tunecinos.

—Esto cambia las cosas. Nunca debimos confiar en los moros de Túnez, nunca. Enviaremos un embajador a Oriente para que establezca contacto con los tártaros. Ellos serán ahora nuestros aliados.

—¿Los mongoles? —se extraña el mayordomo.

—Mongoles o tártaros eran considerados hasta ahora como enemigos, pero nuestro verdadero enemigo es el islam. Enviaremos a Alejandría a don Ramón de Conques. Se hará pasar por un mercader de lana, pero será nuestro espía. Deberá establecer contacto con el rey de Armenia y a través de él lograr una alianza con el kan de los tártaros. Si combatimos a los sarracenos desde Oriente y desde Occidente, los derrotaremos.

—Un ambicioso plan, señor.

—Todos nuestros hijos participarán en esta guerra. El infante don Pedro mandará la escuadra, don Fernando Sánchez dirigirá la caballería y los demás se pondrán al servicio de la Corona donde se les requiera.

»Disponed las tropas necesarias para la defensa del reino de Valencia y de las costas de Cataluña. Conquistaremos Murcia y luego iremos a Tierra Santa para recuperar Jerusalén. No queremos morir sin haber rezado ante el altar de la iglesia del Sepulcro del Señor.

—Majestad, sois el más antiguo de todos los reyes cristianos; ningún otro lleva al frente de su reino tanto tiempo como vuestra majestad ni ha realizado tantas conquistas. Os habéis ganado el honor de encabezar a la cristiandad en la guerra santa y justa contra los sarracenos.

—Entenza, conseguid toda la información que sea posible sobre los mongoles, o tártaros, como también los llaman: ¿quiénes son, cuántos son, de dónde vienen, a qué Dios adoran? Todo cuanto sea posible.

En las últimas semanas todo es firmar préstamos, pagar deudas y reclamar el pago de impuestos. Jaime necesita dinero y tiene que emplearse a fondo para que aragoneses y catalanes se lo concedan en Cortes en Zaragoza y en Barcelona.

Los primeros rayos del sol del último día del verano despiertan a Jaime en la alcoba del palacio de Perpiñán, donde reside desde hace tres semanas. El rey no está solo. Al abrir los ojos, observa la espalda desnuda de una joven con la que pasa la noche. Su cabellera castaña le cae sobre los hombros desnudos. No recuerda su nombre, apenas las facciones de su rostro.

La muchacha se despierta y se gira hacia Jaime. Sí, como había supuesto, es joven y bella. Sus ojos melados, todavía sumidos en un dulce sopor, miran a su amante real ensimismados, como si no creyera que está viendo al rey de Aragón desnudo a su lado, como si todavía anduviera sumida en un profundo sueño.

—Señor, ¿os he despertado? Lo siento... —balbucea la muchacha.

—No. Hace ya un rato que estaba observándote. Me preguntaba si al despertar serías tan hermosa y tan joven como te recordaba, y en verdad que lo eres. ¿Cuántos años tienes?

—Catorce, mi señor.

—Catorce... —Jaime calcula deprisa. Entre su amante ocasional y él hay cuarenta y dos años de diferencia. Aquella joven podía ser su hija, su nieta incluso—. ¿Y cuál es tu nombre? No lo recuerdo.

—Azalais.

—¿Azalais? Ese nombre... ¿Quién eres?

—Mi familia son los Bossazó. Algunos descendemos de la realeza. Mi abuelo se llamaba Pedro y todos lo conocían como Pedro del Rey. Nació en Montpellier y era hijo del rey de Aragón.

—¿De qué rey? —se sorprende Jaime.

—De don Pedro.

—Don Pedro era mi padre.

—Sí. Yo soy vuestra sobrina nieta, señor.

—Tengo cuatro hijos que llevan el nombre de Pedro y uno de ellos, el segundo de doña Elvira Sarroca, también se llama Pedro del Rey. Ahora tiene doce años; es más joven que tú.

—Sé que habéis engendrado muchos hijos. Todo el mundo habla de ello y alaba vuestra virilidad.

—Por lo que recuerdo, ayer eras doncella.

—Lo era; hoy ya no. Anoche me desflorasteis.

Los cálidos rayos del sol iluminan la alcoba y bañan el cuerpo de Azalais, de un tono dorado. Jaime se levanta del lecho y abre un pequeño cofre. Saca un collar de oro y esmeraldas y se lo coloca a su joven amante.

—Es para ti —le dice sonriendo.

—¿Para mí? ¡Oh!, gracias, señor, gracias.

—Cuando vuelva a Perpiñán, ven a verme.

—Lo haré, mi señor, lo haré.

Zaragoza, fines de noviembre de 1264

Aquel otoño visita Gerona, Besalú, Barcelona y Lérida en busca de dinero para la campaña de Murcia. Los catalanes se lo conceden; en las Cortes de Barcelona aprueban entregar para esa causa la recaudación del impuesto de bovaje.

—Doña Teresa tiene lepra —le anuncia el canciller.

—¿Es seguro? Ella lo niega —le demanda el rey.

—Así lo han ratificado los médicos, majestad.

—Preparad el expediente para la anulación de nuestro matrimonio.

—No será fácil, señor.

—Debería serlo, doña Teresa Gil no es de sangre real.

—No lo es, pero por eso vuestro matrimonio es morganático, aunque a los ojos de la Iglesia esa cuestión carece de importancia, pues se considera un matrimonio pleno y válido y, además, ha sido consumado, pues vuestra majestad ha reconocido a los hijos nacidos de esta relación.

—Enviad un memorial al papa, inmediatamente. Este matrimonio debe ser anulado.

—No será fácil, el papa...

—Hacedlo ya —ordena tajante Jaime.

Las Cortes de Aragón, reunidas en la iglesia del convento de los frailes dominicos de Zaragoza, resultan mucho más complicadas que las catalanas.

El rey pronuncia un discurso en el cual justifica la petición de dinero por la necesidad de ayudar al rey Alfonso de Castilla en la conquista del reino moro de Murcia. Lo hace en latín y acaba pidiendo la protección de Dios y explicando la utilidad de emprender esa guerra para prevenir ataques de los musulmanes.

Acabada la intervención del rey, un monje franciscano pide la palabra. Se levanta con estudiada cadencia, se coloca bien el hábito y habla:

—Majestad, señores nuncios en estas Cortes, sabed que esta misma mañana, un cofrade navarro me ha contado que ha tenido una visión. En ella aparecía nuestro rey don Jaime para salvar a la cristiandad, defender a España de los moros y restaurar la paz de Cristo.

—¿La visión de un cofrade decís? —Es el noble Jimeno de Urrea quien se levanta y toma la palabra—. Sí, señor fraile, las visiones están bien y no seré yo quien niegue que algunas están inspiradas por el mismo Dios, pero aquí estamos reunidos para deliberar sobre la conquista de un reino y debemos hacerlo con realidades, no con visiones. Además, ¿quién certifica que esas visiones de vuestro cofrade están inspiradas por Dios y no por el diablo?

—El hombre que me lo ha contado es un siervo de Dios —precisa el franciscano.

—No lo dudo, pero el diablo también puede confundir a los hombres piadosos y engañarlos con sus artimañas. No sería la primera vez que eso ocurre —ironiza Jimeno de Urrea.

—Señores —tercia el rey—, las ayudas de estas Cortes son necesarias para derrotar a los moros de Murcia y someter ese reino a dominio cristiano. Os pedimos que concedáis el dinero solicitado.

—Señor, todos y cada uno de los delegados de los cuatro brazos que integramos estas Cortes del reino de Aragón queremos lo mejor para vuestra majestad y para este vuestro reino. Los aragoneses hemos estado a vuestro lado en las conquistas de Mallorca y de Valencia y estaremos en las que pretendáis en el futuro. Pero también hemos reclamado que la sangre derramada y el esfuerzo empleado para serviros tenga una compensación.

Entre los bancos de la nobleza se escucha un rumor como de aprobación de las palabras de Urrea.

—Quien nos ha ayudado, ha recibido su recompensa, haya sido un noble, un escudero, un vecino de concejo o un aldeano. Nunca hemos dejado a nadie sin recibir lo que merecía —dice el rey.

—¡Apoyad a nuestro señor don Jaime! ¡Haced caso a las visiones de los hombres de Dios! —clama el franciscano.

—Esa es la intención de la nobleza en estas Cortes, pero antes de tomar una decisión, os rogamos, señor, que permitáis que nos retiremos a deliberar, cada brazo por separado.

De todas las Cortes de la cristiandad europea, las de Aragón son las únicas que están organizadas en cuatro brazos. Todas las demás lo están en tres: nobleza, clero y pueblo llano. En las aragonesas, la nobleza está divida en dos brazos; uno lo integran las treinta familias más poderosas y ricas, como los Alagón, los Urrea y los Luna, viejos linajes encumbrados en los tiempos de Alfonso el Batallador: el otro, los caballeros, hidalgos e infanzones, nobles sin títulos, pero con expediente de nobleza.

El rey sabe bien que solo cuenta con la ayuda del brazo de las universidades, donde se sientan los delegados de las ciudades y grandes villas, y con la de unos pocos eclesiásticos, pero apenas suman un tercio y necesita una amplia mayoría para sacar adelante sus propuestas.

—Hacedlo. Suspendemos la sesión hasta mañana —acepta el rey.

—Señor, queremos debatir entre nosotros, pero no aquí en Zaragoza, sino en la villa de Alagón.

—¡Está a más de media jornada de camino!

—Deseamos reunirnos en Alagón; es nuestro derecho.

Jaime sabe que aquella es una maniobra para ganar tiempo, pero accede.

—En ese caso, reanudaremos la sesión dentro de tres días.

Los nobles pasan dos jornadas en Alagón tratando de llegar a un acuerdo unánime y lo consiguen al anochecer del último día. Acuden los primeros a la iglesia de los dominicos para reanudar las sesiones de Cortes.

Jimeno de Urrea, escoltado por Fernando Sánchez, hijo del rey y de Blanca de Antillón, y por Bernardo de Entenza, pide la palabra.

—Señor, los nobles de Aragón estamos dispuestos a ofrecer a

vuestra majestad la ayuda necesaria para la conquista de Murcia, pero demandamos contraprestaciones por ello.

—Decidnos, don Jimeno, ¿qué pedís a cambio? —pregunta el rey.

—Los aragoneses no hemos salido favorecidos en la conquista de Valencia. Solicitamos solemnemente a vuestra majestad que las tierras de Valencia, desde Ulldecona hasta Biar, sean incorporadas al reino de Aragón.

—¿Y qué alegáis para esa petición?

—Valencia es una conquista de los aragoneses y como tal debe ser contemplada. Solicitamos que se apliquen los Fueros de Aragón y que Valencia sea aragonesa.

Los nobles que rodean a Jimeno de Urrea asienten con gestos ostensibles.

—Estáis equivocados. Ni vos, don Jimeno, ni vos, don Bernardo, estuvisteis en la toma de ese reino; sí estuvieron vuestros padres y vuestros tíos, y bien que recordamos su fidelidad. Y vos, don Fernando —se dirige a su hijo—, ni siquiera habíais nacido cuando nos entramos triunfante en Valencia.

»Y por lo que respecta a esa conquista, sabed, señores, que en la misma también hubo hombres de Cataluña, tantos como de Aragón.

»Y, además, Valencia es una conquista nuestra y, como mandan la ley y el fuero, podemos hacer con ella lo que queramos, pues es nuestro acapto y forma parte de nuestro patrimonio y no de nuestra herencia paterna. Ya lo decidimos en su momento: Valencia es un reino propio, ni de Aragón ni de Cataluña, sino de nuestra Corona.

—También pedimos, señor, que toda la Ribagorza sea del reino de Aragón. —Jimeno de Urrea parece resignado ante la decisión real y renuncia de hecho a Valencia.

—Mi último testamento deja claro que el reino de Aragón llega desde Ariza hasta el río Cinca.

—En otro de vuestros testamentos, Aragón se extendía hasta el curso del río Segre, incluyendo la ciudad de Lérida, en cuyos mercados corre la moneda de Aragón y cuyos delegados acudían no hace mucho a estas Cortes.

—Aragón llega hasta el Cinca —sentencia Jaime ante los rostros de estupor de los aragoneses.

Los nobles se miran recelosos. Hace tiempo que andan enfrentados entre ellos en contiendas señoriales y no se fían unos de otros. No tienen otro remedio que aceptar la decisión del rey y renunciar a sus pretensiones.

Esperan al menos que su acatamiento sea compensado con otros beneficios.

—Queda pendiente la aprobación por estas Cortes de la aportación de Aragón a la guerra de Murcia —anuncia el canciller.

—Los catalanes —toma la palabra el rey— aportan todo el impuesto de bovaje a esta campaña. Demandamos lo mismo de los aragoneses.

—¡Señor! —Es de nuevo Jimeno de Urrea quien toma la palabra—. ¿Qué es ese impuesto?

—Lo sabéis muy bien, don Jimeno.

—Sé que es un tributo que pagan los catalanes en el momento en que un rey de Aragón sube al trono, pero hace ya mucho tiempo que vos, majestad, sois nuestro rey. Aplicar ese impuesto en Aragón no sería legal.

Un murmullo de asentimiento corre por los bancos.

—El bovaje es un impuesto justo y es necesario para librar esta guerra —asienta el rey.

—Aragón no gana nada en Murcia. —Jimeno de Urrea se muestra firme.

—El reino de Aragón pagará el impuesto de bovaje como le corresponde y quien pretenda impedirlo o se niegue a abonarlo se las tendrá que ver con la justicia real y con nuestra espada.

Jaime se levanta de su sitial, sujeta la empuñadura de la Tizona, que porta al cinto, y mira desafiante a Jimeno de Urrea. Su cabello, antaño rubio, ya deja entrever una mayor proporción de pelo cano, pero sus profundos ojos negros impresionan y amedrentan a quien se atreve a sostenerle la mirada.

Jimeno de Urrea contempla a los nobles; todos bajan los ojos y se achantan ante la amenaza del rey.

El reino está de nuevo al borde de un estallido que puede desencadenar otra guerra civil entre los aragoneses y solo el rey es capaz de aglutinarlos y evitar el caos.

A regañadientes, nobleza, clero y universidades aceptan todas las propuestas. Ni siquiera se abre un nuevo debate.

El rey gana... por el momento.

Tras su victoria en las Cortes de Aragón y conseguido el dinero, el rey Jaime comienza a preparar la guerra contra Murcia. Quiere organizar la hueste cuanto antes y salir en campaña nada más pase el invierno.

Pese a lo aprobado en las sesiones de la iglesia de dominicos de Zaragoza, los nobles siguen conspirando y deciden enviar una comisión a Calatayud, donde el rey está organizando el ejército, para intentar que cambie de decisión.

Jaime acepta la petición de una entrevista y los recibe en el palacio que el obispo de Tarazona posee en esa villa, un gran caserón junto a la iglesia de Santa María la Mayor, la parroquia principal, de la que algunos dicen que está construida sobre la mezquita de los moros justo tras la conquista.

—¿Qué os trae por aquí? —pregunta el rey a Jimeno de Urrea, al que acompañan miembros de las casas nobiliarias de Luna y de Alagón.

—Escuchadnos, majestad, nosotros somos los representantes de la nobleza y hablamos en nombre de todos sus miembros. Esta de Murcia no es nuestra guerra.

—Es una guerra del rey de Aragón, de vuestro soberano; y es una guerra santa por el triunfo de la religión de nuestro Señor Jesucristo. Sois hombres de Dios y hombres de Aragón, por supuesto que esta guerra es la vuestra.

—Nuestros mayores nos enseñaron a respetar al rey y a los fueros del reino, pero también nos enseñaron a defender nuestros derechos. ¿Qué sería de nosotros si renunciamos a ello? Perderíamos el honor y un noble sin honor no es nada.

—Nos no vamos a conculcar los derechos de la nobleza aragonesa. Las haciendas, los títulos y los honores que vosotros poseéis los concedieron nuestros antepasados a los vuestros. Nos los garantizamos ahora. Pero sabed que nos ocupamos el trono de Aragón por la herencia de nuestro padre, mas también con la ayuda de Dios Todopoderoso, que nos ampara bajo su protección. Nos somos rey por la gracia de Dios y solo Él puede quitarnos este reino.

—Señor, la nobleza no quiere esta guerra. Estamos en nuestro derecho...

—¡Estáis incurriendo en un contrafuero! Del mismo modo que nuestros antepasados os dieron vuestras tierras y castillos, nos os los podemos quitar.

—En los viejos fueros, que ya nadie recuerda, los nobles decían en su juramento que cada uno de ellos era como el rey de Aragón y entre todos más que el rey: «Nos, que cada uno somos como vos, y entre todos más que vos...», así comenzaba ese juramento de los nobles del viejo reino, cuando Aragón no era sino un pequeño territorio entre montañas. Nosotros, los nobles, los grandes linajes de esta tierra, hemos hecho tan grande a este reino con nuestra sangre y nuestro sudor y queremos seguir engrandeciéndolo, pero con esta guerra de Murcia solo lograremos que Castilla sea más fuerte y Aragón más débil.

»Señor don Jaime, sin la nobleza de este reino, vuestra majestad no sería ahora rey de Aragón —afirma tajante Jimeno de Urrea.

—Nos somos el señor natural de esta tierra y de todos vosotros. Y juramos por la cruz y los cuatro santos evangelios que si osáis rebelaros contra nos, os expropiaremos todas vuestras haciendas, castillos y posesiones y os despojaremos de todos vuestros títulos y honores. Por la gracia de Dios.

Los nobles se tensan. No portan armas, pues la guardia real les requisa sus espadas y cuchillos antes de entrar a entrevistarse con el rey, pero fuera del caserón del obispo mantienen a varios hombres armados que bien podrían iniciar una pelea.

—Señor, los nobles estamos unidos en esto...

—Sabed, don Jimeno, que nos contamos con la lealtad de las ciudades, las villas y las comunidades de aldeas de este reino. Sabed, don Jimeno, que los hombres de las universidades y concejos de Aragón combatirán a nuestro lado. Sabed que muchos caballeros, hidalgos, infanzones y escuderos también lo harán. Y sabed, por último, que entre los nobles no todos estarán dispuestos a rebelarse contra su rey. Sabed todo esto antes de dar un paso, don Jimeno.

Los nobles miran a su portavoz y dudan. Jimeno de Urrea intuye los recelos. Intenta transmitir la imagen de que toda la alta nobleza está unida, pero no es así.

Y además está la Iglesia, con sus extensos dominios y sus abundantes rentas y riquezas, que en un conflicto general se pondría del lado del rey.

—Machad en paz y decidles a los nobles que garantizamos todas las posesiones y títulos nobiliarios de los linajes que nos apoyen, pero que seremos inmisericordes con los que se rebelen contra nos. Por la gracia de Dios.

Si queda alguna ilusión en los magnates aragoneses de que el rey cambie de opinión tras ese intento, esas contundentes palabras disipan cualquier atisbo de esperanza.

La monarquía es muy poderosa, más que toda la nobleza, y los lazos de fidelidad que mantiene con varios linajes son demasiado fuertes como para que muden de lealtad en caso de conflicto. Si quieren torcer el brazo al rey, los nobles deberán esperar tiempos y circunstancias más propicios y, antes de lanzar un nuevo órdago, estar seguros de que están todos unidos y dispuestos a morir, si es necesario, por una misma causa.

19

Horizontes abiertos

Calatayud, finales de enero de 1265

Hace dos semanas que no para de nevar en Calatayud, donde el rey reside hace ya siete semanas.

Una vez ganado el pulso a la nobleza, espera paciente la respuesta del papa a su petición de nulidad de su matrimonio con Teresa Gil de Vidaure.

No puede vivir, no sabe, sin una mujer a su lado. Berenguela Alfonso lo conforta en la cama. Es una mujer llena de fuego que sabe cómo complacer a su regio amante.

—¡Esos malditos engreídos! —clama Jaime, harto de soportar las exigencias y los desplantes de la nobleza aragonesa.

—No te disgustes por ellos. —Berenguela Alfonso acaricia el pecho del rey. Acaban de hacer el amor en la casona del obispo—. Mira el cielo; ha dejado de nevar al fin.

El sol se abre camino entre finas nubes blanquecinas y grandes claros azules.

—Pronto llegará la nulidad de mi matrimonio y podremos casarnos —comenta Jaime.

—Seré tu esposa... —susurra Berenguela.

Pero lo que llega es una carta del embajador en Roma en la que se anuncia la muerte del papa Urbano y la convocatoria del cónclave de cardenales para nombrar un nuevo pontífice. La anulación, si se produce, tendrá que esperar.

Junto a esa carta se recibe otra del concejo de Barcelona en la que se le comunica que unos embajadores del rey Hetum de Armenia acaban de instalarse en la ciudad y solicitan una entrevista con el rey de Aragón.

Los caminos ya están despejados. Saldrá hacia Barcelona enseguida.

Barcelona, principios de abril de 1265

De camino a Barcelona, Jaime se detiene en Zaragoza y en Lérida, donde recibe la noticia de la entronización del papa Clemente, cuarto de ese nombre, y aún acude unos días a Gerona antes de entrevistarse con los armenios.

—¿Quién es ese Clemente? —le pregunta a su canciller, ya en Barcelona.

—Un francés, como su predecesor. Estuvo casado hace tiempo; pero, cuando su esposa murió, se internó en un convento de hermanos menores de San Francisco y se hizo sacerdote. Fue designado cardenal por el papa Urbano. Supongo que seguirá su política de alianza con Francia. Nuestros agentes en Italia dicen que ofrecerá la corona de Sicilia al rey Luis. Tendremos problemas, señor.

—Veremos. ¿Y en cuanto a la nulidad de nuestro matrimonio con doña Teresa?

—Majestad... el nuevo papa tampoco la concede. Aquí está la carta recién llegada de Italia.

—¿Cómo?

—La denegación de la nulidad ya estaba acordada por el papa Urbano y Clemente no ha hecho sino firmar la decisión de su antecesor. Pero hay algo más en este diploma...

—¿Qué más dice esa carta?

—Es una bula, señor, el documento más importante y solemne de la cancillería vaticana. Está firmada el día 17 de febrero y el papa califica vuestra relación con doña Berenguela de incestuosa...

—¿Cómo sabe...?

—Le habrán informado sus agentes. Igual que nosotros tenemos espías en Roma, la Santa Sede también los tiene aquí.

—¿Incestuoso...?

—Majestad, vos sois bisnieto de don Alfonso de León, al que llamaron «el Emperador», y doña Berenguela es su tataranieta, de modo que sois parientes en tercer grado. Para poder casaros con doña Berenguela, además de la nulidad de vuestro matrimonio con doña Teresa, haría falta una dispensa papal.

»Doña Teresa está actuando muy a favor de la Iglesia. Ha donado el palacio que le disteis en Valencia al monasterio de Poblet para que se funde allí un convento de monjas del Císter.

—Vaya, esa mujer ha aprendido deprisa —sonríe Jaime al enterarse de la baza jugada por su esposa.

—Pero, señor, además de vuestra relación con doña Teresa y con el papa, hay que resolver dos cuestiones muy urgentes: la reclamación del concejo de Barcelona y la entrevista con los armenios.

»Los ciudadanos de Barcelona piden reducir a cuatro el número de consejeros municipales y a cien el de jurados de la ciudad.

—Sí. Les dimos nuestra palabra hace unos días. Preparad el decreto para establecer esa reforma del gobierno barcelonés con ese nuevo consejo de cien jurados.

—Concejo de Ciento, podría llamarse.

—Sí, es un buen nombre.

—Y en cuanto a los armenios...

—Citadlos para mañana mismo; aquí, en el palacio mayor, a mediodía; y que esté presente nuestro hijo el infante don Pedro.

Los embajadores armenios son puntuales. El sol brilla en lo alto del cielo de Barcelona ese día de abril cuando en la sala grande del palacio real mayor entra el rey Jaime. Allí ya esperan los embajadores armenios, el infante Pedro y varios miembros de la corte.

Jaime se acerca al trono y saluda a su hijo, que inclina la cabeza reverente.

—Hijo, la noticia del embarazo de tu esposa nos ha hecho muy feliz. La continuidad de la casa de Aragón está garantizada —le dice el rey a su hijo.

—Gracias, padre. Vuestro primer nieto nacerá pronto.

—Ojalá sea un niño.

—Lo será.

Luego se dirige a los armenios, que visten coloridos pantalones y camisolas de lino bordados con cenefas de flores, chalecos de piel de cabra y gorros cónicos orlados de cintas de lana multicolor.

—¿Cómo nos entenderemos con estos hombres? —le pregunta al canciller.

—En latín, mi señor. Su portavoz es abad de un importante monasterio en las montañas de Armenia y conoce esa lengua.

—Señores embajadores —comienza su intervención el rey—, os damos la bienvenida a estos nuestros dominios y os manifestamos nuestro deseo de establecer lazos de amistad y alianza entre nuestros reinos para el bien de la cristiandad.

—Señor rey de Aragón, mi nombre es Arkoun y soy abad del monasterio de Geghard, en la montañas que rodean el valle alto del río Azat. Me acompañan los señores Nubar y Sumbat, delegados de su majestad el rey Hetum, nuestro soberano. Permitidnos que os entreguemos a vos y a vuestro hijo unos presentes de parte de su majestad el rey Hetum. —El abad cruza unas palabras con los dos embajadores que a su vez hacen una indicación para que traigan los regalos.

—Agradeced a vuestro soberano su generosidad —dice Jaime.

Cuatro hombres depositan ante el rey de Aragón varios paños de seda bordada con hilo de oro, otros de fina lana, seis arcos, frascos con perfumes, varias espadas, escudos y una docena de puñales.

El abad va traduciendo al latín las palabras de uno de los embajadores mientras presenta los regalos.

—Estos paños de seda de la China han sido bordados con hilo de oro por expertas bordadoras de la corte real de Armenia. Los arcos compuestos de triple curva son los mejores que existen, fabricados con madera de tejo de los bosques del valle del Azat y hueso de oso, con cuerda de tendones de cabra de las montañas del Cáucaso; solo los hombres más fuertes pueden tensarlos por completo. Las espadas y los puñales han sido forjados en las herrerías reales por maestros esclavos turcos, con hierro fundido según técnicas ancestrales y empuñadura de plata repujada. Y los delicados paños están tejidos con lana de corderos lechales de la raza karakul, la más fina y cálida.

Jaime toma uno de los arcos y tira de la cuerda hasta tensarlo en toda su extensión. Con ese gesto, el rey de Aragón pretende demostrar su enorme fuerza.

—Magníficos regalos; trataremos de que regreséis ante vuestro rey con presentes de semejante valor. Y ahora decidme qué espera de nos vuestro soberano.

—El reino de Armenia corría peligro de ser aniquilado por los turcos Selyúcidas, pero nuestro rey Hetum viajó a la ciudad de Karakorum y pactó con Mongka, el gran kan, y recuperó las tierras perdidas. Los mongoles conquistaron Bagdad y acabaron con el califato; juntos entramos triunfantes en Damasco. El islam estaba herido de muerte.

»Pero cuando el ejército aliado se dirigía hacia Jerusalén, los mamelucos de Egipto enviaron tropas y lo derrotaron. Esa fue la primera vez que el ejército mongol sufrió una derrota en el campo de batalla.

—¿Y qué pretende ahora vuestro rey? —pregunta Jaime.

—Hace dos meses falleció el kan Hulagu, nieto de Gengis Kan, el fundador del Imperio mongol. Sobre Armenia pende la amenaza de los mamelucos de Egipto. Baibars, el sanguinario general que venció a los mongoles en el Pozo de Goliat, ha ejecutado al sultán y ahora es él quien gobierna. Quiere ganar para los musulmanes todas la tierras de Oriente, expulsar a los cristianos de Tierra Santa, conquistar Constantinopla y, si lo consigue, quién sabe qué intentará después.

—¿Qué nos proponéis?

—Una gran alianza, un pacto que una a los armenios, a los mongoles y a los cristianos de Oriente y de Occidente, encabezados estos últimos por vuestra majestad, para asestar a la secta de Mahoma el golpe definitivo.

—¿Qué ganaríamos con esa alianza?

—Jerusalén —responde el embajador Nubar sin necesidad de que lo traduzca el abad Arkoun.

—Los armenios y los mongoles atacaríamos a los mamelucos desde el norte de Siria mientras vuestra majestad lo haría desde la costa del Mediterráneo. Nuestras fuerzas combinadas convergerían en Jerusalén y juntos avanzaríamos hacia Egipto. En cuanto cayera El Cairo, el islam estaría liquidado y el cristianismo volvería de nuevo a imperar en todas esas tierras, hace siglos perdidas para nuestra fe —continúa el abad.

—Jerusalén... —musita Jaime.

—Vos recibiríais el título de rey de Jerusalén y el señorío sobre todos los Estados cruzados en Siria, Líbano y Palestina; Armenia ampliaría sus dominios incorporando varias zonas del Imperio de los Selyúcidas; y los mongoles se quedarían con Bagdad y la Mesopotamia.

—Pero habéis dicho que acaba de morir el kan de los mongoles. ¿Qué puede suceder ahora? —pregunta Jaime.

El abad escucha al embajador Nubar y traduce:

—El sucesor de Hulagu es su hijo Abaqa, que aunque profesa la religión budista es un hombre de paz y un firme defensor de los cristianos de Oriente. Además, va a casarse con una hija del emperador Miguel Paleólogo de Bizancio, estrechando así aún más la alianza de los mongoles con la cristiandad.

»Los mamelucos han atacado los Estados cristianos en Tierra Santa. Hace unas semanas comenzaron el asedio de San Juan de Acre. O nos unimos cristianos y mongoles o el islam vencerá.

—Decidle al rey Hetum que aprobamos esta alianza y que es nuestra intención organizar una expedición a Tierra Santa para recuperar Jerusalén. Nuestro hijo el infante don Pedro cerrará los detalles con vuestras señorías —resuelve Jaime tras escuchar a los armenios.

Enterados los embajadores de las palabras del rey de Aragón, se inclinan ante él y se retiran.

Los armenios no se equivocan en sus predicciones. En la mezquita de Ibn Tulun, la mayor de El Cairo, el sultán Baibars jura acabar con los dominios cristianos y conquistar Constantinopla. Esa misma primavera ataca al frente de un gran ejército a los Estados cruzados en Tierra Santa y devasta la región de Cilicia.

Un nuevo y amenazador peligro se cierne sobre toda la cristiandad y algunos le susurran al rey de Aragón que es él el único que puede detener a los sarracenos.

Cerca de Ejea, 5 de mayo de 1265

La campaña de Murcia no puede iniciarse sin antes dejar pacificado el reino de Aragón. El rey no se fía de los nobles y convoca Cortes en la villa de Ejea de los Caballeros. Tras varias semanas de negociaciones, se firma un pacto.

El justicia mayor de Aragón deja de ser un consejero más de la curia y se convierte en el juez mediador entre el rey y el reino; ese cargo recaerá siempre en un caballero. Además, mejora los fueros y promete la concesión de nuevos privilegios.

A cambio, la nobleza acepta una tregua y se compromete a no provocar ninguna alteración mientras dure la guerra contra Murcia. Pedro Cornel y Artal de Luna firman los acuerdos por parte de los nobles y los juran en presencia de los obispos de Huesca y de Zaragoza.

Con el reino en paz, al menos por el momento, Jaime clausura la Cortes de Ejea y sale de la villa con la sensación de saberse ganador. Pero todo cambia en un instante.

La comitiva real avanza por el camino de Ejea hacia el sur cuando los cuatro soldados que encabezan la escolta ven acercarse a un jinete a todo galope. Temen que pueda ser una emboscada; rápidamente desenvainan sus espadas y se colocan a la defensiva.

Cuando el jinete se encuentra a una veintena de pasos, detiene su carrera y alza los brazos.

—¡Soy Lorenzo de Huesca, correo real; necesito hablar con su majestad don Jaime! —grita a la vez que muestra una banderola con las franjas rojas y amarillas.

—Acércate despacio —le ordena el jefe de la escuadra.

Comprobado que no es una treta, lo conducen ante el rey, que reconoce a su correo, desciende de su caballo y ordena que desplieguen una lona a modo de improvisado pabellón para escuchar al mensajero.

—¿Qué ocurre? —le pregunta el rey sentado en la silla de tijera que usa en sus viajes.

—Señor, don Fernando Sánchez de Castro no admite lo acordado por los nobles en las Cortes de Ejea. Ha enviado cartas a algunos de sus amigos y les ha dicho que él es el verdadero heredero al trono de Aragón —le comunica Lorenzo.

—¡Don Fernando ha hecho eso! —brama Jaime—. Confiamos plenamente en él.

—Señor, don Fernando está atrayendo a algunos nobles con la promesa de que si lo apoyan y se convierte en rey, les otorgará innumerables beneficios. Y acusa a vuestra majestad de beneficiar a las universidades y a la Iglesia en detrimento de la nobleza.

—¿Es eso verdad? Y si lo es, ¿quién apoya a don Fernando?

—El envío de esas cartas es cierto; hemos interceptado una de ellas. En cuanto a los que apoyan a don Fernando... todavía no lo sabemos; varios agentes están intentando averiguarlo.

Jaime se incorpora y alza su enorme figura. Parece un dios pagano pleno de cólera y a la vez de confusión. En su rostro se dibuja un rictus mezcla de amargura y de ira.

—Suspendemos la expedición a Murcia —le ordena el rey a su canciller.

—Señor, el infante don Pedro ya anda por esas tierras en cabalgada...

—Que regrese a tierras de Valencia y que espere allí nuestras nuevas instrucciones.

Jaime sabe que no puede iniciar la guerra en esas condiciones. La conquista de Murcia tendrá que esperar unos meses.

Al menos la continuidad del linaje de los Aragón está asegurada; en Valencia nace Alfonso, el primer hijo del infante Pedro y de Constanza de Sicilia.

Teruel, fines de septiembre de 1265

Ese verano se hace largo, muy largo.

Fernando Sánchez no concita los apoyos esperados entre los nobles y se refugia en su fortaleza de Pomar de Cinca, donde es cercado por las tropas reales. Neutralizado el hijo rebelde y anulada la revuelta que encabeza, Jaime decide recorrer algunas ciudades de Aragón y Cataluña y viajar hasta Perpiñán y Montpellier para alertar de la traición que está urdiendo su hijo Fernando Sánchez y avisar de que actuará con toda su fuerza contra quien lo apoye. Con el control de la situación en sus manos y apaciguada la nobleza, convoca al fin a la hueste en Teruel para el segundo domingo de octubre.

—Solo han acudido a la llamada seiscientos hombres, señor —le comunica el canciller.

—No importa. Ya ocurrió cuando conquistamos Valencia. Iremos a la guerra de Murcia con esos seiscientos.

—Majestad, son necesarios al menos dos mil soldados para...

—Iremos con esos seiscientos —ataja el rey con contundencia—. Comunicad a todos los capitanes de mesnada que tengan preparados a sus hombres para salir mañana mismo hacia Valencia.

—¿Pensáis iniciar esta guerra solo con seiscientos soldados, señor? —se sorprende el canciller.

—Dimos nuestra palabra a nuestro yerno el rey de Castilla y la cumpliremos con dos mil, con seiscientos o nos solo si así fuera menester.

En el camino de Teruel a Valencia, que el rey ordena que pase por Segorbe, se entera de que el papa Clemente, al que considera un enemigo desde que se niega a anular su matrimonio con Teresa Gil de Vidaure, otorga a Carlos de Anjou, hermano del rey Luis de Francia, el reino de Sicilia.

Esa resolución del papado, tan contraria a los intereses de Aragón, espolea a Jaime, que promete que, una vez conquiste Murcia, organizará una cruzada a Tierra Santa para liberar Jerusalén.

En Segorbe, donde la hueste se detiene un par de días, recibe una carta del ilkán Abaqa, el sucesor de su padre Hulagu, en la que manifiesta su deseo de contar con la alianza de los reinos cristianos de Occidente para derrotar a los mamelucos de Egipto. En esa carta, escrita en griego, el kan añade que se casa con la hija del emperador de Constantinopla y que está restaurando la ciudad de Bagdad, destruida siete años antes por los mongoles, donde se levantarán iglesias cristianas y templos budistas.

Con la carta de Abaqa viene una cajita de madera de cedro forrada de seda con una docena de monedas de oro. Todas ellas llevan una cruz y una leyenda en letras árabes que reza: «En el nombre del Padre, del Hijo y del Espíritu Santo; un solo Dios».

—Los mamelucos están arrasando los dominios cristianos en Tierra Santa. Han sido los primeros en derrotar a los tártaros, que ahora dudan sobre qué hacer —informa al rey el mensajero, un mercader valenciano que trae la carta desde el puerto de Acre.

—En cuanto conquistemos Murcia, iremos a Jerusalén y colocaremos con nuestra propia mano el estandarte de la cruz sobre las puertas de la Ciudad Santa y, con nuestros aliados los mongoles del ilkán Abaqa y los armenios del rey Hetum, devolveremos a la cristiandad las tierras que nunca debieron perderse y arrojaremos a las arenas del desierto, de donde nunca debieron salir, a los hijos de la secta mahomética.

Jaime recuerda entonces los años de infancia pasados en el castillo de Monzón y se reaviva en él el espíritu cruzado que le inculca su instructor templario, el maestre provincial Guillén de Monredón. Piensa por un momento que de no nacer hijo de rey, probablemente ahora sería un caballero del Temple y tal vez combatiría en un castillo de esa orden en Palestina.

Ya está preparado el ejército para salir hacia Murcia. El rey de Castilla le confirma el acuerdo de tregua al que se llega con el rey Muhammad de Granada, que se mantendrá neutral y no ayudará a los murcianos en esta guerra.

Ni siquiera forman la mitad de los hombres convocados, pero Jaime se siente invencible.

Acaba de recibir una carta del papa Clemente en la que le muestra su admiración y lo colma de elogios por su defensa de la fe cristiana a la vez que lo anima a mantenerse en esa misma posición y a seguir luchando por la extensión del reino de Cristo en la tierra.

El infante Pedro realiza algunas correrías por la vega de Murcia; en una de ellas llega hasta las mismas puertas de la ciudad. El heredero busca protagonismo y desea demostrar su valor; toma algunas decisiones por su cuenta, sin preguntar ni pedir permiso a su padre. Pero el rey quiere dejar claro que él es quien manda y convoca a sus hijos Pedro y Jaime a la hueste a la vez que les ordena que no muevan un solo dedo sin consultar antes.

A la salida hacia Murcia, Jaime se interesa por el proceso de la nulidad de su matrimonio con Teresa Gil.

—El papa nos ha elogiado en su última carta; quizá sea el momento de insistir en la anulación de nuestro matrimonio —le dice a su canciller.

—Lo hemos hecho, señor, pero doña Teresa también ha enviado una carta.

—¿Sabemos el tenor de ese escrito?

—Doña Teresa alega que vuestro enlace es plenamente legal y válido. Aduce como prueba que en su día vuestra majestad le dio promesa de matrimonio y adjunta una declaración jurada. Dice que hubo un testigo de esa promesa, pero que no puede declarar porque ya ha muerto. Añade que ella aceptó consumar el matrimonio, lo que ocurrió tal cual vuestra majestad reconoció al aceptar a los dos hijos de Teresa como propios.

—¿Qué suponéis que resolverá el papa? Nuestro deseo es casarnos con doña Berenguela, pero no podemos hacerlo si no media esa anulación.

—Según nuestros juristas, ratificará lo ya aprobado. La Iglesia considera que, al haber habido promesa de matrimonio y consumación carnal, es legítimo; que se haya celebrado ceremonia o no es indiferente.

—¿Qué hace ahora doña Teresa?

—Sigue aquí en Valencia, ocupada en las obras del monasterio de la Zaidía que ha fundado en el palacio que fuera del rey musulmán Abu Zayd y que vuestra majestad le concedió a orillas del río Turia.

—¿Ha profesado como monja?

—No. No quiere renunciar a ser vuestra esposa. Lo que sí ha hecho es proclamar que vivirá recogida en el convento y dedicada a la oración hasta el final de sus días.

Mientras hablan, entra en la sala del alcázar Berenguela Alfonso. La amante de Jaime escucha las últimas palabras de los dos hombres.

—Triste el destino de la mujer que se confía a la total voluntad de un hombre —dice Berenguela.

—Señora... —El canciller se inclina ante la presencia de Berenguela—. Si me lo permitís, majestad, me retiro.

Ya solos los dos amantes, Berenguela besa a Jaime y se aprieta contra su cuerpo.

—¿Has oído nuestra conversación? —le pregunta.

—Solo las últimas frases.

—Entonces no me has escuchado decir que deseo casarme contigo.

—No; y eso es precisamente lo que yo también deseo. No hay nada que más anhele en este mundo que ser tu esposa.

—Tarde o temprano lograré la nulidad de mi matrimonio con doña Teresa, aunque para ello tenga que conquistar Jerusalén y entregársela al papa.

Cerca de Murcia, fines de octubre de 1265

El ejército del rey de Aragón irrumpe en tierras del reino de Murcia como un vendaval de otoño. Seiscientos caballeros, a los que se unen el doble de peones, provocan el pánico entre los musulmanes de la región. Villas populosas como Villena, Orihuela o Elche se entregan sin combatir. Los pocos que se resisten son abatidos sin piedad, aunque algunos consiguen refugiarse tras las murallas de la ciudad de Murcia, donde se empeñan en resistir en tanto sea posible.

La cabalgada llega hasta Alhama, a tres horas de camino al suroeste de Murcia. Allí, en un terreno quebrado y de fácil defensa, se establece un campamento para interceptar la ayuda que llega del sur, pues, a pesar de las treguas con Granada, un regimiento de jinetes bereberes zenetes, miembros de una tribu que habita en el desierto africano, feroces luchadores según dicen, acude a socorrer a los murcianos.

Una partida de musulmanes sale de Murcia para enfrentarse con el ejército cristiano. Apenas son doscientos jinetes que nada pueden hacer frente a la formidable caballería del rey Jaime, en la que forman sus dos hijos legítimos, Pedro y Jaime, los maestres de las órdenes de Uclés, el Temple y el Hospital, varios nobles aragoneses y catalanes, y Alonso, gran privado del rey de Castilla. Tras la caballería, se alinean doscientos almogávares recién llegados de las serranías que se extienden desde el Moncayo a Javalambre.

A la vista de los incautos murcianos, el rey sonríe. Observa a sus formidables caballeros y sabe que aplastarán sin contemplaciones a esos pobres insensatos. La victoria parece demasiado fácil.

—¡Abrid filas! —ordena el rey.

Los caballeros, que ya huelen la sangre y saborean una fácil victoria, se miran sorprendidos.

—¡Padre, carguemos contra esos moros de inmediato! —grita el infante Pedro, que aspira a ganar la gloria en la batalla.

—¡Abrid filas! —repite Jaime erguido sobre su enorme caballo de batalla con las gualdrapas a franjas rojas y amarillas—. Y proteged los flancos de la infantería almogávar.

Una segunda orden del rey no se discute. Los caballeros se apartan a los lados dejando paso a los doscientos almogávares, que forman en cinco filas a cuarenta en línea.

Su aspecto causa pavor a sus enemigos. Son hombres duros y fieros, bregados en la guerra de frontera, curtida su piel por el frío de las montañas y el sol abrasador de los valles, y austeros en su impedimenta, pero fieros y audaces como nadie.

Visten chalecos de pelo de cabra y calzas de gruesa tela marrón sujetas a las piernas con tiras de badana.

Sus armas son dos jabalinas y un machete de hoja corta y ancha que más parece propio de un carnicero que de un soldado; se protegen la cabeza con un casco de láminas de hierro y tiras de cuero y embrazan un pequeño escudo redondo de madera contrachapada. No llevan encima otra cosa que un zurrón de piel sujeto a la cintura en el que guardan un poco de tocino salado, queso curado y pan, suficiente para mantenerse tres o cuatro días.

Los musulmanes, temblorosos ante la caballería pesada, se quedan petrificados de miedo al ver a aquellos guerreros con barba y cabellos largos y descuidados que blanden sus jabalinas cortas a la vez que gritan cual posesos: «Aragón, Aragón!».

—¡Almogávares!, ahí está el enemigo al que tenemos que derrotar. Son hijos del demonio y no dudarán en quedarse con vuestras mujeres y degollar a vuestros hijos en cuanto puedan. Somos la vanguardia de la cristiandad ante esos bárbaros. Corred hacia la victoria porque, una vez ganemos Murcia, surcaremos las aguas del mar y navegaremos hasta Jerusalén. ¡Almogávares!, luchad hasta la victoria y nos os prometemos fortuna y gloria. Luchad por la memoria de vuestros antepasados, por la dignidad del pueblo de Dios verdadero y de su hijo Jesucristo; luchad y venced por vuestras familias, por vosotros mismos, por Aragón.

La arenga del rey Jaime enardece más si cabe los ánimos de los almogávares, a los que concede el privilegio de librar el primer envite en la batalla.

—¡Aragón, Aragón! —gritan doscientas gargantas.

—¡A la victoria! —clama el rey ordenando con su espada el ataque de los almogávares.

Al ver venir la carga a pie de los almogávares, los musulmanes dudan qué hacer. Muchos de ellos están paralizados y no saben qué postura adoptar.

La primera línea almogávar llega a la carrera a unos diez pasos del frente musulmán y arroja con toda fuerza las jabalinas, causando muchas bajas. Entonces desenvainan sus cuchillos cortos, con hojas de acero de un palmo de anchura, y a la vez claman su grito de guerra: «¡*Desperta ferro!*».

A la vista de los aterradores machetes, decenas de musulmanes dan media vuelta y huyen despavoridos hacia Murcia en absoluta desbandada.

Alcañiz, principios de diciembre de 1265

Alfonso de Castilla teme que su suegro se quede con Murcia e incumpla los tratados internacionales, incluso el mismo pacto de Almizra firmado veinte años atrás por ellos dos.

Informado de la debilidad de los murcianos y de que no van a recibir ayuda alguna de otros musulmanes, los jinetes bereberes que salen de Granada ni siquiera se atreven a presentar batalla y se retiran tras un amago de ataque al campamento cristiano de Alhama.

Alfonso de Castilla solicita una entrevista a Jaime de Aragón.

Deciden verse en la villa de Alcañiz.

La vista se celebra en el castillo de la Orden de Calatrava, que mantiene un duro enfrentamiento con el concejo de la villa a cuenta de los derechos señoriales.

Jaime es solo trece años mayor que su yerno, pero parecen casi de la misma edad. Lo abraza y luego besa a su hija la reina Violante, que, aunque ni siquiera cumple treinta años, ya tiene diez hijos de su esposo castellano, de los cuales sobreviven nueve.

—Eres igual que tu madre —le dice.

—Padre —Alfonso trata a Jaime con la familiaridad que acostumbran—, ya sabéis que este pasado verano tuvimos a nuestra última hija, a la que hemos bautizado como Violante.

—¿La habéis traído con vosotros? —pregunta Jaime.

—No. Se ha quedado en Toledo con algunos de sus hermanos —responde Violante.

—Otro hijo más... Dios os ha bendecido con el don de la fertilidad.

Jaime recuerda entonces que ese matrimonio casi se disuelve alegando esterilidad de Violante.

—Padre, os felicito por las victorias en la guerra de Murcia y os quiero recordar los tratados firmados entre Castilla y Aragón con respecto a los derechos de propiedad de esa tierra.

—Querido hijo, ¿acaso dudas de mi palabra?

—No, solo quiero recordar...

—Descuida, Alfonso, no tengo la menor intención de quedarme con Murcia. La tomaré para vosotros dos —Jaime señala a su hija Violante— y para mi nieto don Fernando, el futuro rey de Castilla y León. ¿Cuántos años tiene ahora? ¿Nueve, diez...?

—Ha cumplido diez años —precisa Violante.

—El tiempo pasa muy deprisa, queridos hijos, muy deprisa.

—El nuevo papa ha concedido a la guerra de Murcia la bula de cruzada —dice Alfonso.

—Cuídate de ese hombre.

—Padre, sigo aspirando a la corona imperial, pero no la conseguiré sin el apoyo del papa. He invertido mucho dinero en este empeño y sigo gastando grandes cantidades que solo puedo sufragar gracias a las rentas eclesiásticas. No os engaño si os confieso que también necesito las riquezas de Murcia para seguir optado a sentarme algún día en el trono de Carlomagno. Lograr apoyos en Alemania e Italia es muy costoso.

—Mi embajador en Alejandría —Jaime se refiere a Ramón de Conques, que anda en Egipto consiguiendo información— me informa que las circunstancias para emprender una cruzada son propicias. Espero cerrar un acuerdo con el kan de los tártaros y acabar así con los sarracenos para siempre. En cuanto conquiste Murcia y la ponga en tus manos, iré a Jerusalén. Me gustaría que vinieras conmigo. Sería magnífico ver a los reyes de Aragón y de Castilla juntos en una cruzada.

—Nada me agradaría más que acompañaos en esa aventura, pero antes debo conquistar Granada y arrojar al mar a todos los sarracenos que aún viven en España. Así lo ordena la Iglesia. Vos, padre, ya habéis cumplido con ese mandato al conquistar Mallorca y Valencia, pero Castilla debe ganar Murcia, lo que ocurrirá pronto gracias a vuestra ayuda, y Granada, con cuyo rey tenemos firmadas una treguas —explica Alfonso.

—Está bien, lo haré sin tu ayuda, pero en cuanto se cumpla el plazo de esas treguas, ponte la armadura, empuña la espada, monta tu caballo y conquista Granada. Y entonces te esperaré en Jerusalén.

Lo que Alfonso no le dice a su suegro es que lo que en verdad le importa es el Imperio y no un pedazo de tierra reseca y polvorienta en Palestina. Si por él fuera, ganaría antes el reino de Portugal que Jerusalén, o incluso las tierras del norte de África, para controlar el camino hacia las montañas del oro, que según cuentan se levantan muy lejos al mediodía, más allá de las arenas del desierto del Sahara.

—En cuanto Granada esté sometida, contad con ello —asiente Alfonso sin convicción alguna.

—Parto mañana mismo hacia Murcia. Espero entregarte ese reino el próximo año.

—Gracias, padre.

Orihuela, Navidad de 1265

Toda la hueste se concentra en Orihuela. La guarnición castellana que custodia esa plaza tiene órdenes de su rey de facilitar todo lo necesario al ejército de su suegro.

El rey de Aragón asiste con sus hijos Pedro y Jaime a la misa del día de Navidad en la iglesia de Santiago, una antigua mezquita consagrada como templo cristiano poco después de la conquista castellana encabezada por el propio Alfonso veinte años atrás, siendo todavía infante de Castilla.

Al salir de misa, se celebra un banquete. Jaime come entre sus dos hijos, que llevan un buen rato cruzándose miradas cómplices.

—Bien, decidme qué ocurre —les demanda.

—¿A qué os referís, padre? —pregunta Pedro.

—Lleváis los dos toda la mañana hablando en voz baja con cuchicheos. Decidme qué está pasando.

—Se trata de vuestro hijo, don Fernando Sánchez de Castro. —Pedro nunca se refiere a su medio hermano de otro modo.

—¿Qué le pasa? Ya sé que está tramando una conjura; si es verdad, lo castigaré por ello.

—Ha firmado capitulaciones matrimoniales con doña Aldonza de Urrea, la hija de don Jimeno.

—Sí, también conozco esa noticia.

—Pero lo ha hecho sin vuestra autorización —tercia el infante Jaime.

—Don Jimeno de Urrea es uno de los nobles más ricos y poderosos de Aragón y ahora su hija está casada con don Fernando Sánchez, que aspira a sentarse en vuestro trono —dice Pedro.

—¿Qué estás insinuando?

—Que vuestro hijo os ha traicionado de nuevo y que lo seguirá haciendo —asienta Jaime.

—Ese hijo mío es un guerrero formidable. Me hizo muy buenos servicios en Italia hace ya cuatro años; por ello le regalé el mejor caballo que pude encontrar, un alazán bayo de nombre Asenyalat que compré en Teruel a un alto precio; incluso fue testigo de tu boda en Montpellier —le recuerda a Pedro.

—Pues os está traicionando. Ya lo hizo tras las Cortes de Ejea, pero ahora busca aliados entre los nobles y ha logrado el apoyo de uno de los linajes más poderosos —comenta Pedro.

—Está cegado de ambición y quiere ser rey de Aragón por encima de los derechos de mi hermano y de vuestra propia voluntad —dice el infante Jaime.

El rey, que sufre con la traición de su hijo favorito pese a no ser legítimo, aprieta los puños.

—Me juró lealtad eterna y me prometió que sería fiel a ti, Pedro, como mi heredero en Aragón y como su hermano que eres, y ha mentido. Juro que si Fernando es culpable de felonía, recibirá justo castigo por su traición; lo juro —proclama ante sus dos hijos legítimos.

Sitio de Murcia, enero de 1266

El sitio de Murcia se cierra el segundo día de enero.

Tras confesarse y pedir perdón por sus pecados, el rey asiste a una misa de campaña que se celebra en el campamento cristiano, en la que se dan gracias a Dios y se le ruega protección y ayuda en esa guerra.

Tras la misa, se reúne con sus hijos y con los capitanes del ejército. Les dice que con la toma de Biar está acabada la expansión de sus reinos y que los acuerdos y pactos firmados adjudican la conquista de Murcia a Castilla.

En su arenga, Jaime les dice que no renuncia, y que nunca lo hará, a combatir a los sarracenos, sea donde sea, y que entregará Murcia a su yerno don Alfonso, cumpliendo así su palabra y los tratados firmados por sus antecesores y por él mismo. Pero asegura que los aragoneses y catalanes que contribuyan a la conquista y quieran quedarse a poblar, recibirán tierras en aquellas ricas huertas.

La Corona de Aragón ya tiene sus territorios peninsulares delimitados. Tras el tratado firmado en Corbeil con el rey de Francia, Occitania y Provenza ya no serán de la Corona, pero existen más islas y más territorios en las costas mediterráneas que esperan a ser dominadas por un rey poderoso y arrojado: Cerdeña, Córcega, Sicilia y aún más en oriente, Creta y Chipre; y también las tierras continentales de Italia, Grecia y África. ¿Por qué no?

Siglos atrás, el Mediterráneo fue un lago romano, ¿por qué no puede ser ahora un lago de la Corona de Aragón?

En los primeros días de enero, el ejército cristiano arrasa los campos y corta todo suministro de comida a los sitiados dentro de los muros de Murcia. Desesperados, unos cuantos musulmanes salen camino de Granada. Quieren llegar hasta esa ciudad para suplicar ayuda a sus hermanos en la fe de Mahoma, pero son sorprendidos por las patrullas de almogávares que controlan todas las rutas hacia el sur y el oeste y son liquidados al momento. Otros lanzan algunas saetas desde los muros, pero sin más convicción que intentar mostrar cierto arrojo.

En el pabellón real del campamento de Alhama, Jaime de Aragón estudia con sus caballeros un posible asalto a las murallas si Murcia no se rinde en las próximas semanas.

En ello está cuando el canciller anuncia la llegada de un emisario del papa Clemente.

—Está bien, recibiré a ese correo ahora. Señores, id a revisar los equipos de asalto, tal vez debamos utilizarlos pronto. Y vos, canciller, haced pasar a ese hombre.

El mensajero del papa es un abad. Viste el hábito de los hermanos de Francisco, el santo de Asís canonizado dos años después de su muerte, que predican la pobreza evangélica y la imitación de la vida de Cristo.

—Señor rey, soy portador de una carta de su santidad el papa Clemente —se presenta el abad a la vez que se la ofrece.

—Tomadla vos, canciller —le pide el rey.

El canciller coge el pergamino y aguarda en demanda de instrucciones.

—Su santidad me ha encargado que espere vuestra respuesta, majestad.

—¿Qué dice esa carta?

—No lo sé. Está sellada. Yo solo soy un correo.

—Leedla en voz alta —ordena el rey al canciller.

Rompe el lacre, despliega el rollo de pergamino y lee:

—«Clemente, siervo de los siervos de Dios...»

—Dejad aparte los formulismos.

—«...consideramos que vos Jaime, rey de Aragón, habéis abandonado a vuestra esposa legítima doña Teresa Gil de Vidaure y estáis viviendo amancebado en grave pecado con doña Berenguela Alfonso. Os conminamos a que acabéis con esa relación adúltera y dejéis a esa mujer. En caso de no hacerlo, la Iglesia de Cristo no ratificará la bula de cruzada contra Murcia y no podréis alcanzar los beneficios que corresponden. Por ello...»

—Está bien —lo interrumpe el rey—; es suficiente.

—Señor abad, volved a Italia y decidle al papa que el rey de Aragón conquistará Murcia para la cristiandad y que luego irá a Jerusalén para devolver la tumba de Nuestro Señor a los cristianos —asienta Jaime.

—Pero debéis dejar a esa dama, majestad —comenta el abad.

—Llevad esa carta al papa —zanja el rey la cuestión.

Al día siguiente, Jaime levanta un nuevo campamento justo a la distancia de un tiro de ballesta de los muros de Murcia, cuyos habitantes no parecen dispuestos a resistir un prolongado asedio.

La comida fresca se está acabando y los murcianos se ven obligados a comer todo tipo de inmundicias; hasta las ratas se convierten en un manjar.

Desde lo alto del aguzado cerro de Monteagudo, Jaime de Aragón, acompañado de sus dos hijos, contempla la ciudad de Murcia, en la llanura que riega el río Segura.

—Padre, los moros de Villena, Elda y otras villas de esa parte pretenden entregarse a don Manuel de Castilla —comenta el infante Pedro.

El infante Manuel, hermano menor del rey de Castilla, está casado con Constanza, hija de Jaime, y es dueño de ricos feudos.

—En ese caso, debemos conquistar Murcia cuanto antes. Convocad a toda la hueste, haremos un alarde ante los muros de esa ciudad hoy mismo. Los murcianos han de comprobar con sus propios ojos todo nuestro poder.

Poco después de mediodía, el ejército cristiano se despliega ante la puerta de Molina, entre la medina y el arrabal de Arrixaca, el único que está amurallado.

En la primera línea, forma la caballería pesada, con el rey en el centro, destacando por su enorme altura acrecentada por una cimera de combate engalanada con plumas de halcón; a sus lados, los dos infantes y, junto a ellos, los caballeros del Temple, del Hospital y de Uclés; todos a caballo con sus gualdrapas de vivos colores, sus armas de combate y sus escuderos, ballesteros e infantes; y en las alas del ejército, dos regimientos de almogávares con sus jabalinas cortas y sus cuchillos de hoja ancha.

Los murcianos, asomados a los muros del tapial, tiemblan de miedo. No podrán resistir una embestida de esos guerreros, en cuyos rostros y ademanes se denota una determinación inquebrantable.

Sin la ayuda de los zenetes africanos, que ya se conoce que no vendrán en su auxilio, los murcianos pierden toda esperanza y asumen que están abocados a una irremediable rendición.

—Padre, los sarracenos piden negociar la capitulación —anuncia el infante Pedro tras entrevistase con unos emisarios de los sitiados.

—¿Qué solicitan a cambio?

—La paz, solo la paz. Saben que esta conquista pertenece a Castilla. Aragón nunca debió firmar ese acuerdo con los castellanos. Murcia sería ahora nuestra.

Jaime mira a su heredero y considera que acaba de cometer un gran error al desautorizarlo. Recela de él y considera si no estará urdiendo alguna conjura. Ya tiene veinticinco años, suficiente experiencia de gobierno, una desmesurada ambición y enormes ansias de poder y de gloria. Quizá, sospecha, su hijo esté tramando ocupar el trono antes de tiempo.

Murcia, principios de febrero de 1266

Los murcianos no tienen la menor oportunidad de rechazar el asedio, deciden rendir la ciudad y capitulan el tercer día de febrero.

Confían en que se cumplan los tratados y se entreguen a Castilla, pues consideran que su rey es más proclive a tratar con mayor consideración a los musulmanes sometidos que Jaime, cuya animadversión hacia ellos es cada día mayor.

Tendrán que vivir bajo el dominio cristiano, pero sin duda esa es la voluntad divina, pues los musulmanes creen que nada se mueve en la tierra, ni una brizna de paja, si Dios no lo quiere.

Resignados a su destino, entregan Murcia a Jaime, que entra triunfante con sus estandartes de franjas rojas y amarillas desplegados, entre caballeros de las órdenes militares cristianas, nobles catalanes y aragoneses y una escuadra de almogávares que escoltan orgullosos a su rey en el camino hacia el alcázar, donde se hace entrega solemne de la ciudad.

Los soldados cristianos ocupan desde primeras horas de la mañana los muros y las torres y vigilan armados con ballestas, lanzas y espadas las calles por las que transcurre el desfile.

Ya en el alcázar, una sólida fortaleza con tres recintos murados, el último con ocho enormes torreones de duro tapial, Jaime recibe el dominio de Murcia.

—Nos, Jaime, rey de Aragón por la gracia de Dios, tomamos posesión de la ciudad y el reino de Murcia —proclama en la alcazaba ante los gritos de júbilo de los nobles; pero enseguida se tornan en decepción—. Y cumpliendo nuestra palabra y según lo acordado, declaro que Murcia es de don Alfonso de Castilla.

El maestre de la Orden de Uclés y los caballeros castellanos sonríen satisfechos, mientras los aragoneses no disimulan su enojo y malestar. Ellos quieren que Murcia sea para Aragón y que no se entregue a Castilla, pero Jaime no está dispuesto a romper el Tratado de Almizra y a desencadenar una guerra por ello.

El infante Pedro mira a su hermano el infante Jaime y aprieta los dientes. Él tampoco está de acuerdo con los pactos firmados por su padre.

Alguno de los nobles le hace saber al rey las opiniones de su hijo. Jaime recela, una vez más, del infante Pedro. Quizá la conspiración que sospecha que trama contra él esté mucho más avanzada de lo que supone. Tal vez su hijo mayor ya tenga cerrados pactos con algunos nobles que ambicionan poseer tierras y feudos en Murcia y que creen poder conseguirlos si apoyan a Pedro en su ambición por alcanzar el trono cuanto antes.

No habrá un gran botín; al menos no el que esperan.

Los almogávares no acuden a esta guerra por gloria y honor. Eso no les interesa. Ellos buscan oro, plata, joyas, cualquier cosa de valor. Es así, en la batalla, como se ganan la vida y el pan. No les importa que sobre ellos se escriban poemas y canciones heroicas.

No quieren ser héroes de ninguna gesta. No pretenden alcanzar la inmortalidad que ofrecen las leyendas. Solo ambicionan ganar lo necesario para su sustento y el de sus familias. Nacen y crecen en las montañas más agrestes; se endurecen con los hielos y vientos heladores del invierno y los tórridos y abrasadores rayos del sol del estío; tragan el polvo de los caminos, pisan la nieve de los senderos serranos y se empapan las calzas y las botas vadeando los cursos de los ríos. No desean fama; solo oro y plata.

Murcia no será para Aragón.

Los almogávares se enervan; quieren botín; reclaman su parte de la victoria.

—Los sarracenos que deseen salir de Murcia lo harán con cuantos bienes puedan llevar consigo —sentencia el rey rechazando así la demanda de los almogávares de quedarse con todo.

Varios cientos de musulmanes deciden macharse; no quieren permanecer el resto de sus vidas bajo dominio cristiano; confían en encontrar acomodo y un lugar donde vivir entre sus correligionarios de Granada o de África. Organizan una caravana y salen hacia el sur, confiados de la protección que se les promete.

Pero a unas pocas millas los esperan los almogávares, que, enterados de esa marcha, se apostan en las estribaciones de la sierra de Espuña, a una jornada de camino al sur de Murcia, por donde discurre la ruta hacia Granada.

Los feroces guerreros de chalecos de piel de cabra aparecen como espectros de la muerte. Empuñan los temibles cuchillos de hoja ancha cual carniceros dispuestos a desollar a un rebaño de reses. Los musulmanes que abandonan Murcia contemplan despavoridos a los almogávares, surgidos de la maleza como fieras al acecho de su presa. Gritan «¡*Desperta ferro!*», pero evitan pronunciar el nombre de Aragón. No están allí como soldados del ejército real, sino como voraces bandidos en busca de botín fácil con el que aplacar su ansia de dinero y mitigar la frustración por no saquear Murcia.

El repentino ataque provoca la parálisis de los musulmanes. Los pocos que se atreven a enfrentarse a los almogávares caen abatidos como espigas cercenadas por la guadaña del segador. Los supervivientes son apresados y tomados como esclavos para ser vendidos en los mercados de Valencia o para pedir por ellos un rescate; los bienes que llevan consigo se reparten entre los atacantes.

Murcia, fines de febrero de 1266

El rey de Aragón reza en la mezquita aljama de Murcia, recién consagrada como catedral cristiana en honor de Santa María.

Acabada la misa, Jaime convoca a sus hombres y les comunica que va a entregar ese reino al rey Alfonso de Castilla como está acordado.

Los nobles aragoneses y catalanes presentes fruncen el ceño. A varios de ellos les concede tierras y casas, pero no es suficiente.

—Señor, algunos de nosotros hemos recibido casas que fueron de sarracenos, pero os rogamos que Murcia sea parte de vuestra Corona y que no la entreguéis a Castilla. La habéis ganado en buena lid con hombres de Aragón y de Cataluña en vuestra hueste —propone uno de los nobles aragoneses.

—Un rey debe ser fiel a su palabra y nos dimos la nuestra al rey de Castilla. Don Alfonso es nuestro yerno y confía en nos. Cumpliremos con lo acordado —asienta Jaime.

—En ese caso, señor, os pedimos que nos entreguéis más bienes de los confiscados a los sarracenos.

—Consideramos justo el reparto realizado estos días. Así está bien.

—Los almogávares tomaron lo que consideraron que les pertenecía por derecho de conquista...

—Esos hombres viven de la guerra y del botín ganado en las batallas. Vosotros sois nobles y debéis cumplir el código que obliga a todo caballero. Y dejad ya de quejaros por todo y de exigir más y más bienes. Os vais de Murcia con las manos llenas de oro y plata y con varias propiedades en fincas y casas.

—Las hemos ganado...

—Pero no ambicionéis más de lo justo o la avaricia os hará perder cuanto habéis conseguido hasta ahora.

En esos días se recibe una nueva carta del papa Clemente en la que comunica a Jaime que no puede anularse su matrimonio con Teresa Gil y lo conmina a que abandone sus relaciones adúlteras con Berenguela Alfonso.

—El papa me llama adúltero y tacha nuestra relación de incestuosa —le dice Jaime a Berenguela.

—Entonces ¿no podemos casarnos? —le pregunta Berenguela.

—No. No es posible si antes no se dicta la nulidad de mi matrimonio con doña Teresa.

—Eres el rey de Aragón, deberías poder elegir esposa.

—La Iglesia considera que el matrimonio es un sacramento, algo sagrado, y rara vez concede la anulación de un matrimonio canónico. Solo la autoriza en caso de consaguinidad y de que no se haya concedido una dispensa papal por ello. Doña Teresa no es pariente mía, de modo que no hay causa ni motivo para la nulidad.

—Al menos seguiremos juntos...

—El papa dice algo más en su carta. Me pide que rompa nuestras relaciones y dice que si no lo hago no me ayudará en nada.

—¿En qué habría de ayudarte? —le pregunta Berenguela.

—Necesito su apoyo para mis planes de ir a Tierra Santa en una expedición. Solo el papa puede expedir una bula de cruzada y no lo hará mientras vivamos juntos.

—Si quieres ir a Jerusalén, ¿por qué no lo haces sin esa bula?

—Porque la bula de cruzada implica que todos los cristianos que acudan a combatir en esa empresa subirán directamente al cielo si mueren en el transcurso de la misma.

—Entonces ¿no seré tu esposa?

—No mientras viva doña Teresa.

—Dijiste que está enferma de lepra; tal vez muera pronto y entonces sí podríamos casarnos.

—La lepra es una terrible enfermedad, pero los afectados por ella pueden vivir muchos años...

—Entonces, nunca seré tu esposa, nunca. —Berenguela se abraza al torso poderoso de Jaime, que le acaricia el cabello y aspira su intenso perfume a algalia y almizcle.

—Mañana te donaré treinta mil morabetinos del tesoro real.

—Preferiría ser tu esposa, pero aceptaré todo ese dinero; y si algún día podemos casarnos, lo aportaré como dote de nuestra boda.

Acabada la conquista de Murcia y entregada al rey de Castilla, que a cambio permite que aragoneses y catalanes repueblen algunas comarcas de ese reino, Jaime de Aragón concede diversos privilegios a los caballeros de Valencia y Alicante, marcando así una clara distinción entre los que poseen un caballo y los hombres de a pie, que reciben solo la mitad del botín que los caballeros.

En Barcelona se encuentra bien; allí posee uno de sus mejores palacios donde está el solar de sus antepasados los condes. Pasa el verano junto a Berenguela Alfonso, cuya compañía le es cada día más grata.

Le ratifica la entrega de los treinta mil morabetinos que le hace en Murcia y le regala algunas joyas. Quiere que su amante sea feliz, que se sienta amada y dichosa. A sus 58 años, el rey se siente todavía fuerte y con ganas para emprender grandes hazañas. Berenguela es para él un remanso de calma y de dicha en medio de tantas traiciones como se ciernen sobre su trono: los nobles aragoneses, los catalanes, la amenaza de los franceses, los líos con el papa, las reclamaciones de su esposa Teresa Gil, la guerra con los moros... Berenguela es el bálsamo y el remedio a tantos problemas. Cuando está con ella, el tiempo se detiene, los conflictos se olvidan y la felicidad lo embarga.

Teresa Gil se resiste a que se anule su matrimonio. Una y otra vez rechaza todas las ofertas que le hace Jaime. Se niega a renunciar a su condición de esposa real a pesar de que sabe que sus hijos nunca podrán ser reyes.

A Jaime le gustaría olvidarse de todas las contrariedades que lo acucian, pero no puede. La muerte del joven Manfredo de Sicilia a fines del invierno deja a ese reino sumido en la incertidumbre. El papa ratifica a Carlos de Anjou como rey siciliano, pero Jaime, una vez perdida la influencia en Occitania, ambiciona con extender la Corona de Aragón por las grandes islas del Mediterráneo y sueña con ganar Córcega, Cerdeña y la propia Sicilia.

Planea casar a su hijo Jaime con Beatriz, hija del conde Amadeo de Saboya, y disponer así de una sólida alianza frente a la que forman el papado y Francia. Ese matrimonio nunca llegará a concretarse.

Además, el caudillo Baibars logra asentarse en Egipto, aupado por su triunfo sobre los mongoles. El islam, casi derrotado apenas cinco años antes, se refuerza en torno a la figura del sultán de Egipto, y los reinos y Estados cristianos de Oriente vuelven a temblar ante la amenaza de los mamelucos que invaden Armenia, derrotan a los hijos de Hetum y aplastan a los armenios y a los caballeros templarios en una batalla.

Incontenibles, los musulmanes egipcios llegan hasta Sis, la capital armenia, la saquean, queman la catedral y destruyen la ciudad. Miles de cautivos cristianos son enviados a los mercados de esclavos de Damasco y El Cairo. Nadie parece capaz de detener al sultán Baibars.

Enterado de la catástrofe, Hetum regresa a su reino con un ejército mongol, pero cuando llega, solo encuentra desolación, destrucción y ruina: ciudades arrasadas, monasterios quemados, iglesias saqueadas, árboles talados... Armenia es una sucesión de despojos y escombros.

Montpellier, Navidad de 1266

El aire del norte sopla sin cesar, día y noche, desde las suaves colinas del norte hacia el mar.

Hace ya varios días que llueve y neviza sobre Montpellier, tanto que Jaime ni siquiera puede salir a cazar patos, como le gusta.

Pasa las tardes leyendo una historia que le envía su yerno Alfonso de Castilla, escrita en Toledo, donde los castellanos tienen una escuela de cronistas, poetas y traductores. La firma Rodrigo Jiménez de Rada.

—*De rebus Hispaniae*. Así ha llamado su autor a este libro.

Jaime tiene en sus manos la crónica de Jiménez de Rada, que lee en una pequeña sala de su palacio de Montpellier. A su lado, su amante Berenguela Alfonso observa las miniaturas de un precioso devocionario comprado a un mercader que lo trae de París.

—¿De las cosas de Hispania? —traduce Berenguela.

—De lo que ha ocurrido en España hasta hace unos pocos años. Esta crónica es un relato encargado por el rey don Fernando al que fuera arzobispo de Toledo. Mi yerno dice en la carta que me envió con este libro que lo están usando como guía para escribir una gran historia de España.

—¿Hispania o España? —duda Berenguela.

—Hispania es el nombre que dieron los romanos a su provincia, que se extendía por todas las tierras desde los Pirineos hasta el estrecho de África. Mi yerno la llama España cuando se refiere a ella en la lengua vulgar y yo también prefiero hacerlo así en vez de en latín. Tengo una traducción que se hizo hace unos años al lemosín por un cronista llamado Pere Ribera, en Perpiñán.

—¿Te está gustando? Llevas varios días leyéndola.

—Está bien escrita, pero ese arzobispo tenía una visión muy interesada de la historia de estas tierras. Es como si creyera que el de Castilla está predestinado por Dios a convertirse en el más importante de todos los reinos cristianos de España.

—¿Y no lo es? —ironiza Berenguela.

—No. Yo soy el rey más poderoso de España y quiero que mi Corona de Aragón sea el principal reino de toda la cristiandad.

—¿Y cómo lo pretendes conseguir?

—He conquistado tres reinos, Mallorca, Valencia y Murcia, y planeo conquistar otros más.

—¿Estás pensando en otra guerra? —Berenguela se muestra preocupada.

—Jerusalén.

—¿Jerusalén?

—Sí. Ya he cumplido la misión que los papas encargaron a los reyes de mi linaje. Aquí no hay más tierras que conquistar.

—Queda ese reino moro de Granada —precisa Berenguela.

—La conquista de Granada corresponde a Castilla, pero Jerusalén será la siguiente gema de mi Corona.

—Está demasiado lejos.

—Con buen tiempo y vientos favorables, una flota de galeras puede navegar desde Valencia o Barcelona hasta las costas de Tierra Santa en menos de un mes.

—Si ganaras Jerusalén, te convertirías en el monarca más prestigioso de la cristiandad.

—Mi tía doña Constanza fue emperatriz al casarse con el emperador Federico, el último monarca al que yo considero como rey legítimo de Jerusalén. Ahora son varios los que se disputan ese título, pero si entro triunfante en la Ciudad Santa, nadie podrá negármelo. Nadie. Ni siquiera el papa.

—Mi primo el rey Alfonso quiere ser emperador; tal vez también aspire a convertirse en rey de Jerusalén.

—Eso parece, y más aún leyendo esta historia —Jaime levanta el libro de Jiménez de Rada—, con la que se pretende justificar la primacía de Castilla.

—Escribe tú un libro de historia.

—¿Yo? —Se sonríe el rey.

—Sí. Siempre andas contándome hazañas de tus antepasados los reyes de Aragón.

—Una crónica de mi reinado... Sí, la escribiré. No quiero que sea un clérigo de Toledo quien relate mi historia.

—Tu hijo don Sancho ha sido nombrado arzobispo de Toledo por el papa Clemente... —Le recuerda Berenguela que el menor de los hijos que tiene Jaime de la reina Violante de Hungría acaba de tomar posesión de la sede toledana con tan solo dieciséis años de edad.

—El papa no me aprecia. Si ha ratificado a mi hijo Sancho como arzobispo de Toledo, que además implica ser canciller de Castilla, es porque se lo ha pedido mi yerno, con el que pretende llevarse bien, no vaya a ser que Alfonso logre al fin su pretensión de convertirse en emperador.

—Si Sancho ordena a sus cronistas de Toledo que escriban tu historia...

—No. Lo haré yo mismo. ¿Quién mejor para contar los hechos de mi propio reinado?

20

Los mongoles

Montpellier, febrero de 1267

¿Acaso no puede estar un solo momento tranquilo sin que tenga que acudir a sofocar una conspiración? ¿Cómo es posible que nobles, altos eclesiásticos, miembros de los concejos urbanos, sus propios hijos incluso anden una y otra vez intrigando contra él?

Se considera un rey justo y ecuánime; favorece a cuantos están a su lado, es dadivoso y magnánimo con quienes lo apoyan; sabe compensar a quienes le prestan auxilio en la guerra y en la paz. Por todo eso, Jaime no comprende la larga lista de conjuras e intrigas que se urden día tras día a sus espaldas.

Duda de la fidelidad de todos; recela de las palabras de halago que unos y otros le dedican cuando él está presente; ya no sabe en quién confiar; ni siquiera en sus propios hijos. Fernando Sánchez de Castro resulta ser un intrigante dispuesto a ocupar el trono pese a su condición de bastardo; Pedro y Jaime se muestran demasiado ambiciosos, tanto que tiene que retirar a Pedro su cargo de procurador general de Aragón y de cualquier autoridad sobre las ciudades cuyos concejos se muestran rebeldes al rey, como Zaragoza y Jaca, donde crece la semilla de la revuelta.

Hipocresía, falsedad, mentiras... todos los vicios de la traición y la conjura aparecen de repente ante sus ojos y no tiene a casi nadie en quien confiar.

En Berenguela sí; su hermosa amante, su amiga, su sostén, ella es la única persona en la que puede apoyarse, la única a la que puede transmitir confidencias con la seguridad de que no lo traicionará, la única capaz de guardar un secreto.

¿Qué ocurre? ¿Cómo es posible esta situación? Él, Jaime de Aragón, el heredero de una saga de reyes y condes, señores de la guerra; él, el hijo del caballero más gentil del mundo; él, que lleva en sus venas la sangre de los reyes de Aragón, de Francia, de León y de Hungría, y de los emperadores de Constantinopla; él, conquistador de tres reinos, formado en la disciplina de los caballeros templarios, forjado su espíritu con la cruz y la espada. ¡Cómo puede pasarle esto a él!

—La mentira se ha instalado en mis reinos y entre mis súbditos —lamenta Jaime.

Está comiendo con su amante en su palacio real de Montpellier. Mira el plato en el que un pedazo de pato asado se enfría sin que haya probado un solo bocado.

—¿No tienes apetito? —le pregunta Berenguela.

—¿Es que no hay nadie sincero? ¿Ni siquiera uno solo de mis súbditos? —se pregunta en voz alta sumido en una especie de melancolía.

Siente la soledad, la distancia y la ausencia de quien no tiene a nadie igual con quien compararse.

—Come algo —insiste Berenguela.

—Mis hijos se odian. Fernando Sánchez, en quien tantas esperanzas había depositado, conspira contra mí y contra sus hermanos; Pedro está obsesionado con matar a Fernando y sé que, si estuviera en su mano, lo haría sin dudar.

—Si yo pudiera darte un hijo... —musita Berenguela.

—¡Un hijo! —exclama Jaime como si despertara de un sueño ligero.

—Sí, un hijo.

—¿Estás embarazada?

—No, no lo estoy, y bien que lo procuro. Cada vez que me haces el amor, retengo tu simiente en mi interior y rezo para que germine en mi vientre. Pero Dios no me ha concedido ese deseo hasta ahora.

—Si me dieras un hijo... —el rey reflexiona unos instantes—, despojaría a Pedro y a Jaime de todos sus derechos a los reinos que les otorgué en mi último testamento y nuestro hijo sería mi único heredero.

—No puedes hacerlo, va contra la ley y los fueros.

—Claro que puedo. Soy el soberano de estas tierras.

—No, mi amado Jaime, ni siquiera tú puedes hacer eso. Porque si lo hicieras, todos tus hijos se alzarían abiertamente contra ti y también lo harían los nobles y las ciudades, y la propia Iglesia emitiría un interdicto y proclamaría que no eres el monarca legítimo y alentaría a cualquier cristiano a deponerte. Y si eso ocurriera, ¿qué sería de mí y de nuestro hijo si algún día naciera?

»Nada deseo más en este mundo que darte un hijo, pero no podría soportar que perdieras tus reinos.

La sensatez de Berenguela se impone a la vehemencia de Jaime.

Se levanta y se acerca a su amante, que se pone de pie a su lado. Se abrazan y se besan.

—Vamos al lecho; deseo amarte ahora mismo —dice Jaime, cuyas manos grandes y finas recorren la espalda y las caderas de su dama.

—Deberías comer antes.

—Dejaré eso para más tarde; vayamos primero a lo importante.

Castillo de Lizana, finales de mayo de 1267

A fines de febrero, Jaime y Berenguela dejan Montpellier y se instalan en Barcelona.

En abril nace el segundo hijo del infante Pedro y de Constanza de Sicilia; recibe el nombre de Jaime. La dinastía de los Aragón sigue creciendo.

Debe atender a las demandas de los judíos de Aragón y de Cataluña, que comienzan a sentirse amenazados por algunos grupos de cristianos que los acusan de ser los responsables de grandes males y problemas, como la escasez de las cosechas y la mala situación de algunos negocios.

A diferencia de los musulmanes, a los que desprecia, los judíos gozan de una buena consideración del rey. Varios de sus consejeros, sus mejores médicos y sus más generosos banqueros son judíos.

Tanto los estima que, en contra de la opinión del consejo de ciudadanos de Barcelona, otorga a la aljama hebrea de la ciudad el permiso para edificar una nueva sinagoga mayor, más grande y más alta que la antigua.

Los judíos, agradecidos, le ofrecen una considerable cantidad de dinero con la cual puede saldar algunas deudas, entre ellas una de mil setecientos morabetinos que le debe a su hijo Pedro Fernández, al que, perdida la confianza en Fernando Sánchez, ya llama «dilecto», el favorito, al que concede la propiedad de dos castillos y la gobernación del reino de Valencia.

El rey pretende que Fernando y sus secuaces se confíen y crean que no va a tomar represalias, pero en los últimos días de mayo organiza una hueste en secreto y se dirige a uña de caballo a someter a los nobles rebeldes conjurados, aliados secretos de Fernando Sánchez.

Como en los buenos tiempos de la conquista de Mallorca, Valencia y Murcia, Jaime de Aragón se presenta como un rayo ante los muros del castillo de Lizana, una formidable fortaleza a mitad de camino entre las ciudades de Barbastro y Huesca.

Este castillo es propiedad del noble Ferriz de Lizana, uno de los principales cabecillas de la conjura fraguada por Fernando Sánchez de Castro para hacerse con el reino de Aragón a costa de los derechos dinásticos de su hermano el infante Pedro.

Ante los muros de la fortaleza de Lizana, erigida en una elevación junto al curso del río Alcanadre, se levantan las tiendas del campamento real. Los defensores del castillo se preparan para el asedio y confían en poder resistir el tiempo suficiente hasta que otros nobles rebeldes organicen una hueste y acudan en su ayuda.

El rey de Aragón contempla el castillo desde la otra orilla del río.

—La traición de esos nobles merece un buen escarmiento y estamos dispuestos a dárselo cuanto antes —comenta Jaime ante media docena de consejeros, entre los que se encuentra su nuevo hijo favorito Pedro Fernández—. Estamos hartos de las intrigas y maquinaciones. Depositamos nuestra confianza en esos nobles y nos han decepcionado. Es hora de que paguen su traición.

—Esos nobles no merecían ser vuestros vasallos —asienta Pedro Fernández.

—¡No vamos a consentir que ni uno solo de esos nobles cuestione nuestra autoridad ni desobedezca nuestras órdenes! —clama Jaime.

—¡Señor, señor! —Un escudero acude a paso ligero.

—¿Qué ocurre?

—Majestad, don Ferriz de Lizana os desafía a un combate singular.

—Padre, dejadme que sea yo quien acabe con ese noble rebelde —interviene Pedro Fernández

—No. Esto no se dirimirá con un duelo. Derribaremos ese castillo hasta sus cimientos. Decidle a ese don Ferriz que rinda inmediatamente la fortaleza o que en caso contrario sus despojos servirán de carnaza para las alimañas —le ordena el rey al escudero.

—Ha dicho que no se rinde, señor.

—En ese caso, que comience el asedio —ordena de inmediato a sus caballeros.

Frente al castillo de Lizana se despliegan dos trabucos y tres catapultas ligeras que inician el lanzamiento de piedras contra sus muros esa misma tarde.

Dos días con sus noches llevan las máquinas de asedio lanzando proyectiles contra el castillo de Lizana.

Desde una altura cercana, el rey Jaime y Pedro Fernández contemplan los trabajos de asedio.

—Ese castillo es formidable y sus muros recios y con sillares bien trabados —comenta Pedro.

—Sí, pero no resistirán una semana más a los impactos de nuestras catapultas. Muros más sólidos y gruesos cayeron en el asedio de Mallorca.

—Veremos cuánto aguantan.

En ese momento, un bolaño de arenisca impacta en las almenas y derriba uno de los merlones.

—¡Buen disparo! —exclama el rey—. Averiguad quién es el artillero que maneja ese trabuco y recompensadlo con cinco sueldos jaqueses.

Un caballero se acerca; es un mensajero que viene de Barcelona.

—Señor —se presenta ante Jaime—, me he adelantado a los embajadores tártaros. Llegarán aquí en dos o tres horas.

—¿Embajadores tártaros de nuevo? —pregunta Jaime.

—Sí, majestad. Se presentaron hace unos días en Barcelona a bordo de una de nuestras galeras. Han atravesado el Mediterráneo para veros. Os traen algunos regalos.

—Dicen que los hombres de Oriente suelen ser generosos —tercia Fernando.

—Los recibiremos en el pabellón real. Pero, entre tanto, que continúe el asedio al castillo. Redoblad los lanzamientos y que no cesen los disparos hasta que se abra una brecha en los muros o se rindan los defensores.

Los embajadores mongoles llegan a Lizana mediada la tarde. Son seis hombres de rostros angulosos, como de piel formada con retazos de cuero sin curtir; tienen los ojos rasgados, el cabello lacio y finos y largos bigotes.

Los acompañan varios hombres del concejo de Barcelona, encabezados por Jaime Alarich, hombre de confianza del rey, y una pequeña partida de soldados, además de un mercader de Tarragona que hace de traductor.

Jaime los recibe en su tienda, en el campamento levantado para el asedio del castillo de Lizana.

—Los embajadores del imperio del ilkán Abaqa, señor de Persia, hijo de Hulagu, os saludan, señor rey de Aragón, y os ruegan solícitos que aceptéis estos presentes como muestra de la amistad de su señor. —Varios fardos con objetos preciosos se depositan ante Jaime.

—Señores, agradeced a vuestro kan estos presentes y devolvedle nuestros deseos de amistad.

—Nuestro ilkán Abaqa —continúa el traductor tras escuchar al portavoz de los embajadores— os ofrece de nuevo una alianza para vencer a los musulmanes.

Y le hace entrega al rey de una moneda de oro.

Jaime mira la moneda y observa que tiene impresa una cruz cristiana y una leyenda escrita en caracteres árabes.

—«En el nombre del Padre, del Hijo y del Espíritu Santo. Hay un solo Dios» —lee Jaime, que conoce algunas expresiones en esa lengua—. Conocemos estas monedas; tuvimos algunas iguales en nuestras manos hace dos años, en vuestra anterior embajada. Es la fórmula de la Santísima Trinidad. ¿Es cristiano vuestro kan? —les pregunta.

—El ilkán Abaqa es budista, pero tiene a los cristianos en gran estima y los defiende. Cree que hay que convertir a los musulmanes a la buena religión y por ello demanda ayuda a vuestra majestad.

—Continuad —le pide Jaime al portavoz de la embajada, que se sigue explicando a través del traductor.

—El ilkán Abaqa está casado con la princesa María, hija del emperador Miguel de Constantinopla. Pretende establecer una gran alianza con la cristiandad. Esta es la segunda embajada a vuestro reino; también se enviarán embajadores al rey de Inglaterra y al papa de Roma.

»Consideramos que el tirano Baibars, sultán de los musulmanes de Egipto, es el enemigo común de todos nosotros. Su ejército ha devastado el reino de Cilicia y parte de Armenia y ha matado y esclavizado a muchos cristianos. Una alianza entre mongoles y cristianos acabaría con la amenaza que supone el ejército de Baibars y sus mamelucos y llevaría la paz a la tierra.

—¿Quién es ese Abaqa? —le pregunta el rey a Jaime Alarich, que está a su lado.

—Es el actual señor de Persia; ha sucedido a su padre, el kan Hulagu, nieto de Gengis Kan, el que fuera fundador y gran señor de los mongoles. Tiene plena soberanía sobre la mitad occidental del antiguo Imperio mongol, aunque se considera con cierta subordinación con respecto a su tío el gran kan Kublai, que gobierna en China, el país de la seda que conquistara hace ya medio siglo Gengis Kan —le explica Alarich.

—¿Dispone de un gran ejército? —pregunta el rey.

—Enorme, señor. Los mongoles son capaces de poner en pie de guerra a un ejército de cien mil hombres, organizados en diez tumanes, que es como llaman a sus regimientos formados por diez mil soldados, todos a caballo.

—¡Cien mil! —se sorprende el rey de Aragón.

—Con ese ejército conquistaron toda Asia y llegaron hasta Polonia y Hungría. Ahora los mongoles andan divididos en tres imperios, el de Abaqa, el de Kublai y el que llaman la Horda de Oro, pero cualquiera de ellos tiene una fuerza formidable; si se volvieran a unir, serían invencibles, como ya lo fueron con Gengis Kan.

Jaime atiende a las explicaciones de su hombre de confianza, mira a los embajadores mongoles y se dirige a ellos.

—Señores, decidle a vuestro kan que el rey de Aragón combatirá a su lado contra los sarracenos. Mi consejero don Jaime Alarich será el portador de una carta firmada de nuestra propia mano y con nuestro sello en la que nos comprometemos a ofrecerle ayuda y a acudir a Tierra Santa con nuestro ejército. A cambio de ello, cuando derrotemos a los mamelucos, la ciudad de Jerusalén y su reino serán para la cristiandad.

Tras escuchar la traducción de las palabras del rey, los embajadores mongoles cuchichean entre ellos y aceptan la propuesta.

Los consejeros de Jaime que asisten a la entrevista se muestran sorprendidos. Conocen sus deseos de ir a Jerusalén en una cruzada, pero hasta ese momento creen que son meras buenas intenciones. Mudan de opinión al ver la determinación de su soberano. Saben que cuando el rey da su palabra, la cumple. Y ven en sus ojos la misma impresión que cuando decide tomarse en serio una empresa.

Al día siguiente, los embajadores mongoles se marchan del asedio al castillo de Lizana con la promesa del rey de Aragón de que acudirá a Jerusalén y con el acuerdo de un pacto con el ilkán Abaqa para combatir a los sarracenos, liberar Siria del dominio mameluco y acabar con el reinado del sultán Baibars en Egipto. Va con ellos Jaime Alarich, a quien el rey hace garante del acuerdo y portador de su carta, además de encomendarle que recabe toda la información para preparar la cruzada que piensa encabezar personalmente.

Despachada la embajada mongol, Jaime vuelve a dirigir el asedio al castillo.

Tras seis días de bombardeo incesante con trabucos y catapultas, un lienzo de la muralla cede y se derrumba con estrépito.

Las tropas reales se lanzan al asalto por la brecha, pero no ha lugar al combate. Los defensores de Lizana arrojan sus armas al suelo y se rinden.

Pedro Fernández es uno de los primeros en entrar en el patio, donde están agrupados los sitiados, desarmados y abatidos.

—Apresadlos a todos y atadlos bien —ordena Pedro.

Con la fortaleza asegurada y controlada, Jaime de Aragón entra en el castillo.

Los defensores están alineados en tres filas, atados entre ellos de pies y manos. Se muestran sumisos, algunos temblorosos; esperan que el rey sea magnánimo y caritativo. Al fin y al cabo, una vez abatida la muralla, se rinden sin oponer resistencia.

—Sois un traidor —le dice Jaime a Ferriz de Lizana, que encabeza la fila de prisioneros.

—Señor, os pido clemencia, o al menos concedédsela a mis hombres.

—¿Clemencia? No hay clemencia para los traidores. Os conminamos a que entregarais la fortaleza y os negasteis a hacerlo. Desobedecisteis a vuestro rey y merecéis un castigo por ello.

—Señor, mis hombres no hicieron otra cosa que cumplir mis órdenes. Os suplico que seáis benévolo con ellos.

Jaime mira a los cautivos que, con sus cabezas abatidas y los ojos fijos en el suelo, aguardan una decisión.

—Ejecutadlos a todos —ordena el rey—. Y encargaos —se dirige ahora a su hijo— de que de este castillo no quede en pie una sola piedra. Demoledlo por completo.

Pedro Fernández asiente a la orden de su padre.

Entre los prisioneros estallan algunos gritos pidiendo perdón y gemidos suplicando clemencia. Pero Jaime se muestra impasible ante las angustiosas súplicas de aquellos hombres sentenciados a muerte.

—¡Desconfiad de vuestro hijo, desconfiad del infante don Pedro! —grita Ferriz de Lizana en un desesperado intento de llamar su atención y confundir al rey. Se refiere al heredero, no a Pedro Fernández, allí presente.

—¿Qué insinuáis? —le pregunta airado.

—Lo que he dicho: que desconfiéis de don Pedro.

Jaime mira a Ferriz y luego a su hijo, que se encoge de hombros.

—Ahorcad a ese traidor —ordena señalando a Ferriz de Lizana.

—No hagáis caso de esa calumnia, señor —le comenta Pedro a su padre.

—¿Qué sabes tú de eso?

—Padre y señor, yo solo sé que os soy fiel y leal, como hijo y vasallo vuestro que soy.

Ante las palabra de su hijo predilecto, Jaime duda. No está seguro de nada ni de nadie. Ya sabe que Fernando Sánchez conjura contra él, pero ¿quién más? ¿Su hijo y heredero el infante Pedro? ¿Su hijo predilecto Pedro Fernández de Híjar? ¿Los dos? ¿Todos los nobles con ellos?

Es preciso un escarmiento ejemplar.

Sus fortalezas, derribadas, y los hombres que los sigan, ahorcados; esa es la decisión que toma el rey sobre el destino de los nobles que se opongan a su autoridad y que cuestionen sus órdenes. Y si entre ellos está algún miembro de su familia, aunque sea uno o varios de sus propios hijos, jura que no le temblará la mano y que, si hace falta, él mismo manejará el hacha que cercene el cuello de cualquiera que ose intrigar contra él.

Tarazona, principios de otoño de 1267

Tras tomar y derruir el castillo de Lizana, Jaime recela de su heredero el infante Pedro y, por el contrario, renueva su confianza hacia su hijo Pedro Fernández, al que ratifica como su lugarteniente en el reino de Valencia.

El infante Pedro, que es el heredero también de ese reino, monta en cólera cuando se entera de esa decisión. Está convencido de que su medio hermano Pedro Fernández también puede ser un traidor y de que puede andar confabulado con nobles y ricos mercaderes para hacerse con su herencia y proclamarse rey cuando su padre, o incluso antes si le es posible, muera.

Jaime sueña con entrar triunfante en Jerusalén cuando recibe una carta del papa Clemente en la que le prohíbe vivir amancebado en pecado de incesto con Berenguela Alfonso.

Tras leer la carta, Jaime declara a sus más cercanos consejeros que le importa un comino lo que diga el papa; y hace el gesto de cerrar el puño y mostrar el dedo pulgar asomando entre los dedos índice y corazón, lo que se llama hacer una higa, un signo de burla que se dedica a las personas que se consideran despreciables.

Lo autorice el papa o no, está dispuesto a iniciar esa cruzada; lo promete a los embajadores mongoles y lo firma en un diploma con su sello; sí, con bula de cruzada o sin ella, irá a Jerusalén.

Ese verano corre por toda la Corona de Aragón el rumor de que las cosas no van bien; las cosechas son cada temporada menos abundantes, los mercaderes ven disminuir sus ganancias y los falsificadores de monedas causan gravísimos daños a las haciendas nobiliarias y a las cuentas de los concejos de villas y ciudades.

Los mercados se resienten. Los precios suben y en algunas zonas comienza a notarse cierto desabastecimiento de algunos productos, sobre todo harina, vino y aceite. El hambre, palabra terrible que hace tiempo que apenas se pronuncia en la Corona de

Aragón, comienza a estar en boca de algunos, que auguran que se aproximan malos tiempos.

La falsificación de moneda supone una pérdida de ingresos muy importante para el tesoro real. La acuñación de moneda es un privilegio, un monopolio del rey, de modo que los agentes reales vigilan con especial cuidado que nadie ose acuñar moneda falsa.

Mediado el verano se detecta que en el castillo de Trasmoz, una fortaleza ubicada en el somontano del Moncayo, a media jornada de camino de la ciudad de Tarazona, un caballero llamado Pedro Pérez, señor de ese castillo, está labrando monedas con el cuño del rey de Castilla, como se hace en la ceca de Burgos.

Unos mercaderes judíos que negocian con cuero y lana en los mercados de Soria y Tarazona se dan cuenta de que varios dineros de vellón del rey Alfonso de Castilla contienen muy poca cantidad de plata. Comprueban el cuño con otros dineros del mismo tipo y encuentran ligeras diferencias, apenas apreciables a simple vista. Cuando raspan la superficie de esas monedas se dan cuenta de que son falsas y lo ponen en conocimiento de los oficiales del rey, que acaban localizando el centro de falsificación en el castillo de Trasmoz.

También se descubre que labran maravedíes de oro con la marca de Castilla, pero que en realidad son cospeles de cobre cubiertos con una fina pátina dorada.

En el palacio del obispo de Tarazona, una colosal edificación en la zona alta de la ciudad, el rey de Aragón escucha las pruebas que sus oficiales le presentan sobre el delito de falsificación de moneda.

—... y así es como Pedro Pérez, caballero natural de Tarazona, hizo labrar moneda falsa en el castillo de Trasmoz, del que es señor, delinquiendo de este modo tan grave contra su regia majestad don Jaime.

»Este caballero estaba conjurado con Pedro Jordán, señor de la villa de Sangüesa en el reino de Navarra y ya fallecido, y ambos acuñaron moneda falsa en los castillos de Santaolalla y de Trasmoz y en la villa de Torrellas.

»Aquí están las pruebas de la inquisición que hemos realizado sobre este grave asunto.

El oficial real señala varios documentos, cartas e informes depositados sobre una mesa.

En la sala están presentes todos los arrestados por esos delitos: doña Elfa, viuda de Pedro Jordán, el caballero Pedro Pérez, su hermano Blasco Pérez, sacristán en Tarazona, el mercader Pedro Ramírez, que proporciona los materiales para la falsificación, y algunos criados cómplices; solo faltan los hijos de Pedro Jordán, que logran escapar antes de ser apresados.

Jaime se levanta del sillón desde el que sigue el relato de su oficial, coge unos pliegos de papel donde está redactada la sentencia y dicta:

—Nos, Jaime, rey de Aragón, declaramos que es fama pública que se ha falsificado moneda en Sangüesa, Torrellas y Trasmoz, causando un gravísimo perjuicio y gran daño a la Hacienda real. Como se ha probado con testimonios fidedignos que son culpables de tan execrable delito, condenamos a la pena de muerte a los autores de esa falsificación, a doña Elfa, viuda de don Pedro Jordán, y a don Pedro Pérez, señor de Trasmoz, y a todos los que los han ayudado. Así mismo, entregamos a la jurisdicción del obispo de Tarazona al sacristán don Blasco Pérez para que lo juzgue y condene como estipulan las leyes de la Iglesia. Declaramos a los hijos de Pedro Jordán prófugos de la justicia y ordenamos a todos nuestros oficiales que los persigan hasta capturarlos, que todos sus bienes sean confiscados y pasen a propiedad de la Corona real.

—Señor, ¿cómo se ejecutará la sentencia? —demanda el oficial.

—Por ahogamiento. Los reos serán atados de pies y manos, introducidos en sacos lastrados con piedras y cerrados, y se arrojarán al río Ebro.

—Señor obispo, vuestra sentencia...

El obispo de Tarazona, presente en la sala, dicta que el sacristán Blasco Pérez, sujeto a la jurisdicción eclesiástica, cumplirá cadena perpetua en la cárcel del obispado de Tarazona.

Valencia, primavera de 1268

Solucionado el juicio contra los falsificadores, Jaime pasa los últimos dos meses de ese año en Zaragoza, donde visita a su hija la infanta María, que está enferma. Tiene veinte años y es la séptima de los hijos tenidos con Violante de Hungría

El día de Navidad lo celebra en Alcañiz, con su amante Berenguela. Haciendo caso omiso a las órdenes del papa, se dirige a Tortosa y luego a Valencia con el ánimo de preparar su propia cruzada a Jerusalén.

Sabe que no dispone de dinero para afrontar semejante empresa por sí solo, pero piensa obtener ayuda de nobles caballeros que no tengan nada que perder, que quieran ganar mucho y que lo acompañen en su cruzada.

Se acuerda entonces de Enrique de Castilla. Lo último que sabe de él es que el hermano del rey Alfonso sigue exiliado en Túnez, donde hace fortuna como mercenario al servicio de su rey sarraceno. Cuando pregunta por él, unos mercaderes de Tortosa que realizan frecuentes viajes a Túnez le cuentan algo que lo desconsuela.

El infante castellano manda una tropa de caballeros que sirven al rey de Túnez con gran eficacia y en ella hay enrolados guerreros cristianos como Guillén de Galcerán, hombres audaces y duchos en la guerra que constituyen una fuerza de combate extraordinaria. Justo lo que necesita para su campaña en Tierra Santa.

Pero Enrique está encarcelado en una prisión por un acuerdo firmado entre Carlos de Anjou y el rey de Túnez. Las relaciones de Enrique con el sultán tunecino no pasan por buenos momentos. Algunos nobles de la región envidian sus éxitos y los favores y riquezas con los que lo gratifica el rey tunecino y andan confabulados contra él, presionando al sultán para que lo expulse de África. Las falsas denuncias sobre Enrique llevan al sultán a encerrarlo en un cercado con varios leones, de los que logra escapar con vida; pero no consigue eludir la prisión. Será, así lo piensa al menos Jaime, un buen aliado si consigue que lo liberen y que se preste a acompañarlo con los hombres de su experimentada mesnada a la conquista de Jerusalén.

No lo conseguirá y Enrique de Castilla permanecerá preso en Túnez durante veintitrés años más.

Para ir preparando la cruzada, envía a Bernardo de Molins y a Bernardo de Plano, hombres de Montpellier, como consejeros comerciales y cónsules a la ciudad de Alejandría. En realidad, estos dos burgueses son espías con el encargo de recabar toda la información para organizar el viaje a ultramar y disponer de todos los datos posibles para la campaña militar que planea.

Nada más llegar a Valencia, mediado el mes de enero, le informan de la muerte de su hija María. La joven infanta no puede superar la enfermedad. Ordena que la lleven a enterrar al monasterio de Valbona, junto a su madre la reina Violante; pero los zaragozanos desoyen la voluntad del rey y acuerdan que María sea enterrada en la catedral del Salvador y que sus huesos reposen para siempre en esa ciudad.

Son ya demasiadas las veces que los aragoneses, demasiado soberbios y altaneros, lo desobedecen. Se alegra, una vez más, de su decisión de hacer de Valencia un reino propio y no una extensión del de Aragón.

—Necesitamos la alianza de los tártaros para vencer a los sarracenos —le confiesa Jaime a su amante Berenguela, que esos meses de fines del invierno y primavera lo acompaña en su recorrido por las tierras del reino de Valencia.

—¿Ya han respondido a tu carta?

—Sí. El ilkán Abaqa ha confirmado nuestro pacto, al que se ha sumado el emperador Miguel Paleólogo de Bizancio, con cuya hija está casado. El kan también ha enviado un embajador ante el papa con el compromiso de esa alianza. Los tártaros se comprometen a avituallar a nuestro ejército de cuanto necesite: comida, ropa, tiendas, armas...

—¿Te fías de la palabra de ese tártaro? —le pregunta Berenguela.

—Mi yerno el rey de Castilla me ha recomendado que no lo haga; dice que los hombres de Oriente no son fiables y que no cumplen su palabra, ni siquiera lo acordado y firmado en un tratado; pero no tengo otro remedio que hacerlo. Con los efectivos que puedo poner en pie de guerra, tal vez lograra conquistar Jerusalén por sorpresa, pero no podría mantener esa ciudad bajo mi dominio por mucho tiempo, y aún menos todo ese reino. Necesito la ayuda de los tártaros y también la paz con el rey de Túnez. He enviado a Fernando de Queralt, uno de mis agentes más hábiles, para que acuerde con el sultán tunecino el abastecimiento desde sus costas de nuestra flota si fuera necesario.

—Ese rey es un sarraceno.

—Pero está muy preocupado por el creciente poder de los mamelucos en Egipto. Cree que su sultán, el malvado Baibars, planea invadir Túnez e incorporar ese reino a sus dominios. Y solo yo puedo ayudarle a que eso no ocurra.

—¿Irás a esa guerra?

—Soy el rey.

—Todavía eres un hombre fuerte, muy fuerte, pero ya has cumplido sesenta años...

—Sí, sesenta... Soy uno de los hombres más viejos del mundo. Todos los reyes de Aragón murieron mucho antes de esa edad, salvo mi tatarabuelo el rey Ramiro, que vivió hasta los setenta años, pero él no era un guerrero, sino un monje.

—Quizá deberías quedarte aquí y enviar a tu hijo mayor a esa cruzada —dice Berenguela.

—Los mamelucos están a punto de reconquistar para el islam todo cuanto los caballeros cruzados han ganado en la guerra santa. La cristiandad apenas retiene la ciudad y el puerto de San Juan de Acre, algunas plazas costeras más y un puñado de fortalezas. Las últimas noticias que han llegado de nuestros agentes en la región es que ese Baibars avanza con un gran ejército hacia Antioquía, la primera plaza que ganaron los cruzados hace ya más de centuria y media y la mayor ciudad cristiana en Tierra Santa. Si caen Antioquía y San Juan de Acre, será el final de la presencia de la cruz en ese territorio.

—Podrías morir y, en ese caso, ¿qué sería de mí?

—No quedarás desvalida. Voy a legarte la propiedad y todos los derechos y rentas de dos villas con sus castillos en el reino de Valencia. En el documento de concesión te denominaré como «señora nuestra» y haré mención expresa de que dicha donación será extensiva a nuestros hijos si los tenemos.

—¡Oh! —Berenguela se abraza a Jaime y lo besa.

Le acaricia la entrepierna y excita su virilidad; esa mujer sabe bien cómo despertar la pasión amorosa del rey.

Tarragona, principios de agosto de 1268

Durante las semanas de finales de primavera y principios de verano, Jaime visita algunas ciudades de Aragón y de Cataluña. A la vez que concede privilegios a concejos urbanos, nobles y monasterios, trata de ganar adeptos para su plan de cruzada: consigue cincuenta mil sueldos de sus súbditos del reino de Mallorca y mil bueyes y vacas de sus vasallos musulmanes de la isla de Menorca, pero necesita más, mucho más, para armar una flota numerosa y equipar un gran ejército con el que acudir a Jerusalén con garantías para obtener la victoria.

Ni siquiera la muerte del conde de Urgel y la guerra que se desata por su sucesión lo distraen de su principal preocupación.

Sancha, una de sus hijas nacida de su unión con Violante de Hungría, muy afectada por la muerte de su hermana María, a la que apenas lleva un año de edad y con la que está muy unida, le pide permiso para ir en peregrinación a Jerusalén. El rey se lo concede y acude a despedirla al puerto de Tarragona. La infanta Sancha embarca en la nao de un mercader de especias; va vestida como los pobres, sin querer disfrutar de ningún privilegio por ser hija del soberano de la Corona de Aragón. Está decidida a profesar como monja en el hospital que la Orden de San Juan mantiene en Jerusalén, aún bajo dominio musulmán según el acuerdo firmado hace unos años, para dedicarse al cuidado y atención de cristianos pobres, peregrinos y enfermos.

Los aragoneses siguen disgustados con las decisiones que adopta su rey. La última que los enerva es la concesión que hace a los judíos de la aljama de Lérida, ciudad que los aragoneses siguen considerando suya, para que paguen sus tributos junto a las juderías de Cataluña y no con las de Aragón como lo vienen haciendo hasta ese año. Ese es el penúltimo paso para integrar definitivamente esa ciudad a Cataluña.

En Lérida, a mediados del mes de julio, con el rey camino de Huesca a Tarragona, se conoce la noticia de la caída de la ciudad de Antioquía y de su región en manos de los musulmanes. Los cristianos ya solo poseen en Palestina las plazas de Sidón y de Acre.

Los cristianos allí refugiados envían angustiosas llamadas de socorro al papa y a los reyes de la cristiandad. O los auxilian pronto y con un gran ejército o no podrán resistir por mucho tiempo y entonces la presencia de la cruz en esas tierras tan solo será un mero recuerdo en la memoria y unas cuantas páginas en unas crónicas.

—El rey Luis va a acudir a la llamada de los cruzados. Así me lo ha hecho saber uno de mis agentes en la corte de Francia. Los nobles más ricos de ese reino ya tienen una carta de don Luis invitándolos a participar en una nueva cruzada —comenta Jaime.

—Si no recuerdo mal, me has contado que don Luis ya fracasó en una cruzada...

—Sí. Fue hace veinte años. Lo capturaron los musulmanes en

Egipto y estuvo mucho tiempo preso, hasta que Francia pagó por él un gran rescate. Pero mi consuegro es un hombre piadoso. Mi hija está casada con su hijo Felipe, el heredero, de modo que Isabel será algún día la reina de Francia y unos de mis nietos, su rey. No puedo ser menos que don Luis; tendré que ir a la cruzada y, si es posible, antes que él.

»Además, su hermano don Carlos de Anjou, autoproclamado rey de Nápoles, ambiciona ganar toda Italia y no puedo consentirlo. Mi hijo Pedro está casado con Constanza, la heredera de Sicilia, y esa isla deberá ser algún día para la Corona de Aragón; no voy a consentir que Carlos de Anjou lo impida.

—No entiendo de esos asuntos, pero no arriesgues tu vida; envía a tu hijo don Pedro; es un hombre enérgico y aguerrido; te sustituirá bien.

—No confío plenamente en él —musita el rey.

—¡Qué! ¿No confías en tu heredero? —le pregunta Berenguela.

—¿No te diste cuenta de su actitud en la reunión que tuvimos en el monasterio de Santa María de Huerta?

—Bueno, parecía un tanto ajeno, pero...

—Pedro odia a mi hijo Fernando Sánchez de Castro. Cree que aspira a convertirse en rey y que trama una conjura contra él.

—Pero don Fernando es hijo natural, no tiene derecho al trono.

—Eso es cierto, pero esa conjura existe y a Fernando lo apoyan los nobles aragoneses...

—¿Por qué van a apoyarlo?

—No lo sé; tal vez les haya prometido algo si se convirtiera en rey.

—¿Qué puede ser?

—Valencia, supongo.

—¿Valencia?

—Sí; integrar las tierras de Valencia como parte del reino de Aragón. Hace tiempo que lo reclaman los aragoneses; y no solo los nobles, también los burgueses de Zaragoza, Calatayud, Daroca y Teruel.

—En ese caso, cuando tú no estés, don Pedro y don Fernando podrían desencadenar una guerra en Aragón y en Valencia.

—Sí, por eso desconfío de Pedro.

—¿Y de don Fernando? —le pregunta Berenguela.

—¿Fernando...? De todos mis hijos, legítimos o naturales, era al que más estimaba, en el que más confiaba. Ahora mi favorito es

Pedro Fernández. Creo que es el que más me ama de todos mis hijos —confiesa Jaime.

—Pero no puede ser rey.

—No. No puede.

En las semanas que Jaime pasa en Barcelona ese otoño recibe noticias de Oriente. Abaqa, al que ahora llaman con el título de ilkán, llega a un acuerdo con los mamelucos de Baibars y les cede algunas fortalezas en las montañas del sur de Armenia a cambio de la liberación de uno de los hijos del monarca de este reino. Ya no está tan claro que se pueda concretar una alianza con los mongoles.

No le importa demasiado. El rey ordena a las atarazanas de Barcelona que se apliquen en la construcción de las galeras para la cruzada que piensa emprender en cuanto tenga todo dispuesto. En los bosques del Montseny crecen pinos y hayas cuya madera es excelente para fabricarlas y Jaime concede permiso para talar cuantos árboles sean necesarios.

Gobernar la Corona de Aragón es complicado. Hay demasiados frentes abiertos que conviene cerrar antes de ir a Jerusalén: solucionar la guerra por el condado de Balaguer, que se encomienda al conde de Foix; acabar de una vez con las rebeliones de algunos nobles aragoneses y catalanes; acallar las protestas de mercaderes y comerciantes por las inadecuadas acuñaciones de moneda que hace el infante Pedro, al que desautoriza; y acordar una paz duradera con Castilla.

Santa María de Huerta y Toledo, diciembre de 1268

Jaime pasa el otoño en la villa de Cervera, cerca de Lérida. Quiere estar al tanto de cuanto ocurre en el condado de Urgel, donde el conde de Foix combate en su nombre contra los nobles rebeldes encabezados por el vizconde de Cardona.

Las finanzas del tesoro real siguen en mal estado y el rey sabe que no puede exigir el pago de más tributos a las universidades porque, de hacerlo, se pondrán en su contra y estallará una guerra de consecuencias imprevisibles.

Alguno de sus consejeros le dice que se puede conseguir más dinero de las comunidades de judíos. Muchas de las aljamas de

Aragón, Valencia y Cataluña están integradas por hebreos ricos que obtienen cuantiosas fortunas dedicados al comercio y a las finanzas.

Los judíos aceptan contribuir con más dinero a las arcas reales, pero a cambio le piden al rey varias compensaciones. Hace ya algunos años que las minorías de judíos viven en un estado de cierto temor hacia los cristianos.

No son pocos los que vuelven sus ojos hacia los judíos, a los que comienzan a señalar como culpables del empeoramiento de la situación. En algunas ciudades de la Corona de Aragón se dan casos de grupos de cristianos exaltados que acusan a los judíos de ser culpables de la desaparición de niños que a los pocos días aparecen muertos a las afueras de la población. Algunos clérigos los increpan desde los púlpitos de las iglesias y piden a sus feligreses que estén atentos a los ardides de los que llaman «raza de víboras».

En la Pascua, algunos cristianos salen a las calles con unas matracas de madera a las que dan vueltas y vueltas provocando un ruido machacón y estridente con el que se pretende amedrentar y espantar a los judíos.

Pero el rey necesita su dinero y les concede numerosos privilegios. A los judíos que vayan a poblar Játiva y a establecer allí sus comercios y negocios les promete que gozarán de franquicias y exenciones durante cinco años, a los de Valencia les otorga facilidades en el mercado y a los de Lérida, Montpellier y Villafranca del Penedés les confiere facultades para ejercer con más garantías sus actividades financieras.

Pero es a los de Barcelona a los que más favorece. Estando en la villa de Cervera en ese mes de octubre, atiende a todas las demandas de los judíos barceloneses y les otorga todos los beneficios y ventajas que le demandan; ya no tendrán que llevar en el sombrero o sobre el hombro una rodela de tela amarilla cosida para que sean distinguidos como judíos cuando caminen por las calles, evitando así ser señalados y acosados por los cristianos; podrán viajar entre dos localidades con capas pluviales que les cubran todo el cuerpo; podrán disponer libremente de sus libros litúrgicos en sus sinagogas, aunque algunos de esos textos critiquen a los cristianos; prohíbe a los frailes predicadores que entren en las sinagogas de Barcelona, como algunos pretenden, para adoctrinar en la fe católica a los judíos; y les otorga la facultad de comerciar libremente en todos los mercados y tiendas de la ciudad, salvo en las carnicerías.

Gracias a todo ello, los judíos de la Corona de Aragón pueden respirar tranquilos... por el momento.

Una paz duradera con Castilla queda acordada.

Su rey Alfonso invita a su suegro el rey Jaime a celebrar una entrevista en el monasterio de Santa María de Huerta, en la raya de Aragón con Castilla, en el valle del Jalón, y luego a pasar las fiestas de la Navidad en la ciudad de Toledo.

—Padre, es una gran alegría veros y recibiros en mi reino —lo saluda Alfonso a la puerta de la iglesia del monasterio.

—Padre, bienvenido a Castilla —le dice su hija la reina Violante.

—Queridos hijos, os agradezco este recibimiento. ¿Cómo está mi nieto don Fernando? —les pregunta Jaime, cuya presencia física sigue siendo imponente.

—Preparando su boda con la infanta doña Blanca de Francia —responde Alfonso.

—La celebraremos el próximo año en Burgos —tercia Violante.

—Espero acudir, si tenéis a bien invitarme.

»¡Sancho! —el rey de Aragón llama a su hijo menor, que aguarda unos pasos atrás.

—¡Hermano! —Violante mira a su hermano pequeño, al que no conoce—. Cuando vine a Castilla con diez años de edad para casarme con Alfonso, tú aún no habías nacido.

Los dos hermanos se abrazan y luego Sancho lo hace con su cuñado Alfonso.

—Sé bienvenido a Castilla, señor arzobispo —le dice el rey castellano.

Entre los pactos firmados por Jaime de Aragón y Alfonso de Castilla se contempla el nombramiento de Sancho de Aragón como arzobispo de Toledo, acuerdo que ratifica el papa Clemente.

Desde Santa María de Huerta, por los páramos helados de Castilla, las dos comitivas regias se dirigen a Toledo para celebrar juntas las fiestas de Navidad.

En el camino se enteran de la muerte del papa Clemente y de las dificultades que estallan entre los cardenales para elegir a un nuevo pontífice de la Iglesia.

La mañana del día de Navidad las familias reales de Aragón y de Castilla asisten a misa en la catedral de Toledo. Dentro del inmenso edificio, Jaime de Aragón alza los ojos e imagina que tal vez algún día él también podrá erigir un templo de ese colosal tamaño en alguna de las ciudades de su Corona, quizá en Barcelona, Zaragoza o Valencia. Las cinco naves en anchura, los más de trescientos pies de largo y ciento cincuenta de ancho, la colosal altura de las bóvedas de piedra de aquella catedral y la riqueza de capillas y altares asombran a los miembros de la corte de Jaime de Aragón, anonadados por la opulencia y la riqueza de la iglesia de Toledo.

La misa, su primera misa, la oficia Sancho de Aragón, el nuevo arzobispo, que imparte la comunión a su padre, a su hermana Violante y a su cuñado Alfonso. Todavía inexperto, el arzobispo tiene que ser asistido por dos presbíteros.

A continuación, los reyes celebran el banquete navideño en el viejo alcázar de los soberanos musulmanes de Toledo, en la gran sala decorada con tapices con los emblemas heráldicos de Castilla y de León. En la pared frente a la que comen los reyes, cuelga un enorme estandarte.

—Padre, ese es el pendón que vuestro padre y mi abuelo ganaron a los moros en la batalla de las Navas de Tolosa —señala Alfonso el estandarte.

—Fue una magnífica victoria. Ojalá hubiera podido estar allí —comenta Jaime.

—Lo guardamos en el monasterio de las Huelgas, junto a la ciudad de Burgos, pero lo he hecho traer a Toledo para esta ocasión.

El estandarte es tan alto como el propio Jaime y más de vez y media de anchura. De color rojo dominante, con tonos en amarillo, azul, blanco y verde, el paño de seda presenta una gran estrella central de ocho puntas encerrada en un círculo y este, a su vez, en un cuadrado, todo bordado con hilos de oro y de plata.

—Mi padre, el rey don Pedro, ganó en esa batalla la tienda carmesí del califa Miramamolín, pero no sé qué ha sido de ella. Tal vez se perdió en alguna otra batalla —dice Jaime.

—Fijaos en la inscripción de las dos bandas laterales. Dice en la lengua de los moros: «De Satán, el lapidado, me refugio en Dios. En el nombre de Dios, el clemente, el misericordioso. La bendición de Dios sea sobre nuestro señor y dueño, el honrado profeta Muhammad, y sobre toda su familia. Salud y paz». Lo han traducido varios de los sabios de la escuela que he creado en esta ciudad.

—El próximo año continuaré lo que mi padre y tu abuelo dejaron inconcluso en las Navas.

—¿Seguís con la idea de emprender una cruzada? —le pregunta Alfonso.

—Zarparé hacia Tierra Santa con cuantas naves pueda el próximo verano. En las atarazanas de Barcelona se están construyendo varias galeras y ya he cursado cartas a nobles y señores de mis reinos para que se sumen a esta aventura. Quiero entrar en Jerusalén antes de finales del próximo año y celebrar la misa de Navidad en la iglesia del Santo Sepulcro.

—Iría con vos, padre, a esa cruzada, pero ando muy pendiente del Imperio. Tengo la intención de viajar a Italia y luego a Alemania para lograr al fin ser coronado como emperador. Pero os prometo que en cuanto lo logre, mis soldados irán a ayudar a los vuestros a Tierra Santa. Y tal vez podamos celebrar juntos en Jerusalén una misa y un banquete como los de hoy.

—Estás gastando mucho dinero en el asunto del Imperio. ¿Crees que tienes alguna opción de conseguirlo? —Jaime mira a su yerno a los ojos. No se fía de él. Cree que Alfonso se considera heredero de la vieja idea de que los reyes de Castilla y León son superiores a los demás reyes cristianos de España, y que los de Portugal, Navarra y Aragón deberían reconocer la supremacía castellana.

—No dejaré de intentarlo.

—Si consigues sentarte en el trono imperial, tu próxima empresa será venir a Jerusalén.

—Así lo haré.

—Si estás dispuesto a luchar en la cruzada, allí te aguardaré.

—Padre, no puedo acudir personalmente ahora, pero contad con el dinero de Castilla para sufragar los gastos que origine esa cruzada.

—Usaré ese dinero, querido hijo, para poner Jerusalén bajo dominio cristiano.

—A las cruzadas han acudido reyes de Francia, de Inglaterra y emperadores de Alemania, pero no ha ido todavía ningún soberano de España —dice Alfonso.

—Lo hizo uno de mis antepasados del condado de Barcelona, don Berenguer Ramón; de eso hace ya casi dos siglos; pero don Berenguer no fue a Tierra Santa por voluntad propia, sino como castigo.

—Sí, recuerdo haber leído esa historia. El papa le impuso la peregrinación a don Berenguer como penitencia por haber dado muerte a su hermano gemelo don Ramón. Fue a ultramar pero ya no volvió.

—Así lo cuenta la historia —confirma Jaime—; se dice que don Berenguer murió durante la conquista de Jerusalén. ¿Quién sabe?

»Don Alfonso el Batallador y mi padre don Pedro sí quisieron ir, pero los papas no lo permitieron; no hasta que esta tierra quedara libre del dominio sarraceno. Yo ya he cumplido con ello, ahora solo falta que lo hagas tú conquistando ese reino que queda por ganar en Granada.

»Mi hija doña Sancha ya anda de camino a Tierra Santa. Me ha pedido autorización y se la he concedido. Es una mujer muy piadosa que quiere servir a los peregrinos en Jerusalén.

—Mi joven cuñada...

—La muerte de su hermana, mi hija doña María, le ha afectado mucho. Apenas se llevaban un año de edad y siempre habían estado juntas.

Tras pasar ocho días en Toledo y acabadas las fiestas de la Navidad, Jaime cree llegado el momento de volver a sus dominios.

Se despide de su yerno y de su hija y regresa a sus reinos, aunque antes acuerda unas treguas con el rey moro de Granada y con los sarracenos de Ceuta. Con ello ya tiene a resguardo sus espaldas y puede emprender la cruzada.

21

La cruzada del rey de Aragón

Valencia, fines de enero de 1269

El invierno se hace más llevadero en la tibia costa mediterránea que en los fríos y helados páramos de la meseta.

A punto de cumplir sesenta y un años de edad, Jaime de Aragón mantiene un porte formidable, pero sus huesos comienzan a sentir la humedad de Valencia, donde acude para recibir a los embajadores mongoles.

De vuelta de Toledo y tras hablar con su yerno el rey Alfonso de Castilla, decide que antes de que acabe ese mismo año saldrá hacia Jerusalén.

En esos momentos, el rey todavía desconoce que los nobles rebeldes, encabezados por Ramón de Cardona y Pedro de Bergua, están reunidos para firmar un tratado de mutua defensa, que en realidad es una declaración de desobediencia.

En Italia, los cardenales siguen sin llegar a un acuerdo para elegir a un nuevo papa dos meses después de la muerte de Clemente IV. El colegio cardenalicio está reunido en la localidad de Viterbo, pero se encuentra dividido en facciones irreconciliables por el momento. Los cardenales franceses, a los que presiona Carlos de Anjou, intrigan para que el nuevo papa sea un francés, a fin de mantener su influencia en la Iglesia y en Sicilia; pero los cardenales italianos, partidarios del Imperio, recelan de las verdaderas intenciones del ambicioso Carlos de Anjou, elegido además senador de Roma, que desea intervenir y gobernar en toda Italia.

La situación de vacío en el papado conviene al rey de Aragón, que puede organizar la cruzada sin condiciones. Declara que no hace sino seguir las instrucciones del papa Inocencio IV, que veinticinco años atrás llama a la cruzada en un concilio celebrado en la ciudad de Lyon.

El gran problema de Jaime es la enorme deuda que arrastra el tesoro real; o consigue dinero o la cruzada no podrá realizase. La alianza con los mongoles puede salvarla.

El alcázar de Valencia luce engalanado para recibir a los embajadores del ilkán Abaqa.

Mediada la mañana, se presenta la embajada de los tártaros, que es como se llama en Occidente a los mongoles. La encabezan dos hombres; uno es alto y delgado, de pelo rojizo y piel clara, su nombre es Esen, que significa «salud»; el otro es más bajo y grueso, de pelo negro y lacio y piel oscura, responde al nombre de Qara, que quiere decir «negro».

Ninguno de los dos habla latín, ni griego, ni ninguna otra lengua cristiana, pero con ellos van dos traductores que conocen bien la lengua latina. Uno de ellos es un monje de la orden franciscana que viaja hasta el corazón del Imperio mongol, donde permanece diez años hasta su regreso a Occidente.

—Señor rey de Aragón —comienza a hablar Esen—, el ilkán Abaqa, señor del kanato de Persia, os envía sus mejores deseos de paz y concordia.

—Aceptamos su amistad y le deseamos felicidad y suerte —responde Jaime.

—Dice nuestro señor Abaqa que si vuestra majestad entráis en campaña contra los sarracenos de Palestina, os ayudará en la guerra. Y como firme prueba de esa alianza, enviará a su propio hijo, el príncipe Aghai, a combatir a vuestro lado.

—Vuestro señor es muy generoso.

—Los mongoles hemos ayudado al rey Hetum a conservar su reino de Armenia y os ayudaremos a vencer a los musulmanes.

—¿El ilkán es cristiano? —le pregunta Jaime al fraile traductor.

—No, no lo es. Abaqa profesa la religión budista, muy extendida en Oriente, pero respeta a los cristianos, pues su esposa la princesa María, hija del emperador Miguel, sí lo es.

—¿Qué nos ofrece el ilkán?

—Ayuda militar, un tumán —responde Esen.

—¿Un tumán?

—Majestad —interviene de nuevo el franciscano—, un tumán es un cuerpo de ejército tártaro integrado por diez mil jinetes.

—¡Diez mil! —exclama Jaime—. ¿Cuántos de esos tumanes tienen los tártaros?

—No lo sé con exactitud, pues ahora el Imperio está dividido en varios kanatos e ilkanatos, pero se dice que Gengis Kan puso en pie de guerra hasta diez tumanes durante la conquista de China y de Asia central.

Tras escuchar la traducción, los embajadores mongoles sonríen satisfechos.

Unos días después llega a Valencia una embajada del emperador bizantino Miguel Paleólogo, al que acompaña el cónsul del consulado del mar en Alejandría.

Las noticias que trae son menos propicias. Dice que el rey Hetum de Armenia tiene la intención de retirarse a un convento y de abdicar en su hijo el príncipe León, que ahora gobierna las tierras de Cilicia, y le cuenta a Jaime de Aragón que los mongoles no son invencibles como presumen.

Manifiesta el embajador bizantino que su emperador se compromete a proporcionar víveres y pertrechos a los cruzados aragoneses y catalanes, pero que no puede enviar soldados a la cruzada pues los necesita para la defensa de las fronteras del Imperio, que están amenazadas por múltiples enemigos.

—Hace algún tiempo consideramos a los tártaros como la manifestación del Anticristo, pero ahora andamos trabando una alianza con ellos —reflexiona Jaime ante el embajador bizantino.

—Majestad, si los cristianos queremos vencer a los musulmanes, no hay otra opción que la unión de vuestros caballeros cruzados con bizantinos, armenios y georgianos, y la alianza con los tártaros.

—Esos tártaros son demasiado altivos —comenta Jaime.

—En verdad que lo son. En realidad no desean tener aliados, sino súbditos, y así consideran a los armenios y a los georgianos, incluso a nosotros los bizantinos. Pero nos necesitan. El caudillo mameluco Baibars ya los ha derrotado y saben que sin la alianza con los cristianos nunca podrán vencer a los musulmanes.

—Nos necesitamos ambos entonces...

—Los musulmanes están bien asentados en Egipto y en Arabia, majestad; para acabar con el islam es imprescindible esta alianza —asienta el embajador bizantino.

—¿Ha enviado vuestro emperador más embajadores a otros reyes cristianos?

—Sí, majestad; lo ha hecho a Francia, a Inglaterra, a Navarra y a Roma. Los reyes Teobaldo de Navarra y Luis de Francia ya han manifestado su intención de ir a la cruzada para recuperar Jerusalén. Don Enrique de Inglaterra se muestra favorable, pero no se ha comprometido a nada. Y en cuanto al papa...

—No hay papa, todavía —aclara Jaime.

—Lo sé, majestad; espero que pronto se elija al sucesor de Clemente y que sea favorable a esta gran alianza.

Jaime cree entonces que es una suerte que no haya papa aún, pues el último duda hasta su muerte de que el rey de Aragón pueda encabezar una guerra santa en Palestina; y teme que el nuevo pueda pensar lo mismo.

Con la sede de San Pedro vacante, se siente seguro para tomar algunas decisiones que considera urgentes y que no pueden esperar a que haya un nuevo pontífice en Roma.

Su animadversión hacia los musulmanes crece con el paso del tiempo. Si en épocas pasadas no le importa demasiado que sus súbditos acudan a rezar a una sinagoga, a una iglesia o a una mezquita, en los últimos años, quizá arrastrado por las revueltas de los sarracenos de las montañas del sur del reino de Valencia, apenas soporta a los moros.

De modo que, además de la cruzada, y visto que no consigue que la mayoría de los sarracenos se bauticen, ordena que se prohíba a los cristianos que se conviertan al islam, so pena de muerte. No consentirá que los moros ya bautizados, o sus hijos nacidos tras la conversión de sus padres, sea fingida o sincera, vuelvan a profesar la fe de Mahona, de ninguna manera.

Santa María de Huerta, principios de junio de 1269

Tras escuchar a los embajadores mongoles y bizantinos y al cónsul en Alejandría, Jaime decide al fin que la cruzada a Jerusalén se pondrá en marcha antes de que acabe el verano.

Los mongoles regresan a comienzos de esa primavera tras pasar por Barcelona, donde el infante don Pedro, al que entregan regalos, les dona su mejor caballo, un magnífico corcel blanco, con el ruego de que se lo lleven a su ilkán.

Jaime ocupa toda la primavera recaudando dinero para pagar los gastos que supone organizar una escuadra de galeras de guerra, barcos de transporte, caballos, armas, pertrechos y víveres para esa expedición.

Está tan convencido de su éxito que no duda en enajenar algunas propiedades reales, empeñar otras o en conceder privilegios y exenciones a todos aquellos que le dan dinero.

Recorre Cataluña, Montpellier, Béziers y Perpiñán recaudando en todas partes, no importa de dónde venga ni de quién. Las arcas reales se van llenando: ochenta mil sueldos del concejo de Barcelona, cincuenta mil de Mallorca, diez mil de los judíos de Valencia, veinte mil de los de Zaragoza, otros veinte mil del obispado de Zaragoza, y más y más de los vasallos moros de Menorca y de otros muchos sitios.

A cambio de esas donaciones, la cancillería real expide decenas de documentos concediendo exenciones fiscales y otro tipo de beneficios a las aljamas judías que le dan dinero, y ratificación de privilegios a la Iglesia y a los concejos urbanos. Además, otorga nuevas propiedades a su amante Berenguela Alfonso y, sorprendentemente, a su hijo díscolo Fernando Sánchez, al cual perdona y le pide que lo acompañe en la cruzada. Fernando acepta para desesperación del infante Pedro, cuya enemistad con su medio hermano está a punto de estallar en un gravísimo conflicto familiar de consecuencias imprevisibles.

La cruzada es peligrosa. Jaime es consciente de que puede morir en esta empresa y convoca a todos sus hijos a una reunión familiar mediante cartas. Una de ellas la envía al rey Alfonso de Castilla, reiterándole la invitación para que lo acompañe en esta aventura. Quiere ver a todos juntos, pues sabe que cuando él falte puede desatarse una guerra entre ellos y quiere dejar todo bien atado antes de partir hacia Jerusalén.

A instancias de su hija mayor la reina de Castilla y León, la reunión familiar se convoca en el monasterio de Santa María de Huerta. Pertenece al reino de Castilla, pero es un lugar bien conocido por todos. El rey Alfonso decide no asistir con la excusa de no entrometerse en asuntos familiares de los Aragón, pero en realidad no desea ver a su suegro para no darle más explicaciones de por qué no quiere ir con él a la cruzada.

En la sala capitular del monasterio, sentados en sus estrados como si fueran los monjes de ese cenobio del Císter, los hijos de Jaime rodean a su padre, atentos a cuanto tiene que decirles.

—Queridos hijos, ya sabéis por mis cartas que en tres meses voy a tomar la cruz y viajar hasta Jerusalén para recuperar esa ciudad para la cristiandad. Conocéis nuestra historia, porque indiqué a vuestros preceptores que os la contaran desde el momento en que tuvierais uso de la razón. Por tanto, sabéis bien que procedemos de un linaje de reyes guerreros que forjaron un reino combatiendo a los sarracenos y derramando su sangre en el campo de batalla para ganar tierras, castillos y ciudades. Es nuestra sangre la de una familia que ha combatido durante siglos y ha de seguir haciéndolo hasta que la cruz de Cristo corone los muros de Jerusalén.

—Padre —toma la palabra la reina Violante—, como vuestra hija mayor que soy os ruego que abandonéis esta idea de la cruzada.

—Mi decisión está tomada, y en todos mis reinos es conocido que voy a emprender este viaje. Ni quiero ni puedo renunciar a mi promesa. Hace tiempo juré ante el altar de la catedral del Salvador de Zaragoza que, si Dios me concedía los reinos de Mallorca y de Valencia, iría a Jerusalén a postrarme ante el sepulcro de su hijo Jesucristo. Y volví a jurarlo solemnemente en la catedral de Valencia aquel año en el que los moros de Egipto conquistaron Jerusalén y la arrebataron de manos cristianas. Lo recuerdo bien porque fue el mismo año que firmamos tu compromiso de boda con tu esposo, entonces infante de Castilla.

—¡Padre, os lo ruego, renunciad a esa cruzada! —le suplica Violante entre sollozos.

—No puedo hacerlo. Sé que debo cumplir esa misión. Lo afirman todas las profecías.

—¿Qué profecías? —pregunta Violante.

—¿No las conoces? De España saldrá un caudillo que capitaneará el ejército de Cristo y conquistará Jerusalén. Su nombre figurará en los anales al lado de los más grandes generales como Alejandro el Macedonio y Escipión el Africano, y se evocará en canciones y poemas de las grandes gestas junto al emperador Carlos el Grande.

Jaime habla como en trance. Se dirige a sus hijos como si estuviera pronunciando una arenga ante las tropas de un ejército de leyenda. Parece como iluminado por una luz sobrenatural. Sus cabellos rubios, ya poblados de numerosas canas, relucen como oro reflejando la luz de los cirios que iluminan la sala capitular. Sus peculiares ojos negros, en los que vive el recuerdo de su sangre oriental y bizantina, brillan como dos gemas de azabache pulido.

Tiene ya sesenta y un años y una larga vida de combates, batallas y luchas; conoce lo que son las intrigas, las traiciones y las conjuras; sabe de peligros, fracasos y miedos; pero también de triunfos, gloria y victorias.

Mira a sus hijos varones, que guardan silencio.

Solo Violante insiste:

—¡Padre, padre, os lo suplico, no vayáis a esa cruzada, no vayáis! ¡Podríais morir! Tengo una premonición... Y vosotros —la reina de Castilla se dirige a sus hermanos—, ¿por qué estáis tan callados? ¿Acaso no os importa la vida de nuestro padre?

Violante llora desconsolada.

—Padre —toma la palabra el infante Pedro, el heredero—, yo también os ruego que no emprendáis ese viaje. Sois el garante de la unidad de estos reinos; si vos faltáis por algún tiempo, es posible que broten nuevas conjuras y traiciones.

Pedro no lo dice, pero está pensando en su medio hermano Fernando Sánchez, del que no duda que desencadenará una guerra en cuanto falte el rey, pues ambiciona en convertirse en el monarca de Aragón pese a su bastardía.

—Yo también os pido, padre y señor, que renunciéis a esa cruzada —interviene el infante Jaime—. Enviad a las mesnadas reales si ya están preparándose para ello, pero no vayáis vos. No corráis ese peligro. Otros soberanos cristianos ya murieron en ultramar, como le ocurrió al emperador Federico Barbarroja, y alguno estuvo a punto de perder su reino, como el rey Ricardo de Inglaterra. No os expongáis a la muerte o a perder vuestros reinos.

Tampoco lo dice, pero en lo que piensa el infante Jaime es que si su padre muere antes de tiempo, él bien podría ver peligrar su herencia sobre el reino de Mallorca, los condados de Rosellón y

Cerdaña y el señorío de Montpellier, que, aunque le corresponden por el último testamento, también son ambicionados por su hermano mayor, que no está de acuerdo con la división de la Corona de Aragón.

—Tus tres hermanos mayores no quieren que yo vaya a la cruzada. Solo falta tu opinión, Sancho; ¿qué tienes que decir?

El arzobispo de Toledo, el menor de todos los hijos de los reyes Jaime y Violante, se levanta despacio. Admira a su padre y a sus hermanos, está dichoso con su cargo de primado de los reinos de España y, aunque ya es ungido sacerdote, anhela entrar en combate y luchar contra los musulmanes. Pero considera que no debe contradecir la opinión de todos sus hermanos mayores y ratifica sus opiniones.

—Padre y señor, yo he sido consagrado a la Iglesia, pero sé manejar una espada como el mejor —dice Sancho—. Permitidme que vaya en vuestro nombre a esa cruzada. Renunciaré si es preciso a la sede metropolitana de Toledo, renunciaré a la tiara y al báculo arzobispal y tomaré la cruz y la espada para ir a esa cruzada. Pero también os ruego, como han hecho mis hermanos, que no vayáis.

Tras unos tensos instantes en silencio, solo interrumpido por los sollozos de Violante, Jaime de Aragón se levanta de su asiento, el que ocupa el abad en las reuniones capitulares de los monjes de Huerta, y sentencia:

—Di mi palabra y juré que iría a Jerusalén. Y así lo cumpliré. Estos días estoy leyendo una crónica escrita por un monje en el monasterio de Ripoll en la que se destacan la gestas de los condes de Barcelona, de los cuales soy descendiente y titular de ese condado; pero también soy heredero de los reyes de Aragón y deseo escribir una crónica en la que se destaquen las hazañas de nuestros antepasados aragoneses, una estirpe real de monarcas guerreros que forjaron nuestro reino combatiendo desde las montañas del Pirineo con la espada y la cruz. Esa misma espada y esa misma cruz que ahora vuelvo a tomar para conquistar Jerusalén y continuar nuestra sagrada misión en la historia.

A sus sesenta y un años, conquistador de tres reinos, Jaime se cree predestinado por Dios para ser un héroe. ¿Acaso no lo cantan así los trovadores en hermosos poemas? ¿Acaso no está dotado de más fuerza y vigor que cualquier otro hombre en este mundo?

Pero no es esa su única razón para una cruzada. El rey cree en Dios y tiene temor de Él. Cuando piensa en su vida privada y reflexiona sobre el pasado, considera que es un pecador, que debe redimir sus culpas y conseguir el perdón por sus numerosas faltas. La cruzada también es una forma de lavar sus pecados y de abrir las puertas del cielo.

Se despide de sus hijos y deja el monasterio de Santa María de Huerta convencido de que no debe abandonar la vida en este mundo sin cumplir la misión para la que está predestinado: devolver Jerusalén al seno de la cristiandad.

Barcelona, finales de agosto de 1269

Durante las primeras semanas del verano, Jaime recorre Aragón, Cataluña y Mallorca recaudando el dinero y reuniendo a los hombres que van a participar en la cruzada.

A principios de agosto se asienta en Barcelona, a donde acuden los cruzados.

—Dejaos de puentes ahora y centraos en la expedición —le recrimina el rey a Rodrigo de Castellezuelo, el nuevo justicia de Aragón, que lo visita en el palacio real de Barcelona con toda una lista de exigencias de los aragoneses, entre ellas la dotación de rentas para pagar la construcción de un puente sobre el río Ebro en la ciudad de Zaragoza.

—Señor, el puente de tablas se viene abajo cada año, tras una riada. Zaragoza necesita un puente de piedra...

—¡Ya basta, don Rodrigo! Olvidad ese asunto del puente por ahora —le ordena tajante el rey.

—Sí, majestad —obedece el justicia.

—En una semana partiremos hacia Jerusalén y no llegan a ochocientos siquiera los hombres que han acudido a nuestra llamada.

—Con tan pocos soldados no es posible esa empresa —comenta el justicia.

—Iremos nos solo, si es preciso.

—Señor, es peligroso...

—Algún día tenemos que morir. Pero si eso nos ocurriera, estos reinos quedan seguros. Nuestro hijo don Pedro será nuestro lugarteniente mientras dure la cruzada; tiene valor y sabe qué hacer si surgen dificultades. Confiamos en él.

Jaime otorga a su hijo Pedro los derechos que dice poseer todavía sobre el reino de Navarra y le entrega los documentos sobre su herencia que se guardan en el archivo del monasterio aragonés de Sigena. Lo convierte así en el custodio y garante de la memoria de la Corona.

Sobre la arena de la playa de Barcelona se alinean las naves listas para el viaje a Oriente.

En los campamentos improvisados junto a la costa, bulle una frenética actividad: hombres, caballos, mulas, sacos, cajas y fardos de todo tipo son embarcados ante los ojos de una multitud de curiosos que contemplan desde la orilla cómo se prepara una cruzada.

En el centro de un corro de guerreros, el juglar Oliver, acompañado por un laúd, recita un poema que acaba de componer. Loa las hazañas del rey don Jaime y lo compara con el emperador Carlomagno. A su lado, el trovador Guillén de Cervera, maestro en la composición de una pieza de música llamada sirventés, escucha a su colega a la vez que imagina su próxima canción en la que elogiará al rey y su cruzada.

Jaime recorre la playa inspeccionando la provisión de las naves.

—Treinta naos gruesas, doce galeras y cuarenta y cinco bajeles en los que irán setecientos cincuenta y seis hombres de armas, doscientos doce almogávares, setecientos cuatro infantes, ciento dieciocho ballesteros a caballo, doscientos treinta y dos ballesteros a pie, treinta y dos caballeros templarios y veintisiete hospitalarios —va desgranando un notario real que camina al lado del rey—. Suman dos mil ochenta y un hombres; más los maestres provinciales del Temple, del Hospital y de Calatrava, los obispos de Barcelona y de Huesca, el sacristán de Lérida, don Jimeno de Urrea, los embajadores de Trebisonda y de Constantinopla, vuestros hijos don Fernando Sánchez y don Pedro Fernández, y vuestra majestad y doña Berenguela, la única mujer, todos con sus séquitos, hacen un total de mil doscientos trece hombres.

—¿Y los cautivos y galeotes? —pregunta el rey.

—Otros trescientos más, majestad.

—¿Y los caballos?

—Se embarcarán mil trescientos sesenta caballos y doscientas diez mulas de carga, con cebada y avena para dos meses. Varios de esos animales morirán en la travesía, pero su carne se aprovechará como alimento.

—En una semana debe estar todo listo. Zarparemos el día 4 de septiembre, un día antes de cuando salimos de Salou a la conquista del reino de Mallorca.

Un grupo de jinetes se acerca cabalgando por la playa. Son treinta caballeros que forman bajo un estandarte con las barras de Aragón que solo pueden usar los miembros de la familia real.

—¡Es don Fernando! —exclama el notario.

El hijo pródigo vuelve.

Jaime sonríe. Sus dudas sobre la fidelidad de Fernando Sánchez se disipan. Hace unos meses lo repudia y lo condena, atendiendo a la denuncia del infante Pedro, pero ahora vuelve a confiar en su hijo Fernando, al que considera su mejor paladín.

—Majestad, aquí estamos —saluda Fernando, que salta de su caballo de un ágil brinco y acude ante su padre.

Clava la rodilla en la arena e inclina la cabeza.

—Levántate. Me alegra que estés aquí —le dice cogiéndolo por los hombros a la vez que le da un abrazo entre los vítores de los caballeros de la casa de Castro.

Esa semana, numerosos caballeros que van a ir a la cruzada hacen testamento, visitan las iglesias de Barcelona y hacen solemnes promesas a Dios, a la Virgen y a todos los santos para que los protejan en la travesía y los devuelvan vivos y sanos a sus casas.

Mar Mediterráneo, principios de septiembre de 1269

Ese día no se dan las mejores condiciones para navegar, pero la flota recibe la orden de zarpar de la playa de Barcelona. La primera en hacerlo es la galera capitana, en la que viajan el rey y su amante Berenguela.

Apenas avanzan cuarenta millas cuando falta el viento y se produce una calma chicha.

—Majestad, no sopla viento. En estas condiciones es imposible navegar hacia levante y si lo hiciéramos a fuerza de remos, los hombres se agotarían antes siquiera de vislumbrar las costas de

Mallorca —informa Ramón Marquet, comandante de la nave capitana.

—¿Qué recomendáis? —le pregunta el rey.

—Que regresemos a Barcelona. Supongo que la mayoría de las naves no habrá partido a causa de esta carencia de viento.

—Dad la orden de regresar.

Cuando vuelven a Barcelona, al amanecer del día siguiente de la partida, sobre la arena de la playa solo queda una nave.

—¡Han zarpado todas! Hemos debido cruzarnos con ellas durante la noche —supone Ramón Marquet.

—Salvo esa —señala el rey a una nave grande y redonda varada en la playa.

—Es una nao muy pesada. Sin viento y sin la marea favorable ni siquiera habrán podido moverla.

—Poned de nuevo rumbo a Menorca. Tenemos que alcanzar a la flota en el punto fijado para el encuentro al norte de esa isla.

—Como ordenéis, majestad.

Sin poner pie en tierra, la galera real vira en redondo y vuelve proa a levante.

Atardece el día 5 de septiembre cuando la galera capitana divisa las primeras velas de la flota.

—El vigía del palo mayor solo ha contado diecisiete barcos —informa el capitán Marquet, cuyo rostro muestra una notable preocupación—. Sopla viento de proa, contrario a nuestra marcha. En estas condiciones apenas podemos navegar hacia levante.

—¿Sabéis dónde puede estar el resto de la flota? —le pregunta el rey.

—Con estas condiciones de tiempo es muy difícil calcularlo. El viento rola en todas las direcciones y cambia de sentido y de fuerza por momentos. Tal cual está soplando ahora, quizá haya empujado a muchas de nuestras naves hacia el norte de la isla de Mallorca.

—¿No hay manera de saberlo?

—No, majestad. Quizá se hayan desviado a la bahía de Pollensa, en el norte de Mallorca; es el puerto más seguro. O tal vez hayan bogado hacia el de Mahón, al este de Menorca.

—Parece como si Dios no quisiera que se llevara a cabo esta empresa —masculla el rey, como buscando alguna excusa por si tiene que suspender la cruzada.

El día 6 de septiembre las naves que logran agruparse se colocan al pairo, de cara al viento, intentando mantener la posición con la esperanza de que cambie de dirección y puedan bogar hacia el este cuando role a favor.

Pero al día siguiente se desata la tormenta.

Vientos huracanados del sur levantan olas de la altura de tres hombres, que barren las cubiertas de las galeras provocando el caos y el desorden en la flota.

—Majestad, hay que salir de esta tormenta. Debemos dirigirnos al norte buscando el mejor viento, es el único modo de escapar de la tempestad —propone el capitán de la galera.

—¿A dónde nos llevaría?

—Tal cual sopla ahora, supongo que a unas a trescientas millas al norte de donde nos encontramos, más o menos a la altura de vuestra ciudad de Montpellier; este fuerte viento del sur empujará nuestra popa con tanta fuerza que podremos llegar en dos o tres días. Es la única ruta segura que podemos tomar. Hacia el este y el sur es inútil con este vendaval, y hacia poniente nos estrellaríamos con las costas de Menorca.

—Vayamos pues a Montpellier —decide el rey.

Montpellier, 11 de septiembre de 1269

Al amanecer del día 11 de septiembre el vigía de la nave capitana divisa la costa.

Ramón Marquet, que tantas veces navega esas aguas, enseguida identifica el lugar: son las marismas de Aguas Muertas, una ciudadela fundada treinta años atrás por el rey Luis como único puerto de salida de Francia al Mediterráneo, a media jornada al oeste de Montpellier.

No pueden desembarcar por el viento contrario que sopla de Provenza, pero navegan de cabotaje paralelos a la costa hasta que encuentran las condiciones adecuadas para atracar, esa misma tarde, junto a la desembocadura del río Lez.

La galera capitana no sufre grandes desperfectos y podrá navegar de nuevo, pero la cruzada llega a su fin apenas recién iniciada.

—Volveré a la cruzada —dice el rey, que descansa en la cama de su palacio de Montpellier al lado de Berenguela.

—Has hecho cuanto has podido por lograrlo, pero esa tempestad...

—Dios no quería que yo emprendiera esta empresa. Debe de estar muy enfadado conmigo, pero lo volveré a intentar —comenta Jaime.

—Te amo...

Berenguela le acaricia el pecho y lo besa en los labios.

Sigue siendo un gigante, pero su fortaleza comienza a flaquear. Aún es capaz de manejar las espadas más grandes y las mazas de combate más pesadas, pero cada día que pasa siente que sus fuerzas disminuyen y que mengua su ánimo. Pese a todo, no se rinde, nunca lo hace.

—No voy a abandonar ahora, y mucho menos por una tormenta. Armaré otra flota, la volveré a pertrechar y zarparemos con más ganas aún hacia Tierra Santa. Jerusalén sigue esperándome.

Barcelona, mediados de octubre de 1269

Tras pasar unos días en Montpellier, Jaime y Berenguela regresan a Cataluña por Perpiñán.

El día 13 de octubre los recibe el infante Pedro en el castillo de Perelada y enseguida se desplazan a Barcelona, donde Jaime pide informes sobre el estado en el que queda la flota tras el desastre sufrido en aguas de Menorca.

En el palacio real lo visita su médico, el judío Azach, al que el infante Pedro le pide que examine a su padre con todo cuidado y atención. Jaime accede a regañadientes. No quiere mostrar la menor señal de debilidad.

Pese a todo, el rey se encuentra bien. Pero el informe sobre el estado de la flota es desolador. La mitad de las naves consigue volver a puerto, aunque varias de ellas con numerosos daños; la otra mitad está desaparecida. Algunos de los supervivientes declaran ver hundirse a varias, pero nada más pueden aclarar.

Todavía no se sabe que once de los barcos sortean la tempestad y navegan rumbo a Tierra Santa.

—Volveré a la cruzada. Esta primavera, en cuanto el tiempo sea más propicio —masculla Jaime.

—No —dice Berenguela.

—Volveré...

—No —insiste la amante del rey.

—¿No...? ¿Tú también quieres dar órdenes a tu rey?

—Esa tormenta no ha sido sino el despertar de un sueño que pudo convertirse en pesadilla. Estás cansado; no debieras volver a salir en campaña.

—Todavía puedo... —bisbisa el rey.

—No, no puedes. No debes volver a arriesgar tu vida, mi vida, la de tus hombres más fieles.

—Todavía...

—Abandona esa idea. Lo has intentado, has cumplido lo que juraste, pero, tienes razón en eso, Dios no ha querido que llegues a Jerusalén. Es Su voluntad. Renuncia a esa locura y olvídala para siempre; ya no es tiempo de cruzadas.

Jaime calla.

Huele el cabello de Berenguela, sedoso, con su aroma a flores frescas, acaricia sus pechos, tersos como rocas pese a sus más de treinta años, y besa sus labios, que saben a sándalo, mientras siente cómo se despierta su virilidad.

Tiene razón Berenguela. No, ya no habrá otra cruzada, no con Jaime de Aragón al frente.

San Juan de Acre, finales de octubre de 1269

Veinte barcos son tragados por el mar y no regresan, otros vuelven a sus puertos en Cataluña, Valencia y Mallorca, pero solo once logran superar el viento en contra, superar la tempestad y seguir ruta hacia Oriente, tal cual ordena el rey antes de partir.

Durante la segunda mitad del mes de octubre, una a una de esas naves van llegando a las costas de Tierra Santa. Tardan entre cuarenta y cincuenta días en atravesar el Mediterráneo de oeste a este.

La primera en arribar al puerto de Beirut es la galera de Fernando Sánchez, el hijo del rey, y apenas dos días después la de Pedro

Fernández, el otro hijo embarcado. Y así hasta esas once naves con quinientos hombres a bordo que acaban reuniéndose en San Juan de Acre siguiendo las instrucciones dictadas antes de la partida.

El 25 de octubre los dos hijos del rey convocan a los capitanes de las naves que consiguen alcanzar el puerto de Acre, donde encuentran refugio y salvación. Toma el mando y la voz Fernando, unos años mayor que su medio hermano Pedro.

—Señores, supongo que ya hemos llegado todos —habla Fernando—. En total, han alcanzado San Juan de Acre once navíos. No creo que aparezca ninguno más.

—¿Se sabe algo del rey y del resto de la flota? —pregunta Guillén Ros, capitán de una galera.

—Nada por el momento —responde Fernando.

—¿Qué hacemos entonces?

—Mi hermano don Pedro y yo mismo tomamos provisionalmente el mando de la flota hasta que pueda ejercerlo nuestro padre.

—Esperaremos aquí, en Acre, hasta tener más información y saber qué ha pasado con las demás naves, o hasta conocer qué instrucciones nos da el rey —tercia Pedro Fernández, que apoya a su medio hermano.

—¿De cuantos hombres y caballos disponemos? —pregunta En Villas, otro de los capitanes.

—Quinientos hombres, entre ellos veinte ballesteros a caballo y ciento sesenta y tres a pie; y hemos recuperado cuatrocientos cuarenta caballos; hemos perdido una montura de cada cinco embarcadas —explica Fernando.

—No somos ni una cuarta parte de cuantos zarpamos de Barcelona —calcula Guillén Ros.

—Así es, don Guillén.

—No estaréis pensando en atacar Jerusalén con tan pocos efectivos.

—Nuestro padre sí lo hubiera hecho —dice Pedro—; pero nosotros no somos como él.

—Si don Jaime no está con nosotros, esta cruzada no debe continuar —interviene Jimeno de Urrea, que también logra llegar a Acre.

—¡Señores, señores!, calma, calma. —Es el embajador de Trebisonda, llegado en la nave de En Villas, el que alza la voz.

—¿Tenéis alguna idea, señor embajador? —le pregunta Fernando.

—Los cruzados han perdido casi todas sus ciudades, castillos y fortalezas en esta región. Apenas controlan Beirut, Acre y media docena más de pequeños puertos. Se han rendido a los sarracenos muchas de las grandes fortalezas y, aunque conservan las de Ascalón y el Crac, el sultán Baibars avanza hacia ellas con un gran ejército. ¿Quinientos hombres? ¿Qué pueden hacer quinientos hombres contra un ejército de decenas de miles?

—¿Estáis sugiriendo, señor embajador, que nos retiremos?

—No podemos hacer otra cosa señores: o la retirada o la muerte.

—Aguardaremos aquí por el momento. Tal vez venga el rey. Enviaremos una galera, la más rápida de las que tengamos, en su busca; hasta Sicilia o hasta Barcelona si es preciso. Otra irá a la isla de Chipre a por provisiones —ordena Fernando, al que apoya de nuevo Pedro.

—Señores, todo esto es una locura; debemos abandonar —insiste el embajador de Trebisonda.

—Huid vos, si así lo queréis. Por lo que a mí respecta, me quedo.

—Nos quedamos —asiente Pedro a las palabras de su medio hermano.

—¡Nos quedamos! —corean los capitanes.

Burgos, finales de noviembre de 1269

Mediado el otoño y ya repuesto del fracaso, Jaime viaja a Castilla invitado por su yerno. En Burgos se casa su nieto el infante Fernando, heredero al trono. Lo hace con la infanta Blanca, hija del rey Luis de Francia.

El rey de Aragón es recibido en la villa castellana de Ágreda por el rey Alfonso y juntos acuden a Burgos. Jaime viaja en compañía de su amante Berenguela Alfonso, de la que no se separa un instante pese a que la Iglesia, que sigue sin papa, insiste en que esa relación es incestuosa y adúltera y conmina a que se rompa. El rey siente y sabe que está viviendo en pecado, pero se niega a renunciar a Berenguela. Junto a ella es feliz y, además, esa mujer es tan voluptuosa y sabe complacerlo de tal modo que no está dispuesto a cumplir las órdenes dictadas por el papa Clemente antes de morir, aunque le cueste la excomunión, que en cualquier caso no llegará hasta que el colegio cardenalicio no designe al nuevo pontífice romano, lo que no parece inmediato dadas las enconadas discusiones y el desacuerdo en que andan sumidos los cardenales.

Aquellos días de noviembre, la ciudad castellana es un hervidero de reuniones y entrevistas. En Burgos coinciden el rey de Aragón, el de Castilla y León, casi todos los hijos de ambos, el príncipe Eduardo de Inglaterra, la emperatriz Constanza de Bizancio, a quien acoge Jaime, varios arzobispos, obispos, abades y grandes señores de la nobleza castellana, leonesa y aragonesa.

—Han venido tantos invitados a esta boda que muchos han tenido que alojarse en casas de campo y en aldeas en los alrededores de Burgos —le comenta Jaime a Berenguela.

—Sí, es un gran acontecimiento —le responde su amante mientras dos criadas le colocan sobre la gonela de seda bordada con hilo de oro una rica garnacha, una especie de pellote para abrigarse del frío otoño burgalés.

—Si Dios así lo quiere, un nieto mío será rey de Francia y otro, rey de Castilla y de León —comenta orgulloso Jaime.

—El infante don Fernando es muy apuesto.

—Lleva mi sangre —sonríe Jaime.

—¿Por qué lo llaman «de la Cerda»? —le pregunta Berenguela.

—Nació con una mancha oscura en la espalda en la que tiene unos gruesos pelos. Hay quien dice que ese tipo de señales son una marca de distinción y de realeza.

—Tú no tienes nada de eso —ironiza Berenguela.

—Claro que, para otros, señales así son un signo del diablo.

Jaime se coloca su corona real; desea asistir a la ceremonia nupcial con ella porque sabe que su yerno Alfonso también lo hará coronado.

—Al fin no ha venido a esta boda el rey de Francia —comenta Berenguela cuando la pareja sale de la casona palaciega donde se aloja camino de la catedral.

—Se habrá quedado rezando en París. Don Luis es un hombre muy piadoso; ya hay quien dice que será proclamado santo en cuanto muera.

—¿Un rey santo? —pregunta Berenguela dibujando una amplia sonrisa.

—¿Por qué no?

Luis de Francia no acude a Burgos a la boda de su hija Blanca porque anda muy ocupado organizando su segunda cruzada. Al enterarse del fracaso de la de Jaime de Aragón, acelera el proceso de preparación. Quiere demostrar a toda la cristiandad que él sí es capaz de superar el fracaso que cosechó en su primera ocasión, preparar una nueva y salir ahora airoso y triunfante.

Acabadas las fiestas de la boda de Fernando de Castilla y Blanca de Francia, Jaime decide volver a Aragón. El rey Alfonso lo acompaña hasta la frontera del Moncayo, entre Ágreda y Tarazona.

Por el camino, Alfonso le pide consejo a su suegro.

—Padre, mi candidatura imperial no va bien. Como ya sabéis, invité a la boda de mi hijo en Burgos a los electores que decidirán la suerte del Imperio, a los cuales he agasajado con mucho dinero; pero de los siete grandes electores solo han acudido dos. Temo que no obtendré en la Dieta imperial los votos necesarios.

—Querido hijo, lo principal para un rey es el buen gobierno de su reino y para lograrlo hay que tenerlo en paz y mantener a los súbditos dichosos y contentos, de tal manera que cuando necesites de ellos, acudan gustosos y obedientes a tu llamada. Has gastado demasiado dinero y recursos en tu candidatura al Imperio y eso no ha gustado a muchos, que consideran que has comprometido un gasto inútil.

—La gloria de un rey también es la gloria de sus hombres —alega Alfonso.

—Eso es lo que dicen los nobles, pero no debieras hacerles caso a ellos, pues la nobleza siempre se comporta con egoísmo, atiende tan solo a sus intereses y solo piensa en su beneficio. Te aconsejo que te ocupes de las reclamaciones de los eclesiásticos y de las ciudades y universidades, porque serán tu mayor apoyo en caso de que los nobles te desobedezcan y se alcen contra ti.

—Y ante esas circunstancias, ¿debo renunciar al Imperio?

—Debes hacerlo si causas perjuicio y quebranto a tus súbditos.

—Y si los nobles se rebelan, ¿qué debo hacer?

—Justicia. Aplica la justicia con ellos, pero no lo hagas de oculto, sino a la luz de todos. Así verán que eres un rey justo y valeroso.

Alfonso calla. Escucha los consejos de su suegro, pero no está dispuesto a aplicarlos. No, no lo hará. Tal vez esas buenas palabras valgan para las noblezas aragonesa y catalana, que aun siendo tan egoístas y pacatas como la castellana y la leonesa, son menos poderosas y no tienen tantos recursos, vasallos, castillos y rentas.

Alfonso calla. Sabe que si la nobleza se rebela contra él, no solo perderá sus aspiraciones al Imperio, sino incluso sus reinos hispanos. Carece de la fortaleza y el vigor de Jaime, cuya imponente presencia física abruma y somete a cualquiera que pretenda discutir sus órdenes.

Los dos reyes se separan cerca de la raya de Castilla y Aragón, que es como llaman los hombres de la frontera a la línea imaginaria que trazan los mojones de ambos reinos en la ladera norte del Moncayo.

Al despedirse, acuerdan volver a verse en Alicante dentro de unos meses.

22

Sueños rotos

Valencia, primavera de 1269

Tras pasar varias semanas en Calatayud, Jaime y Berenguela se dirigen a Valencia.

Ese invierno, al descender desde las heladas sierras y parameras de Teruel a la costa mediterránea, el rey siente un notable alivio.

Es entonces, al recibir con agrado los tibios rayos del sol levantino, cuando se da cuenta de que el vigor y la fuerza que lo acompañan durante tantos años comienzan a apagarse.

Ya no irá a Tierra Santa, pero llegan noticias de que once de los navíos que inician la cruzada están en aquellas costas y que en ellos van sus dos hijos. Ordena que se aparejen dieciocho barcos para ir en su busca y traerlos de vuelta a casa. Debe hacerlo por ellos, por los más leales de sus súbditos, que, ajenos a todo peligro, cumplen la orden del rey y navegan hacia oriente hasta Palestina.

Fernando Sánchez y Pedro Fernández esperan con paciencia durante tres meses la arribada de su padre a San Juan de Acre; pero lo que llegan son varias naves con las banderas a franjas rojas y amarillas de los Aragón, y con ellas la orden de que regresen. No habrá cruzada.

De vuelta a casa, Fernando Sánchez de Castro, que viaja en una galera con su suegro Jimeno de Urrea, se entrevista con Carlos de Anjou en la ciudad siciliana de Palermo. El hermano del rey de Francia se adjudica título tras título y ya acumula los de rey de Sicilia, de Albania y de Jerusalén.

El de Anjou, de acuerdo con su hermano el rey Luis, pretende cerrar el paso a las ambiciones de expansión del rey de Aragón por el Mediterráneo, pues está convencido que Jaime mira hacia las grandes islas de Córcega, Cerdeña y Sicilia, y aun a la misma Italia como tierras de futuras conquistas.

Carlos de Anjou es un intrigante dotado de gran sagacidad. En cuanto se entrevista con Fernando Sánchez, se da cuenta de que este infante ambiciona el trono de Aragón y de que está dispuesto a hacer cualquier cosa con tal de lograrlo. Le propone que se alíe con él y que traicione a su padre el rey Jaime. Le promete que hará cuanto pueda para sentarlo en el trono y para ello le asegura que cuenta con la ayuda de su hermano el rey Luis. Carlos le comenta que si se alía con él, hablará con el nuevo papa que salga elegido para que la Iglesia consagre a Fernando como legítimo heredero de Aragón. Además, promete nombrarlo caballero con el pomposo ceremonial de la corte de Francia, pues Fernando Sánchez todavía no lo es.

No irá a Jerusalén, ya no, pero Jaime de Aragón no quiere que su vida y sus hazañas las cuenten otros. Leer relatos de tiempos pasados le gusta y siempre tiene a mano una crónica. Incluso ordena que le lean algunas páginas durante las comidas y cenas como se hace en los monasterios con los textos sagrados y como él aprende siendo niño en la fortaleza templaria de Monzón.

Esa mañana de principios de primavera, una suave brisa del este impregna el aire con aromas de esencia de flores y almendras.

Es el día en el que comienza a dictar su historia, a la que decide llamar *El libro de los hechos*. Quizá siente que su final no está demasiado lejano. Tiene sesenta y un años, una edad a la que muy pocos llegan, y quiere contar su vida antes de que Dios lo convoque a su seno.

En la sala que se usa para los banquetes en el alcázar de Valencia, aguardan un escribano y su ayudante. Están sentados a una mesa sobre la que hay un cuarto de resma de papel de Játiva, cinco manos de a cinco cuadernillos por mano. Son en total, los cuenta bien el escribano, ciento veinticinco pliegos u hojas del mejor papel que existe en Occidente, fabricado según las viejas técnicas que los árabes traen del lejano país de la seda. También hay dos tinteros colmados, varias plumas de ganso y de buitre, un afilado cuchillito para sacar punta a las plumas y trapos secantes.

Cuando entra el rey, el escribano y su ayudante se levantan e inclinan la cabeza.

—Tenéis preparado todo, por lo que vemos —dice Jaime tras echar un vistazo a los objetos depositados sobre la mesa.

—Estamos listos, majestad —asiente el escribano.

—Como os indiqué, comenzaremos a dictaros hoy mismo. Sentaos.

El escribano y su ayudante toman asiento.

—Cuando queráis, señor.

El escribano coge un cálamo de ganso en el que su ayudante hace un limpio corte oblicuo, lo moja en el tintero y se prepara para copiar.

—«Relata mi señor san Jaime que la fe sin obras está muerta. Estas palabras las quiso cumplir Nuestro Señor en nuestros hechos. Y así como la fe sin obras no vale nada, cuando ambas cosas se suman, dan fruto, lo que Dios quiere recibir en su morada.

»Y aunque el comienzo de nuestro nacimiento fue bueno, en nuestras obras habría aún mejor maestría (...).

»Es cosa cierta que nuestro abuelo el rey don Alfonso fue a hablar de matrimonio al emperador de Constantinopla para que le diera a su hija por mujer...»

Lleva ya un buen rato dictando su libro cuando alguien llama a la puerta.

—Ordenamos que nadie nos interrumpiera salvo una cuestión muy urgente hasta la hora sexta y aún no es mediodía —comenta molesto el rey.— ¡Pasad! —grita malhumorado.

—Majestad...

—Esperamos que sea importante el asunto que os trae, querido primo —le dice a Bernardo Guillermo de Entenza, que es quien asoma por la puerta.

—Lo es, señor.

Entenza mira al escribano y a su ayudante, dando a entender que lo que tiene que decirle al rey es reservado.

—Marchaos. Continuaremos mañana a la misma hora —ordena el rey a los escribientes, que se retiran en silencio.

—Señor, el rey de Castilla viene a veros.

—¿Dónde está?

—De camino hacia Valencia. Llegará en unos días. Aquí esta su carta.

El rey Alfonso le escribe a su suegro pidiéndole ayuda. Tiene muchísimos problemas en Castilla, donde se extienden las revueltas nobiliarias y crecen las protestas de campesinos y de burgueses; sus hijos y hermanos andan enfrentados por la sucesión al trono y está a punto de estallar una guerra civil; la esperanza de ser elegido emperador se desvanece; y los musulmanes del reino de Granada se sienten fuertes y, ante la debilidad que intuyen en el rey de Castilla, atacan algunos lugares de la frontera, amenazando con lanzar una gran ofensiva para reconquistar las tierras perdidas unas décadas antes en el valle del Guadalquivir.

Los dos reyes se encuentran en Buñol, a donde sale Jaime al encuentro de su yerno y de su hija Violante.

Ya en Valencia, tras una comida en la que Berenguela se sienta a la izquierda de Jaime, como si fuera su esposa legítima, los dos monarcas se retiran para dialogar en una salita contigua al gran salón de banquetes mientras el resto de los comensales escucha canciones de los mejores trovadores de Valencia.

—Padre, os pido ayuda de nuevo. Todos mis reinos hierven en revueltas, incluso mis hijos y mis hermanos se atreven a desafiarme y andan conjurados contra mí.

—No has seguido los consejos que te di hace unos pocos meses en Toledo. Gobernar es una tarea complicada y para eso nos ha elegido Dios. Somos reyes por su gracia y a Él nos debemos. Un rey tiene que enfrentarse a una ardua tarea y a todo tipo de conjuras y traiciones.

»Yo mismo las he padecido y sigo en la pugna en medio de muchas de ellas. Los nobles aragoneses no han dejado de levantarse contra mí desde el mismo momento en que murió mi padre y me convertí en su soberano; y los catalanes no han cesado de cuestionar mi autoridad y de oponerse a muchas de mis decisiones. He combatido contra muchos de ellos, tomado sus castillos, soportado sus traiciones y acabado con algunos de sus privilegios. Me ha costado sangre y dolor, pero no he tenido más remedio que hacerlo.

»Ayer mismo tuve que escuchar las quejas de los nuncios de Lérida, que reclaman que les permita constituir una hermandad para perseguir a los malhechores que asaltan y roban a los viajeros en los caminos de esa tierra.

—Al menos vuestros hijos os obedecen.

—¿Mis hijos...? Alfonso, mi primogénito, el único que me dio tu tía abuela la reina Leonor, murió sin que apenas pudiéramos conocernos; Pedro y Jaime, que heredarán mis reinos cuando yo falte, quieren librar una guerra en Occitania en contra de mi opinión; mi hijo Fernando, de cuya fidelidad dudé pero en el que volví a confiar, a la vuelta de la cruzada me ha traicionado y se ha aliado con Carlos de Anjou. Y esos dos idiotas de Pedro y de Jaime no se dan cuenta de que su hermano los está malmetiendo contra mí para crear rencillas y despojarme del trono si es posible, para luego acabar con los dos y sentarse en él.

—No se atreverán...

—Ya lo han hecho. Pedro, mi heredero, reclama los derechos sucesorios del condado de Tolosa tras la muerte de su conde don Alfonso; y lo hace a pesar de que yo firmé en Corbeil un tratado con el rey de Francia renunciando a Occitania y a Provenza a cambio de que don Luis renunciara a su vez a los derechos feudales de los reyes franceses sobre Barcelona y otros condados que poseían desde la época del emperador Carlomagno.

—No sabía...

—Hijo, no he tenido un solo momento de descanso desde que bien cumplidos los nueve años abandoné el castillo de Monzón —se sincera Jaime con su yerno.

—Os agradezco esta muestra de confianza, padre.

—¿Ves esos papeles? —le indica Jaime señalando una mesa sobre la que se extienden unos cuantos pliegos, plumas y tinteros.

—¿Vais a requerir a vuestro notario, ahora?

—No. Estoy dictando la crónica de mi vida. La he llamado *El libro de los hechos*. No quiero que nadie la escriba por mí. Además, pretendo aclarar algunas cosas que están equivocadas en una de las historias que mandó escribir tu padre el rey Fernando.

—¿A qué historia os referís? —pregunta intrigado Alfonso.

—A la que escribió don Rodrigo Jiménez de Rada, el que fuera arzobispo de Toledo.

—¿La habéis leído?

—Sí. Lo he hecho en una traducción que hizo del latín al lemosín, hace dos o tres años, un fraile llamado Ribera de Perpiñán. Me está sirviendo de guía para mi historia, aunque ya te digo que corregiré sus errores.

—¿Qué estáis escribiendo en vuestra historia?

—Lo último que he dictado es esto. —Jaime coge un pliego y se pone a leer—: «De la reina doña María, nuestra madre, queremos decir además que si mujer buena había en el mundo, era ella, por su temor en honrar a Dios y otras buenas costumbres que ella tenía. Y muy bien podemos decir de ella, pero basta con señalar una cosa que explica todo, que era amada por todos los hombres del mundo que conocían su comportamiento. Y Nuestro Señor la amó tanto y le dio tanta gracia que es llamada reina santa por los que están en Roma y por todo el mundo».

—¿Quisisteis mucho a vuestra madre?

—Apenas la conocí. Ni siquiera recuerdo su rostro. Me arrancaron de sus brazos cuando era un niño muy pequeño. Nunca la volví a ver. Solo presiento, a veces, su aroma a esencia de algalia y almizcle. Ese olor no lo he olvidado jamás.

Acabado el encuentro de los dos reyes, Jaime acompaña a su yerno y a su hija hasta Villena y allí se despide de ellos. Quedan en volver a verse, se juran fidelidad y se prometen que ninguno de ellos irá nunca contra el otro.

Alicante, septiembre de 1270

La crónica de los hechos del rey Jaime avanza. Cada día dicta algo a su escribano, aunque sea tan solo unas pocas líneas.

Ya está escrito en su testamento, pero en su libro vuelve a manifestar que desea ser enterrado en el monasterio de Poblet, al lado de su abuelo Alfonso, y no en el de Sigena, donde reposan los restos de su padre.

En su crónica, escribe que considera a su padre como el mejor caballero y el hombre más cortés y generoso del mundo, pero a la vez, y de manera tan explícita que su escribano tiene que pedirle por dos veces que se lo repita, reprocha que fornique durante toda la noche anterior a la batalla de Muret con una dama y que lo haga con tanta intensidad que al amanecer apenas puede tenerse en pie. Y para que sea creíble lo que dicta, Jaime le indica al escribano que añada que eso lo oye de su repostero, un hombre llamado Gil, que aquella mañana previa a la batalla atiende al rey Pedro, al que le flaquean tanto las piernas que tiene que permanecer sentado mientras un sacerdote lee el evangelio antes del combate.

A fines de agosto tiene que interrumpir su crónica por unos días. El rey de Castilla está muy angustiado por lo que ocurre en su reino y vuelve a pedirle una entrevista. Esta vez se celebra en Alicante, una ciudad que debe ser de la Corona de Aragón, aunque por el Tratado de Biar se la queda Castilla.

Esos días sopla viento del sur, caliente y húmedo. En el pabellón del rey Alfonso hace mucho calor; unos criados blanden grandes abanicos de hojas de palma para que se mueva el aire y el ambiente sea más confortable dentro de la tienda real.

—Esta noche apenas he podido dormir —le dice Alfonso de Castilla a su suegro.

—Yo ya me he acostumbrado a estas noches tan calurosas; en Valencia hay muchas así durante el verano.

—Padre, he venido a veros con un ruego que os pido que atendáis.

—Si está en mi mano...

—Lo está.—Alfonso ofrece una copa de vino a su suegro y él se sirve otra—. En la frontera de Granada se están produciendo cabalgadas de jinetes sarracenos que hostigan a las gentes del sur de mis dominios. Si uniéramos nuestras fuerzas y atacáramos Granada, podríamos conquistar ese reino, la última tierra que los moros poseen en España. Además, conseguiríamos un sustancioso botín. El sultán de Granada es rico y posee abundante plata y oro.

—¿Y qué ganaría yo con eso?

—Si me ayudáis a conquistar Granada, os daría Alicante, Elche y Orihuela.

—Sabes, hijo, que he firmado unas treguas con el sultán. ¿Me pides que incumpla mi palabra?

—Lo sé. Pero los moros granadinos han incumplido la suya.

—No por lo que a mí respecta.

—Escuchadme. El sultán Muhammad fue vasallo de mi padre y gracias a ello pudo fundar su reino. Durante más de veinte años Granada y Castilla han estado en paz, pero hace ya un lustro que se ha roto. El sultán granadino se ha aliado con los benimerines, unos demonios africanos que amenazan con venir hasta España y destruirnos, y además está alentando que los moros que viven en territorios cristianos, en los vuestros también, se subleven contra vos y contra mí.

—¿Qué pretendes? —le pregunta Jaime tras dar un largo trago a su copa.

—Varios gobernadores de ciudades importantes del reino de Granada, como los de Guadix y Málaga, se sublevaron contra el sultán Muhammad y se pusieron de mi lado...

—Y tú los engañaste y los abandonaste al aceptar un sustancioso tributo anual de Muhammad y su renuncia a la ciudad de Jerez y al reino de Murcia. ¿No es así?

—¿Cómo sabéis eso? —se sorprende Alfonso.

—No eres el único que tiene espías.

—Muhammad está forjando un reino poderoso en Granada. Si dejamos que crezca y se fortalezca, tal vez algún día se sienta tan fuerte como para proponerse acabar con nosotros, con los dos.

»Ese sultán era un sufí, un hombre sabio, pero ahora está lleno de ambición y sigue una doctrina de un rito que los moros llaman malikí, que propugna que todo el mundo quede bajo dominio sarraceno.

»Está construyendo grandes fortificaciones y palacios en Granada y ha levantado sobre una colina enriscada una fortaleza que dicen que es inexpugnable. Algunos ya la llaman la Alhambra, «la Roja», por el color de sus muros y sus torres.

—No romperé la tregua que he firmado con los granadinos y tú tampoco deberías hacerlo. Si ahora libras una contienda con su sultán y fracasas, no solo perderás una guerra, sino también tu reino. Tenlo en cuenta.

—Sabed, padre, que vuestro hijo don Fernando Sánchez de Castro anda intrigando con el rey de Granada y ha logrado que algunos nobles castellanos y catalanes se sumen a esa conspiración.

—¿Es eso cierto, Alfonso, es cierto? —le pregunta Jaime desconsolado.

—Lo es, padre, lo es. Sé que habéis amado mucho a don Fernando, pero abrid al fin los ojos: es un traidor. Como veis, yo también tengo espías.

Tras la entrevista en Alicante, Jaime pasa esa noche con Berenguela, a la que le hace el amor como si fuera un adolescente recién enamorado.

Sigue ensimismado con su amante, a la que concede la propiedad de cinco nuevas villas y castillos al sur del río Júcar, con la mención expresa de que son para ella y para su descendencia cuando la tenga.

Pero Berenguela no tiene hijos ni tampoco puede quedarse embarazada pese a que utiliza todo tipo de remedios que le proporciona una partera judía nativa de un pueblo de las montañas de Alcoy. Toma infusiones de caléndula tres veces al día, come hojas de ortiga trituradas mezcladas con leche y miel y consume polvo de esa flor a la que llaman diente de león.

Pero todo es inútil. Berenguela Alfonso no puede quedarse preñada del rey.

—Soy una mujer estéril. Dios me ha castigado con su maldición —se lamenta Berenguela, que esa mañana despierta con los paños íntimos manchados con la sangre del menstruo.

—Mi hija Violante tardó siete años en quedarse embarazada; tanto tiempo que creyeron que era estéril y, ya ves, luego le ha dado doce hijos —la consuela Jaime.

Berenguela tiene casi treinta y cinco años, una edad a la que muchas mujeres ya no pueden engendrar un hijo. La propia Violante tiene el último con treinta y dos y desde entonces no vuelve a quedarse embarazada.

Antes de regresar a Valencia, un correo llega a Alicante con un informe urgente redactado en cuatro pliegos de papel.

Jaime lo lee enseguida: el rey Luis de Francia sale del puerto de Aguas Muertas, el único que posee en el Mediterráneo, con destino a la cruzada, con intención de llegar a Jerusalén y triunfar donde fracasa Jaime de Aragón; pero al arribar a Nápoles, su hermano Carlos de Anjou le pide que se dirija a Túnez. Lo convence asegurando que el rey moro de Túnez tiene la intención de convertirse al cristianismo y que su presencia será decisiva para que dé ese paso; una vez bautizado el tunecino, también lo harán todos sus súbditos y entonces tendrán el camino de la costa norteafricana libre hasta Egipto, al que someterán; luego llegarán por el sur hasta Jerusalén, que sin la ayuda de los mamelucos estará perdido para el islam y ganado para la cristiandad y para siempre.

Cuando recibe el informe de la cruzada encabezada por Luis de Francia, Jaime de Aragón se sume en una profunda melancolía.

¡Qué distintos son los súbditos del rey de Francia de los suyos! Él solo puede convencer a unos pocos cuando pide que lo acompañen a tomar Jerusalén, pero en cambio el rey de Navarra, el delfín de Francia, el rey de Sicilia y decenas de condes de la más alta nobleza francesa no dudan en ponerse al lado de su rey y acudir a su llamada.

Sigue leyendo: el rey Hatum de Armenia muere. Su hijo León es el nuevo rey, pero de un reino arrumbado y a punto de caer en manos de los musulmanes. El sultán Baibars conquista Antioquía y los templarios abandonan sus principales fortalezas en Tierra Santa por no poder defenderlas. Los menguados dominios cristianos que quedan en oriente penden de un hilo.

La cruzada de Luis de Francia fracasa. El rey de Túnez no acepta bautizarse y ofrece gran resistencia a la invasión. El calor es agobiante, las enfermedades proliferan entre los soldados de la cruz, las epidemias y la pestilencia se ceban con el ejército cristiano y lo diezman. El rey Luis muere por la peste a fines de agosto; sus últimas palabras son «¡Jerusalén, Jerusalén!». Ya hay quien dice que pronto será elevado a los altares.

La retirada de Túnez es un desastre: miles de muertos, entre ellos el rey de Francia y el rey Teobaldo de Navarra, al que sucede su hermano Enrique, y miles de heridos y de enfermos, entre ellos dos hijos del rey Luis. Las consecuencias de esa cruzada, en la que se empeña en continuar el príncipe Eduardo de Inglaterra pese a que llega demasiado tarde, son una catástrofe.

El final del informe contiene uno de los consejos que le da en su testamento Luis de Francia a su heredero Felipe: «En el caso de que tuvieras que juzgar entre un rico y un pobre, colócate siempre del lado del pobre, al menos hasta que descubras quién tiene la razón».

Jaime de Aragón entrega el informe a su secretario y mira al mar alicantino, hacia Jerusalén.

Durante el otoño, los cruzados que sobreviven a la catástrofe y quedan presos en Túnez son liberados tras pagar un fuerte rescate. Felipe, nuevo rey de Francia, tiene que humillase y firmar un tratado de paz con el rey tunecino; también se retira a Sicilia el príncipe Eduardo de Inglaterra, aunque manifiesta que en la próxima primavera continuará la cruzada por su cuenta, pero en Tierra Santa.

Enterado del desastre, Jaime comprende que su amante Berenguela tiene razón: el tiempo de las cruzadas llega a su fin.

Parece el final de un sueño.

Reino de Valencia, febrero de 1271

Alcira. Esa villa le gusta; allí se siente bien. Le agrada el clima suave y el sol tibio de su invierno. Es dichoso paseando con Berenguela por las orillas del Júcar o cazando aves con ballesta o halcón en las laderas de los cercanos montes de la Murta y Corbera, cuyas cumbres serradas y rocosas configuran un horizonte cerrado y protector. Se siente contento en su palacio de la Olivera, donde ese invierno sigue dictando su libro.

Alcira, Játiva, Valencia... «la mejor tierra del mundo».

Truncadas sus ilusiones de ir a Jerusalén, los años pesan sobre los hombros de Jaime, que solo encuentra consuelo en su amante Berenguela y en los recuerdos que plasma en su crónica.

Sabe que su muerte se acerca y que cada día que acaba es un paso más hacia ella. Por eso quiere dejar todo bien atado, para que su final sea recordado como lo serán sus grandes hazañas guerreras y sus gestas conquistadoras.

Aspira a morir en paz consigo mismo, con los suyos y con Dios, ese Dios que no le permite ir a Jerusalén, pero en el que sigue creyendo como en aquellos días de novicio templario en Monzón, cuando todas las horas del día estaban regidas por la regla de servicio a Dios y a la Iglesia de Cristo.

Ansía una paz perpetua entre los cristianos; firma treguas con Navarra y recuerda aquel acuerdo con Sancho el Fuerte que lo convierte en heredero, pero que ya no se cumplirá. Y cree que los únicos enemigos son los musulmanes, a los que la cristiandad debe seguir combatiendo.

Esa mañana de mediados de febrero, Jaime dicta su crónica a su escribano en su palacio del alcázar de Valencia. Recuerda la conquista de Mallorca:

—«Y dijo don Gisbert de Barberá que mostraría cómo hacer un mantelete que iría hasta debajo de la obra del foso a pesar de las máquinas y de las ballestas de dentro. E hizo un mantelete que iba sobre ruedas, y eran las protecciones con tres tablones buenos y fuertes...»

Un golpe suena en la puerta. El rey se detiene. Sabe que tiene que ser algo importante para que se atrevan a interrumpirlo cuando redacta su libro. Lo es.

—Majestad... Algo terrible ha sucedido —anuncia con rostro compungido el caballero Galcerán de Pinós.

—Hablad, don Galcerán.

—Es... vuestra... hija, doña Isabel... la reina de Francia... —Galcerán barbotea cada palabra.

—Hablad claro.

—Hace unos días, cuando regresaba de la cruzada de Túnez en la que acompañó a su esposo el rey Felipe, sufrió una caída del caballo de la que no se ha recuperado...

—¿Ha muerto? ¿Doña Isabel ha muerto?

—Sí, majestad. Estaba embarazada y la caída le provocó un parto prematuro. Ha resistido quince días, pero al final no ha podido... —Galcerán agacha la cabeza apesadumbrado.

Jaime cae abatido en una silla. Isabel, reina de Francia por unos meses, es la segunda hija que pierde después de la muerte de María.

Isabel deja cuatro hijos varones. La continuidad de la herencia está asegurada. Uno de los nietos franceses de Jaime será rey.

—Esa cruzada ha estado maldita desde el primer día. Dos reyes, una reina, centenares de caballeros y miles de peones han muerto en Túnez, para nada, por nada. Dios no quiere que los cristianos volvamos a Jerusalén. ¡Qué terribles han de ser nuestros pecados!

—Señor...

—Está bien. Retiraos —le ordena a Galcerán—. Continuaremos mañana —dice a su escribano y a su ayudante.

Valencia, verano de 1271

Ni siquiera la guerra amedrenta a los atrevidos comerciantes que siguen mercadeando entre Oriente y Occidente. Ese mismo año, un mercader veneciano llamado Marco Polo sale de viaje hacia el país de la seda.

Son esos mismos mercaderes los que traen las nuevas de Tierra Santa; las últimas son desalentadoras.

El fracaso en Túnez es acogido con sumo júbilo por los mamelucos de Egipto, cuyo sultán, el belicoso Baibars, conquista el Crac de los caballeros hospitalarios, la más formidable fortificación cristiana en Siria, y envía cartas con amenazas terribles a los cristianos que aún resisten en Tierra Santa, en las que se puede leer:

Nuestras banderas han rechazado a las vuestras y la voz de «Dios es el más grande» ha sustituido a los tañidos de vuestras campanas. Nuestras máquinas de asedio derribarán vuestras murallas y vuestras iglesias, y vuestros caballeros pronto recibirán la visita de nuestras espadas. De nada os ha servido vuestra alianza con el ilkán Abaqa, de nada vuestro pacto con los mongoles.

Solo Eduardo de Inglaterra confía en un triunfo cristiano en las cruzadas. Desde Sicilia parte hacia Palestina esa primavera; planea recuperar Antioquía con la ayuda de los mongoles de Abaqa y espera que se produzca un milagro.

Berenguela Alfonso toma cada día las infusiones de hierbas que le recomienda la partera judía de las montañas de Alcoy, pero en sus entrañas no fructifica la semilla del rey. En la corte corre el rumor de que esa unión incestuosa y adúltera está maldita porque es pecaminosa y está condenada por la Iglesia.

La sede de San Pedro continúa vacante. En otoño hará tres años de la muerte del papa Clemente y los cardenales siguen reunidos en Viterbo sin decidir quién ha de ser el próximo cabeza de la Iglesia romana; por el momento, la inspiración del Espíritu Santo no aparece por el colegio cardenalicio.

—He dictado un documento por el cual si mueres sin haber parido hijos míos, todos los bienes y propiedades que te he donado pasarán a ser propiedad de la Corona —le dice Jaime a Berenguela.

—¿Has perdido la confianza en mí?

—No, no la he perdido; solo quiero poner en orden los asuntos que competen a los bienes reales. Lo estoy haciendo con los acuerdos con Francia, Navarra, Castilla y Portugal, con los fueros de mis reinos y también con mis propiedades.

—¿Poner en orden...? ¿Qué significa eso?

—Si muero, todo debe quedar bien atado y en Aragón lo que valen son las cartas y los documentos.

—¿Te encuentras bien?

—Sí, pero algún día tendré que morir y ese día está cada vez más cerca.

Zaragoza, otoño de 1271

Jaime y Berenguela dejan Valencia a fines de agosto. El rey acude con urgencia a solventar los problemas que su hijo Pedro está creando con Francia y se asienta en Zaragoza.

La muerte sin sucesor de Alonso de Poitiers, conde de Tolosa, tío del nuevo rey Felipe de Francia, es la excusa que aduce Pedro de Aragón para reclamar para sí los territorios de Occitania; pero el Tratado de Corbeil no admite duda: esas tierras pertenecen a Francia.

—Mi hijo mayor me ha desobedecido y ha incumplido el tratado. No puedo consentirlo.

—¿Qué vas a hacer? —le pregunta Berenguela.

—Impedirlo. El rey Felipe es el viudo de mi hija Isabel y mi nieto será algún día rey de Francia.

—¿Aunque tengas que librar una guerra con tu propio hijo?

Jaime guarda silencio.

La pareja se acaba de levantar y desayuna en el palacio de la Aljafería de Zaragoza cuando los interrumpe el mayordomo real.

—Majestad, perdonad la interrupción, pero acaba de llegar un correo de Barcelona con una importante noticia: la Iglesia ya tiene nuevo papa.

—El Espíritu Santo ha aparecido al fin. ¿Y quién es el elegido?

—Un italiano llamado Teobaldo Visconti; tomará el nombre de Gregorio, el décimo con este nombre. Pero tardará algún tiempo en llegar a Roma, pues está en Tierra Santa como legado apostólico.

—Casi tres años sin papa...

—Según cuentan, los habitantes de Viterbo, donde estaba reunido el cónclave, hartos de la moratoria, encerraron a los cardenales en un palacio y arrancaron el techo del mismo.

—¡Qué! —se sorprende el rey.

—Supongo, majestad, que los dejaron a la intemperie. La cuestión es que los cardenales italianos y los franceses han acabado poniéndose de acuerdo al fin y han nombrado a Visconti nuevo papa.

—¿A quién obedece ese Visconti?

—Me temo que a Carlos de Anjou.

—Pues en ese caso, este es el fin de las aspiraciones del rey de Castilla por conseguir la corona del Imperio —concluye Jaime.

No se equivoca. Alfonso de Castilla anda preparando un viaje a Italia y Alemania para dar el golpe definitivo por el Imperio, pero al conocer quién es el nuevo papa, desiste. Acaba de perder cualquier opción a sentarse en el trono de Carlomagno.

Jaime escribe a su hijo Pedro ordenándole que no vaya a Tolosa, pero el infante no lo escucha. Quiere Occitania para él y está empeñado en demostrar que es fuerte, valiente y que no teme a nada ni a nadie. Como muestra de que está decidido a llegar hasta el fin, captura a un noble catalán que se niega a obedecerlo y lo ahoga a la orilla del mar.

—Si permitimos que don Pedro vaya a Tolosa y a Poitiers, Francia nos declarará la guerra —comenta Jaime en el Consejo Real reunido en el palacio de la Aljafería.

Los consejeros consideran que el tratado acordado en Corbeil es un error monumental, pero firmado está y ya nada puede hacerse.

—Señor, don Pedro ha demandado ayuda de don Fernando Sánchez de Castro —informa Berenguer Guillén de Entenza.

—¿A nuestro hijo? —se extraña Jaime, pues conoce la profunda enemistad entre ambos.

Fernando Sánchez, señor de Castro, sigue en Italia al lado de Carlos de Anjou, quien lo halaga con la promesa de que lo ayudará a conseguir la Corona de Aragón.

—Don Fernando ha escrito a las Cortes de Cataluña pidiendo su apoyo.

—¡Qué gran traición es esta! —clama Jaime alzando las manos al cielo.

—Majestad, don Artal de Luna se ha declarado además en rebeldía; dice que no os reconoce como rey.

—¡Todos nuestros hijos se han conjurado contra nos! Escribid de inmediato a don Fernando y conminadle a que no acuda a la llamada de don Pedro, y también a todos los oficiales reales. Quien atienda a la demanda de ayuda del infante para ir a Tolosa perderá todos sus bienes y será reo de traición de lesa majestad, y todos sabéis el castigo que conlleva ese delito. —La cólera se enciende en los ojos del rey de Aragón, que aprieta con sus grandes manos una copa de metal hasta retorcerla.

»¡Don Miguel!, enviad cartas a todos mis caballeros en Cataluña, que acudan en la Pascua de Resurrección a la ciudad de Huesca con sus mesnadas. Someteremos a don Artal y a cuantos osen discutir nuestra autoridad. Y enviad copias a los concejos de villas y ciudades para que no ayuden de ninguna manera al infante don Pedro en su intento de ocupar el condado de Tolosa.

Los consejeros guardan silencio. En otras ocasiones son testigos de la ira regia, pero nunca en tan alto grado de furor.

—Todavía tengo dos hijos que no me traicionarán —le comenta Jaime a Berenguela Alfonso, con la que habla a solas en una pequeña salita de la Aljafería, al calor del fuego de una chimenea.

—¿Quiénes? —le pregunta intrigada su amante.

—Jaime de Jérica y Pedro de Ayerbe.

—¿Los hijos de tu... de doña Teresa Gil?

—Sí, ellos. Son mis hijos legítimos, pues mi matrimonio con doña Teresa ha sido reconocido por la Iglesia como válido.

—Son demasiado jóvenes, todavía.

—Tienen dieciséis y catorce años, pero yo era más joven aún cuando me planté con mi mesnada ante los muros de Albarracín. Los he dotado con señoríos y rentas suficientes con las que ambos pueden reunir una hueste poderosa. Los necesito para combatir a Artal de Luna, a Fernando y al propio infante Pedro si es necesario. He citado a los dos para que acudan en enero a la guerra contra don Artal.

—¿Estás dispuesto a que los hermanos se enfrenten en una guerra?

—Ya lo están. El infante Pedro odia a su hermano Fernando Sánchez.

—Pero si le ha pedido ayuda para conseguir el dominio de Tolosa.

—Es una trampa. Lo quiere atraer para eliminarlo. Lo matará en cuanto lo encuentre.

—¿En verdad lo hará? —pregunta Berenguela.

—Ya lo ha intentado. Fernando y su esposa Aldonza de Urrea han estado a punto de morir.

—¿Cómo ha sido?

—Acababan de llegar de Italia y se encontraban en la villa de Burriana; hasta allí fueron unos sicarios enviados por Pedro para matarlos. Han logrado huir y así salvar sus vidas, pero me temo que buscarán venganza.

—Majestad, un ejército de diez mil mongoles arrasó Siria el pasado mes de octubre, pero se han retirado más allá del gran río Éufrates ante una ofensiva lanzada por los mamelucos. El príncipe Eduardo de Inglaterra está negociando con el sultán de Egipto un tratado de paz. En Tierra Santa...

—¿Tierra Santa? ¿A quién le importa ahora Tierra Santa? —Jaime, sumido en una profunda angustia, corta a Berenguer de Entenza, que acude a darle noticias de lo que está ocurriendo en Oriente.

Pero el rey de Aragón ya no piensa en Jerusalén, ni en la cruzada, ni en derrotar a los sarracenos en los campos de batalla de Palestina.

Bajo los delicados techos de yeso policromado del palacio árabe de la Aljafería, solo mira hacia sus reinos y atisba un futuro oscuro y turbulento; y piensa que lo construido en toda una vida de guerras y esfuerzos puede venirse abajo y desaparecer como un montón de polvo en la tormenta.

Zaragoza, fines de enero de 1272

Es como una maldición bíblica.

Cierra el libro del Génesis; acaba de leer el relato en el que Caín asesina a su hermano Abel y le parece estar viviendo algo semejante.

El infante Pedro intenta matar a su medio hermano Fernando Sánchez y Jaime se lo recrimina. Él no tiene hermanos, es el único nacido del matrimonio del rey Pedro de Aragón y de María de Montpellier, de modo que no puede entender qué significa tener un hermano que, siendo de tu misma sangre, te dispute el trono y el poder.

El poder. ¿Qué extraño magnetismo ejerce sobre los hombres que los hace capaces de matar a su propio padre, a sus hermanos, a sus mejores amigos con tal de obtenerlo?

Ahora lo está viviendo en su propia familia. Y cuando dos hijos se enfrentan, ¿a quién creer?, ¿a cuál apoyar?

Pedro es el heredero, el legítimo, al que por derecho y estirpe le corresponde el trono; pero Fernando Sánchez es el más capaz, su favorito hasta que lo pudrió la ambición, el que, de no ser un bastardo, debería sentarse en el trono.

¿Caín o Abel, Esaú o Jacob, Pedro o Fernando...? ¿Cuál de ellos merece ser rey?

Sentado en un escabel en una salita del palacio de la Aljafería, frente a la chimenea que lo alivia del frío de ese mañana de invierno, Jaime sostiene en sus manos dos cartas.

En una de ellas, su heredero Pedro acusa a Fernando Sánchez de ser el cabecilla de una gran conjura en la que participan Carlos de Anjou y varios nobles aragoneses encabezados por Artal de Luna.

En la otra, su hijo Fernando Sánchez acusa al infante Pedro de intentar asesinarlo y de estar tramando una traición para hacerse con los reinos que le corresponden en el testamento, pero también con los asignados a su hermano menor, el infante Jaime, quebrando así la voluntad real y la ley.

¿A quién de los dos creer?

—Majestad —el mayordomo real asoma a la puerta de la salita—, ha llegado el físico don Jucefo.

—Hacedlo pasar.

—Buenos días, majestad.

—Sentaos. —Jaime señala otro escabel al médico judío—. ¿Y bien, qué habéis deducido?

—Doña Berenguela no puede tener hijos, majestad.

—¿Estáis seguro?

—Sí, completamente.

—¿Se lo habéis dicho a ella?

—No, por supuesto que no. He cumplido lo que me ordenasteis. Doña Berenguela no sabe nada de esto.

Jucefo Almeredí es el médico más prestigioso de Zaragoza. Es un judío al que Jaime concede una pensión de quinientos sueldos anuales de por vida para que atienda en Zaragoza a los miembros de la familia real. Le encarga que examine a su amante, que se encuentra deprimida por no poder darle un hijo.

—¿Conocéis algún remedio?

—Si me lo permitís, os explicaré qué se puede hacer en este caso.

—Continuad.

—Doña Berenguela es una mujer sana y fuerte, pero hay algo que obstaculiza e impide que se quede embarazada. He consultado un raro libro escrito hace doscientos años por una colega italiana llamada Trótula de Ruggiero...

—¿Una mujer?

—Sí. Trótula estudió medicina en Salerno, cerca de Nápoles; allí se encuentra la mejor escuela médica del mundo. El libro de Trótula recoge la experiencia del conocimiento del cuerpo de una mujer que solo otra mujer puede comprender y explicar.

»Además, este libro parte de conocimientos previos de los más grandes médicos, como Galeno, Avicena y Averroes. Trótula describe los síntomas de las mujeres estériles, que parece ser el caso de doña Berenguela, pues es manifiesto que la semilla de vuestra majestad ha resultado bien fecunda. En cuanto a doña Berenguela, ni es demasiado flaca ni demasiado gruesa, no tiene sequedad ni humedad excesiva en el útero, según me ha contado, ni presenta ulceraciones, que suelen ser indicios de la infertilidad femenina.

—¿Sabéis la causa o no? Decidlo —se inquieta el rey.

—No lo sé, majestad, pues doña Berenguela no tiene ninguno de los síntomas de infertilidad que describe Trótula en su libro.

—Entonces... ¿es un castigo de Dios como murmuran algunos?

—No puedo discernir sobre eso, majestad, pero sí aconsejaros algún remedio y tratamiento.

—Hablad.

—Recomiendo que doña Berenguela coma bellotas y cebollas, beba infusiones de malva, se aplique en el vientre esencia de almizcle y respire aire aromatizado con efluvios de incienso y mirra. Y vos, majestad, cohabitad con ella al final del periodo menstrual.

—Decídselo a doña Berenguela.

—¿Me autorizáis a ello?

—Hacedlo.

Cuando el médico se retira, Jaime vuelve a coger la Biblia y la abre por el libro del Génesis. En la historia de Abraham lee cómo el Señor permite que Sara se quede embarazada cuando todos creen que es estéril.

Y piensa que su vida tiene mucho que ver con la de Abraham y las de sus hijos Fernando Sánchez y el infante Pedro, con el bastardo Ismael, hijo de la esclava Agar, y con Isaac, el hijo de la esposa legítima.

Decide creer a Fernando, al bastardo, y duda sobre las verdaderas intenciones de Pedro, el legítimo, al que cita para que se presente en el plazo de diez días para hablar en persona de su enfrentamiento y para que le explique cara a cara por qué ese intento de asesinar a su medio hermano.

Ejea, principios de marzo de 1272

El infante Pedro no acude a la llamada del rey. En su lugar envía a un representante con una carta en la que explica que no va a verlo porque considera que está en peligro su seguridad, pero el infante no se fía de su padre. Le dice que Fernando Sánchez, al que en ningún momento llama hermano, es un mentiroso y un traidor, y cuenta que tiene testigos que declaran que Fernando dice que Jaime no debe seguir reinando. Además, añade que es Fernando quien intenta matarlo a él mediante venenos y hechizos y que está conjurado con algunos nobles para quitarle su herencia y asesinarlo.

Jaime despacha al representante de Pedro sin consideración alguna y, muy enfadado, vuelve a escribirle otra carta a su heredero en la que le ordena que se presente en las Cortes convocadas en Ejea para dar en persona, y no por alguien interpuesto, las explicaciones que le demanda. Y lo amenaza con privarlo del cargo de procurador general de Aragón y Cataluña si no lo hace.

Sabe que esa decisión puede desatar una guerra.

Está cansado. Desea que sus hijos se reconcilien y envía a hablar con ellos a otro de sus hijos, a Jaime Sarroca, sacristán de Lérida y notario real, con quien trabaja en los últimos meses en la redacción de su *Libro de los hechos*. De ninguna manera le gustaría narrar en esa crónica de su vida un episodio en el que uno de sus hijos mata a otro.

Una nueva carta de Fernando Sánchez le conmueve el alma.

El hijo de Blanca de Antillón le dice que su medio hermano sigue empeñado en asesinarlo. Le cuenta con detalle lo ocurrido el pasado otoño recién llegado de Italia, cuando irrumpen los sicarios armados con espadas en la casa donde se encuentra en Burriana y los buscan a él y a su mujer por todas partes, hasta debajo de las camas, con la intención de matarlos a ambos allí mismo, y cómo logran escapar de milagro.

Los consejeros escuchan atónitos la lectura de la carta de boca del propio rey.

—¿Qué tenéis que decir a esto, señores? —les pregunta.

—Señor —habla Jimeno de Urrea en primer lugar—, don Fernando Sánchez es mi yerno, pero yo juré fidelidad al infante don Pedro y lo hice porque vuestra majestad así lo pidió. Le debo lealtad.

—Todos nosotros lo juramos. Don Pedro es el heredero legítimo —ratifica Berenguer Guillén de Entenza.

Los otros dos consejeros presentes, Ferriz de Lizana y Pedro Martínez de Luna, asienten al escuchar las palabras de sus dos compañeros.

—Nuestros dos hijos se acusan mutuamente de traición y ambos apelan a su honor y a su fidelidad hacia nuestra persona. ¿A quién creéis?

Los consejeros callan.

Jaime comprende que no debe forzarlos más y decide que Fernando Sánchez de Castro, que está refugiado en Alcira, también comparezca ante él para explicar lo que está ocurriendo antes de tomar una decisión.

Las Cortes de Ejea se clausuran sin que se presente el infante Pedro. Jaime vuelve a enviarle una tercera y aun una cuarta, conminándolo a que comparezca en las próximas Cortes a celebrar en Lérida.

Al rey se le acaba la paciencia. Ordena que se detenga a los nobles conspiradores, pide a sus hijos Jaime de Jérica y Pedro de Ayerbe que acudan con sus mesnadas a la guerra contra los nobles rebeldes, tanto aragoneses como catalanes, e insta al infante Pedro a que obedezca o irá contra él.

Montpellier, 26 de agosto de 1272

El mundo se vuelve loco.

La primavera discurre en un frenesí de citas, entrevistas y contubernios.

Jaime de Aragón decide que es tiempo de actuar con toda contundencia antes de que la situación empeore más de lo que ya está. Tiene que volver a empeñarse, pero no le importa.

Está decidido a emplear su mano más dura contra la nobleza rebelde, a privar de sus rentas y a castigar a su heredero si es necesario, a volver a luchar en la primera línea de combate si así se requiere.

Ya tiene sesenta y cuatro años y comienza a sentir los primeros achaques y los primeros síntomas de debilidad de la vejez, pero está dispuesto a sufrir cuanto sea soportable para sostener su autoridad sobre todos sus reinos.

Se rodea de un pequeño grupos de fieles, entre los que gana

peso Jaime Sarroca, uno de los dos hijos que tiene con Elvira Sarroca, al que nombra obispo de Huesca y canciller real. Recorre toda Cataluña y el señorío de Montpellier en busca de apoyo. No le importa de dónde venga la ayuda: judíos, concejos de ciudades, nobles, templarios, la Iglesia, el rey moro de Túnez, el rey de Francia... Le da igual con tal de que sumen sus fuerzas a su causa.

La actividad que despliega esa primavera es frenética.

Mediado el mes de junio, Berenguela, que sigue a Jaime allá donde quiera que va, no aguanta más. Camino de Montpellier, le pide que se detengan a descansar; está agotada.

Lo hacen en la localidad de Bellpuig, en el condado de Vallespir, en el lado norte de las montañas del Pirineo. Es un pueblecito muy hermoso y tranquilo, con un aire limpio y fresco.

Los dos amantes se sienten enfermos; ambos tienen fiebre, tos, dolor en el pecho y sudores fríos, pero Berenguela parece mucho más grave.

—No puedo seguir adelante. No puedo —se queja Berenguela, cuyo estado de salud empeora por momentos.

—Descansaremos unos días aquí. Te pondrás bien —la consuela Jaime.

—No; siento que no voy a mejorar. Se acerca el final.

Hace seis años que Jaime y Berenguela son amantes. Durante todo ese tiempo siempre permanecen juntos y en los últimos años Jaime no toma otra concubina. Incluso abandona a su esposa Teresa Gil y se enfrenta a la Iglesia por ese amor.

—No hemos podido casarnos por la prohibición de la Iglesia, pero quiero que sepas que yo, Jaime, rey de Aragón, te considero mi verdadera esposa.

La camisa de lino de Berenguela está empapada en sudor. La sostiene entre sus brazos, mira sus ojos y ve en ellos la sombra de la muerte.

—Siempre quise darte un hijo; creo que ya no será posible. —La voz de Berenguela suena como un susurro.

—Sanarás pronto.

—No. Voy a morir; al menos, en cuanto yo falte, el papa ya no tendrá excusas para prohibir que vayas de nuevo a las cruzadas.

—Si me dijiste que no volviera...

—Me equivoqué —asienta Berenguela.

Las cruzadas. Ya no importan las cruzadas, ni Jerusalén, ni el

Santo Sepulcro. Si hasta el príncipe Eduardo de Inglaterra firma un acuerdo de paz con el sultán Baibars. Ya no hay cruzadas. Ya no las habrá. Nunca más. Nunca.

Jaime también está enfermo, pero intenta ocultarlo. No puede morirse ahora, ahora no.

—Iremos a Narbona. Allí sanarás.

—No, amado mío, no...

Berenguela apenas puede articular palabra. Solo le quedan fuerzas para dictar testamento y legar todos los bienes que posee en Galicia a su amante.

Llega viva a Narbona, pero fallece a las pocas horas. La entierran en la iglesia de los fraile menores.

Jaime llora. Está abatido. ¡Ama tanto a esa mujer!

Está enfermo y solo. Solo.

Él, que siempre tiene una mujer a su lado, o varias, que ama a las mujeres, a todas las mujeres; él, que es amado por las mujeres, por todas las mujeres.

¿Cómo no van a amarlo? Es el mejor caballero del mundo, el más apuesto, el más formidable, el de presencia más imponente y rostro más bello. Es el rey de Aragón.

Pero ahora está solo y desconsolado.

Aquella mañana, en el palacio real de Montpellier, Jaime de Aragón todavía tiene calentura, aunque mejora de la enfermedad que acaba con Berenguela. Convoca a su notario Simón de Sant Feliú y a su hijo el canciller Jaime Sarroca.

—¿Está listo el documento? —le pregunta a Simón.

—Sí, majestad.

—Proceded entonces a su lectura.

—¿Todo el testamento? —pregunta el notario.

—Todo.

—Es bastante largo, llevará un buen rato —advierte Simón.

—Desde el principio hasta el fin.

El notario real despliega el pergamino en el que durante dos días copia las disposiciones testamentarias dictadas por el rey, que decide hacer un tercer testamento. La muerte de Berenguela, las alteraciones en sus reinos, su enfermedad y las disputas entre sus hijos lo obligan a ello.

—«Sepan todos como nos, Jaime, por la gracia de Dios rey de Aragón...»

Designa como garantes de su voluntad al arzobispo de Tarragona, a los obispos de Zaragoza y de Barcelona y al abad de Poblet. A continuación, lega sus rentas y propiedades a varios monasterios, para que celebren misas en memoria de su alma.

Los que asisten a la lectura del testamento real, once personas, todas ellas nobles y altos eclesiásticos, están adormilados cuando escuchan en latín:

—«Instituimos a nuestro queridísimo hijo primogénito, el infante Pedro...»

En ese momento, todos atienden a la concesión al infante Pedro del reino de Aragón, del de Valencia, de Ribagorza, de Pallars, del valle de Arán, del condado de Barcelona, del de Urgel y de otros lugares y tierras de Cataluña.

A continuación, lega al infante Jaime el reino de las Mallorcas, los condados de Rosellón, Cerdaña y Conflent, el dominio feudal sobre los condes de Foxá y de Ampurias y el señorío de Montpellier.

A su hija Violante, la reina de Castilla, le concede todas las joyas de la dote; a su yerno el rey Felipe de Francia y a los hijos de este, sus nietos, las joyas que su hija Isabel, ya fallecida, aporta como dote; a sus hijos Jaime de Jérica y Pedro de Ayerbe, que reconoce como nacidos legítimos de su esposa Teresa Gil de Vidaure, les ratifica la posesión de todos los castillos y rentas que ya poseen.

Reconoce como hijos naturales a Fernando Sánchez de Castro, que tiene con Blanca de Antillón, y a Pedro Fernández de Híjar, nacido de Berenguela Fernández, y ordena que se les reconozcan todas sus propiedades.

—«Y esta es nuestra última voluntad...»

Acaba el notario.

—Señores, Dios nos concedió el dominio de estos reinos y dirigió nuestros actos en esta tierra. Hemos servido a Nuestro Señor y lo seguiremos haciendo hasta el momento de nuestra muerte. Os ordenamos que cumpláis nuestra voluntad porque es la de Dios. Hecho está —concluye el rey tras la lectura de su testamento.

23

La última amante

Montpellier, principios de febrero de 1273

Hace ya más de seis meses de la muerte de Berenguela, pero Jaime
la sigue echando de menos, sobre todo el día que cumple sesenta y
cinco años de edad, que celebra en Montpellier, desde donde gobierna sus reinos, dicta decretos y vive sus últimos sueños.

Pasa esos meses escribiendo su libro, en el que plasma la obsesión que tiene por su padre y la devoción que siente hacia su madre, y piensa que la Providencia divina es generosa con él.

Los problemas con la familia le siguen preocupando mucho;
lamenta que ninguno de sus hijos le haga demasiado caso. Pedro ni
siquiera responde a sus últimas cartas y no se presenta para dar
cuenta de sus actos, aunque son varias las veces que se lo reclama.

Pese a las denuncias de traidor que se amontonan sobre él, Fernando Sánchez goza de su confianza y le entrega nuevas rentas y más
propiedades, entre ellas unas salinas en Aragón, lo que se considera
un acto de gran simbolismo, pues esas rentas son monopolio real.

Tampoco olvida sus relaciones con otros reinos. Firma treguas
con Navarra y Túnez, llega a acuerdos con Francia, donde su yerno Felipe gobierna con habilidad semejante a la de su padre el rey
Luis, y con su otro yerno el rey de Castilla, a quien ofrece ayuda
para la guerra contra Granada.

—¿Crees que mi hijo don Fernando sería capaz de traicionar-
me tal como lo acusa el infante don Pedro? —le pregunta el rey a
su canciller Jaime Sarroca.

—Apenas lo conozco, majestad —responde el canciller, que
está ayudándole a redactar un capítulo de su libro.

—¿Lo harías tú? También eres mi hijo. Conviví tres años con tu madre, que me dio a ti y a tu hermano Pedro del Rey. Fue a la muerte de mi segunda esposa, la reina Violante. Quizá debí haberme casado con Elvira entonces.

—Yo jamás os traicionaría... padre.

Jaime mira a su hijo y apoya su mano en su hombro.

—Lo sé, por eso te he nombrado mi canciller.

—Entonces de quien dudáis es del infante don Pedro...

—Lo he ratificado como mi heredero y le he dado Aragón, Valencia y Cataluña. ¿No es suficiente muestra de confianza?

—Lo es, majestad, lo es.

Jaime Sarroca asiente, pero no es sincero. Sabe que su medio hermano el infante Pedro ansía ser rey cuanto antes, pero Fernando Sánchez también.

El heredero tiene 32 años bien cumplidos y cree que es el momento de sentarse en el trono. Está cansado de esperar y esperar, y recela de todos cuantos le puedan disputar sus derechos. Odia a su medio hermano Fernando Sánchez porque sabe que su padre lo considera mejor que a él y que si no fuera un bastardo, le daría el trono y lo colocaría por delante en el orden sucesorio. Pero Fernando es eso, un bastardo, y no tiene derecho a reinar. No lo tiene.

Lérida, mediados de primavera de 1273

Los nobles catalanes que poseen feudos del rey no acuden a su llamada.

Enojado, Jaime va a Barcelona, se lo recrimina y les escribe a todos ellos para que se presenten inmediatamente en ayuda de los castellanos en la guerra de Granada. En esas cartas les conmina a que vayan a esa guerra como a la defensa de sus propios dominios, pues a Granada «tenemos por nuestra, porque nuestros nietos la heredarán».

Quizá ya no vaya a ser el gran rey de toda la cristiandad como antaño imaginó pero mientras pueda sí será el protector y defensor de los reinos cristianos, varios de los cuales algún día serán gobernados por sus nietos.

Deja Barcelona y se dirige a Lérida, donde se reúne con algunos nobles a los que demanda su ayuda para la empresa de Granada.

Esa noche celebra un banquete en la zuda de la ciudad al que asisten treinta invitados. Entre ellos está Arnau de Cabrera, unos de los hijos de Guillerma de Cabrera, una de sus antiguas amantes.

Arnau está casado con una joven dama llamada Sibila, de belleza deslumbrante.

Jaime se fija en la esposa del hijo de su amante Guillerma y se interesa por ella. Hace meses, desde la muerte de Berenguela Alfonso, que no convive con una mujer. A sus 65 años ya no tiene la pulsión sexual de antaño, aunque sí se acuesta con alguna dama todavía; la visión de esa joven hace renacer en él una atracción no sentida desde que le falta Berenguela.

—Don Jaime, acercaos —le pide el rey a Sarroca, que cena sentado dos puestos a su derecha.

El canciller se levanta y acude a la llamada de su padre.

—Decidme, majestad.

—¿Quién es esa mujer? —le pregunta señalando con la vista a la joven dama sentada junto al hijo de su antigua amante.

—Su nombre es Sibila; es la esposa de don Arnau de Cabrera.

—Lleva el cabello suelto, como si fuera una doncella.

—Pero no lo es; está casada.

—Dile que cuando acabe esta cena deseo hablar con ella.

—¿Con doña Sibila?

—Sí, con ella y a solas.

Sarroca asiente y se dirige a la pareja.

—Doña Sibila, el rey quiere hablar con vos cuando finalice este banquete.

—Iremos a saludar a su majestad —interviene Arnau de Cabrera.

—El rey quiere hablar con vuestra esposa a solas.

—¿Qué pretende?

—No lo sé.

—Supongo que también vos os habéis dado cuenta de cómo la mira.

—Don Arnau, apenas nos conocemos, pero os sugiero que no presupongáis los pensamientos de su majestad.

—¿Pretende convertir a mi esposa en su barragana? —le pregunta Arnau al canciller.

Sarroca calla, pero sus ojos lo dicen todo.

—Si el rey me pide que vaya a verlo, no tengo otro remedio que acudir a su llamada —acepta Sibila.

El canciller se acerca de nuevo al rey y le comenta lo hablado con Arnau de Cabrera y con su esposa Sibila.

Jaime la mira y le sonríe. Es bellísima. Se parece a aquella joven dama de la corte, su primera amante, de la que no consigue recordar su nombre...

Sibila contempla al rey. Todavía no cree lo sucedido esa noche.

—Vendrás conmigo —le dice Jaime al despertar.

—¿A dónde, mi señor? —pregunta Sibila.

—A todas partes. Hablaré con tu esposo; desde hoy estás a mi servicio.

—¿Como dama de la corte?

—Como mi dama.

—Pero soy la esposa de Arnau... —Sibila no se atreve a acabar la frase.

—Qué importa eso ahora.

Entre los dos nuevos amantes hay una diferencia de edad de casi medio siglo, pero en nada incomoda a ambos.

Jaime no tiene el vigor de la juventud, aunque aquella mujer lo revitaliza. Tras la pérdida de Berenguela, el rey encuentra en su nueva amante una renovada ilusión en la que creer, o al menos eso piensa tras pasar con ella la primera noche de amor.

Ama a las mujeres, necesita a una mujer a su lado, quiere despertar cada mañana al lado de una amante, aunque sea la esposa del hijo de una de sus antiguas barraganas; el rey no quiere volver a estar solo. No sabe estar solo.

Valencia, finales de mayo de 1273

En esos días anda demasiado preocupado por la falta de pobladores para Valencia, donde el número de musulmanes sigue siendo superior al de cristianos. Pide al concejo de Barcelona que envíe algunos hombres para poblar Valencia y contrae deudas con la Orden del Temple, a la que pide préstamos para afrontar los gastos de la corte.

Las nuevas acusaciones del infante Pedro sobre su medio hermano Fernando Sánchez son todavía más graves. Jaime sigue sin dar una respuesta, aunque todavía defiende a Fernando de los ataques de Pedro, insta a ambos para que hagan las paces y los convoca en Valencia.

Pedro obedece al fin y se presenta en el alcázar a finales de mayo; pero Fernando Sánchez no comparece.

—Nos alegra veros, hijo —lo saluda el rey y le da un abrazo.

A la entrevista asisten como testigos el obispo de Valencia, el fraile Pedro de Génova y el canciller Jaime Sarroca, medio hermano de los dos rivales.

—Padre, os pido perdón por no haber acudido antes a vuestras llamadas, pero Fernando Sánchez ha obrado con maldad contra mí y, como heredero vuestro que soy, no podía consentirlo.

—Don Fernando es vuestro hermano; ambos debéis estar a bien para beneficio del reino. Vos, don Pedro —el rey trata en público a su hijo sin el tono familiar que emplea en privado—, sois mi heredero y, en cuanto yo falte, seréis el soberano de esta Corona, pero ahora me debéis obediencia y lo que os ordeno es que hagáis la paz con don Fernando.

—Ese hombre intenta despojarme de los derechos que me corresponden. Es un intrigante que conspira para convertirse en rey por encima de la ley y el derecho que me amparan.

—¡Basta ya! —grita Jaime—. Haced las paces, os lo ordeno.

—Señor, dejadme un par de días para dar una respuesta.

—Los tenéis, pero sabed que hemos puesto al frente de la hueste real a nuestros hijos don Jaime de Jérica, don Pedro de Ayerbe y don Pedro Sánchez de Castro.

—Yo debería ser el jefe de esa hueste —reclama Pedro.

—Cuando hagáis las paces con don Fernando.

—¿Y si no las hiciera?

—En ese caso, aunque sois nuestro heredero, tened presente que tomaremos partido por don Fernando.

Pedro aprieta los dientes. Inclina la cabeza ante su padre y sale del alcázar de muy mal humor.

—Majestad, don Pedro se ha marchado de Valencia —le anuncia Sarroca a su padre el rey.

—¿Cómo que se ha marchado?

—Se ha ido muy temprano, antes de amanecer, y en secreto. Lo acompañaban varios hombres armados.

—Me dijo que en dos días nos daría su respuesta.

—Pues no lo ha hecho, señor. Quien ahora está cerca de Valencia es don Fernando.

—Llega con retraso —dice Jaime.

—Ha enviado a dos mensajeros con la petición de que lo recibáis.

—No lo haré. Don Fernando debió presentarse aquí cuando se lo ordené. Ya es tarde.

—¿Qué les digo a esos mensajeros?

—Que se vayan de aquí. Ya no quiero ver a don Fernando.

Al rato regresa Sarroca.

—Esos dos hombres insisten en hablar con vuestra majestad.

—He dicho que se vayan.

—Insisten. Aseguran que lo que tienen que deciros es muy importante.

—Échalos de aquí... ¡Un momento! —reflexiona el rey—. Hazlos pasar.

Poco después se presentan los dos mensajeros de Fernando Sánchez.

—¿Quiénes sois?

—Majestad, nuestros nombres son Ruy Jiménez de Luna y Tomás de Junqueras.

—¿Qué es eso tan importante?

—Don Fernando está conspirando contra vuestra majestad —suelta de pronto Junqueras.

—¡Qué! ¿Qué estáis diciendo? ¿Acaso no sois hombres de nuestro hijo? ¿Qué significa esto?

—Majestad, hasta ahora hemos estamos al servicio de don Fernando, pero por encima de nuestra fidelidad a él está la lealtad a vuestra majestad.

—Continuad.

—Don Fernando ha acordado una alianza con don Carlos de Anjou por la cual el francés le ha prometido que lo ayudará a convertirse en el rey de Aragón si una vez sentado en el trono lo reconoce como rey de Sicilia y de Nápoles —explica Junqueras.

—Y pretendía envenenaros —tercia Jiménez de Luna.

—Suponemos que conocéis que un delito como ese conlleva la pena de muerte. ¿Tenéis pruebas de esa acusación tan grave?

—Los dos somos testigos de que don Fernando conspiró para envenenaros. Lo juro ante Dios —afirma Jiménez de Luna.

—Yo también lo juro —añade Junqueras.

—Además de vuestra palabra, queremos pruebas.

Los dos enviados de Fernando se miran y asienten con la cabeza. Junqueras saca entonces una carta y se la ofrece al rey.

—Es de don Fernando. La redactó hace unos días. Nos encargó que la entregáramos a un mercader que en realidad es un agente de Carlos de Anjou en Valencia.

Jaime coge la carta y la lee.

Salvo que esa misiva sea una falsificación, no hay duda alguna: su hijo Fernando es un traidor que está conspirando para hacerse con el trono de Aragón y pactando en secreto con Carlos de Anjou.

Játiva, mediados de junio de 1273

El día es tan claro y el aire tan transparente que desde la torre más alta del castillo de Játiva puede verse el mar, a poco más de media jornada de camino hacia el este.

Desde allí, Jaime y Sibila observan el horizonte. Acaban de desayunar tras una noche de amor. Sibila está asombrada con su amante, que a sus sesenta y cinco años se comporta en la cama como su esposo Arnau, cuarenta años menor.

Suben hasta la torre para observar cómo Pedro Balaguer, el mejor halconero de la corte, adiestra a un gerifalte para la caza de perdices y alondras.

—Estoy rodeado de traidores; toda mi vida lo he estado —se lamenta Jaime, que abraza a su amante por la espalda. La cabeza de Sibilia queda muy por debajo de la barbilla del rey.

—Quizá hayas sido demasiado generoso.

—Incluso mis hijos me han traicionado. ¿Sabes?, solo me fío ya de Pedro. Es el único del que nunca he dudado.

—¿Pedro, tu heredero? Pero no me dijiste...

—Me refiero a Pedro Fernández, el hijo que tuve con Berenguela Fernández. Es el único que sería capaz de dar su vida por mí. Ahora está combatiendo en la frontera de Murcia, ayudando a los castellanos contra los ataques de los granadinos. Es el mejor de todos mis hijos; lástima que no haya nacido de una reina, porque de haber sido así, lo hubiera designado como mi heredero. Es el que lo merece.

»En cambio, ese felón de Fernando... Lo quise como al que más, era mi favorito, pero me ha traicionado.

—¿Vas a castigarlo?

—De momento le he confiscado todas sus propiedades en mis reinos y, cuando lo capture, sufrirá la pena que merece.

Sibila se gira y se encara con Jaime. Se pone de puntillas y lo besa.

—Nunca imaginé poder ser amada por un rey.

—Eres muy hermosa. Don Arnau fue un hombre afortunado al casarse contigo.

—¿Amasteis a su madre?

—Guillerma... Se quedó viuda muy joven. Era hija natural del conde de Ampurias. Estuve con ella algún tiempo. Sí, la amé; ella tenía entonces dieciocho años y yo había cumplido ya los cuarenta. Es una de las mujeres más fogosas que he conocido, pero no era tan hermosa como tú.

Una suave brisa del este agita los cabellos de Sibila.

—Creo que estoy embarazada —dice la joven a la vez que baja los ojos con cierto apuro.

Al escucharla, Jaime sonríe. A los sesenta y cinco años, cualquier hombre es un anciano, pero él se siente rejuvenecido al lado de Sibila.

¿Cuántos hijos tiene ya? ¿Diecisiete, dieciocho...? ¿Y de cuántas mujeres? ¿De nueve, de diez...? ¿Y cuántos hijos suyos habrá dejado en sus innumerables aventuras amorosas, algunas tan efímeras como una estrella fugaz?

—¡Magnífico gerifalte! —felicita el rey a su halconero, que se lo agradece inclinando la cabeza.

Valencia, verano de 1273

El gerifalte es un magnífico cazador.

Aquel verano, Jaime y Sibila visitan varias ciudades y castillos del reino de Valencia. El rey le enseña a su joven amante a cazar con el halcón y le hace el amor cada vez que puede.

Un día, mediado septiembre, Sibila sangra con profusión en sus partes íntimas.

—¿Qué le ocurre? —le pregunta Jaime al médico judío que atiende a su amante.

—Doña Sibila ha perdido al hijo que llevaba en su vientre, majestad.

—¿Perdido?

—Sí, ha abortado. Deberá guardar reposo unos días, pero se pondrá bien; es una mujer fuerte. Eso sí, os ruego, señor, que no durmáis con ella al menos en un par de semanas.

—Iremos a verla ahora.

—Vuestra visita la confortará.

Jaime entra en la alcoba donde descansa Sibila acompañada por dos damas que salen de la estancia en cuanto aparece el rey.

—¿Cómo te encuentras? —le pregunta.

—Yo quería darte un hijo —solloza Sibila.

—Me lo darás, me lo darás...

—Yo quería darte este.

—Dios me ha concedido muchos hijos y lo seguirá haciendo. Siempre lo ha hecho. En ocasiones he pecado, pero me he confesado y me he arrepentido, y Dios me ha perdonado, siempre ha perdonado mis pecados.

—¡Cómo no iba a hacerlo si eres el mejor defensor de la cristiandad?

—El físico me ha dicho que tienes que descansar. Te dejaré. Tengo que atender algunos asuntos.

Sobre la mesa del gabinete de la cancillería real se amontonan varios temas pendientes: reformas en el Fuero de Mallorca, reclamaciones a la república de Génova por los daños causados por sus corsarios en naves y puertos de la Corona de Aragón, el acuerdo de matrimonio entre el hijo del infante don Pedro y la hija del rey Eduardo de Inglaterra...

Pero Jaime tampoco quiere que Sibila se sienta triste; ordena al maestro París, su platero, que labre un collar para su joven amante, le encarga a Miguel Aguilar, un juglar de la corte, que componga algunas canciones para alegrarla mientras se recupera del aborto, y otorga a los criados diversos bienes para que la atiendan con todo mimo.

Játiva, fines de diciembre de 1273

Hace ya tres meses del envío de las cartas a nobles, obispos y concejos de villas y ciudades en las que el rey les reclama que no atiendan las falsas promesas de su hijo Fernando Sánchez y que solo obedezcan sus órdenes y las del infante Pedro.

Al conocer el contenido de las cartas, Pedro respira aliviado. Durante varios meses, el miedo a una guerra entre el rey y su heredero sobrevuela todos los reinos, pero ese temor se disipa.

Pedro escribe a su padre, le pide perdón y le ruega que lo reciba para mostrarle su reconciliación, su arrepentimiento y su obediencia. Jaime acepta.

En una nueva remesa de cartas de la cancillería real se anuncia la paz con el infante. La alegría corre por toda la Corona. Cerverí de Gerona, el mejor trovador y poeta en la corte, escribe un sentido poema. Lo entrega al rey y este lo lee, pero no entiende la ironía que contiene. Está envejeciendo deprisa y no parece darse cuenta de ello.

Sibila está recuperada y eso es un motivo más de satisfacción para Jaime, que vive días felices.

—¿De verdad que estuviste a punto de declararle la guerra a tu hijo mayor? —le pregunta Sibila, que juguetea con el cabello de Jaime, ya completamente blanco.

—Un rey debe mostrar su autoridad, sobre sus propios hijos si es necesario, y nunca debe dar muestras de debilidad; si lo hace, siempre habrá nobles ambiciosos dispuestos a levantarse contra él para derrocarlo.

»Este invierno no hará demasiado frío. Lo predicen los pastores de la sierra de Alcoy, que entienden mucho del tiempo. Iremos a cazar a Murcia; en esas fechas abundan allí las perdices y las torcaces. Te sentará bien.

—Sí, iremos.

—Y, además, quiero hacerte algunas donaciones.

—Agradezco tu generosidad.

—La mereces. Me haces sentirme joven y fuerte. Nadie más que tú lo hubiera conseguido.

Valencia, finales de invierno de 1274

Tras dos semanas de caza en el norte de Murcia, Jaime y Sibila se instalan en Valencia. La amante real abandona definitivamente a su marido; aspira a ser la esposa del rey.

Hasta allí llega un mensaje del papa Gregorio; lo trae fray Pedro de Alcalá. El pontífice convoca a los reyes de la cristiandad a un concilio general en el próximo mes de mayo en la ciudad de Lyon, a orillas del Ródano, para organizar una gran cruzada de todos los cristianos, tanto de oriente como de occidente, que acabe definitivamente con el islam. Y pide a los monarcas cristianos que tengan abiertas guerras entre ellos que establezcan una tregua de inmediato.

El rey Alfonso de Castilla le escribe y le dice que también irá a ese concilio, pero que antes quiere entrevistarse con él y que desea ir a Valencia a verlo. Alfonso, que sigue empeñado en ser proclamado emperador pese a las escasas posibilidades que le quedan, ve en ese concilio su última oportunidad para lograrlo, y para ello debe contar con el apoyo de su suegro el rey de Aragón.

Durante quince días los dos monarcas se reúnen en Valencia. Alfonso acude con su esposa Violante, quince años mayor que Sibila, que acompaña a Jaime en todo momento.

Todas las tardes, antes de la cena, se celebran fiestas, torneos, danzas y bailes. La Hacienda real mengua mucho con los gastos que suponen tantos festejos, hasta el punto de que el canciller Sarroca tiene que avisar y prevenir que, de seguir gastando así, en una semana no habrá una sola moneda en las arcas del tesoro.

El rey no se preocupa demasiado y le dice a su hijo y canciller que convoque en Valencia a dos representantes de cada una de las veinte aljamas judías más ricas y pobladas de Aragón, Valencia y Cataluña, y además que incluya también a la de Montpellier; de ellas piensa sacar los fondos que necesite para sus gastos.

También ordena confiscar para beneficio de la Corona los bienes de los nobles rebeldes, especialmente de los linajes de los Cardona y los Folch, que se niegan a entregar sus propiedades y castillos.

Toda ayuda es poca. Llama a su hijo Jaime de Jérica y le pide apoyo. El hijo mayor de Teresa Gil, que sigue recluida en el monasterio que funda en Valencia, le promete aportar varios caballeros. El rey le encomienda que se ponga a las órdenes de su hermano el infante Pedro y que juntos libren una guerra contra los Cardona si se empeñan en no entregar sus propiedades.

Montpellier, fines de marzo de 1274

Camino de Lyon, a donde se dirige para cumplir con la convocatoria del papa al concilio, Jaime se detiene durante algo más de un mes en Barcelona, donde recoge todo el dinero que puede para el viaje, costeado en su mayor parte por préstamos y donaciones de los judíos de Zaragoza y de Barcelona.

A Sibila le entusiasman los juegos y las fiestas. Se siente feliz en el estrado, junto al rey, luciendo como la más hermosa flor junto al más gentil caballero, aunque los años se acumulan sobre las anchas espaldas del viejo monarca, que procura mantener su porte y su prestancia pese a sus sesenta y seis años cumplidos.

Jaime está atento a satisfacer cualquier capricho de Sibila y ordena que cada tarde se celebre una fiesta en Barcelona, sean torneos, corridas de toros, juegos de tablas, combates con armas de entrenamiento, batallas simuladas con galeras a la orilla del mar o carreras de caballos en la playa; y cada jornada, durante la cena, músicos y juglares amenizan la noche en el palacio real con música y poemas.

A mediados de abril llega a Montpellier.

—Majestad, el papa Gregorio ha convocado en Lyon a todos los reyes de la cristiandad, pero creo que van a acudir muy pocos —le comunica el canciller.

—Don Alfonso de Castilla me dijo en Valencia que sí acudiría a Lyon; ya debe de estar en camino.

El canciller se encoge de hombros.

—Hay otra cuestión urgente, majestad.

—El dinero, supongo.

—Sí, el dinero. Los gastos de las fiestas y los banquetes celebrados en Barcelona y en otras localidades del camino han dejado vacías las arcas. Casi todo lo recaudado de los judíos ha sido gastado en esos fastos.

—¿Cuánto queda en el tesoro? —pregunta el rey.

—Apenas ochocientos sueldos.

—¡Ochocientos!

—Sí, majestad. No hay dinero para el viaje a Lyon.

—Iré a Lyon. ¿Qué se puede hacer para conseguir dinero rápido? El concilio se celebra en menos de un mes.

—La Hacienda real ya está muy endeudada. Nadie prestará dinero; ni siquiera hay avales para garantizar nuevos préstamos —lamenta Sarroca.

—Quedan nuestras joyas.

—¿Las joyas de la corona?

—Sí. Trae el inventario.

Sarroca regresa poco después con un cuadernillo donde están anotadas todas las joyas existentes en el tesoro del rey de Aragón.

—Aquí está, señor..

—Dime lo que queda.

—La corona de oro de vuestra majestad con ciento veinte zafiros, ciento diecinueve gemas y ciento catorce perlas, otra corona de oro con cuatro zafiros grandes y veintiuno pequeños, cinco bandejas y trece platos de plata, ocho perlas grandes, cuarenta y tres medianas y trescientas treinta pequeñas, dos collares con veinte leones de oro, seis zafiros, una piedra violeta con siete amatistas, un collar con cincuenta perlas, un salero de oro con un águila, dos broches de zafiro con sendas águilas de oro y perlas, un camafeo de oro y algunos corales y joyas menores.

—Empéñalo todo.

—Pero, majestad, son las joyas de la Corona de Aragón.

—Hijo —Jaime coge por el hombro a su canciller y lo trata como el hijo que es—, hace unos años fracasé en la cruzada. Creí entonces que Dios no me permitía ir a Jerusalén por mis pecados; pero ahora me ofrece una segunda oportunidad. Empeña todas esas joyas y consigue todo el dinero que se pueda, y pronto.

—Padre —Jaime Sarroca trata familiarmente al rey—, en Montpellier solo hay un hombre capaz de reunir el dinero que valen esas joyas. Se llama Bandire Amanati; es un cambista y mercader de Pisa que tiene oficina en esta ciudad.

—Ve a verlo. Necesito ese dinero en dos o tres días.

A los dos días, el canciller regresa con la oferta del banquero pisano.

La banca de Amanati, visto el inventario de joyas que le muestra el canciller Jaime Sarroca, ofrece treinta mil sueldos torneses, es decir, dos mil quinientas libras al peso de Francia.

—¿Cuánto es eso en libras jaquesas? —pregunta el rey.

—Prácticamente lo mismo, unos treinta mil sueldos, es decir —el canciller calcula con los dedos—, trescientos sesenta mil dineros de vellón.

—Acéptalos.

—Si no se devuelve ese dinero, las joyas y la corona real se perderán...

—Acepta la oferta de ese cambista y ya veremos qué ocurre.

Lyon, mediados de mayo de 1274

El papa Gregorio inaugura el concilio ecuménico de Lyon el día 7 de mayo.

En las naves de la catedral erigida en el nuevo estilo se sientan quinientos sesenta arzobispos, obispos y abades de toda la cristiandad.

A la derecha del altar, se disponen unos sitiales para todos los reyes cristianos invitados al concilio. Están absolutamente vacíos.

A la izquierda, se acomodan unos curiosos invitados que despiertan la atención de todos los presentes por sus rostros de piel apergaminada, sus ojos rasgados y sus gorros de piel de lobo. Son los embajadores del ilkán mongol Abaqa, que portan una carta de su señor, redactada en varias lenguas, en la cual ofrece su alianza para combatir junto a los cruzados contra los sarracenos en Tierra Santa.

Los esfuerzos del papa y su llamamiento a todos los reyes cristianos no tienen éxito. Escribe cartas a Eduardo de Inglaterra y Felipe de Francia para que acudan a Lyon, pero solo consigue buenas palabras.

Jaime llega recién inaugurado el concilio; lo acompañan sus hijos Sancho, arzobispo de Toledo, y el canciller Jaime Sarroca. Es el único monarca cristiano presente en la ciudad, de modo que se considera el representante de todos ellos.

Entra en Lyon y recorre sus calles camino del palacio donde se hospeda. Monta su caballo con las gualdrapas a franjas rojas y amarillas, viste una sobreveste con los mismos colores, se cubre la cabeza con la corona de plata, la única joya que no está empeñada al banquero italiano, y avanza precedido de un portaestandarte que enarbola la señal de los reyes de Aragón.

Son muchos los lioneses que salen a las calles a presenciar la entrada de aquel soberano extranjero. Lleno de gloria, como un gigante invencible, Jaime y su comitiva desfilan orgullosos. Solo los acompañan quince caballeros, treinta peones y veinte ballesteros, pero parece un gran ejército regresando de una prodigiosa victoria.

—El papa os recibirá mañana, señor —le avisa el canciller Sarroca.

—Este concilio es un fracaso —comenta Jaime cuando se confirma que no va a acudir ningún otro rey cristiano.

—El papa lo ha convocado para solventar diversos asuntos de la Iglesia.

—La convocatoria de la cruzada era uno más de ellos y quizá no el más importante.

Jaime tiene razón, aunque tarda en darse cuenta.

El papa pretende buscar la reconciliación entre la Iglesia de Roma y la de Oriente, entre las cuales existe un cisma que se alarga desde hace ya más de doscientos años. Quiere además que se regule la elección del papa para evitar espectáculos tan bochornosos como el último cónclave, en el que los cardenales tardan casi tres años en elegir al nuevo sumo pontífice.

—El encuentro con su santidad será en el palacio del arzobispo, a mediodía.

—Bien. Preparemos ahora esa entrevista.

El rey de Aragón se presenta a la hora convenida en el palacio arzobispal de Lyon. Lo acompañan Jaime Sarroca, el arzobispo Sancho y una menguada escolta.

Dos enormes perros guardianes de raza alana custodian la entrada del palacio.

—Majestad, soy el camarlengo de su santidad. Acompañadme.

Tras saludar al camarlengo, el rey entra en el patio del palacio y sube unas escaleras hasta la primera planta.

—¿Dónde está el papa? —pregunta Jaime al ver la sala vacía.

—Rezando en su cámara, majestad. Ahora mismo saldrá.

Apenas tiene que esperar; al instante sale Gregorio. Viste una sotana blanca, el color de la pureza, y calza unos zapatos carmesíes.

—Querido hijo, bienvenido seas a Lyon —lo saluda el papa, que extiende sus brazos.

Jaime se acerca para tomar su mano, pero el pontífice lo abraza y le da dos besos en la boca; pretende dejar claro con este gesto que considera al rey de Aragón como vasallo de la Santa Sede.

Luego, Jaime inclina la cabeza y besa el anillo del papa, pero no se arrodilla ante él.

—Santo padre, acudimos a vuestra llamada como buen cristiano y siervo de la Iglesia.

—Sentémonos; tenemos mucho que hablar.

Los dos hombres se acomodan mientras de la sala, a instancia de un secretario, salen todos los acompañantes menos el canciller y el camarlengo, las dos únicas personas autorizadas a permanecer presentes durante la entrevista.

—Santidad, deseamos volver a encabezar una cruzada. Lo intentamos hace cinco años, pero una tempestad desbarató nuestras naves y no pudimos culminar la empresa. En vuestra carta, convocabais a todos los reyes de la cristiandad a unir nuestras fuerzas para acabar con el dominio sarraceno en Tierra Santa y para eso podéis contar con toda la Corona de Aragón.

»Pero, por lo que parece, los demás monarcas no han acudido a vuestra convocatoria.

—Amado hijo, eres el único que ha demostrado su amor por la Iglesia. Esta cruzada debería ser la ultima, la definitiva. Nuestra intención es que se realice cuanto antes. Para ello ordenaremos que se dote la décima parte de los diezmos de las rentas de todas las iglesias durante seis años; estimamos que con ese dinero se podrán pagar los gastos que requiere una gran empresa como esta.

—Nos estaremos con vuestra santidad; ofrecemos nuestra espada al servicio de la Iglesia.

—Y yo te bendigo por ello.

—Santo padre, hay un asunto que nos gustaría dejar cerrado antes de ir a esa cruzada.

—Dime, hijo.

—Hace ya sesenta años que nos somos rey de Aragón y de toda su Corona, pero todavía no hemos sido coronado. Nuestro padre recibió la corona de manos del papa Inocencio en Roma. Os pedimos, santidad, que nos coronéis.

—Lo haré, hijo mío, pero antes debes pagar el tributo que el reino de Aragón debe a la Iglesia.

—¿Qué tributo? —se sorprende Jaime.

—Don Sancho Ramírez recibió la realeza del papa Alejandro en aquel año del Señor de 1068. Vino hasta Roma para ser ratificado como rey, pues tenía serias dudas de serlo. El papa Alejandro le concedió la realeza a cambio del vasallaje del reino de Aragón a San Pedro; tu antepasado prometió pagar a la Iglesia quinientas monedas de oro anuales como tributo. Esa misma promesa, incumplida durante todo ese tiempo, volvió a hacerla tu padre al papa Inocencio, cuando lo coronó en el templo de San Pancracio en Roma, y tampoco se ha pagado nada desde entonces.

»Han transcurrido ya doscientos seis años de la primera promesa y setenta de la segunda y no hemos recibido una sola moneda desde entonces. La deuda de Aragón con Roma asciende a ciento tres mil monedas de oro, unas mil libras de oro al peso.

—Roma nunca olvida una deuda —comenta Jaime asombrado por la información que esgrime el papa.

—Cuando Aragón abone ese débito, mis manos colocarán sobre tu cabeza la corona real.

Jaime no insiste. No puede. No tiene ese dinero.

—Hemos ganado para la cristiandad tres reinos, combatido contra los infieles y los herejes siempre en defensa de la Iglesia de Cristo, hemos sido herido y hemos vertido nuestra sangre por la fe cristiana. Si algo debíamos a la Iglesia, lo hemos pagado con creces.

—La Iglesia necesita dinero para esta cruzada.

—Nuestra espada y nuestra hueste cubrirán esa deuda.

—No habrá coronación si Aragón no paga.

—Dame una moneda, con mi efigie. —El rey se gira y se lo pide a su hijo el canciller, que permanece en silencio junto al camarlengo.

Sarroca busca en su bolsa, saca unas monedas y elije una con el rostro de Jaime de Aragón.

—Aquí tenéis, santidad. —El rey coloca la moneda encima de la mesa—. Es un dinero de vellón, acuñado hace dos años, en nuestra ciudad de Jaca. Fijaos en nuestra cabeza; llevamos puesta la corona real y alrededor podéis leer «ARA-GON». Y fijaos ahora en el reverso —da la vuelta a la moneda—; la doble cruz, la patriarcal, en el centro y alrededor la leyenda «IACOBUS REX». Nos somos ese rey coronado —asienta orgulloso.

El papa coge la moneda y la mira por las dos caras.

—Paga esa deuda y te coronaré mañana mismo en la catedral de Lyon o en San Pedro de Roma si lo prefieres, pero paga.

—No disponemos de esa cantidad de dinero —alega Jaime.

—Pídesela a tu yerno el rey de Castilla.

—Tiene demasiados gastos por su empeño en convertirse en emperador.

—Ya no los tendrá. Este concilio apoyará a Rodolfo de Habsburgo.

—Don Alfonso no lo admitirá.

—Deberá hacerlo; ya está decidido.

Al día siguiente, Jaime acude a la catedral invitado por el papa a la sesión del concilio en la que se produce la reconciliación de las Iglesias de Oriente y Occidente.

Toma la palabra Buenaventura de Fidanza, el cardenal legado apostólico de la Orden de frailes menores, que comienza lamentando la muerte del afamado teólogo dominico Tomás de Aquino, justo dos meses antes de comenzar el concilio; a continuación, habla Juan Beco, el patriarca de Constantinopla. Tras los dos parlamentos, se cierra el acuerdo que pone fin a más de dos siglos de cisma.

Otras cuestiones parecen más difíciles de solventar. El papa proclama que quiere acabar con los abusos en la Iglesia y regular la manera de elegir al sumo pontífice para evitar que se reproduzca la vergüenza del último cónclave, con los cardenales enfrentados e incapaces de ponerse de acuerdo durante casi tres años.

Jaime se aburre. Quiere que se apruebe la cruzada; para eso viene hasta Lyon y no para escuchar largos discursos de teólogos sobre tediosas cuestiones de fe y de credo.

En un receso de la sesión matinal habla con el papa.

—Santo padre, convocad la cruzada —le propone.

—Hijo, la Iglesia se ha reconciliado al fin. Eso es ahora lo más importante.

—Señores —se dirige el rey a los cardenales y obispos que están más cerca—, si hemos venido hasta aquí ha sido para unir las fuerzas de la cristiandad en la cruzada definitiva, pero por lo que vemos, sus señorías andan metidas en disquisiciones que no nos competen.

—Majestad, este es un concilio de la Iglesia, no una reunión de hombres de armas —tercia el franciscano Buenaventura.

—Santo Padre, señores eclesiásticos, no podemos seguir aquí, regresamos a Aragón.

—Haz lo que estimes conveniente, hijo —le dice el papa Gregorio.

Jaime se acerca al pontífice, le besa el anillo y sale de la catedral.

Fuera aguardan varios de sus hombres.

—Barones de Aragón y de Cataluña, ya podemos marcharnos de aquí, pues hoy ha quedado honrada toda España.

—¿Qué ha ocurrido, majestad? —le pregunta el canciller Sarroca.

—No habrá cruzada. A esos de ahí —Jaime se vuelve y señala hacia la catedral— solo les interesa su poder y su dinero. Vámonos de aquí.

Barcelona, verano de 1274

De vuelta de Lyon, Jaime lamenta el fracaso.

Su vigor y su fuerza declinan; ya no es aquel hombre poderoso, fuerte, capaz de imponer su voluntad con solo mirar a su oponente a los ojos. Se siente cansado y viejo, sin la energía de antes.

Todavía le gusta salir de caza y aún puede abatir a un jabalí con su lanza desde su caballo, pero ya no monta con la agilidad de antaño ni tiene en sus brazos la fuerza que lo hace invencible en combate singular durante tanto tiempo; todavía impone su formidable presencia, una cabeza más alto que cualquier otro hombre, pero sus hombros ya no son tan firmes ni sus piernas tan poderosas.

Ya no es capaz de hacerle el amor a Sibila todos los días y tiene que dormir y descansar cada vez que se acuesta con ella.

Nunca piensa en la muerte... hasta ahora, cuando nota declinar su vigor y palidecer la vitalidad que comienza a abandonarlo.

Quiere acabar su libro antes de que no pueda seguir con ello y pasa varias semanas en Montpellier dictando nuevos capítulos.

Recuerda la conquista de Valencia, combatiendo en primera línea:

—«Y cuando vino otro día, antes del alba, sin que nos lo supiéramos, los almogávares y los peones fueron a tomar Ruzafa, que está a dos tiros de ballesta de la villa de Valencia. Y entonces nos teníamos daño en los ojos y no los podíamos abrir si no nos los lavaban con agua caliente. Y nos dijeron que los almogávares y los peones habían ido a Ruzafa y la habían tomado. Y vino Hugo de Forcalquier, maestre del Hospital, y nos dijo: "¿Qué ordenáis que hagamos?, pues todos se han ido a ocupar Ruzafa". Y nos dijimos: "Armemos nuestros caballos y con nuestras banderas desplegadas vayamos a socorrerlos o serán todos muertos". Y dijo él: "Hágase vuestra orden". Entonces nos armamos todos y pensamos ir a la alquería de nombre Ruzafa; y si nos no hubiéramos ido, todos los que estaban en la alquería habrían sido muertos o apresados. Y cuando nos entramos por la alquería, los sarracenos estaban en el otro lado y los detuvimos en una plaza que allí había.»

No podrá repetir gestas como aquellas. No podrá.

Ahora tiene que recurrir a sus hijos para que luchen por él.

Las revueltas se extienden por sus reinos.

Los nobles catalanes que discuten su autoridad no se arrugan; el vizconde de Cardona mantiene su rebeldía y aun incrementa las hostilidades al enterarse de que los moros de Jijona se levantan en armas. Jaime no tiene recursos para atender a tantos frentes y da un nuevo plazo a Cardona, que busca un aliado en Fernando Sánchez, el hijo sobre cuya traición Jaime ya no duda. El vizconde es consciente de la debilidad del rey y rechaza todas las propuestas de paz y los plazos de tregua que le propone.

En medio de esos problemas, ordena que se tramite su divorcio de Teresa Gil, que es su esposa legítima a los ojos de la Iglesia, pues Jaime desea casarse con Sibila, a cuyo lado se siente rejuvenecer, siquiera por unas horas.

Mediado el verano, concluye el Concilio de Lyon, durante el cual fallece Buenaventura de Fidanza. Su gran éxito, la reconciliación de las dos Iglesias cristianas, apenas dura unas pocas semanas, pues el pueblo y el clero griego no aceptan el pacto y la Iglesia oriental rompe el acuerdo. Retorna el cisma.

—Ha muerto don Enrique. Navarra está sin rey —le anuncia el canciller Sarroca.

—¿Cómo ha sido? —pregunta Jaime.

—Se le ha roto el corazón. Estaba tan obeso que apenas podía dar un paso por sí mismo. Su primogénito murió al caerse de las almenas del castillo de Estella mientras jugaba; solo le queda una hija llamada Juana.

—Escribiré una carta a los navarros reclamando ese trono. Prepara un informe en el que se demuestre que tengo derecho a ser el rey de Navarra, que mi linaje desciende de aquel soberano llamado Sancho el Mayor, que don Alfonso el Batallador fue rey de Pamplona y que don Sancho el Fuerte me legó su reino según el acuerdo que ambos firmamos en Tudela.

»Y haz una copia para mi nieto don Felipe de Francia. Dile que Navarra perteneció a mis antepasados los reyes de Aragón y que los dos Teobaldos y don Enrique han sido unos intrusos y unos usurpadores.

—Ordenaré que se saquen copias de esos documentos que conservamos en el Archivo Real del monasterio de Sigena y en los de los monasterios de San Juan de la Peña y de Montearagón, que también guardan antiguas escrituras —dice el canciller Sarroca.

—Envía otra copia al rey Alfonso de Castilla y añade que siempre he actuado según el derecho y la legalidad.

»Y, por fin, que mi hijo el infante don Pedro acuda al monasterio de San Juan de la Peña a por esos documentos y que luego se dirija a Tarazona y espere en esa ciudad a que la reina madre doña Blanca de Navarra y su hija Juana abandonen ese reino camino de Francia. Don Pedro enviará un embajador a Pamplona con copias de todos los documentos que avalan nuestra propiedad sobre ese reino y con la propuesta de que su hijo mayor, mi nieto don Alfonso, se casará con doña Juana.

Las cartas salen de la cancillería real a mediados de agosto, pero también llegan a Barcelona algunas misivas, entre ellas una del infante de Castilla. Fernando de la Cerda reclama para sí el reino de Navarra, dice que le corresponde y que lo considera suyo.

—Ese nieto mío tiene carácter —comenta Jaime a su canciller cuando la lee.

—¿Vais a contestarle, señor? —le pregunta Sarroca.

—Sí. Y lo haré en su lengua castellana, para que no tenga la menor duda. Dile que ya he enviado a mi hijo el infante don Pedro para que reclame el derecho que tengo sobre el trono de Navarra; dile que Navarra fue antiguamente del rey..., no, mejor del reino de Aragón; dile que cuando don Alfonso el Batallador murió en la batalla de Fraga, los navarros eligieron rey por sí mismos; dile que don Sancho el Fuerte me adoptó como hijo y que Navarra sería para mí si él moría sin un hijo legítimo, como así ocurrió; dile que tengo cartas firmadas y selladas que certifican la verdad de todo esto; dile a mi nieto don Fernando que él debe acatar su derecho igual que yo el mío; y dile, para acabar, que estoy sano y alegre.

—La enviaremos inmediatamente.

—Y otra del mismo tenor a don Felipe de Francia.

Barcelona, septiembre de 1274

La nobleza rebelde no cede. Jaime se harta de que los vizcondes de Cabrera y de Cardona no obedezcan sus requerimientos y moviliza a la hueste para acabar con la revuelta; convoca en Barcelona a todos los caballeros para salir contra esos nobles y someterlos.

—Majestad, don Fernando Sánchez está de acuerdo con los rebeldes —informa el canciller Sarroca.

—Me cuesta reconocerlo; es, como tú, hijo mío —acepta el rey.

—Ha firmado un pacto con el vizconde Ramón de Cardona, Artal de Luna, Pedro de Bergua, Pedro Cornel y otros nobles para derrocar al infante don Pedro. Quiere ser rey.

—Yo confiaba en él, incluso más que en el propio infante, pero me ha traicionado; su ambición lo ha perdido —se lamenta Jaime.

—¿Qué hacemos, señor?

—Escríbele una carta. Queda despojado de todos los feudos

que le he concedido, y dile que al conjurarse contra don Pedro, lo ha hecho también contra mí.

—Está aquí un escribano llamado Marco, enviado por don Fernando; trae una carta en la que aduce sus razones...

—No hay ninguna razón para la traición. Entrégale a ese escribano las cartas que te he dicho y dile que don Fernando deberá presentarse en las Cortes que he convocado en Monzón. Allí me pedirá perdón y me devolverá todos sus feudos.

Barcelona, otoño de 1274

Son muchos los problemas que se acumulan sobre los hombros del rey de Aragón, pero al menos la cuestión de Navarra se soluciona.

A comienzos de octubre, los navarros se reúnen en Cortes en Puente la Reina. Los diputados leen una carta del infante Pedro de Aragón en la que les pide que lo elijan como su rey o bien a su padre don Jaime. La mayoría de los delegados se decanta por la proclamación del infante Pedro como su rey. Enterado de esa resolución, Jaime envía nuevas cartas al rey de Francia y al infante Fernando de Castilla en las que insiste en que los reyes de Aragón poseen los legítimos derechos al trono de Navarra, ahora ratificados por sus Cortes, y les pide que lo acepten.

Pero pese a lo acordado en Puente la Reina, hay muchos navarros que prefieren a un francés en el trono de Pamplona y logran que se convoquen nuevas Cortes a fin de octubre en Olite. Desde allí le dicen al infante Pedro que cuando vaya a Navarra le prestarán juramento, pero algunos proponen que la princesa doña Juana, hija del último rey navarro, se case con el delfín de Francia y que ambos sean proclamados reyes de Navarra.

Jaime de Aragón no se fía y le pide al infante Pedro que no entre en Navarra. pero que permanezca a la espera en Tarazona por si es preciso intervenir.

Fernando de la Cerda se opone a cualquiera de las dos soluciones, la aragonesa o la francesa; quiere ser rey de Navarra e invade ese reino poniendo sitio a la localidad de Viana. Desde Tarazona, el infante Pedro quiere acudir a la guerra contra su pariente castellano, pero el rey de Aragón se lo impide. No desea una guerra con Castilla.

Además, hace ya unos meses que Jaime trata de cerrar sendos tratados con el rey de Túnez y con el sultán de Marruecos. En agosto, envía a Ramón Ricart como embajador con todos los poderes para que llegue a un acuerdo con el tunecino.

El tratado entre Aragón y Marruecos se firma a mediados de noviembre. El objetivo es la toma de la estratégica ciudad de Ceuta, para la cual la Corona de Aragón aportará diez naves armadas, nueve galeras y cincuenta barcos, además de quinientos caballeros; Marruecos contribuirá con doscientas mil monedas de oro para hacer frente a los gastos de la expedición.

Cuando el canciller Sarroca revisa las condiciones del acuerdo, se alegra, pero sugiere que podría pedirse más dinero al monarca marroquí; Jaime le ordena que redacte el tratado en los términos pactados por su embajador.

El rey convoca Cortes Generales de Aragón y Cataluña para finales del mes de enero en Lérida. Cree que en ellas podrá poner fin a los enfrentamientos y discordias que asolan sus dominios.

Los nobles rebeldes le reclaman entonces una entrevista; alegan que reconocen sus culpas y manifiestan que están dispuestos a pedirle perdón.

Jaime acepta, proclama que haya treguas por diez días para que puedan ir hasta Barcelona sin miedo a ser atacados y los cita en el palacio real, a donde acuden con el vizconde de Cardona y Fernando Sánchez de Castro como cabecillas.

En el palacio real mayor, en una sala que se abre al nuevo patio de columnas, el rey recibe a los nobles rebeldes y a su hijo Fernando Sánchez.

—Señores —Jaime comienza su intervención sin saludar a los convocados—, nos siempre hemos obrado conforme a los Fueros de Aragón y a las costumbres de Cataluña y demandamos que vosotros, nobles caballeros, cumpláis con esos mismos fueros y leyes. Por eso os ordenamos que pongáis fin a estas revueltas que causan tantos males en nuestros reinos.

—Majestad —Fernando Sánchez da un paso al frente y toma la palabra—, yo he sufrido mucho por vuestro desamor. Como hijo vuestro, siempre os he sido fiel, leal y obediente, y siempre he cumplido vuestras órdenes y respetado vuestra autoridad.

»Pero el infante don Pedro no se ha portado bien, ni conmigo ni con estos nobles caballeros —Fernando señala a los nobles que forman a su lado—. Don Pedro y sus hombres de armas han atacado mis tierras y las de mis amigos, han robado nuestros ganados en nuestros dominios de Sobrarbe, Ribagorza y Pallars, y es por eso que no hemos admitido su tiranía.

—Nuestra revuelta —tercia ahora el vizconde Ramón de Cardona— no es contra vuestra majestad, sino contra los abusos del infante don Pedro. ¿Qué clase de caballeros seríamos si nos mantuviéramos callados ante tantas injusticias como se han cometido contra nosotros?

Los nobles asienten a lo dicho por Fernando Sánchez y Ramón de Cardona.

—Si fuéramos culpables de rebelión contra vuestra majestad —interviene de nuevo Fernando—, no estaríamos ahora aquí. Yo soy vuestro hijo, pues me reconocisteis como tal, y os ruego, con la humildad con la que un hijo debe dirigirse a un padre y la obediencia de un caballero a su rey, que atendáis a nuestras demandas.

—Hemos convocado Cortes de Aragón y de Cataluña, a celebrar en Lérida a comienzos del próximo año; en ellas dirimiremos este asunto conforme a las leyes. Entre tanto, os conmino a que guardéis la paz y no desatéis más alteraciones.

—Padre y señor...

—En Lérida —zanja el rey el debate cortando el intento de réplica de su hijo Fernando Sánchez de Castro.

Jaime se marcha de la reunión con todos sus consejeros, dejando a los nobles con la palabra en la boca.

—Lo has visto con tus propios ojos —le dice Marco Ferriz de Lizana, uno de los nobles aragoneses presentes en la entrevista, a Fernando Sánchez—. Tu padre nos desprecia; y a ti más que a nadie.

—El rey ha dicho que nuestro asunto se tratará en las Cortes —alega Fernando.

—Solo pretende ganar tiempo. Estamos todos juntos en esto y solo venceremos si permanecemos unidos. Yo te considero a ti, Fernando, como a un hermano, y vosotros, don Ramón y don Pedro —se dirige Marco Ferriz a los señores de Cardona y de Bergua—, sois como mis parientes. Debemos permanecer unidos hasta el fin, tal cual hemos jurado.

—Quizá deberíamos atender a las palabras de mi padre —duda Fernando.

—Escucha, hermano, tu padre te ha desheredado. ¿Lo entiendes? Te ha despojado de todos tus feudos, que ahora pertenecen a tu hermano el infante don Pedro. ¿Y qué crees que hará tu hermano cuando se convierta en rey? ¿Devolverte lo tuyo? No, claro que no. Ese hombre no te perdonará; ni a ti ni a ninguno de nosotros. En cuanto tenga el poder, acabará con todos. ¿Acaso no lo ves?

—Marco tiene razón —interviene Ramón de Cardona—. Tal vez el rey Jaime nos perdone, pero don Pedro nunca lo hará. O combatimos por nuestras haciendas y nuestras vidas o perderemos ambas.

El canciller Sarroca vuelve a la sala.

—Señores, su majestad os agradece la visita, pero debéis marcharos ya —les anuncia.

—Hermano... —Fernando Sánchez se acerca a Jaime Sarroca y le intenta dar un abrazo.

El canciller se aparta a un lado.

—No.

—¿No? ¿No quieres abrazar a tu hermano? Bien, cuando yo sea tu rey, me suplicarás este abrazo que ahora me niegas.

—Señores, vámonos de aquí —dice el vizconde de Cardona.

Todos los nobles salen de palacio y se marchan de Barcelona; todavía tienen por delante cuatro días de tregua, tiempo suficiente para llegar a sus señoríos y comenzar a organizar la defensa. No tienen duda alguna de que el rey irá a por ellos; a por todos ellos.

Barcelona, navidades de 1274

A mediados de noviembre, Alfonso de Castilla le comunica a Jaime que va a entrevistarse con el papa Gregorio por el asunto del Imperio, al que no renuncia. El papa lo cita en la localidad de Beaucaire, un pequeño pueblo cerca de la ciudad de Arlés, en Provenza.

Ambos monarcas quedan en verse en Barcelona y pasar las fiestas de Navidad juntos.

Jaime, al que acompaña su amante Sibila de Saga, recibe a Alfonso de Castilla, con el que viajan su esposa Violante y cuatro de sus hijos, en la escalinata del palacio mayor.

—Caros hijos, me alegro mucho de veros. —Jaime besa a todos los miembros de la familia real castellana, que no deja de ser su propia familia.

—Padre, os agradecemos vuestra hospitalidad —responde Alfonso.

—Padre, me alegro mucho de que os encontréis bien —dice Violante, que dobla la rodilla y se inclina ligeramente.

—Y vosotros sois mis nietos. —Jaime abraza uno a uno a los cuatro infantes.

—Falta Fernando; ya tiene diecinueve años. Se ha quedado en Castilla como mi lugarteniente mientras yo esté ausente —comenta Alfonso.

—Es magnífico ver a casi toda la familia reunida. Mañana también llegará mi hijo Pedro.

Jaime se siente en esos momentos como el gran patriarca de los reyes cristianos.

Durante esas navidades se celebran fiestas y banquetes todos los días. Jaime quiere agasajar a su familia castellana sin reparar en gastos. Se muestra espléndido y está tan dichoso que se relaja al negociar con Alfonso la cuestión de Navarra.

Alfonso se muestra más hábil y aprovecha cualquier circunstancia para obtener ventaja en sus demandas.

—Padre —le dice tras un copioso banquete, cuando observa que Jaime está feliz y con demasiado vino en su estómago—, os propongo que Navarra se mantenga como un reino independiente, con doña Juana como su reina.

—Querido hijo, Navarra siempre fue de los reyes de Aragón y así deberá seguir siendo.

—Mi hijo Fernando, vuestro nieto, aspira a ese trono...

—Y yo le he prometido a mi hijo Pedro que será para él.

—Pedro será rey de Aragón cuando, Dios quiera que sea muy tarde, vos faltéis. No puede caber mayor honor.

Pese a los efluvios del vino y la modorra que le provoca, Jaime comprende que su yerno nunca consentirá que un aragonés se siente en el trono de Navarra.

Y nada puede hacer para imponerse. En una guerra con la Corona de Castilla y León, la Corona de Aragón tiene todas las de perder. Castilla es más rica, más poblada y puede poner en pie de guerra un ejército cinco o seis veces mayor. Además, en el caso de Navarra, Francia se pondría del lado castellano. El sueño de incorporar Navarra a sus dominios se esfuma.

El día de Reyes de 1275 muere en Barcelona el fraile Raimundo de Peñafort. Hay quien dice que tiene cien años y que es el hombre más viejo del mundo. Las dos familias reales asisten a su entierro.

Acabados los funerales, Alfonso de Castilla le comunica a Jaime que prosigue su viaje al encuentro con el papa.

—Padre, os agradecemos esta acogida en Barcelona. Han sido días muy felices para mí, mi esposa y mis hijos, pero debo ir a defender ante el papa mis derechos al trono imperial —le dice Alfonso.

—Hace ya muchos años que disputas esos derechos, pero ni la Iglesia ni los grandes electores te los han reconocido. ¿No crees que es tiempo de renunciar al Imperio? ¿Cuánto dinero has gastado y cuántos esfuerzos has empleado en este asunto?

—Mucho dinero, pero no puedo abandonar, no. La Iglesia ha alargado este pleito en demasía. Espero que el papa ceda al fin y me apoye.

—Conozco al papa Gregorio. Me reuní con él en el Concilio de Lyon, la primavera pasada.

—¿Cómo es?

—Un hombre bondadoso pero enérgico. Sufre grandes dolores debido a una hernia inguinal que le produjo un abad hace mucho tiempo.

—¿Cómo es eso?

—Ocurrió cuando era joven. Parece ser que ese abad violó a una doncella y que el papa, que entonces era un joven fraile, se lo recriminó. El abad, furioso por ello, le propinó tal paliza que le provocó esa hernia que lo atormenta desde entonces. Pese a ello, marchó a las cruzadas con el príncipe Eduardo de Inglaterra y en San Juan de Acre estaba cuando se enteró de que había sido proclamado papa.

—¿Qué consejo me dais para cuando hable con él?

—Cuando ese hombre accedió al papado, la Iglesia llevaba casi tres años sin cabeza. Lo que ahora le preocupa es que nunca más se vuelva a reproducir una situación semejante. El Concilio de Lyon se cerró con acuerdos muy endebles que se han venido abajo en los meses pasados. El papa Gregorio ya rechazó en una ocasión, al poco tiempo de acceder a su cargo, reconocer tus derechos al trono del Imperio, y hace poco más de un año admitió la coronación como emperador de Rodolfo de Habsburgo. El papa no cederá a tus demandas y no rectificará.

—¿Eso pensáis?

—Te soy sincero, hijo. Me gustaría ver a mi hija Violante sentada a tu lado, como emperatriz, pero creo que la Iglesia no lo consentirá.

—He conseguido el apoyo de dos de los grandes electores; el arzobispo de Tréveris y el duque de Sajonia me votarán en la Dieta imperial como emperador.

—Tienes dos apoyos, sí, pero si no estoy equivocado, los electores son siete; necesitarías al menos dos más.

—Os agradezco vuestras palabras, pero mantengo mis opciones al Imperio. Voy a ver al papa tal cual está concertado y lo convenceré para que apoye mi candidatura.

—Haz lo que te parezca conveniente; deseo que Dios te ayude en ello.

24

El ocaso del Conquistador

Barcelona, principios de enero de 1275

Las celebraciones familiares de las fiestas de Navidad dejan las arcas reales vacías. A fines de enero, cuando Alfonso y su familia se marchan de Barcelona camino de Provenza, Jaime tiene que empeñar su vajilla de plata para conseguir algo de dinero, pues ni siquiera dispone del necesario para cubrir los gastos diarios de palacio.

Pero ni la escasez de dinero le impide hacer regalos y donaciones a Sibila, a la que nombra en sus documentos como «nuestra dilecta» o «nuestra querida señora». Jaime siempre se porta bien con sus amantes; a todas les regala joyas, posesiones y privilegios, y con Sibila lo vuelve a hacer. Le entrega en propiedad el castillo y todos los bienes de la villa de Tárbena, en el reino de Valencia, y le compra al mejor sastre de Barcelona seis lujosas capas pluviales para Sibila y sus damas de compañía.

Esa mujer es su mejor consuelo. Pasa las noches a su lado, contándole sus hazañas y conquistas, que rememora al día siguiente cuando las dicta para su *Libro de los hechos*, que tiene ya muy avanzado.

Esa mañana está dictando un episodio con el que justifica su predilección por los catalanes con respecto a los aragoneses. Recuerda en su libro una de tantas ocasiones en las que los aragoneses rechazan sus peticiones de ayuda, como aquella en la que en las Cortes de Aragón reunidas en Zaragoza los nobles le niegan su petición de dinero para acudir a la conquista de Murcia. El rey rememora la intervención del noble Jimeno de Urrea:

—«"No sabemos en esta tierra, señor, qué es el bovaje". Y dicho esto, cuando oyeron citarlo, exclamaron a una voz que no harían nada. Y nos dijimos: "Me maravillo de vosotros, pues sois gente dura para entender la razón, pues deberíais comprender este asunto tal como es y deberíais distinguir si nos lo hacemos por un fin bueno o malo; pues creemos por cierto que nadie nos podría criticar por esto, pues nos lo hacemos en primer caso por Dios, en segundo, por salvar a España, en tercero, porque nos y vosotros tengamos tan gran valor y tan gran nombre que por nos, y por vosotros sea salvada España".»

Acabado este párrafo, Jaime se detiene y reflexiona un buen rato antes de seguir dictando.

—¿Seguimos, majestad? —le pregunta el copista.

El rey toma aire y suelta de seguido un contundente exordio:

—«Y a fe que debemos a Dios, pues los de Cataluña, que es el mejor reino de España, el más honrado, el más noble, pues allí hay cuatro condes: el conde de Urgel, el conde de Ampurias, el conde de Foix y el conde de Pallars; y en Cataluña hay cuatro ricoshombres, cinco caballeros, diez clérigos y cinco ciudadanos honrados por cada uno de esos que hay aquí. —El rey se refiere a Aragón, pero lo calla—. Y si los de la tierra más honrada de España no quisieron guardarse nada y nos dieron lo suyo, vosotros —se sigue refiriendo a los aragoneses sin citarlos—, que tenéis honores nuestros por valor de veinte, treinta o cuarenta mil sueldos, bien deberíais ayudar, y mayormente, pues todo lo mantendríais, además de lo que nos os daríamos de lo nuestro.»

—Majestad, ¿podéis dictar más despacio? Si lo hacéis tan rápido, no me da tiempo a escribir todo vuestro relato —dice el copista.

—Así son los nobles aragoneses; los mismos que me pedían que Valencia fuera para Aragón; los muy egoístas...

La mayoría de los miembros de los cuatro brazos de Aragón y los tres de Cataluña acudirán a las Cortes de Lérida.

Pero, en contra de lo indicado en su visita a Barcelona, los nobles rebeldes se niegan a asistir, desafían al rey una vez más y se reúnen por su cuenta en la villa de Corbins, a dos horas de camino al noreste de Lérida.

El reto es considerado por Jaime como una burla. Su ira regia estalla.

Se rompe la tregua; la guerra es inevitable.

El infante Pedro le escribe a su padre poniéndose a su disposición para acabar con la rebelión.

Los nobles rebeldes firman un memorial en el que justifican su alzamiento y desobediencia y denuncian que el rey conculca sus derechos ancestrales y que quiere acabar con sus privilegios. Jaime les conmina a cumplir la ley y los pactos acordados; el infante Pedro prefiere usar la fuerza y someterlos con toda dureza.

Los nobles no solo ven peligrar sus haciendas, sino también sus propias vidas. Uno a uno serán fácil presa del rey, pero, si se unen, creen que podrán vencer en el pulso que libran con la monarquía.

El vizconde de Cardona, el conde de Ampurias y el conde de Pallars, nobles catalanes, se unen a los aragoneses Artal de Luna, Jimeno de Urrea y Pedro Cornel, y sellan una alianza que encabeza Fernando Sánchez de Castro.

El infante Pedro busca apoyos en la ciudades; él mismo funda una ciudad en Figueras para rivalizar con Castellón de Ampurias y consigue que algunos nobles como los Moncada, los Entenza y los Lizana secunden a la monarquía; también se alinean con el rey sus hijos Jaime de Jérica, Pedro de Ayerbe y Pedro Fernández de Híjar.

La Corona está partida en dos bandos desiguales; el odio entre el infante Pedro y Fernando Sánchez es tan grande que se abre un abismo infranqueable entre ambas partes.

—Majestad, don Fernando Sánchez se ha puesto al frente de la rebelión —le comunica el canciller Sarroca a su padre, que se dispone a salir hacia las Cortes de Lérida.

—¡Ese canalla...! Confié en él, le di todo, creí en su palabra por encima incluso de la de mi heredero, lo colmé de feudos y de privilegios... y lo paga con la mayor de las traiciones.

La cólera real se desata. Los nobles rebeldes se acongojan y deciden refugiarse en sus castillos en espera de una ofensiva que presumen que será total.

Lérida, finales de invierno de 1275

Jaime deja Barcelona y se instala en Lérida. Quiere estar cerca de los rebeldes, que sientan su presencia y se inquieten por su amenaza.

Pero ni siquiera la guerra le hace olvidar su pasión por Sibila, a la que regala la villa y el castillo de Tarrasa.

—Una carta de don Fernando Sánchez, señor. La acaba de traer un mensajero —le anuncia el canciller.

—¿Qué quiere ahora ese traidor?

—Solicita celebrar una entrevista con vuestra majestad y adjunta un memorial de agravios contra el infante don Pedro.

—Dadle este recado a ese mensajero y que lo lleve presto a Fernando. No admito otra cosa que su rendición y entrega sin condiciones, que renuncie a sus dominios y que pida perdón por todo el daño que ha causado.

—¿Por escrito?

—Sí, por escrito.

—Envía una carta a ese canalla —le ordena Jaime al canciller Sarroca—. Yo acuso a Fernando Sánchez de traidor y falsario, lo despojo de todos los bienes que posea en cualquier parte y de cualquier tipo, que pasan a ser propiedad de mi hijo el infante don Pedro. Dile que daré órdenes para que cualquiera de mis súbditos pueda vengarse en mi nombre por su traición. Y que caiga sobre él la maldición eterna.

—La redactaremos enseguida, señor —dice Sarroca.

—Y envía otra carta al infante don Pedro con la orden de apresar a Fernando Sánchez; que lo persiga hasta dar con él, lo capture y lo traiga a mi presencia.

El rey de Aragón está preso de ira. Cuando recibe las nuevas noticias de la rebelión de su hijo, tiene accesos de cólera; en esos momentos es mejor no estar a su lado.

Solo Sibila de Saga sabe cómo tratarlo. La amante real lo abraza, se acomoda en su regazo, le habla en voz baja y susurrante hasta calmarlo y, cuando lo tranquiliza, le acaricia los muslos, busca con su mano el miembro viril y lo masajea hasta que logra endurecerlo; una vez erecto, se sienta a horcajadas sobre él, se lo introduce en su sexo y mueve las caderas a la vez que entona una dulce melodía hasta que logra que se derrame en su interior.

Fernando Sánchez responde a la misiva del rey acusando a su medio hermano Pedro de mentir y rechaza todas las acusaciones contra él.

Esa carta va acompañada de otra en la que todos los nobles rebeldes aragoneses y catalanes le comunican su renuncia a cualquier relación con el rey; proclaman que ya no se consideran sus vasallos, le niegan obediencia y lo acusan de felón, de detentar de manera ilegítima el poder y de quebrar los Fueros de Aragón y los usos y costumbres de Cataluña.

Además, los nobles aragoneses proclaman su desnaturalización de Aragón y juran como su único señor a Fernando Sánchez.

Al leerlas, Jaime sufre otro terrible acceso de ira.

—¡Maldito traidor! ¡Él es la encarnación del mal, el mal mismo! —clama como un terrible y vengativo dios antiguo—. ¿Dónde están ahora esos rebeldes?

—Se han concentrado en Estadilla, a una hora a caballo al este de la ciudad de Barbastro. Es uno de los feudos de don Fernando —responde el canciller.

—Envíales una declaración de guerra; y comunica a todo el reino que los rebeldes deben ser perseguidos, detenidos y encarcelados. El infante don Pedro se encargará de los nobles aragoneses y yo, de los catalanes.

Pomar de Cinca, principios de junio de 1275

Hace tiempo que Pedro aguarda esa orden. Por fin llega. Su padre lo autoriza a acabar con Fernando Sánchez, su medio hermano y jefe de los nobles rebeldes, como sea y cuanto antes.

El odio que Pedro le profesa a Fernando viene de largo, desde que el bastardo pretende convertirse en rey. El hijo de Blanca de Antillón no admite su ilegitimidad; aduce que su condición lo habilita como sucesor al trono y que tiene más derechos que los infantes Pedro y Jaime, a los que desprecia y denomina «los vástagos de la concubina húngara».

Mediado el mes de mayo, Pedro se presenta con su hueste ante Antillón, el señorío de Blanca de Antillón, que acaba de fallecer. El infante tiene la intención de arrasar esa villa, ubicada a mitad de camino entre Barbastro y Huesca, en lo alto de un cerro de suaves laderas y protegida por antiguas murallas.

Pedro cree que su medio hermano está refugiado en esa fortaleza y la asedia con sus huestes, a las que arenga para que no tengan piedad si consiguen atraparlo.

Pero Fernando aguarda emboscado en Estadilla y contraataca.

Se presenta en Antillón y confía en que Pedro se retire. No ocurre así. Cuando ve llegar a su medio hermano, el infante ordena su caballería en línea y carga contra los rebeldes. Se produce un breve enfrentamiento, pero enseguida los rebeldes dan media vuelta y huyen.

El propio Fernando, desamparado por los suyos, se despoja de todo cuanto pueda retrasar su cabalgada y escapa a todo galope. La mayor parte de sus castillos están ya bajo dominio real, de modo que decide dirigirse a Pomar de Cinca, cuyos defensores todavía le son fieles.

Ubicada a orillas del río Cinca, a poco más de una hora de camino aguas abajo de Monzón, Pomar es una villa desde la que se domina un buen trecho de ese valle. Ubicado sobre un montículo no muy elevado, su castillo y sus fortificaciones son débiles, incapaces para resistir durante algún tiempo a las tropas de Pedro, que persiguen a Fernando como una jauría de lobos hambrientos.

—¿Está ahí? —pregunta el infante Pedro a uno de sus capitanes.

—Sí, alteza. Lo hemos seguido hasta aquí desde Antillón, pero no hemos podido darle alcance. Su caballo era más rápido que los nuestros y llevaba menos peso.

—Cerrad el asedio. Si no se rinden, asaltaremos ese castillo mañana mismo.

A mediodía, con la llegada desde Antillón del resto de las tropas reales, el asedio al castillo de Pomar se cierra.

—Nadie puede salir de ese castillo sin que lo veamos, alteza —le informa el capitán.

—Mantened los ojos bien abiertos; ese traidor es muy escurridizo; no se nos puede volver a escapar. Enviad un mensajero, que les ofrezca el perdón a todos los defensores si entregan a Fernando Sánchez.

Antes de que pueda cumplirse la orden del infante, una voz alerta:

—¡Huye, don Fernando huye!

Pedro y su capitán acuden deprisa y observan a seis jinetes que salen del castillo de Pomar y galopan hacia el norte.

—¡El caballero que encabeza ese grupo es él; es Fernando Sánchez! —exclama el capitán de la hueste real—. Lleva sus armas. Fijaos, alteza, el escudo de cuatro cuarteles con las estrellas de los Castro.

El jinete que encabeza el pequeño grupo porta en efecto las armas y el caballo de Fernando Sánchez.

—Vamos por él —ordena Pedro—; pero no perdáis de vista el castillo.

Una veintena de caballeros arranca en persecución del grupo que huye. Los alcanzan a unas tres millas y los detienen.

Los fugados no se resisten. El que porta la armas de Fernando alza los brazos y arroja al suelo la espada y el escudo.

El infante Pedro desconfía. Ese caballero con las armas de su medio hermano tiene su tamaño y figura, pero algo le hace sospechar que no es él.

—Quitadle el casco —ordena Pedro.

No es Fernando, sino un escudero vestido con sus ropas y equipado con sus armas.

—¡Maldita sea! —clama el capitán.— Nos la ha jugado el muy traidor.

—Amarrad a esos y volvamos a Pomar, deprisa —ordena Pedro.

Cuando regresan, los sitiadores se alborozan creyendo que el capturado es Fernando Sánchez, pero enseguida se decepcionan.

—¿Ha salido alguien del castillo? —pregunta el capitán a los que mantienen el sitio de Pomar.

—Un pastor; iba a pie —responde uno de los soldados.

—¿Y le habéis dejado marchar?

—Lo hemos detenido, pero iba él solo y no portaba armas. No nos ha parecido peligroso...

—¿Hacia dónde se ha dirigido?

—Hacia el sur, capitán, por la orilla del río.

—¿Lo habéis visto cruzar?

—No creo que lo haya hecho, la corriente es demasiado fuerte.

—¿Y lo habéis dejado marchar? Sois idiotas; ese era el traidor.

—Dejaos ahora de reproches. Vamos a buscarlo. No andará muy lejos —ordena Pedro.

Varios hombres, con el infante Pedro al frente, rastrean la orilla derecha del río Cinca. Unos labriegos informan a los perseguidores que acaban de ver pasar a un pastor y les indican la dirección. En la linde de un campo de trigo, observan que hay un rastro reciente que penetra en el trigal todavía sin segar.

Pedro ordena que rodeen el campo e indica a sus tres hombres más fuertes que sigan el rastro.

Apenas tardan tiempo en encontrarlo. Fernando Sánchez es apresado acurrucado en el centro del trigal, vestido con una pelliza de pastor y con un zurrón en el que solo lleva algo de comida.

Lo atan y lo conducen a presencia del infante.

—Al fin te tengo. Hasta aquí ha llegado tu traición —sonríe Pedro.

—Hermano, te ruego...

—¿Hermano? —Pedro lo interrumpe—. Tú no eres mi hermano; eres un felón que ha intentado destruir nuestra Corona. Y vas a pagar por ello ahora mismo.

—Hermano, te suplico que me lleves ante nuestro padre...

—Mi padre ya te ha sentenciado y yo voy a cumplir su sentencia. ¡Ahogadlo en el río! —ordena Pedro.

—¡No, ahogado no! Esa es una muerte infamante; un caballero no debe morir así.

—Un traidor como tú, sí. ¡Ahogadlo!

Los tres soldados que sujetan a Fernando lo conducen a rastras hasta la orilla del río Cinca, que baja muy crecido. Atado con las manos a la espalda, apenas puede resistirse.

Lo tumban y le atan también los pies. Luego lo sujetan por las piernas y le introducen la cabeza bajo el agua. Fernando intenta zafarse y arquea el cuerpo, pero los tres hombres son muy fuertes y logran mantener su cabeza sumergida hasta que, tras unos últimos estertores, deja de moverse.

—Sacadlo ya —ordena Pedro.

Los soldados depositan el cuerpo sin vida de Fernando sobre la orilla.

—Está muerto, alteza —comprueba el capitán tras examinarlo.

Pedro se acerca y con la bota le da un ligero golpe en el costado.

—Sí, está muerto; corrobora el infante.

—¿Qué hacemos con el cadáver? ¿Lo arrojamos al río? —pregunta el capitán.

—Era hijo del rey. Llevadlo a Pomar. Ha muerto como un felón, pero será enterrado como corresponde. Aquí —Pedro señala el suelo— ya ha sido juzgado y condenado; allá —señala el cielo— Dios decidirá.

Asedio de Rosas, finales de julio de 1275

Mientas Pedro acaba con los rebeldes aragoneses, el rey se dirige a Perpiñán y desde allí acude al asedio de Rosas para someter al conde de Ampurias y a la nobleza catalana.

—Rosas no se rinde, majestad —le dice Jaime de Jérica.

—Al menos vosotros sí me sois fieles.

Con el rey están sus hijos los señores de Jérica y Ayerbe, que acuden en defensa de su padre con sus mesnadas.

Pero ni siquiera con esos refuerzos es suficiente para rendir Rosas. Su castillo está ubicado en un cerro de empinadas laderas, cerca del mar, y hace falta tiempo y muchos soldados para someterlo.

Jaime se desespera. Tampoco lo consuela el que los judíos de Perpiñán y de Montpellier le presten dinero para recuperar las joyas de la corona empeñadas a la banca Amanati de Pisa.

En el asedio de Rosas le informan del nuevo fracaso de su yerno Alfonso de Castilla en su último intento por convertirse en emperador. Ni siquiera el viaje y el encuentro con el papa Gregorio en la villa de Beaucaire sirve para cambiar la opinión de la Iglesia, que ratifica a Rodolfo de Habsburgo como emperador de Alemania. Alfonso le escribe una carta a su suegro explicándole que renuncia de manera definitiva a sus derechos al trono imperial; no volverá a intentarlo.

Y también sabe de la muerte de su hijo Fernando Sánchez en las aguas del Cinca.

En su libro, que sigue dictando a ratos, escribe lo siguiente:

> El infante Pedro tenía sitiado un castillo de Fernando Sánchez y había capturado al dicho Fernando Sánchez y lo había hecho ahogar. Y a nos plació mucho cuando lo oímos, pues era cosa muy dura que se levantase contra nos nuestro hijo, al cual nos tanto bien le habíamos hecho y tan honrosa heredad le habíamos dado.

Barcelona, verano de 1275

No hay un momento de paz.

Apenas se sofoca la revuelta de los nobles aragoneses y catalanes, cuando se levantan en armas los moros en el sur del reino de Valencia.

El rey de Marruecos atraviesa el estrecho de Gibraltar con un ejército de diecisiete mil jinetes; la esperanza de reconquistar las tierras de Al-Andalus para el islam renace.

Tras matar a su medio hermano, el infante Pedro se dirige a las fronteras de Granada para ayudar a los castellanos en la guerra, pero Jaime lo reclama de inmediato para que acuda a sofocar la rebelión de los musulmanes valencianos.

—Envía una carta al infante don Pedro; dile que le prometo que haré que su hijo mayor Alfonso, mi nieto, sea jurado como heredero de los reinos de Aragón y de Valencia y del condado de Barcelona. Y otra a don Pedro Fernández; que acuda inmediatamente a Valencia.

—Don Pedro Fernández está luchando en las fronteras de Granada y Murcia en ayuda de los castellanos, tal como lo autorizasteis...

Unos golpes suenan en la puerta de la sala del palacio mayor de Barcelona, donde hablan el rey y su canciller.

—¿Qué ocurre? —pregunta Jaime alzando la voz.

Un miembro de la cancillería asoma a la puerta.

—Majestad, acaba de llegar un mensaje urgente.

El canciller se acerca a su subordinado coge la nota y se la entrega al rey. Es un breve cerrado con lacre con el sello del canciller de Castilla.

Jaime rompe el lacre, lee el documento para sí y lo deja caer sobre la mesa. Su cara palidece.

Sarroca comprende que se trata de algo muy grave; mira a su subordinado y con un gesto le indica que se retire.

—Majestad, ¿qué ocurre? —le pregunta con tono de preocupación.

—Sancho ha muerto.

—¿Don Sancho, vuestro... el arzobispo de Toledo?

—Sí, mi hijo Sancho, el menor de los que tuve con doña Violante. Léela, también era tu hermano.

El rey le entrega la carta al canciller, que la lee en silencio.

El arzobispo de Toledo combate a los moros de Granada en la guerra que se libra en la frontera entre este reino moro y el de Castilla. Encabeza sus tropas en una batalla cerca de la ciudad de Jaén a la que acude Sancho para liberar a un grupo de cristianos cautivos; el ejército castellano es derrotado por los granadinos, que capturan al arzobispo en el combate.

Mientras se debate qué hacer con el arzobispo, un caudillo musulmán le clava una azagaya en el hombro y luego ordena que lo decapiten y que le corten los dedos de las manos para quitarle los anillos de oro. Unos soldados cristianos logran recuperar su cadáver. Toledo llora la muerte de su prelado.

—Siento lo sucedido, padre.

—De los dieciocho hijos que he reconocido, ya han muerto cinco: mi primogénito, Alfonso, María, Isabel, el traidor Fernando y ahora Sancho. ¿Cuántos más perderé antes de mi muerte? —se pregunta el rey.

Unos días más tarde llegan nuevas malas noticias.

El infante Fernando de la Cerda, heredero de Castilla, muere en Villarreal cuando acude a combatir a los moros. El rey de Aragón llora la muerte de su nieto.

Y Sancha, la hija de Jaime que marcha a Tierra Santa a cuidar cautivos, también fallece ese otoño en Jerusalén.

Conmocionado por las muertes de sus hijos, el rey dicta un decreto por el que nombra a su nieto Alfonso, de ocho años de edad y primogénito del infante Pedro, como heredero en caso de que el propio Pedro fallezca antes que él.

El infante tiene la descendencia asegurada. A fines de ese verano nace su sexto hijo, también llamado Pedro, que se suma a sus hermanos Alfonso, Jaime, Isabel, Federico y Violante. Además, tiene otros tres de su barragana María Nicolau, nacidos antes de su boda con Constanza de Sicilia; y acaba de tener otro más con su actual amante, Inés Zapata, con la que pasa mucho más tiempo que con su esposa.

Valencia, febrero de 1276

Hace ya dos meses que el rey reside en Valencia, a donde convoca a sus hijos Jaime de Jérica y Pedro de Ayerbe y a las principales autoridades de todos sus reinos para la guerra contra los musulmanes valencianos sublevados de nuevo en las montañas de Alcoy. También llega desde la frontera sur de Castilla Pedro Fernández, su hijo predilecto, los obispos de la Corona, los maestres provinciales del Temple y del Hospital, los comendadores de Alcañiz y de Montalbán y dos docenas de los nobles más poderosos de Aragón y de Cataluña.

—La situación en algunas comarcas del sur es muy grave, majestad. Ha habido saqueos y robos en varias localidades; grupos de almogávares han asaltado pueblos y han perpetrado matanzas entre los moros, algunas con extrema crueldad.

Quien informa al rey es Pedro Fernández de Híjar, al que encomienda que ponga fin a tanta violencia y que aprese y ejecute a los agitadores almogávares, que parecen los principales culpables de que se desencadenen los disturbios.

—Detén a cuantos sea necesario y ajustícialos sin contemplaciones.

—Pero son cristianos... —alega Pedro Fernández.

—Son delincuentes que han cometido crímenes abominables y han puesto en peligro la paz del reino.

Pedro Fernández actúa con toda contundencia. Siguiendo las instrucciones de su padre, consiente que los moros se fortifiquen en algunas aldeas para defenderse de los ataques de los almogávares, a cuyos cabecillas más exaltados persigue y ejecuta ahorcándolos en los cruces de caminos o a la entrada de algunas poblaciones como escarmiento público para todos aquellos que desoigan las órdenes del rey.

A la vez, pide calma a los musulmanes, pero los moros aprovechan las facilidades dadas para fortificarse y se proclaman en rebeldía.

En cuanto llegan a Valencia las noticias de la rebelión de los sarracenos, Jaime convoca a la guerra a las milicias de Daroca y de su Comunidad de aldeas. Deberán presentarse a comienzos de mayo en Teruel cuatro mil hombres armados, lo que supone la casi totalidad de varones de edades comprendidas entre los dieciocho y los treinta años.

Los de Daroca y su Comunidad alegan que su tierra quedará sin hombres para cultivar los campos y para defender los castillos; el rey replica que no hay nada que cultivar ni que sembrar hasta fines de febrero y que el tratado con Castilla garantiza la paz en la frontera con ese reino.

Desde su palacio del alcázar de Valencia, Jaime intenta que su Corona no se desmorone.

—Todo son traiciones —se lamenta sentado ante el fuego de la chimenea—. Estoy cansado; siempre de un lado para otro sofocando rebeliones y conjuras. Pronto cumpliré sesenta y ocho años; debo de ser el hombre más viejo del mundo; hace ya más de cincuenta que soy el rey de Aragón; quizá sea el monarca de más largo reinado en toda la historia de la cristiandad y ni siquiera he conseguido asentar una paz duradera en mis reinos.

—No te preocupes, mi señor, podrás solventar todos los problemas —lo consuela Sibila mientras le sirve una copa de vino especiado.

—Quizá no tenga tiempo; mi final se acerca.

—Todavía vivirás muchos años. ¿Recuerdas aquel fraile a cuyo funeral asistimos en Barcelona? Dijeron que tenía casi cien años. ¿Cómo se llamaba...?

—Raimundo, Raimundo de Peñafort.

—Sí, ese. Tú también vivirás cien años. Toma, bebe este vino, es dulce y aromático, te sentará bien.

Sibila le ofrece una copa, se sienta en el suelo, entre las piernas de su real amante, y se abraza a sus rodillas.

Jaime le acaricia el pelo, que huele a perfume de algalia y aloe. Y entonces, en un lugar remoto de su memoria, aparecen otra vez los recuerdos de su madre, de la que no recuerda el rostro, pero cuyo olor todavía siente próximo.

Jaime da un largo trago a su copa. Le gustaría casarse con Sibila, hacerla su esposa y su reina, pero no puede. Sigue casado con Teresa Gil, que desde su reclusión en el convento de Valencia defiende que es su esposa legítima. Y lo es. A su requerimiento, el nuevo papa Inocencio, elegido el 11 de enero, solo un día después de la muerte de Gregorio, vuelve a ratificar que Teresa Gil de Vidaure y Jaime de Aragón están legalmente casados.

En una carta enviada por su abogado a Roma a finales de enero, Teresa explica que se casó con el rey ante un testigo, pero que no puede adjuntar ese testimonio ni su declaración porque está muerto. El nuevo papa Inocencio le responde que su matrimonio con Jaime es legal, pues está consumado con la unión carnal y, por tanto, la Iglesia lo considera válido a todos los efectos.

El rey recibe copia de la resolución pontificia, pero calla; no desea que Sibila lo sepa.

Cambia entonces de conversación y manifiesta su satisfacción por el fin de las revueltas nobiliarias en Aragón y Cataluña, por haber metido en cintura a los almogávares díscolos y por que acabará pronto con los musulmanes alzados en armas en el sur del reino de Valencia.

—Y una vez sometidos los moros, acabaré con las alteraciones que se han desencadenado en Zaragoza y en Valencia, convocaré Cortes Generales conjuntas de Aragón y Cataluña y en ellas resolveré tantos agravios como acontecen; ahí acabaré con todos estos conflictos.

»Declararé que es mi intención segregar de la Corona el señorío de Montpellier y el reino de Mallorca, que, tal como consta en mi último testamento, serán para el infante don Jaime.

De repente Jaime se siente eufórico. Quizá sea el vino, que despierta sus ánimos decaídos; o ver a Sibila abrazada a sus piernas como una niña indefensa que busca la protección de un padre más que el consuelo de un amante; o el olor de su pelo y de su cuerpo, que le recuerda a su madre y a algunas de sus anteriores mujeres; o el calor del fuego, que tonifica sus cansados músculos y sus tumidos huesos.

Játiva, fines de primavera de 1276

Guerra contra los musulmanes, guerra contra los nobles, guerra total contra todos cuantos se resistan a admitir su autoridad como rey y señor. Lo intenta con pactos, con treguas, buscando acuerdos, pero es inútil; muchos de sus súbditos solo entienden una palabra: guerra.

Pedro Fernández de Híjar ataca a los musulmanes al sur del reino de Valencia. Ejecuta con contundencia las órdenes de su padre y uno a uno va ocupando los castillos en manos de los sarracenos, que se desmoralizan al entrarse de que Al-Azraq, su gran caudillo, muere al intentar tomar la ciudad de Alcoy a comienzos de abril en un arriesgado ataque por sorpresa.

Todavía consiguen los moros una última victoria al sorprender a quinientos caballeros en Luchente a los que derrotan antes de saquear esa localidad. Allí es apresado Ramón de Moncada, maestre provincial del Temple, que consigue escapar de la prisión gracias a un musulmán traidor a los suyos.

Pese a esta victoria, los musulmanes tienen perdida la guerra. Jaime decreta que se persiga a los moros valencianos y que se acabe con todos ellos. Los que sobrevivan serán despojados de todos sus bienes y vendidos como esclavos hasta que no quede ninguno en todo el reino de Valencia.

—Solo obtendrán el perdón real los moros que se rindan de manera incondicional y supliquen perdón —le indica Jaime a su hijo Pedro Fernández.

—Así se hará, señor.

—Dispones de toda mi autoridad para acabar con ellos.

—Cumpliré vuestro mandato.

—Si yo pudiera ir, cogería mi caballo y encabezaría la guerra contra la morisma.

Pero no puede; está viejo, cansado y enfermo.

El rey se justifica escribiendo en su libro:

> Y cuando supieron los jinetes que los moros de la villa de Beniopa estaban presos, arrasaron la población de Luchente. Y en cuanto nos lo supimos, que Luchente había sido saqueado, quisimos salirles al frente, y salimos de Játiva con nuestra compañía de a caballo y a pie. Ya fuera de la villa, el maestre del Temple, don García Ortiz, el obispo de Huesca y muchos otros nos rogaron que no fuéramos a esa campaña como teníamos previsto hacer de corazón contra esos jinetes porque hacía mucho calor y porque podría causarnos un gran daño dado nuestro estado de salud. Y nos vimos que a ellos les disgustaba que nos tuviéramos esa intención y quisimos atenderlos y volvimos a Játiva.

Jaime se acuerda entonces de los años pasados en su adolescencia en el castillo de Monzón y del que fuera su preceptor, el caballero templario Guillén de Monredón, al que desea rendir homenaje de cariño por todas aquellas enseñanzas.

Alcira, 20 de julio de 1276

El rey sufre una alta calentura. Apenas puede moverse, pero ordena que lo lleven a Alcira. Quiere encabezar la guerra contra los moros que, enterados por unos espías de su mal estado de salud, realizan una cabalgada por la comarca de Alcoy.

—Traed nuestras armas y aparejad nuestro caballo de batalla —ordena a sus criados.

Jaime se tambalea apoyado en el hombro de Sibila, que contempla asustada el rostro desencajado y los ojos enrojecidos y acuosos de su amante.

—Mi señor, no estás en condiciones de combatir.

—Lo estoy, claro que lo estoy.

Intenta dar un paso más, pero se derrumba. Cae al suelo y ya no puede levantarse.

—Llevadlo a la cama —ordena Sibila a los criados—. Y llamad a don Jaime Sarroca y al infante don Pedro.

El canciller Sarroca acude de inmediato y el infante Pedro, que se encuentra en Játiva, a media jornada de camino al sur, acude presto esa mismo tarde.

Al día siguiente, Jaime se encuentra un poco mejor. Ordena que se celebre una misa, a la que asisten sus dos hijos allí presentes, algunos nobles, ricoshombres y ciudadanos de Alcira.

El infante Pedro, que derrota a los moros, porta la bandera de combate de su padre y le comunica que el conde Hugo de Ampurias se rinde y acata su autoridad.

—Sabed todos —habla Jaime una vez acabada la misa—, que Dios Nuestro Señor nos ha honrado en esta vida haciéndonos triunfar sobre nuestros enemigos; que nos ha permitido reinar por más de sesenta años, lo que no ha ocurrido con ningún otro rey, que sepamos, desde David y Salomón; y que nuestros súbditos siempre nos han amado y honrado. Y esto se debe a que nos siempre nos hemos fijado en Jesucristo, cuyo ejemplo hemos tratado de seguir en cada momento de nuestra vida.

»Tú, Pedro, eres nuestro heredero y sucesor en la Corona de Aragón. Te pedimos que sigas nuestro ejemplo y que honres a tu hermano Jaime, que lo es de padre y de madre, al que ya hemos otorgado su heredad y al que hemos escrito para que te ame y te obedezca como el hermano mayor que eres.

—Así lo haré, padre.

—Y tú, Jaime —se dirige el rey a su hijo el canciller Sarroca—, a quien hemos criado desde pequeño y te hemos otorgado el obispado de Huesca y el cargo de canciller, honra y respeta también a don Pedro.

—Siempre cumpliré vuestra voluntad, majestad.

—Pedro, recibe nuestra bendición.

El infante se arrodilla ante su padre, que permanece sentado en un sillón.

—Majestad, deberíais retiraros a descansar —le dice Sarroca.

—Antes debo ordenaros algo más. Pedro, encárgate de que los castillos del reino de Valencia estén bien provistos de víveres y otras cosas para su defensa, que se dediquen a ello las décimas de todo este reino, y conduce la guerra contra los moros con mano firme y expúlsalos a todos porque, aunque nos les hemos dado mucho bien, nos han devuelto traiciones y engaños, y eso mismo seguirán haciendo si permanecen aquí. Y si morimos...

—No vais a morir —dice Pedro.

—Y si morimos aquí en Alcira, entiérranos de manera provisional en Santa María de Alcira o en la catedral de Valencia y déjanos en esta tierra mientras dure esta guerra. Pero en cuanto acabe, lleva nuestro cuerpo al monasterio de Poblet, como hemos dispuesto en nuestro testamento.

—Juro, padre y señor, que cumpliré fielmente todo cuanto habéis ordenado —responde Pedro.

Alcira, 23 de julio de 1276

Jaime de Aragón empeora.

Esa mañana ordena que lo despojen de sus ricas ropas reales de lino y seda y que le preparen un humilde hábito blanco de monje cisterciense.

—Llama al canciller —le dice a Sibila, que lo acompaña sentada junto a su cama.

Sarroca acude enseguida.

—Convoca a Hugo de Mataplana, a tu hermano Pedro del Rey —Jaime se refiere al otro hijo que tiene de Elvira Sarroca— y a los demás hombres de leyes de la corte; y que venga también el notario Simón de San Félix.

—¿Qué ocurre, majestad? —pregunta asustado el canciller.

—Quiero dictar mi última voluntad ante testigos; pero antes me confesaré contigo, en tu condición de obispo. Trae unas hostias consagradas, pues deseo comulgar para presentarme limpio de pecado ante Dios.

Sarroca se persigna, bendice a su padre y se dispone a escuchar su confesión.

Poco después se congregan junto al rey todos los citados.

—Aquí estamos, señor —dice Sarroca, que le acaba de dar la comunión.

—Escuchad todos: Ratificamos y confirmamos nuestro último testamento, el que dictamos en nuestra ciudad de Montpellier el 26 de agosto del año del Señor de 1262. Es nuestro deseo asegurar la continuidad de la sangre real de nuestro linaje. Nos ya no podemos ejercer la autoridad, de modo que abdicamos y delegamos dicho poder en nuestro hijo el infante don Pedro, heredero y continuador de la estirpe real de los Aragón.

»Así mismo, dejamos todos los bienes que poseemos en este mundo y tomamos el hábito blanco cisterciense, que vestiremos ahora mismo y con el cual nos retiraremos al monasterio de Poblet hasta la hora de nuestra muerte para servir allí a la Madre de Dios como monje.

Dos criados lo ayudan a despojase de su ropaje y lo visten con el hábito monacal, confeccionado a toda prisa porque no encuentra uno de su enorme talla.

—Anotado, majestad —le informa el escribano.

—Seguid escribiendo, don Simón: Deseo que se paguen todas mis deudas —en el momento en el que le colocan la túnica blanca, Jaime deja de hablar con el plural mayestático que usa en todos sus actos públicos—, pues no quiero morir sin haberlas satisfecho.

»Ordeno que ninguna mujer pueda heredar los que han sido mis dominios; ordeno que todos mis hijos cumplan el testamento de doña Berenguela Alfonso, que fue mi querida señora; ordeno que se dote a doña Genesia —se acuerda Jaime de esa amante—; que quede protegida y que no reciba daño alguno doña Sibila, mi tan querida señora en estos postreros años; declaro que don Jaime de Jérica y don Pedro de Ayerbe son hijos legítimos míos, que los tuve con doña Teresa Gil de Vidaure; reconozco a don Fernando Sánchez, que fue muerto en el Cinca, como hijo que tuve con doña Berenguela Fernández; y lego cinco mil sueldos para el rescate de los cautivos cristianos que resultaron presos en Luchente.

Justo pronunciadas esas palabras, Jaime de Aragón se derrumba.

Valencia, 26 de julio de 1276

La comitiva real parte de Alcira hacia Valencia encabezada por el infante Pedro, que considera que si su padre muere, su cadáver estará mejor custodiado y seguro en la catedral de Valencia que en la iglesia de Santa María de Alcira.

Tardan toda una jornada en recorrer las veinticinco millas que separan las dos ciudades, con el rey moribundo sobre una carreta que se acondiciona con mullidos colchones de lana.

Cuando la comitiva entra en Valencia, al anochecer, sus ciudadanos ya conocen que su rey agoniza y lo reciben con grandes lloros, iluminando su paso con antorchas y faroles.

Al entrar en el palacio del alcázar, Jaime de Aragón apenas puede respirar.

Lo colocan en una cama en cuya cabecera está la espada *Tizona*.

Sacando fuerzas de su último aliento, pronuncia sus postreras palabras:

—Coge la *Tizona* —le indica a su heredero—. He blandido esa espada desde el día que salí del castillo de Monzón, donde fue consagrada por los caballeros templarios; con ella he combatido y vencido en treinta batallas. Ahora es tuya; con ella vencerás en las que tengas que librar como rey de Aragón.

Pedro empuña la *Tizona* y con la otra mano sujeta la de su padre. Siente cómo el rey la aprieta un poco y se la acerca a la boca para besársela con su último hálito de vida; apenas deposita el beso, la afloja y expira.

—Don Jaime ha muerto —ratifica el médico judío que lo atiende.

—Velaremos su cuerpo aquí hasta mañana —ordena Pedro.

—Señor, hace mucho calor y el aire es muy húmedo; os recomiendo que se embalsame el cadáver y se deposite en un lugar adecuado cuanto antes.

—Jaime —Pedro se dirige a su medio hermano el canciller Sarroca—, ¿puedes tener todo listo para mañana?

—Sí, majestad, estará todo preparado.

—¿Majestad? —Pedro se extraña; es la primera vez que alguien se dirige a él con ese tratamiento.

—Sí, majestad, claro. Desde hace unos momentos sois rey de Aragón y de Valencia y conde de Barcelona. Señores —Sarroca se dirige a la media docena de nobles y prelados presentes—, ¡viva nuestro rey don Pedro!

—¡Viva, viva el rey! —responden al unísono a la vez que hincan la rodilla en el suelo.

—¡No! Todavía no. Seguiréis llamándome infante hasta que el cuerpo de mi padre repose en la catedral.

Valencia, lunes 27 de julio de 1276

Apenas discurre una hora desde la salida del sol, pero ya hace mucho calor.

El infante Pedro, que no quiere usar aún el título de rey, y el canciller Sarroca acuden a las bodegas del palacio del alcázar de Valencia, donde unos físicos embalsaman el cadáver de Jaime de Aragón con aceites y ungüentos aromáticos para retrasar la descomposición del cuerpo.

—¿Cuánto tiempo os queda? —les pregunta.

—En una hora estará listo, majestad. Como hace tanto calor, hemos tenido que aplicar más aceites. Deberíamos haber sacado las vísceras y así hubiera sido más fácil, pero se nos dio orden de no hacerlo —explica uno de los físicos.

—Mi padre no quería que le extrajeran ninguna parte de su cuerpo —comenta Pedro.

—Lo hemos preparado para que aguante varios meses en Valencia como nos ordenaron. Solo falta cubrirlo con una mortaja que lo protegerá todo ese tiempo.

—Avisad cuando hayáis terminado. Llevaremos el cadáver de don Jaime a la catedral a mediodía. Será colocado ante el altar mayor hasta que sea trasladado al monasterio de Poblet como era su deseo.

La comitiva real está lista a las puertas del alcázar de Valencia. El trayecto desde la orilla izquierda del Turia hasta la catedral está custodiado por varios grupos de soldados, que cubren el puente de Al-Warraq, ahora llamado de La Trinidad.

Abre la comitiva un caballero que porta la señal del rey de Aragón, el estandarte de cuatro barras rojas sobre fondo amarillo, y las armas de Jaime: su lanza, la espada Tizona y el escudo barrado.

Luego desfilan diez jinetes sobre caballos con la cola recortada en señal de duelo, el ataúd con el cadáver y tras él sus hijos el infante Pedro, el canciller Jaime Sarroca y el sacristán Pedro del Rey, y los altos eclesiásticos, nobles y cortesanos.

Falta Sibila. La última amante de Jaime se queda en el alcázar por orden directa de Pedro.

Al llegar ante la puerta de la catedral, donde aguarda el obispo de Valencia, Jaime Sarroca le susurra a su hermano Pedro del Rey:

—Nuestro padre ha vivido 68 años, ha reinado 63, ha ganado tres reinos y ha librado treinta batallas, las mismas que don Alfonso el Batallador.

»Ningún soberano ha reinado tanto tiempo como él, ninguno ha ganado tantas batallas, ninguno ha conquistado tantos reinos como don Jaime, rey de Aragón, de Valencia y de Mallorca, conde de Barcelona y de Urgel y señor de Montpellier, el Conquistador.

Nota del autor

Jaime I el Conquistador fue uno de los personajes más importantes de la Edad Media.

Con un reinado de casi 63 años, entre 1213 y 1276, es el undécimo soberano en duración de mandato de toda la historia de la humanidad.

Vivió en el siglo XIII, el periodo más brillante del Medievo, la época dorada de las catedrales góticas y los castillos, las cruzadas y las reliquias, los caballeros y las damas, los burgueses y las ciudades, los trovadores y las canciones de gesta.

En ese tiempo se consolidaron los grandes Estados feudales de Europa, las universidades y las nuevas órdenes religiosas; y fue, además, el siglo de las mujeres.

Jaime I fue uno de los protagonistas de esa decisiva centuria.

Heredó el reino de Aragón y el condado de Barcelona de su padre Pedro II el Católico y el señorío de Montpellier de su madre doña María.

Conquistó tres reinos (Mallorca, Valencia y Murcia), libró y ganó decenas de batallas, legisló y administró extensos territorios y se codeó con papas, reyes y nobles. Incluso encabezó una cruzada que una tempestad desbarató antes de que pudiera alcanzar las costas de Tierra Santa.

Cometió su gran error político al firmar con Luis IX de Francia el Tratado de Corbeil, que puso fin a la influencia de la Corona de Aragón en las tierras de Occitania y Provenza.

A su muerte, dividió sus Estados entre dos de sus hijos: a Pedro III el Grande le dio Aragón, Valencia y Cataluña, y a Jaime II (no confundir con su sobrino Jaime II el Justo) le entregó Mallorca, el Rosellón, Cerdaña y Montpellier.

De imponente aspecto físico, cabello rubio y ojos negros, muy alto, fuerte, galante y apuesto, su figura causó la admiración de muchas mujeres, que quedaron seducidas por su enorme atractivo.

Fue un amante compulsivo. Se casó tres veces, tuvo nueve amantes conocidas y muchas más que quedaron en el olvido. De sus tres matrimonios nacieron al menos doce hijos legítimos y de sus relaciones extramatrimoniales otros cinco bastardos a los que reconoció. Con todas sus mujeres y todos sus hijos se mostró generoso y desprendido, otorgándoles tierras, castillos, rentas, joyas y todo tipo de bienes y regalos.

Solo uno de ellos, Fernando Sánchez de Castro, lo traicionó y lo pagó con su vida.

Murió a los 68 años. Su cuerpo fue depositado ante el altar de la catedral de Valencia hasta que se trasladó, según su deseo, al monasterio de Poblet, en Cataluña. En la iglesia de este cenobio estuvo hasta que en 1835, con la Desamortización, su sarcófago fue saqueado y sus huesos dispersados por el suelo junto con los de otros reyes e infantes de Aragón. Poco después se recogieron de manera desordenada y se colocaron en sacos; en 1844 fueron trasladados a la catedral de Tarragona, donde se guardaron hasta que en 1956 fueron devueltos a Poblet.

Entre todos esos esqueletos de la familia real sobresalía uno por su enorme tamaño. Fue el que se atribuyó a Jaime I y el que se colocó en su sarcófago, en el cual hay dos cráneos. Uno de ellos presenta huellas de una herida en el hueso frontal, tal cual se cuenta que sufrió Jaime I en la toma de Burriana en julio de 1233. Esos huesos esperan un estudio detallado.

Para escribir esta novela he manejado miles de documentos de la época de Jaime el Conquistador, además de crónicas, historias, anales, decenas de ensayos, que incluyo en una bibliografía, y centenares de artículos en revistas especializadas.

La cancillería de Jaime I expidió en torno a 35.000 documentos, casi dos por cada día de su reinado, algunos de ellos de considerable extensión. Se conservan unos 12.000, sobre todo copias y regestas en la sección de Registros de Cancillería del Archivo de la Corona de Aragón, en Barcelona.

El rey Jaime dictó su propia biografía, ya al final de su vida. Esta crónica está escrita en primera persona en la variedad catalana del lemosín, la lengua de Occitania más utilizada por los trovadores del siglo XIII, del cual deriva el catalán moderno, todavía en formación en esas fechas, y también contiene algunos aragonesismos.

Esta autobiografía, que el rey Jaime llamó *Llibre del feyts* o *Llibre dels feits* (*Llibre dels fets* en catalán moderno y *Libro de los hechos* en castellano), es una crónica de su reinado, con tonos épicos en los episodios de las guerras de conquista y trufado de justificaciones personales.

En la documentación, en las crónicas y en el propio libro de Jaime I hay algunas contradicciones en fechas, nombres y situaciones históricas, que he resuelto siguiendo en paralelo criterios historiográficos y literarios.

Todos los personajes de esta novela son históricos y están citados en las fuentes. Entre los principales y los secundarios son casi trescientos los nombres propios que aparecen alguna vez en el texto, tal cual se refiere en el listado anexo.

He renunciado a introducir personajes de ficción, aunque no a hacer ficción con los personajes históricos, atendiendo siempre a razones de verosimilitud y certidumbre, procurando captar en cada momento lo que he llamado en otras ocasiones «el espíritu de la época».

Ha sido un reto el que la narración en tercera persona discurra siempre en tiempo presente con la intención de sumergir al lector en el siglo XIII y el que los personajes se expresen en cada diálogo según la situación en la que se encuentran para crear la sensación de unas vivencias lo más reales posible.

Esta novela debe mucho a los historiadores que han estudiado la vida y el tiempo de Jaime I el Conquistador y a los que han editado los documentos y las crónicas.

Quiero agradecer los consejos y las sugerencias sobre el universo femenino en el Medievo y la mentalidad de las mujeres en el siglo XIII que me ha regalado Susana Lozano Gracia, doctora en Historia Medieval, me han ayudado a comprender mejor aspectos cruciales de esta novela. Y también los consejos de los editores, que mejoran la primera versión; y a Lucía Luengo, a cuya amistad, impulso y buen hacer profesional debe mucho esta obra.

Obviamente, cualquier error es de mi exclusiva autoría.

Personajes históricos

Abaqa (1234-1282), bisnieto de Gengis Kan, ilkán de los mongoles de Persia (1267-1282).

Abu al-Ula al-Mamún, califa almohade (1227-1232).

Abu Bakr Muhammad ibn Hud, rey de Murcia (1237-1238).

Abu Zakariyya (1203-1249), rey de Túnez (1229-1249).

Adriano V (h. 1205-18 agosto 1276), papa (11 julio 1276-1276).

Aimerico de Monfort (1192-1141), hijo de Simón de Monfort.

Al-Azraq (1208-1276), caudillo musulmán de Valencia.

An-Nasir, califa almohade (1199-25 diciembre 1213).

Alain de Roucy (h. 1172-1221), caballero francés.

Alejandro IV (h. 1199-25 mayo 1261), papa (12 diciembre 1254-1261).

Alejo II Comneno (1167-1183), emperador de Bizancio (1180-1183).

Aldonza Jiménez de Urrea (h. 1245-?), hija de Jimeno de Urrea, esposa de Fernando Sánchez de Castro (1265).

Alfonso de Provenza (1180-1209), hermano de Pedro II y conde de Provenza (1196-1209).

Alfonso VIII (1155-5 octubre 1214), rey de Castilla (1158-1214).

Alfonso IX (1171-24 septiembre 1230), rey de León (1188-1230).

Alfonso X el Sabio (1221-4 abril 1284), rey de Castilla y de León (1 junio 1252-1284).

Alfonso de Aragón (1222-23 marzo 1260), hijo primogénito de Jaime I y de Leonor de Castilla.

Alfonso de Poitiers (1220-21 agosto 1271), hermano de Luis IX de Francia, conde de Poitiers y de Tolosa (1249-1271).

Álvaro de Cabrera (1239-1267), conde de Urgel (1243-1267).

Álvaro Pérez de Azagra (h. 1220-1260), señor de Albarracín (1246-1260).

Álvaro Pérez de Castro (h. 1200-1240), caballero castellano, esposo de Aurembiaix de Urgel.

Amicia (¿-1253), hija de Simón de Monfort.

Andrés II (h. 1177-21 septiembre 1235), rey de Hungría, padre de Violante (1205-1235).

Armand de Périgord (1178-1247), maestre de la Orden del Temple (1237-1244).

Armengol VIII (1158-1209), conde de Urgel (1184-1209).

Arnaldo de Alascón (¿-h. 1226), mayordomo real de Pedro II de Aragón (1206-1210).

Arnaldo Amalric (Arnaud Amaury) (1160-29 septiembre 1225), abad de Poblet (1196-1198), abad de Cîteaux, legado papal y arzobispo de Narbona (1212-1225).

Arnaldo de Peralta, obispo de Zaragoza (1243-1248).

Arnaldo Roger I (h. 1236-1288), conde de Pallars (1256-1288).

Arnau de Cabrera (1250-?), hijo de Guillerma de Cabrera y esposo de Sibila de Saga.

Artal de Foces (h. 1230-h. 1260), noble aragonés.

Artal de Luna (h. 1190-h. 1260), noble aragonés, mayordomo real (1255-1260).

Asalido de Gudal (¿-h. 1240), caballero y jurista aragonés.

Aspargo de la Barca (h. 1170-3 marzo 1233), obispo de Pamplona (1212-1215), arzobispo de Tarragona (1215-1233), pariente de Jaime I.

Ato de Foces (h. 1185-h. 1239), noble aragonés, mayordomo real (1223-1232).

Ato de Foces (h. 1232-1302), noble aragonés.

Atorella (Ato Orella), señor de Quinto (h. 1212-h. 1236).

Aurembiaix (1196-1231), condesa de Urgel (1209-29 septiembre 1231), amante de Jaime I entre 1229 y 1230.

Azach de Barcelona, médico judío de Jaime I (1269).

Azalais de Bossazó (h. 1188-?), amante del rey Pedro II de Aragón.

Aznar Pardo, noble aragonés, mayordomo real (1210).

Baibars (1223-20 junio 1277), general mameluco y sultán de Egipto (1260-1277).

Beatriz de Provenza (1234-1267), cuarta hija y heredera de Ramón Berenguer V, esposa de Carlos de Anjou (1246).

Berenguela Alfonso de Molina (h. 1240-17 junio 1272), amante de Jaime I entre 1266 y 1272, hija de Teresa Fernández Pires de Braganza y del infante Alfonso de Molina, nieta de Alfonso IX de León y sobrina de Fernando III el Santo.

Berenguela de Castilla (1179-1246), reina de Castilla (1217), esposa de Alfonso IX de León y madre de Fernando III.

Berenguela Fernández (h. 1225-1297), amante de Jaime I entre 1242 y 1250, madre de Pedro Fernández de Híjar.

Berenguer de Eril, obispo de Lérida y Roda (1205-1235).

Berenguer de Palou II, obispo de Barcelona (1212-1241).

Berenguer de Castellbisbal, obispo de Gerona (1245-1254).

Berenguer Guillén de Entenza, noble aragonés (h. 1210-h. 1290).

Bernaldo de Calbó, obispo de Vic (1233-1243).

Bernaldo de Mur, obispo de Vic (1244-1264).

Bernaldo Vidal de Besalú, noble catalán.

Bernardo IV (¿-22 febrero 1225), conde de Cominges.

Bernardo de Entenza (h. 1228-h. 1290), hijo de Bernardo Guillermo de Entenza.

Bernardo Guillermo de Entenza (h. 1210-1237), sobrino de María de Montpellier, hijo de Guillermo IX y primo de Jaime I.

Blanca de Antillón (h. 1220-1275), amante de Jaime I entre 1239 y 1244, madre de Fernando Sánchez de Castro.

Blanca de Castilla (1188-27 noviembre 1252), hija de Alfonso VIII de Castilla, esposa de Luis VIII y reina de Francia.

Blanca de Francia (1253-1320), hija de Luis IX de Francia, esposa de Fernando de la Cerda (1269).

Blasco de Alagón, noble aragonés, mayordomo real de Aragón (1232-1234).

Blasco de Maza (h. 1180-?), noble aragonés.

Blasco Pérez, sacristán de Tarazona, falsificador de moneda (1267).

Bohemundo VI (1237-1275), príncipe de Antioquía (1252-1268).

Buenaventura de Fidanza (1217-17 julio 1274), teólogo franciscano, santo de la Iglesia.

Carlos de Anjou (21 marzo 1227-7 enero 1285), rey de Nápoles y Sicilia (1266-1282), hermano de Luis IX de Francia.

Celestino IV (¿-1241), papa (25 octubre 1241-10 noviembre 1241).

Cerverí de Gerona (Guillermo de Cervera), trovador, poeta áulico de Jaime I (1273).

Clemente IV (1202-1268), papa (5 febrero 1265-29 noviembre 1268).

Constanza (1202-1250), esposa de Guillén Ramón de Moncada, hija bastarda de Pedro II de Aragón.

Constanza de Aragón (1238-1275), hija de Jaime I y de Violante de Hungría, esposa del infante Manuel de Castilla (1256).

Constanza Hohenstaufen de Sicilia (h. 1249-9 abril 1302), hija del rey Manfredo de Sicilia, esposa de Pedro III de Aragón (1262).

Cristina de Noruega (1234-1262), princesa de Noruega, esposa del infante Felipe de Castilla (1258).

Diego López de Haro (¿-1254), alférez de Castilla y León, señor de Vizcaya (1236-1254).

Domingo López de Pomar (1226), noble aragonés.

Durán de Huesca (h. 1160-1224), fundador de los Pobres Católicos.

Durán de Paernas (1242), sastre y trovador.

Eduardo I (1239-7 julio 1307), rey de Inglaterra (20 noviembre 1272-1307).

Elfa (¿- 1267), viuda de Pedro Jordán, señor de Sangüesa.

Elo Álvarez (h. 1203-?), primera amante de Jaime I.

Elvira Sarroca (h. 1230-1289), amante de Jaime entre 1249 y 1252, madre de Jaime Sarroca y de Pedro del Rey.

Enrique el Senador (1230-1303), infante de Castilla, hijo de Fernando III y hermano de Alfonso X.

Enrique I (1204-6 junio 1217), rey de Castilla (6 octubre 1214-1217).

Enrique I (h. 1244-22 julio 1274), hijo de Teobaldo I, rey de Navarra (4 diciembre 1270-1274).

Enrique III (1207-16 noviembre 1272), rey de Inglaterra (28 octubre 1216-1272).

F. de Queralt, embajador de Jaime I en Túnez (1268).

Federico II Hohenstaufen (1194-28 diciembre 1250), rey de Sicilia, emperador de Alemania (22 noviembre 1220-1250).

Felipe II Augusto (1165-14 julio 1223), rey de Francia (18 septiembre 1180-1223).

Felipe III el Atrevido (1245-5 octubre 1285), rey de Francia (25 agosto 1270-1285).

Felipe Ricart, ciudadano de Barcelona, embajador de Jaime I en Túnez (1272).

Fernando (1225-1248), infante de Castilla, hijo de Fernando III.

Fernando (1245-1250), hijo de Jaime I y de Violante de Hungría.

Fernando (h. 1264-1285), hijo de Jaime I y Genesia.

Fernando III el Santo (1199-30 mayo 1252), rey de Castilla (1 julio 1217-1252), rey de León (1230-1252).

Fernando Ahonés (1238), noble aragonés.

Fernando de la Cerda (23 octubre 1255-25 julio 1275), infante de Castilla, hijo de Alfonso X y Violante de Aragón, esposo de Blanca de Francia (1269).

Fernando de Montearagón (1190-1 julio 1248), hijo de Alfonso II de Aragón, abad de Montearagón (1205), tío de Jaime I.

Fernando Pérez de Pina (1238), noble aragonés.

Fernando Sánchez de Castro (h. 1240-1275), hijo de Jaime I y Blanca de Antillón.

Ferriz de Lizana (1267), noble aragonés.

Florent de Ville (1213), caballero francés.

Francisco de Asís (1182-3 octubre 1226), fundador de los franciscanos.

Genesia (h. 1240-?), amante de Jaime I entre 1261 y 1262, esposa de Jaime de Santa Mera, madre de Fernando.

Gregorio IX (h. 1170-22 agosto 1241), papa (18 marzo 1227-1241).

Gregorio X (h. 1210-10 enero1276), papa (1 septiembre 1271-1276).

Guerao IV de Cabrera (1196-1229), conde de Urgel y vizconde de Cabrera (1217-1227).

Guillén I (1170-12 julio 1225), vizconde de Cardona.

Guillén de Allaco, maestre del Temple de la Corona de Aragón (1221-223).

Guillén de Cervera (1217-1223), noble catalán.

Guillén de Cervera (1269), trovador.

Guillén Galcerán, embajador de Jaime I en Tremecén (1267).

Guillén de Moncada, castellano de Tortosa (1247).

Guillén Ramón de Moncada (1173-1224), vizconde de Bearn, senescal de Cataluña y esposo de Constanza de Aragón.

Guillén de Mongriu (1200-1273), arzobispo electo de Tarragona (1233-1239).

Guillén de Monredón (1165-1225), comendador del Temple en la Corona de Aragón, consejero de Pedro II y de Jaime I.

Guillén de Tavertet, obispo de Vic (1195-1233).

Guillén Peralta (1212), noble aragonés.

Guillén Ros, capitán de galeras (1269).

Guillerma de Cabrera (h. 1230-1277), amante de Jaime I entre 1246 y 1253, viuda de Bernardo de Cabrera; hija de Hugo IV de Ampurias.

Guillermo IX de Montpellier (1190-1238), medio hermano de la reina María de Montpellier.

Guillermo de Castelnou (1257), noble catalán.

Guillermo de Chartres, maestre del Temple (1210-1219).

Guillermo de Entenza (h. 1212-h. 1260), hermano de Bernardo Guillermo de Entenza, hijo de Guillermo de Montpellier y primo de Jaime I.

Hervé IV, conde de Nevers (1199-1225).

Hetum I (1213-21 octubre 1270), rey de Armenia (1226-1270).

Hispano, obispo de Albarracín (1212-1215).

Honorio III (h. 1148-18 marzo 1227), papa (24 julio 1216-1227).

Hugo IV (1170-1230), conde de Ampurias (1200-1230).

Hugo de Forcalquier, maestre del Hospital en la Corona de Aragón (1230-1244).

Hugo de Revel Malavespa, maestre del Hospital en la Corona de Aragón (1258-1277).

Hugo de Mataplana (1213-1221), noble catalán.

Hugo de Mataplana (1276), noble aragonés.

Hulagu (h. 1217-1265), nieto de Gengis Kan, ilkán de Persia (1256-1265).

Ibn Jattab, rey de Murcia (1238-abril 1239).

Inés Zapata, amante del infante Pedro de Aragón (1274-1280).

Inocencio III (h. 1161-16 julio 1216), papa (1198-1216).

Inocencio IV (h. 1185-7 diciembre 1254), papa (25 junio 1243-1254).

Inocencio V (h. 1225-22 junio 1276), papa (21 enero 1276-1276).

Isabel de Aragón (1248-28 enero 1271), hija de Jaime I y Violante de Hungría, esposa de Felipe III y reina de Francia.

Isaac II Angelo (1156-28 enero 1204), emperador de Bizancio (1185-1195 y 1203-1204).

Jahudá de la Cavallería, judío, baile de Zaragoza (1274).

Jaime I el Conquistador (2 febrero 1208-27 julio 1276), rey de la Corona de Aragón (13 septiembre 1213-1276).

Jaime II (1243-1311), hijo de Jaime I y Violante de Hungría, rey de Mallorca (1276-1311).

Jaime Alarich, embajador de Jaime I ante los mongoles (1267).

Jaime Cervera (1238), noble catalán.

Jaime de Jérica (h. 1255-1288), hijo de Jaime I y Teresa Gil de Vidaure.

Jaime Pérez (h. 1259-1285), hijo del infante Pedro de Aragón y de María Pérez.

Jaime Sarroca (h. 1250-1289), hijo de Jaime I y Elvira Sarroca, sacristán de Lérida, obispo de Huesca (1273-1290), canciller real (1272-1276).

Jimeno, obispo de Segorbe (1237-1246).

Jimeno Cornel, noble aragonés (1204-1226).

Jimeno de Aibar (1210), noble aragonés.

Jimeno de Foces (h. 1210-h. 1260), noble aragonés, gobernador del reino de Valencia (1256).

Jimeno de Urrea (¿-h. 1240), noble aragonés.

Jimeno de Urrea (h. 1230-h. 1280), noble aragonés.

Jimeno Pérez de Tarazona, noble y jurista aragonés (1233-1267).

Jordán de Peña, noble aragonés (1274).

Juan Sin Tierra (1166-19 octubre 1216), rey de Inglaterra (6 abril 1199-1216).

Juana de Dammartín (h. 1220-1279), segunda esposa del rey Fernando III de Castilla y León (1237-1252).

Jusef Almeredí, judío, médico real (1272).

Kitbuka (¿-1260), general mongol, cristiano nestoriano.

Ladrón, noble aragonés (1211-1236).

Leonor de Provenza (1233-1292), segunda hija de Ramón Berenguer V de Provenza, esposa de Enrique III de Inglaterra (1236).

Leonor de Castilla (1200-1244), primera esposa de Jaime I, hija de

Alfonso VIII de Castilla y de Leonor de Inglaterra, reina de la Corona de Aragón (1221-1229).

Leopoldo VII (1176-28 julio 1230), duque de Austria (1198-1230).

Lope de Albero, noble aragonés (1220).

Lope Díez de Haro (h. 1245-1288), señor de Vizcaya (1255-1288), alférez de Castilla.

Lope Jiménez de Luesia, noble aragonés (1226).

Luis VIII (1187-8 noviembre 1226), rey de Francia (4 julio 1223-1226).

Luis IX el Santo (1214-15 agosto 1270), rey de Francia (8 noviembre 1226-1270).

Luis de Francia (1264-1276), hijo de Felipe III de Francia e Isabel de Aragón.

Maestro París, platero real (1273).

Manfredo (1232-1266), rey de Sicilia (1258-26 febrero 1266).

Marco Ferriz de Lizana, noble aragonés (1274).

Margarita de Provenza (1221-1265), primera hija de Ramón Berenguer V de Provenza, esposa de Luis IX de Francia (1234).

María de Aragón (1247-1268), hija de Jaime I y Violante de Hungría.

María de Montferrato (1192-1212), heredera al trono de Jerusalén.

María de Montpellier (h. 1180-1213), señora de Montpellier y reina de la Corona de Aragón (15 junio 1204-21 abril 1213).

María Pérez, amante del infante Pedro de Aragón (1258-1262).

Martín Pérez de Artasona, justicia de Aragón (1260-1265).

Miguel de Aguilar, juglar (1273).

Miguel de Luesia, noble aragonés (1210-1213).

Miguel de Roda, noble aragonés (1213).

Miguel VIII Paleólogo (1223-1282), emperador de Bizancio (1259-1282).

Miguel Pérez de Isuerra, noble aragonés (1238).

Muhammad ibn Hud, rey de Murcia (1260-1264)

Muhammad I (1194-1273), rey de Granada (1238-1273).

Nuño González de Lara, adelantado de Castilla (¿-1275).

Nuño Sánchez (h. 1190-1242), primo de Pedro II, conde de Rosellón.

Oliver el Templario, trovador (1269).

Otón IV (h. 1175-25 julio 1215), emperador de Alemania (9 mayo 1218-1215).

Pedro de Berga, noble catalán (1267-1276).

Pedro, infante de Portugal (1187-1258), segundo esposo de Aurembiaix de Urgel y señor de Mallorca e Ibiza (1231-1258).

Pedro II el Católico (1178-12 septiembre 1213), rey de Aragón (1196-1213).

Pedro III el Grande (septiembre 1240-1285), rey de Aragón (1276-1285).

Pedro de Ahonés (h. 1170-1226), noble aragonés.

Pedro Bonifasi, cónsul de Montpellier (1239).

Pedro Cornel, noble aragonés, mayordomo real (1234-1255).

Pedro de Ayerbe (h. 1259-1310), hijo de Jaime I y Teresa Gil de Vidaure.

Pedro de Clariana, noble aragonés (1238).

Pedro de Falces, noble aragonés (1210).

Pedro de Montaigú, maestre del Temple (1218-1232).

Pedro de Queralt, noble catalán (1267).

Pedro del Rey (h. 1252-1308), hijo de Jaime I y Elvira Sarroca, obispo de Lérida.

Pedro Fernández de Azagra (1173-1246), señor de Albarracín (1200-1246).

Pedro Fernández de Híjar (h. 1243-1299), hijo de Jaime I y Berenguela Fernández.

Pedro Gómez, noble aragonés (tal vez castellano) (1220).

Pedro Martínez de Luna, noble aragonés (1272).

Pedro Pérez, falsificador de moneda (1267).

Pedro Pérez de Tarazona, justicia de Aragón (1208-1235).

Pedro Sánchez, justicia de Aragón (1266-1268).

Pedro Ramírez, falsificador de moneda (1267).

Pelegrín Ahonés (¿-1220), noble aragonés.

Pelegrín de Bolás, noble aragonés (1225).

Ponce de Cabrera, conde de Urgel (1257-1268).

Ponce de Peralta, caballero aragonés (1263).

Ponce de Torrella, obispo de Tortosa (1212-1254).

Ponce Mariscal, comendador de Monzón (1219).

Qutuz, sultán de Egipto (1259-1260).

Raimundo de Peñafort (h. 1180-6 enero 1275), general de los dominicos, santo de la Iglesia.

Ramiro Rodríguez, mercenario castellano (1255).

Ramón VI (1156-1222), conde de Tolosa.

Ramón VII (1197-1249), conde de Tolosa, esposo de Sancha de Aragón y cuñado de Pedro II.

Ramón Berenguer, maestre del Temple (1238).

Ramón Berenguer V (1198- 26 agosto 1245), conde de Provenza (h. 1202-1245), primo de Jaime I.

Ramón Berenguer de Ager, noble catalán (1238).

Ramón de Conques, burgués de Montpellier, embajador de Jaime I en Alejandría (1262).

Ramón de Moncada (h. 1230-h. 1290), vizconde de Cardona

Ramón Galcerán, noble aragonés (1218).

Ramón Marquet, capitán de galeras (1269).

Ramón Ricart, embajador de Jaime I en Túnez (1274).

Ramón Roger I (1152-27 de marzo de 1223), conde de Foix (1188-1223).

Ramón Roger Trencaval (1185-10 noviembre 1209), vizconde de Béziers y Carcasona (1200-1209).

Ribera de Perpiñán, traductor (1266).

Rodrigo de Lizana, noble aragonés (¿-1213).

Rodrigo Jiménez de Rada (1170-0 junio 1247), arzobispo de Toledo (1208-1247).

Ruy Jiménez de Luna, jurista aragonés (1272).

Sancha de Provenza (1225-1261), tercera hija de Ramón Berenguer VI de Provenza, esposa de Ricardo de Cornualles.

Sancha de Aragón (1186-1241), hermana de Pedro II y esposa de Ramón VII de Tolosa.

Sancha de Aragón (1246-1275), hija de Jaime I y Violante de Hungría.

Sancha de Castilla (1154-9 noviembre 1208), hija de Alfonso VII de León, esposa de Alfonso II de Aragón (1174), reina de Aragón y madre de Pedro II.

Sancha de León (h. 1192-h. 1242), reina de iure de León, hermana de Fernando III.

Sancho (1161-1223), hermano de Alfonso II de Aragón, conde de

Rosellón y Cerdaña (1168-1212), tío de Pedro II y procurador y regente de Aragón (1213-1218).

Sancho (1250-1275), hijo de Jaime I y Violante de Hungría, arzobispo de Toledo (1266-1275).

Sancho VII el Fuerte (1154-7 abril 1234), rey de Navarra (1194-1234).

Sancho de Ahonés, obispo de Zaragoza (1216-1236).

Sancho Martínez de Luna, noble aragonés (1226).

Sibila de Saga (h. 1255-?), esposa de Arnau de Cabrera y amante de Jaime I entre 1274 y 1276.

Simón de Monfort (h. 1165-25 junio 1218), conde de Tolosa y duque de Narbona (1214-1218).

Simón de Sant Feliú, notario (1272).

Sordel de Mantua, trovador (1242).

Teobaldo I de Champaña (1201-8 julio 1253), rey de Navarra (1234-1253).

Teobaldo II (1238-4 diciembre 1270), rey de Navarra (8 julio 1235-1270).

Teresa Gil de Vidaure (h. 1220-15 julio 1285), viuda de Pedro Sánchez de Lodosa, esposa de Jaime I (1255-1276).

Tomás de Aquino (1224-7 marzo 1274), teólogo dominico, santo de la Iglesia.

Tomás de Junqueras, jurista (1272).

Urbano IV (h. 1195-2 diciembre 1264), papa (4 septiembre 1261-1264).

Vidal de Canellas, obispo de Huesca (1238-1252).

Violante de Hungría (8 junio 1215-9 octubre 1251), hija del rey Andrés II de Hungría, esposa de Jaime I, reina de la Corona de Aragón (8 junio 1235-1251).

Violante de Aragón (1236-1301), hija de Jaime I y Violante de Hungría, esposa de Alfonso X y reina de Castilla y León (1252-1301).

Zayd abu Zayd (h. 1195-1268), gobernador almohade de Valencia (1223-1229).

Zayyán ibn Mardanis (h. 1200-1270), rey de Valencia (1229-1238), rey de Murcia (abril 1239-1241).

Bibliografía*

Crónicas, anales, historias y documentos

ALVIRA CABRER, Martín. *Pedro el Católico, Rey de Aragón y Conde de Barcelona (1196-1213)*, 6 vols., ed. Institución Fernando el Católico, Zaragoza, 2010.

BEUTER, Pere Antoni. *Segunda parte de la crónica general de España*, Imprenta Ioan de Mey, Valencia, 1551 (ed. Biblioteca Valenciana digital).

BLANCAS, Jerónimo de. *Comentarios de los serenísimos reyes de Aragón*, Imprenta Simonis Portonariis, Zaragoza,1587 (Biblioteca virtual de Aragón).

—, *Comentarios de las cosas de Aragón*, Imprenta Laurentium Robles, Zaragoza, 1588 (Biblioteca virtual de Zaragoza).

—, *Coronación de los reyes de Aragón*, ed. Justicia de Aragón, Zaragoza, 2006 (facsímil de 1641).

BURNS, Robert I. *Diplomatarium of the Crusader Kingdom of Valencia. The Registered Charters of its Conqueror Jaume I: 1257-1276*, 4 vols., ed. Harvard University Press, Princeton, 1985-2007.

CONDE DE CASTELLANO. *Crónica de la Corona de Aragón*, ed. Salvador Hermanos, Zaragoza, 1919.

---

* En algunas entradas bibliográficas aparecen términos como «*comtes-reis*» (condes-reyes), «Confederación catalanoaragonesa» o «Corona catalanoaragonesa», totalmente erróneos y pseudohistóricos, que jamás existieron, salvo en falsarios inventos de cierta ficción historiográfica. Ruego no lo tengan en cuenta y perdonen esos deslices a sus autores. El término correcto para designar al conjunto de reinos y señoríos que gobernó Jaime I el Conquistador es el de «Corona de Aragón».

Crónica General de Espanha de 1344, ed. de Luís Filipe Lindley, 4 vols., Lisboa, 1951-1990.

Crónica de San Juan de la Peña, ed. de Carmen Orcástegui, ed. Institución Fernando el Católico, Zaragoza, 1986 (h. 1387).

Crónica de Veinte Reyes, ed. de Mauricio Herrero Jiménez y José Manuel Ruiz Asencio, ed. Ayuntamiento, Burgos, 1991.

DESCLOT, Bernat. *Crónica*, ed. Miquel Coll i Alentorn, ed. 62, Barcelona, 1982 (h. 1290).

DOMÈNEC, Jaume. *Genealogia regum Navarrae et Aragoniae et comitum Barchinonae*, h. 1380.

Els quatre grans cròniques (Crónica de Jaime I el Conquistador, Crónica de Bernart Desclot, Crónica de Ramón Muntaner y Crónica de Pedro IV el Ceremonioso), 2 vols., ed. de Ferran Soldevila i Zubiburu, ed. Selecta, Barcelona, 1971.

HUICI MIRANDA, Ambrosio y CABANES PECOURT, María de los Desamparados. *Documentos de Jaime I*, 7 vols., ed. Anubar, Zaragoza, 1976-2017.

JAIME I. *Crònica de Jaume I*, ed. Barcino, Barcelona, 1962.

—, *Llibre des feyts*, ed. Universidad, Barcelona, 1972.

—, *Crònica o Llibre des fets*, ed. 62, Barcelona, 1982.

—, *Llibre dels fets*, ed. Barcino, Barcelona, 1991.

—, *Crònica de Jaume I*, ed. Teide, Barcelona, 1991.

—, *Llibre dels fets*, ed. Afers, Catarroja, 1995.

—, *Libro de los hechos*, trad. de Julia Butiña Jiménez, ed. Gredos, Madrid, 2003.

MARINEO SÍCULO, Lucio. *De Aragoniae Regibus et forum rebus*, Imprenta Juan de Brocar, Alcalá de Henares 1539 (Biblioteca Virtual de Aragón).

—, *Crónica d'Aragón*, ed. El Albir, Barcelona, 1974 (1524).

MARTÍNEZ FERRANDO, Jesús Ernesto. *Catálogo de la documentación relativa al antiguo reino de Valencia contenida en los registros de la cancillería real, I. Jaime I el Conquistador*, Imprenta Góngora, Madrid, 1934.

MIRET I SANS, Joaquim. *Itinerari de Jaume I "el Conqueridor"*, ed. Institut d'Estudis Catalans, Barcelona, 2007 (1918).

MUNTANER, Ramón. *Crónica*, ed. Antonio de Bofarull, Imprenta Jaime Jepús, Barcelona, 1860 (h. 1330).

RODRÍGUEZ LAJUSTICIA, Francisco Saulo. *La relación de Jaime I de Aragón con sus hijos en los registros de cancillería*

(1257-1276), ed. Institución Fernando el Católico, Zaragoza, 2019.

ROLLAN, Esteban. *Chronica regum Aragonum et comitum Barchinone et populatione Hispanie*, ed. de María Isabel Falcón Pérez, ed. Anubar, Zaragoza, 1987 (1519).

PEDRO IV. *Crónica*, ed. Antonio de Bofarull, Imprenta Alberto Frexas, Barcelona, 1850 (h. 1385).

Primera Crónica General. Estoria de España, ed. Ramón Menéndez Pidal, ed. Bailly-Bailliere e Hijos, Madrid, 1906 (Biblioteca digital de Castilla y León).

VAGAD, G. Fabricio de. *Crónica de los Reyes del reino de Aragón*, Imprenta Pablo Hurus, Zaragoza, 1499 (Biblioteca virtual Miguel de Cervantes).

ZURITA, Jerónimo. *Anales de la Corona de Aragón*, vol. I, ed. Institución Fernando el Católico, Zaragoza, 1967 (1562).

—, *Gestas de los reyes de Aragón*, ed. Institución Fernando el Católico, Zaragoza, 1984 (1578).

Estudios

ABULAFIA, David. *La guerra de los doscientos años*, ed. Pasado y Presente, Barcelona, 2017.

ALVIRA CABRER, Martín. *Muret 1213. La batalla decisiva de la cruzada contra los cátaros*, ed. Ariel, Barcelona, 2008.

BARRERAS, Daniel y DURÁN, Cristina. *El legado de Jaime I el Conquistador*, ed. Sílex, Madrid, 2015.

BASSEGODA I NONELL, Joan. *El sant rey en Jacme d'Aragó (1208-1276)*, ed. Veritat i Justicia, Barcelona, 2008 (1981).

BELENGUER CEBRIÀ, Ernest. *Jaime I y su reinado*, ed. Milenio, Lérida, 2008.

—, *Jaume I a través de la Història*, ed. Universidad, Valencia, 2009.

— y GARÍN, Felipe Vicente (eds.). *La Corona de Aragón: siglos XII-XVIII*, ed. Generalitat Valenciana-Ministerio de Cultura, Madrid, 2006.

BISSON, Thomas N. *The Medieval Crown of Aragon*, ed. Oxford University Press, Oxford, 1986.

BOFARULL, Antonio de y FLOTATS, Mariano *Historia del rey*

de Aragón don Jaime I el Conquistador, Imprenta V. y H. de Mayol, Barcelona, 1848.

BURNS, Robert I. *Jaume I i els valencians del segle XIII*, ed. Tres i Quatre, Valencia, 1981.

—, *El reino de Valencia en el siglo XIII. Iglesia y sociedad*, 2 vols., ed. Del Cenia al Segura, Valencia, 1982.

CABESTANY I FORT, Joan F. *Jaume I. Conqueridor e home de govern (1208-1276)*, ed. Ayuntamiento, Barcelona, 1976.

CATEURA, Pau. *Mallorca en el siglo XIII*, ed. El Tall, Palma de Mallorca, 1997.

CINGOLANI, Stefano Maria. *Historia y mito del rey Jaime I de Aragón*, ed. Edhasa, Barcelona 2008.

—, *Pere el Gran. Vida, actes i paraula*, ed. Base, Barcelona, 2010.

CORRAL LAFUENTE, José Luis. *La formación territorial. Historia de Aragón*, ed. Guara, Zaragoza, 1985.

— (coord.). *¿Qué fue la Corona de Aragón?*, ed. Prensa Aragonesa, Zaragoza, 2010.

—, *La Corona de Aragón. Manipulación, mito e historia*, ed. Doce Robles, Zaragoza, 2014.

— (coord.). *Aragón. Reyes, reino y Corona*, ed. Prensa Diaria Aragonesa, Zaragoza, 2014.

— (coord.). *La Corona de Aragón*, ed. Prensa Diaria Aragonesa, Zaragoza, 2018.

COLÓN I DOMÈNECH, Germà y MARTÍNEZ ROMERO, Tomás (eds.). *El rey Jaume I. Fets, actes i paraules*, ed. Castelló, Barcelona, 2008.

COULON, Damien y FERRER I MALLOL, María Teresa (coord.). *L'expansió catalana a la Mediterrània a la baixa Edad Mitjana*, ed. CSIC, Madrid, 1999.

DALMAU I FERRERES, Ramón. *María de Montpeller*, ed. Episodis de la història, Barcelona, 1962.

FERRER I MALLOL, María Teresa y MUTGÉ I VIVES, Josefina (coord.). *La Corona catalanoaragonesa i el seu entorn mediterrani a la baixa Edat Mitjana*, ed. CSIC, Barcelona, 2005.

FURIÓ, Antoni. *El rey conquistador: Jaime I, entre la historia y la leyenda*, ed. Bromera, Alcira, 2007.

GARCÍA EDO, Vicent. *La obra legislativa de Jaime I de Aragón (1208-1276)*, ed. Universitat Jaume I, Castellón, 2008.

GARIN LLOMBART, Felipe y GAVARA PRIOR, Joan. *Jaime I, memoria y mito histórico*, ed. Generalitat, Valencia, 2008.

GIUNTA, Federico. *Aragoneses y catalanes en el Mediterráneo*, ed. Ariel, Barcelona, 1989.

GIMÉNEZ SOLER, Andrés. *La Edad Media en la Corona de Aragón*, ed. Labor, Barcelona, 1930.

GONZÁLEZ ANTÓN, Luis, CATEURA, Pau y FERRER, Ramón. *La Corona de Aragón. La consolidación*, ed. Aragó, Barcelona-Zaragoza, 1988.

GRAU TORRAS, Sergi. *Cátaros e Inquisición*, ed. Cátedra, Barcelona, 2012.

—, *Jaime I y su época*. Congreso de Historia de la Corona de Aragón, 2 vols., ed. Gobierno de Aragón Zaragoza, 2008 (1909).

—, *Jaime I y su época*. X Congreso de Historia de la Corona de Aragón, ed. Institución Fernando el Católico, Zaragoza, 1980.

LACARRA, José María. *Aragón en el pasado*, ed. Espasa-Calpe, Madrid, 1972.

LALINDE, Jesús. *La Corona de Aragón en el Mediterráneo medieval (1229-1479)*, ed. Institución Fernando el Católico, Zaragoza, 1979.

—, *La Corona de Aragón. Rey, conde y señor*, ed. Aragó, Barcelona-Zaragoza, 1988.

LÓPEZ ELUM, Pedro. *La conquista y repoblación valenciana durante el reinado de Jaime I*, Valencia, 1995.

—, *El nacimiento del reino de Valencia*, ed. Levante, Valencia, 1998.

MARTÍNEZ ORTIZ, José. *Alicante y su territorio en la época de Jaime I de Aragón*, ed. Instituto Juan Gil-Albert, Alicante 1993.

OLDENBOURG, Zoé. *La hoguera de Montsegur. Los cátaros en la historia*, ed. Edhasa, Barcelona, 2002.

PALACIOS MARTÍN, Bonifacio. *La coronación de los reyes de Aragón (1204-1410)*, ed. Anubar, Valencia, 1975.

REGLÁ, Joan. *Introducció a la història de la Corona d'Aragó*, ed. Moll, Palma de Mallorca, 1973.

RÍOS SARMIENTO, Juan. *Jaime I de Aragón (el Conquistador)*, ed. Juventud, Barcelona, 1941.

RODRÍGUEZ-PICABEA MATILLA, Enrique. *La Corona de Aragón en la Edad Media*, ed. Akal, Madrid, 1999.

ROSADO LLAMAS, María Dolores, y LÓPEZ PAYER, Manuel Gabriel. *La batalla de las Navas de Tolosa. Historia y mito*, ed. Caja Rural, Jaén, 2001.

RUBIO CALATAYUD, Adela. *Historia de la Corona de Aragón*, ed. Delsan, Zaragoza, 2009.

RUIZ GONZÁLEZ, David. *Breve historia de la Corona de Aragón*, ed. Nowtilus, Madrid, 2012.

SARASA SÁNCHEZ, Esteban (ed.). *La Corona de Aragón en la Edad Media*, ed. Caja de Ahorros de la Inmaculada, Zaragoza, 2001.

—, *La sociedad en Aragón y Cataluña en el reinado de Jaime I, 1213-1276*, ed. Institución Fernando el Católico, Zaragoza, 2009.

SCHRAMM, Percy Ernst, CABESTANY, Juan F., BAGUÉ, Enric. *Els primers comtes-reis: Ramon Berenguer IV, Alfons el Cast, Pere el Catòlic*, ed. Vicens Vives, Barcelona, 1985.

SERRANO COLL, Marta. *Jaime I El Conquistador: imágenes medievales de un reinado*, ed. Institución Fernando el Católico, Zaragoza, 2008.

SHNEIDMAN, J. Lee. *The Rise of the Aragonese-Catalan Empire, 1200-1350*, ed. University Press, Nueva York, 1970.

SOBREQUÉS, Santiago. *Els grans comtes de Barcelona*, ed. Base, Barcelona, 1985.

SOLDEVILA I ZUBIBURU, Ferrán. *Vida de Jaume el Conqueridor*, ed. Aedos, 1969 (1958).

—, *Jaume I. Pere el Gran*, ed. Vicens Vives, Barcelona, 1991 (1955).

—, *Els primers temps de Jaume I*, ed. Institut d'Estudis Catalans, Barcelona, 1968.

—, *Pere el Gran*, 2 vols., ed. Institut d'Estudis Catalans, Barcelona, 1995 (1950-1962).

SWIFT, Francis Darwin. *Vida y época de Jaime I el Conquistador*, ed. Institución Fernando el Católico, Zaragoza, 2012 (1894).

TOMICH, Pedro. *Histories e conquistes des reys de Aragó e de llurs antecesors los comtes de Barcelona*, Valencia, 1534 (ed. valencia 1970).

TORRES FONTES, Juan. *La reconquista de Murcia en 1266 por Jaime I de Aragón*, ed. Academia Alfonso X el Sabio, Murcia, 1987.

TORRÓ, Josep. *El naixement d'una colònia. Dominació i resistència a la frontera valenciana (1238-1276)*, ed. Universitat, Valencia, 1999.

TOURTOULON, Charles de. *Don Jaime el Conquistador*, 2 vols., Imprenta José Domenech, Valencia, 1863-1867.

UBIETO ARTETA, Antonio. *Orígenes del reino de Valencia*, ed. Anubar, Valencia, 1977.

—, *La formación territorial. Historia de Aragón*, ed. Anubar, Zaragoza, 1981.

—, *Creación y desarrollo de la Corona de Aragón*, ed. Anubar, Zaragoza, 1987.

UTRILLA, Juan Fernando y CLARAMUNT, Salvador. *La Corona de Aragón. La génesis*, Barcelona-Zaragoza, 1988.

VENTURA I SUBIRATS, Jordi. *Pere el Catolici i Simó de Monfort*, ed. Selecta Catalònia, Barcelona, 1996 (1960).

VILAR, Pierre. *Historia de Catalunya*, 8 vols., ed. 62, Barcelona, 1987.

VILLACAÑAS BERLANGA, José Luis. *Jaime I el Conquistador*, ed. Espasa, Madrid, 2003.

VV. AA. *En torno al 750 aniversario. Antecedentes y consecuencias de la conquista de Valencia*, 2 vols., ed. Consell Valencià de Cultura, Valencia, 1989.

—, *Los mundos de Alfonso el Sabio y Jaime el Conquistador*, ed. Institució Alfons el Magnànim, Valencia, 1990.

—, *Los reyes de Aragón*, ed. Caja de Ahorros de la Inmaculada, Zaragoza, 1993.

—, *La Corona de Aragón en el centro de su historia. 1208-1458*, ed. Universidad, Zaragoza, 2010.

WILMAN, J. C. *Jaime I el Conquistador and the barons of Aragon, 1244-1267. The struggle for power*, ed. Michigan University (microfilms), Chicago, 1988.

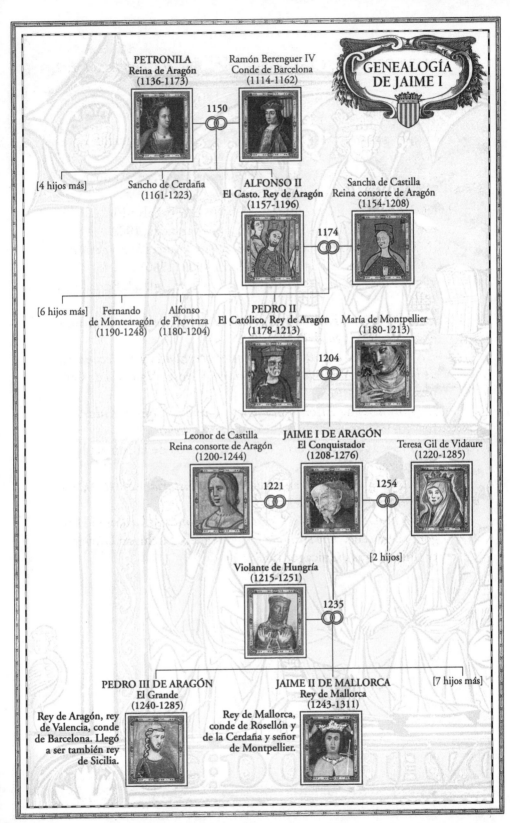

GENEALOGÍA DE JAIME I

PETRONILA
Reina de Aragón
(1136-1173)

Ramón Berenguer IV
Conde de Barcelona
(1114-1162)

1150

[4 hijos más]

Sancho de Cerdaña
(1161-1223)

ALFONSO II
El Casto. Rey de Aragón
(1157-1196)

Sancha de Castilla
Reina consorte de Aragón
(1154-1208)

1174

[6 hijos más]

Fernando
de Montearagón
(1190-1248)

Alfonso
de Provenza
(1180-1204)

PEDRO II
El Católico. Rey de Aragón
(1178-1213)

María de Montpellier
(1180-1213)

1204

Leonor de Castilla
Reina consorte de Aragón
(1200-1244)

JAIME I DE ARAGÓN
El Conquistador
(1208-1276)

Teresa Gil de Vidaure
(1220-1285)

1221

1254

[2 hijos]

Violante de Hungría
(1215-1251)

1235

[7 hijos más]

PEDRO III DE ARAGÓN
El Grande
(1240-1285)

Rey de Aragón, rey
de Valencia, conde
de Barcelona. Llegó
a ser también rey
de Sicilia.

JAIME II DE MALLORCA
Rey de Mallorca
(1243-1311)

Rey de Mallorca,
conde de Rosellón y
de la Cerdaña y señor
de Montpellier.

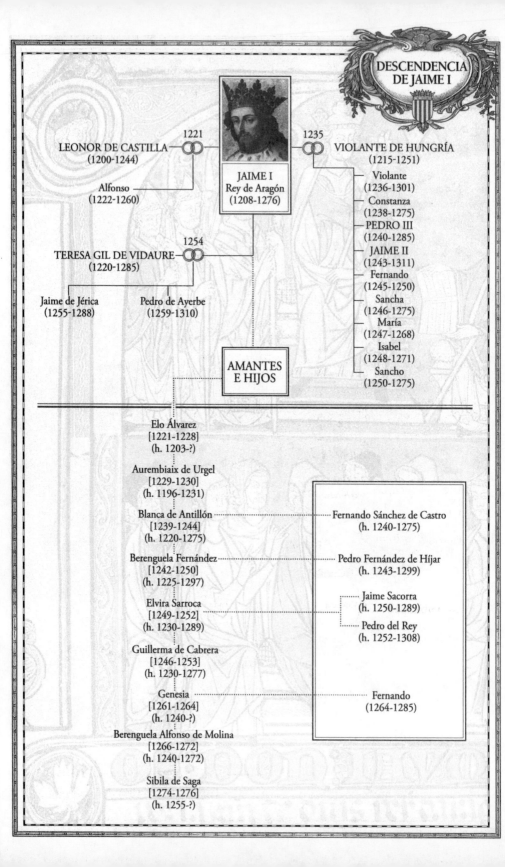

DESCENDENCIA
DE JAIME I

1221

LEONOR DE CASTILLA
(1200-1244)

Alfonso
(1222-1260)

JAIME I
Rey de Aragón
(1208-1276)

1235

VIOLANTE DE HUNGRÍA
(1215-1251)

Violante
(1236-1301)
Constanza
(1238-1275)
PEDRO III
(1240-1285)
JAIME II
(1243-1311)
Fernando
(1245-1250)
Sancha
(1246-1275)
María
(1247-1268)
Isabel
(1248-1271)
Sancho
(1250-1275)

1254

TERESA GIL DE VIDAURE
(1220-1285)

Jaime de Jérica
(1255-1288)

Pedro de Ayerbe
(1259-1310)

AMANTES
E HIJOS

Elo Álvarez
[1221-1228]
(h. 1203-?)

Aurembiaix de Urgel
[1229-1230]
(h. 1196-1231)

Blanca de Antillón
[1239-1244]
(h. 1220-1275)

Fernando Sánchez de Castro
(h. 1240-1275)

Berenguela Fernández
[1242-1250]
(h. 1225-1297)

Pedro Fernández de Híjar
(h. 1243-1299)

Elvira Sarroca
[1249-1252]
(h. 1230-1289)

Jaime Sacorra
(h. 1250-1289)

Pedro del Rey
(h. 1252-1308)

Guillerma de Cabrera
[1246-1253]
(h. 1230-1277)

Genesia
[1261-1264]
(h. 1240-?)

Fernando
(1264-1285)

Berenguela Alfonso de Molina
[1266-1272]
(h. 1240-1272)

Sibila de Saga
[1274-1276]
(h. 1255-?)

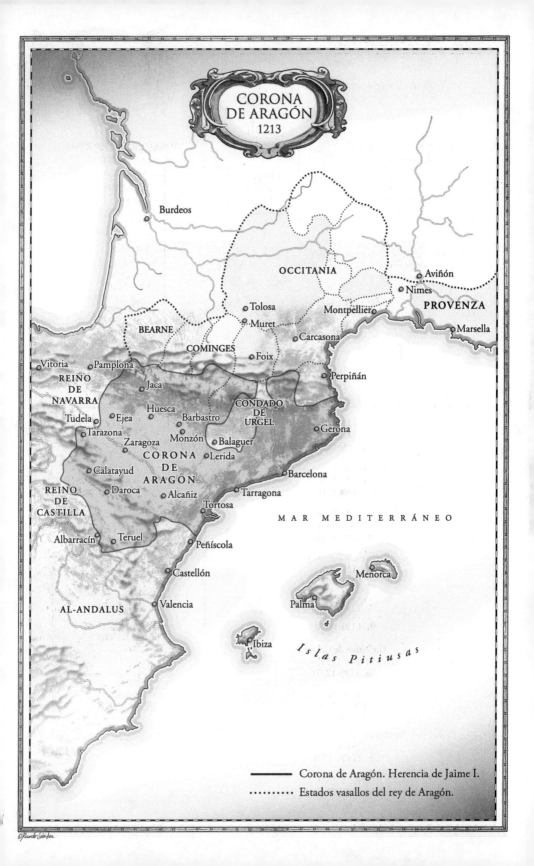

CORONA
DE ARAGÓN
1213

Burdeos

OCCITANIA

Aviñón

Nimes

PROVENZA

Tolosa

Montpellier

Muret

Marsella

BEARNE

Carcasona

COMINGES

Foix

Vitoria

Pamplona

Perpiñán

REINO
DE
NAVARRA

Jaca

Huesca

CONDADO
DE
URGEL

Tudela

Ejea

Barbastro

Gerona

Tarazona

Zaragoza

Monzón

Balaguer

CORONA
DE
ARAGÓN

Lerida

Calatayud

Barcelona

REINO
DE
CASTILLA

Daroca

Alcañiz

Tarragona

Tortosa

MAR MEDITERRÁNEO

Albarracín

Teruel

Peñíscola

Castellón

Menorca

AL-ANDALUS

Valencia

Palma

Ibiza

Islas Pitiusas

———— Corona de Aragón. Herencia de Jaime I.

·········· Estados vasallos del rey de Aragón.

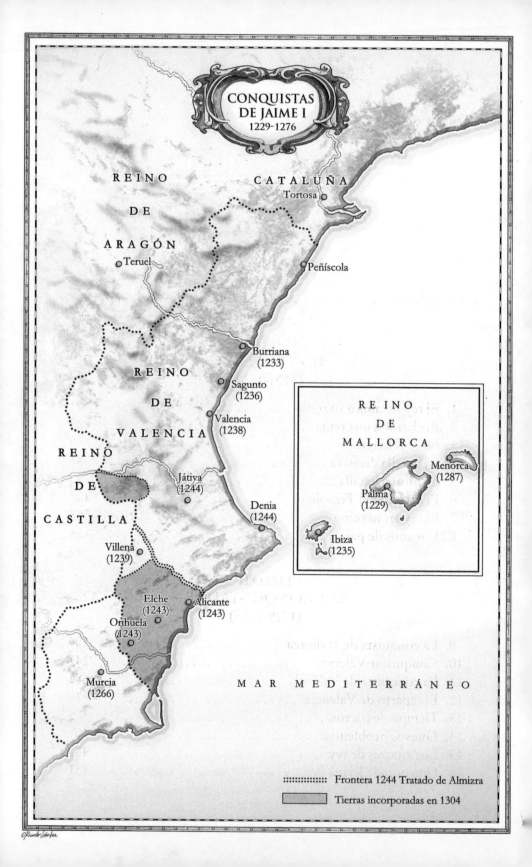

CONQUISTAS
DE JAIME I
1229-1276

REINO

DE

ARAGÓN

Teruel

CATALUÑA

Tortosa

Peñíscola

REINO

DE

VALENCIA

REINO

DE

CASTILLA

Burriana
(1233)

Sagunto
(1236)

Valencia
(1238)

Játiva
(1244)

Denia
(1244)

Villena
(1239)

Elche
(1243)

Alicante
(1243)

Orihuela
(1243)

Murcia
(1266)

REINO

DE

MALLORCA

Menorca
(1287)

Palma
(1229)

Ibiza
(1235)

MAR MEDITERRÁNEO

:::::::::::: Frontera 1244 Tratado de Almizra

Tierras incorporadas en 1304

Índice

LIBRO I
REY TEMPLARIO
(1204-1229)

LIBRO II
REY CONQUISTADOR
(1229-1255)